KB183987

초현실주의와 문학의 혁명

초현실주의와 문학의 혁명

초판 1쇄 2010년 12월 23일
개정증보판 1쇄 2025년 1월 23일

지은이 오생근
펴낸이 이광호
주간 이근혜
편집 최대연 김현주 홍근철
마케팅 이가은 최지애 허황 남미리 맹정현
제작 강병석
펴낸곳 ㈜**문학과지성사**
등록번호 제1993-000098호
주소 04034 서울 마포구 잔다리로7길 18(서교동 377-20)
전화 02)338-7224
팩스 02)323-4180(편집) 02)338-7221(영업)
대표메일 moonji@moonji.com
저작권 문의 copyright@moonji.com
홈페이지 www.moonji.com

©오생근, 2025. Printed in Seoul, Korea
ISBN 978-89-320-4349-4 (93800)

초현실주의와 문학의 혁명

오생근 지음

문학과지성사

책머리에

　이 책은 2010년에 발간한 『초현실주의 시와 문학의 혁명』의 보유·증보판이라고 할 수 있다. 처음 그 책을 펴낼 때에는, 초현실주의에 대한 나의 연구가 만족스러운 것은 아니었다 해도 그 정도로 정리하고 싶은 생각이 무엇보다 앞섰다. 그러나 시간이 지날수록 그 책에 대한 아쉬움이 사라지지 않았다. 우선 제목에서는 '초현실주의 시'를 부각시키면서도 초현실주의 시의 다양성을 살펴보는 작업에서 부족한 점들이 마음에 걸렸기 때문이다. 이 책은 이러저러한 이유에 덧붙여서 미진한 부분을 보강하고 싶은 생각으로 만들어진 것이다.

　그렇다면 오늘날 초현실주의를 돌아보는 작업은 어떤 의미를 갖는 것일까? 초현실주의 연구자인 로베르 브레숑은 "초현실주의가 역사 속으로 사라진 하나의 문화혁명"이었지만, 반세기가 지난 20세기말에도 "초현실주의의 본질은 현대의 문화와 삶 속에 깊이 스며들어 있다"고 진술하며 초현실주의의 성과를 이렇게 말한다. "초현실주의의 독창성과 유효성은 인간의 경이로움le merveilleux에 대한 욕구와 사회적 결정론을 초월하려는 욕망 사이의 정확한 상관관계를 밝혔다는 것이다. 또한 인간 조건의 모든 것, 육체와 정신, 하늘과 땅, 꿈과 현실, 개인과 사회, 지성과 본능, 윤리와 미학, 지각과 인식에 모두 확대 적용되는 해방의 원칙을 표명한 것이다"(R. Bréchon, *Le surréalisme*, Armand Colin, 1971, p. 4). 초현실주의자들은 작품에서뿐 아니라 그들의 모든 표현 방법에서도 독창성을 중요시했다. 그들의 상상력과 새로운 표현 방법에는 불가능한 것이 없었다.

초현실주의 이론을 정립한 앙드레 브르통은 1966년에 타계했다. 그의 죽음과 함께 조직적인 운동으로서의 초현실주의도 종지부를 찍었다. 브르통이 없는 초현실주의 운동은 상상할 수 없는 일이었다. 앙드레 브르통의 탄생 100주년이자 그의 사후 30년이 되는 1996년 2월 16일 자의 『르몽드』는 여러 작가들에게 앙드레 브르통을 어떻게 평가할 수 있는지 물었다. 그 당시 최고의 작가, 지성인들인 쥘리앵 그라크, 옥타비오 파스, 이브 본푸아는 한결같이 지난날 초현실주의의 매력이 절대적이었음을 재인식하는 한편, 현실 세계에서 초현실주의의 영향력은 계속 살아 있음을 천명한다. 이들은 브르통에 관한 물음에 브르통과 초현실주의를 동일시하는 관점으로 답변한 것이다. 그들의 이러한 답변은 프랑스 문화에 국한된 인식이 아니라, 세계의 모든 현대문학·예술의 흐름을 관통하는 성찰로 보인다. 실제로 초현실주의는 프랑스뿐 아니라 미국을 포함해서 전 세계적으로 확산된 문화 운동이었다. 이제 '초현실주의적'이라는 형용사는 꿈과 상상력의 힘을 빌려 현실의 한계를 뛰어넘기 위해 창조된 모든 작품을 가리키는 표현이 되었다. 또한 초현실주의 상상력은 문학과 예술의 분야를 넘어서서 일상적으로 사용되는 보통명사가 되었다고 해도 과언이 아니다.

역사적으로 초현실주의 운동의 기간은 1910년대 후반부터 1930년대 말 제2차 세계대전이 발생하기 전까지로 말할 수 있다. 초현실주의 그룹의 리더이자 예술비평가이며 시인인 앙드레 브르통은 처음에는 모든 기성의 미학적, 도덕적 기준을 타파하고 현실의 한계를 넘어선 초현실적 상상력의 자유를 주장했다. 그의 이론에 공감한 초현실주의자들은 자동기술, 꿈의 분석, 내면 탐구, 언어의 유희 등 실험적 탐구에 몰두했다. 그러나 이들은 1920년대의 모로코 전쟁(리프 전쟁)이 프랑스-스페인의 식민지 지배를 위한 전쟁으로 알려지면서 사회혁명에 관심을 갖기 시작했다. 브르통은 이러한 상황에서 "오늘날의 진정한 예술은 혁명적인 사회 활동과 이해를 같이한다. 예술은 자본주의 사회의 모순을 인식하고 타파하는 것을 목표로 삼아야 한다"고 주장했다. 그의 이러한 관점은 예술인가 혁명인가의 양자택일적 문제에서 두 가지 목표를 동시에 추구하는 것이었다. 그는 모든 결합할 수 없는 대립적 요소들을 결합하려는 모험적 시도를 멈추지 않았다. 이런 의도로 그가 만든 '초현실주의 혁명'이라는 용어는 이념으로서의 초현실주의와 현실적인 혁명을 동시에 실천한다는 의지를 담은 것이다. 그는 랭보의 '삶을 변화시켜야 한다'는 시적 주제와 마르크스의 '세계를 개혁해야 한다'는 사회적 명제를 모두 중요시했다. 또한 『연통관들』이라는 책에서는 변증법적 유물론과 정신분석 이론을 연결하려 했다. 그의 『블랙 유머 선집』은 헤겔과 프로이트의 이론을 종합해서 전복의 정신으로 세계를 바라보자는 새로운 '블랙 유머'의 개념을 만들고, 이런 관점과 일치하는 시인과 작가 들의 글을 모은 책이다. 그는 이처럼 경계를 뛰어넘는 위반의 정신으로 모든 모순되고 대립적인 것들을 종합하려고 했다. 그의 끈질긴 시도는 단순히 대립된 것들을 결합하려는 것이 아니라, 상투화된 관습적 경계를 뛰어넘어 인간의 삶에서 보이지 않는 심층적 진실을 발견하려는 노력이라고 할 수 있다. 이와 같은 초현실주의 원칙과 이념, 문제의식은 오늘날처럼 모든 분야에서 융합적 상상력이 강조되는 시대에 새롭게 검토할 필요가 있을 것이다.

『초현실주의와 문학의 혁명』이라는 제목의 이 책에는 서문을 포함하여 모두 7편의 새로운 논문들이 수록된다. 새로이 추가된 원고는 제6장 「자유로운 결합」과 초현실주의 이미지의 사용법, 제8장 엘뤼아르의 「자유」와 초현실주의 시절의 자유, 제14장 호안 미로와 초현실주의, 제15장 자코메티와 브르통, 제16장 바타유의 위반의 시학과 프레베르의 초현실주의, 제18장 사드와 초현실주의, 제19장 에메 세제르의 『귀향 수첩』과 앙드레 브르통이다. 이 중에서 제8장의 분석 대상인 엘뤼아르의 「자유」는 온전히 초현실주의 시라고 말하기는 어렵다. 엘뤼아르는 1938년에 브르통의 초현실주의와 결별했고, 「자유」는 1942년 프랑스가 독일군에 의해 점령당했던 절박한 상황에서 쓴 참여시이기 때문이다. 그럼에도 불구하고 이 장에서 「자유」 전문을 세밀한 분석의 대상으로 삼은 것은, 이 시가 전쟁과 폭력이 지배하던 시대에 자유를 열망하는 전 세계의 많은 사람들에게 감동을 주는 한편, 동시에 자유의 이미지들에서 초현실주의의 영향을 발견할 수 있기 때문이다. 이런 점에서 초현실주의 시절의 그의 시에서 자유는 어떻게 표현되어 있는지를 분석하고, 자유에 대한 시적 인식의 변화를 살펴볼 것이다.

이와 같은 관점으로 보강된 이 책의 시도가 그동안의 초현실주의 연구에서 소홀히 다루어졌던 주제를 새롭게 인식하고 인식의 지평을 확장할 수 있는 계기가 되었으면 하는 바람을 갖는다. 끝으로 이 책에서 프랑스어 인용문은 시의 경우에 한정하여 프랑스어 원문과 번역문을 함께 실었음을 밝혀둔다.

2024년 11월

오생근

차례

제3부
초현실주의의 안과 밖

제1부
앙드레 브르통과 초현실주의

제1장
브르통과 초현실주의 혁명의 의미

1. 초현실주의에 대한 긍정과 비판

문학의 전통적인 개념을 파괴하고, 문학적 혁명을 시도하면서 새로운 삶의 방식을 구현하려고 했던 초현실주의는, 그것이 인간의 정신 속에서 끊임없이 살아 있어야 할 운동이 되기를 바랐던 앙드레 브르통André Breton(1896~1966)의 희망과는 달리, 이미 오래전부터 초기에 보여준 폭발적인 부정의 힘과 근본적인 비판력을 상실해버렸다. 모든 전위예술의 사회적 수용이 대체로 그렇듯이, 초현실주의도 이제는 문학적 유산의 하나로 환원되고 문학사의 한 장으로 편입되어, 마치 곤충채집되어 핀에 찔려 있는 나비처럼 하나의 문예사조로 굳어버렸다. 문학사에 남으려는 노력으로 문학 행위를 실천하는 사람들이 볼 때는 이러한 현상이 축하할 만한 문학적 성공으로 보이겠지만, 어떤 상투형에 예속되기를 거부하고, 문학의 한계를 뛰어넘으면서 끊임없이 변화되어야 한다는 초현실주의의 기본 정신은 문학사 혹은 예술사라는 좁은 울타리 안에 갇혀버림으로써 처음의 의도와는 다른 배반된 결과에 이른 것이다. 물론 초현실주의의 영향력은 여전히 살아남아 20세기 문학에서 자동기술과 초현실주의적 이미지란 바로 이 시대의 가장 특징적이고 중요한 문학이론이나 문학적 개념으로 자리매김되었음을 부인하기는 어렵다.

반세기라는 긴 세월 동안 프랑스를 중심으로 하여 전 세계적으로 파급된 이 운동을 주도해온 시인 앙드레 브르통은, 때로는 존경과 찬탄의 대상이 되기도 했고, 때로는 오해와 비난의 표적이 되기도 했다. 페르디낭 알키에는 『초현실주의의 철학Philosophie du surréalisme』의 서문에서 초현실주의가 "사랑과 삶과 상상력의 진정한 이론을, 또한 인간과 세계의 관계에 대한 참된 이론을 확립한" 철학임을 역설하면서, "초현실주의 운동에서 앙드레 브르통은 이 운동의 창립자 이상으로 지성적이며 반성하는 의식 그 자체"[1]였다고 높이 평가하며 그 누구보다 브르통의 글에 각별한 관심을 기울일 수밖에 없는 이유를 말한다. 초현실주의자 중의 한 사람이었다가 너무 많은 글을 쓴다는 이유로 초현실주의 그룹에서 축출된 장-자크 브로시에는 『초현실주의자들의 모험』이라는 책에서 "브르통은 자기가 열렬히 사랑하던 것을 불태우기 좋아했고, 동시에 자기가 불태워버린 것을 사랑할 줄 안"[2] 사람이라고 말하면서 그가 큰 인물임을 증언한다. 브르통과 대립적인 위치에 있던 사람이건, 그의 입장을 옹호하는 사람이건 간에 이렇게 그의 중요성을 긍정적으로 평가하는 예는 일일이 열거할 수 없을 정도로 많다. 물론 그와 반대로, 초현실주의와 앙드레 브르통을 비판한 경우도 적지 않은 것이 사실이다. 장-폴 사르트르의 「1947년의 작

---

1 F. Alquié, *Philosophie du surréalisme*, Flammarion, 1977, p. 8.
2 J.-J. Brochier, *L'Aventure des surréalistes*, Stock, 1977, p. 84.

가 상황」과 알베르 카뮈의 「반항인」을 비롯하여[3] 1971년 여름호 『텔켈Tel Quel』지의 글들과 같은 해 발간된 그자비에르 고티에의 『초현실주의와 성』[4] 등은 그에 대한 비판의 대표적인 예이다. 브르통과 격렬한 논쟁을 벌였던 조르주 바타유를 비롯한 『텔켈』의 필자들은 브르통이 여러 가지 점에서 오류를 범했다고 주장했다. 가령 브르통의 유물론은 위장된 관념론이거나 기껏해야 무의식적인 관념론일 뿐이며, 프로이트를 완전히 잘못 해석했고, 또한 주다노브류의 독단론에 굽히지 않고 예술의 자유를 외친 그의 단호한 태도는 이데올로기적으로 반동적인 부르주아의 견해에 토대를 두고 있다는 것이다. 이와 비슷한 관점에서 프로이트와 사르트르, 라캉 등의 이론을 빌려서 브르통의 성과 에로티즘의 개념을 공격한 고티에는, 초현실주의자들의 주된 관심이 아버지에게 반항하면서 어머니와 근친애를 하려는 철없는 젊은이들의 반항이라고 야유적인 비판을 한다. 고티에의 논지를 빌리면, 브르통은 심리적으로 억압된 동성애자이며, 그가 주위의 친구들에게 마력적인 영향을 주고 또한 친구들이 그의 곁을 떠나고 싶어 하지 않았던 것도 그런 점 때문이라는 것이다. 고티에는 덧붙여서 브르통이 노동자 계층과 유대의식을 갖지 않고 부르주아적인 한가로운 유희를 즐긴 사람이라는 질책까지도 서슴지 않았는데, 이것은 사르트르의 관점과 동일한 것으로 보인다.

---

3 초현실주의를 누구보다 앞장서서 비판했던 사르트르의 글은 이 운동의 '부정정신'을 오이디푸스 콤플렉스의 표현이라고 지나치게 단순화하거나, 철없는 젊은이들의 무책임한 반항으로 간주해버린다. 카뮈 역시 초현실주의가 살인과 자살을 조장할 수 있는 위험한 젊은이들의 반항이라고 비판하지만 이 운동이 보여준 타협을 거부하는 순수성의 가치마저 부인하지는 않았다.
4 X. Gauthier, *Surréalisme et sexualité*, Gallimard, coll. Idées, 1971.

긍정적이든 부정적이든, 브르통과 초현실주의를 둘러싼 이러한 논쟁들은 그만큼 초현실주의의 중요성을 역설적으로 반영하고 있는 것으로 볼 수 있지 않을까? 중요한 것은 브르통의 개인적 입장을 떠나서 문학적으로 초현실주의의 성취와 역사적 의미가 무엇인지, 그리고 그것이 실패한 운동이라면 그 실패를 통해서 어떤 교훈을 이끌어낼 수 있는지 등의 문제들을 무엇보다도 작품들을 통해서 이해해야 한다는 점이다. 이 목적을 위해서 제기할 수 있는 질문 중의 하나가, 초현실주의는 과연 혁명적 예술운동인가 아니면 예술적 혁명운동인가 하는 물음이다. 결론이 어느 편으로 기울어지든지 간에, 이러한 물음의 범주 속에서 초현실주의적 혁명의 의미와 변화를 브르통의 텍스트를 따라가면서 분석해보려는 것이 이 글의 핵심 주제이다.

2. 초현실주의와 혁명의식의 출발

초현실주의의 역사를 알고 있는 사람들은 이 운동의 이론적 방향을 이끌어간 앙드레 브르통이 정치의식을 첨예하게 표현하기 시작한 시기가 모로코 전쟁으로 인한 사회적 불안 속에서 1925년 여름 그가 트로츠키의 『레닌』을 읽고 난 후부터라는 사실에 대해 대체로 의견의 일치를 보인다. 그때까지만 하더라도 서구 문명과 합리주의에 대한 거의 맹목적일 정도의 반항을 일삼던 다다 시절과 크게 다를 바 없이, 초현실주의자들은 전위예술을 하는 시인이나 예술가로서 부르주아 문화의 허위를 공격하거나 꿈을 분석하고 자동기술의 실험을 하는 단계에 머물렀을 뿐, 사회적·정치적 문제에 이르기까지 그들의 관심을 확대하지는 않았다. 러시아의 10월 혁명이 반항적인 젊은이들에게 사회혁명에 대한 열망과 정치의식을 일깨우는 어떤 자극제 역할을 할 수도 있었겠지만, 당시 프랑스 언론계는 러시아에서 전개된 역사적 사건의 중요성을 무시해버리거나 진상을 왜곡하여 보도했기 때문에 젊은이들은 러시아혁명이 왜 일어났는지, 혁명의 의미가 무엇인지 깊이 알지 못했다. 그로부터 여러 해가 지난 후에야 비로소 10월 혁명의 본질이 밝혀지고 혁명의 의미에 대해 프랑스 지식인들이 깊은 관심을 갖게 되면서 초현실주의자들도 서서히 혁명을 주제로 한 정치적 논쟁의 소용돌이 속에 빠지게 되었지만, 정확히 말하자면 1925년 전까지 그들의 사회의식은 미숙하고 순진한 상태를 크게 벗어나지 못했다. 브르통의 고백에 따르면, 그들은 혁명이라는 말을 파괴라는 말의 동의어로 연상하거나, 아니면 프랑스대혁명 후의 잔인한 공포정치를 실현하는 어떤 정치적 수단이라고 막연히 이해했다. "전시의 검열이 극심했다. 우리들 주위에서는 짐머발트와 킨탈 회의와 같은 정치적 의미가 있는 사건들이 별로 주의를 끌지 못했고, 볼셰비키 혁명이 무엇 때문에 일어난 것인지 아무도 제대로 알지 못했다. [……] 우리들에게는 '사회의식'이라고 부를 만한 요소가 하나도 없었다."[5]

초현실주의자들 가운데 아라공이 아마도 유일하게 그의 글 속에서 10월 혁명의 문제를 비유적으로 표현했지만, 그것도 찬미의 어조가 아니라 오히려 부정적인 시각에서였다. 1923년, 그는 러시아의 과격한 혁명가들을 "존경할 만하지만 좀 부족한 존재"[6]라고 간단히 정

5   A. Breton, *Entretiens*, Gallimard, coll. Idées, 1973, p. 40.
6   L. Aragon, "Le Manifeste est-il mort?," in *Littérature*, N°10, 1 mai 1923, p. 11.

의 내린다. 1924년 1월, 레닌이 사망한 다음 날, 아나톨 프랑스Anatole France를 규탄하는 팸플릿 「시체Un cadavre」[7] 속에서 아라공은 "개인 지도로 키운 학생 모라스Maurras와 바보 같은 모스크바가 받들어 모시는 문학인"이라는 표현을 함으로써 좌익 진영의 잡지 『광명Clarté』의 편집자들과 논쟁을 벌이게 된다. 이 논쟁에서 아라공은 격렬한 어조로 반박문을 작성한다. "러시아혁명이라니? 당신들은 그런 말로 내 어깨를 으쓱하게 만드는데, 그 혁명이라는 게 기껏해야 이념적 차원에서 별 의미 없는 내각의 위기겠지, 뭐 대단한 사건이겠습니까?" 이러한 발언은 훗날 공산당에 가입하여 50여 년간 공산당에 몸담고 중요한 역할을 한 시인의 변모와 비교한다면, 단순하게 이해하기는 어려운 말이다. 그러나 아라공의 이 말은 무엇보다도 그 당시 초현실주의자들의 정치감각을 반영하는 한 예라고 할 수 있다.

초현실주의자들이 공동으로 문학 작업을 시작했을 때의 동인지 『문학Littérature』[8]은 후퇴하고 1924년 12월 1일부터 새로운 잡지 『초현실주의 혁명La Révolution surréaliste』이 간행되기 시작한다. 잡지 제목에 혁명이라는 어휘를 사용함으로써 암암리에 혁명의 의지를 보인

7 아나톨 프랑스는 문학적으로나 정치적으로 그의 영광이 절정에 달했을 때 사망했다. 그의 장례식이 성대하게 거행될 무렵, 초현실주의자들은 고인의 명복을 빌기는커녕 고인을 집중 공격하는 팸플릿을 작성한다. 이 팸플릿에서 엘뤼아르는 아나톨 프랑스가 구현한 가치관들, 즉 회의주의와 아이러니, 프랑스 정신 등을 비판하고, 브르통은 그를 경찰이라고 부른다. 아라공이 모라스와 모스크바를 자기의 글 속에 끌어들인 이유는, 모라스의 민족주의와 부르주아적 보수주의가 바레스를 계승했기 때문이며, 또한 바레스가 공산주의를 찬양하고 모스크바의 정치적 변화에 동조했기 때문이다.
8 '문학'은 발레리의 제안으로 더럽혀지고 속화된 이 말의 의미를 새롭게 구현하자는 의도에서 잡지 제목이 되었는데, 일차로는 1919년 3월부터 1921년 8월까지 20호가, 이차로는 1922년 3월부터 1924년 6월까지 13호가 발행되어 모두 33호까지 나온 셈이다.

것은 사실이지만, 이 제목은 사실상 이데올로기적으로 모순된 어휘의 결합일 것이다. 과격한 정치가들이 추구하는 혁명이란 당연히 땅위에서, 물질적으로 전개되는 현실주의 혁명이겠지만, 초현실주의자들의 잡지 제목은 어디까지나 현실주의가 아닌 초현실주의 혁명이기 때문이다. 이런 점에서 이 제목 자체가 이미 초현실주의와 공산주의 혹은 초현실주의자들과 공산당과의 이념적 불일치와 필연적인 대립을 암시하고 있는 것이다. 이 잡지는 1호에서 4호까지 간행되는 동안 『문학』에서보다 훨씬 진지한 실험정신을 지닌 과학 잡지와 유사한 느낌을 주면서 자동기술의 성과와 꿈 이야기, 자살 문제 등을 주요 내용으로 다룬다. 다시 말해서, 초현실주의자들은 5호를 발간하기 전까지 기성 예술을 타파하고 개혁하려는 전위예술가들의 역할에서 벗어나지 않았고, 그들의 관심은 사회적인 문제를 포용하는 데까지 충분히 발전하지는 않았다는 것이다. 그런 점에서 잡지 제목으로 선택한 '초현실주의 혁명'은 역사적·사회적 조건을 고려한 혁명이 전혀 아니었다. 이 잡지 첫 호에서 부아파르, 엘뤼아르, 비트라크가 공동서명으로 작성한 서문은 "혁명…… 혁명…… 리얼리즘은 나무들의 불필요한 가지를 쳐내는 것이고 초현실주의는 삶의 가지를 쳐내는 것이다"라는 애매모호한 글로 끝맺음이 되어 있다. 이렇게 언급된 혁명의 의미를 정확히 추측할 수 있는 독자는 많지 않을 것이다. 사실 초현실주의자들이 그 당시 많은 선언문이나 연설문, 팸플릿, 공개편지 등에서 혁명이라는 용어를 사용했지만, 그것은 대부분 모호한 시적 표현으로서 글 쓰는 사람의 주관적이며 감정적인 열망을 반영하는 것에 불과했다. 가령, 1925년 1월 27일의 「공동 선언문」에는 다음과 같은 글이 보인다. "우리는 혁명을 하기로 결심했다. […] 우리는 수단과 방법을 가리지 않겠다. [……] 초현실주의는 하나의 시적 형태가 아니다. 그것은 자기 자신을 향해 던지는 정신의 절규이며 모든 속박을 절망적으로 분해하려는 단호한 태도이다. 필요하다면 우리는 망치를 들 수도 있다."[9] 이처럼 첫눈에 과격해 보일 수도 있는 이 선언문의 내용은 문화적인 문제를 해결하기 위해 '망치'를 들 수 있다는 식으로 어떤 정치 참여라도 불사하겠다는 단호한 의지를 반영하지만, 그것이 집단행동에 대한 구체적이며 조직적인 계획을 전제한 것인지는 전혀 알 수 없게 표현되어 있다.

  1925년 말에 간행된 『초현실주의 혁명』 5호는 초현실주의의 정치적 의식의 변화를 엿볼 수 있다는 점에서 중요한 자료가 될 수 있을 것이다. 이 호에서는 트로츠키가 쓴 『레닌』에 대한 브르통의 서평을 비롯하여, 정치적 관심을 드러낸 「우선적이며 영속적이 되어야 할 혁명」이라는 선언문이 자동기술적인 시와 함께 수록되어 있다. 브르통은 그 서평에서 개인의 정치적인 권력욕을 초월한 인간의 모습을 발견했다고 말하면서 과거의 낡은 문화적 가치관을 파괴하고 새로운 가치관들을 창조해야 한다는 트로츠키의 입장이 초현실주의의 입장과 일치한다고 주장한다. 브르통의 이러한 서평은 초현실주의 그룹에 결정적인 영향을 끼치게 된다. 이 서평과 함께 수록된 선언문에서는 정치적인 분야에 속한 어휘들, 즉 노동, 역사, 혁명 등이 현저히 발견되지만, 마르크스주의자들이 부르주아 사회를 비판할 때 자주 사용하는 자본주의, 프롤레타리아, 계급투쟁 등의 전문적인 어휘들은

---

9 M. Nadeau, "Documents surréalistes," in *Histoire du Surréalisme*, Éditions du Seuil, 1964, p. 219.

보이지 않는다. 그런 점에서 정치적 의식으로의 변화를 진단할 수 있는『초현실주의 혁명』5호에서도, 초현실주의자와 마르크스주의자의 사고방식 혹은 상상력은 서로 어긋나 있음을 알 수 있다.[10]

『초현실주의 혁명』1호에서 5호까지, 초현실주의자들이 빈번히 사용한 혁명의 개념은 대략 세 가지 각도에서 정리할 수 있다. 첫째, 혁명은 머릿속에서 이루어지는 어떤 것이다. 그것은 낡은 정신세계와 결별하고 프로이트가 발견한 풍요로운 무의식의 세계를 탐구하면서 지닐 수 있는 새로운 정신적 태도로서 표현과 창조의 무한한 자유를 지칭한다. 이런 점에서 초현실주의자들의 글 속에서 발견되는 혁명이라는 어휘는 꿈과 상상력 등의 어휘들과의 관련 속에서 빈번히 사용된 것이다. 둘째, 혁명은 반항정신과 거의 동의어로 사용되었다는 점이다. 브르통이「밝은 탑」이라는 짧은 산문 서두에 쓴 것처럼, "초현실주의가 그 자신의 모습을 스스로 규정짓기 전, 처음으로 자기의 정체를 알리게 된 장소와, 초현실주의가 아직 그 시대의 사회적·정신적 속박을 자발적이며 전체적으로 거부하는 개인들 사이의 자유연상에 불과했던 시간이란 다름 아닌 아나키즘의 어두운 거울 속이다."[11] "아나키즘의 어두운 거울 속le miroir noir de l'anarchisme"이라는 시적인

---

10 크라스트르V. Crastre는 1925년 5월의『광명』지에서, 초현실주의자들의 정신적 태도를 19세기 낭만주의 시인들, 즉 귀족계급이 승리했을 때보다 부르주아지가 승리했을 때 더욱 설 자리를 찾지 못한 극단적인 낭만주의자들의 정신적 태도와 다를 바 없다고 말하면서, 초현실주의자들의 이상주의나 낙관주의의 한계를 지적한 바 있다. 낭만주의자들의 입장과 비교한 것은 재미있는 견해이지만, 초현실주의자들을 낙관주의자라고 본 것은 성급한 판단으로 보인다. 여하간 1926년 1월, 같은 잡지에서 브르통은「기다리는 힘」이라는 글을 통해 랭보를 인용하면서, 시가 혁명의 무기가 될 수 있다고 믿는 한, 자기는 이 세계를 해석하고 표현하는 시의 활동을 결코 포기하지 않겠다고 단언한다.
11 A. Breton, *La Clé des champs*, Jean-Jacques Pauvert, 1967, p. 325.

표현은 초현실주의가 호소하는 혁명의 기본적 성격을 압축해서 말해준다. 그것은 집단과 사회의 개선을 일차적인 목표로 삼기보다 아나키즘이 암시하듯이 개인의 자유와 의식의 독립을 전제로 하고 있기 때문이다. 셋째, 혁명의 개념을 둘러싸고 초현실주의자들은 저마다 서로 다른 주관적 이미지를 갖고 있었다는 점이다. 대표적인 예로,『초현실주의 혁명』3호에 실린 아르토의 글과 4호에 실린 브르통의 글을 비교하면, 혁명의 견해가 어떤 편차를 보이는지 쉽게 알 수 있다.

1924년 말, 뒤늦게 초현실주의 그룹에 합류한 천재적인 극작가 아르토는 3호에 실린 「초현실주의 연구소 활동L'Activité du Bureau de Recherches Surréalistes」이라는 보고서 성격의 글에서 이렇게 말한다. "현실에서 초현실주의적 혁명의 행위는 모든 정신 상태에, 모든 종류의 인간 활동에, 정신 속에 담을 수 있는 세계의 모든 상태에, 기존의 모든 도덕적 현실에, 모든 정신의 질서에 적용될 수 있다. 이러한 혁명은 모든 가치관의 전도와 정신의 평가절하를, 명징한 논리의 백지화를, 모든 언어를 완전히 뒤바꾸면서 혼란케 만들고, 사고의 힘을 제거해버리는 것을 목표로 삼는다."[12] 이렇게 시작되는 글에서 여러 번 반복되고 있는 어휘는 주로 '사고'와 '정신'이다. 특히 정신이라는 추상명사는 열일곱 번이나 반복되는데, 이것은 결국 아르토가 꿈꾸는 진정한 혁명은 오직 사고와 정신의 차원에서만 실현되는 것이며 또한 실현되어야 한다는 그의 기본적인 태도와 무관하지 않다. 왜냐하면 아르토에게 사회혁명은 중요한 의미가 없는 일시적 현상이었기 때문

---

12 *La Révolution surréaliste*, N°3, 15 avril 1925.

이다. 훗날, 초현실주의자들이 사회혁명에 참여해야 한다는 논의에 휘말리게 되었을 때, 그는 정치 참여가 '쓸데없는 혹 붙이기'와 같은 것이어서 후회할 일을 사서 하는 어리석은 짓이라고 말한다.[13] 철저히 정치 참여를 거부한 아르토의 이러한 정신적 혁명의 개념과는 달리, 브르통은 상당히 급진적인 정치의식을 보인다. "우리는 모든 혁명 활동이 하나의 계급투쟁을 출발점으로 삼은 것이라고 할지라도, 그 혁명이 지속되기만 한다면 그러한 혁명 활동의 원칙을 따르겠다." 이 발언은 얼핏 보아 계급투쟁을 강조하는 마르크스주의자의 논리로 무장된 것처럼 보이지만, '~할지라도' '~한다면'이라는 가정 혹은 유보와, '하나'라는 부정관사를 사용한 것으로 보아 여러 가지 형태의 계급투쟁을 염두에 두고 있었다는 추측을 가능케 한다.

여하간 1925년 트로츠키를 읽은 후, 브르통은 "러시아혁명의 원동력인 사상과 이상에 대해서 차원 높은 인식에 도달하게 되는 결정적 계기"[14]를 마련한다. 트로츠키를 통해 혁명의 개념이 더욱 구체화되고 명료해진 것은 사실이지만, 공산주의자들과 충돌하게 되면서 그 개념이 미묘한 의미의 변화를 겪게 되었던 것도 사실이다. 그러한 변화가 브르통의 자서전적 작품들, 즉 초현실주의의 3부작이라고도 불리는 『나자Nadja』 『연통관들Les vases communicants』 『열애L'amour fou』 등을 통해서 어떻게 나타나는지를 초현실주의적인 문제들과의 관련 속에서 검토해볼 수 있을 것이다.

---

13 A. Artaud, *Œuvres complètes*, Gallimard, 1970, p. 371.
14 A. Breton, *Entretiens*, pp. 119~20.

3. 『나자』에서의 혁명과 인간 해방

「초현실주의 선언문」이 발표된 이후, 4년 혹은 5년간의 간격을 두고 쓰인 이 작품들[15]은 1930년을 전후하여 초현실주의 정신과 철학이 어떻게 변모했는지를 때로는 시적으로, 때로는 분석적인 논리로 생생하고 함축적으로 보여주는데, 그중 『연통관들』의 경우는 초현실주의와 마르크스주의, 혹은 프로이트와 마르크스와의 접합을 시도한 것이어서 '혁명'의 문제가 초현실주의적인 관점에서 적지 않게 논의되어 있다. 이 작품에서 사용된 어휘의 빈도수를 보면, '혁명'이 열두 번, '혁명가'가 여섯 번, '혁명적'이 열두 번 나오는데, 이것은 '혁명'이 한 번, '혁명적'이 두 번밖에 쓰이지 않은 『나자』나 '혁명'이 한 번, '혁명가'가 두 번, '혁명적'이 두 번 쓰인 『열애』보다 훨씬 빈도수가 높은 것임을 알 수 있다. 그 이유는 『연통관들』을 쓴 시기가 초현실주의자들이 공산당에 가입한 후 축출될 때까지의 일정한 기간 동안 그 어느 때보다도 초현실주의의 이상과 당이 추구하는 혁명의 이념을 연결시키려고 하면서, 브르통이 '혁명' 혹은 '혁명가'에 대한 새로운 정의를 모색하려고 했던 시기이기 때문이다.

브르통은 1924년에 발표한 「초현실주의 선언문」에서 인간의 상상력을 억압하는 이성적 사고를 공격하고, 무엇보다 자유로운 정신의

---

15 라퐁 봉피아니Laffont-Bompiani가 편찬한 『세계현대문학 작품사전』에 의하면 『나자』는 "초현실주의에 대한 가장 생생하고 독창적인 정신 상태를 보여주는 중요한 증언"(p. 477)으로 정리되어 있고, 『열애』는 서사récit(p. 21)로 규정된다. 『연통관들』과 일련의 3부작 이후에 발표된 마지막 시적 산문 『아르칸 17』은 모두 에세이로 분류된다. 이 시적 산문들을 소설이라고 지칭하기는 어렵고 소설과 어느 정도 구별되는 이야기라는 뜻에서 '서사' 정도로 분류하는 게 무난할 것이다.

제1부 앙드레 브르통과 초현실주의

표현으로서의 시를 옹호한다. 이러한 논리의 연장에서, 그는 초현실주의를 소설과 대립하는 것으로 구별 짓고, 전자가 진실과 자유를 표현한다면 후자가 인위와 속박을 상징하는 것이라고 소설을 매도하면서, 그 스스로 소설의 적이라는 것을 감추지 않는다. 그가 소설을 비판하는 큰 이유 중의 하나는, 그것이 허구적인 이야기를 토대로 엉터리 심리분석을 되풀이한다는 것인데, 『나자』는 이런 점에서 볼 때 소설이라고 말하기 어렵다. 브르통이 쓴 일련의 시적 산문, 혹은 서사 récit 중에서 첫번째 작품에 해당되는 『나자』는 작품 서두에 밝힌 것처럼 "소설적인 줄거리로 엮은 심리분석적 문학"[16]과 성격을 완전히 달리한다. 우연적인 사실들이 논리적인 흐름을 떠나서 병렬적으로 전개되는 이 작품은 러시아 말로 '희망의 시작'을 뜻하는 '나자'라는 한 신비스러운 여자를 우연히 만나게 되어, 그녀를 통해서 혹은 그녀와 함께 갖게 된 초현실주의적 체험을 작가가 일기 형태로 서술한 것이 작품의 중심 부분을 이룬다. 초현실주의적 만남이란, 어느 공간에서든 계획적인 만남이 아니라 자유롭고 우연적인 만남을 뜻하는데, '초현실주의의 성녀'라고 불리기도 하는 나자는 나중에 『열애』에서 이론적으로 정립하게 된 객관적 우연le hasard objectif[17]의 개념 속에서 나타난다. 이 작품에서 대문자로 표시되는 '혁명'이라는 어휘는 일

---

16 A. Breton, *Nadja*, Gallimard, 1963, p. 17.
17 브르통이 탐구하여 발전시킨 초현실주의적 개념 중의 하나인 '객관적 우연'은 서로 다른 사실들이나 기호들이 내적으로 일치되는 현상을 주목한 것인데, 이 개념의 이론적인 전거는 프로이트와 엥겔스에서 온 것이다. 브르통은 전자에게서는 무의식적 욕망의 개념을, 후자에게서는 필연으로서의 우연의 개념을 자기 나름대로 종합하여, 사람과 사람 사이의 우연적 만남이나 사람과 사물 혹은 대상과의 마주침을 합리주의의 속박을 벗어나는 욕망의 자유로운 표현으로 이해한다.

회적으로 등장하지만, 그 어휘가 쓰인 문맥은 주의 깊은 관찰을 요구한다. 왜냐하면 그것은 이 작품에서 가장 중요한 부분인 첫날의 일기, 즉 1926년 가을 10월의 어느 날, 파리의 한 중심가의 교차로에서 브르통이 나자를 만나게 된 상황의 긴밀한 묘사를 통해 나타나고 있기 때문이다.

지난 10월 4일, 그야말로 할 일이 없고 매우 우울한 오후가 계속되던 어느 날 저녁 시간에 나는 마치 그런 시간을 보낼 수 있는 나만의 비결이라도 있는 것처럼, 라파예트 거리를 서성대고 있었다. '위마니테' 서점 진열창 앞에서 얼마 동안 서 있다가 트로츠키의 최근 저서를 한 권 사 들고 나온 다음에 아무 목적 없이 오페라 극장 쪽으로 계속 걸어가고 있었다. 그 시간에 사무실이나 작업실에서 사람들은 퇴근하기 시작하고, 건물들의 문은 위층에서 아래층까지 닫히며, 거리에 나선 사람들은 서로 악수를 나누며 헤어지고 인파는 점점 늘어나기 시작했다. 나는 무심코 사람들의 표정이나 옷차림, 몸가짐을 자세히 관찰하게 되었다. 정말이지, 저런 사람들이 혁명을 할 수야 없겠지. 그런 후, 어느 교회 앞에서 지금은 이름이 생각나지 않거나 이름을 모르는 교차로를 막 건너고 난 다음이었다. 갑자기 열 걸음쯤 앞에서 내 쪽을 향해 걸어오는 한 여자가 있었는데, 옷차림이 몹시 초라한 그 여자는 내가 그녀를 쳐다본 순간 동시에 나를 바라보고 있었거나 아니면 나보다 먼저 봤거나 했다. 그녀는 다른 행인들과 달리, 머리를 꼿꼿이 세운 채 걷고 있었다.

브르통이 걷는 길 앞에서, 또한 작품을 읽는 독자들 앞에서 처음으로 나자가 등장하는 시간은 낮과 밤이 교차되는 어렴풋한 경계의 시

제1부 앙드레 브르통과 초현실주의

간이며 하루의 일과로 피곤한 사람들이 거리로 쏟아져 나와 붐비는 시간이다. 이 상황 묘사에서 추출해볼 수 있는 중요한 의미 요소들은 브르통의 산보, 트로츠키의 책, 노동에 지친 사람들, 혁명 등이다. 오늘날의 서구 문명을 이룩하는 데 기여한 부르주아의 가치관들을 소리 높여 공격한 초현실주의에 있어서 노동의 가치가 인간의 자유를 제약하고 인간을 노예화한다는 이유 때문에 거부되는 한, 혁명할 것처럼 보이지 않는 피곤한 사람들의 모습과 크게 대조를 이루는, "머리를 꼿꼿이 세운 채 걷는" 나자의 묘사는 바로 그녀를 통해 혁명의 정신을 부각시키려는 작가의 의도를 반영한다. 그런 점에서 나자는 브르통이 생각하는 혁명과 초현실주의적 삶의 화신이라고 할 수 있다. 또한 '위마니테'에서 트로츠키의 책을 사서 들고 가다가 나자를 만났다는 것도 의미심장하다. 물론 "저런 사람들이 **혁명**을 할 수야 없겠지"라고 말할 때, 화자가 노동자들의 사회적 조건을 고려했다거나, 그들이 생산직에 종사하는 사람인지 판매직에 종사하는 사람인지 섬세하게 구별하여 말했다고 보기도 어렵다. 그러나 분명한 것은 이 문맥에서 브르통은 피곤한 노동으로 누적된 불만 때문에 사회혁명이나 투쟁에 앞장설 수 있는 주역 계층으로서의 노동자를 특별히 의식하고 있지 않았으며, 계급투쟁과 같은 혁명을 의미하지 않았다는 사실이다. 『나자』에서 작가가 생각하는 혁명은, 단정적으로 말할 수는 없겠지만, 민중적이며 집단적인 혁명이 아니고 일상적인 삶에 노예처럼 예속되기를 거부하는 개인적인 자유와 반항정신이다. 이러한 판단은 나자의 삶의 방식을 이해하게 될수록 더욱 분명해진다.

이 작품에서 '혁명적'이라는 형용사는 두 번 사용된다. 첫번째는 작

품 서두에서 상호연관성이 없는 작은 에피소드들이 자유연상의 흐름
으로 전개되는 장면에서이고, 두번째는 나자가 정신병동에 갇힌 후,
브르통이 부르주아 사회에 대한 분노를 터뜨리는 부분이다. 여기서
'혁명적'이라는 형용사는 두 번 다 여자와 관련되는데, 고전적인 의미
에서 영원히 여성적인 것이 인간을 구원한다는 논리처럼, 여성이 새
로운 삶을 꿈꾸게 하는 자유와 혁명의 화신으로 보였기 때문일까? 여
하간, 파니 베즈노라는 젊은 여자 상인을 처음으로 만났을 때 브르통
은 그녀의 정신에 대해 감탄하면서 '혁명적'이라는 표현을 사용한다.
이 여자를 만나게 된 장소는 파리 북쪽의 벼룩시장인데, 이 시장에서
중고서적을 판매하는 여자와 대화를 나누다가, 그는 그녀의 문학적
인식이 높은 수준임을 알게 된 것이다. 그녀는 랭보를 비롯해서 셸리
와 니체, 초현실주의자들에 이르기까지 그들의 작품을 읽은 소감을
거침없이 말하면서 자기의 독서 취향을 말한다.

　　그녀는 스스로 초현실주의자들에 관해서까지 이야기하더니 루이 아
　라공의 『파리의 농부』는 끝까지 읽지 못했다고 말하다가 페시미즘이
　라는 말의 견해 차이 때문에 이야기를 중단하게 되었다. 그녀의 모든
　말 속에는 위대한 **혁명적 신념**이 담겨 있었다.[18]

　파니 베즈노와의 대화는 문학적인 주제로 한정되어 있었고, 사회
불평등이라든가 노동자들의 열악한 생활 조건이라든가 아니면 여성
해방 등의 정치적인 문제까지 확대되지는 않았다. 그러나 브르통은

18　A. Breton, *Nadja*, p. 51.

상투적이고 속물적인 문학 이야기, 부르주아들의 자기과시적인 교양으로서의 문학 이야기를 초월해 있는 그녀의 자유분방한 정신의 표현 속에서 "위대한 혁명적 신념"을 본 것이다. 허술한 옷차림을 하고 잡다한 중고품 물건들을 팔고 사는 벼룩시장의 상인이 랭보의 시를 외고 니체의 철학을 말할 수 있다는 것 자체가 어떤 의미에서는 혁명적일지 모른다. 물질적인 생활을 초월하면서 자유롭게 사는 정신이야말로 초현실주의가 강조하는 랭보적인 삶의 태도 혹은 랭보적인 혁명일 수 있기 때문이다.

또한 브르통이 거리에서 우연히 만난 나자는 집시처럼 일정한 주거 없이 거리를 배회하는 여자이지만, 그녀는 부르주아 사회의 가치관에 예속되지 않고 자유로운 삶을 실천한다. 그녀는 비참한 생활을 영위하고 있지만 현실의 굴레를 넘어선 비현실적 성격의 초월적인 존재로서 다른 세계의 환영을 보는 예시자이다. 첫날, 긴 이야기를 나누고 헤어지기 전 문득 브르통이 "당신의 정체는 무엇인가요?"라고 물었을 때, "나는 방황하는 영혼이지요"라고 대답한 것은 그녀의 신비스러운 성격을 단적으로 보여주는 예가 된다. 그녀는 "꽃의 별"을 말하고 "푸른 바람"을 말한다. 어느 날 저녁, 파리의 중심에 위치한 작은 공원 벤치에 앉아서 마주 보이는 건물의 어두운 창문을 가리키면서 "잘 보세요. 1분 후에는 불이 켜질 테니까요"[19]라는 예언을 적중시키기도 하고, 물과 불은 똑같은 것이라는 연금술사적인 말도 한다. 그러나 이성 중심의 부르주아 사회는 정상적이 아닌 비이성적 행동을 하는 사람들을 자유롭게 두지 않고 정신병자라는 이름을 붙여 정

---

19 같은 책, p. 81.

제1장 브르통과 초현실주의 혁명의 의미

신병원에 가둔다. 브르통은 나중에 이 소식을 듣는다.

사람이 대체로 그렇듯이 그녀도 결국은 자기가 갖고 있는 생각 때문에 강하면서도 아주 약해지기도 했고, 나는 그런 생각을 고집하고 있는 그녀를 진심으로 소중하게 생각했고 또한 그녀가 다른 사람들보다 앞서갈 수 있도록 도와주려고 했다. 그러니까 수많은 어려운 희생을 치르고 이 땅에서 얻은 자유란 그 어떤 현실적인 문제를 떠나서 자유를 얻은 시대의 사람들이 그 자유를 무한정으로 누릴 수 있기를 바라는 것이 되기 마련인데, 그 이유는 결국 가장 단순한 혁명적 형태로 이해될 수 있는 인간 해방이란 **개개인이 실현할 수 있는 것으로서 그 어떤 방법을 통해서라도 어느 경우에 있어서나** 가능하며 그러한 해방이야말로 유일하게 봉사할 가치가 있는 것이기 때문이다. 나자는 인간 해방이라는 그 대의에 봉사하기 위해서 태어난 여자이다.[20]

가시적인 세계 속에서 가시적인 것만을 중시하는 사람들 틈에 살면서 비가시적인 것을 보는 능력의 소유자이면서, 거리낌 없이 거의 절망적인 몸짓으로 자유를 실현한 나자는 부르주아 사회가 용납할 수 없는 정신이상자라는 진단을 받는다. 그녀를 정신병동에 가두는 이유는 그녀의 건강을 위해서가 아니라 부르주아 사회의 안정을 위해서이고, 그 사회의 울타리 안에서 세속적인 행복을 누리는 시민들을 위해서이다. 브르통은 사드와 니체와 보들레르를 가둔 사회를 공격하면서, 그 사회체제와 이해관계가 얽혀 있는 정신과 의사들을 비

20 같은 책, p. 135.

판한다.[21] 위의 인용문에서 정치적 개념을 뜻하는 어휘들은 "혁명적 형태" "인간 해방" "자유" 등이며, "개개인이 실현할 수 있는 것으로서 그 어떤 방법을 통해서라도 어느 경우에 있어서나"라는 구절은 이탤릭체로 강조되어 있다. 결국 작가가 말하고 싶은 것은, 인간 해방이란 집단적으로 통제된 계획 속에서 진행되는 것이 아니라, 개인적인 반항의 차원에서 언제 어디서나 자유롭게 추구되어야 한다는 것이다. 그야말로 자유로운 삶을 살면서 이성의 논리를 초월한 상상력을 표현하고 신비스러운 모습을 보이는 나자의 삶의 태도가 개인의 자유로운 욕망을 억압하는 사회에 대한 의식적인 반항의 행위라고 정의 내릴 수는 없지만, 광기의 혼란 속에서 힘들게 산 그녀의 삶이야말로 그 자체로 부르주아 사회의 이데올로기에 대한 근본적인 반항의 한 표상일 것이다. 다시 말해서 이성과 노동의 속박을 초월해 있는 그녀의 광기는 시적인 광기이고, 인간의 자유이며 또한 가장 근본적인 초현실주의 혁명의 행위라고 말할 수 있을 것이다.

---

21 정신과 의사들을 향한 브르통의 공격은 근본적인 취지 면에서 미셸 푸코의 『말과 사물』이나 『고전주의 시대의 광기의 역사』의 논리와 같은 맥락에 있다. 푸코가 그의 저작들을 통해 밝히려는 것은 철학, 심리학, 정신의학 등의 학문이 이성의 언어만을 존중하고 광기의 언어를 오해하거나 무시하는 차원에서 발전했다는 사실이다. 서양의 모든 문화사 전개는 이성의 제국주의가 끊임없이 모든 분야를 정복해온 역사라고 해도 과언이 아니며, 바로 그런 점 때문에 그 역사는 인간의 정신 속에 내재한 광기라는 다른 측면을 억압한 역사가 된다. 푸코에 의하면 데카르트야말로 광기를 문화의 영역 밖으로 추방해버리고, 광기의 입을 봉쇄한 난폭한 권력을 행사하게 만든 사람이다. 데카르트적인 이성의 언어가 보편적인 진리의 언어로 부각되기 시작하면서 이성과 비이성의 구별이 생긴 것이고, 비이성적 언어를 사용하는 사람들을 헛소리하는 사람들로 몰아서 사회 밖으로 추방해버렸다는 것이다.

제1장 브르통과 초현실주의 혁명의 의미

4.『연통관들』과 혁명의 이론

『나자』이후 발표된「초현실주의 제2선언문」(1930)[22]을 통해서 브르통은 '정신의 권리와 의무'에 관한 기본 명제들을 심화, 발전시키면서 그 어느 때보다 거대한 야심을 표명한다. 그 야심은 사회적인 문제를 해결하는 볼셰비키 혁명을 추구하고 동시에 '사랑과 꿈과 광기와 예술과 종교의 문제'를 해결한다는 것인데, 여기서 모든 모순과 대립을 종합하거나 초월한다는 헤겔식의 논리가 돋보인다. 헤겔을 자주 인용하는 브르통의 초현실주의가 헤겔 철학의 논리와 어떤 점에서 다른지의 문제는 일단 접어두고 본다면,「초현실주의 제2선언문」에서 표현된 종합에의 의지는『연통관들』에서 그대로 나타난다. 모든 모순과 대립이란 이성을 숭배하는 합리주의자들이 세계를 지배하기 위한 방편으로 만든 인위적인 것이어서 대립이 없었던 본래의 자연스러운 상태로 환원해야 한다는 것이 브르통의 주장이다. 이러한 변증법적 해결의 야심이 반드시 헤겔적인 것은 아니다. 왜냐하면 모순 관계에 놓인 서로 다른 두 개의 현실은 종합되기보다 언어와 사고의 차원에서 상호교류되거나 상호침투되는 것으로 나타나 있기 때문

---

22 「초현실주의 제2선언문」에서 무엇보다 문제를 일으킨 유명한 표현은 "가장 단순한 초현실주의적 행위는 손에 권총을 들고 길거리에 내려와 닥치는 대로 마음껏 군중을 향해서 총을 쏘는 것이다"이다. 초현실주의의 핵심적인 주제들을 명쾌하게 정리한 아바스타도 Claude Abastado는 브르통 자신도 이러한 표현을 어느 정도 후회하게 되었다는 점을 지적하면서, 그의 의도가 살인 교사에 있지 않다는 것을 강조한다. 작가의 글이 원인이 되는 사회적 문제가 발생했을 경우 작가의 책임을 어디까지 물을 수 있는지 논란이 될 때 종종 인용되는 브르통의 표현을 글자 그대로 현실에서 실현하는 행위처럼 진지하게 생각해서는 안 된다. 그것은 그가 좋아한 자리와 바셰 같은 사람들이 애용하던 '충격 이미지image-choc'에 불과한 것이기 때문이다.

이다. 「초현실주의 제2선언문」에서 모든 대립을 지양하겠다는 야심은 사실 『연통관들』에서 헤겔적인 종합으로 귀결되기보다 아리아드네의 실과 같은 것으로 그 대립된 현실들을 연결하겠다는 의지로 결정된다.

나는 초현실주의가 깨어 있을 때와 잠잘 때, 외부의 현실과 내면, 이성과 광기, 냉정한 인식과 사랑, 삶을 위한 삶과 혁명 등의 극단적으로 분리된 세계들 사이에 아리아드네의 실을 던지는 것이야말로 가장 최선의 시도라고 인정받을 수 있기를 바란다. 어쨌든 우리가 추구해온 것, 설사 올바르게 추구한 것은 아니라고 하더라도 분명한 점은 어떤 문제든지 해답을 내리지 않은 채로 내버려두지 않으려고 애써왔다는 사실이며 우리가 제시한 답변이 최소한의 논리적 통일성을 갖추도록 했다는 점이다.[23]

브르통의 주장이 헤겔적인 종합이 아니라 시적인 혼동이라고 하더라도, 자기가 추구한 문제를 성실하고 끈질기게 탐색한 그의 태도는 그 누구도 쉽게 따르기 어려운 정신처럼 보인다. 사르트르는 초현실주의가 전체성이나 통일성의 단계로 나아가지 못한 점에 대해서 가차 없이 비판한다.

『연통관들』을 읽어보라. 이 책의 내용이나 제목은 모두 유감스럽게도 매개항이 부재해 있음을 보여준다. 꿈과 깨어 있음은 연통관들이다.

---

23 A. Breton, *Les vases communicants*, Gallimard, coll. Idées, 1932, pp. 103~104.

이것은 혼합이 있고, 밀물과 썰물의 흐름이 있을 뿐이지 종합적인 통일성이 결여되어 있음을 말해준다. 그러면 누군가 이렇게 말할 것이다. 종합적인 통일성, 그것이야말로 만들어야 하는 것이고, 초현실주의가 목표로 삼는 것이라고. 아르파드 메체이가 이렇게 말한 것도 나는 알고 있다. "초현실주의는 의식과 무의식이라는 상이한 현실에서 출발하여 그러한 요소들의 종합을 지향해가는 것이다." 그러나 무엇으로 초현실주의는 종합을 하는가? 매개의 도구는 무엇인가? 호박을 굴리면서 묘기를 부리는 요정들의 곡예를 보는 일은 (그런 일이 어떻게 가능할지 의심스럽지만) 꿈과 현실을 혼합하는 것이지, 그것들이 그 자체 안에서 꿈의 요소들과 현실의 요소들이 변형되고 극복되어 나타날 어느 새로운 형태 안에서 그것들을 통합하는 것은 아니다.[24]

사르트르는 헤겔적인 종합의 결여가 결국 초현실주의를 실패하게 만들었다고 결론 내린다. 사르트르의 이러한 주장은 초현실주의자들이 시인이거나 예술가라는 점을 전혀 고려하지 않은 것처럼 보인다. 그는 초현실주의에서는 매개가 결핍되었다고 하는데, 시인에게 그것은 바로 언어가 아닐까? 브르통이 헤겔과 구별되는 것은 확실하다. 그는 헤겔 철학을 그대로 따르지 않고 헤겔을 통해서 초현실주의적 정신의 독립을 내세운 것이기 때문이다. 브르통은 무엇보다도 인간을 소외시키고 정신을 왜소하게 만든 원인을 찾고, 시인으로서 정신의 해방을 실현할 수 있는 방법에 천착했다. 이런 점에서 『연통관들』은 중요한 자료로 평가될 수 있다.

---

24 J.-P. Sartre, *Qu'est-ce que la littérature?*, Gallimard, coll. Folio Essais, 1985, pp. 365~66.

『연통관들』에는 다른 작품들에 비해서 '혁명' '혁명가' '혁명적' 등의 어휘가 많이 담겨 있을 뿐 아니라, 그 어휘들에 대한 정의가 그 어느 때보다 진지하게 다루어진다. 그와 더불어 프로이트의 정신분석과 꿈의 해석에 대한 논의도 많은 부분을 차지하고 있다. 이것은 마르크스와 프로이트를 연결하려는 그의 의지가 그 어느 때보다 강렬했음을 보여주는 증거이다. 작품 결미에 프로이트가 브르통에게 보낸 편지가 세 통, 사진판으로 수록되어 있고, 그 편지 내용에 부분적인 반론을 제기한 브르통의 편지도 첨가되어 있다. 사실 브르통과 프로이트, 혹은 초현실주의와 프로이트의 관계는 밀접한 만큼 간단하게 이해되는 것도 아니다.[25] 브르통은 1919년 프로이트가 무의식을 밝히려고 사용한 여러 가지 기법 중에서 무엇보다도 자유연상의 방법을 잘 알고 있었다. 그래서 자유연상이 프로이트에게 정신분석적 치료법이라면 브르통에게는 자동기술의 방법이 된 것이다. 정신과 의사는 환자들로 하여금 머릿속에 떠오르는 모든 것을 털어놓도록 하는데, 비판적인 판단을 제거한 상태에서 외부 세계를 망각하고 자기 자신에게 정신을 집중할 수 있는 방법을 이용한다. 자동기술은 그런 점에서 프로이트가 환자들에게 적용한 자유연상과 다르지 않다. 그러나 여러 가지 유사성에도 불구하고, 브르통의 계획은 프로이트의 목적과

25 브르통이 프랑스에서 처음으로 프로이트의 중요성을 말한 사람이라고 단정적으로 말하기는 어렵지만, 프로이트가 프랑스 정신의학계나 지식인들로부터 완전히 무시받던 시절, 그를 방문하고 그의 이름을 크게 부각시킨 공로는 인정되어야 할 것이다. 현대예술에는 별 관심이 없을 뿐만 아니라 예술에 관한 한 보수주의자였던 프로이트가 초현실주의에 대한 인식이 부족했던 것은 사실이다. 초현실주의의 열기가 유럽을 한창 휩쓸던 무렵, 초현실주의 화가 달리가 프로이트를 방문한 후에 프로이트가 쓴 글에서, 초현실주의자들은 알코올 도수가 90도쯤 되는 미친 사람들이라고 유머러스하게 표현했다는 일화는 유명하다.

일치하지 않는다. 가령, 정신분석에서 자유연상의 결과는 치료의 자료로 쓰인다. 의사는 환자의 자유연상을 통해 잠재적 의미를 추출하고 억압된 욕망의 심층을 탐색하는데, 그 목적은 단순히 환자의 무의식을 발견하는 데 있는 것이 아니라 환자의 무의식을 가로막는 장애 요소를 환자로 하여금 극복케 함으로써 보다 더 현실에 잘 적응할 수 있는 능력을 심어주는 데 있다. 그런 점에서 의사나 환자 모두가 치료의 존재 이유가 되는 감시를 소홀히 하지 않도록 협조한다. 그러나 자동기술에서는 해석이나 치료가 전혀 문제가 되지 않을 뿐만 아니라 감시를 받지도 않는다. 이러한 기본적인 입장의 차이가 프로이트와 브르통이 어긋나게 되는 이유일지 모른다. 브르통은 프로이트가 풍부한 의미를 지닌 꿈의 세계를 밝힌 업적을 높이 평가하는 반면에, 프로이트가 자기 자신을 해부대 위에 올려놓지 않을 뿐만 아니라 환자들의 꿈을 분석하는 데서 내보이는 몇 가지 소심한 태도에 대해 불만을 갖는다.

3부로 구성된 『연통관들』의 1부에서는 프로이트의 꿈의 정신분석을 자기 나름대로 이해한 관점에서, 꿈의 이론을 펼치고 자기의 꿈을 철저히 분석한다. 2부에서는 1931년 4월, 우울한 나날을 보내면서 사랑을 찾아 헤매던 시절의 경험과 정신적 상황이 그려지고, 3부에서는 유물론의 한계를 공격하면서, 혁명을 추진한다는 공산당의 편협한 사고를 비판하는 것이 주요 내용을 이루고 있다.[26] 여하간 이 작

26 『연통관들』이 발표된 시기는 1932년이지만 이 작품에서 전개되는 사건은 주로 1931년에 겪은 체험이다. 이 시기는 초현실주의자들과 공산주의자들의 대립이 심각해진 시기임을 주목할 필요가 있다. 브르통은 공산당에서 시인 대우를 제대로 받지 못했다. 당이 그에게 이탈리아의 경제 상황에 대한 보고서를 작성하라고 요구하는 형편인데, 초현실주의의 독립을 포기하지 않겠다는 그의 신념을 공산주의자의 입장에서 어떻게 이해할 수 있을까?

품에서는 프로이트의 이름과 더불어 마르크스, 레닌, 포이어바흐, 헤겔 등의 이름이 적지 않게 발견된다. 이러한 외견상의 특징은 프로이트와 마르크스주의, 꿈과 현실을 연결 지으려는 작가의 의도가 그대로 반영된 것이다. 꿈에 대한 논의에서 유물론적인 관심을 배제하지 않는 브르통은 다음과 같은 몇 가지 가설과 의문을 제시한다. 첫째, 꿈은 삶의 기본적인 문제를 해결하는 데 적용할 수 있는 것일까? 둘째, 왜 우리는 일상생활에서 어떤 특정한 것에 민감한 반응을 보이는가? 의식적인 행위 속에 감춰져 있는 열쇠는 결국 꿈에서 찾을 수 있는 것이 아닐까? 셋째, 꿈속에서 이성적인 사고의 한계를 초월해 있는 인간의 다른 능력을 찾을 수 있지 않을까? 넷째, 꿈은 인간이 습관처럼 익숙해져 있는 모든 이원론적 구별을 파괴하고 초월하면서 대립이 없는 화해의 세계 속에 들어갈 수 있다는 희망을 보여주지 않을까? 또한 그는 꿈속에서의 시간과 공간은 현실에서의 시간과 공간이나 다름없는 것이고 그것을 구별하는 태도는 이성적인 인식의 한계를 나타낸다고 주장한다. 『연통관들』의 2부에서 사랑의 욕망이 지배하는 일상생활의 여러 사건들이 꿈의 시간과 공간에서처럼 전개되는 이유는 그 한계를 넘어서기 위한 것이고, 이러한 시도에서 중요한 것은 꿈 자체가 아니라 꿈의 상태 속에서 자유롭게 펼쳐지는 욕망의 상태로 볼 수 있다. 이런 점에서 프로이트가 "꿈은 욕망과 현실을 구별하지 않는다"라고 말한다면, 브르통은 "욕망이야말로 꿈과 현실을 구별하지 않는다"라고 주장할 것으로 생각된다.

브르통은 사랑이라는 문제에 접근할 때는 마르크스와 엥겔스를, 시간과 공간이라는 문제를 다루면서는 포이어바흐와 레닌의 이론을 빌린다. 프로이트와 마르크스를 접합시키려는 의도의 한 표현인 이

러한 논리적 전개는 결국 "세계를 근본적으로 개혁하려는 욕망과 가
능한 한 완전하게 이 세계를 해석하려는 욕망을 일치시키려는 종합
적인 태도"[27]이다. 혁명은 결국 세계와 사회를 개혁하는 차원에 한정
되는 것이 아니라 세계를 해석하고 인간 정신을 해방하려는 의지의
차원에서도 완성되어야 하기 때문이다. 이러한 원칙이 브르통으로
하여금 꿈의 현상을 통해서 '인간의 개성' 혹은 '인간성'을, 아니면 '주
관성의 본질'을 탐구하려는 계획을 포기할 수 없게 만든다. 1930년 11
월 6일 카르코프에서 열린 프롤레타리아 문학 국제회의의 결론적인
주제를 그가 격렬하게 비판한 것도 같은 이유에서이다.[28] 카르코프에
서 논의된 문제는 프롤레타리아 문학이 계급투쟁의 무기라는 것, 프
롤레타리아 예술가는 현실을 수동적으로 바라보는 사람이 아니라 무
엇보다 혁명적인 현실에 참여하는 사람이라는 것이었다. 브르통은
이념적으로나 현실적으로 이러한 결론에 결코 동의할 수 없다는 입

---

27 A. Breton, *Les vases communicants*, p. 148.
28 초현실주의 작가, 아라공과 사둘은 카르코프 회의에 우연히 참석하게 되었다. 그들이
이 회의에 참석한 것을 브르통은 모르고 있었는데, 두 사람은 회의가 진행되는 동안 초현실
주의의 대표자로서가 아니라 프랑스 공산당 문학인으로서의 입장을 굳힌다. 『초현실주의의
역사』를 쓴 모리스 나도가 아라공이 일으킨 파문을 '아라공 사건'이라고 명명한 바도 있지만,
아라공은 소련에서 돌아오고 1년쯤 지나서 『혁명에 봉사하는 초현실주의』 1931년 12월호
에 실은 「초현실주의와 혁명적 변화」라는 글을 통해 카르코프 회의의 정치가들이 초현실주
의자들의 혁명적 성실성을 긍정적으로 평가했다고 주장하면서 바르뷔스의 프롤레타리아
문학을 문제시한다. 아라공은 카르코프에서 초현실주의자의 입장과 명분을 힘차게 옹호했
다고 주장하지만 아라공과 사둘이 초현실주의를 부정하고 배반했다는 것이 나중에 밝혀진
다. 그러나 브르통이 진실을 알기 전까지, 아라공은 카르코프 선언서에 서명한 사실과 프로
이트의 명제를 비난한 사실도 감추며 어중간한 태도를 취했다. 그가 마야코프스키의 영향
을 받고 쓴 「붉은 전선」이라는 과격한 시가 검열에 걸리자 브르통과 다른 초현실주의자들
이 그를 옹호하면서 표현의 자유를 외치는데, 아마도 이것이 브르통이 아라공에게 보인 마
지막 우정의 표현일 것이다. 아라공은 결국 이 사건을 계기로 초현실주의 그룹을 떠나서 완
전히 공산주의 시인으로 전향했다.

장을 명백히 밝히고 소련을 공격하면서, 소련이 혁명을 이룩한 나라라는 이유로 무조건 옹호될 수 없다고 강조한다. "현 단계에서 러시아 혁명의 교훈은 그 자체로 불완전한 교훈일 수밖에 없다"[29]는 그의 현실 인식은, 10월 혁명을 전후해서 러시아에 휘몰아치던 자유의 정신은 사라지고 혁명의 이상은 더럽혀진 스탈린의 독재 체제의 정치적 현실을 염두에 둔 발언이었다.

반복해 말하는 것이지만 혁명의 시기를 앞당겨야 한다는 구실 아래 인식에 이르는 훌륭한 길을 가로막는다거나 그 길을 이용할 수 없게 만드는 처사는 무슨 일이 있더라도 피해야 한다. 혁명이 성공한다면 높은 수준에 도달해 있는 인간 정신은 아무런 장애물이 없는 길 위로 반드시 제일 먼저 떠날 수 있으리라고 믿고 있는 만큼, 또한 내가 믿지 못할 것은 혁명의 경험이 오히려 인간의 정신을 풍요롭게 만든 그 모든 요소들을 가차 없이 헐값으로 팔아넘기게 될 경우, 과연 정신이 그런 높은 차원에 도달할 수 있겠는가 하는 문제이다.[30]

브르통의 확고한 신념에서 변증법적 유물론에 대한 마르크스주의자의 해석은 독단적이며 편협한 형태로 보일 수밖에 없다. 당의 지도자들은 문화적인 문제에 대해 보수주의자의 입장에서 공산주의적 참여의 노선을 위해 초현실주의 운동의 이념을 포기해야 한다고 강조하고, 그러지 않는 한 초현실주의자들의 정치 참여의 성실성을 의심

29 A. Breton, *Les vases communicants*, p. 148.
30 같은 책, p. 158.

제1장 브르통과 초현실주의 혁명의 의미

할 수밖에 없다고 위협한다. 『연통관들』에서 브르통은 당의 이러한 태도가 위험한 것임을 말하고, 인간을 해석하는 데 오류를 범한다면 이 세계를 해석하는 데도 오류를 범하는 결과를 낳게 된다는 것을 거듭 주장한다. 인간의 정치적·물질적 문제를 해결하려고 하면서 인간의 내면적·정신적 문제를 젖혀놓는다면 결국 혁명 후에 도래되는 새로운 사회는 근본적으로 과거의 낡은 사회와 다를 바 없기 때문이다. 결국 사회의 구조를 변화시키려고 노력하면서 동시에 인간을 변화시키려고 해야 한다는 것이 초현실주의의 변함없는 입장이다.

브르통은 자신이 꿈꾸는 혁명과 마르크스주의자들이 생각하는 혁명 사이에 좁혀질 수 없는 거리가 있다는 것을 인정할 수밖에 없었다. 그러나 인간 해방이나 계급투쟁은 한 가지 방향에서만 가능한 것이 아니라 다원적으로 여러 가지 반항의 차원에서 이루어져야 하듯이, 예술가들은 자기들의 창조적인 작업을 전위적으로 수행하면서 혁명에 봉사할 수 있어야 한다. 이런 의미에서 마르크스와 엥겔스만 중요한 것이 아니라 사드와 로트레아몽도 중요하다는 것이 그의 생각이다. 시인의 혁명적 정신과 정치가의 혁명적 태도가 일치될 수 있는 것임을 말하기 위해 브르통은 혁명가에 대해 성찰하며 이렇게 말한다. "한 사람의 혁명가는 다른 사람들과 마찬가지로 꿈을 꾸고 때로는 자기 자신의 개인적인 문제에 몰두할 수도 있다. 그는 사람이 멀쩡한 상태에 있다가도 미칠 수 있다는 것을 알고 있고, 아름다운 여자는 누구에게나 아름다운 것이어서 그 여자 때문에 불행해질 수도 있고 그 여자를 사랑할 수도 있다. 그 어느 경우이든 혁명가가 자기의 행동을 솔직히 표현해주었으면 좋겠다."[31] 브르통은 혁명가가 꿈을 꾸는 몽상가가 될 수도 있고 위대한 연인이 될 수도 있다는 것을 말하고 싶어 한다. 『연통관들』에서 결국 그가 연결 짓고 싶었던 것은 꿈과 혁명 혹은 사랑과 혁명이었다. 꿈과 사랑의 가치를 배제하고 오직 정치적 혁명만 주장하는 혁명가는 진정한 의미에서 혁명가가 아니라고 그는 주장한다. 이런 입장에서 당의 지도자들이 초현실주의자들을 이상주의자라고 부르며 신뢰하지 않았을 때, 브르통은 혁명가들에 대한 기대를 저버릴 수밖에 없었다.

5. 『열애』에서의 사랑과 혁명

『나자』를 읽은 독자는 작품의 서술이 종종 시적이고 화자의 생각과 욕망의 상태가 분명하게 서술되지 않는 느낌을 받게 되는데, 『연통관들』은 작가가 체험한 감정의 상태를 숨김없이 자기를 객관화하여 관찰하는 방법으로 표출한다.[32] 『나자』가 말하지 않으면서 말하고, 말하면서 말하고 있지 않다는 애매모호한 여운을 보여준다면, 『연통관들』은 논리적인 전개에 비약이 없고 논지가 분명하며 설득적이다. 그러나 세번째 작품인 『열애』는 이전에 발표된 두 작품의 어조를 종합한 듯 시적이면서 분석적인데, 이 작품을 통해서 브르통이 집중적으로 보여주는 관심은 제목이 암시하듯이 사랑을 기다리고 사랑을 체험한 사람의 내면에서 욕망의 표현이 어떤 궤적을 그리며 이동하

---

31 같은 책, p. 104.
32 프로이트의 논리에 따르면, 자기 관찰auto-observation과 반성réflexion은 구별되는 것이다. '자기 관찰'이나 '반성' 모두가 정신 집중을 요구한다는 점에서는 일치하지만, 후자가 이성적인 비판을 동반하고 있다면 전자는 분별력을 가능한 한 고려하지 않으려고 한다.

는가의 문제이다. 『연통관들』에서 자주 발견되었던 '혁명'이라는 어휘를 '사랑'으로 대체한 듯한 인상을 받을 만큼 사랑은 중요한 주제로 나타난다.

사랑이여, 하나뿐인 사랑이여, 육체적 사랑이여, 나는 너의 위험한 그늘을 끊임없이 찬미했노라.[33]

Amour, seul amour qui sois, amour charnel, j'adore je n'ai jamais cessé d'adorer ton ombre vénéneuse, ton ombre mortelle.

어떤 사회적 명분에도 사랑을 희생시켜서는 안 된다고 할 만큼 사랑의 가치를 높게 찬미한 이 책이 브르통과 공산당이 결별한 후 쓰였다는 것은 의미심장하다.[34] 사랑의 승리를 노래한 이 책은 또한 욕망의 승리를 노래한 것이기도 하다. 브르통은 이 책에서도 마르크스와 엥겔스의 논리를 빌리면서 사랑의 여러 가지 다양한 표현 형태를 사회적·정치적 해석과 관련짓고, 사랑의 힘이 어떻게 부정과 반항의 힘이 되는지를 말한다. 혁명 대신에 기껏 사랑이냐고 비웃는 사람이 있을지도 모르겠지만, 보네가 초현실주의를 옹호한 것처럼, "사랑이 상

33 A. Breton, *L'amour fou*, Gallimard, 1937, p. 85.
34 초현실주의자들과 공산당의 공식적인 단절은 『혁명에 봉사하는 초현실주의』(1933년 5월호)에 알키에가 소련 영화 〈삶의 길〉에 대해서 혹평하며, 모든 예술을 이데올로기의 도구로 삼는 소련의 일원적 예술정책을 비난한 것이 계기가 된다. 그 결과 1933년 6월, 알키에를 비롯하여 브르통, 엘뤼아르, 크르벨 등이 당에서 축출된다. 이 사건은 초현실주의자들의 정치적 관심이 끝났음을 의미하는 것이 아니다. 그들은 반파시스트 투쟁에 앞장을 선다거나 혁명을 지지하는 활동을 계속하는데, 공산당과의 의견 대립은 결코 완화되지 않는다. 기실, 초현실주의자들과 공산주의자들의 관계는 오해와 모순의 축적일 수밖에 없었다.

품화되고 사물에 예속해서 이용되는 세계, 형편없는 에로티즘이 광고 효과를 높이는 수단으로 굳어져가는 이 세계에서 사랑에 대한 초현실주의자의 태도는 무정부주의적인 것처럼 보일 수도 있다. 왜냐하면 빈틈없는 계산의 정신이 아니라 계산을 초월한 풍요의 정신을 갖고 있는 초현실주의자의 태도는 무엇보다도 가장 고양된 의미에서 생명 속에 있는 관대함과 삶의 넘쳐흐르는 충만성을 전제한 것이기 때문이다."[35] 브르통이 강조하는 사랑은 낭만주의적인 목가적 사랑이 아니라 비인간적 사회를 파괴해버릴 수 있는 욕망의 힘으로서의 사랑이다. 그러므로 그에게서 사랑의 문제는 사회적인 문제와의 관련 속에서 나타난다.

> 현 사회의 경제적 토대를 파괴함으로써만 고칠 수 있는 사회적인 오류는, 만사 제쳐놓고 사랑을 선택한다는 것이 사실상 불가능하다는 점에 원인이 있고 또한 그 선택이 불가피하게 이루어져야 할 경우에, 자유로운 선택을 방해하는 요소들이 많은 분위기에서 선택해야 한다는 사실에도 그 원인이 있는 것이다.[36]

브르통은 그가 속한 부르주아 문명의 사회가 자유로운 사랑의 선택을 할 수 없게 만들기 때문에 그 사회를 바꾸고 새로운 사회를 건설해야 할 필요성을 역설한다. 여기서 그가 생각하는 사랑은 한 개인으로 하여금 그가 속한 사회의 인간화를 꿈꾸게 하면서 욕망의 실현을 계

---

35 F. Alquié, *Entretiens sur le surréalisme*, Mouton, 1968, p. 563.
36 A. Breton, *L'amour fou*, pp. 104~105.

제1장 브르통과 초현실주의 혁명의 의미

속 추진하도록 자극하는 요소로서의 사랑이다. 또한 세계를 개혁하려는 의지와 연결되는 사랑은 결코 이웃과 단절된 이기주의적 사랑이 아니라 이웃과 함께 진정한 인간적 삶을 모색하기 위한 사랑이다.

이러한 사랑 속에는 유럽이 현재 처해 있는 오욕의 시대와 완전히 단절되고, 미래의 가능성이 고갈되지 않고 풍부하게 보존되어 있는 진정한 황금시대가 참으로 힘차게 존재한다. 나와 늘 견해를 같이하고 있는 부뉴엘과 달리가 강조하는 것이 바로 그러한 사랑인데, 나는 부뉴엘이 나중에 그 제목을 검토하는 자리에서 예술을 직접적인 프로파간다 용으로만 생각하는 싸구려 혁명가들의 요청에 따라 "황금시대"라는 제목 대신에 불온한 요소를 제거한 표현인 "이기주의적인 계산으로 얼어붙은 강물에서"라는 완전히 상투화된 제목을 붙여서 그 영화를 노동자들의 극장에서 상영케 했다는 사실을 생각하면 몹시 우울해진다.[37]

예술에 대해 무지하거나 혹은 예술의 의미를 사회혁명의 명분 아래 왜곡시키며 선전수단으로 삼는 공산당의 정치가들을 브르통은 서슴지 않고 싸구려 혁명가들이라고 부른다. 그는 그들의 편협하고 이기주의적인 민족주의를 비난하기도 한다. 『열애』에서 보이는 이러한

---

37 같은 책, p. 88: 〈황금시대〉는 부뉴엘Luis Buñuel과 달리Salvador Dalí가 공동으로 시나리오를 작성하여 1930년에 만든 영화인데, 이 영화를 촬영할 때는 막스 에른스트Max Ernst를 비롯하여 많은 초현실주의자들이 찬조출연하며 참가했다. 이 영화는 본격적인 초현실주의 영화로서 상영 첫날 불온한 대사와 충격적인 장면 때문에 검열을 받게 되어 많은 부분을 삭제할 수밖에 없었다. 그럼에도 불구하고 상영기간 중 이 영화는 여러 가지 수난을 당하게 되는데, 어떤 때는 애국자연맹 회원들이 상영실에 대거 침입해 들어와 화면 위에 잉크를 뿌리고 관객석 의자들을 부수는 등의 난동사건이 벌어지기도 했다.

태도는 프랑스 공산당과 소련 공산당이 점차적으로 더욱 긴밀하고 우호적인 유대관계를 맺으면서 1935년 6월 25일 '문화의 옹호를 위한 국제작가회의'를 열었을 때 브르통이 엘뤼아르에게 대독케 한 연설문의 내용과 일치한다. 이 연설문은 프랑스 공산당의 문화정책을 치열하게 비판한 것인데, 브르통이 공산주의자들을 비난한 것은 무엇보다도 그들이 문화를 옹호한다는 구실 아래 폐쇄적이고 편협한 민족주의에 기우는 성향을 보였기 때문이다. "우리들 초현실주의자들은 우리의 조국을 사랑하는 사람들이 아닙니다. 우리들은 작가나 예술가의 자격으로 과거의 문화적 유산을 거부하려고 한 적이 조금도 없다고 말한 바 있습니다. 우리의 정신이 독일 사상에서 영향을 받은 것이든 그 어느 다른 나라의 사상에서 영향을 받은 것이든 간에 우리에게 중요한 것은 보편적인 유산이라는 사실을 새삼 역설할 수밖에 없는 오늘의 현실이 유감스럽습니다."[38] 문화적 가치의 보편성을 강조하는 브르통의 이 강연은 '세계를 개혁한다'는 마르크스적인 명제와 '삶을 변화시킨다'는 랭보적인 명제가 동시에 추구되어야 한다는 본래의 입장을 결론으로 제시했는데, 회의가 끝난 후 『코뮌Commune』이라는 잡지에서 발표자들의 글을 모두 수록하는 과정에서 공산주의자들은 브르통의 글을 제외시켰다.

초현실주의에 있어서 시와 예술은 인간의 운명을 개선하려는 목적을 망각하지 않고 드높은 자유의 의지를 보여주면서 인간의 정신을 고양하는 방법이다. 이것은 인간의 심층적인 무의식의 세계를 천착하면서 전통적인 관습과 상식적인 도덕의 벽을 부수고 욕망의 잠재

---

38 A. Breton, *Position politique du surréalisme*, Denoël/Gonthier, 1972, pp. 87~88.

적인 폭발력을 이끌어내기 위해서이다. 결국 꿈과 상상력, 직관적 사유로서의 인간의 능력을 자유롭게 발현시키는 데 있어 인간의 정신적 해방과 물질적 해방은 분리될 수 없는 것이기에 브르통은 계속 예술과 상상력의 자유를 요구한 것이다.

6. 『아르칸 17』과 유토피아적 혁명

비인간적인 전쟁이 1940년대 초기의 유럽에서 맹위를 떨치고 나치즘과 파시즘이 인간의 정신을 황폐하게 만들 때, 브르통은 비시 정권의 탄압을 받다가 미국으로 망명을 기시 『아르칸 17Arcane 17』을 쓰게 된다. 브르통의 시적 산문들 중에서도 매우 난해한 작품으로 알려진 이 책은 '희망의 부활'[39]을 표현한 것으로서 서두부터 독자를 신화적인 공간으로 이끌어간다. 책의 제목이 이미 암시하고 있는 것처럼, 신화적인 요소와 비교적인 요소를 많이 내포하고 있는 이 작품은 그 어느 때보다 더욱 여성적인 힘과 사랑을 예찬한다. 이 책에서 브르통이 찬미하는 위대한 사상가나 시인은 루소, 사드, 랭보, 생쥐스트, 푸리에, 위고, 로트레아몽 등이며, 이들은 비참한 삶의 조건을 초월하여 온몸을 던져 자유를 사랑하고 유토피아적인 희망과 꿈을 간직하면서 인간 해방을 위해 투쟁한 혁명가들로 그려진다. 이들 중에서 브르통이 새롭게 발견한 사상가가 공상적 사회주의자로 알려진 푸리에라는 점은 주목할 필요가 있다. 그가 『아르칸 17』을 집필할 무렵, 경탄하면

---

39 A. Breton, *Entretiens,* p. 201.

서 재발견한 사람이 유토피아적 사상가라는 것은 무슨 의미를 갖는 가? 간단히 말하자면, 이제 마르크스주의 혁명이라는 문제는 그의 관심사에서 멀어졌다는 것을 입증한다. 『아르칸 17』 이전에 발표된 작품들에서 적지 않게 발견되던 마르크스주의자들의 이름이 하나도 나타나지 않는다는 것은 놀라운 일이 아닐지 모른다. 브르통은 이제 『연통관들』에서처럼 마르크스주의적인 세계관과 프로이트적인 해석을 연결하려는 노력을 포기하고 아나키스트적인 입장에서 반항적 가치를 갖는 자유의 깃발을 드높이며 노래할 뿐이다.

> 자유: 사람들이 아무리 이 말을 조잡하게 남용해왔다 하더라도, 이 말은 조금도 더럽혀지지 않았다.[40]

브르통은 어떤 이데올로기도 인간의 자유의 본질을 더럽히거나 왜곡해서는 안 된다는 웅변과 함께, 자유는 철학적 개념도 아니고 어떤 형이상학적 성찰의 대상도 아니며, 투쟁과 반항과 희생을 통해서 불붙는 힘과 정열이라고 선언한다. 그는 이제 혁명적 행위와 개인적 자유를 일치시키고 마르크스와 프로이트를 연결하려는 시도가 거의 불가능하다는 것을 깊이 깨닫게 된다. 그가 말년에 푸리에의 사상으로 기울게 된 까닭은 초현실주의의 한계와 절망적인 현실 상황에 기인한 것이라고 하겠지만, 정신적으로 유대감을 느낀 트로츠키가 암살당한 사건도 한 요인으로 작용했을지 모른다.[41]

---

40 A. Breton, *Arcane 17*, Sagittaire, 1947, p. 67.
41 브르통과 초현실주의자들이 스탈린주의의 독단적인 예술정책을 비판하고 거부함으로써 당에서 축출된 해인 1933년, 트로츠키는 러시아에서 추방당하고 파리에 망명하려 했으

7. 초현실주의 혁명에 대한 이해와 결론

지금까지 우리는 초현실주의 혁명이 마르크스주의자들의 유물론
적 혁명이 아니라 대체로 정신의 혁명이거나 혹은 개인적인 반항을
의미한다는 것을 브르통의 작품을 중심으로 살펴보았다. 초현실주의
의 역사적 흐름 속에서 초현실주의자들은 때로는 반항을 강조하다가
때로는 혁명의 명분을 중시하기도 했지만, 브르통은 결국 유토피아적
인 꿈과 신화의 세계로 다가갔다. 그렇다면 초현실주의 혁명은 어떻
게 정의될 수 있을까? 초현실주의 혁명이 반항이건 혁명이건 간에, 초
현실주의에 있어서 중요한 의미를 지니고 있는 이 어휘는 1938년 초
현실주의 그룹이 편집한『간추린 초현실주의 사전』에 수록되지 않았
다. 혁명과 반항을 엄격히 구별하면서 정의 내리기가 어려웠기 때문
일까? 사실 초현실주의자들에게 혁명의 의미는 어느 때는 루소의 개
념에 가깝기도 하고, 어느 때는 마르크스의 개념에 가깝기도 했다. 그
러나 분명한 것은, 표면상의 변화가 어떠하든 간에 근본적인 뼈대가
중요하다고 할 때, 초현실주의의 일관된 주장이 사회적 혁명의 필요
성을 잊지 않으면서 개인의 절대적이고 근본적인 반항의 드높은 가
치를 조금도 포기하지 않았다는 사실이다. 바로 이런 점 때문에 마르
크스주의적 혁명과 초현실주의적 혁명을 혼동해서도 안 되겠지만, 마

나 그 계획은 좌절된다. 브르통은 트로츠키에게 추방령을 내린 처사를 공격하며 여론을 조
성하기도 했고, 1936년 모스크바에서 트로츠키를 재판하는 사건이 벌어지자 스탈린이 인간
의 의미를 왜곡할 뿐 아니라 역사를 왜곡한 사람이라고 비난한다. 브르통이 트로츠키를 만
난 것은 훗날 1938년 2월 멕시코에서 트로츠키가 암살당하기 두 해 전이었다. 트로츠키와
브르통은 예술에서의 진보주의, 예술가는 어떤 정치권력 앞에서도 굴복하지 않고 완전할
정도의 자유와 독립을 누려야 한다는 일치된 견해에 도달한 바 있다.

르크스주의적 혁명과 다르다고 해서 초현실주의가 추구하는 혁명을 폄하해서도 안 될 것이다. 1935년 4월 1일 엘뤼아르와 함께 프라하의 친구들의 초청을 받아 체코에 갔을 때 강연한 내용에는 '혁명적'이라는 용어의 의미가 다음과 같이 명백하게 밝혀져 있는데 아마도 이 발언이 브르통의 예술가로서의 입장을 반영한 것이라고 말할 수 있다.

> 우리는 '혁명적'이라는 형용사를 예술에서 전통과 단절된 것처럼 보이는 지성적인 창조자와 작품을 말할 때 주저 없이 사용해왔다는 것을 알고 있습니다. 나는 이 자리에서 '단절된 것처럼 보인다'고 말했는데, 그 이유는 다른 사람들이 전통에 반기를 든 것이라고 말하는 것도 여러 세기가 지나고 나면 무한한 동화 능력에 함몰되어왔기 때문입니다. 어떤 작품이나 어떤 작가를 사로잡는 철저한 반항적 의지를 성급하게 진단했을 때 사용되는 이 형용사의 큰 약점은 세계를 개혁하는 방향에서의 조직적인 단체 활동을 규정하면서 이 세계의 현실적인 기반을 구체적으로 공격해야 할 필요성을 암시하는 형용사와 혼동되어 있다는 것입니다.[42]

브르통은 혁명적이라는 형용사를 두 가지 방향에서 혼동하여 사용하는 현상을 지적함으로써 초현실주의의 입장은 시와 예술이라는 창조적인 차원에서 작가들이 '철저한 반항적 의지'를 보이는 데 있다는 것을 말하고 싶어 한다. 그런 점 때문에 그는 랭보의 예를 든다. "세계를 근본적으로 개혁하겠다는 의지가 그 누구보다도 가장 극단적인

---

42 A. Breton, *Position politique du surréalisme*, pp. 17~18.

방향으로 나아갔던 시인, 랭보의 의지는 노동자들을 해방하려는 의지와 자연스럽게 만나는 것입니다."[43] 랭보의 새로운 창조적 시는 그 형태 때문에 혁명적이며, 그의 시는 노동자들을 해방시키려는 혁명의 의지와 결코 모순되지 않는다는 것이 그의 주장이다.

시인과 혁명가, 혹은 시와 혁명을 초현실주의의 관점에서 결합하고 연결하려는 의지는 그것 자체로 정당한 야심이며 모순되거나 불합리한 발상이 아니다. 그것은 누구나 자기가 꿈꾸는 진정한 혁명을 실현하는 방법으로 얼마든지 가능한 태도의 표현이다. 그러나 초현실주의는 과연 끝까지 그러한 긴장을 유지했을까? 현실적인 문제에 부딪치면서 시련을 겪은 초현실주의는 현실 세계에 대한 희망을 잃은 나머지 유토피아적인 흐름으로 나아간 것이 아닐까? 유토피아적인 꿈이 나쁘다는 것이 아니라, 그러한 방향은 초현실주의의 본래적인 태도와 어긋나는 것이기 때문이다. 초현실주의가 추구하는 꿈과 신비는 초월적인 것이 아니라 현실적이며, 가장 현실적인 것이 가장 초현실주의적이라는 역설이 가능할 만큼, 삶의 문제를 떠난 초현실주의는 진정한 초현실주의로 보기 어렵다.

초현실주의는 하나의 문학적 혹은 예술적 미학을 떠나서 새로운 인간형을 혹은 새로운 삶의 태도를 창조한 폭넓은 문화운동이다. 이 문화운동이 실패로 끝났다 할지라도 꿈과 행동이, 혹은 시와 삶이 여전히 대립되어 있는 오늘날의 현실에서 그것을 일치시키려고 했던 초현실주의자들의 치열한 정신은 또 다른 차원에서 계승하며 극복할 가치가 충분할 것이다.

43 같은 책, p. 31.

제2장
브르통과 다다

1. 다다의 중요성

외국문학에 대한 깊은 지식을 갖고 있지 않더라도, 문학적 상식을 어느 정도 갖고 있는 사람이라면 초현실주의의 원동력이 된 다다Dada가 예술을 거부하는 전위적인 문화운동이며, 다다적인 시란 신문지를 가위질하여 토막 난 조각을 제멋대로 연결해서 만든 형태라고 정의 내린 트리스탕 차라Tristan Tzara(1896~1963)의 반문학 선언을 들어본 적이 있을 것이다. 다다운동은 비인간적인 전쟁과 그 전쟁을 정당화시킨 서양의 모든 철학에 대한 절대적인 반항과 혐오감의 소산이라고 간단히 말할 수도 있는데, 문학사의 연대기적인 측면에서 보자면 1916년 2월 8일 취리히의 '카바레 볼테르Cabaret Voltaire'에 모인 젊은이들에 의해서 시작되었다. 그리고 이 운동의 핵심 인물 중 하나인 차라가 파리에 와서 다다운동을 발전시켰다. 1922년 봄, 파리에서 앙드레 브르통을 비롯한 초현실주의자들의 새로운 출발을 위한 해체 작업의 과정을 거쳐 몰락할 때까지 다다는 여섯 해 동안 지속해 오면서 그 나름대로 중요한 의미를 보여준 허무주의적이며 파괴적인

운동이었다.[1]

그러나 차라의 다다운동은 문학적 혹은 예술적 방면에서 끊임없이 많은 관심의 초점이 되어온 초현실주의 운동에 비해 정당한 평가를 별로 받지 못했을 뿐 아니라 과도하게 무시당했다는 인상을 준다. 초현실주의가 기존의 모든 문화적·사회적 가치 체계를 파괴하면서 동시에 창조적인 작업을 모색한 반면, 다다주의는 한결같이 의미를 거부하는 부정적 작업으로 일관해왔기 때문일까? 아니면 초현실주의가 문학사에서 풍부한 초현실주의 문학을 산출한 것에 비해, 다다는 파괴적인 특징을 보여주었을 뿐 가치 있는 문학적 유산을 남기지 못했기 때문일까? 오늘날 다다의 뿌리와 나뭇가지는 초현실주의라는 거대한 나무의 그늘에 가리어 흔적도 없이 시들어버린 것처럼 보인다. 초현실주의의 중요한 문제들이 이미 다다주의에서 부분적으로나마 거론된 것이며 다다의 거센 물결이 그 당시의 젊은이들에게 폭발적인 힘을 행사했다는 것을 강조하고 아무리 그 중요성을 부각시키려 하더라도, 그 울림이 공명의 폭을 넓히지 못한 것은 사실이다. 모리스 나도Maurice Nadeau의 『초현실주의의 역사』라는 200여쪽의 책에서 다다에 할애된 장은 겨우 9쪽에 불과하며,[2] 초현실주의

---

1 프랑스인들은 다다가 새로운 문학의 출발로서 초현실주의의 등장을 예고한 것으로 이해하지만, 독일인들은 일반적으로 다다를 독립적인 문화운동으로 보지 않고 표현주의의 한 양상으로 받아들이는 듯하다. 사실상, 스위스 취리히에서의 다다 활동은 표현주의와 구별되는 의지를 강하게 보였음에도 불구하고, 당시의 모든 아방가르드 운동 중에서 특히 표현주의와의 연계성을 두드러지게 보여주었다.
2 모리스 나도는, 다다가 출현하지 않았더라도 초현실주의 운동은 존재할 수 있었겠지만 그 양상은 아주 달라졌을지도 모른다고 진단하면서, 초현실주의의 역사적 전개 과정에서 다다의 영향이 중요하다는 점을 강조하고 있기는 하다. M. Nadeau, *Histoire du surréalisme*, édition du Seuil, 1964, p. 27 참조.

를 본격적인 대상으로 삼은 몇 가지 기본적인 이론서, 예컨대 알키에의 『초현실주의의 철학』이나, 카루주Michel Carrouges의 『앙드레 브르통과 초현실주의의 기본 명제들André Breton et les données fondamentales du surréalisme』과 같은 책에서 초현실주의와 다다와의 관련성을 고려한 흔적은 거의 보이지 않는다. 초현실주의의 성립 과정에서 다다의 경험이 쓸모없지 않았으며 다다의 존재 가치가 미미한 것이 아니었음에도 불구하고, 초현실주의를 연구하는 데 있어서 다다를 제외시켜버리는 이러한 현상은 거의 일반화되고 있다.

초현실주의 연구자인 아바스타도는 그의 『초현실주의 개론』에서 초현실주의의 전신이 다다이며 다다가 발전하여 초현실주의로 되었다는 식으로 이 두 가지 전위적 운동을 지극히 '선형적linéaire'인 전개의 방향에서 이해하는 태도가 잘못된 것임을 지적하면서, 차라가 파리에 도착했을 때는 이미 브르통, 아라공, 수포 등 반항적 젊은이들에 의해 『문학』이라는 동인지 그룹이 형성되어 있었고, 차라의 다다가 아니더라도 그것과 유사한 여러 가지 형태의 문학운동이 프랑스의 젊은이들 사이에 유행처럼 확산되어 있었다는 사실을 지적한다.[3] 실제로 프랑스뿐 아니라 스위스, 독일, 미국 등의 여러 지역에서 1920년을 전후하여 비인간적인 전쟁의 광기를 체험한 젊은이들의 반항적 물결은 정확히 분석하기 어려울 만큼 다양한 것이어서, 다다가 출현하지 않았더라도 초현실주의가 등장할 수밖에 없었으리라는 논리는 초현실주의를 중심으로 한 주장이 아니더라도 당연한 관점으로 보인

3　C. Abastado, *Introduction au surréalisme*, Bordas, 1971, p. 26 참조. 대표적인 아방가르드 잡지로는 피에르 알베르-비로Pierre Albert-Birot의 『시크*Sic*』(1916)와 피에르 르베르디 Pierre Reverdy의 『남북*Nord-Sud*』(1917)을 들 수 있다.

다. 그러나 이러한 가정은 다다의 의미를 지나치게 폄하하는 태도의 반영일 것이다. 중요한 것은 다다와 초현실주의를 비교하면서 한쪽의 중요성을 강조하기 위해 다른 한쪽의 의미를 부정하는 편협한 태도를 버리고 두 대상 사이의 상호관련성을 이해하는 일이다. '브르통과 다다'라는 이 글의 제목이 '초현실주의와 다다'도 아니며 '차라와 다다'도 아닌 이유는 무엇보다도 초현실주의 이론을 확립한 브르통의 정신적·문학적 변모 과정에서 다다가 어떤 위치를 차지하며, 그가 어떤 이유로 다다를 버리고 떠날 수밖에 없었는지, 또한 다다의 기본적 입장은 무엇인지의 문제들을 이 운동에 대한 역사적인 관심과 함께 검토해보기 위해서이다.

2. 자크 바셰와 파리에서의 『문학』

'삶을 변화시킨다'는 랭보의 의지가 일종의 열광을 불러일으키기 위해서는, 그리고 도덕이나 문학 혹은 당연하다고 여겨지던 사실들이나 일상사의 습관적 흐름 등에 도전하는 반항만이 젊은이들에게 있어서 유일하게 받아들여질 수 있는 태도라고 여겨지기 위해서는 세계대전이라는 엄청난 사건이 필요했을 것이다. 다다의 운동을 난폭하고 익살맞은 방식으로 일어난 파리풍의 어떤 스캔들에 지나지 않는다고 여긴다면, 1920년대의 정신적 위기, 무정부적인 개인주의 경향 그리고 그 숱한 전통적 규범과 지난 시대의 믿음들을 뒤집어 엎은 거부의 태도를 전혀 이해하지 못하게 되고 만다.[4]

보들레르에서 초현실주의에 이르는 현대시의 줄기를 정신의 모험
이라는 맥락에서 파악한 마르셀 레몽은 여기서 1920년을 전후하여
전개된 젊은이들의 반항이 전쟁과 어떤 관련을 맺고 있는지, 그리고
그 사회적 의미가 무엇인지 잘 설명해주고 있다. 서구 문명의 몰락
과 위기가 비인간적인 전쟁이라는 형태로 귀결되었다면, 그 전쟁을
체험한 젊은 시인들의 사회에 대한 분노와 저주가 바로 이성과 도덕,
합리주의적 정신에 토대를 두면서 발전해온 서양 문명의 한계를 근
본적으로 돌아보게 만든 계기가 된 것이 사실이다. 물론, 서양의 많
은 지성들이 20세기 초에 이미 서양 문명의 위기를 진단해왔고, 19세
기의 보들레르를 비롯한 '저주받은 시인들'이 고통스러운 삶과 절망
적인 언어로 부르주아 사회의 허위를 꿰뚫어 보긴 했지만, 그들은 다
다나 초현실주의 시인들처럼 위기의 사회에 대한 집단적인 반항으
로 격렬한 사회참여 운동을 통해 영향력을 행사하지는 못했다. 초현
실주의자들은 랭보와 로트레아몽의 시에 공감하고, 그러한 선배 시
인들의 삶과 문학에서 교훈적인 지침을 발견하고, 인간을 물질적·정
신적으로 황폐하게 만든 사회의 모든 인습적 사고의 형태를 파괴하
는 데 정열을 바치게 된다. 전쟁이 편협하고 공격적이며 지배적인 사
회의 한 양상을 반영하는 것이라면, 전쟁을 체험한 젊은 세대들은 그
시대의 폭력과 부조리에 대항하여 파괴적인 언어와 폭력적인 이미지
를 구사하면서 그 시대와 사회를 공격한다. 질서를 표방하면서 이성
을 중시한다는 사회가 자기만족적이며 위선적인 허위로 가득 차 있

4　마르셀 레몽, 『프랑스 현대시사: 보들레르에서 초현실주의까지』, 김화영 옮김, 문학과
지성사, 1989, p. 343.

다는 사실을 알게 된 젊은이들은, 그 사회를 향해 그리고 그 사회의 전형인 '개 같은 인생la vie des chiens'을 향해 차가운 조소와 냉소적인 유머를 퍼붓는다. 브르통이 전쟁 때 만난 자크 바셰Jacques Vaché는 바로 그러한 '블랙유머l'humour noir'의 본질적인 의미를 날카롭게 일깨워준다. 그는 브르통으로 하여금 다다적인 반항에 몰두하게 만든 분명한 근거를 마련해준 것이다. 편지에 쓴 글을 제외하고는 시를 한 줄도 쓴 적이 없으며,[5] 그의 일화가 단편적으로만 전해지던 바셰가, 브르통의 다다와 초현실주의의 성립 과정을 살필 때 빼놓을 수 없는 이름으로 나타나는 이유는 무엇일까?

브르통이 바셰를 처음으로 만나게 된 것은 1916년 초, 프랑스 서쪽 항구도시 낭트의 한 병원에서였다. 브르통은 전쟁이 터졌을 때, 의과대학 학생이라는 신분 때문에 그 병원의 임시 군의관으로 배속되었고, 바셰는 다리에 입은 부상 때문에 환자로 입원해 있었다. 미술대학을 다닌 적이 있는 갈색 머리의 이 젊은이는 기성의 가치관과 세상의 모든 허위적인 것을 야유하고 냉소적인 태도를 보이면서 문학과 예술에 대한 경멸적인 언사를 서슴지 않았다. 이러한 그의 댄디적인 반항의 모습은 브르통의 정신에 충격과 감동을 주기에 충분한 것이었다.

[……] 나에게 가장 큰 영향을 미친 사람은 자크 바셰이다. 내가

---

5 1919년 바셰가 자살한 후, 브르통은 친구의 편지들을 『전시의 편지들Lettres de Guerre』이라는 제목으로 묶어 발표한다. 이 편지에서 엿보이는 문학적 가치가 브르통이 바셰를 신화적인 인물로 부각시킬 만큼 과연 전율적인 힘과 감동을 주는지에 대해서는 논란의 여지가 많겠지만, 바셰의 중요성을 편지에 담긴 문학성 여부에 좌우되어 평가할 수는 없을 것이다. 중요한 것은 그의 삶의 태도와 언행이 브르통을 변모시켰다는 점이다.

1916년 낭트에서 그와 함께 보낸 시간은 거의 황홀한 느낌으로 떠오른다. 나는 그의 모습을 결코 잊지 못할 것이다. 내가 여러 사람들과 만나 어떤 관계를 맺더라도 그와의 사귐처럼 마음 놓고 빠져들지는 못할 것이다.[6]

말라르메나 랭보의 영향권에서 아직 벗어나지 못하고, 감수성이 예민한 문학청년이었던 브르통의 입장에서 바셰의 괴팍한 여러 가지 행동은 무엇보다 매력적으로 보였을지 모른다. 그는 여러 면에서 브르통과 달랐다. 사람을 만나도 손을 내밀고 인사하는 법이 없었고, 관심이 없는 사람의 편지에는 답장을 하지도 않았다. 전날에 만났던 친구들에게 인사하기는커녕 아는 시늉도 하지 않았다. 19세기 낭만주의 시인들이 그랬던 것처럼 브르통과 그의 친구들이 여성을 통한 구원을 모색하고 여성을 이상화했다면, 바셰는 하녀 루이즈를 애인으로 두고 그녀와 잠자리를 같이 하면서도 손 하나 만지지 않는 이해할 수 없는 태도를 보이기도 했다는 것이다. 브르통이 삶의 어려운 문제를 해결하기 위해서 문학적인 시의 구원을 생각했다면, 바셰는 문학을 넘어선 시적인 삶을 살았고 초현실주의자들이 강조하는 시적인 정신을 지녔던 것으로 보인다. 그는 철저히 세계와 거리를 두면서 세계에 대한 부정적인 시간을 견지했다. 마르그리트 보네가 보들레르의 댄디 개념을 통해 적절히 설명했듯이[7] 바셰는 자기를 돋보이

---

6 A. Breton, "La Confession dédaigneuse," in *Les Pas Perdus*, Gallimard, coll. Idées, 1974, p. 9.
7 앙드레 브르통의 연구자로 유명한 보네는 보들레르가 분석한 댄디주의dandysme 개념으로 바셰의 태도를 이해할 수 있다고 말한다. 즉, 보들레르에 의하면 댄디는 남을 놀라게 하면서 자기는 놀라지 않으려는 오만한 만족감의 소유자이며, 또한 모든 쾌락에 무감각할 수 있는 사람이면서 고통을 겪는 사람이기도 하다는 것이다. 세속적인 유행과는 상관없

는 독창적인 행동을 통해 풍속을 따르지 않고 시대에 유행하는 흐름
을 역류하려는 의지를 강하게 표현한다. 그러므로 그는 자기의 신분
을 감추고 변장의 유희를 즐기기도 한다. 스탕달이 자기 본래의 모습
을 감추고 끊임없이 새로운 가명을 갖기를 원했던 것처럼, 바셰 또한
변장을 하고 다니는 것을 좋아했을 뿐만 아니라 자기의 이름을 숨기
고 여러 가지 가명을 만들어 사용하기를 좋아했다. 또한 "그는 끊임
없이 군복을 바꿔 입고 다니는데, 때로는 비행사 복장을 하고 때로는
경기병 복장으로 거리를 산책하기도 한다. 때로는 아군인지 적군인
지 구별할 수 없는 모호한 복장을 하고 다니기도 했다."[8] 군병원에서
퇴원한 후, 그는 항구에서 짐 부리는 하역부 일을 하기도 하고, 아편을
피우고 싸구려 술집을 자주 드나들면서 자기의 이름을 제멋대로 틀
리게 말한다. 어떤 때는 길에서 브르통을 마주칠 때 알은체도 하지 않
았으며, 브르통을 다른 사람에게 소개하는 자리에서는 앙드레 살몽[9]
이라고 제멋대로 이름을 대기도 한다. 브르통의 첫번째 초현실주의
소설인 『나자』의 서두에 나오는 바셰와 관련된 일화에 의하면, 브르
통은 바셰를 파리에서 만나 함께 영화관에 들어가서는, 음식점에 들
어간 것처럼 술을 마시고 빵을 요란하게 씹으며 큰 소리로 떠들기도
했다고 한다. 이러한 파행적인 행동과 모험의 취향에서 사회의 규율

이 남과 다른 옷을 입으려는 댄디의 노력은 의지를 강하게 만들고 영혼을 단련시키는 방법
이 된다. 그것은 누구나 돈을 버는 장사꾼이 되려 하고, 누구나 출세하려는 야심으로 치닫
는 속물적인 사회에서 남들과 다르게 행동하려는 반항적 성격을 반영하는 것이기도 하다.
바로 그런 점에서 바셰의 남다른 행동에서 보들레르가 말하는 댄디의 요소를 발견할 수 있
다. M. Bonnet, *André Breton: Naissance de l'aventure surréaliste*, José Corti, 1975, pp. 90~91.
8   S. Alexandrian, *André Breton par lui-même*, Édition du Seuil, 1971, p. 14.
9   앙드레 살몽André Salmon(1881~1969)은 20세기 초 프랑스의 대표적인 모더니스트로
서 아폴리네르와 함께 『이솝의 잔치*Le festin d'Esope*』를 간행한 시인이다.

을 깨뜨려보려는 특이한 개인주의자의 반항이 엿보인다. 젊은이들에게 삶에 대한 긍정적인 시각과 인간적 삶의 기쁨을 선사하기는커녕, 오직 권태만을 주입시킨 사회에 대한 그러한 반항은 극도의 절망적인 표현과 같은 것이었다. 그는 사회의 속물적 가치관, 명예, 애국심, 도덕, 군대, 교회 등 모든 것에 대하여 가차 없는 경멸을 쏟을 뿐 아니라, 브르통이 가장 확실한 구원의 길로 생각했던 시와 예술에 대해서도 관심을 보이지 않았다. 그가 보기에 예술은 속임수이며 바보 같은 짓이었다.

다다주의자처럼 허무주의적 사고와 행동을 보여주었던 바셰는 1919년 1월 초의 어느 날 갑자기 세상을 떠난다. 그의 죽음을 자살이라고 말하는 사람도 있고 아편 과다복용에 따른 우연적 사고라고 말하는 사람도 있지만, 세상을 거부하는 그의 절망적 태도와 자기파괴적 몸짓으로 미루어 보아 그의 죽음은 어렵지 않게 자살이라고 추정할 수 있다.[10] 초현실주의자는 아니었지만, 초현실주의의 역사에서 첫번째 자살자로 기록될 수 있는 이 인물을 신비화시켜 그에 대한 신화적인 해석을 내릴 필요는 없다. 그러나 그의 삶과 죽음에 관련된 많은 신화적인 이야기들의 진상이 무엇이든 간에, 중요한 것은 그와의 관계를 통해 브르통이 말라르메를 중심으로 한 상징주의의 영향을 벗어나면서 모든 문자화된 문학의 의미를 근본적으로 뒤집어볼

---

10 바셰의 자살을 증언하는 한 자료에 의하면, 그가 죽기 몇 주일 전에 다음과 같은 말을 했다고 한다. "나는 죽게 될 때 죽지 않고, 내가 죽고 싶을 때 죽을 것이다. 그러나 나는 혼자서는 죽지 않겠다. 혼자서 죽는다는 것은 너무나 재미없는 일이다. 누군가를 죽음의 길로 끌어들여야겠다. 우선 내가 보기에 죽는 것이 아주 괜찮을 것 같은 내 친한 친구들 중 하나쯤을"(M. Bonnet, *André Breton*, p. 96에서 재인용). 이 말을 어떻게 믿어야 할지 모르겠지만, 바셰의 시신이 두 사람의 동료들의 시신과 함께 있었던 것은 사실이다.

제2장 브르통과 다다

수 있게 되었다는 사실이다. 바셰를 만나지 않았다면, 브르통이 차라가 앞장서서 기획한 온갖 파괴적인 다다 활동에 공감하고 관심의 방향을 그토록 날카롭게 벼리는 일은 없었을지도 모른다. 그가 차라를 만나기 전에 소문과 글을 통해서 머릿속에 떠올린 차라의 모습은 바셰와 일치하는 모습이었다고 한다. 그 후 차라가 파리에서 브르통, 아라공, 수포, 엘뤼아르 등과 함께 다다 돌풍을 일으킨 것은 사실이지만, 그가 등장하기 전에 이미 브르통은 바셰를 통해 블랙유머 정신을, 로트레아몽의 시를 통해 격렬한 시적 이미지의 힘을 배웠고 기성 문화의 가치 체계를 전복하려는 어떤 열정을 키우고 있었고 이 같은 그의 정열은 『문학』지를 통해서 구체화되었다.

발레리의 권고로 제명을 '문학'이라고 정했다고 알려진 이 잡지는 루이 아라공, 앙드레 브르통, 필립 수포 등 세 명의 시인에 의해서 1919년 3월부터 1921년 8월까지 모두 20호가 발간되었고, 한동안 중단되었다가 1922년 3월부터 1924년 6월까지 다시 1호부터 13호까지 발간되었다. 제2기에 해당되는 시기에 이 잡지가 1호부터 재발간된 사정은 브르통의 초현실주의와 차라의 다다가 결별함으로써 야기된 것이다. 제2기의 『문학』지가 초현실주의의 출발을 가리킨다면, 제1기의 『문학』지는 파리에서의 다다운동을 주도한 것으로 평가될 수 있다. 제1기의 『문학』지가 다다의 선언문을 수록하고 차라의 시를 실으며 다다의 활동을 긍정적으로 소개하면서 모든 허위의 우상들을 파괴하는 작업을 보여준 것은 분명하지만, 처음부터 이 잡지가 다다적인 성향을 드러낸 것은 아니었다. 지드나 발레리와 같은 선배 문인들을 포함하여 많은 문학인들이 다양한 성격의 글을 기고한 초기의 이 잡지는 비교적 온건한 문학 동인지의 느낌을 주었다. 그러나 그 당시에 유명한 여러 작가들과 시인들에게 보낸 "왜 글을 쓰는가?"라는 설문과 그 응답을 실은 9호에서부터 이 잡지의 다다적 성향은 서서히 윤곽을 드러내기 시작했다. 오늘날 많은 잡지 편집자들이 상투적인 기획으로 던져볼 수 있는 이 설문은 어떤 절실한 동기에 의해서 제기된 것이라 하더라도 만족할 만한 응답을 얻어내지 못하기 십상이다. 하지만 1919년 이 설문은 작가들이 재치를 부린 응답으로 인해 진실성의 여부를 가리기 힘들다고 할지라도[11] 비교적 의미 있는 수확을 거두었다. 발레리는 "약하기 때문에" 글을 쓴다고 했고, 크누트 함순Knut Hamsun은 "시간을 압축하기 위해서 글을 쓴다"고 했다. 웅가레티Giuseppe Ungaretti는 "내가 삶에 당당한 사람이라면, 책을 출판하는 일에 흥미를 느끼지 않을 것"이라고 대답함으로써, 삶에 적응하기 못하기 때문에 글을 쓰는 것임을 우회적으로 말했다. 비교적 진지한 목소리로 응답한 이 세 사람의 말은 무엇보다도 그 시대의 문학적 상황, 혹은 작가적 태도와 관련해 몹시 비판적이고 회의적이었음을 입증한다. 『문학』지의 편집 동인 중 한 사람인 수포는 훗날 "나는 할 말이 전혀 없기 때문에 선언문을 쓴다. 문학은 존재하지만, 멍청한 바보들의 가슴속에나 존재할 뿐"이라고 글 쓰는 행위의 무의미를 선언하면서 전통적인 의미에서의 문학적 행위를 부정한다. 그것은 문학의 존재에 대한 근본적인 불신이라기보다 무기력하고 자기만족적인 문학에 동의할 수 없다는 젊은 의지를 반영한 것이다. 흥미로운 것은

---

11 "나는 스위스인도 아니고 유대인도 아니기 때문에 프랑스어로 글을 쓴다"(장 지로두). "부자가 되고 존경받기 위해서"(폴 모랑). "편집자는 나에게 물어보기 위해서 글을 쓰고 나는 답변하기 위해서 글을 쓴다"(피에르 르베르디). "나는 그 이유를 정말 모르겠다. 앞으로도 계속 모르기를 바란다"(프랑시스 피카비아). 이와 같은 유형의 답변들은 프랑스인의 재치를 엿볼 수 있다는 것 외에 다른 의미를 이끌어내기는 어려운 것들이다.

브르통이 글 쓰는 행위에 "사람들을 만나기 위해서"라는 긍정적인 의미를 부여한 데 반하여 차라는 부정적인 반응을 보였다는 사실이다. 차라는 이렇게 편지를 쓴다.

친애하는 브르통 씨, 나의 생각으로는 당신은 사람들을 찾고 있습니다. 글을 쓴다는 것은 어떤 관점에서 보더라도 도피일 뿐입니다. 나는 직업적으로 글을 쓰지 않습니다. 내가 권태를 느끼지 않을 수 있는 어떤 하나의 일에 매달릴 만큼 강인한 육체와 단단한 신경을 지녔다면, 나는 훌륭한 공적을 세우는 위대한 모험가가 되었을 것입니다. 만나고 싶은 새로운 사람들이 별로 없기 때문에 글을 쓰기도 하고 습관 때문에 글을 쓰기도 합니다. 사람들을 만나기 위해서거나 직업적인 일을 하기 위해서 글을 발표하기도 합니다. 그런데 그 모든 것은 아주 바보 같은 짓이지요. 하나의 해결 방법이 있는데, 그것은 아주 간단히 말해 체념하는 것입니다. 아무 일도 하지 마세요.[12]

차라의 말은 모든 예술이나 문학에 대하여 믿음을 갖지 않는 바셰의 태도와 일치하는 듯 보인다. 그렇다면 모든 인간적 활동은 헛된 것이며 모든 작품은 근본적으로 허위라고 소리 높여 비난한 차라가 형태 파괴적으로건 아니건 간에 글을 쓰게 된 이유는 무엇일까? 부정하기 위해서 그리고 파괴하기 위해서 글을 쓴다면, 그것은 '바보 같은 짓'에서 벗어날 수 있다는 말인가? 이러한 의문은 결국 차라의 다다가 지향하는 것이 무엇인가에 대한 근본적인 성찰을 요구한다.

12 M. Sanouillet, *Dada à Paris,* Jean-Jacques Pauvert, 1965, p. 449.

'왜 쓰는가?'라는 문제가 문학의 기존 개념을 반성하고 거부할 수 있는 어떤 출발점을 마련했다 하더라도, 『문학』지는 아직 격렬한 전투적 성격을 보이지 않았다. 이 잡지가 파괴적인 다다운동의 기관지와 같은 역할을 하게 된 것은 피카비아와 뒤샹,[13] 그리고 차라의 뒤늦은 참여를 통해서였다. 화가인 피카비아와의 만남은 브르통에게 중요한 의미를 지니는 것이었다. 왜냐하면 스위스에서 온 이 아나키스트 화가는 파리에서 다다의 활동을 처음 실현했을 뿐 아니라 『문학』지의 다다적 방향을 이끌어나가는 데 결정적인 기여를 했기 때문이다. 그는 예술보다는 삶을 선택해야 하고, 사는 일을 제외하고는 인생에서 모든 것에 지쳐 있어야 하며, 여러 나라와 여러 도시를 여행하듯이 여러 사상을 섭렵해야 하며, 정신의 방랑자가 되어야 한다고 역설한다. 보네는 피카비아에 대해 다음과 같이 말한다.

　　그는 삶을 위하여 예술적 재능의 개념을 거부하고 상투적으로 반복되는 예술의 존재를 파괴했으며, 상업주의적 예술과 예술광 같은 태도를 모두 공격하면서, 일단 작품이 완성되면 그 작품을 내던져버렸다. 그의 모든 태도는 삶을 위한 것이었다. 그는 자기의 책에 두 가지 일화를 삽입하고 있는데, 하나는 앉는 법이 없는 새의 일화이며, 다른 하나는 권총을 씹어 삼켜야 하는 사람의 일화로서 그 야릇한 동작을 한순간이라도 중단하게 되면 총알이 발사된다는 것이다. 이 두 가지 이야

---

13 뒤샹은 뉴욕에서 혁명적인 회화의 모험을 시도한 미래파의 주역인데, 초기에는 입체파의 경향을 보이다가 나중에는 다다주의의 중요한 활동을 떠맡는다. 기계나 금속 물체의 역동적 이미지에 깊은 관심을 갖게 된 그는 '레디메이드ready made'라는 것을 창조하여, 일상적이며 반미학적인 물건을 예술작품으로 변모시킴으로써 팝아트의 선구자적 모습을 보였다. 〈수염 난 모나리자〉와 〈샘물〉 등이 유명하다.

기는 창조하는 작가의 조건을 상징적으로 정의 내리고, 보다 넓은 의미에서 삶의 진정한 법칙, 즉 '정지란 죽음을 의미한다'는 것을 가르쳐준다. 그에게는 그 어떤 인습과 경직성의 위험도 없고, 그림과 시에서 습관적으로 되풀이하는 것들도 찾아볼 수 없다. 그는 또한 시인이기도 하다. 그의 다양한 재능, 지성, 역설, 유머와 환상과 날카로운 직관과 섬광처럼 번득이는 재치 속에 담긴 고통과 슬픔의 여운으로 이어지는 그의 화술, 사는 방식의 유연함, 그를 아는 모든 사람들이 저항감을 느끼지 않는 그의 사교적 입장과 그의 유명도와 매력, 이 모든 것이 뒤섞여 변화를 이루면서 그를 매력의 중심으로 만들고, 또한 파리의 다다 그룹 안에서나 밖에서 모두 다다의 중심인물로 떠오르게 만들었다.[14]

끊임없는 변화를 보여주는 피카비아의 이러한 매력은 브르통에게도 예외가 아니었다. 그는 사실상 다다의 대변자로서 비난과 찬사를 한몸에 받으면서 고독한 의지를 굽히려 들지 않았다. 그러나 그보다 더 강렬하고 더 전투적인 차라의 출현은 『문학』의 다다적 성격을 결정적으로 심화하는 계기가 되었다. 이미 선언문을 통해서 다다의 돌풍을 일으킨 차라는 1920년대 초 파리의 문단에 나타날 때까지 어떤 작업을 수행했을까?

3. 차라와 다다

모리스 나도는 취리히에서 차라가 전개한 다다운동이 비교적 온건

---

14 M. Bonnet, *André Breton*, pp. 206~207.

한 행동과 주장으로 이어졌다고 말하면서 그것의 자동기술적 시도를
긍정적으로 평가한다.

파리에 오기 전까지 차라는 다다의 선언문들을 중심으로 잡지를 여
러 호 만들어가며 '사고는 입으로 이루어진다'는 중요한 명제를 작성한
다. 이 명제야말로 사변적인 관념론에 치명적인 타격을 입히는 것이었
고 또한 '자동기술l'automatisme'에 문을 활짝 열아놓는 것이었다.[15]

초현실주의의 자동기술적인 표현 방법이 이미 다다주의자들에 의
해서 시도된 것임을 암시하는 이 글은, 그들의 작업이 사회적인 문제
보다는 문학적인 혹은 언어 표현의 관습 체계를 뒤엎어보려는 의도
에서 전개되었기 때문에, 차라가 외형적으로 과격해 보이는 사건들
을 일으키지 않았음을 설명하려는 것이기도 했다. 그러나 취리히에
서 차라를 포함한 다다주의자들이 해온 작업이 과격하지 않았다는
것은 어디까지나 파리에서의 다다운동과 비교해서 상대적으로 말할
수 있는 것이지, 그들의 행동과 주장을 객관적으로 해석한 것이라고
보기는 어렵다.

차라는 본래 스위스인이 아니라 루마니아인이었고, 취리히에 거주
하게 된 것은 단순히 다른 아나키스트들과 마찬가지로 전쟁을 거부
하고 병역을 기피하기 위해서였다. 그가 고향을 떠나 취리히에 들어
서던 1915년에 그의 나이는 열아홉 살이었다. 다다와 독일의 표현주
의의 관계를 깊이 연구한 포슈로는 당시 차라의 모습을 다음과 같이

---

15 M. Nadeau, *Histoire du Surréalisme*, p. 27.

서술한다.

취리히를 향해 떠나면서 젊은 학생 차라는 뚜렷한 의식 없이 다다라
는 폭탄을 들고 간 것이다. 그 도시에서 그가 만나게 될 몇몇 결정적인
인물들이 그를 돕지 않았다면 분명히 그 폭탄은 터지지 않았을지 모른
다. 그러나 무슨 상관이랴. 그때는 1915년 가을이었다. 몇 권의 철학책
과 루마니아어로 번역된 한 묶음의 프랑스 시들이 들어 있는 가방 속
에 폭탄을 넣어 가지고 떠난 이 젊은이는 시골뜨기의 모습을 그대로
간직하고 있었다.[16]

차라는 프랑스의 젊은 시인들 못지않게 랭보와 니체를 읽고 그들
의 글에 심취한 사람이기도 했다. 그가 루마니아에서 성장할 무렵,
루마니아 문학은 프랑스 상징주의의 영향을 깊이 받았으며 프랑스
어로 된 루마니아 잡지가 적지 않게 발행되고 있었다. 취리히로 떠나
기 전 차라는 이미 프랑스어로 시를 쓰는 훈련을 여러 번 해본 재능
있는 문학청년이었다. 루마니아어와 프랑스어 그리고 독일어까지 3
개 국어에 능통했던 차라는 취리히에서 아폴리네르와 표현주의와 미
래파의 작품을 포함하여 모더니즘과 아방가르드적 경향의 작품 등을
자유로이 읽을 수 있었다.

전쟁을 혐오하면서 병역을 기피한 아나키스트적인 작가들과 예술
가들은 처음에는 '오데옹 카페Café de l'Odéon'에 드나들면서 그들의

---

16 S. Fauchereau, *Expressionnisme, dada, surréalisme et autre ismes*, tome I, Denoël, 1976,
p. 198.

분노와 파괴적 열정을 함께 나누다가 서서히 다다운동을 모의하기에 이른다. 그들의 모임은 '카바레 볼테르Cabaret Voltaire'를 통해 더욱 구체화되었는데, 다다를 결성한 사람들은 차라를 포함하여 후고 발Hugo Ball, 리하르트 휠젠베크Richard Huelsenbeck, 한스 아르프Hans Arp, 마르셀 양코Marcel Janco 등이었다. 이 다섯 사람 가운데 아르프와 양코 등은 화가였기 때문에 그들의 관심은 문학에 한정되지 않고 예술 전반에 걸친 문제로 확산되었으며, 또한 모든 예술이 통합된 어떤 예술 형태를 창조하고 표현하려는 목적으로 그들은 일치될 수 있었다. 카바레 볼테르의 밤은 음악과 춤과 시와 그림의 향연으로 제법 번성했고, 그 당시 사람들은 이 모임을 위험하고 두려운 눈빛으로 바라보지는 않았다. 그들의 초기 활동은 폭발적인 파괴력을 행사하지 않았기 때문이다. 그런 와중에 계속되는 전쟁과 그 전쟁을 방관하는 대중들의 나태한 정신에 대하여 그들은 분노심을 표현하면서 그들의 열정을 불붙여갔다. 그들 중에서 가장 연장자였던 후고 발이 쓴 일기에 의하면, 그들의 그 당시 관심은 세 가지로 압축될 수 있다. 첫째는 스위스 밖에서 이루어진 모든 전위적인 문학운동 및 예술 행위, 즉 아폴리네르와 같은 프랑스 시인들의 입체파 경향이라든가 혹은 이탈리아의 미래파 등에 대해서 보다 정확한 이해와 면밀한 주의를 기울였다. 둘째는 정신분석에 대한 관심으로 취리히 정신분석협회의 활동에 대한 지지였다. 끝으로 셋째는 그들의 문학적 혈통을 연결 지을 수 있는 과거의 작가들, 즉 횔덜린, 노발리스, 사드, 자리, 랭보, 로트레아몽 등의 작품과 정신을 옹호하는 것이었다.[17] 바로 이러한 점

17 같은 책, p. 224 참조.

들이 다다주의자들과 프랑스의 미래의 초현실주의자들이 얼마나 잘 일치할 수 있는지를 증명해준다. 특히 랭보에 대한 평가는 절대적이었다.

우리들 위에 떠 있는 별들 가운데, 랭보의 이름은 빠뜨릴 수 없는 이름이었다. 우리들은 알게 모르게, 그리고 어쩔 수 없이 랭보주의자들이다. 그는 우리들의 온갖 태도와 협잡의 지휘자이며, 현대 미학의 폐허위에 떠 있는 별이다. 랭보의 모습은 둘로 나뉜다. 하나는 시인이며 다른 하나는 반항자인데, 이 두번째 모습이 절대적으로 중요하다.[18]

아무것도 의미하지 않는 다다라는 용어가 랭보를 염두에 둔 '시인과 반항자'의 의미와 결부되어 나타난 것은 1916년 봄이었다. 그들은 랭보의 정신을 정점으로 공통된 의식을 지니면서 미래주의와 표현주의의 그늘로부터 벗어날 수 있었다. 미래주의의 마리네티가 전쟁을 찬미한 것이나 표현주의자들이 애국심을 옹호한 것은 그것만으로도 충분히 배척할 수 있는 사유가 되었다. 차라는 다다와 자기 세대의 절망적이며 냉소적인 감정을 그 당시의 상황을 떠올리면서 이렇게 분석한다.

'나의 세대'는 1914~18년의 전쟁을 겪는 동안 삶을 향해 열려 있는 순수한 젊음의 육체를 갖고서, 주위에 보이는 진리가 넝마 조각 같은 허영의 옷을 입고 계급 간의 저열한 이해관계라는 탈을 쓰고 수모당하

18 같은 곳.

는 것 때문에 고통스러워했다. 이 전쟁은 우리의 전쟁이 아니었다. 우리는 온갖 허위의 감정과 온갖 진부한 구실을 통해서 전쟁을 겪었다. 그 당시 젊은이들의 정신 상태를 반영하는 다다가 스위스에서 태어났을 때의 상황은 바로 그러한 것이었다. 다다는 도덕적인 요청에 의해서, 절대적인 도덕의 상태에 도달하려는 단호한 의지에 의해서, 모든 정신적 창조물들의 중심에 있는 인간이 인간의 실체에 대한 초라해진 개념과 죽어버린 사물과 잘못 얻은 재산에 대하여 자기의 우월성을 내보이려는 깊은 생각에서 태어난 것이다. 다다는 또한 주위의 역사와 논리와 모럴을 조금도 고려하지 않으며, 개인으로 하여금 자기의 본성에서 우러나오는 심원한 욕망에 완전히 일치하여 행동하기를 원하는 모든 젊은이들의 공통된 반항에서 태어난 것이다. 명예, 조국, 도덕, 가족, 예술, 종교, 자유, 우정 등, 내가 아는 한 이 모든 개념은 인간의 필요에 의해서 만들어진 것인데, 본래의 내용이 상실되어버린 지금은 해골 같은 인습밖에 남아 있지 않았다.[19]

차라의 이러한 진술은 다다의 반항이 어떤 근거에서 돌출된 것인지를 선명히 밝혀준다.

1916년 7월, 최초의 다다 선언문이라고 할 수 있는 「앙티피린 씨의 선언문Manifeste de Monsieur Antipyrine」이 발표된다. 이 선언문은 2년 후에 등장한 유명한 「1918년 다다 선언문Manifeste Dada 1918」에 비해서 과격성의 정도가 덜했지만, 조롱과 야유의 어조를 담고 있었다. "다다는 쇠약한 유럽의 테두리 속에 남아 있는 너절한 것이긴 하

19 T. Tzara, *Le surréalisme et l'après-guerre*, Nagel, 1947, p. 17.

지만, 이제부터 우리는 예술의 동물원을 각국 영사관의 깃발로 장식하기 위하여 여러 가지 색깔로 된 똥을 누려고 한다."[20] 예술에 대한 이러한 야유적 태도는 시와 삶을 구별 짓는 모든 인습적 사고를 비난하는 것으로 연결된다. "우리는 우리의 혐오감을 선언하고, '자발성 spontanéité'을 삶의 규범으로 삼았다. 우리는 시와 삶의 구별이 있는 것을 원치 않았다. 우리의 시는 바로 존재양식이었다."[21] 다다의 이러한 주장은 시에서는 자유를 노래하고 현실 생활에서는 체제에 순응하여 편협한 사고를 하는 위선적인 기성 문인들에 대한 신랄한 비판의 의미를 함축한 것이었다. 차라가 말한 것처럼, "그들은 전쟁에 봉사하고, 겉으로는 훌륭한 생각을 표현하면서 실제로는 추악한 특권의식, 감정의 빈곤, 부정과 야비함을 그들의 명성으로 은폐하고 있었다."[22] 이러한 기성 문인들과 그들의 문학을 단호히 거부해야 한다고 주장하는 「앙티피린 씨의 선언문」은 예술의 모든 진지한 탐구를 조롱하면서, 예술은 어렵고 심각한 것이 아니라 쉽게 할 수 있는 것임을 역설한다. 이러한 태도는 이 선언문과 함께 수록된 차라의 '극시 Poème Dramatique'에서 그대로 나타난다. 작중인물들 사이에 어떤 대화도 없고 일관된 줄거리도 보이지 않는 이 작품은 작품이라고 말하기 어려울 만큼 희곡의 약속과 규칙이 극도로 파괴되어 있다. '도도도도' '보보보보'와 같은 말더듬이의 의미 없는 언어와 이따금 제대로 조립된 어휘의 연결은 그야말로 예술의 진지성을 간단히 무시해버리려는 작가의 의도를 그대로 반영한다. 「앙티피린 씨의 첫번째 하늘의

---

20 Lampisteries, *Sept manifestes Dada,* Jean-Jacques Pauvert, 1963, p. 15.
21 같은 책, pp. 18~19.
22 T. Tzara, *Le surréalisme et l'après-guerre,* pp. 18~19.

모험Aventures célestes de M. Antipyrine」이라는 제목의 이 극시는 관객이나 독자를 즐겁게 하기 위한 것이 아니라 분노와 야유의 감정을 끌어내기 위한 것이다. 이 작품이 결국 다다의 본질적인 주제를 보여준다고 말할 수 있는 것은, 사고보다는 말에 우월성을 부여하면서 자유로운 말의 결합과 연상, 말의 장난을 과감하게 시도했다는 점에 근거한다. 훗날, 차라가 말한 '사고는 입으로 이루어진다'라는 다다의 명제는 이미 여기서부터 가다듬어진 것이다. 다다주의자들의 이러한 언어 실험은 초현실주의자들의 그것과 거의 유사해 보인다. 가령 두 사람이 공동 작업으로 일정한 주제 없이 대화를 교환하면서 작품을 엮어가는 다다주의자의 수법[23]은, 브르통과 필리프 수포가 함께 자동기술적인 방법으로 만든 『자기장』에서 그대로 재현되고 있다.[24]

그러나 그들 사이에 중요한 차이가 있다면, 초현실주의자들은 이러한 기법으로 풍부한 문학적 결실을 이룩한 반면에 다다주의자들은 새로운 개념을 발견한 후 그것에 지속적으로 천착하지 않고 하나의 실험적인 시도로 그치고 말았다는 점이다. 다다주의자들은 계속 작품을 발표하고 전위적인 발표회를 열면서 대중들에게 그들의 의

23 이러한 방법의 대표적인 예는 휠젠베크와 차라의 공동 작업으로 이루어진 「마부와 종달새의 대화Dialogue entre un cocher et alouette」와 같은 것이다.
24 브르통과 수포가 이러한 시도를 해본 것이 차라의 작업에서 암시를 얻었다는 추측이 있다. 왜냐하면 차라보다 먼저 파리에 온 피카비아는 1918년 말, 스위스에서 차라와 자주 만나면서 다다 활동을 한 경험이 있기 때문이다. 그러나 중요한 것은 어디까지나 작품의 결과일 것이다. 브르통과 수포의 『자기장』은 파괴적인 텍스트가 아니라, 부정정신을 극복하고 상상력과 꿈의 자료를 동원하여 자동기술의 수법으로 문학작품을 만들어보려 한 시인들의 의도를 그대로 증명해주고 있다. 이 작품에서 그들은 문장 전개의 논리적 흐름을 거부하지 않으면서 비합리적인 욕망의 분출을 자연스럽게 드러내기 위해 밀도 있는 서정성과 불꽃같은 이미지의 탄력을 최대한 살리고 있다.

도를 전달하려는 노력을 끊임없이 기울였지만, 뚜렷이 새로운 전기를 마련하지 못한 상태에서 1917년 3월에는 초창기의 중요한 구성원이었던 휠젠베크가 다다의 작업을 포기한 후 독일로 떠나고, 발 또한 아방가르드적인 모든 작업에 회의를 느끼면서 예술을 버리고 가톨릭으로 개종하게 된다. 남아 있는 다다주의자들의 모임은 카바레 볼테르에서 '다다 화랑Galerie Dada'으로 바뀌고, 그 화랑이 다시 문을 닫게 되자 다다의 활동은 중단된 듯이 보였다. 그러나 짧은 기간이었지만 성찰의 시간을 가지면서 새로운 방향을 모색한 듯, 1917년 7월에 『다다』라는 프랑스어로 된 간행물이 나오게 된다.[25] 차라는 그의 파괴적인 시가 담긴 이 간행물을 유럽의 여러 나라에서 아방가르드적인 활동을 하는 사람들에게 발송하면서 호응을 얻으려 했다. 이 간행물에 대한 반응 가운데 차라가 가장 만족스러워한 프랑스의 『남북』지와 『시크』지에서 그의 작품을 게재한 것이었다. 이 잡지들에 소개된 것을 계기로, 차라는 앙드레 브르통을 비롯한 프랑스 젊은이들에게 알려지기 시작한다. 그러나 그의 중요성이 결정적으로 부각된 것은 「1918년 다다 선언문」을 통해서였다.

「1918년 다다 선언문」은 여러 가지 점에서 중요성을 갖고 있다. 차라는 이 선언문을 통해 새로운 철학과 새로운 윤리와 새로운 삶의 방식을 구현함으로써 다다의 역사에 중요한 이정표를 마련했다. 그것은 그동안 취리히에서 전개된 다양한 아방가르드 운동의 결산이자

---

25 다다의 문학 활동은 처음에 참가한 작가들이 독일어권 사람들과 프랑스어권 사람들로 양분되어 있었기 때문에 프랑스어와 독일어가 모두 쓰였다. 그러나 『다다』 제1호에서부터는 이 활동에 관여했던 독일인들의 탈퇴로 인해 프랑스어가 주된 언어가 되었다. 다다의 활동이 프랑스 문학으로 수렴될 수 있는 이유는 그런 점 때문이다.

종합이었을 뿐 아니라, 멀리 파리에 있는 브르통과 그의 친구들로부터 열광적인 호응을 얻을 수 있는 계기가 되었기 때문이다. 로트레아몽의 영향을 깊이 받고 있었던 그 당시의 브르통은 차라의 우상 파괴적인 폭력의 언어가 로트레아몽의 그것과 다를 바가 없다고까지 생각했다. 이 선언문의 부정적이며 파괴적인 치열한 어조는 유럽의 젊은 지식인들이 귀를 기울일 만한 가치가 충분했다.

> 우리는 여기서 저 비옥한 땅에 닻을 던진다. 전율과 각성을 체험한 우리에게는 선언할 권리가 있다. 힘에 넘쳐 돌아온 우리는 무사안일의 육체 속에 담긴 화음을 부숴버린다. 우리는 저 어지러운 열대식물의 풍요함으로 저주가 넘쳐흐르는 강물이며, 흘러나오는 고무와 내리는 비는 우리의 땀이며, 우리는 피 흘리고 갈증에 불타오르며, 우리의 피는 힘이다. [……]
> 동정은 필요 없다. 살육이 끝난 후에, 우리에게 남아 있는 것은 순화된 인간의 희망이다. 그러므로 다다는 독립의 의지와 공동체에 대한 불신에서 태어났다. 우리와 뜻을 같이하는 사람들은 모두가 자기들의 자유를 간직하고 있다. 우리는 어떤 이론도 인정하지 않는다. 내가 단언하건대, 어떤 새삼스러운 출발은 없으며, 우리는 두려워하지 않고 감상에 빠지지 않는다. 우리는 분노한 바람처럼 구름과 기도의 옷자락을 찢어버리고, 거대한 재난의 무대와 방화와 파괴를 마련하고 있다.[26]

허무주의적인 파괴의 의지가 드높은 이 선언문은 앞서 나온 「앙티

---

26 Lampisteries, *Sept manifestes Dada*, pp. 12~13.

피린 씨의 선언문」보다 훨씬 격렬하게 모든 가치관을 부정하면서 자유로운 인간으로서의 개인주의적 입장을 옹호하고 있다. 어떤 감상도 거부하고 어떤 절대적 진리의 믿음도 거부하고 있는 이 선언문은 "다다주의의 위대한 복음서"[27]로서 다다와 초현실주의의 토대가 될 만한 가치가 충분히 엿보인다.

우리는 우리들 속에 담긴 눈물 짜는 성향을 내던져버렸다. 모든 사람들은 소리쳐야 한다. 이룩해야 할 거대한 파괴적·부정적 작업이 있다. 소멸시키고 제거해야 한다. 여러 세기 동안 찢고 파괴하던 도둑들의 손에 맡겨진 이 세계의 공격적이며 완전한 광기, 이 광기의 상태가 지난 후에야 개인의 결백이 입증되었다.

도덕은, 코끼리나 유성처럼 크게 자라서 사람들이 좋다고 하는 두 개의 비곗덩어리가 된 자비와 동정심을 결정지었다. 그것들은 선한 것이 아니다. 선이란 투명하고 분명하고 단호한 것이며, 정치와의 타협에 대해서는 가차 없는 태도를 보인다.

가족 개념을 부정해버릴 수 있는 정도의 모든 반항의 소산이 '다다'이다. 온몸으로 파괴적 활동을 하려고 주먹을 쥔 항거가 '다다'이다. 안일한 타협과 정숙한 성 모럴로 지금까지 거부해온 모든 수단의 인식이 '다다'이다. 논리의 제거와 창조에 있어서 무능력한 자들의 춤이 '다다'이다.[28]

---

27 M. Sanouillet, *Dada à Paris*, p. 138.
28 Lampisteries, *Sept manifestes Dada*, pp. 13~14.

이 선언문의 공격은 때로는 모럴과 논리를 겨냥하다가, 때로는 예술과 정치와 심리학을 대상으로 삼으면서 문화적·사회적 전통 속에서 배척되어온 정신적 가치를 새로운 가치 개념으로 부각시킨다. 그런 점에서 이 선언문은 부르주아 사회가 가치를 부여해왔던 모든 개념과 정면으로 충돌하고 있다. 가령, 부르주아 예술이 삶의 탄력을 제거해버리면서 삶을 '분류'하고 '개념화'하고 인위적인 작업을 강조한 것이라면, 차라가 말하는 새로운 예술가란 삶의 무한한 가능성을 열어두기 위하여 기존 세계를 부정한다. 중요한 것은 표현하는 것이 아니라 창조하는 것이며, 남을 즐겁게 하는 것이 아니라 고통을 주는 것이며, 정의를 내리는 것이 아니라 해방시키는 것이며, 제한하는 것이 아니라 무한히 확대하는 것이다.

새로운 예술가는 저항하는 사람이다. 그는 (상징적이며 마술적인 재현을 목표로) 그림 그리는 사람이 아니라 돌과 나무와 쇠와 주석으로 직접 바윗덩어리를 창조하거나 순간적인 감각의 투명한 바람에 의해 사방으로 돌아갈 수 있는 유동체들을 창조하기도 한다.

모든 회화적인 혹은 조형적인 작품은 쓸모없는 것이다. 그것은 노예 같은 정신에 충격을 주는 괴물이 되어야 하지, 인간의 슬픈 우화를 보여주는 풍경처럼 인간의 복장을 한 동물들의 식당을 장식하기 위한 달콤한 것이어서는 안 된다. 하나의 그림은 화폭 위에서, 우리들의 시선 앞에서, 새로운 조건과 가능성에 따라 옮겨진 세계의 현실 속에서, 기하학적으로 평행을 이룬 두 선이 교차되도록 만든 예술이다. 이 세계는 작품 속에서 한정되는 것도 아니며 규정되는 것도 아니다. 세계는 보는 사람에 따라서 무한히 변화하는 것이다. 작품을 만든 사람에게 세계는 원인이 따로 있는 것도 아니며 이론이 따로 있는 것도 아니다. 질서=무질서, 자아=비자아, 주장=부정, 이러한 상태에서 절대적인 예술의 드높은 빛이 넘쳐흐른다.[29]

차라의 이러한 주장은 모든 대립과 모순을 극복해야 한다는 초현실주의 선언문의 주장과 근본적으로 일치한다. 헤겔 변증법의 주제를 엿볼 수도 있는 이러한 선언을 통해 차라가 강조하는 진리는 역사적인 것이 아니라 '순간의 현실'이라는 것에 유의해야 한다. 순간 속에서, 모순이 담긴 삶의 순간적인 현장 속에서 삶 전체를 포착할 수 있다고 차라는 믿었던 것 같다. 그는 '모순'을 위협이나 거부해야 할 어떤 부정적 현실로 받아들이지 않았다. 모순은 침체를 막고 삶에 강렬함을 부여할 뿐 아니라 삶을 끊임없이 새롭게 만든다는 점에서 환영할 만한 것이었다. 기존의 가치를 옹호하면서 세계를 고정시키려는 모든 체제는 제거해야 한다. 차라의 선언문은 그런 점에서 체제에 봉사하며 자기의 행위를 합리화하고 자기만족에 빠져 있는 사람들을 공격한다. 그들은 모순을 받아들이지 못하는 사람들이다. 차라는 모순 속에서 삶의 원동력을 발견하고 장애를 극복할 유일한 방법은 대립된 요소들을 별개의 것으로 파악하지 않고 대립을 그대로 유지시키면서 그 요소들을 결합하는 것이라고 생각했다. 질서와 무질서, 자아와 비자아, 주장과 부정과의 관계는 그런 시각에서 제시된 예이다.

새로운 예술의 가능성은 이러한 관점에서 열려 있다. 차라의 선언문에서 표현된 '절대적' 예술 혹은 새로운 예술은 미적인 규범이

29 같은 책, pp. 20~21.

나 미의 기준이 존재하지 않는 곳에서 가능하다. 시에서 전통적으로 중시되던 작시법이 규범의 틀에 맞지 않는 요소들을 제거해버림으로써 결국 예술을 빈약한 것으로 만들었다는 결론이, 차라로 하여금 완전한 표현의 자유로 실현되는 예술의 형태, 즉 "절대적인 예술의 드높은 빛이 넘쳐흐르는" 상태를 열망하게 한 것이다. 이러한 예술에서 중시되는 개념이 있다면 그것은 우연과 자발성이다. '우연'은 어떤 목적이나 의도를 떠나서 제멋대로 말을 조립하여 텍스트를 만든다는 의미로 나타나고, '자발성'은 초현실주의의 대명사처럼 되어버린 자동기술의 개념과 동질적인 것으로 이해된다. 이것의 부사인 'spontanément'이 '자연스럽게'와 무의식적으로'라는 뜻임을 고려하면, '자발성'은 무의식을 의미한다고 볼 수도 있다. 다다의 '우연' 역시 나중에 초현실주의의 중요한 이론으로 확립된 '객관적 우연le hasard objectif'의 개념과 상이한 것이 아니다. 결국 다다에서 중요시된 '우연과 자발성'은 이성의 논리로 구축된 부르주아 세계의 철학과 도덕의 가치에 맞서서 만들어진 개념이다.

차라는 이 선언문을 통해 새로운 랭보의 화신처럼 인식된다. 파리에서 전위적인 활동을 전개하던 미래의 초현실주의자들 가운데 특히 아라공은 차라를 파리 코뮌에 동조한 랭보의 모습과 동일시하면서 그의 감동을 고백하고 수포는 그를 신의 분노처럼 떨어져 내리는 천둥과 폭탄에 비유하기도 했다.[30] 브르통은 차라에게 보내는 편지에서

---

30 수포는 차라의 등장이 프랑스 문단에 던진 충격을 이렇게 묘사한다. "우리는 아폴리네르의 시 한 구절인 '드디어 그대는 이 낡은 세계에 지쳐 있노라'라는 것을 슬로건처럼 되풀이하고 있었다. 나는 그 당시 우리가 더 이상 원하는 게 없으며, 어디로 가고 싶은지 방향도 모른다는 사실만을 분명히 알고 있었다는 것을 인정해야겠다. 우리는 우리가 고통스러워하는 소심함이나 아니면 사람들이 훌륭한 교육을 받았다고 놀라면서 말하는 그러한 교육

「1918년 다다 선언문」을 읽은 후의 감동을 표현하면서, 그의 용기를 그 누구에게서도 발견할 수 없는 대단한 것이라고 말했다. 이처럼 파리의 『문학』지 그룹 내부에서는 폭탄 같은 존재인 차라의 등장을 환영할 마음의 준비가 충분히 되어 있었다. 다다의 열기가 식어가는 취리히에서는 더 이상 그의 작업을 실현할 수 없다는 예감과 판단을 했던 차라는 프랑스의 젊은 시인들과 합류할 수밖에 없었다.

4. 파리에서의 다다

1920년 1월 17일 아침, 차라는 초라한 차림으로 주머니에 돈 한 푼 없이, 그러나 사물을 꿰뚫어 보는 눈빛과 세계를 부정하는 혁명적 정신으로 충일한 상태로 파리에 도착했다.[31] 그는 곧 브르통과 아라공의 『문학』지에 관여하게 되었고, 그때까지 이 잡지가 보여주었던 문학적 경향을 '반문학적anti-littéraire' 경향으로 전환시키는 데 결정적인 기여를 했다. 다다정신은 드디어 파리에서 본격적인 파문을 일으키며, 그와 더불어 『다다 회보Bulletin Dada』라는 제목의 다다 1호가 발표된 것은 차라가 파리에 나타나고 3주일이 채 경과하기도 전이었다.

차라는 아방가르드 문학에는 별로 관심이 없는 사람이었다. 필요

에도 불구하고 무섭도록 파괴하려는 열정에 사로잡혀 있었다. 내가 폭탄에 비유할 수 있는 트리스탕 차라의 도착은 하나의 출발점이며 반항의 기회였다." P. Soupault, *Profils Perdus*, Mercure de France, 1963, p. 154.

31 차라가 파리에 오게 된 구체적인 경위는, 1919년 초 취리히에 머물던 피카비아가 차라를 만났을 때 그에게 파리에 올 의향이 있는지 물었고, 가능하다면 자기의 집으로 숙소를 정하자고 말한 것이 계기가 되었다고 한다.

한 것은 오직 부정적인 행동밖에 없다고 생각한 그는 파리의 점잖은 대중들 앞에 나서서 "나를 잘 바라보라! 나는 바보이며, 코미디언이며, 협잡꾼이다. 나를 잘 바라보라! 나는 못생기고, 내 얼굴은 무표정하고 나는 키가 작다. 나는 당신들과 같은 사람이다!"[32]라고 소리 지르며 작은 소란을 일으키거나, 아니면 여러 가지 형태의 데모와 즉흥 연극으로 주위 사람들에게 권태와 혐오를 주입시키는 데 모든 노력을 기울였다. 이러한 활동 중에서 가장 성공적이었던 것은 1920년 5월 26일에 열린 '다다 축제Festival Dada'였다.

리브몽-데세뉴[33]의 전시회를 위한 서막으로 연출된 이 모임은 다음과 같은 광고를 내어 사람들을 모이게 했다.

기상천외한 사실, 즉 다다주의자들은 여러 사람들이 보는 앞에서 제 머리를 면도날로 밀어버릴 것이다. 또 다른 볼거리는 고통이 없는 격투, 다다 마술가의 소개, 진짜 사기꾼, 거창한 오페라, 남색가의 음악, 스무 명의 목소리로 만든 심포니, 움직이지 않는 춤, 두 편의 연극 작품, 선언문과 시 등이다. 끝으로 다다의 성기를 보여줄 것이다.[34]

이러한 각본대로 진행된 것은 아니었지만, 여하간 이 모임에는 많

32 Lampisteries, *Sept manifestes Dada*, p. 45.
33 리브몽-데세뉴Georges Ribemont-Dessaignes(1884~1974)는 화가, 음악가, 시인이며 또한 열렬한 논쟁가로서 다다 활동에 적극적으로 참여했다. 한때는 브르통의 초현실주의 운동에 관여했으나, 브르통과의 의견대립으로 초현실주의 그룹을 떠나면서, 브르통에게 '경찰' '사제' 등의 격렬한 비난을 퍼부은 적도 있는 그는 누구보다도 다다정신에 충실한 사람이었다.
34 M. Sanouillet, *Dada à Paris*, pp. 173~74.

은 관객들이 호기심 때문에 모여들어 성황을 이루었다. 그들은 때로는 야유를 하고 때로는 환호성을 지르면서 흥분의 도가니에 빠진 듯하다가 '다다의 성기'가 등장할 때는 고함을 치기 시작했다. 그것은 몇 개의 풍선 위에다 남자의 성기 형태를 흰 종이로 만들어 세워놓은 거대한 실린더였다. 이 모임이 끝난 후 신문에 실린 비평가들의 평가에 의하면, 다다주의자들에게는 희극적 의미나 유머 감각이 결여되어 있었다고 하는데, 그것은 희화적 연출을 한 의도를 이해하지 못했다는 사실을 드러낸다.[35]

이러한 다다적 활동과 더불어, 『문학』은 다다의 기관지로서 「23개의 다다 선언문Vingt-trois Manifestes Dada」을 소개하고 다다의 시를 발표하기도 한다. '다다 선언문'의 재수록은 단순한 재수록이 아니라 다다의 성격을 새롭게 조명하고 그것을 확대한다는 의미에서 시도된 것인데, 그만큼 다다의 의미를 본질적으로 반성해보려는 의도가 동인들 사이에 강렬했음을 보여준다. 가령, 엘뤼아르는 사고를 경직시키는 모든 인습적 언어에 반역을 시도할 수 있다는 점에서 언어에 대한 관심을 통해 다다를 이해했고, 수포는 모든 낡은 개념들, 대문자로 시작하는 어휘들인 문학·예술·아름다움 등의 개념이 담고 있는 공허한 요소들을 청산해버릴 수 있다는 점에서 다다를 옹호했다. 그렇다면 브르통은 다다를 어떻게 받아들였을까?

다다는 그에게 예술이라는 거대한 환상을 종식시킬 수 있는 파괴

---

[35] 브르통의 첫번째 부인인 시몬 칸Simone Kahn은 다다의 연출이 '용서할 수 없을 만큼 조잡하고 형편없는 것d'une grossièreté et d'une pauvreté qui se rendent l'une l'autre inexcusables'이라고 비난을 했는데, 이 비난을 듣고 브르통은 농담 반 진담 반으로 자기는 다다주의자가 아니라고 대답했다고 한다. 브르통은 그 당시 이미 다다의 활동에 회의를 느끼고 있었는지 모른다.

적 세력으로 보였고, 일반적인 모더니스트의 운동과는 달리 현대적
인 삶의 개념을 구현할 수 있는 수단으로 이해되었다. 브르통은 다다
를 당시의 유행처럼 만연했던 많은 사조들과 분명히 구별하려 했고,
다다가 단순한 예술의 파괴가 아니라 진정한 삶의 출발을 가르쳐주
리라고 기대했다. 그가 다다운동의 불꽃 튀는 투쟁에 뛰어들면서 쓴
여러 글들은 그의 그러한 입장을 명백히 반영하고 있다.

> 입체파는 회화의 한 유파이고 미래파는 정치운동이었는데, 다다는
> '정신 상태'이다. 이것을 같은 차원에 놓고 다른 것과 대립시킨다는 것
> 은 무지와 자기기만을 반영한다.[36]

브르통은 초현실주의에 대한 태도가 그랬듯이 다다를 문예사조의
한 유파로 간주하는 경향을 무지와 자기기만으로 비판하고, 다다의
가치는 정신을 신선한 바람 속에 열어두게 한 것임을 역설한다. 또한
언어에 대한 다다의 공격적 입장은, 언어가 수단이 되고 교환가치의
기능밖에 수행하지 못하는 현실에서 언어의 가치를 회복시키는 데
기여한다는 점을 강조한다.

> 가장 일반적인 말의 의미에서 우리는 무엇보다 우선 최악의 관습인
> 언어를 공격하고 있다는 점 때문에 시인이라고 불린다.[37]

36 A. Breton, *Les Pas Perdus*, p. 64.
37 같은 책, p. 77.

브르통에게 시인은 관습적인 언어를 적대시하는 사람이다. 물론 언어의 관습을 공격하는 시인의 의도는 소통의 언어를 중요시하는 사회의 약속을 깨뜨리는 행위로서 사회적 혼란을 야기할 수 있을 것이다. 이러한 관습의 파괴는 브르통에게 상상 세계의 창조라는 측면에서 발전하지만, 다다는 계속 부정의 단계에 머무른다. 브르통이 다다의 가치를 어떻게 평가했건 간에, 그는 다다가 목적이 아니라 어느 한 시기에 거쳐야 될 과정이라고 생각하기에 이른다. 그것은 이렇게 압축되어 있다.

> 예술적인 규범과 도덕적인 규범에 대한 우리의 공통된 반항은 우리에게 일시적인 만족만을 주었다. 현재의 다다운동보다 더 '다다'적일 수 있는 어떤 억누를 수 없는 환상적인 개성의 세계가 저편 어딘가에 자유롭게 펼쳐질 것이라는 사실을 우리는 잘 알고 있다.[38]

다다가 '일시적인 만족'만을 주는 것이라면, 아니 다다의 한계를 극복하고 어떤 새로운 세계가 펼쳐진다면, 브르통의 입장에서 다다를 오랫동안 붙잡고 있을 필요가 없었을 것이다. 사실상 브르통과 다다, 혹은 브르통과 차라의 관계는 결렬될 수밖에 없는 여지가 많다. 브르통은 모럴을 비판하는 사람이었지만, 또한 누구보다도 모럴리스트였다. 그러므로 그는 긍정을 위한 부정으로서의 어떤 파괴적인 작업에 동조한 것이었지, 철저히 부정으로만 일관된 허무주의적 광란에는 기질적으로 동의할 수 없었다. 그는 또한 예술을 비판하는 사람이

---

38 같은 책, pp. 92~93.

제1부 앙드레 브르통과 초현실주의

면서 한 번도 시인의 입장을 떠난 적이 없었다. 다다가 훌륭한 시에 대하여 계속 거부반응을 보이고 무관심해하는 것을 그는 결코 이해할 수 없었다. 차라는 글을 쓴다는 행위가 누구나 할 수 있는 '소변을 보는' 행위와 다를 것이 없다고 생각했다. 그에게 문학은 생명의 자연스러운 한 기능일 뿐이지 존경스러운 눈빛으로 찬미할 대상이 아니었다. 그가 문학을 저주하면서 글쓰기를 포기하지 않은 까닭은 모순이 아니라 자연스러운 일이었다. 왜냐하면 글쓰기를 포기해야 할 만큼 문학이 영광스럽고 명예로운 어떤 특별한 것이 아니었기 때문이다. 그의 관점에서 시인이나 예술가는 비범한 창조자도, 초인간적 능력을 지닌 천재도 아니며, 예언자도 아니고 신비를 밝혀주는 예시자도 아니고 프로메테우스적인 불의 도둑도 아니고 악마도 아니고 천사도 아니며 신도 아니었다. 그는 자기 자신을 비하할 정도로 철저히 작가에 대한 환상의 껍질을 벗기면서, 작가를 '오줌 누는 사람'이라고 말하기도 했다. 문학 혹은 문학인에 대한 허위를 공격한다는 점에서는 차라와 브르통이 일치하지만, 시를 오줌과 같은 배설물로 간주하고 시에 대한 어떤 기대도 혹은 어떤 가능성도 믿지 않는 차라의 태도에 브르통이 동의할 수는 없었다. 브르통은 소설을 공격하면서도 시를 비난한 적은 없는 시인이었다. 이러한 의견 대립에 덧붙여서 말해야 할 것은 브르통과 차라의 기질적인 차이였다. 또한 그들의 삶의 태도나 행동 목표도 달랐다. 이러한 차이에서 증폭된 두 사람 사이의 미묘한 갈등과 대립은 마치 한 그룹 내부에서 그룹의 방향을 결정하려는 싸움처럼 심각한 상태로 발전했다.[39] 두 사람의 대립은 두 그룹

---

39 브르통이 다다 활동에 회의를 느낄 무렵, 그는 시몬 칸이라는 여자를 알게 되고 사랑을

의 대립을 의미했다. 갈등과 대립의 양상은 여러 가지 문제에서 드러
났는데, 특히 '모리스 바레스 재판Procès de Maurice Barrès'이 중요한 계
기가 되었다.

브르통과 아라공의 제의로 이루어진 이 모의재판은 그 당시 문학
적인 명성과 정치적 영광을 동시에 누리던 한 원로 문인을 도덕적으
로 규탄하기 위한 모임이었다. 바레스는 민족주의자이고 군대의 가
치를 역설한 사람이었으며 애국자연맹의 회장이고 국회의원이었으
며 또한 아카데미 회원이었다. 드레퓌스 사건 때 그는 졸라의 반대편
에 서서 국가의 이익이 우선되어야 한다고 주장한 사람이기도 했다.
그러나 그의 출발은 결코 그처럼 전통을 옹호하고 애국을 강조하는
보수주의자의 입장이 아니었다. 그는 무엇보다도 자유로운 개인주의
의 윤리를 제시한 『자아의 예찬Le Culte du Moi』의 작가로서 젊은이들
의 존경을 받았었다. 그런 점에서 그는 초기 초현실주의자들에게 무
시할 수 없는 영향을 미친 작가 중 한 사람이었다.[40]『자아의 예찬』이
나 『피와 쾌락과 죽음에 관하여Du Sang, de la Volupté et de la Mort』와 같
은 책에서는 욕망과 정열의 가치를 말하고 시와 사랑을 찬미하여, 문

한다. 극심한 회의와 절망에 빠져 있었던 그는 사랑의 믿음을 통해 서서히 가치관을 바꾸게
되고 그녀를 만나기 전의 자기 자신을 반성하면서 과거의 자기가 유치한 회의주의에 빠져
있었음을 고백한다. 그 무렵부터 그는 다다 활동에 대한 흥미를 잃은 것 같은 태도를 취하
지만 바레스 재판이 터지기 전까지는 다다에 대한 적의를 노골적으로 표명하지는 않았다.
M. Bonnet, *André Breton*, pp. 235~36 참조.
40 모리스 나도는 모리스 바레스에 대하여 이렇게 증언한다. "이 작가는 초기 작품에서 미
래의 초현실주의자들의 공감을 얻을 만한 확실한 문학적 재능과 도덕적 이상을 지니고 있
었는데 나중에는 그의 재주를 땅과 죽은 사람들과 조국에 봉사하고 말았다. 바로 이러한 가
치들은 『문학』 그룹이 분노를 하면서 거부하는 것들이었다." M. Nadeau, *Histoire du Sur-
réalisme*, p. 35.

학보다 삶이 중요하다는 인식을 보여주고 상상력을 옹호하는 내용이 적지 않게 나타난다. 더욱이 꿈과 현실의 이원론을 지양하며 양자 간의 조화를 염두에 두고 있는 그의 입장은 여러 가지 점에서 브르통과 같은 젊은 세대에게 감명을 주기에 충분한 것이었다. 그의 시각은 삶의 영역을 넓히고 상상력의 힘을 자극하는 것처럼 보였다. 그는 또한 사회적인 문제에도 관심을 기울이면서 마르크스주의가 민중의 물질적 조건을 개선할 수 있으리라는 기대를 갖기도 했다. 이러했던 작가의 변모는 배반이라는 낙인이 찍힐 수 있는 것이었다. 그의 배반을 규탄하려는 의도의 표현이면서, 동시에 다다의 새로운 방향 전환을 모색하려는 의미도 함축하고 있는 '바레스 재판'은 그 재판이 있기 전의 『문학』지 18호(1921년 3월)에서 다룬 인물 평가와 같은 맥락에서 실현된 것이다. 역사적 위인을 포함하여 생존해 있는 중요한 인물들을 평가하는 이 기획은 초현실주의자들이 종종 시도하던 것으로서 학교에서 성적을 평가하는 방법과 동일하게 20점 만점을 기준으로 한 것인데, 차라는 대상이 된 모든 인물들에게 한결같이 −25점을 부여함으로써 철저한 무관심과 경멸을 보인 반면에 브르통은 신중한 반응을 나타냈다. 그는 로트레아몽에게는 최고 점수인 20점을 주었고, 랭보에게는 18점, 바셰에게는 19점, 아폴리네르와 르베르디에게는 14점, 헤겔과 발레리에게는 15점, 프로이트에게는 16점, 지드에게는 12점, 그리고 바레스에게는 13점을 주었다.[41] 바레스가 얻은 이 점

---

41 이러한 인물 평가에 유머가 완전히 배제된 것은 아니다. 브르통은 예수 그리스도와 마호메트에게는 낙제점수를 주었고, 무명용사에게는 −25점을 부여했다. 이러한 점수들이 설사 말장난에서 나온 것이라 하더라도, 가볍게 넘겨버릴 수 없는 까닭은 브르통과 초현실주의자들의 모럴과 '사람을 보는 눈'이 이 점수와 대체로 일치하기 때문이다.

수는 낙제점수는 아니라고 하더라도 그에 대한 실망을 반영하고 있는 점수임에는 틀림이 없다. 그에게는 바레스가 문학적 재능을 세속적인 이데올로기에 예속시키는 가짜 작가이고 문학의 사기꾼처럼 보인 것이다.

1921년 5월 13일 오후 8시 30분에 당통가 8번지에서 열린 이 재판은, 실제 재판의 진행과 거의 동일하게 구성되어서 다다주의자들은 판사와 검사, 변호사의 역할을 나누어 했고, 피고석에는 나무로 만든 마네킹을 바레스처럼 그려서 앉혀두었다. 무명용사로 분장한 증인도 있었고 방청석에는 이 사건을 취재하러 온 기자들도 적지 않게 섞여 있었다. 재판장의 역할을 한 브르통은 우선 기소장을 낭독했다. 이 기소장에서 바레스의 변모 혹은 배반을 문제 삼는 대목은 신중하게 처리되었다고 봐야 한다. 브르통은 사람이란 누구나 변모할 수 있고 자기 자신의 언행이 삶의 흐름에서 모순될 수도 있다고 생각했다. 그는 '삶을 변화시켜야 한다'는 랭보의 명제를 중시했다. 그러니까 그는 삶의 모순과 변화를 그 자체로 비난할 수 없다는 인식을 갖고 있었다. 삶의 모순은 지적인 측면에서나 도덕적인 측면에서 필요한 것이고 또한 그것은 삶의 깊이와 탄력을 반영한다고도 생각했다. 그러나 모순된 면을 갖는 인간의 삶은 어디까지 허용될 수 있는 것일까? 그것의 한계가 있다면 어느 정도일까? 브르통 자신은 바로 이러한 문제를 스스로 제기하다가 결국 랭보의 삶에서 해답을 이끌어오게 되었다. 이 기소장에서 바레스와 랭보를 밤과 낮처럼 양극화시켜 비교한 까닭은 바로 그런 점 때문이다. 랭보는 끊임없이 세계와 부딪치면서 삶을 살았고 이 세계의 예속으로부터 해방되기 위한 노력을 한 번도 포기해본 적이 없었다. 잘 알려져 있듯이 랭보는 열아홉 살까지는

제1부 앙드레 브르통과 초현실주의

뛰어난 시를 쓰다가 돌연히 문학을 떠난 삶을 살았다. 그는 자신의 문학적 명성에 기대어 영광된 삶을 살려고 하지 않았다.

세계에 대한 불만과 끊임없이 솟아오르는 자유에 대한 갈증이 결국 랭보로 하여금 대륙을 헤매고 다니는 방랑의 길로 접어들게 한 것이다. 랭보의 모순된 삶은 대립된 것이 아니라 끊임없이 자유를 위협하는 일상의 감옥과 쇠사슬로부터 탈출한다는 의미에서 일치된 것이다. 그러나 바레스는 처음에 강조하던 자유의 가치를 외면하고 작가의 세속적 영광의 삶을 살았다. 그는 명예에 눈이 멀고 '호화롭게 사는 사람un homme opulent'이 되고 싶어 한 것이다. 그는 내면의 진정한 욕망에 귀를 기울이지 않고 용의주도한 계산대로 움직이면서 어떤 위험에도 부딪치려고 하지 않았다. 기소장에 적혀 있는 다음과 같은 내용은 브르통이 바레스를 비판하면서 자신이 추구하는 삶의 의미가 무엇인지를 보여준다.

삶의 의미는 그 삶을 살아온 사람에게만 관계되는 것이 아니다. 우리가 따르게 되는 심리적인 규범과 도덕적인 규범은 이러한 삶을 모델로 삼기 때문이다. 그 삶이 보다 분명히 밝혀지면 밝혀질수록, 그것은 다른 개인들이 발전하는 데 도움을 준다. 바로 그런 점에서 어떤 태도를 명예롭게 만들거나 형편없이 만드는 일, 비망록을 쓰면서 장작을 쌓아올려 불태울 준비를 해야 할 의무도 우리에게 있는 것이다. 우리는 마지막 승부에 무관심할 수가 없고, 우리가 기꺼이 희생자가 되기를 원하지도 않는다. 바레스는 자신의 임무를 완성하지 못했을 뿐 아니라, 그가 누리고 있는 지극히 화려한 지위가 그의 작품들이 계속 미치고 있는 영향력과 합세하여(그가 계속 재판을 출간하도록 허락하는 이유를 알 수 없지만) 모든 혁명적인 열기의 가치에 대하여 회의하도록 만들고, 우리의 현재의 행동을 미래에 종속시키도록 하거나 그 어느 행동에도 한결같은 상대적 중요성을 인정하지 못하게끔 할 수도 있는 것이다.[42]

이 기소장에서 확인되듯이, 브르통은 바레스의 생애와 작품이 젊은이들에게 장래의 모델이 되기는커녕, 악영향을 끼칠 수 있다는 사실을 환기시킨다. 바레스는 스스로 순수한 자유의 입장을 견지했다고 말하지만 사실상 그는 세속적인 가치관에 종속된 삶을 살았고, 절충적인 타협의 명수였다. 또한 그의 생각은 계속 변화하긴 했지만, 한 번도 근본적인 것을 문제 삼은 적은 없었고, 그의 삶과 문학적 변화는 언제나 표면적일 뿐이었다.

이 재판에서 흥미로운 것은 차라의 태도였다. 이 계획이 논의되기 전부터 이러한 재판의 형식을 싫어했던 차라는 개인적인 불만이 있더라도 다다에 유익한 일이라면 동조할 수밖에 없다는 소극적인 자세를 보였다. 그러나 증인의 역할을 하기 위해 이 재판정에 나타났을 때, 이미 그는 엄숙하고 단조로운 실내의 분위기를 일거에 깨뜨려버려야겠다고 작정한 듯이 보였다. 그는 증인석에 출두한 후 재판정에서 관례적으로 묻는 말, 즉 "당신은 진실을 말하겠다고 선서하겠습니까?"라는 물음에 "아니요"라고 대답했다. 그는 처음부터 재판장인 브르통의 논리에 전혀 말려들지 않으면서 다음과 같이 말했다. "나는 이 재판이 다다에 의해서 계획된 것이라 하더라도 재판이라는 것을 전혀 신뢰하지 않습니다. 재판장님, 우리 모두가 속물의 일당일 뿐이

---

42 M. Sanouillet, *Dada à Paris*, p. 249.

며 큰 속물이냐 작은 속물이냐 하는 사소한 차이는 전혀 중요하지 않다는 사실에 동의하시겠지요?" 이다음에 이어지는 물음과 대답이 흥미롭다.

물음: 왜 당신에게 증인을 부탁했는지 아시겠지요?

대답: 당연히 알지요. 내가 트리스탕 차라이기 때문이지요. 설사 내가 이 사실을 확신하지 못한다 하더라도.

물음: 트리스탕 차라는 어떤 사람입니까?

대답: 모리스 바레스의 정반대입니다.

물음(수포): 변호인은 증인이 피고의 운명을 부러워한다고 확신하며, 증인이 그러한 사실을 고백할 수 있는지 심문하겠습니다.

대답: 증인은 변호인에게 똥이라고 말하겠습니다.

물음: 모리스 바레스 다음에 증인이 열거할 만한 더러운 사람들이 있습니까?

대답: 네, 앙드레 브르통, 프랑켈, 조르주 리브몽-데세뉴, 루이 아라공, 필리프 수포, 자크 리고, 피에르 드리외라로셸, 뱅자맹 페레 등입니다.

물음: 증인은 지금 열거한 사람들이 친구들인데, 그들에 대해서나 모리스 바레스에 대해서나 똑같이 생각하고 있음을 말하려는 것이겠지요?

대답: 맙소사! 여기서 문제 되는 것은 더러운 사람들이라는 것이지 똑같은 생각은 무슨 똑같은 생각이란 말입니까? 내 친구들은 나에게 공감을 하고 그 반면에 바레스는 반감을 주고 있다는 것이지요. [……]

물음: 증인은 완전히 바보 행세를 하려는 것입니까? 아니면 징역을 살고 싶어 안달을 하는 것입니까?

대답: 네, 나는 완전히 바보 행세를 하려는 것입니다. 그러나 내가 일생을 보내야 할 이 안식처를 굳이 빠져나가려고 애쓰지는 않습니다.

물음: 증인은 베르덩Verdun에서 부상당한 적이 있지요?

대답: 나는 거짓말 앞에서는 조금도 물러서지 못하는 성미입니다. 부상당한 것은 사실입니다. 다다주의의 베르덩에서 말입니다. 재판장님, 나는 사람이 비열해서 요컨대 나에게 흥미가 별로 없는 이야기에 끌려 들어가고 싶어 하지 않는다는 것을 아시겠지요.

물음: 증인은 모리스 바레스를 개인적으로 알고 싶습니까?

대답: 나는 1912년에 그를 알았습니다. 그런데 여자 문제 때문에 그와 싸웠지요.

물음: 변호인은 증인이 우스갯소리를 하면서 시간을 때우고 있다는 것을 인정해야 합니다.

대답: [……] 나는 심판하지 않겠습니다. 아무것도 심판하지 않겠습니다. 나는 늘 나 자신을 심판하고 나 스스로 키 작은 불쾌한 녀석이라고 생각하며 바레스보다 나을 것이 없는, 비슷한 요소를 나에게서 발견합니다. 모든 것은 상대적이지요.[43]

이러한 물음과 대답에서 확인되는 브르통과 차라의 날카로운 의견 대립은 이 재판을 브르통이 의도한 방향대로 전개시키지 못했을 뿐 아니라 결국 다다의 균열과 와해의 순간이 결정적으로 다가왔음을 예감하게 한다. 더욱이 검사로 등장한 리브몽-데세뉴는 이 재판이 다다 정신과 아무런 관련이 없음을 주장하고, 재판의 정당성을 부정할 뿐

---

43 같은 책, pp. 263~64.

제1부 앙드레 브르통과 초현실주의

아니라 재판장의 역할에 대해서도 비판한다. 그의 논리는 피고를 신랄하게 비판하기를 바랐던 브르통의 기대를 저버린 것이다. 아라공과 브르통이 동시대의 가장 영향력 있는 문학인들 중의 한 사람을 놓고 그의 문학인으로서의 삶의 태도를 진지하게 비판해보려 했던 이 모임은 결국 어수선한 분위기 속에서 방청석에 모인 관객들에게 큰 충격을 주지도 못한 채 끝나고 만다.[44] 브르통은 이 사건을 통해서 철저히 파괴적이고 부정적인 차라의 다다와 결별할 수밖에 없다는 생각을 굳히게 된다. 모리스 나도는 이렇게 말한다. "의심할 나위 없이 브르통은 제 길로 들어선 것이다. 다다는 외치는 것으로 만족할 수 없었고 행동을 해야만 했다. 그것은 우선 보다 덜 아나키스트적으로, 보다 효과적으로 행동하는 일이다."[45] '보다 덜 아나키스트적으로, 보다 효과적으로 행동하는' 길은 결국 초현실주의로 넘어가는 길일 것이다.

'바레스 재판'을 통해 분명히 노출된 브르통과 차라의 상반된 입장이 다다 그룹의 분열로 나타나자, 브르통은 새로운 전기를 마련하고 어떤 공통된 구심점을 찾기 위한 움직임으로, 아니 다다를 과거로 돌려버리기 위해서 대규모의 회의를 구상한다. '현대적 정신l'esprit moderne' 혹은 모더니즘의 정신을 옹호하고 규명하기 위한 이 모임은 다다를 '입체파'나 '미래파'와 다름없는 전위적 운동으로 간주함으로써, 이 회의를 제안한 브르통의 입장이 은연중에 다다에서 벗어나 있음을 입증하고 있다.

---

44 재판장은 피고에게 강제노동 20년이라는 언도를 내렸다. 이 형벌은 예상했던 것보다 그렇게 가혹한 것은 아니었다.
45 M. Nadeau, *Histoire du Surréalisme*, p. 51.

제2장 브르통과 다다

[······] 나는 입체주의, 미래주의, 다다가 결국 서로 다른 별개의 운동이 아니며 우리가 아직 정확하게 그 의미나 넓이를 알지 못하는 보다 광범위한 어떤 운동의 성격을 띠고 있다고 생각한다. 입체주의, 미래주의, 다다를 연속적인 흐름으로 파악하는 것은 현재 얼마만큼의 높이에 도달해 있다가 자기에게 주어진 곡선을 계속 그려나가기 위해 새로운 충격만을 기다리는 어떤 이념의 분출을 추적하는 태도이다.[46]

브르통은 다다를 입체주의와 미래주의에 연결 지으면서 과거의 것으로 환원시키고, 예술사나 문학사의 한 흐름 속에 위치시켜버린다. 이러한 브르통의 태도는 어떤 모더니즘의 경향과 다다를 철저히 구별 짓고 싶어 힌 차라의 입장과 정면에서 충돌한다.

나는 다다와 입체주의, 미래주의가 공통된 바탕에서 세워졌다고 말하는 것이 잘못이라고 생각한다. 입체주의와 미래주의의 경향이 기술적이며 지적인 어떤 완성의 개념에 토대를 두었다면, 다다주의는 그와 반대로 어떤 이론에 근거를 둔 것이 전혀 아니며 그것은 어디까지나 '항의'일 뿐이다.[47]

다다가 예술의 한 표현으로 이해되는 것을 용납할 수 없었던 차라는 그 모임에 동의하지 않음은 물론 참석하지도 않겠다고 했다. 이러한 논의가 계속되는 과정에서 차라와 브르통 사이의 격렬한 논쟁은

---

46 M. Sanouillet, *Dada à Paris*, p. 322.
47 같은 책, p. 323.

급기야는 다다의 조종을 울리는 사건으로 끝나게 된다. 브르통은 차라와 다다의 역할이 보잘것없는 것이었다고 단정 짓고, 그의 앞으로의 작업이 다다 활동의 연속이 아니라는 것을 분명히 밝히면서 다다의 죽음을 선언한다. 다다의 역할이 얼마나 중요했는가 하는 문제는 문학사가들이 평가할 문제라 하더라도 브르통이 다다의 철저한 부정 정신과 허무주의적 태도를 극복하고 싶어 했던 것만은 사실이다. "모든 것을 버려라./다다를 버려라./당신의 부인을 버려라, 당신의 애인을 버려라./당신의 희망과 당신의 두려움을 버려라./숲의 한구석에서 당신의 아이를 배게 하라./망령을 위하여 먹이를 버려라./필요할 경우에는 안일한 삶을, 미래의 안정을 위하여 당신에게 주어진 것을 버려라./여러 갈래의 길로 떠나라."[48] 방황과 자유를 외치는 브르통의 이 글은 초현실주의를 향해 떠나는 길이 새로운 정신의 모험을 지향하는 것임을 시사한다.

5. 다다와 초현실주의의 상호보완성

초현실주의자들이 다다 시절을 거치지 않고도 오늘날처럼 다양하고 풍부한 초현실주의 문학을 이룩할 수 있었을까? 이러한 물음은 객관적인 해답을 가져오지 못하고 말 질문일지 모르지만, 초현실주의자들의 다다 활동이 유익한 것이었다고 결론지으려는 이 부분에서 논지의 실마리를 푸는 하나의 열쇠가 될 수는 있을 것이다.

---

48 A. Breton, *Les Pas Perdus*, p. 110.

앙드레 브르통과 미래의 초현실주의자들이 다다를 만나기 전에 상징주의의 영향을 깊이 받고 있었던 것은 사실이다. 그 당시 다양한 전위적 활동이 있기는 했지만 다다의 파괴적인 작업은 다른 활동과 구별되는 개성을 보여주었고, 말라르메와 발레리 같은 상징주의 시인들의 시적 경향을 답습하고 있었던 젊은 시인들에게 충격과 매력을 준 것은 분명하다. 다다라는 마력적 어휘가 제1차 세계대전이라는 암울한 시대에 살고 있던 젊은이들의 분노를 규합할 수 있었던 구심점이 된 것은 무엇보다도 이성에 기반한 문명적인 모든 가치를 근본적으로 회의하며 그것의 허위성을 비판한 다다의 반항적 시각 때문이었다. 그러므로 파리의 다다주의는 '왜 쓰는가?'라는 문학적 문제와 더불어 시작되었다. 예술과 시에 대하여, 아니 그것들이 갖는 의미에 대하여 아무도 의심을 표명하지 않았던 시대에 그러한 태도는 충분히 값진 것이었다.

다다는 과거와 미래를 거부하고 순간 속에서 살며 어떤 의무도 떠맡지 않았다. 차라는 다다가 아무것도 아니며, 아무것도 되고 싶어 하지 않는다고 말했다. 그는 다다가 어떤 형태나 방법 속에 굳어지는 것을 철저히 거부했다. 그는 또한 초현실주의의 대명사라고도 말할 수 있는 자동기술과 크게 다를 바 없는 자발성과 자유로운 표현을 강조하고, 아울러 모든 가치기준과 가치판단을 거부했다. 바로 이러한 다다의 특징들은 앞에서 검토한 것처럼 초현실주의와 부분적으로 일치하며 또한 부분적으로 대립되는 요소들이기도 하다. 다다는 초현실주의와 마찬가지로 삶의 태도와 모럴을 중시했지만 그것을 표현하는 방법이 같지 않았다. 무엇보다도 '바레스 재판' 때 노골적으로 표명된 가치관과 도덕적인 관점의 대립이 이 두 운동을 갈라서게 만든 계기가 되었지만, 그러한 이유 때문에 다다와 초현실주의를 도식적으로 명확히 구별 짓는 태도는 위험할지 모른다. 브르통이 그의『대담집』에서 밝힌 것처럼 "초현실주의를 다다에서 파생된 운동이라고 소개한다거나, 또는 건설적인 방향으로 다다를 복원시킨 것으로 보는 관점은 틀린 것이며, 연대기적으로 보더라도 그것은 잘못된 일이다. 다다와 초현실주의는——아직까지 영향력을 발휘하고 있는 것은 오직 초현실주의뿐이라고 하더라도——서로 감싸며 돌아가는 두 개의 물결처럼, 상호보완적으로 이해할 수밖에 없을 것이다."[49] 차라와의 거친 논전에서와는 달리 이미 초현실주의라는 큰 물결을 일으키고 20세기 문화에 큰 영향을 미친 사람으로서 다다를 포용하는 관용과 여유가 엿보이는 이 말은 다다와 초현실주의의 관계를 온당한 입장에서 설명해주고 있다. 우리가 이러한 설명에 완전히 동의하는 입장이 아니라고 하더라도, 여하간 초현실주의를 이해하는 데 있어서 다다의 의미를 쉽게 폄하하거나 제외시켜서는 안 될 것이다. 무엇보다 다다가 모든 아카데미즘을 거부하고 예술을 제약하는 모든 굴레에서 예술을 해방시킨 중요한 공적을 인정해야 한다.

다다의 허무주의를 비난하기는 쉽다. 다다의 독단적인 주장과 파괴적인 형태의 시가 철없는 젊은이들의 병적인 반항이라고 규정짓는 것도 쉬운 일이다. 그러나 우리가 관심의 초점으로 삼아야 할 것은 그들이 무엇에 대항하여 싸웠는가 하는 문제이며, 절망적인 몸짓으로라도 그렇게 싸울 수밖에 없었던 그들의 순수한 반항이 무엇 때문인가를 이해하는 일이다. 그러므로 중요한 것은 그들의 행위를 어

---

49 A. Breton, *Entretiens*, Gallimard, coll. Idées, 1973, p. 62.

제2장 브르통과 다다

떤 선입관에서 성급히 비판하는 일도 아니며, 그들의 반항을 지나치게 신비화해 해석하는 일도 아닐 것이다. 그들의 반항이 그 시대와 그 사회에서 가능했던 정직한 반응이라면, 그리고 그러한 반항이 언제 어디서나 표출될 수 있는 것이라면, 우리 시대의 현실 속에서 그러한 문제를 새롭게 제기해볼 수 있어야 한다. 다다의 철저한 부정, 그것은 진정한 긍정의 세계를 맞이하려는 젊은이들의 열망에서 표현된 순수한 인간적 몸짓이라고 믿기 때문이다.

제3장
『나자』와 초현실주의적 글쓰기의 전략

1. 「초현실주의 선언문」과 현실주의 소설 비판

'초현실주의 소설'이라는 말은 '초현실주의 시'라는 말보다 어색하게 들린다. 초현실주의의 중심적인 장르가 시라서 그렇기도 하겠지만, 세속적 현실의 문제에 초연해 있으려는 초현실주의 정신은 소설의 정신보다 시의 정신에 가까운 것으로 생각되기 때문이다. 실제로 앙드레 브르통이 소설, 특히 현실주의 소설에 대한 비판과 거부의 태도를 보이면서, 초현실주의적 글쓰기를 소설의 반대편에 두려고 했던 것은 널리 알려진 사실이다. 그는 「초현실주의 선언문Manifeste du surréalisme」(1924)에서 초현실주의적 글쓰기란 현실로부터 인간의 자유와 해방을 추구한 것인 데 반해, 현실주의 소설은 사람들로 하여금 생활의 사소한 측면이나 잡다한 인간사에 관심을 갖게 함으로써 반항과 해방의 정신을 고취시키지 못한다고 비판했다. 현실주의 소설에 대한 그의 비판은 작가적 태도나 정신에 관한 것과 소설적 기술의 방법이나 형태에 관한 것으로 나누어 볼 수 있는데, 그러한 논리의 근거는 현실주의 소설이 현실을 재현하고 현실의 논리를 따르려고 함으로써 독자로 하여금 능동적이고 자유로운 상상력을 갖게 하지 못했고, 작가가 자신의 현실 인식을 독자에게 그대로 보여주려고 함으로써 다양한 인식의 가능성을 열어두지 못했다고 보는 데 있다. 「초현실주의 선언문」에서 현실주의 소설에 대한 비판과 관련된 부분을 살펴보자.

[……] 성 토마스 아퀴나스에서 아나톨 프랑스에 이르기까지 실증주의의 계시를 받은 현실주의적 태도는 모든 이지적이고 정신적인 비약을 거부하는 것처럼 보인다. 나는 평범함과 증오심, 그리고 진부한 자기만족으로 만들어진 그러한 태도가 혐오스럽다. 현실주의적 태도야말로 오늘날 판을 치는 바보 같은 책들과 모욕감이 느껴지는 작품들을 낳은 원인이다. 현실주의적 태도는 신문을 통해서 끊임없이 강화되고 있으며 가장 저속한 취미의 대중적인 여론과 야합함으로써 학문과 예술의 발전을 방해하고 있다. 그리고 명확성이란 바보 같음이라는 말과 다름없이 되었고 인간의 삶은 개 같은 인생이 되었다. 가장 훌륭한 정신의 소유자들도 그 영향을 받는 활동을 하게 되고 무사안일의 법칙은 그들에게나 다른 사람들에게나 한결같이 수용되기 마련이다. 이러한 사태로 빚어진 우스운 결과가 문학의 경우 소설의 범람이라는 것이다. 저마다 자기 나름의 사소한 '관찰'로 소설을 꾸며댄다. 그러한 현상을 정리할 필요성이 있어서 폴 발레리 씨는 최근에 가능한 한 많은 양의 소설의 도입 부분과 거기서 쉽게 예상되는 터무니없는 것을 앤솔로지 형식으로 묶어보자고 제안했다. 그렇게 해본다면 가장 유명한 작가들이 수록의 대상이 될 것이다. 전에 소설에 관한 이야기를 했을 때, 자기라면 후작부인은 다섯 시에 외출했다는 식으로 쓰지 않겠다고 단언

했던 폴 발레리의 그러한 발상은 그의 명예를 한층 더 높여줄 만하다. 그는 이 약속을 과연 지켰던가?[1]

현실주의 소설에 대한 이러한 비판에서 첫번째로 주목되는 것은 '명확성la clarté'이라는 말이 바보 같고 개 같은 인생이라는 말과 다름없이 언급되었다는 점이다. 명확성이란 이성의 다른 말이라고 할 수 있다. 이런 점에서 명확성에 대한 비판은 이성에 대한 공격과 같은 맥락에서 광기를 옹호하고 상상력을 찬양하는 초현실주의의 주장을 환기시킨다. 위의 인용문에서 두번째로 주목해야 할 대목은 "후작부인은 다섯 시에 외출했다"라는 문장이다. 이 문장에서 우리가 쉽게 파악할 수 있는 언어학적 혹은 문법적 특징은 주어가 삼인칭이며 동사 sortit는 단순과거형이라는 사실이다. 다시 말해서 그것은 작가의 이야기가 아니라 제삼자의 이야기임을 보여준다. 그것은 만들어진 시간과 공간 속에서 전개되는 가짜 현실의 허구적 인물을 전제로 한 것이다. 후작부인은 그러므로 언어의 차원에서만 존재하고, 그녀에 대한 언급이 사라지면 그녀는 존재하지 않는 것이나 다름없다고 볼 수 있다.[2] 또한 "외출했다"라는 단순과거의 동사는 그 사건이 체험된 것이 아니라 이야기된 것임을 의미한다. 왜냐하면 그 문장이 말하는 화자의 현재와 관련되어 있지 않고 임의적으로 선택된 어떤 과거의 한순간과 연결되어 있기 때문이다. 그 행동은 그런 까닭에 살아 있는 것이 아니라 과거의 한 시점에 고정되어 죽어 있다. 꾸며대는 거짓의

---

1   A. Breton, *Manifestes du surréalisme*, Jean-Jacques Pauvert, 1972, pp. 17~18.
2   에밀 뱅베니스트의 용어를 빌리면 삼인칭으로서의 후작부인은 '부재인칭non-personne' 이다. 왜냐하면 삼인칭으로서 그는 '부재하는 사람'이기 때문이다.

허구적인 이야기를 과거형으로 서술하는 대신에 작가 자신의 진실한 체험을 생생한 현재의 양상으로 써야 한다는 브르통의 입장[3]을 여기서 짐작할 수 있다. "후작부인은 다섯 시에 외출했다"라는 표현에서 주목해야 될 또 다른 측면은 간결하고 명확하며 빈틈없는 메시지를 전달하는 이 문장의 구성이 시적인 상황이나 분위기를 전혀 암시하지 않고 있다는 사실이다. 그것은 눈앞에 보이는 세계를 명확하게 묘사할 뿐 보이지 않는 세계, 꿈과 무의식의 세계를 그리지 못한다.

초현실주의적 표현 방법은 존재하는 것을 묘사하려 하지 않고, 현실주의적 논리를 초월하면서 상상력을 촉발시키는 데 가치를 둔다. 그런 점에서 산문과 시의 근본적인 차이를 발견할 수 있을지도 모른다. "후작부인은 다섯 시에 외출했다"의 산문적인 논리가 일상생활의 인습에 길들여진 독자의 정신에 충격을 주면서 일깨우는 것이 전혀 아니라 친숙하게 저항감 없이 수용된다는 점을 지적할 수도 있다. 르베르디의 이미지론을 인용하지 않더라도 멀리 떨어져 있는 두 현실을 분리된 상태로 두지 않고 하나의 이미지 속에 충격적인 결합을 종종 시도한 초현실주의적 이미지의 표현 방법이 내적인 긴장과 역동적인 상상력을 지향하는 것이라면 "후작부인……"의 현실주의적 이미지는 현실의 인습적인 이미지와 일치된 차원에 머문다. 반대로 현실의 논리를 존중하는 현실주의적 서술은 비논리적인 시적 비약을 허용하지

---

3   브르통은 1924년 9월에 쓴 「현실의 왜소성에 대한 서설」에서 작가들에게 자기의 진실한 체험을 이야기하도록 호소하고 있다. "당신 자신의 이야기를 해보세요. 당신들에 대해서 더 많은 것을 알려주어야 합니다. 당신들 마음대로 들락날락하는 가짜 인간들을 죽이고 살릴 권리가 여러분들에게는 없습니다. 당신들의 회상록을 보여주는 것으로 만족하세요. 그리고 진짜 이름을 밝혀야지요. 주인공들을 함부로 다루지 못했다는 것을 증명해야죠." A. Breton, *Point du jour*, Gallimard, coll. Idées, 1970, p. 9.

못할 것이다.[4] "후작부인……"의 예를 통해서 결국 브르통은 현실주의적 기술의 결함을 표현하고 싶었던 것인데, 이를 다시 요약해서 말하자면 첫째, 그 문장이 삼인칭 주어로 구성된 비주관적 문장이라는 것, 둘째, 그것이 단순과거의 동사로 전달되어 글 쓰는 사람의 현재와 단절된 비활성적 문장이라는 것, 셋째, 역사적인 인과관계를 전제로 한 연속적인 논리의 문맥에 들어가 있다는 것, 넷째, 내적인 긴장과 상상력을 자극하는 역동적 요소가 결핍되어 있다는 것이다.

그 밖에도 「초현실주의 선언문」은 현실주의를 비판하는 흐름에서 "무조건적인 보고서식의 문체le style d'information pure et simple"와 작중인물과 공간에 대한 상투적 묘사도 문제시하고 있다. 브르통은 장황하고 따분한 묘사의 예로 도스토옙스키의 『죄와 벌』에서 한 문장을 인용하지만, 발자크나 졸라의 어떤 소설을 인용하더라도 마찬가지일 것이다. 그의 논리를 따르면 현실주의적인 범속한 인물 묘사 (가령 머리는 금발이며 양복의 색깔은 검은색이라는 등등의 외형 묘사)는 작중인물의 신비스러운 심층적 내면의 세계를 전혀 고려하지 않고 있다는 점에서 독자의 상상력을 차단할 뿐만 아니라 독자의 인간에 대한 이해 혹은 현실에 대한 판단을 왜곡시킨다는 것이다. 소설을 구성하는 데 중요한 요소의 하나인 묘사가, 작가의 진실을 밝히는 데 얼마든지 유익한 수단이 될 수 있다고 반론을 제기할 미셸 뷔토르와 같은 작가도 있겠지만,[5] 브르통은 묘사 자체의 의미를 부정하려는 것

---

4 '무선sans fil'이라는 말을 애호하고 '그러므로donc'라는 논리적 접속사를 증오한다는 브르통의 말을 떠올릴 수 있다. 그가 「현실의 왜소성에 대한 서설」에서 무선전신, 무선전화와 같은 무선 상상력imagination sans fil을 이야기하는 것은 위의 논리의 흐름에서 쉽게 이해될 수 있다. 같은 책, p. 7.

이 아니라 현실주의적 묘사의 허구성을 비판하려 하는 것이다. 중요한 것은 어떤 대상의 외형적 모습이 아니라, 그 대상 속의 어떤 요소가 우리의 내면을 자극하고, 우리에게 계시révélation를 주는가의 문제이다. 다시 말하자면 브르통은 주관적인 것과 객관적인 것의 구별이 제거된 상태에서 주체와 객체의 강렬한 정서적 만남을 전달하는 표현에 가치를 부여한다. 그러한 만남이야말로 자아와 세계와의 상투적 관계가 변화하여 진정한 관계에 도달하는 것이기 때문이다.

「초현실주의 선언문」에 나타난, 현실주의 소설에 대한 비판과 초현실주의 문학이 지향하는 글쓰기의 암시를 종합해보면, '초현실주의 소설'이라는 말은 마치 '산문시'라는 말이 그렇듯이 모순되고 역설적인 요소들이 결합된 말처럼 보인다. 물론 「초현실주의 선언문」은 초현실주의 소설의 선언문은 아니다. 그러나 「초현실주의 선언문」에서 현실주의 소설을 공격적으로 비판한 내용을 근거로 '초현실주의 소설의 선언문' 같은 내용을 생각해본다면 그것은 어떤 형태일까? 브르통은 「초현실주의 선언문」을 쓸 때만 해도 기존의 소설이나 현실주의 소설을 공격하는 논리만 생각했지, 초현실주의 소설을 쓰려는 야심과 계획을 갖고 있지 않았다. 그가 막연히 현실주의 소설과는 다른 어떤 초현실주의 소설의 존재를 염두에 두고 있었더라도, 그것은 로브그리예나 미셸 뷔토르 같은 작가들이 새로운 글쓰기의 전략으로 내세운 '누보로망Nouveau roman'과 같은 어느 정도 새로운 공통적 요소를 갖춘 체계적 형태의 소설은 아니었다. 물론 초현실주의 소설

---

5 Michel Butor, "Le roman comme recherche," "Le roman et la poésie," in *Essais sur le roman*, Gallimard, 1969.

은 체계적인 틀로 유형화되기 어렵다. 그 이유는 초현실주의의 형태가 흐르는 물과 같아서 고정된 형태가 없기 때문이기도 하겠지만, 시적 정신을 지키고 유동적인 삶과 글쓰기의 관련성을 중시하는 초현실주의에서 고정된 소설적 글쓰기의 전략은 부재하는 편이 자연스럽기 때문이다. 그럼에도 굳이 초현실주의적 소설의 글쓰기 전략을 추정한다면, 그것은 현실주의 소설의 형식이나 "후작부인은 다섯 시에 외출했다"의 문장 형태와 반대되며, 허구적인 삼인칭 소설과도 다르다는 점이다. 또한 명확한 논리보다는 암시적인 서술이 많을 것이고, 심리분석이나 상세한 묘사 없이 시적 이미지를 풍부하게 전달할 것이고, 허구적인 소설이 아니라 작가의 진정한 삶의 이야기가 될 것이라는 점이다. 텍스트의 해석에 독자의 참여를 유도할 수 있게끔 '열린 작품'의 요소들을 갖출 것이라는 점도 충분히 예상되는 부분이다. 로베르 브레숑의 정의를 따르자면 다음과 같다.

> 고전적 작품은 아무리 기복이 심하더라도 심리적 만족감을 주는데, 초현실주의 작품은 지적인 자극, 결핍감, 도발 혹은 도전의 느낌을 자아낸다. 그 주요 수단은 모호성이다.[6]

이처럼 일반적인 초현실주의 작품의 특성은 명확성이나 균형성이 아니라 불균형성과 모호성이며, 완성된 형태보다는 미완성의 형태를 지향한다는 것은 초현실주의 소설에도 어김없이 적용될 수 있는 논리이다. 미완성의 형태는 독자에게 상상력을 촉발시킬 뿐 아니라 작

---

6 R. Bréchon, *Le surréalisme,* Armand colin, 1971, p. 164.

제3장 『나자』와 초현실주의적 글쓰기의 전략

품 해석에 적극적으로 관여하게 만들 수 있기 때문이다.

「초현실주의 선언문」이 발표된 지 4년쯤 후에 나온 『나자』(1928)는 초현실주의 소설의 가능성을 점검해보는 중요한 자료가 된다. 『나자』가 출간되기 전에 이미 아라공의 『파리의 농부*Le paysan de Paris*』(1926)나 데스노스의 『자유 또는 사랑!*La liberté ou l'amour!*』(1927)이 발표되었지만, 그것들을 초현실주의 소설의 전형이라고 말하기는 어렵다. 물론 그 소설들은 허구적이고 상상적인 소설이 아닌, 작가 자신의 현실적 체험과 시적 서술을 담은 산문이라는 공통점을 갖고 있지만, 초현실주의의 문학적 가치를 고려해볼 때, 초현실주의 소설의 첫 번째 자리에 놓일 수는 없다. 아무래도 그 자리에는 『나자』가 가장 적합할 것이다. 브르통이 쓴 서사여서가 아니라, 기존의 소설적 성격을 거부하면서도 소설적 흥미를 내포하고, 사실적이면서도 신비스러운 느낌을 주는 초현실주의적 소설로서 『나자』를 능가하는 소설은 없다. 이런 점에서 『나자』를 검토해보면, 초현실주의 소설의 전형성이 떠오른다고 말할 수 있다. 『나자』의 형태와 의미는 그대로 초현실주의 소설의 경우로 일반화시킬 수 있는 것이다.

2. 비논리성과 불확실성의 글쓰기

『나자』는 과연 소설일까? 자전적 이야기와 서정적인 고백투의 서술, 초현실주의에 관한 사실적인 자료, 사진과 그림, 시인이자 이론가인 저자의 철학적이고 도덕적인 성찰, 일기와 편지, 이탤릭체의 기술과 적지 않은 분량의 주석 등 여러 가지 잡다한 형태와 내용으로 이

제1부 앙드레 브르통과 초현실주의

루어진 이 작품을 기존의 소설 장르에 선뜻 분류해 넣기는 어렵다. 더욱이 서술의 흐름이 첫 장부터 마지막까지 직선적인 흐름으로 구성되어 있지도 않을 뿐 아니라, 여러 에피소드들이 단절되어 있듯이 이어져 있지만, 그것들 사이에는 논리적인 연결 고리도 없고 명확한 이해를 돕는 합리적인 설명도 보이지 않는다. 소설의 여러 에피소드는 일상적 현실에 근거를 둔, 사실적이고 객관적인 이야기이지만 그것은 독자에게 신비스럽고 당혹스러운 느낌으로 다가온다.

브르통은 『나자』의 「들어가며」에서 그의 소설이 객관성과 진정성에 의거한 '반문학적 명제impératifs anti-littéraires'[7]에 충실하려 했으며, 소설의 인물이나 공간에 대해서도 기존의 소설처럼 불필요한 묘사를 하지 않고, 묘사의 역할을 사진으로 대체하고자 했음을 밝힌다. 그러나 실제로 소설의 텍스트 안에서는 사진이 묘사를 완전히 대신한 것도 아니고, 사진의 존재를 염두에 두었다고 해서 작가가 묘사를 철저히 배제하고 있지도 않다. 미셸 보주르가 말한 것처럼, "브르통은 그의 소설에서 필요할 때마다 묘사를 하고 있다"[8]는 것에 동의할 수는 없지만 묘사가 완전히 제거된 소설이라고 말하기가 어려운 것도 사실이다. 숯가게 진열장 정경이나 벼룩시장에서 발견했다는 이상한 물건, 나자의 눈과 그림 등, 사진과 묘사가 함께 있는 장면들도 있고 사진은 없고 묘사만 있는 경우도 적지 않다. 이런 점에서 사진은 묘사를 완전히 제거하기 위해서 수록되었다기보다, 관련 대상들의 묘사를 불필요한 것으로 만들기 위해 채택된 것처럼 보이기도 한다. 물

---

7 A. Breton, *Nadja*, Gallimard, coll. Folio, 1964, p. 6.
8 M. Beaujour, "Qu'est-ce que Nadja?," in *N.R.F.*, N°172, 1 avril 1967, p. 786.

론 사진과 묘사가 동시에 있다고 해서, 사진의 시각적 기능과 문자로 표현된 묘사의 기능이 일치하는 것은 아니다. 사진은 단순히 대상의 존재를 증명하는 사실적 자료가 아니라 암시적이고 상징적인 의미를 담을 수도 있기 때문이다. 실제로 『나자』에서 사진은 텍스트의 의미를 풍부하게 만드는 여러 가지 기능을 수행하고 있기도 하다. 문제는, 저자가 서문에서 약속했듯이 사진의 존재가 묘사를 제거하지는 못했다는 점이다. 그렇다면 그 이유는 무엇일까? 저자가 아무리 약속을 지키려 해도 지킬 수 없을 만큼 묘사의 필요성이 강했기 때문일까? 아니면 초현실주의적 서술의 전략이 그렇듯이, 합리적인 계획이나 의도가 계속 어긋나고 지연될 뿐 아니라 그러한 흐름을 단절시키는 우연성의 개입이 그만큼 많다는 것을 보여주려고 했기 때문일까? 이러한 의문들은 성급하게 정리될 수 있는 문제들이 아니다.

이 소설의 시작을 알리는 첫 문장은 "나는 누구인가?Qui suis-je?"[9]라는 물음이다. 물론 이 물음이 내포하는 의미는 소크라테스식의 인식론적 물음의 의미가 아니다. 그것은 실존적 물음이기도 하고 삶을 변화시킨다는 랭보의 명제와 세계를 변혁하고 인간의 삶을 해방시킨다는 마르크스적 명제와 개인적 삶의 태도가 연결될 수 있는 문제이기도 하다. 그것이 어떤 의미이건, 여기서 우리가 언급해야 할 것은 그러한 물음의 의미가 명확한 추론으로 연결되지 못하고 있다는 점이다. 그 물음은 결정적인 해답을 이끌어오기보다 모호하게 처리되어 있을 뿐 아니라 어느새 엉뚱해 보이는 다른 이야기로 전환되기 때문이다. 화자가 자기인식의 문제를 제기하면서 그것에 대한 대답을 회

9   A. Breton, *Nadja*, p. 9.

피하는 이유는 무엇일까? 자기인식의 문제가 이 소설에서 중요한 것은 사실이지만, 화자는 이것을 단순히 인식론적 문제로 한정시켜 이해하지 않고, 일상의 차원과 개인의 삶, 현재의 삶을 넘어서는 어떤 미래 지향적이고 보편적인 가치를 지향하는 모험의 삶과 연결 짓는 것으로 생각해볼 필요가 있다. 물론 자기인식의 모험을 주제로 한 소설로 받아들이더라도, 소설의 서술을 담당하는 화자이건, 작중인물의 역할을 하는 사람이건, 어느 누구에게도 자기인식과 관련된 전개 과정에서 명확한 인식과 깨달음은 보이지 않는다. 분명한 것은 브르통이 나자를 만나 겪었던 모험을 통해서 자기인식의 문제를 넘어선 경험과 확신을 이끌어냈다는 것뿐이다. 우리는 이러한 모험적 행동의 의미가 소설의 후반부에 가서 거의 이야기가 끝날 무렵에, 첫 장의 "나는 누구인가?"라는 물음과 상응하는 "누구인가?Qui vive?"[10]라는 자기 자신에 대한 긴장된 회의의 물음으로 이어질 뿐 어떤 명징한 앎과 인식의 해답을 얻지 못하고 그저 또 다른 물음의 차원으로 전환되었음을 알 뿐이다.

『나자』에는 현실에서 가능할 것 같지 않고 쉽게 믿기도 어려운 여러 사건들의 이야기가 담겨 있다. 나중에 『열애』에서 '객관적 우연'이라고 불리게 되는 이러한 사건들은 『나자』에서 "미끄러운 길처럼 이어지는 사건들faits-glissades"과 "낭떠러지처럼 급격히 연결되는 사건들faits-précipices"로 명명된다. "미끄러운 길처럼 이어지는 사건들"은 브르통이 나자를 만나기 전 경험했던 여러 가지 우연적 일들이거나 특별한 사물이나 공간에 대한 친화감과 연상 작용에 관련

10 같은 책, p. 172.

된 것들이다. 이를테면 브르통이 엘뤼아르와 페레를 우연히 만났다거나, 그가 수포와 함께 쓴 『자기장』 마지막 쪽에 등장하는 "나무숯 BOIS-CHARBONS"이라는 말과 죽음의 이미지가 숯 파는 가게 앞을 지나다가 환각적인 체험으로 떠올랐다는 것, 테아트르 모데른Théâtre moderne 극장의 이상한 분위기와 어두운 무의식적 세계의 일치 등이다. 또한 "낭떠러지처럼 급격히 연결되는 사건들"은 이 소설에서 핵심적인 주인공이라고 볼 수 있는 나자를 브르통이 만나게 된 중요한 우연적 사건과 같은 것이다. 이런 점에서 그가 경험한 여러 "미끄러운 길처럼 이어지는 사건들"은 "낭떠러지처럼 급격히 연결되는 사건들"로 귀결될 수 있는 예비적 사건이기도 하다. 나자라는 신비스러운 여자를 만나면서 브르통이 겪게 되는 온갖 기이한 체험과 우연의 일치는 소설의 중심부에서 일기체로 서술되고 있지만, 중요한 것은 그러한 우연적이고 신비스러운 사건들이 논리적인 설명을 동반하지 않는다는 점이다. 이것은 작가의 의도적인 서술 전략 때문이다. 그러니까 논리적인 설명 없이 화자가 경험한 우연의 사건들을 인과관계를 떠나서 자유롭게 서술하는 것도 화자의 무계획적인 계획으로 이해된다. "이제 내가 하려는 이야기와는 먼 지점에서, 내 인생에서 가장 인상 깊었던 에피소드들을, 그것의 유기적인 측면과는 상관없이 내가 이해하는 대로, 즉 가장 중요한 것뿐 아니라 사소한 것에 이르기까지 우연의 흐름에 놓여 있는 범위 내에서, 내가 갖고 있는 상식적인 생각과 어긋나는 삶이 나로 하여금 갑작스러운 연결과, 망연자실하게 만드는 일치의 세계, 그 어떤 정신 상태의 자유로운 비상을 능가하는 반사적 행동과, 피아노처럼 동시에 연주되는 화음의 세계, 아직 다른 빛들만큼 빠르지는 않더라도 보여주고 볼 수 있게 만드는 그와 같은,

빛의 세계와 같은 금지된 세계 속으로 나를 이끌어갈 수 있는 그런 범위 내에서 이야기해볼 생각이다."[11] 화자의 말처럼 주인공이 유기적인 측면과 상관없이 겪게 되는 우연적 사건들 사이에는 인과관계가 있을 수 없다.

나자의 모습을 예로 들어도 마찬가지이다. 브르통이 나자를 처음 만난 날의 장면에서 그녀의 걸음걸이와 눈에 대한 강렬한 느낌이 묘사되고 그날 이후 그녀의 비합리적이고 놀라운 행동이 객관적으로 서술되어 있음에도, 독자는 여전히 모호하고 신비스러운 느낌을 떨쳐버릴 수 없다. 독자의 상상 속에서 그녀의 모습을 완전히 떠올리기 어려울 만큼 그녀의 이상한 언행의 동기는 불분명하고 암시적으로 그려질 뿐이다. 이야기를 이끌어가는 화자의 합리적 설명도 없고, 결정론적인 심리분석도 보이지 않는다. 이런 점에서 독자로 하여금 명확히 이해하지 못하도록 하는 것이 화자의 서술 전략이고, 이러한 이야기 방식은 합리주의적 논리와 인식론을 거부하려는 논리의 반영임을 알 수 있다. 나자의 모습과 공존하는 신비스러운 매력과 에로티즘의 분위기는 이성적인 앎의 의지와 이해의 논리와는 반대되는 것이기 때문에 그러한 분위기에 걸맞은 서술로 이해할 수도 있다. 그런데 그녀가 정신병원에 갇히게 된 후, 그녀가 남긴 그림과 글의 내용은 그야말로 명확한 의미 파악이 어렵게 되어 있다. 또한 호텔에 투숙한 후, 자신이 머무르는 방의 번호를 계속 잊어버린다는 들루이 씨의 이야기[12]는 어떻게 해석해야 할까? 그것은 왜 소설 속에 끼어 있는 것일

---

11 같은 책, p. 21.
12 너무나 어처구니없는 내용이면서도 매우 우울하고 한편으로는 참으로 감동적이기도 한 이야기를 예전에 누군가 내게 들려준 적이 있었다. 어느 날 한 신사가 호텔에 들어가서

까? 또한 브르통이 사랑의 가치를 깨닫고 새로이 만난 여자에게 쓴 편지는 어떻게 해석해야 할까? 소설이 끝나기 직전에 삽입된 무선통신사의 메시지는 무슨 의미일까?『나자』는 이처럼 여러 가지 사건이나 에피소드들, 혹은 담론들이 논리적으로 연결될 만한 이유 없이 중첩되고, 독자가 납득할 만한 설명 없이 제시된다. 그것은 독자의 의식을 당혹스럽게 만들거나 끊임없이 긴장시키고, 독자로 하여금 종종 이야기의 핵심적 줄기를 놓쳐버리게 한다. 독자는 합리적으로 연결되지 않는 담론의 혼돈 속에서 당연히 모호한 의문의 세계 속으로 빠지게 된다. 이것은 결국 초현실주의적 에피소드나 이야기가 우연성의 지배를 받고, 이야기가 진행되면 될수록 확실하고 분명해지는 것이 아니라 불확실하고 모호해진다는 깃을 작가기 의도적으로 보여주려 했기 때문이다.

이 소설은 크게 세 부분으로 나뉘어 있다. 나자가 등장하는 두번째 부분이 소설의 중심 뼈대라고 볼 수 있다면, 첫번째 부분은 브르통이 나자를 만나기 전 겪은 우연적 사건들을 개별적인 단절의 에피소드들로 엮은 것이고, 세번째 부분은 그가 나자와 헤어질 무렵부터 그

자기 신분을 밝히고 방 하나를 빌리고자 했다. 그가 빌린 방 번호는 35호였다. 잠시 후, 그 신사는 프런트로 내려가 열쇠를 맡기면서 말한다. "실례합니다, 내가 워낙 기억력이 없거든요. 미안하지만 내가 나갔다 들어올 때마다 '들루이'라는 내 이름을 말할 테니, 그때마다 내 방 번호를 알려주시면 고맙겠습니다." "알겠습니다, 손님." 잠시 후 그는 다시 돌아와서는 사무실 문을 반쯤 열고 말한다. "들루이." "35호입니다." "감사합니다." 잠시 후 온통 진흙 투성이에다 피까지 흘리면서 거의 인간의 모습이라 할 수 없을 정도로 엉망이 된 한 남자가 매우 흥분된 모습으로 사무실에 들어와 말한다. "들루이." "뭐라고요? 들루이 씨라고요? 그런 말 마십시오. 들루이 씨는 방금 막 방으로 올라가셨어요." "미안하지만, 그 사람이 바로 나요. ……방금 창문에서 떨어졌소. 내 방 번호가 어떻게 되는지 알려주시겠습니까?"(같은 책, pp. 147~48).

이후에 경험하고 생각한 여러 가지 이야기들이다. 앞에서 말했듯이 세번째 부분에는 들루이 씨의 이야기와 편지 형식의 이야기 등이 삽입되어 있다. 이러한 줄거리의 배열은 어느 정도 시간의 순차적 흐름을 따른 것처럼 보이기도 하고, 논문의 형식처럼 서론과 본론과 결론의 논리를 따른 것처럼 보이기도 한다. 그렇다면, 독자가 소설의 후반부에 가까이 갈수록 일반적 소설 형태에서 그렇듯이 이야기가 마무리되는 어떤 결론에 해당되는 명료한 인식을 가져야 하겠지만, 사정은 그렇지가 않다. 소설적 주제와 결론은 분명히 제시되지 않을 뿐 아니라, 후반부에 이를수록 난삽하고 혼란스러운 부분이 오히려 증폭되어 있기 때문이다. 독자는 미로의 숲과 같은 그 모호한 소설 속에서 결국 자신의 열쇠를 찾아야 한다.

독자가 찾아야 할 메시지는 기호signe가 아니라 신호signal의 차원에 있기 때문일까?[13] 사실 이 소설 속에는 무수히 많은 신호가 신호등처럼 반짝이면서 독자에게 어떤 행동을 재촉하게 한다. 이런 점에서 작가는 독자로 하여금 소설의 의미를 단순히 판독하는 차원에 머무르지 않고 행동의 차원으로 나아가도록 소설의 전략을 세운 것이다. 브르통의 의도는 삶의 우연과 신비를 독자가 자신의 삶과 현실을 통해서 직접적으로 만날 수 있게끔, 소설을 떠나 일상의 거리로 뛰어들

---

[13] 피에르 알부이는 『나자』의 화자가 자아의 탐구 혹은 자신의 운명에 대한 탐구를 보여주는 가운데, 삶의 행동을 적극적이고 능동적으로 감행하게 만드는 신호signal의 의미를 그만큼 중요하게 받아들이고 있음을 지적했다. 그의 논지의 일부를 그대로 옮기면 다음과 같다. "푸른 불의 신호등은 내가 길을 건널 수 있게 하고, 붉은 불의 신호등은 내가 길을 건너지 못하게 한다. 기호signe가 해석되기를 요구하는 것이라면, 신호signal는 복종의 행동을 요구한다. 그렇기 때문에 『나자』의 어휘는 관념적 사색의 영역보다 도덕적 정신의 영역에 속해 있는 것이다." P. Albouy, "Signe et signal dans Nadja," in M. Bonnet(ed.), *Les critiques de notre temps et Breton*, Garnier, 1974, p. 127.

게 하려는 것이다. 그러므로 논리적이고 이성적으로 독자를 설득하지 않으면서, 합리적인 언어로 표현할 수 없는 세계를 가능한 한 독자가 직접 경험하도록 하려는 것이다.

3. 메타서술적 기호들의 의미

『나자』의 서문에서, 브르통은 그가 체험한 온갖 우연적이고 신비스러운 체험들을 '의학적인 관찰'의 객관성으로 정확히 서술하겠다는 의도를 밝힌다. '반反문학적인 필요성'이라는 것은 이러한 의도로 만들어진 표현이다. 소설의 앞에서 브르통이 자신의 주관적인 감정의 표현이나 과장을 덧붙이지 않고, 자신이 경험한 사실 그대로만 이야기하겠다고 밝힌 것은 독자에게 그것이 실제로 일어난 사건임을 설득시키기 위한 것이다. 여기서 작가인 브르통뿐 아니라 다른 여러 사람들의 이름이 실제 이름이고, 도시와 거리, 카페의 모든 장소가 실제 장소인 것도 그것이 꾸며낸 이야기가 아니라는 것을 보여주려 한 의도에서이다. 소설 속에 많은 사진들을 수록한 것도 사진이 보여주는 객관적 사실성을 부각시키기 위해서이다. 물론 사진의 효과가 객관적 사실성에만 한정되어 있는 것은 아니지만 신문의 사건 기사와 함께 쓰인 사진의 역할을 생각하면 우리는 사실과 관련된 사진의 필요성을 절감할 수 있다. 이런 점에서 사진뿐 아니라 괄호 속의 말이나 이탤릭체의 표현들, 논문을 연상시키는 각주가 많은 것도 마찬가지로 해석된다. '메타서술적 기호'[14]로 분류할 수 있는 이러한 요소들은 서술의 흐름을 중단시키면서 독자의 시선을 방해하는 것이지만,

제1부 앙드레 브르통과 초현실주의

그것들의 일차적 기능은 사건의 서술을 좀더 명확히 하고, 그것에 대한 독자의 각별한 주의를 환기시킴으로써 소설을 읽는 독자의 이해를 도와주려는 데 있다. 그러나 이러한 메타서술적 기호들은 텍스트의 보완적 기능을 하는 장치처럼 보이면서도, 모호한 부분들을 명료하게 만드는 역할을 하지 않고 서술의 흐름을 복잡하고 불투명하게 만드는 서술적 특징을 갖는다. 물론 그러한 모든 기호들이 이해할 수 없게 불투명한 것은 아니다. 문맥에 따라서 다르겠지만, 이러한 기호들의 역할이 일단 현실주의 작가들의 이해와 설명 방식과는 구별된다는 것이다. 『나자』의 작가는 중요한 사건이나 이야기가 독자에게 실제의 것임을 인식시키면서 동시에 그것을 기존의 상투화된 인식의 틀 속에 환원시켜버리지 않도록 모호하고 신비스러운 여운을 남기는데, 이것이 바로 초현실주의 소설의 메타서술적 기호들의 전략이라는 것이다.

　이 기호들 중에서 '괄호 속의 말'의 기능에 주목해보자. 사실 괄호 속의 말은 사건을 서술하는 화자의 말이라기보다 사건의 서술을 중단하고 글 쓰는 현재의 상황에서 개입하는 저자의 말이라고 할 수 있다. 물론 저자의 존재가 아니라 발화자의 존재라 하더라도 그것은 발화자의 발화 행위l'enonciation, 즉 발화자의 현재적 글쓰기의 상황을

---

14 G. 프랭스는 롤랑 바르트가 『S/Z』에서 서술의 주석commentaires narratifs이라고 언급한 내용과 관련하여 '메타서술적 기호les signes narratifs' 이론을 세워 『나자』에서 그러한 기호들이 많은 이유를 설명하고 있다. 그의 설명에 따르면, 그러한 기호들은 텍스트의 서술을 보충해주는 역할을 하지 않고, 보완해주는 형식을 보이면서 실제로는 텍스트의 흐름에서 벗어나고 있다는 것이다. 그런 의미에서 메타서술적 기호는 독자의 주의력을 긴장시키면서 동시에 혼란스럽게 한다. G. Prince, "Remarques sur les signes métanarratifs," in *Degrés*, N°11~12, 1977, p. e2.

보여주는 것이다. 일반적으로 이러한 '괄호 속의 말'이 필요한 것은 일반 텍스트에서 각주의 말이 그렇듯이, 해설이나 주해glose의 성격을 지니는 것으로서 본문에서 이해되지 않을 것 같은 부분이나 독자에게 보충적으로 설명해야 할 부분이 있을 경우이다. 그런데 『나자』에는 이러한 괄호 속의 말들이 적지 않은 부분을 차지하고 있어, 우선 이야기의 연속적 흐름을 중단시키고 있다. 몇 가지 예를 검토해 보자.

얼마 지나지 않아 그 방문의 목적은 그녀를 보낸 사람이자 곧 파리에 와서 정착하게 될 사람을 내게 '추천하는' 일이었음이 분명해졌다(나는 "문학에 투신하려는 사람"이라는 표현을 기억해두었는데, 그 이후 이 말에 잘 들어맞는 사람을 알게 된 다음부터 나는 이 표현이 아주 특이하고 인상적이라는 생각을 하게 되었다).[15]

최근에도 역시, 어느 일요일 같은 날, 내가 친구와 함께 생투앙에 있는 '벼룩시장'에 들렀을 때(내가 벼룩시장에 자주 가는 이유는 다른 어떤 곳에서도 찾을 수 없는, 낡고 깨지고 사용할 수 없으며, 뭐가 뭔지 거의 알 수도 없는, 그리고 좋은 의미에서⋯⋯)[16]

『나자』의 앞부분에서 발췌한 이 예문들 중 '괄호 속의 말'은 사건이 전개되었을 때의 상황이 아니라 글을 쓰고 있는 당시의 상황을 보여

---

15 A. Breton, *Nadja*, p. 33.
16 같은 책, p. 62.

준다. 전자에서는 "그 이후" 지금까지의 느낌을 부각시키고, 후자에서는 "벼룩시장에 자주 가는" 현재적 상황을 보여주려 한다. 『나자』의 앞부분에서 밝혔듯이, 이것은 "미리 정해놓은 순서 없이" "떠오르는 것을 떠오르게 내버려두는 시간의 우연에 따라"[17] 자연스럽게 삽입된 말처럼 보인다. 그렇다면 굳이 '괄호 속의 말'로 화자가 달리 써야 할 이유가 무엇이었을까 하는 의문이 생긴다. 가령 전자의 '괄호 속의 말'에서 중요한 것은 "문학에 투신하려는 사람"이라는 표현이다. 이 표현이 화자에게 재미있는 것으로 생각되어 그 각별한 느낌을 강조해야 했다면 '괄호 속의 말'에 넣기 전 일단 본문의 서술 속에 포함시키는 것이 더 타당했을 것으로 보인다. 다시 말해서 "문학에 투신하려 한다"는 페레의 말을 전해주려 했다는 내용은 괄호가 나오기 전의 본문 속에 들어가 있어야 할 터인데 괄호 속의 내용으로 들어가 있는 것이다. 물론 '괄호 속의 말'에 집어넣어 화자는 관련된 말을 글 쓰는 당시에도 생생하게 기억하고 있다는 느낌을 전달하는 효과를 거두긴 했지만, 그것이 괄호 속의 말로만 되어 있으므로 관례적인 이해의 틀을 깨뜨린 것은 분명하다. 후자의 경우도 마찬가지이다. '벼룩시장'에서 브르통이 찾는 물건들의 특징이 '괄호 속의 말'로 표현되어 있지만, 사실 그러한 표현은 괄호 밖의 본문 속에 들어가 있어도 상관없었을 것이다. 그러나 그것이 '괄호 속의 말'로 됨으로써 독자가 빠질 수 있는 독서의 연속적 흐름은 끊어진다. 괄호의 형식으로 독자는 화자의 이야기가 허구적 이야기가 아니라 실제의 이야기라는 느낌을 전달받는다. 작가는 그렇게 함으로써 의도적으로 소설적 환상을 깨뜨리고,

17 같은 책, pp. 23~24.

제3장 『나자』와 초현실주의적 글쓰기의 전략

소설에 대한 독자의 관습적 기대감을 무너뜨리는 것이다. 또한 '괄호 속의 말'은 괄호 밖의 텍스트 진행과 별도로 진행되는 또 다른 글쓰기의 언술 상황을 보여주기도 한다. 또 다른 예는 다음과 같다.

> 나자의 시선은 이제 주변의 집들을 돌아본다. "저기, 저 집의 창문이 보이세요? 다른 집 창문들처럼, 저 창문도 검은색이지요. 잘 보세요. 잠시 후면 창문에 불이 켜질 테니까. 창문은 붉은색이 될 거예요." 1분이 지났다. 창문이 환해졌다. 실제로 거기에는 빨간 커튼이 있었다. (나자의 예언이 이런 식으로 들어맞는 게 어쩌면 믿기 어려운 일이라고 생각하는 건 유감스럽지만, 나로서는 달리 어쩔 수가 없다. 하지만 원망스러운 것은 이런 식으로 서술 방식을 결정하게 된 점이다. 나는 어두웠던 그 창문이 붉은색으로 변했다는 점을 인정하는 것에 그치겠다. 그것만 말하겠다.)[18]

> 식사의 처음부터 끝까지(우리가 다시 믿을 수 없는 일이 벌어지게 되는데), 깨진 접시를 세어보니 열한 개나 되었다.[19]

이 인용문에서 '괄호 속의 말'에 쓰인 동사는 직설법 현재형이다. 흔히 과거의 사실을 생생하게 표현하려 할 때 현재형의 동사를 쓰고, 이러한 동사를 '역사적 현재'라고 말하는 것은 잘 알려진 사실이다. 두 인용문에서 '괄호 속의 말'은 앞서의 경우와 다르게 분명히 주석에 충실한 말이다. 괄호 밖 본문에서 이야기된 내용이 독자의 편에서

---

18 같은 책, p. 96.
19 같은 책, pp. 114~15.

제1부 앙드레 브르통과 초현실주의

믿을 수 없는 것처럼 생각되니까, 그것이 믿을 만한 실제의 사실임을
덧붙여 설명하기 위해 '괄호 속의 말'이 쓰였다는 것이다. 다시 말해
서 이러한 '괄호 속의 말'은 잠재적 독자를 염두에 둔 화자가 그러한
독자를 설득시키기 위한 것이다. 그런데 화자는 더 이상 어떤 표현이
나 논리를 이끌어내기보다 자신의 글쓰기의 한계를 고백하는 말만
되풀이하고 있다. 그것은 마치 "이것은 사실이다. 그 말밖에 더 이상
할 수 없어 안타깝다"는 내용을 동어 반복적으로 하고 있는 것과 같
다. 또한 마지막 인용문에서는 나자가 레스토랑에서 웨이터의 넋을
잃게 만드는 마력을 발휘해 그가 실수로 접시를 열 장 넘게 깨뜨리게
되었다는 사건의 이야기이다. 이때 '괄호 속의 말'에서 주목해야 할
것은 "우리"라는 대명사의 사용과 "믿을 수 없는 일"이라는 표현이다.
화자는 자신과 잠재적 독자를 뒤섞은 '우리'라는 대명사를 사용함으
로써 독자를 자신의 편에 끌어들이는 한편, "믿을 수 없는 일"이라는
표현을 먼저 사용함으로써 독자의 예상되는 의아심과 반발을 가라앉
히는 효과를 거둔다. 다시 말해서 화자는 이 사건이 믿기 어렵겠지만
믿어야 할 진실임을 이야기하려는 것이다. 굳이 '괄호 속의 말'을 이
용하지 않더라도, 이와 같은 수사학적 방법은 도처에서 발견된다. 때
로는 표현의 어려움을 말하고, 때로는 알 수 없고 이해하기도 어렵다
는 식의 말을 하지만, 결코 합리적으로 이해할 수 있는 차원으로 끌
어내려 사건을 설명하지는 않는다.

　또한 '말줄임표나 점선'의 표현 형식도 주목해야 할 요소이다. 『나
자』의 텍스트에서 중심적인 공간이 나자가 등장한 이후 일기체로 쓰
인 부분이라고 한다면, 바로 이 부분에서 두 개의 점(p. 109, p. 125)이
있는 것과 에필로그에 이르러 세 개의 점(p. 142, p. 148, p. 153)이 있

는 형태가 주목된다. 화자가 정확한 말을 찾지 못해 점선의 표현 방식으로 말없음의 의미를 담으려 한 것이 소설의 후반부로 갈수록 많아진다. 점선의 표현은 소설의 흐름에서 생략된 내용을 암시하는 것만이 아니라 서술의 인습적 흐름을 깨뜨리는 정지의 틈이다. 그 틈은 한가로운 휴식의 틈이 아니라 많은 언어와 감정을 응축한 긴장의 틈으로서 독자의 주의력을 분산시키지 않고 오히려 집중시키는 효과를 갖는다. 또한 그것은 점선을 예상하지 못했던 독자로 하여금 점선의 표현 속에 함축된 말이 무엇이었을까 생각하게 만든다. 점선의 암호문을 해독해야 할 사람은 누구일까? 결국 그것은 독자일 수밖에 없다. 화자는 자기가 해야 할 말을 하지 않고, 그것을 독자의 몫으로 넘기는 빙법을 취한다. 이처럼 독자의 암호 해독을 요구하는 부분은 소설의 여러 곳에서 발견되지만, 후반부에 들루이 씨 이야기와 수신자가 밝혀져 있지 않은 사랑의 편지에서 특히 두드러진다.

4. 의문을 일깨우는 서술 방식 혹은 '열린 책'의 의미

"나는 누구인가?"로 시작하는 이 소설에는 물음표로 끝나는 문장들이 많다. 그 물음이 화자의 자문이건 독자를 염두에 둔 물음이건 간에, 질문의 형식은 독자의 호기심과 기대, 긴장과 의문을 불러일으키는 한편, 명확한 해답을 유보함으로써 독자의 의식을 불확실성의 상태에 머무르게 한다. 가능한 한, 확실한 믿음이나 신념을 표현하는 말 대신에 불확실성의 문제의식을 통해 작가는 독자로 하여금 『나자』의 전언을 질문 형식 속에 수용하도록 한 것이다. 극심한 건망증에 걸린 들루이 씨의 이야기도 질문의 형식은 아니지만 질문의 이야기로 해석될 수 있다. 이 에피소드에서 들루이 씨는 혼자서 호텔 방에 투숙하고 있다가 창밖으로 뛰어내려 온몸이 피투성이가 되어버렸다. 그는 이 상태에서도 여전히 호텔 문을 열고 들어와 프런트에 자기 방 번호를 물어본다. 그렇다면 이것은 지독한 건망증의 의미를 부각시키기 위한 것일까? 아니면 투신자살을 시도할 만큼 현실부정 혹은 자기부정의 행위가 철저했다는 것을 보여주는 것일까? '나자'라는 명칭이 러시아어로 '희망의 시작'을 뜻하는 것이라면,[20] 나자와 헤어진 자리에서 브르통이 찾은 사랑은 희망의 결과 혹은 희망이 육화된 모습으로 이해될 수 있을 것이다. 그렇다면 그 사랑을 찾게 된 브르통의 정신적 상황은 완전히 과거의 아픈 기억으로부터 벗어나 새로운 현재와 미래로 열린 상태임을 뜻하는 것으로 볼 수 있을지 모른다. 사실 들루이 씨의 이야기에 사랑의 편지가 연속되어 있는 것은 그러한 추측을 가능케 하는 점이다. "당신은 이제 기억하지 못하겠지만, 당신을 알게 된 지 얼마 되지 않았을 때, 당신에게 바로 이 이야기를 해주고 싶었는데……"[21] 그러나 이러한 서두로 시작하는 사랑의 편지를 보고 당황하지 않을 독자는 없을 것이다. 바로 위에 있는 서술의 흐름과도 다르고 이 편지의 수신자인 당신이 누구인지도 알 수 없을 뿐 아니라, 화자가 그렇게 편지를 쓸 만한 사정이 무엇이었는지도 짐작하기 어렵기 때문이다. 주관적이고 격앙된 감정에 사로잡혀 있는 '나'는 독자에게 아무 예고도 하지 않은 상태에서 '당신'을 향해 고백을

---

20 같은 책, p. 75.
21 같은 책, p. 184.

제3장 『나자』와 초현실주의적 글쓰기의 전략

한다. 여기서 '당신'의 자리는 '나자'가 사라지고 난 후에 마련된 자리이고 '당신'에게 쓰는 편지의 어조는 조심스럽고 주저하는 어조가 아니라 흥분되고 자신에 찬 어조로 되어 있다. 물론 자신감이 가득 담긴 어조라고 해서 말의 내용이 단정적이고 명확하다는 것은 아니다. "당신은 나에게 불가사의한 존재가 아닙니다"라며 화자는 자신있게 말하지만, 불가사의한 존재가 아닌 모습이 과연 무엇을 의미하는지는 분명치 않다. 이야기의 세목을 이해할 수 없기는 마찬가지이다.

이러한 편지의 끝에서 다시 점선의 표시와 한 줄의 여백이 있은 후, 서술의 형식은 바뀌고, 화자는 아름다움의 문제를 마지막 화두로 삼는다.

아름다움을 열정의 목표로만 생각해왔다는 것은 너무나 분명한 사실인데, 이제 그런 아름다움에 대해 필연적으로 어떤 태도를 취해야 한다는 것이 결론입니다. [……] 이성의 정신은 거의 어디서나 자기에게 없는 권리들을 부당하게 취득하려고 합니다. 역동적이지도 정태적이지도 않은 아름다움, 지진계처럼 아름다운 인간의 마음. 침묵의 절대적인 힘…… 조간신문은 언제나 나의 근황을 충분히 잘 알려줄 것입니다.

X……, 12월 26일. 사블르섬에 위치한 무선전신 기지를 책임지고 있는 무선통신사는 일요일 저녁 그 시간에 그에게 발송된 것 같은 한 토막의 메시지를 포착했다. 그 메시지는 [……]

아름다움은 발작적인 것이며 그렇지 않으면 아름다움이 아닐 것이다.[22]

제1부 앙드레 브르통과 초현실주의

이렇게 아름다움은 여러 번 언급되고, 아름다움의 개념을 설명하는 부분도 분명히 있지만, 그 개념은 불확실하고 모호하게 정리된다. 여기서 분명한 것은 아름다움과 격정passion이 일치된 의미로 사용된다는 것인데, 무엇보다도 그 개념들이 모두 인간을 크게 진동시킨다는 공통점을 보여주기 때문이다. 그것들은 고정된 상태에서 그 의미가 살아 있을 수 없고, "지진계처럼 아름다운" 인간의 마음이라는 표현에서 알 수 있듯이 기반이 흔들릴 정도의 진동을 통해 비로소 그 의미가 살아 있게 된다. "아름다움은 발작적인 것이며 그렇지 않으면 아름다움이 아닐 것이다"라는 소설의 마지막 문장은 아름다움에 대한 모호한 정의이긴 하지만, 아름다움에는 어떤 강렬한 진동의 느낌이 동반되어야 한다는 것으로 이해할 수 있다. 그러나 무선전신 기지의 무선통신사가 포착한 실종된 비행기의 알레고리가 무엇을 의미하는지는 알 수 없다. 무선통신사가 실종된 비행기의 위치를 포착하게 되었다면, 그것은 "나는 누구인가?"라는 소설의 첫 문장과 어떻게 관련이 되는 것일까? 찾을 수 없는 비행기이지만, 그것이 실종된 지점을 무선통신사가 포착하게 되었다면, 그것은 나자의 사랑에 관한 메시지 혹은 시적 가치의 아름다움이라는 문제와 충분히 연결될 수 있는 문제로 보인다. 그러나 그 문제의 정답은 어디에도 없다. 화자의 교묘한 서술 전략은 정답이 없고, 독자가 정답을 찾도록 하는 것으로 일관한다. 관습적인 독서의 틀을 깨뜨리는 이러한 서술은 독자의 정신을 심각하게 교란시키는 방법임이 분명하다. 그러므로 소설의

22 같은 책, pp. 188~90.

제3장 『나자』와 초현실주의적 글쓰기의 전략

이해할 수 없는 많은 부분을 작가가 결정하지 않고 '열린 책L'oeuvre ouverte'의 의미가 그렇듯이 독자로 하여금 자신의 삶에 의문부호를 갖고 삶을 돌아보게 하고 삶에 뛰어들게 하는 것이 초현실주의적 글쓰기의 전략이라고 말할 수 있다.

제4장
『열애』와 자동기술의 시 그리고 객관적 우연

1. 초현실주의자들과 도시

낭만주의가 자연적이라면 초현실주의는 도시적이라고 말할 수 있다. 초현실주의가 도시적이라는 것은 이 운동의 주역들이 도시적인 감수성을 많이 갖고 있는 시인들이라서가 아니라, 무엇보다 그들에게 파리는 문화 활동의 본거지였고 나아가 그들의 문화적 탐구와 상상력은 파리라는 대도시의 생활과 공간을 근거로 하여 전개된 것이기 때문이다. 그들은 합리적인 논리와 현실적인 사고방식이 지배하는 도시의 외형 속에 감추어진 신비롭고 비합리적인 초현실의 세계를 추구했다. 또한 그들의 탐구 방법은 초현실주의의 대명사인 자동기술의 글쓰기가 그렇듯이, 의도적이고 계획적인 것이 아니라 무의지적이고 우연적인 특징을 갖는 것이었다. 가령 브르통이나 아라공은 도시의 거리를 목적 없이 걷다가 우연히 시선을 끄는 사물이나 기호가 있으면 그쪽으로 다가가기도 하고 특별한 목적 없이도 발걸음이 이끄는 대로 걸어간다. 그렇게 걷는 길에서 전혀 예상하지 않았던 사건을 경험할 수 있고, 이상한 사람이나 특이한 물건도 발견할 수

있는 것은 그것이 감춰져 있던 자신의 내면적 욕망을 일깨우는 계기
가 되기 때문이다. 그들에게 우연적 발견la trouvaille이나 우연적 만남
la rencontre이 중요한 것은 그런 이유에서이다. 어떤 도시에서든 이런
발견이나 만남이 가능하겠지만, 브르통은 파리와 낭트가 특히 그런
체험을 가능하게 만드는 도시라고 말한다.

> 파리와 더불어 아마도 프랑스의 도시들 중에서 어떤 의미 있는 사건
> 이 내게 일어날 수 있으리라는 인상을 갖게 된 유일한 도시라고 할 수
> 있는 낭트는, 넘치는 정열로 불타오르는 시선과 마주칠 수 있는 곳이고
> [······] 나에게는 삶의 리듬이 다른 곳과 같지 않은 곳이다. 모든 모험
> 을 능가하는 모험정신이 아직도 여러 사람들을 사로잡고 있는 도시 낭
> 트는, 여전히 나를 만나러 와준 친구들이 있는 곳이다.[1]

브르통은 이렇게 파리와 낭트가 "어떤 의미 있는 사건"이 발생할
수 있고 "삶의 리듬"이 특이한 도시라고 말했다. 여기서 '의미 있는 사
건'이란 "넘치는 정열로 불타오르는 시선"과 "모험정신"의 소유자를
만날 수 있다는 기대감에서 비롯된 표현일 것이다. '모험정신'이 넘쳐
흘렀던 초현실주의자들은 자기들과 비슷한 '모험정신'의 소유자들을
거리에서 만나고 싶어 했다. 물론 그들이 만나고 싶었던 대상은 사
람들만이 아니라 온갖 사물이나 존재들, 혹은 기호들이 되기도 한다.
그들은 이렇게 발견한 대상들을 문학과 미술의 형태 속에서 다양한
초현실적 기법으로 표현한다. 초현실주의 소설의 대표작인 『나자』

---

1 앙드레 브르통, 『나자』, 오생근 옮김, 민음사, 2008, p. 31.

와 『파리의 농부』를 예로 든다면, 브르통이 목적 없이 걷다가 거리에서 우연히 만난 나자의 이야기가 중심이 된 『나자』에서 사실적 묘사를 배제하고 독자에게 상상의 여지를 많이 남기기 위해서 사진을 삽입한 글쓰기의 시도도 있고, 아라공의 『파리의 농부』에서처럼 특별한 사건 없이도 도시에서의 경험과 관찰을 토대로 한 다양한 표현법이 콜라주 형식으로 혼합된 글쓰기도 있는 것이다.

이처럼 초현실주의자들의 개성적이고 다양한 글쓰기가 있듯이, 그들이 거닐기 좋아하는 파리의 거리와 도시적 공간도 각양각색이다. 가령 아라공은 『파리의 농부』에서 오페라 아케이드와 뷔트 쇼몽 공원을 집중적으로 보여주지만, 브르통은 파리의 북쪽 몽마르트르 주변과 그 아래쪽 거리를 즐겨 산보하거나 그 거리의 카페와 레스토랑에서의 이야기를 문학적 배경으로 삼는다. 이처럼 그들이 좋아하는 거리와 도시적 공간은 다를 수 있지만, 그들의 도시 공간에 관한 공통점은, 작품 속에서 파리를 방문하는 관광객들이 많이 모이는 샹젤리제 같은 거리는 절대로 등장하지 않고, 19세기의 낭만주의자들이 자주 거닐기를 좋아했다는 뤽상부르 공원 근처의 산책로 쪽으로 그들의 발길이 옮겨 가는 일도 없으며, 1920년대와 1930년대 화가와 시인 들이 자주 모이던 몽파르나스 쪽으로 가지도 않는다는 것이다. 물론 노동자들의 투쟁이 생생하게 연상되는 대혁명의 바스티유나 파리 코뮌의 기억이 남아 있는 페르 라셰즈 거리가 언급되지 않는 것도 마찬가지이다.[2]

---

2 J. Gaulmier, "Remarques sur le thème de Paris chez André Breton," in M. Bonnet(ed.), *Les critiques de notre temps et Breton*, Garnier, 1974 참조.

그들은 부유층의 거주지도 아니고 노동자들의 거주지도 아닌, 다양한 계층의 사람들이 살고 지나다니는 거리와 공간을 좋아한다. 그들의 공간적 이념은 매우 초현실적이라고 말할 수 있다. 그들이 선호하는 도시의 거리는 모든 이념적 대립을 초월하고, 옛날의 역사와 자취가 20세기적 도시의 혼잡한 분위기와 뒤섞여 있는 공간이다. 물론 파리의 거리에는 과거의 역사와 관련된 건물이나 궁전, 혹은 성문이 많이 남아 있다. 그러나 초현실주의자들의 관점에서 그러한 역사적 건물은 현재와 단절된, 위대한 문화유산으로 보존되는 건축물이 아니라, 그들의 상상 세계에서 현재와 과거의 기억이 의미 있게 연결될 때 가치를 갖는다. 그들에게 역사적 공간은 과거의 기억을 바탕으로 현재의 상상을 부각시키거나 현재의 상상이 과거의 역사와 신비롭게 접목되는 '양피지'와 같은 형태인 것이다.

그의 눈에 건축물들은 과거에 소멸된 수많은 의미들을 보여주는 양피지들이고, 벼룩시장에서 구입한 이상한 물건들과 같은 역할을 하는 촉매들이다.[3]

이처럼 오래된 도시의 역사적 건축물들은 초현실주의자들에게 "벼룩시장에서 구입한 이상한 물건들"과 마찬가지로 상상력의 촉매 역할을 한다. 상상력의 촉매 역할은 무엇인가? 그것은 「초현실주의 제2선언문」에서 언급했듯이 현실과 비현실, 의식과 상상, 과거와 현재 등 모든 대립을 초월하고 소통될 수 없는 것들을 소통시키는 역할

3 같은 책, p. 131.

제1부 앙드레 브르통과 초현실주의

이다.

> 모든 것으로 보아 삶과 죽음, 현실과 상상, 과거와 미래, 소통할 수
> 있는 것과 소통할 수 없는 것, 높은 것과 낮은 것, 이 모든 것이 모순되
> 게 인식되지 않는 정신의 어떤 지점이 존재한다고 믿게 된다. 그런데도
> 초현실주의 활동에서 이 지점에 대한 확고한 희망이 아닌 다른 동기를
> 찾으려는 것은 쓸데없는 일이다.[4]

「초현실주의 제2선언문」에서 유명한 이 구절의 의미는 모든 모순과
대립을 헤겔식의 논리로 극복한다는 것이 아니라 시적으로 혹은 초현
실적으로 종합한다는 것이다. 초현실주의자들은 모든 모순과 대립이
소멸되는 '정신의 지점'이 존재한다는 것을 확신하고, 그 지점을 꿈꾸
고 지향한다. 이러한 그들의 정신적 편향은 공간에 대한 상상력에서
도 그대로 반영된다. 이러한 공간의 상상력과 함께 상상력이나 시적
직관을 통해서 모든 대립된 요소들을 통합하고 초현실적 경이의 세계
를 발견하려는 브르통의 의지는 도시의 잡다한 현실 속에 감춰진 신
비를 포착하려는 초현실주의적 세계관과 일치한다고 말할 수 있다.

2. 브르통의『열애』와 객관적 우연

브르통이 1934년부터 1936년까지 겪은 특이한 경험과 사건을 기

---

4 A. Breton, *Manifestes du surréalisme*, Jean-Jacques Pauvert, 1972, p. 133.

술하면서 자신의 철학적 성찰을 치밀하고 객관적으로 서술한『열애』(1937)는『나자』와『연통관들』다음에 간행된 세번째 이야기récit이다. 이 책의 제목에서 짐작할 수 있듯이, 이성의 논리를 초월한 열정적 사랑은 브르통의 유명한 시「자유로운 결합」의 사랑을 연상시킨다. 사실 브르통뿐 아니라 초현실주의자들에게 사랑은 처음부터 중요한 가치를 갖는 주제였다. 그러나『열애』에서의 사랑은 초기의 초현실주의에서 내세운 사랑과 구별된다. 브르통이 이 작품에서 과거의 어느 때보다도 관능적이고 육감적인 사랑을 역설했다는 점과, 이러한 사랑을 강조한 시점이 그가 초현실주의자들과 함께 정치적 참여의 필요성을 주장하며 공산당에 가입한 후 공산당의 이념과 마찰을 빚고 좌절을 겪으면서라는 점에서다. 브르통은 1935년 8월에 쓴「초현실주의자들의 판단이 옳았던 시대에 관해서」에서 공산당과의 결별이 사상의 자유를 용납하지 않는 러시아의 경직된 파시스트 체제와 스탈린 정책 때문이라고 비난한 바 있다. 이러한 상황에서 그가 내세운 정열적 사랑의 가치는 결국 정치적 혁명의 이념에서 후퇴한 이후에 모색한 새로운 해결책과 같은 것으로 볼 수 있다.

　『열애』는 초현실적 사랑의 개념뿐 아니라 '객관적 우연le hasard objectif'의 개념을 확립한 작품으로 잘 알려져 있다. 초현실주의에서 객관적 우연이란 무엇인가? 간단히 말한다면 이것은 '우연'이나 '우연적 만남'보다 논리적 골격을 갖춘 개념이라고 할 수 있다. 브르통은 자동기술의 방법을 생각했을 때부터 우연의 의미를 중요시했지만, 그것을 이론적으로 정립한 것은 자동기술의 논리를 말한 이후 10여 년이 지나고 쓴『열애』를 통해서였다. '객관적 우연'에 대한 그의 논리를 설명하기 전에, '객관적 우연'에 해당하는 경험들을 말하자면, 앞에서 언급한 것처럼 도시의 거리에서 이루어질 수 있는 사람이나 사물과의 우연적 만남, 혹은 모든 우연적 발견, 우연적이고 특이한 오브제의 창조, '시적인 우연의 일치' 같은 것들이 있다. 이 중에서 '시적인 우연의 일치'에 적합한 예는 '옹딘'의 일화일 것이다.

브르통은 1934년 4월 10일 공동묘지에서 가까운 작은 레스토랑에서 점심 식사를 하는데, 갑자기 "여기 옹딘이에요Ici, l'Ondine!"라고 말하는 접시 닦는 남자의 소리를 듣고 난 다음에, "그래요, 여기서 식사하지요Ah! oui, on le fait ici, l'on dine!"라는 여종업원의 대꾸를 듣게 되었다는 것이다. 여기서 '우리는 식사한다l'on dine'는 말은 북유럽 신화에 등장하는 물의 요정 '옹딘l'ondine'과 발음이 같기 때문에, 브르통은 그 말을 듣는 순간 자기의 상상 속에서 불현듯 머지않아 자기에게 '옹딘'과 같은 여자가 나타날 것이라는 믿음을 갖게 된다.[5] 이러한 연상은 '황금사자에서au lion d'or'라는 말이 '침대에서 우리는 잔다au lit on dort'라는 말과 발음이 같기에 말장난을 하는 것과 같은 논리인데, 프랑스에 황금사자라는 호텔 이름이 많은 이유가 그래서이다. 그러니까 이러한 말장난은 평범한 일상적 대화 속에서도 자신의 무의식적 욕망과 일치하는 신화적 요소를 발견할 수 있다는 논리의 바탕이 된다. 실제로 브르통이 '옹딘'과 같은 여성을 만나게 된 것은 그로부터 한 달 반쯤 지난 5월 29일이었고, 그의 두번째 부인이 된 그 여성이 그 레스토랑 바로 앞에 있는 아파트에 살고 있었다는 것은 논리적으로 설명하기 어려운 우연의 사건이라고 할 수 있다.

『열애』에서 브르통이 '객관적 우연'의 개념을 정의한 것은, 위에서

---

5   A. Breton, *L'amour fou*, Gallimard, 1937, p. 27.

처럼 '옹딘'을 서술한 부분과 벼룩시장에서 자코메티와 함께 산책하면서 겪은 일을 상세히 언급한 부분 사이에 있다. 그는 이 개념을 설명하기 전에, 자신이 엘뤼아르와 함께 『미노토르Minotaure』[6]에서 300명 정도의 문화계 사람들을 대상으로 두 가지 질문의 설문조사를 했던 경험을 이야기한다. 그 질문은 다음과 같다. "당신이 살아오는 동안 가장 중요한 만남은 무엇이었다고 생각하는가? 그 만남은 어떤 느낌을 주었는가? 즉 우연이었다고 생각하는가, 필연이었다고 생각하는가?" 이 물음에 응답한 140명의 글을 읽은 다음에 그가 정리한 결론은 이렇다. "자연적인 필연과 인간적인 필연이 일치되는 어떤 결정이 구별할 수 없을 만큼 빈틈없이 정확하게 이루어지는 순간이 있는 법이다. 우연이란 외적인 인간관계와 내적인 합목적성의 만남으로 정의되는 것이기에, 중요한 것은 어떤 종류의 만남이——여기서는 가장 중요한 만남, 당연히 극단의 주관적 만남 같은 것이라고 할 수 있는데——즉각적인 논점 선취의 오류를 범하지 않으면서도, 우연의 각도에서 고찰해볼 수 있다는 것을 아는 일이다."[7] 이처럼 브르통은 우연을 '외적인 인간관계'와 '내적인 합목적성'의 만남으로 정의하면서도, 삶의 바다에서 배의 키를 잡고 있는 사람은 혼자가 아니라는 생각을 깊이 파고든다. 그렇다면 그의 자유는 누구에 의해서, 무엇으로 제한되는 것인가? 우연의 사건이 주체적인 결정이 아니라 외적인 인간관계에 좌우되는 것이라면 주체의 '내적인 합목적성'은 무엇이고, 여기에는 어떤 역할을 부여할 수 있는 것일까? 브르통은 이러한 의문

---

6   1933년, 다수의 초현실주의자들이 편집위원으로 참여한 A. 스키라 출판사의 문화예술 잡지.
7   A. Breton, L'amour fou, pp. 28~29.

들을 염두에 두면서 우연의 논리를 심화해본다.

　'우연'이 중요한 것은 우리의 무의식적 욕망과 기대가 실현되었을 때이다. 브르통은 아름다움을 느끼는 감정도 이와 마찬가지라고 생각한다. 우리가 아름답다고 생각하는 대상은 우리의 욕망이 객관화된 것이라고 볼 수 있기 때문이다. 우리의 삶에서 중요한 만남이 가장 아름다운 순간으로 기억되는 것은 우리의 감정 혹은 무의식의 욕망이 외적으로 실현되었기 때문이라는 것이 브르통의 주장이다. 브르통은 "우연이란 인간의 무의식 속에 길을 튼 외적 필연성의 표현 형태일 것"이라고 하면서 이러한 주장은 "엥겔스와 프로이트를 대담하게 해석하여 연결시킨"[8] 결과라고 설명한다. 우연에 대한 이러한 정의는 인간의 내면적 욕망을 관련시키지 않고 외적인 객관성만으로 우연을 설명하던 과거의 정의와는 달리, 우연의 영역 속에 무의식의 존재를 끌어들인 새로운 시도로 해석된다.

　『열애』는 작가가 자신의 우연적 만남의 경험을 『나자』에서 말한 것처럼 '의학적인 관찰'과 자기분석적인 성찰의 관점에서 세밀하게 서술하고 기록한 책이다. 물론 '의학적인 관찰'의 객관성은 시적 정신 혹은 시적 서술과 대립되는 것이 아니라 결합되어 있다. 브르통은 '객관적 우연'의 논리를 자기의 생활 속에서 입증하기 위해 모든 사물, 모든 존재와의 우연적 만남을 기대하는 자신의 욕망을 이렇게 기술한다.

　　오늘도 나는 열린 마음disponibilité으로, 우연적 만남을 갖기 위해 떠

8　같은 책, p. 31.

돌아다니고 싶은 갈증에서 아무것도 기대하는 것이 없지만, 그 만남이 또 다른 열린 마음의 소유자들과 신비롭게 소통함으로써 마치 우리가 갑자기 만나기로 되어 있는 것처럼 그렇게 만날 수 있기를 확신한다. 나의 삶에서는 오직 파수꾼의 노랫소리, 기다림과 어긋남의 노랫소리만 남아 있기를 바라는 것일지 모른다. 그런 만남이 이루어지건 이루어지지 않건, 기다림이란 얼마나 아름다운 것인가.[9]

브르통이 자코메티와 함께 벼룩시장에서 철가면과 목기 숟가락을 발견한 이야기는 이렇게 '기다림'과 '우연적 만남'을 찬미하고 난 다음에 서술된다. 그는 『나자』에서 벼룩시장에 자주 들른다고 말한 바 있지만, 분명한 것은 어떤 물건을 구입하기 위한 목적으로 가지는 않았다는 것이다. 그러나 『열애』에서 벼룩시장을 찾을 때의 그들의 심리적 상황을 말한다면, 브르통은 절실하게 사랑을 기다리고 있었고 자코메티는 소형 입상 작업의 마무리가 되지 않아 고민하던 중이었다. 특히 자코메티는 조각 작품의 얼굴을 만드는 과정에서 어떤 얼굴을 만들어야 할지 영감이 떠오르지 않아 고민하고 있었다. 이런 상태에서 찾아간 벼룩시장에서 조각가의 눈에 먼저 들어온 것은 투구를 연상시키는 길이가 짧은 철가면이었고, 브르통의 시선을 끈 것은 나무로 만든 특이한 숟가락이었다. 그들의 욕망을 자극하여 그들이 구입한 그 물건들은 그들에게 어떤 의미를 갖고, 그들의 정신에 어떤 영향을 미쳤을까? 우선 철가면을 갖게 된 자코메티는 그것으로부터 영감을 얻어 중단했던 작품을 완성시킬 수 있었다고 한다. 그러나 브르

---

9 같은 책, p. 39.

통의 경우는 자코메티처럼 단순히 미학적인 작업의 문제가 아니라 훨씬 복잡한 심리적이고 감정적인 문제에 사로잡혀 있었기 때문에, 그러한 문제들의 실타래를 헤치고 어떤 명확한 해석을 빠른 속도로 도출하기는 어려웠다. 우선 브르통은 그 물건들이 "빈틈없이 꿈과 같은 역할을 수행"하여 꿈을 꾼 사람의 불안감이 꿈을 통해서 해소되고 "극복할 수 없다고 생각했던 장애물을 넘어선"[10] 느낌을 갖게 한 촉매 역할을 중시한다. 그러나 그 목기 숟가락이 자신의 욕망을 자극한 필연성의 해답을 찾지 못한 상태에서, "몇 달 전 잠에서 깨어날 때 떠오른 '상드리에 상드리옹Cendrier Cendrillon'(신데렐라 재떨이)이라는 구절과 관련해서 오래전부터 꿈속에서 본 것이면서 꿈 밖에서 본 것 같기도 한 오브제를 널리 유포하고 싶은 유혹에 사로잡혀,"[11] '신데렐라의 잃어버린 실내화'[12] 같은 작은 신을 자코메티에게 작품으로 만들어달라고 부탁했던 일을 떠올린다. 그러나 자코메티는 그의 요구를 즉각적으로 들어주지 않고 그 일을 나중으로 미루거나 잊어버렸다고 한다. 결국 그 신발에 대한 욕망이 벼룩시장에서 발견한 그런 물건으로 변형되어 자기의 시선을 끌었다는 것이 브르통의 추리이다. 그렇다면 그 숟가락이 어떻게 '신데렐라 재떨이'로 전환된 것일까?

잘 알려져 있듯이, 왕자와 밤새도록 함께 춤을 추던 여자가 신발만을 남겨두고 떠났다는 신데렐라 이야기는 많은 정신분석적 해석을 이끌어낼 만한 줄거리를 갖고 있다. 정신분석 비평가인 벨맹-노엘은

---

10 같은 책, p. 44.
11 같은 책, p. 46.
12 본래 신데렐라가 신었던 신은 다람쥐 가죽신pantoufle de vair인데, 동화작가 페로가 vair를 verre(유리)로 잘못 써서 유리구두가 되었다고 한다.

'자기 발에 맞는 구두를 찾다trouver chaussure à son pied'라는 말이 '제 짝을 만나다'라는 의미로도 해석될 수 있음을 환기시키며, 브르통의 성적인 자기분석에 의해서 만들어낸 등식(신발=숟가락=남자 성기=남자 성기의 완전한 거푸집)에서 남자 성기와 여자 성기가 혼동되어 쓰인 것은 브르통의 성적 욕망이 위장 혹은 변형되어서 나타났기 때문이라고 말한다.[13]

브르통의 이러한 자기분석 능력과 설명 방법은 놀라울 정도의 통찰력을 보여준다. 그는 자신의 행동을 객관화하고, 그 행동의 불가해한 요소들과 이상한 상황들을 철저히 해부하려고 한다. 이러한 과학적 탐구 방식과 시적 상상력을 병행 서술하는 그의 독특한 글쓰기는, 한 연구자의 표현대로 "정신분석에 대한 시적 직관"의 능력이 뛰어난 솜씨로 표현된 것이다. 그의 자기분석은 과거 지향적이 아니라 미래 지향적이다. 또한 그것의 가치는 프로이트의 정신분석적 방법이나 과학주의의 원칙에서 판단될 수 있는 것이 아니라 자신의 삶에 성실한 입장과 자기를 객관화해서 보려는 엄정하고 정직한 시선의 기준에서 평가될 수 있는 것이며, 시적인 것과 과학적인 것을 결합하려는 초현실주의적 정신을 반영하는 것이기도 하다. 결국 그의 무의식적 욕망의 표현으로 벼룩시장에서 '뜻밖의 발견'을 경험한 이후, 객관적 우연이 실현됨으로써 그가 절실하게 기다린 사랑이 '지독하게 아름다운scandaleusement belle' 여성의 모습으로 현실에 나타난다.[14]

---

13 J.-L. Steinmetz, *André Breton et les surprises de l'amour fou*, PUF, 1994, p. 37.
14 G. Durozoi & B. Lecherbonnier, *André Breton: L'écriture surréaliste*, Larousse, 1974, p. 197.

3. 자동기술의 시 「해바라기」 해석

『열애』에서 중요한 사건은 브르통이 '지독하게 아름다운' 여성이라고 묘사한 자클린과의 만남과 '만남' 전후의 이야기이겠지만, 그것 못지않게 문학적으로 비중 있는 의미를 갖는 것은 그가 11년 전에 자동기술의 방법으로 쓴 시를 그녀와 함께 보낸 밤의 산책과 관련시켜 해석한 대목이다. 그는 과거에 이성의 통제를 벗어난 상태에서 자동기술적으로 쓴 자신의 시 「해바라기Tournesol」가 어떻게 해석되고 어떤 의미를 갖는지 알 수 없었지만, 그녀를 우연히 만나 밤새도록 파리의 중심가에서 긴 시간을 함께 산책하고 난 후, 문득 『땅 빛Clair de terre』이라는 시집에 실린 예전의 그 시가 떠올라서 그것을 끄집어내 읽다 보니까 이해할 수 없었던 구절들의 의미를 분명히 알 수 있게 되었다는 것이다. 모두 31행으로 구성된 이 시를 그대로 인용하면 다음과 같다.

여름이 저무는 시간 중앙시장을 지나가는 외지의 여인은
발끝으로 걷고 있었다
절망은 하늘에서 아주 예쁜 커다란 아름 꽃을 굴리듯이 떨어뜨렸고
그녀의 핸드백에는 나의 꿈
하느님의 대모만이 맡을 수 있는 각성제 병이 들어 있었다
무기력 상태가 안개처럼 펼쳐져 있었다
'담배 피우는 개'에
찬성과 반대가 들어왔다
젊은 여자의 모습은 비스듬히 보이거나 제대로 보이지 않았다.

내가 마주하고 있는 존재는 화약의 사자使者인가

아니면 우리가 관념이라고 부르는 검은 바탕 위의 흰 곡선인가

순진한 사람들의 무도회는 절정에 달했다

마로니에 나무들에서 초롱불은 느리게 불이 붙었고

그림자 없는 여인은 퐁토샹주 위에서 무릎을 꿇었다

지르쾨르가街의 음색은 예전과 같지 않았다

밤의 약속들은 마침내 실현되었다

전령 비둘기들의 구원의 입맞춤들은

미지의 아름다운 여인의

완전한 의미의 크레이프 속에 솟아오른 젖가슴에서 합류했다

피리 중심가에 있는 농가는 번창하고 있었다

농가의 창문들은 은하수 쪽으로 나 있었지만

뜻밖의 손님들 때문에 농가에는 아무도 살고 있지 않았다

뜻밖의 손님들은 유령들보다 더 충실한 존재로 알려진 사람들이다

그 여인처럼 어떤 이들은 헤엄치는 모습이다

그들의 실체의 일부분이 사랑 속으로 들어온다

그것은 그들을 마음속에 내면화한다

나는 감각기관의 힘에 좌우되는 노리개가 아니지만

재의 머리카락에서 노래 부르던 귀뚜라미가

어느 날 밤 에티엔 마르셀 동상 가까운 곳에서

나에게 예지의 눈길을 보내며

말하는 것이었다 앙드레 브르통은 지나가라고[15]

15 A. Breton, *L'amour fou*, pp. 80~81.

La voyageuse qui traverse les Halles à la tombée de l'été

Marchait sur la pointe des pieds

Le désespoir roulait au ciel ses grands arums si beaux

Et dans le sac à main il y avait mon rêve ce flacon de sels

Que seule a respirés la marraine de Dieu

Les torpeurs se déployaient comme la buée

Au Chien qui fume

Où venaient d'entrer le pour et le contre

La jeune femme ne pouvait être vue d'eux que mal et de biais

Avais-je affaire à l'ambassadrice du salpêtre

Ou de la courbe blanche sur fond noir que nous appelons pensée

Les lampions prenaient feu lentement dans les marronniers

La dame sans ombre s'agenouilla sur le Pont-au-Change

Rue Git-le-Coeur les timbres n'étaient plus les mêmes

Les promesses de nuits étaient enfin tenues

Les pigeons voyageurs les baisers de secours

Se joignaient aux seins de la belle inconnue

Dardés sous le crêpe des significations parfaites

Une ferme prospérait en plein Paris

Et ses fenêtres donnaient sur la voie lactée

Mais personne ne l'habitait encore à cause des survenants

Des survenants qu'on sait plus dévoués que les revenants

Les uns comme cette femme ont l'air de nager

Et dans l'amour il entre un peu de leur substance

Elle les interiorise

Je ne suis le jouet d'aucune puissance sensorielle

Et pourtant le grillon qui chantait dans les cheveux de cendres

Un soir près de la statue d'Etienne Marcel

M'a jeté un coup d'oeil d'intelligence

André Breton a-t-il dit passe

자동기술로 쓴 시가 대체로 그렇듯이 이 시는 얼핏 보아 해석이 불가능할 것처럼 난해해 보인다. 그러나 브르통은, 꿈이 예언적인 역할을 하듯이 이 시기 11년 후의 미래를 예시해주는 '예언적 시un poème prophétique'라고 주장하면서, 그녀와 밤의 산책을 하고 난 다음에 시의 의미가 분명해졌음을 설명한다. 그의 설명에 의하면, 이 시의 첫 구절 "외지의 여인은 발끝으로 걷고 있었다"는 1934년 5월 29일에 만난, 조용한 걸음걸이로 걷는 여자의 모습과 일치하고, "여름이 저무는 시간"은 '낮이 저무는 시간'과 동의어이면서 여름이 다가오는 5월 말의 시간과 연결될 수 있다는 것이다. 그는 이런 식으로 시에서 중요한 요소들, '절망' '담배 피우는 개' '순진한 사람들의 무도회' '초롱불' 등의 의미를 분석하고 '퐁토샹주' '지르쾨르' 등의 장소들과 그날 밤의 산책길이 정확하게 일치한다는 것을 강조한다. 그러나 그의 설명과 분석은 논리적이라기보다 시적이고, 설명적이 아니라 암시적이다. 그렇기 때문에 독자들은 그의 설명을 읽으면서 그 시에서 언급된 인물들의 동선과 분위기가 시인이 밤의 산책에서 경험했던 것과 일치한다는 것은 알게 되지만, 그가 자동기술의 시를 의식적으로 완전하게 해설해주지 않기 때문에 의아심을 품게 된다. 그러나 이런 의아심은 오히려 독자로 하여금 그의 시를 적극적으로 해석하게 만드는 동기가 된다. 이런 의미에서 그의 시를 해석해보자.

이 시의 첫 행에서 '외지의 여인'은 어디에서 온 사람일까? 브르통은 그 여성과 만났던 상황을 설명하기 위해 몽마르트르의 카페에서 친구들과 만났던 일과 그 카페에 그녀가 들어와서 그들이 앉았던 자리와 멀지 않은 곳에 자리를 잡을 때 '불의 옷을 입은 것처럼comme vêtue de feu' '지독하게 아름다운' 느낌을 받았다고 말한다. 또한 그녀가 앉아서 누군가에게 편지를 쓰고 있었는데, 나중에 알고 보니까 그 편지의 수신인이 앙드레 브르통이었다는 것이다. 두 사람이 같은 카페에 앉아 있다는 사실을 모른 채, 한 사람이 독자로서 저자인 브르통에게 보내는 편지를 쓴다는 우연이 어떻게 가능할 수 있을까? 여하간 그들은 자정에 다시 만나기로 약속한다. 그들은 그날 밤 몽마르트르에서 센강 쪽으로 걷다가 중앙시장을 가로지르게 된다. 5월 말의 밤은 아름다웠고, 그녀의 걸음걸이는 "발끝으로 걷고 있었다"고 할 만큼 경쾌했다. 그녀를 만나기 전, 브르통은 절망적 상황에서 사랑을 갈구하고 있었는데, 그것은 "절망은 […] 커다란 아름 꽃을 […] 떨어뜨렸다"로 표출되어 있다. 아름 꽃은 백합처럼 하얀 꽃이라는 점에서 순결한 사랑과 희망을 표상한다고 할 수 있다. 물론 아름 꽃에서 희망의 상징인 별의 이미지를 떠올릴 수도 있을 것이다. 그녀의 '핸드백'은 프로이트식으로 말하면 여성 성기의 상징인 만큼 그 '핸드백' 속에 남성의 꿈이 담겨 있다는 것은 자연스럽다. 그러나 그 꿈이 "하느님의 대모만이 맡을 수 있는 각성제 병"과 동격인 이유는 무엇일까? 단순하게 생각하면 그 여성이 다른 세계에서 온 것처럼 신비스러운 모습이기 때문에 그녀를 '하느님의 대모'라고 표현한 것일 수 있고, '각성제'는 꿈과 대립되는 것이지만, 「초현실주의 제2선언문」에서 중요하게 언급되었듯이 모든 모순과 대립이 소멸되는 '정신의 지점'이 존재한다는 믿음과 관련시킬 때, 이러한 대립의 결합 논리는 초현실주의의 관점에서 볼 때 자연스러운 것일 수 있다.

"무기력 상태가 안개처럼 펼쳐져 있었다"라는 구절은 절망의 내면 심리를 반영한 것으로 해석된다. '담배 피우는 개'는 술집 간판이지만, "무기력 상태가 안개처럼 펼쳐"진 내면의 풍경과 담배 연기가 자욱한 술집의 분위기가 잘 어울리는 느낌을 준다. "찬성과 반대가 들어왔다"는 것은 무슨 말일까? 장-뢱 스타인메츠에 의하면, 앞서 「초현실주의 제2선언문」에서 인용한 것처럼, "긍정과 부정, 에로스와 타나토스, 여성성과 남성성이 합쳐진 '정신의 지점'처럼, '외지의 여인'은 이원적 대립을 벗어난 존재"[16]로 부각되었다는 것이다. 그렇지 않으면 그녀의 마음이 시인의 마음속에 갈등을 불러일으킨 것으로 해석할 수도 있다. 여하간 그 카페에서 브르통은 "비스듬히 보이거나 제대로 보이지 않았"기 때문에 그녀를 더 잘 보려고 가까이 다가간다. 그녀와 가까운 자리에 앉아서 "마주하고" 있다 보니까 그녀의 모습에서 불꽃같은 '화약'의 느낌과 동시에 냉정한 이성의 '관념'이 뿜어져 나온다. 여기서 "검은 바탕 위의 흰 곡선"은 어두운 본능적 욕망과 명석한 이성적 사고를 대비시킨 것으로 보인다.

또한 "순진한 사람들의 무도회"는 무엇일까? 여기서 우선 주목해야 할 것은 그 지역의 명칭과 역사성으로, 그곳이 무고하게 죽은 사람들

---

16 J.-L. Steinmetz, *André Breton et les surprises de l'amour fou*, p. 52.

의 묘지가 있었던 곳일 뿐 아니라 중세에 그곳에서 살았던 유명한 연금술사 니콜라 플라멜의 이름을 딴 광장이 있으며, 그 광장의 한복판에는 16세기식으로 물의 요정 등을 장식한 분수가 있다는 사실이다. '무도회'는 프랑스의 모든 광장들이 그렇듯이, 혁명기념일(7월 14일)이면 시민들이 모두 나와 초롱불 밑에서 춤을 추는 장면을 연상시킨다. 그러므로 그녀의 '화약' 같은 불의 존재성과 무도회에서의 불의 이미지가 분수의 물과 결부되어 연금술적 변화를 일으켰다고 볼 수 있다. 사실 과거의 연금술사에게 물과 불이 대립된 두 요소가 아니었듯이, 초현실주의적 상상력에서도 그들이 하나인 것은, 이미 『나자』에서 '방황하는 영혼'의 나자가 물과 불이 같은 것이라고 말했던 부분에서 거듭 확인되는 점이기도 하다.[17] 그리고 "그림자 없는 여인"은 비물질성이 느껴질 만큼 가벼운 그녀의 이미지를 표현한 것이다.[18] 또한 센강 북쪽과 시테섬을 연결한 '퐁토샹주' 다리의 이름에 '변화하다'라는 의미의 '샹주'가 있다는 것도 눈여겨볼 수 있는 점이다. 초현실주의자들에게 '삶을 변화시켜야 한다'는 랭보의 명제처럼 중요한 것도 없기 때문이다. 그다음에 나오는 '지르쾨르'는 파리의 대학로인 카르티에 라탱에서 가장 짧은 길 중의 하나로서, '마음이 잠들어 있다'는 의미를 나타내는 것으로 해석된다. '마음이 잠들어 있다'는 것은 사랑의 존재 앞에서 마음이 굴복한 상태일 것이다. 마음이 굴복한 상태가 행복한 상태인 것은, 무엇보다 갈등의 원인이 제거되었기 때문이다.

17   앙드레 브르통, 『나자』, p. 88.
18   장-뤽 스타인메츠는 "그림자 없는 여인이 '퐁토샹주' 위에서 무릎을 꿇었다"는 구절에서 파리의 수호자인 성녀 주느비에브가 기도를 하는 모습을 떠올릴 수 있다고 말하고, '그림자 없는 여인'은 원죄가 없는, 그야말로 순수한 성녀의 모습으로 해석한다. J.-L. Steinmetz, *André Breton et les surprises de l'amour fou*, pp. 52~53.

"밤의 약속들은 마침내 실현되었다"와 "구원의 입맞춤들"은 모두 육체적인 접촉을 암시하는 '사랑의 만남이 실현되었다'는 의미이다. 두 사람은 다시 센강을 건너서 파리 중심에 있는 시테섬의 꽃시장 쪽으로 걸어간 흔적을 보인다. 꽃시장에서 농가가 연상되었을 것이다. 그러므로 "농가의 창문들은 은하수 쪽으로 나 있었지만 뜻밖의 손님들 때문에 농가에는 아무도 살고 있지 않았다"라는 구절은 은하수가 표현하는 풍요로움의 이미지와 함께 행복한 전원의 풍경을 환기시킨다. 여기서 '뜻밖의 손님들'이 '유령들'과 대립된 관계인 것은 새로운 사랑이 과거의 사랑과 대립된 관계인 것에 비유될 수 있다. '뜻밖의 손님들'의 한 사람인 그 여인은 '헤엄치는 모습'으로 경쾌하고 유연한 움직임을 보이고, "그들의 실체의 일부분"과 '사랑'은 자연스럽게 일체가 된다. 이러한 몽환적 풍경은 현실 원칙에 따라 화자의 초자아 의식이 되살아나면서 서서히 깨어나게 되어, 화자는 "감각기관의 힘에 좌우되는 노리개가 아니"라는 진술을 하기에 이른다.

끝으로 "재의 머리카락에서 노래 부르던 귀뚜라미"는 무엇일까? 불이 재로 변한 것이라면, 불의 이미지를 갖는 여인의 머리카락은 재의 이미지로 변용된 것이고, 귀뚜라미는 지혜로운 곤충의 대명사이기에 귀뚜라미가 "예지의 눈길"을 보냈다는 것은 그녀에게서 '예지의 눈길'이 느껴졌다는 의미로 해석된다. 또한 '지나가라'는 명령형도 다리를 건너가듯이, 혹은 그 여자의 계시를 따라서 '변화해야 한다'는 것과 같다. 물론 '지나가라'는 명령형이 아니라 '지나간다'는 사실을 확인하는 뜻으로 해석해도 의미가 크게 달라지지는 않는다. 그러나 중세의 정치적 혼란기에 시장이었던 에티엔 마르셀이 무엇보다 파리 사람들의 자유를 수호한 상징적 인물이기 때문에, 그의 동상 가까운 곳에서 화자가 인식한 자유와 변화의 메시지는 바로 사랑과 시의 의미를 함축한 의미로 이해될 수 있다. 그 여성이 사랑의 다른 이름인 것처럼 시는 바로 자유이기 때문이다.

4. 결론을 대신하여

「해바라기」의 끝부분에서 화자가 여성의 존재를 통해 변화의 힘을 얻게 된 것처럼, 브르통은 이 책에서 줄곧 사랑과 여성의 힘을 예찬한다. 그가 찬미하는 여성의 힘은 흔히 말하듯이 모성적인 힘이나 구원의 존재라는 의미에서가 아니라, 남자의 삶과 세계를 변화시키는 역할을 하는 존재라는 의미에서이다. 그는 이 책의 끝 부분에서 사랑과 삶의 관계를 이렇게 말한다. "나는 사랑과 삶이 대립하고 있다는 것을 부정하지 않는다. 내가 말하고자 하는 것은 사랑이 이겨야 하고, 그렇게 되기 위해서는 사랑이 필연적으로 마주치게 되는 모든 적대적 세력이 당연히 사랑의 영광을 만드는 중심에 있다는 그러한 시적 의식의 차원에 도달해야 한다는 것이다."[19] 이것은 무조건적으로 사랑의 가치를 강조한 것이 아니라 '모든 대립적인 세력'을 거부하고 그 세력과의 싸움을 전제로 한 상태에서, 그것을 해결하기 위한 현실적 방법으로 '사랑의 시적 의식'을 강조한 것이다. 이것은 현실적인 방법이기도 하고 초현실적인 방법이기도 하다. 이렇게 사랑의 가치와 무의식적인 욕망의 힘을 다각적으로 탐구한 『열애』에서 사랑과 변화를

---

19 A. Breton, *L'amour fou*, p. 172.

예시하는 「해바라기」라는 자동기술의 시가 '객관적 우연'과 의미 있는 연관성을 갖는 것은 분명하다. 미셸 카루주는 자동기술과 객관적 우연을 비교하면서, 전자가 무의식에 의존한 텍스트이기 때문에 그 안에서 모든 오브제가 개인의 무의식 세계와 관련된다면, 후자는 세계라는 거대한 텍스트를 이해하게 하는 수단이므로 객관적 우연의 모든 오브제가 개인에게 그 자체로 신비로운 마법적 힘을 갖는 것이라고 주장한다. 그가 말하는 '세계라는 거대한 텍스트'는 바로 도시의 거리에서 신비롭게 경험할 수 있고, 경이롭게 지각할 수 있는 모든 기호라고 할 수 있다.

객관적 우연은 일상생활 속에 경이적 현상의 침투를 나타내는 현상들의 총체이다.[20]

이렇게 "일상생활 속에 경이적 현상의 침투"를 발견하려는 것은 모든 대립을 초월한 '절대의 지점'을 추구하고 도달하려는 초현실주의자들의 시적 탐구 방법이라고 할 수 있다. 목적 없이 도시의 거리를 배회하는 그들의 모습은 시적 주제나 계획을 떠올리지 않는 자동기술적 글쓰기와 상응한다. 또한 브르통과 초현실주의자들에게 '객관적 우연'은 그들 자신의 무의식적 욕망을 탐구하는 방법이자 동시에 시와 삶의 구별을 초월하면서 시 속에서 진정한 삶을 찾고 삶에서 시를 실현하려는 초현실적 모험의 중요한 수단인 것이다.

20 M. Carrouges, *André Breton et les données fondamentales du surréalisme*, Gallimard, 1950, p. 246.

제5장
자동기술과 초현실주의적 이미지

1. 초현실주의와 자동기술

'자동기술l'écriture automatique'은 초현실주의 운동의 가장 중요한 활동이나 성과로 평가되어, 오늘날 초현실주의적이라는 말은 바로 자동기술적이라는 말과 거의 동의어처럼 인식되기도 한다. 그만큼 초현실주의 활동은 자동기술 개념을 중심으로 전개되었다고 해도 과언이 아니다. 「초현실주의 선언문」에서 밝힌 사전적 정의에 따르면, 초현실주의는 "말로써건, 글로써건 그 어떤 방법으로건 간에, 사유의 실제적 기능을 표현하려는 것을 목표로 삼는 순수한 심리적 자동기술"이며, 또한 "이성에 의한 어떤 감시도 받지 않고, 심미적이거나 도덕적인 모든 관심을 벗어난 곳에서 이루어지는 사유의 받아쓰기"[1]로 규정되어 있다. 브르통이 이 이론을 고안하여 발전시켰고, 시인과 화가를 포함한 대부분의 1920년대 초현실주의자들이 실행에 옮겼던 이러한 자동기술에 대해 브르통은 훗날 그것이 실패할 수밖에 없었음을

---

[1] A. Breton, *Manifestes du surréalisme,* Jean-Jacques Pauvert, 1972, p. 35.

인정하고, "초현실주의에서 자동기술의 역사는 계속된 불운의 역사"[2]였음을 고백한 바 있다. 그러나 그의 말처럼 자동기술의 시도가 실패로 끝났다 하더라도, 그것은 여러 가지 관점에서 의미 있는 실패로 볼 수 있고, 무엇보다 글쓰기의 차원에서 보자면 오히려 긍정적인 성과를 더 많이 보였다고 말할 수 있다.

브르통을 포함한 초현실주의자들이 자동기술에서 기대한 것은 무엇이었을까? 잘 알려져 있듯이, 자동기술은 반수면의 최면 상태에서 이성의 통제 아래 가려져 있던 무의식과 욕망이 전하는 전언, 그 '속삭이는 소리le murmure'에 귀를 기울여 받아쓴 내용이다. 가능한 한 이성이나 비판적 정신이 개입될 여지 없이 그 전언을 충실히 받아쓰고자 하는 이들의 작업은, 적어도 자동기술 행위를 실천하는 그 단계에서만은, 전통적으로 재능 있는 시인의 시 쓰기 행위와는 완전히 구별되는 작업이었다. 그 당시 브르통은 인위적으로 만든 문학 텍스트의 언어란 생명력을 갖지 못하고 무엇보다 중요한 욕망의 자연스러운 힘을 표현하는 데 한계가 있다고 보았다. 무의식이나 욕망의 표현을 중시하는 자동기술의 시도는 그런 점에서 의식적인 문학 텍스트의 우월한 가치 기준을 전복시키려 했음은 물론, 문학 텍스트가 소수의 재능 있는 작가에 의해 만들어진다는 인식을 타파하려고 했다. 그러나 초현실주의에 가담한 대부분의 시인들이 재능 있는 사람들이었고, 브르통이 자동기술 실험을 하기 전까지만 해도, 말라르메나 랭보, 발레리의 문학적 성취에 깊은 영향을 받았던 시인이라는 점, 자동기

2 　A. Breton, "Le message automatique," in *Point du jour,* Gallimard, coll. Idées, 1970, p. 171.

146　　　　　　　　　　　　　제1부 앙드레 브르통과 초현실주의

술로 쓰이지 않은 그의 시 중에서도 얼마든지 시적 가치와 생명력이 넘치는 시를 이끌어낼 수 있다는 점을 감안할 때, 위와 같은 그의 주장이나 견해는 어느 정도 모순된 것임을 곧 알 수 있다. 물론 초현실주의에서는 시를 잘 쓰는 것이 문제가 아니라, 존재의 심층이나 '세계의 신비스러움'과 일치되고 소통되는 방법으로서, 그리고 현실적 세계에 종속되지 않는 방법으로서 '시를 실천하는 일'이 중요하다고 강조된다. 그러나 우리는 그러한 강조가 시의 정신을 그만큼 중시하고 그 의미를 되새겨볼 필요를 역설한다는 것이지, 결코 초현실주의와 시를 잘 쓰는 일이 별개의 것이라고 이해하지는 않는다. 물론 이 경우에 시를 잘 쓴다는 것이 무엇을 뜻하며, 어떤 기준에서 잘 쓴다는 것인지가 우선적인 논의의 대상이 되어야 할 것이다.

자동기술의 의미와 성과를 정확히 이해하려면, 그것이 무엇보다 '글쓰기' 행위와 관련된다는 점에 주의를 기울여야 한다. 자동기술을 시도한 것은 관습적인 시 쓰기의 한계를 극복하기 위한 것이기 때문이다. 그러니까 이러한 작업은 결국 초현실주의적 이미지의 성격과 의미를 파악하려는 작업과 병행하게 될 것이다. 「초현실주의 선언문」에서도 자동기술과 초현실주의적 이미지의 논의가 연속적으로 혹은 병행하여 전개되었듯이, 말의 힘을 믿고 말을 중요시하고 말을 해방함으로써 결국 인간과 세계의 변화를 추구하려는 의도는 자동기술과 초현실주의적 이미지의 목적과도 분리될 수 없는 것이다. 그러므로 두 주제의 상호 관련성을 인정하고 그것들 사이의 공통된 초현실주의 시학의 핵심을 찾아보려는 것이 이 글의 목적이다.

2. 자동기술의 동기

자동기술의 이론을 세우고 실행했던 브르통이 1924년 「초현실주의 선언문」을 통해 그 방법과 의미를 설명하고 널리 공표했던 것은 잘 알려진 사실이다. 그러나 그가 자동기술에 대한 착상과 실험을 하게 된 것은 「초현실주의 선언문」이 발표되기 훨씬 전이었다. S. 알렉상드리앙은 자동기술에 대한 브르통의 계획이 결심으로 굳혀진 것은 1919년 무렵이었다고 하는데, 브르통이 차라에게 보낸 편지를 인용하여 그 근거를 밝힌다. "나는 지금 세계를 전복할 만한 계획을 궁리하면서 이 편지를 쓰고 있습니다. 유치한 짓이라거나 터무니없는 망상이라고 생각지는 마십시오. 그러나 이러한 쿠데타를 준비하는 데 몇 년이 필요할 것입니다. 당신에게 그 내용을 알려주고 싶은 생각이 간절하지만, 아직은 당신을 그만큼 잘 알지는 못하기 때문에."[3] 알렉상드리앙은 이 편지에서 브르통이 말한 '세계를 전복할 만한' 계획이 바로 자동기술로 작품을 쓰겠다는 것이며, 그가 전복하려는 세계는 바로 시와 예술, 윤리의 세계임을 상기시키면서, 이러한 계획을 세운 그의 심리적 정황은 아마도 그에게 영향을 준 랭보와 말라르메를 종합하려는 어떤 시적 탐험이 한계에 부딪혔기 때문일 것이라고 추측해본다. 자동기술을 생각해낸 브르통의 심리적 동기가 무엇인지는 명확하지 않지만, 논리나 문법의 틀에서 벗어난 말의 자유로움을 생각해본다는 것은 당시의 아방가르드 시인들의 입장에서 볼 때 그렇게 의외의 발상은 아니었다. 이미 미래주의의 마리네티는 물론 다

---

3 S. Alexandrian, *Le surréalisme et le rêve*, Gallimard, 1974, p. 91.

다의 피카비아, 트리스탕 차라 등이 말의 자유 혹은 무의미의 언어를 구사하여 전통적 시학과는 다른 새로운 반시적 경향을 예고한 바 있기 때문이다. 이들의 공통된 태도는 의미를 지향하는 시가 아닌, 의미를 거부하는 시를 통해서 전통적인 시적 창조의 관행을 무시하려는 경향이었다.

의식적이고 의미 지향적인 작시법 대신에 무의식적이고 반미학적인 언어의 표현을 모색하려던 브르통의 계획은 우연한 언어의 체험을 계기로 구체화된다. 그는 이 체험을 「매개물의 등장Entrée des médiums」과 「초현실주의 선언문」에서 두 번에 걸쳐 이야기하고 있다.

> 1919년, 완전히 혼자인 상태에서, 잠이 들 무렵, 내 정신에 인지되는 다소 불완전한 말들에 주의를 기울이게 되었는데, 그 말에서 어떤 선결적인 요소들은 전혀 찾을 수 없었다. 그 문장들은 통사적으로 이미지가 뚜렷한 것으로서 나에게는 아주 뛰어난 시적 요소처럼 보였다.[4]

> 그런데 어느 날 밤 잠들기 전에 말 한마디로 바꿔놓을 수 없을 정도로 분명하게 발음된, 그러나 온갖 잡음으로 뒤섞여 정신 집중이 되지 않는, 대단히 이상스러운 구절이 떠올랐다. 내 의식에 기억되는 바로, 그 구절은, 그 당시 내가 관계하고 있었던 여러 가지 외부 사건과 관련된 내용이 아니라 갑자기 머릿속에 떠오른 것으로서, 말하자면 그 말은 유리창에 부딪히듯이 강렬히 느껴진 것이다. 나는 그 말에 대해 생

---

4   A. Breton, "Entrée des médiums," in *Les pas perdus*, Gallimard, coll. Idées, 1974, p. 124.

각해보고 계속 주의를 기울이고 싶었는데 문득 그 말의 유기적 성격이 나를 사로잡았다. 그 말이 나를 놀라게 한 것은 사실인데 유감스럽게도 나는 지금까지 그것을 기억하지는 못하고 있다. "창문에 의해 둘로 절단된 한 남자가 있다." 이 문장에는 애매모호한 점이 없었다. 왜냐하면, 이 문장에 몸의 중심축에 수직으로 세워진 창에 의해 몸 한가운데가 절단된 채 걷고 있는 한 사람의 모습이 어렴풋이 눈앞에 보였기 때문이다. 의심할 나위 없이 문제는 창문에 쏠려 있는 그 사람을 공간적으로 바로 일으켜 세우는 일이었다. 그러나 창문이 그 사람의 움직임에 따라붙어서 이동했으므로 나는 곧 매우 희귀한 유형의 이미지를 보고 있음을 깨닫고, 그 이미지를 나의 시적 구성의 자료로 삼을 생각을 하게 되었다. 그리하여 내가 이 이미지에 대하여 믿음을 갖게 되자마자 그 이미지에 뒤이어 나를 계속 놀라게 만들고 또한 어떤 무상성의 느낌을 갖게 하는 일련의 문장들이 거의 연속적으로 이어진 것이다. 그러한 느낌은 그때까지 내가 자신에 대해 지니고 있었던 자제력을 허망한 것으로 생각하게 했고, 나의 내면에서 일어나는 끊임없는 갈등을 끝내 버리고 싶다는 생각만을 불러일으켰다.[5]

자동기술의 착상에 출발점이 되는 이러한 체험을 통해서 "유리창에 부딪히듯이" 떠오른 말과 그 말에 연속적으로 떠오른 일련의 특이한 이미지들은 분명히 시인의 무의식에서 떠오른 표현들이다. 이 표현들이 어떤 현실적 필요성이나 의미 있는 사건과는 관련도 없이 그야말로 '무상성'으로 떠올랐다는 점에서 브르통은 그것에 대해 반수

5   A. Breton, *Manifestes du surréalisme*, pp. 31~32.

면의 상태에서 관심을 집중하고 그 목소리에 귀를 기울이게 된 것이다. 그리하여 위의 첫번째 예에서 알 수 있었듯이, 그 문장과 이미지들은 의식적인 상태에서라면 결코 만들어질 수 없는 것이면서 동시에 아주 훌륭한 시적 효과를 이루어냈다는 점이 주목된다. 그는 일어나자마자 곧 이러한 언어의 이미지, 즉 그림과 같은 시각적 이미지가 제시한 것보다 더 풍부한 환각의 이미지로 나타난 내면의 언어를 그대로 옮겨 쓰면서, 그것이 표현하는 풍부한 이미지들을 기술적으로 완전히 드러내는 방법을 모색한 것이다. 자유연상 기법은 바로 그러한 모색의 결과이다. 그는 그러한 방법에 의존하여 누구나 펜을 손에 들고 환각적인 흐름을 따르기만 하면 시인이 될 수 있다는 생각을 하게 되었고, 그 결과 '초현실주의적 마술의 비밀'이라고 말한 자동기술의 실행 방법은 다음과 같은 것이었다.

글쓰기에 필요한 도구를 갖추고 가능한 한 정신을 집중시키기에 적합한 장소에 자리 잡고 있도록 하라. 가능한 한 가장 수동적이거나 수용적인 상태에 있도록 하라. 자신의 천분이나 재능, 또는 다른 사람들의 재능을 염두에 두지 말라. 문학은 그 무엇과도 통할 수 있는 보잘것없는 길 중의 하나임을 명심하라. 주제를 미리 생각하지 말고 빨리 쓰도록 하라. 기억에 남지 않도록 또는 다시 읽고 싶은 충동이 들지 않도록 빠르게 쓰도록 하라. 첫 구절은 저절로 쓰일 것이다. 물론 객관화되기만을 바라는 우리의 의식적 사고와는 다른 구절들이 시시각각으로 떠오를 것은 분명하다. 다음에 어떤 구절이 떠오를 것인지 미리 알기는 어렵다. 왜냐하면 이미 첫 구절을 썼다는 사실이 최소한의 지각을 자극한다고 인정하더라도 다음에 쓰게 될 구절은 우리들의 의식적 활동과

동시에 무의식적인 활동에 속해 있기 때문이다.[6]

　이러한 상태는 주체가 마치 녹음기처럼 비판 의식이 제거된 상태에서 완전히 수동성을 취하면서, 어떤 외부적 요소도 개입하지 않도록 그야말로 말의 속도와 일치하는 담화를 기록해두려는 데 목적을 둔 것이다. 그러니까 이 행위에서 일단 말하고 기술한 것은 완전히 잊어버릴 수 있도록 가능한 한 빠르게 진행해야 한다. 만일 그 흐름이 중단되었을 경우, 계속되는 언술은 중단되기 전에 기술된 텍스트 내용의 의식으로부터 구속되지 않도록 한다. 그리하여 그 언술이 완전하게 표현되기 위해서는 결국 기록된 언술의 의미가 기억되지 않도록 가능한 한 자동기술의 작업 속도를 가속화하는 일이다. 그렇게 표현된 내용이 바로 "말해진 사고la pensée parlée"[7]일 것이다.

　이러한 방법으로 브르통이 필리프 수포와 함께 쓴 『자기장 Les champs magnétiques』은 그야말로 최초의 초현실주의적 작품le première œuvre purement surréaliste이 된다. 브르통이 혼자서 이러한 시도를 하지 않은 것은 무의식의 심연을 탐색하는 모험의 위험한 도정에 동반자가 필요했기 때문이며, 그 동반자로서 필리프 수포를 택한 것은 그의 사고가 다른 누구보다도 경직되지 않은 유연성이나 자유로움을 보였기 때문이라고 한다. 두 사람은 자신들의 이러한 시도가 문학적인 견지에서 어떤 가치가 있을까 하는 문제를 완전히 무시하고 일단 적어놓은 것에 대해서는 전혀 수정을 하지 않기로 합의한 후, 곧 자

6　같은 책, p. 39.
7　같은 책, p. 33.

동기술 작업에 들어가게 된다. 1회의 작업은 8시간에서 10시간까지 지속되었고 총 2주가 소요되었다고 하는데, 흥미로운 점은 두 사람이 쓴 원고를 서로 읽고 비교해보았을 때 그 결과가 놀랍도록 비슷했다는 것이다.

> 이를테면 똑같은 구성상의 결함, 비슷한 과오, 특이한 표현에 대한 지나친 기대, 많은 감정의 노출, 우리들 모두가 오래전부터 한 번도 생각하지 못했던 아주 괜찮은 이미지들의 채택, 생동감이 넘치는 표현, 여러 군데서 드러난 날카로운 해학성이 담긴 주장 같은 것들이었다.[8]

이러한 공통점 외에 물론 두 사람의 성격상의 차이를 드러내는 점도 있었는데, 결국 위의 실험을 통해서 확인되는 기질적인 차이보다도 어떤 속도로 썼느냐의 차이가 더 중요한 발견이었다고 브르통은 말한다. 그는 자동기술적 글쓰기의 속도를 V, V^I, V^{II}, V^{III}, V^{IV} 등 5단계로 구분하여, 첫번째 V의 속도를 정상시의 글쓰기 속도보다는 훨씬 빠르지만 초현실주의적 글쓰기의 속도로는 중간의 단계로 기준 삼아서, 가장 느린 속도를 V^I, 가장 빠른 속도를 V^{II}라고 구분했다. 또한 V^{III}는 중간 속도와 극단적인 속도 사이의 중간 상태이며, V^{IV}는 처음에는 V와 V^{III} 사이에 해당하다가 점차적으로 빠른 어조로 전개되어 최종적으로는 V와 V^{II} 사이에 놓이는, 가장 가속적으로 나타난 속도로 보았다. 최고의 속도는 결국 V^{II}인데, 이 단계는 정신의 현실 인식적 기능이 마비되는, 고통스러운 환각적 도취 상태에 가까운 단계

---

8   같은 책, p. 39.

라고 한다. 가령 다음과 같은 내용이 이러한 상태에서 쓰인 것이다.

유출 대성당 고등 척추동물.
그 이론의 마지막 추종자들은 문을 닫는 카페 앞 언덕 위에 자리 잡
는다.
타이어 비로드 천 다리.[9]

Suintement cathédrale vertébré supérieur.
Les derniers adeptes de ces théories prennent place sur la colline
devant les cafés qui ferment.
Pneus pattes de velours.

이 글의 흐름은 거의 환각적 상태의 표현처럼 보인다. 다른 시들과
달리 완전한 문장으로 구성되어 있지 않고, 이미지들이 단속적이다.
그리하여 『자기장』에 실린 여러 텍스트를 속도와 관련시켜 설명한
예들은 「비치는 면이 없는 거울La glace sans tain: V」「계절들Sainsons:
V¹」「일식Eclipses: V¹¹」「80일간En 80 jours: V¹¹¹」「장벽들Barrières: V」「흰
장갑들Gants blacs: V¹¹¹」「소라게 이야기 I Le pagure dit I: V¹¹¹」「소라게
이야기 II Le pagure dit II: V¹¹」 등이다.[10] 참고로 가장 느린 속도로 쓰
인 것이 어린 시절의 회상을 기술한 「계절들」이었으며, 가장 빠른 속

---

9 A. Breton & P. Soupault, *Les champs magnétiques*, Gallimard, 1968, p. 46.
10 이 산문시들의 어떤 부분이 브르통이 쓴 것이고 어떤 부분이 수포가 쓴 것인지 알기는
어렵다. 다만 마지막의 「소라게 이야기」가 두 편으로 되어 있는데, 첫번째는 브르통이 썼으
며 두번째를 수포가 썼다는 정도는 밝혀졌다.

도로 쓰인 것은 수포가 쓴 「소라게 이야기 Ⅱ」이다. 이처럼 텍스트마다 속도의 차이를 보였음은 물론, 한 텍스트 안에서도 시작하는 부분과 끝 부분, 혹은 중간 부분이 동일한 속도로 쓰이지 않았다는 것을 알 수 있다. 브르통은 자동기술의 속도가 빠를수록 환각적 상태에 가까웠다고 말한다. "『자기장』은 일주일 동안 쓴 것이다. 여하간 더 이상 쓰기는 어려웠다. 환각 상태에 놓였기 때문이다. 더 이상 아무것도 계속할 수 없었다고 말하는 것은 사실이다. V^{III}보다 때로는 더 빠르게 V^{II}로 몇 장을 더 계속 썼다면 아마도 나는 지금 이렇게 텍스트를 검토해볼 상태에 있지도 못했을 것이다."[11] 이러한 위험을 동반한 자동기술의 결과가 어떤 문학적 성과를 겨냥한 것이 아니었다 하더라도, 우리는 자동기술의 담화를 통해 전통적인 문학에서의 시적 성취와는 다른 관점으로 새로운 문학적 의미를 추출해볼 수 있다. 물론 자동기술의 중요한 의도가, 이성적 인간이 자신의 내면에서 형성되고 있는 무의식적 흐름을 깨닫게 되는 경험을 보여준다거나, 이 경험을 통해서 이성적 인간의 자기인식이 어떤 한계를 갖고 있었는지를 깨닫게 하는 것일 수 있다. 또한 자동기술이 단순히 무의식을 표현하는 수단이 아니라 인간의 근원이라고 볼 수 있는 무궁무진한 이미지들의 보고이자, 사고와 언어를 발생시키는 유동적이고 순수한 근원적 요소, 즉 무의식의 풍요로운 자원성을 표현할 수 있었다는 점도 강조될 수 있다.[12] 그러나 무엇보다도 자동기술 역시 글쓰기의 한 방

---

11 S. Alexandrian, *Le surréalisme et le rêve*, p. 6에서 재인용.
12 자동기술을 통해 무의식의 내용을 알게 된 것보다 무의식의 풍요로운 자원성을 알게 된 것이 더 중요한 점이었음을 설명한 알렉상드리앙은, "초현실주의 시인은 물고기를 잡는 것으로 만족하지 않고 물을 같이 낚아 올리는 낚시꾼"으로 적절히 비유한 바 있다. 같은 책, pp. 97~98.

식으로서 그것이 언어와 주체, 언어와 사회 사이의 관계를 새롭게 생각해보는 계기를 마련했으며, 세계의 이미지 혹은 세계의 표상을 변화시킬 가능성의 문을 열었다는 점이 중시되어야 한다. 그것은 글쓰기의 한 시도로서 가치 있게 평가되어야 할 것이지 무의식이나 심리분석의 자료로서 의미를 갖는 것이 아니기 때문이다. 자동기술이 부조리의 논리를 보여주고 낯선 이미지로 구성되어 있거나 유추적인 비약의 서술로 구성되어 있을지라도, 그것은 의식적인 글쓰기 작업에 비해 결국 의사소통의 실용적 담화가 갖는 한계를 넘어서는 글쓰기인 것이다.

3. 자동기술의 시와 의미

브르통의 자동기술적 방법은 프로이트가 정신분석적 치료의 수단으로서 무의식을 밝히는 데 이용한 자유연상의 방법과 어느 정도 일치한다. 사실상 브르통의 자동기술은 프로이트의 자유연상 방법에서 착안한 것으로 볼 수 있는데, 그런 점에서 양자 간의 일치점은 비판의식의 제거, 자기 자신에 대한 정신 집중, 외부 세계에 대한 망각, 결과를 고려하는 사전 계획의 배제 등의 방법에 의한 자유로운 구술로 볼 수 있다. 그러나 둘 사이의 여러 유사성에도 불구하고 브르통의 의도와 프로이트의 동기는 결코 같은 것일 수 없다. 프로이트의 자유연상 방법이 정신분석적 치료를 목적으로 환자의 무의식, 억압된 욕망을 찾기 위한 것이라면, 브르통의 자동기술은 해석이나 치료의 문제는 관심 밖의 것이며, 앞에서 보았듯이 오히려 환각적 장애를 초래

제1부 앙드레 브르통과 초현실주의

할 만큼의 위험 부담을 각오하는 모험적 글쓰기의 행위이다. 물론 브르통이나 수포가 그 위험에 빠져들 만큼 완전히 자기 통제력을 상실하지는 않았다 하더라도, 그들이 현실적인 논리와 목적에 구애되어 있지 않은 것은 분명했다.

자동기술은 말이나 대상을 관습적인 틀로부터 벗어나게 함으로써 주체를 완전히 해방하는 데 목적을 둔 것이다. 말은 인간의 잃어버린 힘을 되찾게 하고 인간을 변화시키는 수단이기 때문이다. 자동기술의 언어는 그런 점에서 어떤 시적 표현을 만들어내기 위해 고안된 방법이 아니라, 인간 본래의 총체적 모습을 회복시키고 인습적 언어로 왜곡된 모든 굴레에서 인간을 자유롭게 해방시킨다는 인식과 실천의 방법으로 채택된 것이다. 브르통은 자동기술의 실험을 통해 자신의 무의식의 목소리에 귀를 기울이려고 했을 뿐, 그 목소리가 자기를 어디로 이끌어갈지 혹은 무엇을 보여줄 수 있는지의 문제는 전혀 고려하지 않았다고 한다. 또한 그 상태에서 강렬한 감동이나 해방감과 같은 흥분을 체험했고, 그 체험은 그가 깨어 있는 상태에서 시를 쓰고 고치면서 겪었던 힘든 고역과는 완전히 다른 것이었다고 말한다. 이러한 체험은 결국 전통적인 문학적 가치를 무시하고 문학의 기능을 새롭게 재검토하게 만드는 계기가 된다. 「초현실주의 선언문」에서 정의 내린 것처럼 "모든 심미적이고 도덕적인 관심을 떠나, 이성에 의해 이루어지는 모든 통제가 사라진 상태에서"[13] "사유의 받아쓰기la dictée de la pensée"는 감춰진 욕망을 일깨우고 인간으로 하여금 인습과 체념으로부터 벗어나게 하고, 현실에 대한 다른 인식, 다른 세

---

13 A. Breton, *Manifestes du surréalisme,* p. 35.

제5장 자동기술과 초현실주의적 이미지

계관의 체험을 가능하게 만든다. 더욱이 이러한 표현이 어떤 특별한 시적 재능을 소유한 사람들에게만 가능한 것이 아니라 모든 사람들에게 개방되어 있다는 믿음을 갖게 한 점에서 기대가 커지는 것은 당연했다. 물론 이러한 기대는, 나중에 자동기술의 성과가 누구에게나 가능한 것이 아니라 어느 정도의 교양을 갖춘 사람들에게서만 가능하다는 종합적 판단을 거치며 어긋나고 말지만, 브르통이 자동기술의 보편성을 확신했을 당시는 그 특성을 이처럼 자신 있게 정리하여 말할 수 있었다. "초현실주의의 특성은 잠재의식의 메시지 앞에서 모든 인간의 완전한 평등성을 선언했다는 점과 그 메시지가 공동의 유산을 이루어 사람들 저마다 그중에서 자신의 몫을 요구할 수 있는 것이지 어느 경우에도 몇몇 개인들의 소유물로만 취급되어서는 안 된다는 것을 한결같이 주장했다는 점에 있다."[14] 이렇게 자동기술의 가능성을 믿었을 때의 글쓰기는 재능 있는 작가들에게서 특이한 영감이 뮤즈 여신처럼 떠오르는 글쓰기가 아니라, 누구나 자신의 잠재의식에 귀를 기울이면 그 어떤 의식적 창조 작업의 결과보다 더 풍요로운 상상력의 창조성을 획득할 수 있으리라는 믿음의 글쓰기였다. 그가 의도한 바람직한 글쓰기는 우리가 현실이라고 부르는 삶의 좁고 빈약한 세계, 그리고 그 세계와 우주와의 관계를 뛰어넘어 그동안 알지 못했던 보다 풍부한 세계를 경험하게 할 뿐 아니라 우리 자신의 삶도 그만큼 자유롭게 확산될 수 있으리라는 믿음에 토대를 둔 것이었다. 이것은 그만큼 말의 힘을 믿는다는 것인데, 이 점에 대해서는 수잔 베르나르의 설명이 유익해 보인다. 베르나르에 의하면 초현실

---

14 A. Breton, "Le message automatique," p. 182.

주의자들의 언어에 대한 믿음은 중세의 카발리스트들Kabbalistes이 그랬듯이, "인식의 수단"과 "창조의 수단"[15]이라는 이중의 역할을 통해서 가능해진다. 인식의 수단이라는 점과 관련해서는, 언어의 구조와 세계의 구조 사이에 상동 관계가 있다는 전제 아래 말에는 바로 '비의를 일깨워주는initiatique' 가치가 있으며 말에 대한 성찰은 바로 세계를 이해하는 방법이라는 논리로 연결된다. 그러나 언어의 창조적 힘이라는 측면에서 볼 때, 말의 신비로운 힘을 믿는 시인은 합리주의적 문명에 의해 상실된 본래적 말의 힘을 회복하여 인간과 삶을 동시에 변화시키려 한다. 이러한 언어의 인식과 창조의 힘에 대한 믿음 때문에 브르통은 자동기술의 모험을 감행한 것이고, 또한 초현실주의를 단순한 문학운동의 범주에 묶어두지 않으려고 했던 것이다.

그러나 여기서 자동기술에 관한 초현실주의의 모순과 한계를 짚어 볼 필요가 있다. 자동기술에 대한 의문은 그것의 의도가 이성이나 논리적 속박으로부터 벗어나 '직접적인 삶la vie immédiate'에서의 존재를 포착하거나 혹은 무의식의 흐름을 왜곡되지 않은 상태에서 그대로 떠 담으려 하는 것인데, 그 내용을 언어로 된 매개적 메시지로 옮겨놓는 일은 과연 얼마나 완벽하게 이루어질 수 있는 것일까 하는 점이다. 블랑쇼 같은 비평가는 엘뤼아르의 시집 제목을 예로 들어서 '괴롭다'는 느낌과 그것의 언어적 표현이 완전히 일치할 수 있기를 바라는 것이 자동기술을 통한 브르통의 희망이라고 하면서, 그것의 두 가지 측면을 이렇게 말한다. "자동기술을 통해서 자유롭게 되는 것은 엄밀한 의미에서 말이 아니라 말과 나의 자유가 일체를 이루는 일이

---

15 S. Bernard, *Le poème en prose de Baudelaire jusqu'à nos jours*, Nizet, 1959, p. 664.

제5장 자동기술과 초현실주의적 이미지

다. 나는 말 속으로 들어가고, 말은 나의 흔적을 간직하며 그것은 나의 인쇄된 현실이자 아무것에도 구속되지 않는 '완전한 자유성non-adhérence'에 동조하는 것이 된다. 그것은 하나의 측면이다. 그러나 다른 한편으로, 말의 자유는 말이 스스로 자유롭게 된다는 것을 뜻한다. 다시 말해서 말은 더 이상 그것이 표현하는 사물에만 완전히 좌우되지 않고, 독자적으로 움직이고 유희를 즐기며, 브르통이 말하듯이 사랑을 한다."[16] 다시 말해 첫번째 양상은 「초현실주의 선언문」에 명시된 '사유의 실제적 기능le fonctionnement réel de la pensée'과 존재의 심층에서 전개되는 현상의 인식을 가져다주며, 그것은 결국 문학에 대한 거부에 이르게 된다. 여기서 어떤 문학적·시적 의도나 예술적 재능은 전혀 중시되지 않을 것이다. 그러나 다른 한편, 두번째 측면에서 말의 독자적인 자유를 추구하고 말의 힘을 믿는 태도야말로 초현실주의가 또 다른 의미에서 글쓰기의 수사학임을 말하는 것이 된다. 초현실주의자들이 의지의 개입 없는 언어의 유희를 통해서 혹은 말의 생명력을 믿고 그것에 귀를 기울임으로써 초현실주의적 이미지의 효과를 만들어내는 방법은, 설사 그것이 문학적 성과를 겨냥한 것이 아니었다 하더라도 결국 문학적 의도를 넘어선 새로운 시적 의미를 산출하는 결과에 이른다.

브르통은 자동기술에 대한 희망과 그 이론의 정당성, 실천의 성과를 강조하면서도 그 시도가 실패할 수밖에 없었음을 인정한다. 그것이 실패라는 것은 브르통이 자동기술을 통해서 모든 문학적 관심이나 시적 표현을 배제하려 했지만, 결국 그것이 철저히 수행되지 못했

---

16 M. Blanchot, "Réflexions sur le surréalisme," in *La part du feu*, Gallimard, 1949, p. 95.

기 때문이다. 그뿐 아니라 자동기술이 인간의 자유와 무의식의 해방을 가져온다는 것은 어디까지나 순간의 상태일 뿐, 지속적이고 실천적인 방법으로 정신의 해방을 가져올 수 있으리라는 기대는 헛된 희망이었다는 점도 작용했을 것이다. 또한 브르통이 앞서 고백했듯이, 자동기술의 실천을 어느 단계에서 멈추지 않으면, 정신분열의 위험을 초래할 수 있다는 점도 한계점으로 논의될 수 있다. 그는 자동기술이 본래 지향하고자 한 인식과 계시의 목적에 충실하지 않았던 동료 시인들을 공격하면서, 그들이 "자동기술을 통해 새로운 효과를 노리는 문학적 기법만을 보고 싶어 했으며, 자신의 사소한 개인적 창작을 위해 필요에 맞추려는 일에만 급급했던"[17] 점을 비난한다. 그가 여기서 비판의 대상으로 삼은 사람들은 아라공, 엘뤼아르, 수포 등이다. 그가 보기에, 이들은 자동기술의 언어를 통해 다소 의식적인 전개 과정으로 풍부한 시적 표현을 얻으려는 어중간한 방법을 취한다. 브르통에게 자동기술은 기존의 문학적 규범과는 상관없이 그것 자체로 시일 수 있는데, 다른 초현실주의자들은 자동기술을 통해 생성된 그 복합적이고 내밀한 여러 심리 현상의 요소들을 인위적인 시를 풍부하게 만드는 수단으로 삼았던 것이다. 이러한 차이는 자동기술에 대한 인식의 차이라고 볼 수 있는 것이지, 자동기술의 시도에 철저하거나 불철저했다고 평가할 수 있는 진지성의 차이가 아니다. 엘뤼아르는 한 책의 서문에서 "이 책에 실린 여러 가지 글들——즉 꿈, 초현실주의적 텍스트, 시——을 혼동하지 않는 것이 바람직하다"[18]라고 말함

---

17 A. Breton, "Le message automatique," p. 172.
18 P. Éluard, "Prière d'insérer," in *Les Dessous d'une vie*, Gallimard, 1926.

제5장 자동기술과 초현실주의적 이미지

으로써 초현실주의적 텍스트, 즉 자동기술적 텍스트와 시를 구별 지었다. 이런 점에서 그에게 순수한 자동기술은 시가 아니었다. 아라공역시 "초현실주의는 문체와 상관없는 안전지대가 아니다"[19]라고 말함으로써 초현실주의적 글쓰기, 즉 자동기술이 일반적인 문체의 문제에서 벗어날 수 없음을 강조하기도 했다.

완전한 자동기술은 가능한가? 완전한 자동기술만이 의미가 있는가? 완전한 자동기술과 불완전한 자동기술의 차이는 무엇이며 그것은 어떻게 구별 지을 수 있는가? 브르통은 다른 동료들이 만든 자동기술적 텍스트의 형태와 내용에서 많은 특징적 결함, 즉 초현실주의적 표현의 상투성, 아름답게 보이는 몽환적 요소들의 의도적인 삽입등을 확인하고, 이러한 결함이 자동기술을 실천하는 사람들의 태만함이나 불철저성에 기인했다고 본다. 그러나 완전하고 철저한 자동기술일수록 상투성을 완전히 벗어날 수 있다는 주장의 과학적 근거는 없다. 또한 자동기술이 완전하게 이루어졌다 해서 시적 표현 혹은 문학적 감각을 완전히 배제한다고 볼 수도 없다. 가령 브르통과 수포가 함께 쓴 『자기장』은 시적·예술적 관심으로부터 완전히 자유로운 것이라고 보기는 어렵고, 오히려 랭보적인 환상성의 세계 혹은 부조리성의 분위기와 초현실주의적 이미지의 전개로 충분히 일관된 시적골격을 갖춘 것으로 볼 수도 있다. 또한 의사소통적인 일상의 언어와는 다르게 구성되어 있는 것처럼 보이면서도 상당히 일상적인 언어구조에 의존해 있기도 하다. 그리하여 "가장 진정한 의미에서 자동기술적인 것이라 하여 일상적인 언어 사용과 가장 거리가 먼 것이라고

19 L. Aragon, *Traité du style*, Gallimard, 1928, p. 189.

보이지는 않는다. 오히려 문장의 완전한 와해는 검열을 배제하려는 지나친 의도에 따라 좌우될 수 있는 받아쓰기의 왜곡화la falsification de la dictée에서 생긴 결과일 뿐이다"[20]라는 추론도 충분히 가능하다. 그런 점에서 가장 자동기술적인 표현으로 보이는 것이 사실은 가장 의도적이고 의식적인 행위의 결과일 수 있는 아이러니가 얼마든지 가능하다. 그와 반대되는 경우라도 그것을 진정한 자동기술이 아니라고 단정할 수도 없다. 자동기술에 관한 어떤 특별한 규칙이나 원칙이 있지 않는 한, 그것의 결과를 분석해서 어떤 공통된 규칙을 찾을 수 있을 뿐이지, 그 규칙에 맞아야만 자동기술적 표현의 정당성이 입증된다는 논리는 성립되기 어렵다. 이러한 논리가 자동기술의 의미와 관심을 일거에 무화시키는 근거로 작용할 수는 없겠지만, 무엇보다 자동기술에 대한 지나친 기대와 환상을 재검토하게 만드는 한 동기가 될 것이다. 중요한 것은 자동기술이 의식적인 시와 완전히 구별되는 별개의 이질적 논리와 구조로 만들어져 있다는 선입견을 버리고, 그것 역시 글쓰기의 한 방법이며 시적 영역 확대에 보탬이 되는 시의 기술이라고 생각하는 일이다. 이런 점에서 라캉이 말했듯이 무의식은 언어로 구성되어 있으며, 무의식도 무의식의 논리성을 갖고 있다는 인식이 필요하다. 그리하여 자동기술의 시적 논리성을 찾고 그것의 가치를 인정하는 작업이 수반되어야 한다.

자동기술을 통해 글쓴이의 심층적 심리 현상을 찾기보다 그것이 글쓰기의 한 형태로서 그것의 쓰기와 읽기는 문화적인 전통의 범주

---

20 G. Durozoi & B. Lecherbonnier, *Le surréalisme: théories, thèmes, techniques,* Larousse, 1972, p. 103.

제5장 자동기술과 초현실주의적 이미지

밖에서 이루어지는 것이 아님을 역설한 아바스타도는 자동기술에 관한 한 논문의 결론에서 이렇게 말한다. "브르통은 자동기술적 텍스트를 해석하는 데 있어서 글쓰기의 행위를 무시하고, 담화 밖에 있는 심리적 실체를 알려고 함으로써 실패를 기록할 수밖에 없었다. 자동기술의 진정한 문제는 자동 현상이 아니라 글쓰기이다. 텍스트 안에서 읽을 수 있는 것은 글쓰기 이전의 주체성의 모습이 아니라 글 쓰는 행위 속에서 규정되는 주체의 모습이다. 글쓰기의 주체 이론은 주체와 글쓰기를 분리해서 생각할 수 없게 만든다."[21] 아바스타도는, 브르통이 자동기술의 방법을 글쓰기의 차원에서 받아들이지 않고 글쓰기를 넘어선 의미를 부여했기 때문에 자동기술의 시도가 실패한 것임을 지적한다. 글쓰기의 주체는 어디까지나 글쓰기의 행위와 함께 존재하는 것이지, 그 행위 이전에 존재하는 주체와는 구별되어야 한다는 것이다.

4. 자동기술적 시 분석

자동기술적 시는 본질적으로 의식의 통제를 떠난 무의식의 언어로 기술되는 시이며, 어떤 수정 작업도 허용되지 않는 자연발생적인 시라는 점에서, 인위적이거나 이성적인 말의 결합과는 다른 형태로 전개된다. 다시 말해 그것은 이성적이고 논리적인 문장과는 달리 모든

---

21 C. Abastado, "Ecriture automatique et instance du sujet," in *Revue des sciences humaines*, N°184, 1981, p. 74.

제1부 앙드레 브르통과 초현실주의

것이 유추적으로 결합되는 비논리의 흐름을 따른다. 그 흐름 속에서 말은 자유롭게 결합하고, 말을 통해서 보이는 풍경이나 표상도 그만 큼 거침없이 펼쳐진다. 브르통이 레몽 루셀에 대해서 말했듯이, "새로운 표상의 세계가 나타나도록 하기 위해서는 하나의 명사와 또 다른 하나의 명사가 그 무엇에 구속받을 필요 없이 결합되도록 할"[22] 수 있는 것이다. 그런 점에서 초현실주의자들이 이미지에 대해서, 특히 자의적인 이미지에 대해서 얼마나 많은 중요성을 부여했는지를 기억할 필요가 있다. 자동기술적 텍스트인 『자기장』과 「용해되는 물고기 Poisson soluble」의 시적 풍부성이 대부분 풍요로운 이미지들의 다양한 전개에 의존하고 있다는 것은 잘 알려진 사실이다. 다음의 두 예를 살펴보자.

어느 날, 거대한 두 날개가 하늘을 어둡게 덮고, 사방에는 사향 냄새 가득하여 질식해버릴 날이 오리라. 우리는 종소리를 듣고 두려운 마음 이 생기는 것을 얼마나 지겨워하고 있는지! 우리들 두 눈에 담긴 진짜 별들이여, 우리의 머리 주위로 한 바퀴 회전하는 시간은 언제인가? 그 대들은 곡마장 안으로 들어가지 않고 있었고, 태양은 경멸의 빛으로 만 년설을 녹인다. (「비치는 면이 없는 거울」)[23]

비와 나 사이에는 현란한 계약이 지나갔다. 그 계약을 기억하며 해가 떠 있을 때 종종 비가 온다. (「용해되는 물고기」)[24]

22 A. Breton, *L'amour fou*, Gallimard, 1937, pp. 116~17.
23 A. Breton & P. Soupault, *Les champs magnétiques*, p. 32.
24 A. Breton, *Manifestes du surréalisme*, p. 85.

제5장 자동기술과 초현실주의적 이미지

『자기장』에 실린 첫번째 인용문의 경우 기독교적인 주제를 담고 있는 듯, '날개' '하늘' '종소리' '별' 등의 어휘와 함께 불길한 이미지가 제시된다. '어둡게 덮다obscurcir' '질식시키다étouffer' 등의 어둡고 부정적인 동사들은 나쁜 징조를 나타내는 새의 날개와 같은 표현으로 그 색깔에 부정적 의미를 동반한다. 기독교의 종말론을 짐작할 수 있는 그날은 "질식"할 수밖에 없는 상태가 되겠지만, 진술자는 그 상태를 예견하며 신앙심을 표현하기보다 반항적인 어조로 "우리는 [……] 얼마나 지겨워하고 있는지"라고 말한다. "진짜 별"은 인간의 눈이고, 그만큼 하늘이 중요한 것이 아니라 인간이 중요하다는 인식을 엿볼 수 있다. 그러나 이러한 단정적 표현을 하고 나자 슬며시 불안감이 생긴다. 그래서 "머리 주위로 한 바퀴 회전"하는 것에 대해 물어본다. 머리와 눈이 분리되어 있는 느낌, 즉 분열의 의식과 동시에 세계와의 조화로움을 상실한 소외의식의 표현이 등장한다. "곡마장 안으로 들어가지 않고 있었다"라는 문장은 그러한 이탈과 소외감의 연속일 것이며, 그처럼 유배된 자의 의식에는 우주적인 조화로움과 통일성이 와해되어 '태양이 만년설을 녹이는' 상태가 도래되는 것이 아닐까? 두 번째 인용문에서는 '비'와 '나' 사이의 이상한 일체감으로, 해가 떠 있을 때도 비가 오는 기묘한 풍경을 보게 된다. 이러한 낯선 이미지들은 놀랍고 엉뚱한 세계를 보여주는 방법에 의존해 혹은 그러한 방법을 애호함으로써, 초현실주의는 이미지에 관한 한 이렇게 정의될 정도에 이른다.

초현실주의라고 불리는 악은 깜짝 놀랄 만한 이미지의 무절제하고

정열적인 사용이거나, 이미지 자체를 위해서 혹은 예측할 수 없는 혼란
과 변형의 표상 세계 안에서 그 이미지가 초래하는 대상을 위해 이미
지의 무한정한 도발을 정열적으로 구사하는 일이다.[25]

"깜짝 놀랄 만한 이미지stupéfiant image"의 사용으로 초현실주의의
이미지를 특징적으로 설명하려 한 이 글에서 이미지라는 말은 사실상
모호하다. 심리학이나 미학의 범주에서도 함께 사용되는 이 말은 지
각이나 인식과 관련된 심리적 내용을 가리키는 것일 수 있기 때문이
다. 심리적 표상이기도 하고 언어적 표현이기도 한 이러한 이미지는
환각적인 형태를 가리키기도 하고 현실에서 관계없는 요소들이 언어
의 결합을 통해서 제시되는 것일 수도 있다. 그러나 초현실주의에서
말의 이미지라고 했을 때는 이미지에 관한 여러 의미가 엄격히 구별
되지 않고, 환각적 이미지와 시적 표현으로 이루어지는 이미지가 포
괄적으로 사용되는 것이다. 초현실주의자들에게 그러한 이미지의 시
학을 형성하는 데 있어서 영향을 준 시인들은 로트레아몽, 랭보, 아폴
리네르, 르베르디 등이다. 특히 르베르디는 초현실주의 시인들이 이
미지 이론을 구축하는 데 크게 기여한 바 있다. 그렇다면 초현실주의
적 이미지의 논의에서 자주 언급되는 르베르디의 입장은 무엇일까?
「초현실주의 선언문」에서 르베르디의 이미지론은 두 번 나타나는
데, 그 논의의 문맥은 자동기술과 초현실주의를 정의 내리는 부분을
전후해서이다. 그만큼 르베르디의 이미지론은 초현실주의의 논의와
밀접한 관련성을 보여주고 있는 셈인데, 브르통이 르베르디의 이미

---

25 L. Aragon, *Le Paysan de Paris,* Gallimard, 1966, p. 83.

지에 대한 정의에 어떤 태도를 보이는가의 문제를 떠나서, 그만큼 그
것의 영향과 중요성은 주목을 요한다. 르베르디가 인용되는 첫번째
내용은 널리 알려진 대로 다음과 같다.

> 이미지는 정신의 순수한 창조물이다. 그것은 다소 멀리 떨어져 있는
> 두 현실체의 비교에서 생겨나는 것이 아니라, 두 현실체의 접근에서
> 생겨난다.
> 두 개의 연결된 현실체의 관계가 보다 거리가 멀고 적절한 것이 될
> 수록 이미지는 보다 더 강렬해지고 보다 더 감동의 힘과 시적 현실성
> 을 갖게 될 것이다.[26]

이 정의에 대해 브르통이 취한 입장을 논의하기에 앞서서 르베르
디의 정의를 자세히 파악해볼 필요가 있다. 르베르디가 이미지는 정
신의 창조물이라고 말했을 때, 그 이미지는 수사학적 비유(문학적 기
법으로서의 직유와 같은 것)나 시적 언어의 이론과 관련되는 기법처럼
한정된 것이 아니다. 그 이미지는 "귀납적인 것이 아니라 선험적인a
priori 것"[27]으로서, 어떤 기법이나 의식적인 탐구 과정에 의해서 만들
어진 결과가 아닌, 언어에서나 머릿속에서 예측할 수 없이 불쑥 솟구
쳐 오른 형태와 같다는 것이다. 그러나 브르통은 르베르디의 미학을
'귀납적'이라 단정한다. 결과를 원인으로 생각한 논리라는 것이다. 그
는 르베르디에게서 이미지가 왜 정신에 의해 만들어지는가 하는 점

---

26 A. Breton, *Manifestes du surréalisme*, p. 31.
27 P. Caminade, *Image et métaphore*, Bordas, 1970, p. 13.

을 문제 삼는다. 비판적인 측면에서 보자면, 이미지는 정신의 능동적 활동에서 생겨나는 것이 아니라, 시적인 수용 상태에 있는 인간에게 계시처럼 떠오를 수 있기 때문이다. 나중에 브르통이 반박한 견해가 바로 이런 점인데, 이것은 정신이 두 현실의 관계에 접근해 그것을 포착한다고 보는 르베르디의 입장과 상충되는 것이라 볼 수 있다. 르베르디는 그만큼 이미지 형성에 있어서 정신의 능동적 역할을 강조하지만, 여기서 사실상 '정신'을 이성적 사유에 가까운 것이라고 단정 짓기도 어렵다. 그것은 때로는 '꿈rêve'과 같은 의미로 쓰이기도 하기 때문이다.[28] 그러나 이러한 측면을 이해하지 않고, '정신'을 '꿈'과 대립적인 것으로 파악한 것은 결국 브르통이 르베르디를, 적어도 이미지론에 관한 한 넉넉하게 수용하려는 의도가 없었을 뿐 아니라, 이미지와 비이성적 상상력의 밀접한 관련성을 그만큼 강조하여 말하고 싶었던 것임을 알 수 있다.

여하간 르베르디는 이미지 형성에 있어서 정신의 능동적 역할을 강조한다. 그리하여 "다소 멀리 떨어져 있는 두 현실의 접근"에서 이미지가 발생한다고 본다. 왜 '비교'가 아니라 '접근'이라고 했을까? 가령, 보들레르의 「상응Correspondances」에서처럼 "어린아이의 살처럼 싱싱하고, 오보에처럼 부드럽고, 목장처럼 푸른 냄새"라는 비교의 표현은 이미지가 아니라는 것일까? 그렇지는 않다. 르베르디는 '~처럼'과 같은 비교의 의미를 완전히 배제한 것은 아니기 때문이다.[29] 그러나 이 문맥에서 이해될 수 있는 '두 현실의 접근'이란 comme보다 전

---

28 P. Reverdy, "La pensée c'est l'esprit qui pénètre, le rêve l'esprit qui se laisse pénétrer": *Nord-Sud, Self defence et autres écirts sur l'art et la poésie(1917-1926)*, Flammarion, 1975, p. 106 참조.
29 P. Reverdy, *Nord-Sud, Self Defence*: P. Caminade, *Image et métaphore*, p. 15에서 재인용.

제5장 자동기술과 초현실주의적 이미지

치사 à나 de, 혹은 être나 avoir 동사와 함께 결합된 표현들로 보는 것이 옳다. "암고양이 머리 모양의 이슬방울la rosée à tête de chatte"이라거나, "고사리의 머리카락cheveux de fougère"이 그러한 예들이다. 이것들은 대립된 두 현실의 정체성을 그대로 간직한 채 결합된 예이다. 문제는 그다음의 "두 개의 연결된 현실체의 관계가 보다 거리가 멀고 적절한 것이 될수록"이라는 부분이다. 끊임없는 논란을 불러일으킬 수 있는 요소는 결국 '멀고 적절한' 것의 기준이 무엇인가 하는 점이다. 르베르디는 이것에 대해 정확히 규명하지는 않았지만, "장미의 손가락이 있는 새벽l'aurore aux doigts de rose"과 같은 표현이 예가 될 수 있을 것이다. 여기서 '새벽' '장미' '손가락'은 멀리 떨어진 현실체에 해당되는 요소들로 간주되기 때문이다. 그러나 그 현실체들이 멀리 떨어져 있다고 보는 견해는 어느 정도 의도성이 담긴 주관적인 판단으로 보인다. 현실의 요소들이 별개의 것이라거나, 거리가 있다고 말할 수 있는 근거가 객관적으로 확인된다 하더라도, 그 거리의 멀고 가까움이나 정확한 관계를 측정하는 기준은 다분히 주관적일 수 있다.

브르통은 「초현실주의 선언문」에서 르베르디의 이미지 정의가 대단히 계시적이었다고 밝히는 한편, 그러나 그의 미학이 귀납적이고 결과를 원인으로 생각한 점 때문에 동조할 수 없다고 말한다. 그는 르베르디식으로 이미지를 생각하면, 우연적으로 떠오른 이미지들을 기존의 어떤 문학적 기준에 따라 분류하게 되지 않을까 하는 우려를 표현한다. 분류한다는 것은 그만큼 가치판단이 전제된다는 것을 뜻하기 때문이다. 그는 또한 멀리 떨어진 두 현실체를 연결시키는 데 관여하는 의지의 역할을 문제시하기도 한다. 자동기술을 발견한 브르통으로서는 이미지 형성에 있어서 의지의 역할을 거부할 뿐 아니라, 그 이미지를 이루는 두 현실의 관계를 포착하는 정신의 역할에 동의할 수 없었을 것이다. 그런 점 때문에 그는 르베르디에게 중요한 '적절함'이라는 개념 대신에 '임의성이나 자유로움'을 더 강조한다.

「초현실주의 선언문」에서 두번째로 르베르디가 언급·논의되는 대목은 그 선언문의 결론을 말하는 네 개의 주장 가운데 첫번째 주장에 서이고, 그것의 요지는 결국 초현실주의적 이미지가 무엇이고 초현실주의적 이미지를 어떻게 만드는가의 문제이다. 브르통은 초현실주의가 "몇몇 사람의 소유물이 될 수 없는 새로운 악으로 나타나고 있음"을 말하고, 초현실주의적 이미지는 "자연발생적으로 또는 강제적으로 떠오르는 아편의 이미지와도 같은 것"[30]임을 강조한다.

> 이미 인용한 르베르디의 정의에 만족한다면, 그가 이른바 "거리가 먼 두 개의 현실체"라고 명명한 것을 자발적으로 접근시킬 수 있으리라고 는 생각되지 않는다. 그 접근이 이루어지는가, 혹은 이루어지지 않는가 만이 문제일 뿐이다. 다음과 같은 이미지들을 살펴보자.

> 냇물 속에 흐르는 노래가 있다
> Dans le ruisseau il y a une chanson qui coule

> 혹은

> 햇빛은 하얀 식탁보처럼 펼쳐졌다

---

30 A. Breton, *Manifestes du surréalisme*, p. 45.

Le jour s'est déplié comme une nappe blanche

혹은

세계가 가방 속으로 다시 들어간다
Le monde rentre dans un sac

이러한 이미지들이 르베르디에게 있어서 조금이라도 숙고된 것이라고 생각하기를 나는 단호히 부정하고자 한다. 내 생각으로 "정신이 현존하는 두 현실체의 관계를 포착했다"는 주장은 거짓이다. 정신은 처음부터 아무것도 의식적으로 포착하지 못했다. 우리가 지극히 민감하게 느끼는 한 줄기의 특수한 빛, 이미지의 빛이 솟구쳐 오르는 것은 말하자면 두 단어의 우연적 접근을 통해서이다. 이미지의 가치는 이렇게 해서 얻은 불꽃의 아름다움에 의해 좌우되는 것이며, 그것은 두 개의 전도체 사이에서 발생되는 전위차電位差에 따라 결정된다. 그 차이가 비교에서처럼 거의 존재하지 않게 될 때, 불꽃은 일어나지 않는다.[31]

브르통이 이렇게 표현하는 이미지의 기능은 그것의 충격적 효과를 통해 불러일으킬 수 있는 혼란의 힘과 감동의 폭을 크게 부각하는 데 있다. 그것들은 이미지가 즉각적으로 발휘하는 계시적 성격과 결부되는 것이어서 그러한 이미지의 특징을 효과적으로 설명하기 위해 브르통은 방전la décharge électronique과 같은 어휘로 갑작스럽게 전류

31 같은 책, p. 45.

　　　　　제1부 앙드레 브르통과 초현실주의

나 전광이 들어오는 현상에 비유한 것이다. 여기서 이미지란 결코 직유나 은유, 환유와 같은 수사학적 차원에서의 수식이 아님은 물론이다. 사실상 시적인 의미에서 이미지의 효과 문제는 적어도 「초현실주의 선언문」을 쓸 당시의 브르통의 관심사는 아니었다. 브르통은 르베르디의 이미지에 관한 정신의 의지적 측면을 비판함으로써 시적 상상력에 있어서 의지적인 개입의 요소를 단호히 인정하지 않으려 했다. 이미지를 창조하는 데 있어서 또는 시적 상상력의 차원에서 능동적이고 의지적인 측면의 배제는 「초현실주의 선언문」에서 눈에 띄게 강조하는 요소이지만, 그러한 주장이 완전한 것은 아니다. 가령 브르통이 로트레아몽의 시에서 예를 든 것 중에 "성장의 성향이 분자의 양에 비례하지 않는 성인들에게서 심장의 발육 정지 법칙처럼 아름다운"[32]이라는 표현을 생각해볼 경우, 그렇게 표현하려는 의식적 노력 없이 그러한 표현이 가능했으리라고는 믿기 어렵다. 또한 브르통의 유명한 시, 「자유로운 결합」에서 '나의 아내'의 계속되는 반복적 표현과 육체의 부분들에 대한 꼼꼼하고 다채로운 변화의 이미지들이 어떤 시적인 의도로 만들어진 것이라 하더라도, 인위적인 이미지라는 이유에서 그것의 한계와 결함을 말할 수는 없을 것이다. 그 이미지가 의식적으로 만든 것이냐 아니냐의 문제보다 그것이 어떤 효과와 의미에서 힘이 있고 강렬한 이미지인가를 설명하는 일이 더 중요할 것인데, 브르통은 임의성l'arbitraire의 정도가 높은 이미지가 강렬하다는 것을 강조하고 싶어 한다. 임의성이 높을 때, 모순적인 관계의 요소들이 거침없이 결합되고, 의식적인 효과나 결과에 대한 기대

32 같은 책, p. 47.

와 예측을 완전히 벗어나며, 추상적인 것과 구체적인 것의 결합, 혹은 터무니없는 역설, 환각적 연상 등 모든 것이 더 용이할 수 있으리라고 생각한 것이다.

브르통은 「초현실주의 선언문」에서 상이한 두 현실체를 자유롭게 결합하여 이루어진 특징적인 이미지들을 열거하는데, 여기서 그러한 이미지들 중 특히 주목되는 특징을 두 가지로 정의해보자. 첫째는 두 개의 현실체의 연결 방법이 반드시 de, à, comme, être와 같은 전치사 혹은 속사의 요소들을 포함하지는 않는다는 것이다. 가령 비트라크의 시에서 "불이 붙은 숲에는/사자들이 생기 있었다"[33]와 같은 구절을 예로 들어보면, 두 가지 모순된 요소들이 어떤 전치사의 연결 없이도 잘 결합되어 있음을 알 수 있다. 여기서 '불'과 '생기' 사이에는 유추적인 연결이 가능하더라도 의미상의 대립이 있고, 문맥의 현실적인 논리로 보아도 쉽게 결합될 수 없는 것이다. 또한 대립되거나 모순된 요소들이 그 어떤 문법적 수단에 의존하지 않고도 결합되는 경우와 달리, 장소를 뜻하는 보어의 도움으로, 그러나 현실적인 장소가 아닌 기표적인 언어 공간을 통해서 두 현실체가 연결되는 경우가 있다. 그것이 바로 "로즈 셀라비Rrose Sélavy[34]의 꿈속에서 밤이 되면 빵을 먹으러 오는 우물가에서 나온 난쟁이가 있다"[35]와 같은 예일 것이다. 이처럼 두 개의 현실체는 미리 존재하는 것이 아니라 그 연결의 갑작스럽고 자연발생적인 행위를 통해서 이루어진다. 두번째로 de로 연

---

33 같은 곳.
34 발음대로 읽으면 '장밋빛 인생'이라는 뜻으로 해석될 수 있는 이 말은 마르셀 뒤샹이 말장난으로 만든 그의 가명이다.
35 A. Breton, *Manifestes du surréalisme*, p. 47.

결되는 이미지의 인습적인 골격, 즉 두 개의 항목이나 관계가 그대로 유지되더라도 그 연결 관계의 존재가 그대로 관계의 안정성과 관계 형성을 보장해주지는 않는다는 점이다. 가령 "샴페인의 루비le rubis du champagne"[36]라는 표현은 양자 사이의 관계가 색깔이나 광채로 연결되어 쉽게 이해할 수 있는 것이라 하더라도, 앞에서 예를 들었던 "성장의 성향이 분자의 양에 비례하지 않는 성인들에게서 심장의 발육 정지 법칙처럼 아름다운"이라는 로트레아몽의 상상을 초월한 표현처럼 그것의 구체적 표상을 떠올리기는 불가능한 것도 있다. 이 경우에 '처럼'이라는 연결사가 있더라도 이 표현은 비유하는 것과의 연결 관계를 뚜렷이 하기보다 오히려 더 모호하게 만드는 효과를 갖는다.

두 개의 현실체가 결합되는 시적 방식은 다양할 수 있다. 어떤 것은 언어의 의미론적이거나 음성학적인 연결 관계로 나타날 수 있고, 어떤 것은 사물의 유사성에 착안하여 그것을 토대로 혹은 그것을 왜곡시켜 만들어지는 것일 수도 있다. 「초현실주의 선언문」에서는 이러한 내용을 상세히 검토하고 있지는 않지만, 결국 이러한 이미지는 어떤 대상을 표현하는 것이 아니라, 그것 자체가 대상이 되는 이미지, 즉 상상적인 것이 현실화되는 창조적 이미지가 초현실주의적 이미지의 한 특징임을 알 수 있다.

36 같은 곳.

5. 자동기술의 실험과 새로운 세계인식

「초현실주의 선언문」이 발표되기 몇 달 전에 쓴 「현실의 왜소성에 대한 서설Introduction au discours sur le peu de réalité」에서, 브르통은 이 세계의 범용성이나 협소함은 세계에 대해 우리들이 갖고 있는 언술의 힘le pouvoir d'énonciation이 그만큼 빈약하기 때문이며,[37] 시적 이미지의 현실성은 일상적 세계의 현실성보다 열등한 것이 아니라고 말한다. 여기서 언급되는 진술의 힘이나 시적 이미지의 현실성은 거의 등가적인 것으로 보인다. 그러므로 시적 이미지의 현실성이 강하면 강할수록 진술의 힘은 커지고, 그것은 관습적 현실의 틀을 넘어서는 한편, 그만큼 세계를 풍요롭고 확대시켜 인식하고 받아들이는 방법이 될 것이다. 언어를 통해 그러한 이미지를 만들어낼 때, 언어는 이성적 혹은 실증주의적 해석에 의해 부정되었던 욕망의 힘을 해방시킬 수 있고, 또한 직접적인 현실의 필요성이나 여러 속박의 틀로부터 정신을 해방시킬 수 있다. 초현실주의적 이미지는 일상적 세계의 한계를 파열하고 그 영역을 확대함으로써 이성적으로 인식되는 세계의 한계를 넘어서서 그야말로 새로운 세계를 창조하는 방법이 된다. 이러한 방법과 관련된 해방의 힘은 인간을 현실의 예속된 상태에서 분산되거나 분리된 개인이 아닌, 완전한 인간을 회복하고 지향하는 것이며, 또한 이 세계의 전체적인 변혁의 필요성을 강조하는 것이 되기도 한다. 그런 점에서, 초현실주의적 이미지는 현실 세계의 논리를 거부하고 초현실적 세계를 구성함으로써 새로운 세계인식을 표현하

---

37 A. Breton, *Point du jour,* p. 22.

는 방법이 될 수 있다.

　브르통이 시도한 자동기술의 실험이 시적 창조에 대한 관심에서 만들어진 것이 아니었고, 그 결과가 브르통의 관점에서 만족스럽게 실현되지 못했다 하더라도, 자동기술을 통해 무엇보다 풍부한 이미지를 만들어낼 수 있었다는 사실은 부인할 수 없다. 초현실주의적 이미지는 결국 무정부주의적 시의 자유로움을 통해 모든 대립이 소멸되어 현실적인 것과 상상적인 것이 모순되게 인지되지 않는 세계를 창조하려 한다는 점에서 그 의미를 찾을 수 있다. 물론 그 이미지는 글쓰기 이전부터 시인이 갖고 있었던 의지를 떠나 글쓰기의 행위 속에서 태어나는 것이며, 그 이미지를 받아들이고 꿈꾸는 독자의 주관적인 독서 행위 속에서 생동하고 변형되기도 한다. 다시 말해서 초현실적 이미지는 물질을 역동화하고, 사고를 물질화하면서 사고와 물질의 경계를 지우고 인간과 세계를 자유롭게 소통시키는 상상력의 출발점이다. 초현실주의적 이미지의 폭발적 힘은 새로운 세계를 창출하는 시적 가치에 다름 아니다.

제6장
「자유로운 결합」과 초현실주의 이미지의 사용법

1. 초현실주의의 욕망과 사랑

「초현실주의 선언문」은 꿈과 상상력뿐 아니라 욕망의 중요성을 강조한다. 욕망은 인간을 변화시킬 뿐 아니라, 자유를 구속하는 모든 굴레로부터 인간을 해방시킬 수 있기 때문이다. "일을 꾸미는 것도 인간이고, 그 일을 성공하게 만드는 것도 인간이다. 욕망을 자유롭게 하는 것, 말하자면 무서운 욕망의 무리들을 매일같이 무정부 상태로 있게끔 하는 것이야말로 인간이 해야 할 일이다."[1] 브르통은 "일을 꾸미는 것은 인간이지만, 그 일이 되고 말고는 하늘의 뜻이다 L'homme propose, Dieu dispose"라는 문장을 패러디하여, 욕망을 절제하기보다 해방시켜야 한다는 것을 역설한다. 욕망은 범죄와 방종의 원인이 될 수도 있다. 그러나 초현실주의에서 욕망의 힘은 무엇보다 예술작품의 근원적 동기로 작용하여 상상력과 창조력의 원천을 이룬다. 브르통은 「초현실주의 선언문」 이전에 「오만한 고백La confession

---

1 A. Breton, *Manifestes du surréalisme,* Jean-Jacques Pauvert, 1972, p. 28.

dédaigneuse」에서도 "세계에 도전하기 위한 방법으로는 욕망밖에 없다"[2]라고 쓴 바 있다. 또한 「초현실주의 선언문」 이후 10년이 경과해서도 "욕망, 세계의 유일한 원동력Le désir, seul ressort du monde"[3]이라고 욕망을 정의한다. 여기서 욕망은 인간의 행동뿐 아니라 자연 세계의 활동에서도 심층적으로 작용하는 원리이다. 인간의 욕망과 자연 세계의 활력 또는 생명력은 동일한 것으로 이해될 수 있기 때문이다.

욕망은 기본적으로 에로스처럼 성적이다. 브르통은 인간에게서 성적 본능의 역할을 강조한 프로이트와 일치된 견해를 보인다. 물론 초현실주의자들의 무의식적 욕망의 개념과 정신분석의 욕망의 개념은 다르다. 초현실주의는 프로이트의 '범성욕주의pansexualism'와 일치하기보다 오히려 대립하는 것이기 때문이다. 브르통은 단순히 본능을 해방시켜야 한다고 주장하는 것이 아니며 그것을 의식의 표면으로 떠오르게 하는 문제에 관심을 보이지도 않는다. 그에게 중요한 것은 본능 혹은 욕망을 상상계의 차원에서 '정신력la force psychique'과 통합하는 일이다. 초현실주의에서 사랑이 중요한 것은 그것이 욕망의 표현이기 때문이다. 사랑은 온전히 성적 감정에서 출발한다. 브르통에게 욕망이 없는 순수한 사랑은 존재하지 않는다. 그 사랑은 육체적인 사랑이다. 사랑의 욕망은 인간의 내면 속에 잠재해 있다가 적절한 대상을 만나면 그쪽으로 집중되는 성향을 보이기 마련이다.

욕망의 대상은 초월적 존재가 아니라 현실의 인간이다. 그것은 내재적 경험 속에 존재한다. 욕망은 금기를 모른다. 그렇기 때문에 욕망

2 A. Breton, "La Confession dédaigneuse," in *Les Pas Perdus*, Gallimard, coll. Idées, 1974, p. 8.
3 A. Breton, *L'amour fou*, Gallimard, 1937, p. 129.

은 모든 도덕적 규범과 관례를 무시하고, 욕망을 검열하는 사회적 속박으로부터 해방되려는 성향을 보인다. 욕망의 표현은 부끄러운 것이 아니다. 초현실주의자들은 욕망의 사랑을 감춰야 할 문제로 보지 않고, 공개적인 논의의 대상으로 삼아야 한다는 것에 동의했다. 「초현실주의 선언문」 이후 간행된 『초현실주의 혁명』 11호(1928년 3월 15일 발간)에는 「성생활에 대한 탐구」라는 제목 아래 초현실주의자들의 성 혹은 성행위에 관한 다양한 질문과 대답을 수록한다. 또한 「초현실주의 제2선언문」에서 브르통은 사랑에 대한 믿음을 혁명적 태도와 같은 것으로 해석하고, 그 당시의 상황에서는 사랑밖에 다른 해결책이 없다는 듯이 사랑을 이상화하기도 한다. 이 시기에 나온 『초현실주의 혁명』 12호(1929년 12월 15일)는 초현실주의 그룹의 구성원들에게 다음의 질문들을 제시한다.

  1. 당신은 사랑에 어떤 희망을 갖는가?
  2. 사랑에 대한 상념에서 사랑하는 행위로의 변화를 어떻게 생각하는가? 당신은 의도적이건 아니건 간에 사랑을 위해 당신의 자유를 희생할 수 있는가? 당신은 그렇게 희생한 경험이 있는가? 지금까지 당신이 반드시 지켜야겠다고 생각한 어떤 대의를 희생하면서까지 사랑을 존중한다는 것에 동의할 수 있는가? 당신이 사랑에 대한 확신을 완전히 인정함으로써 앞으로 당신의 미래가 나쁘게 되더라도 그런 희생을 감당할 수 있겠는가? 당신은 어떤 사람이 사랑하는 여자의 마음에 들기 위해서 자기의 신념을 배반하는 사람을 어떻게 생각하는가? 그와 같은 증거는 요구할 수 있는가? 얻어낼 수 있다고 생각하는가?
  3. 당신은 사랑하는 사람의 부재가 어느 정도 사랑을 고양시킬 수 있

다는 것을 알면서, 그러한 계산의 보잘것없음을 깨닫고 얼마 동안 사랑하는 사람이 떠나 있도록 할 권리를 인정할 수 있는가?

4. 당신은 비천한 삶에 대한 멋진 사랑의 승리와 멋진 사랑에 대한 비천한 삶의 승리, 그 둘 중에서 무엇을 신뢰하는가?

이러한 질문들은 초현실주의자들에게 사랑에 대한 분명한 태도를 촉구할 뿐 아니라, 타인과의 관계, 사회적이거나 정치적인 태도 등 모든 행동을 돌아보게 만드는 계기가 되었다고 할 수 있다. 결국 사랑의 주제는 초현실주의자들 사이에서 발생한 이념적인 갈등을 다원적으로 해결할 수 있는 방법이 되었다. 사랑은 이와 같은 논의를 거쳐서 중요한 문제로 부각된다. '성'과 사랑 혹은 사랑의 행위에 관한 초현실주의자들의 관심이 『초현실주의 혁명』 11호와 12호에서 표면화했을 무렵, 브르통은 「자유로운 결합」을 쓴다.

2. 「자유로운 결합」 전문 분석

「자유로운 결합L'union libre」은 브르통의 대표적 시로 꼽을 수 있을 뿐 아니라 초현실주의의 뛰어난 시적 성취로 평가되는 작품이다. '내 아내Ma femme'가 모든 시행의 앞에서 신도송la litanie의 반복적 형태처럼 배열된 이 시는 아내의 '머리칼' '생각'에서부터 '성기'와 '눈'에 이르기까지 신체의 모든 부분들이 아름답고 풍요로운 이미지들로 표현된다. 그러니까 '내 아내'는 고정되어 있고, '내 아내'가 소유하는 '아름다운 것들'이 무한히 변주되어, 「초현실주의 선언문」에서 브르통이 강조했듯이 초현실적 이미지의 풍성한 전개를 볼 수 있는 것이다. 그녀가 소유하는 '아름다운 것들'의 묘사는 신체의 위쪽에서 아래쪽으로 내려오다가 이 시의 끝부분에 이르러서는 다시 위쪽으로 올라간다. 그러니까 「자유로운 결합」은 여자의 육체에 대해 욕망을 느끼는 남자의 시선이 옷을 입은 여자의 모습(머리, 손, 허리, 다리)에서 옷을 벗은 여자의 모습(가슴, 배, 등, 엉덩이)으로 옮겨 가는 것을 보여준다. 물론 시선의 이동만 있는 것은 아니다. 화자의 손과 입의 감각적 체험과 변화가 뒤따르기도 한다. 이 과정에서 독자는 '내 아내'에 대한 화자의 시선과 동작의 이동에 따라 경이로운 초현실주의적 이미지들을 경험할 수 있다. 두 사람이 연출하는 사랑의 행위가 절정에 이르렀음을 암시하는 끝부분은 '나'와 '내 아내'의 두 눈이 마주치는 장면으로 마감된다. 우선 시 전문을 들여다보자.

내 아내의 머리칼은 불타는 숲
생각은 뜨거운 불꽃
허리는 모래시계
내 아내의 허리는 호랑이 이빨 사이의 수달
내 아내의 입은 최고의 광도光度로 빛나는 별의 화환과 꽃 장식
치아는 깨끗한 땅 위의 하얀 생쥐의 흔적
혀는 연마된 호박琥珀과 유리
내 아내의 혀는 칼에 찔린 제물
눈을 떴다 감았다 하는 인형의 혀
경이로운 보석의 혀
내 아내의 속눈썹은 어린애 글씨로 그은 선

눈썹은 제비 둥지 가장자리

내 아내의 관자놀이는 온실 지붕 슬레이트와

유리창에 서린 김

내 아내의 어깨는 샴페인과

얼음 아래 돌고래 머리의 샘물

내 아내의 손목은 성냥개비

내 아내의 손가락은 우연과 하트 에이스

베어놓은 건초의 손가락

내 아내의 겨드랑이에 담비와 너도밤나무 열매

세례 요한 축제일 밤의

쥐똥나무와 조개 둥지

팔은 바닷물과 수문의 거품

밀과 방아의 혼합

내 아내의 다리는 시계와 절망의

움직임이 있는 불꽃

내 아내의 장딴지는 딱총나무의 힘

내 아내의 발은 이니셜

열쇠 꾸러미의 발 술 마시며 배의 틈을 메우는 일꾼

내 아내의 목은 엉성한 모양의 보리

내 아내의 가슴은 황금빛 계곡

격류의 하상에서 만나는 장소

밤의 유방

내 아내의 유방은 바닷가 작은 언덕

내 아내의 유방은 루비의 도가니

제6장 「자유로운 결합」과 초현실주의 이미지의 사용법

이슬 맺힌 장미의 스펙트럼이 있는 유방

내 아내의 배는 일상의 부채가 펴지는 모양

거대한 발톱의 배

내 아내의 등은 수직으로 날아오르는 새

수은의 등

빛의 등

목덜미는 굴러가는 돌과 축축한 백악

방금 마신 술잔의 떨어짐

내 아내의 허리는 작은 배

광택과 화살 깃의 허리

하얀 공작의 깃털 줄기

감지되지 않는 균형

내 아내의 엉덩이는 도자기와 석면

내 아내의 엉덩이는 백조의 등

내 아내의 엉덩이는 봄

글라디올라스의 성기

내 아내의 성기는 금광상金鑛床과 오리너구리

내 아내의 성기는 해조류와 오래된 봉봉 사탕

내 아내의 성기는 거울

내 아내의 눈은 눈물이 가득

보라색 무기와 자기磁氣를 띤 바늘의 눈

내 아내의 눈은 사바나

내 아내의 눈은 감옥에서 마시는 물

내 아내의 눈은 언제나 도끼 아래 있는 나무

물의 차원 공기와 땅과 불의 차원의 눈

Ma femme à la chevelure de feu de bois

Aux pensées d'éclairs de chaleur

A la taille de sablier

Ma femme à la taille de loutre entre les dents du tigre

Ma femme à la bouche de cocarde et de bouquet d'étoiles de dernière

grandeur

Aux dents d'empreintes de souris blanche sur la terre blanche

A la langue d'ambre et de verre frottés

Ma femme à la langue d'hostie poignardée

A la langue de poupée qui ouvre et ferme les yeux

A la langue de pierre incroyable

Ma femme aux cils de bâtons d'écriture d'enfant

Aux sourcils de bord de nid d'hirondelle

Ma femme aux tempes d'ardoise de toit de serre

Et de buée aux vitres

Ma femme aux épaules de champagne

Et de fontaine à têtes de dauphins sous la glace

Ma femme aux poignets d'allumettes

Ma femme aux doigts de hasard et d'as de coeur

Aux doigts de foin coupé

Ma femme aux aisselles de martre et de fênes

De nuit de la Saint-Jean

De troène et de nid de scalares

Aux bras d'écume de mer et d'écluse

Et de mélange du blé et du moulin

Ma femme aux jambes de fusée

Aux mouvements d'horlogerie et de désespoir

Ma femme aux mollets de moelle de sureau

Ma femme aux pieds d'initiales

Aux pieds de trousseaux de clés aux pieds de calfats qui boivent

Ma femme au cou d'orge imperlé

Ma femme à la gorge de Val d'or

De rendez-vous dans le lit même du torrent

Aux seins de nuit

Ma femme aux seins de taupinière marine

Ma femme aux seins de creuset du rubis

Aux seins de spectre de la rose sous la rosée

Ma femme au ventre de dépliement d'éventail des jours

Au ventre de griffe géante

Ma femme au dos d'oiseau qui fuit vertical

Au dos de vif-argent

Au dos de lumière

A la nuque de pierre roulée et de craie mouillée

Et de chute d'un verre dans lequel on vient de boire

Ma femme aux hanches de nacelle

Aux hanches de lustre et de pennes de flèche

Et de tiges de plumes de paon blanc

De balance insensible

Ma femme aux fesses de grès et d'amiante

Ma femme aux fesses de dos de cygne

Ma femme aux fesses de printemps

Au sexe de glaïeul

Ma femme au sexe de placer et d'ornithorynque

Ma femme au sexe d'algue et de bonbons anciens

Ma femme au sexe de miroir

Ma femme aux yeux pleins de larmes

Aux yeux de panoplie violette et d'aiguille aimantée

Ma femme aux yeux de savane

Ma femme aux yeux d'eau pour boire en prison

Ma femme aux yeux de bois toujours sous la hache

Aux yeux de niveau d'eau de niveau d'air de terre et de feu.

이 시를 분석하기 전에 먼저 생각해야 할 것은 제목이 왜 '자유로운 결합'인가 하는 점이다. 본래 '자유로운 결합'은 '합법적인 결혼'과는 달리 '내연 관계'를 뜻한다. 이것은 교회에서 하느님 앞에 서약하는 결혼도 아니고 시청에서 친지들이 지켜보는 자리에서 치르는 결혼식도 아니다. 사전적인 정의에 의하면, '내연'은 남녀가 혼인신고를 하지 않고 사실상의 부부 생활을 하는 관계를 의미한다. 그런데 이 시의 주제는 '내연'이 아니라 사랑의 행위이다. 다시 말해서 사랑의 자유로운 결합인 것이다.

여자의 '불타는 숲'과 같은 머리카락의 묘사로부터 시작하여 자연 혹은 우주의 4원소(물, 불, 공기, 흙)를 눈에 비유한 것으로 끝나는 이 시는 여성의 정신과 육체의 아름다움을 존재론적으로 찬미한 시라고 할 수 있다. 그렇다면 '자유로운 결합'은 사랑의 자유로운 결합이라기보다 시적 이미지의 자유로운 결합에 가까운 것으로 볼 수 있다. 브르통에 의하면 사랑과 시는 대상에 대한 욕망의 표현이라는 점에서 일치하고 양자의 관계는 상호적으로 연결된다. 「산 로마노로 가는 길에서Sur la route de San Romano」에서처럼, "시는 사랑처럼 침대에서 만들어진다La poésie se fait dans un lit comme l'amour"고 일컬어지기 때문이다. 여기서 시는 초현실주의적 이미지의 시이다. 어떤 의미에서 초현실주의 시인들에게 사랑의 행위는 시를 쓰는 것과 같다고 할 수 있다. 이런 전제에서 이 시를 꼼꼼히 읽어보자.

> 내 아내의 머리칼은 불타는 숲
> 생각은 뜨거운 불꽃

이 두 행에서 '머리칼'과 '생각'은 공통적인 불의 이미지로 표현된다. '불'은 시각적이고 촉각적이며 또한 상징적이다. 무엇보다 '불'은 뜨거운 사랑의 시작을 의미한다. 3~4행에서는 '허리'를 "모래시계"와 "호랑이 이빨 사이의 수달"로 묘사하는데, 이는 포옹하고 입맞춤을 나눌 때 여자가 취하는 몸짓을 나타낸 것으로 볼 수 있다. 그러니까 입과 혀와 치아의 표현은 사랑의 행위가 입맞춤으로 옮겨 갔음을 짐작하게 한다.

내 아내의 관자놀이는 온실 지붕 슬레이트와

유리창에 서린 김

내 아내의 어깨는 샴페인과

얼음 아래 돌고래 머리의 샘물

이 인용문에서 "온실 지붕 슬레이트" "유리창에 서린 김"은 연약한 뼈와 피부결에 대한 은유이다. '어깨'를 샴페인에 비유한 것은 시인이 하얀 거품과 금빛의 액체를 연상했기 때문이다. 그다음에 "얼음 아래 돌고래 머리의 샘물"이라는 표현을 '차가운 샘물'의 이미지로 단순화한다면, 이것은 가운데가 볼록 나온 매끄러운 피부의 묘사로 이해할 수 있다.

내 아내의 손가락은 우연과 하트 에이스

베어놓은 건초의 손가락

여기서 '우연'과 '하트 에이스'는 별개의 것으로 보인다. '우연'은 '위험'과 같다. 'être au hasard'는 '위험에 처하다'라는 뜻이다. 이것은 여자의 '손'이나 '손가락'이 저항의 힘을 잃었다는 의미로 해석될 수 있다. 또한 '하트 에이스'는 트럼프 카드의 '하트 에이스' 모양의 손톱을 의미하는 것으로 보인다. 그 다음 행에서 '베어놓은 건초'는 감미로운 냄새와 함께 어느 가을날 베어놓기 전의 건초와는 다르게 뻣뻣하지 않고 부드러운 느낌을 준다.

내 아내의 겨드랑이에 담비와 너도밤나무 열매

세례 요한 축제일 밤의

쥐똥나무와 조개 둥지

팔은 바닷물과 수문의 거품

밀과 방아의 혼합

"세례 요한 축제일 밤"은 어둠을 연상시키기보다 어둠 속에서의 불꽃이나 불빛을 떠오르게 한다. '겨드랑이'의 털은 이 시의 1행에 나오는 '불타는 숲'의 머리칼 및 불의 이미지와 조화로운 일치를 보인다. '담비'는 족제비과에 속하는 빛깔이 고운 동물이다. 담비의 가죽은 고급 물품으로 알려져 있다. 그만큼 그것은 아름답고 부드럽다는 뜻이다. '너도밤나무 열매'의 껍질은 선인장처럼 가시로 덮여 있다. '조개 둥지'는 조개처럼 보이는 둥지를 의미한다. 또한 '팔'은 "바닷물과 수문의 거품"처럼 솟구쳐 오르는 형태로 묘사되고, "밀과 방아의 혼합"처럼 조화로운 움직임을 연상케 한다. 화자의 애무하는 손길은 이런 식으로 이동하면서 다양한 초현실주의적 이미지를 생성한다.

내 아내의 등은 수직으로 날아오르는 새

수은의 등

빛의 등

목덜미는 굴러가는 돌과 축축한 백악

방금 마신 술잔의 떨어짐

내 아내의 허리는 작은 배

광택과 화살 깃의 허리

하얀 공작의 깃털 줄기

감지되지 않는 균형

화자의 손길은 여자의 등을 미끄러지듯 쓰다듬으며 수직으로 거슬러 올라간다. 여자의 등은 "수직으로 날아오르는 새"처럼 가볍다. 그것은 동시에 전류가 흐르는 듯 몸을 떨며 전율한다. '수은'과 '빛'의 은유는 전기가 통한다는 것을 짐작하게 한다. 그다음에 화자의 손길은 등을 지나 목덜미로 올라간다. "축축한 백악"은 땀에 젖은 피부를 나타낸다. "굴러가는 돌"과 "술잔의 떨어짐"은 마치 영화의 한 장면처럼 화자의 손길이 위에서 아래쪽으로 급격히 내려왔음을 의미한다. "작은 배" "광택과 화살 깃" "감지되지 않는 균형"은 애무의 행위가 서두르는 일 없이 조화롭고 안정감을 느낄 수 있다는 말이다. 조용한 강물에 '작은 배'가 떠 있다면, 그 배는 흔들림이 크지 않을 것이기 때문에 그녀의 몸짓은 "감지되지 않는 균형"일 수 있다. 화자의 손과 입은 '내 아내'의 '엉덩이'와 '성기' 쪽으로 이동한다. '엉덩이'는 "도자기와 석면" "백조의 등" "봄"으로 하얀색과 봄날에 물오른 나뭇가지 혹은 수액이 가득 찬 나무눈을 연상시킨다. "글라디올라스의 성기"는 성기를 아름다운 붉은색의 꽃으로 묘사한 것이면서 동시에 앞에서 '겨드랑이'와 관련된 "세례 요한 축제일 밤"의 불꽃과 '머리칼'의 "불타는 숲"과 연결된다.

> 내 아내의 성기는 금광상金鑛床과 오리너구리
> 내 아내의 성기는 해조류와 오래된 봉봉 사탕
> 내 아내의 성기는 거울

우선 성기의 은유로 동원된 '금광상'은 금이 묻혀 있는 광상을 뜻한다는 점에서 금을 발굴하는 광부를 연상시킨다. 또한 '오리너구리'는 포유동물의 부드럽고 평평한 입과 음순의 유사성에서 비롯된 표현이다. '해조류'와 '봉봉 사탕'은 각각 화자의 시각적인 형태와 미각적인 느낌을 표현한다. 이제 사랑의 행위는 절정에 이른 듯하다.

> 내 아내의 눈은 눈물이 가득
> 보라색 무기와 자기磁氣를 띤 바늘의 눈
> 내 아내의 눈은 사바나
> 내 아내의 눈은 감옥에서 마시는 물
> 내 아내의 눈은 언제나 도끼 아래 있는 나무
> 물의 차원 공기와 땅과 불의 차원의 눈

이 시는 위와 같이 '눈'에 대한 묘사로 끝난다. 사랑의 행위는 연인들에게 육체적 합일과 정신적 일체성을 갖게 한다. 그러니까 '눈'의 묘사 앞에 '거울'의 이미지가 삽입된 것은 그러한 일치와 상응 관계를 나타내기 위한 것으로 해석된다. 여기서 '눈'은 슬픔에 민감한 '눈물'로, 힘을 뜻하는 '무기'로, 그리고 날카로움의 '바늘'로 표현된다. 또한 '눈'은 사막의 희망인 대초원이기도 하고 "감옥에서 마시는 물"이기도 하다. 이 물은 감옥에 갇힌 사람 혹은 절망에 빠진 사람에게 위안과 희망을 주는 생명의 샘물인 것이다.

3. 육체적 사랑과 정신적 사랑의 일치

60행으로 전개된 「자유로운 결합」은 사랑의 행위를 통해서 여성의 육체에 대한 풍부한 이미지들을 보여준다. 이 시를 읽으면, 초현실주의적 이미지 사용법이 어떤 것인지를 알 수 있다. 전통적인 시의 운율과 각운이 없으면서도, 상이한 이미지들은 자유롭고 조화롭게 연속된다. 이미지들을 구성하는 말의 흐름은 자동기술처럼 연속적이면서도 불연속적이다. 어떤 점에서는 말의 연속적인 이동과 이미지들의 불연속성이 빚어내는 조화로움 속에 시적 효과가 생성되는 것처럼 보이기도 한다. 이러한 이미지들은 아라공이 『파리의 농부』에서 정의한 것처럼 "초현실주의라고 불리는 악은 '몹시 놀라운stupéfiant' 이미지의 자유분방하고 "정열적인 사용법l'emploi déréglé et nassionnel" 이라는 구절을 연상케 한다. 모든 초현실주의적 이미지는 단순히 대상에 대한 새로운 표현이 아니라 대상과 세계를 새롭게 바라보게 하는 기능을 갖는다.

이 시에서 여성의 육체는 꽃, 풀, 숲, 과일, 나무 등의 식물들과 새, 호랑이, 수달, 생쥐, 돌고래 등의 동물들, 보석, 돌, 백악, 금광상 등의 광물들을 내장한 거대한 자연으로 변형된다. 그뿐 아니라 이 시의 마지막 행에서 "내 아내의 눈"은 "물의 차원, 공기와 땅과 불의 차원"과 결합함으로써 세계를 구성하는 4원소의 우주적 존재로 비약하기도 한다. 그러므로 이 시는 사랑의 승리이자 여성의 승리를 보여준다고 할 수 있다. 끊임없이 이어지는 이미지들의 생성에서 여자는 시간적으로는 봄과 여름 또는 가을의 계절을 넘나들고 공간적으로는 광물계와 식물계와 동물계를 관장하는 여신처럼 부각된다.

이 시는 단순히 여성의 아름다움을 찬미한 것이 아니라, 시가 사람을 변화시키고 사랑이 인간과 세계를 새롭게 만들 수 있다는 믿음을 보여준다. 또한 이 시의 끝부분에서 "내 아내의 눈"이 "눈물이 가득한 눈" "사바나" "감옥에서 마시는 물" "도끼 아래 있는 나무" 등으로 길게 표현된 것은 결국 육체적인 사랑이 정신적인 사랑과 일치된다는 것을 강조하기 위해서라고 할 수 있다. 초현실주의에서 사랑은 두 사람을 하나로 결합하게 할 뿐 아니라 거울처럼 상대편을 통해서 자신을 바라보고 자신을 인식하게 한다. 이런 점에서 "내 아내의 성기"를 거울에 비유한 다음에 "내 아내의 눈"이 연결된 것은 '거울'과 '눈'의 일치성과 반영성 때문이다. 사랑은 자기인식의 수단일 뿐 아니라 삶과 세계를 변화시키는 방법이다. 변화시킨다는 것은 '안다connaître'는 것과 '함께 태어난다co-naître'는 것을 의미한다. 사랑한다는 것과 변화시킨다는 것은 동의어와 같다. 사랑은 두 사람을 동일시하게 만들면서 동시에 거울처럼 상대편을 통해서 자신을 인식하게 하기 때문이다. 결국 육체적 사랑의 아름다움을 주제로 한 「자유로운 결합」은 사랑의 힘을 시적으로 혹은 초현실적으로 자유롭고 아름답게 노래한 것이다.

제2부
초현실주의 시와 소설의 다양성

제7장
엘뤼아르와 초현실주의 시의 변모

1. 엘뤼아르와 자동기술

모리스 블랑쇼는 「초현실주의에 대한 성찰Réflexions sur le surréal-isme」에서 "엘뤼아르의 시는 초현실주의가 감지하고 찬양한 직접적인 삶의 시로서 본질적으로 초현실주의 시"이며, "투명한 시가 아닌, 투명성의 시"라고 말한다.[1] 그러나 블랑쇼가 이처럼 '본질적으로 초현실주의 시'라고 찬양한 엘뤼아르의 시에서 초현실주의적 글쓰기의 대명사나 다름없는 자동기술의 시도는 별로 없었고, 그 때문에 브르통과 종종 대립된 입장을 보였다는 것을 생각하면, 블랑쇼의 이러한 평가는 매우 역설적으로 보인다. 물론 블랑쇼의 해석은 초현실주의 시인으로서 엘뤼아르가 자동기술의 시를 어떻게 썼는가의 문제와는 상관없다. 초현실주의에서 자동기술의 본래적 취지는 언어의 자유나 자연스러움을 추구하고 그것이 인간의 내면적 목소리와 일치되도록 하기 위한 것이다. 다시 말해서 그것은 인간과 그의 내면 사이의 가

---

1   M. Blanchot, *La part du feu*, Gallimard, 1949, p. 94.

장 직접적이고 가장 진정성 있는 관계를 찾기 위한 시도였다. 블랑쇼의 관점에서는 엘뤼아르의 시가 이러한 글쓰기의 목표에 가장 근접해 있는 것이었다. 블랑쇼가 말한 '직접적인 삶la vie immédiate'이 엘뤼아르가 초현실주의 운동에 적극적으로 참여했을 때의 시집 제목이라는 것은 의미심장하다.

사실 엘뤼아르는 자동기술이 유의미하다고 인정하면서도 자동기술의 시를 선호하지는 않았다. 브르통은 엘뤼아르의 이런 태도를 당연히 비판적으로 보았다. "엘뤼아르가 초현실주의 운동에 참여한 기간이 얼마나 지속적이었건 간에, 그에게는 늘 갈등이 따르고 있었던 것 같다. 그것은 초현실주의와 전통적인 시 사이에서 비롯된 것인데, 그러한 갈등에서 결국 그의 목표가 되는 것은 후자이다. 이것은 초현실주의의 관점에서 보자면 중대한 이단적 태도이다. [……] 꿈과 자동기술의 텍스트, 시를 분명히 구분하면서 그는 모든 것을 시에 유리하게 이용하려고 한다. 그가 아주 분명한 의지로 시를 만들려는 생각에서 이렇게 장르 구분을 한 것이 나에게는 곧바로 극단적인 복고주의자처럼 생각되었는데, 이것은 초현실주의 정신과 명백히 어긋나는 점이었다."[2] 브르통의 말처럼, 엘뤼아르가 꿈과 자동기술의 텍스트, 시를 구별하고, 꿈과 자동기술의 내용을 어디까지나 좋은 시를 만드는 데 필요한 수단이나 자료로 생각했던 것은 분명하다. 그렇다고 해서 그가 자동기술의 의미를 원천적으로 부정한 것은 아니다. 그는 자동기술이 "무의식으로 통하는 통로를 끊임없이 열어주고, 또한 무의식을 의식의 세계와 대면하게 함으로써 그것의 중요성을 증가시

2 A, Breton, *Entretiens*, Gallimard, coll. Idées, 1973, pp. 109~10.

킨다"고 이해했다.[3] 다시 말해서 그는 자동기술이 의식과 세계의 영역을 넓혀줌으로써 시에 유익한 자산이 될 수 있다고 생각했으며, 자동기술을 통해 시를 반성하는 기회로 삼기도 했다. "자동기술이 시를 쓸모없는 것으로 만든다고 생각할 수도 있겠지만 그렇지 않다. 자동기술은 시의 자기반성적 영역을 풍요롭게 만들고 발전시키는 것이 분명하다. 의식이 완전할 경우라도, 자동기술에 의해 내면세계에서 추출된 요소들과 외부 세계의 요소들이 균형을 이룰 수 있다. 균등하게 표현된 그러한 요소들이 뒤섞이고 혼합되어 시적 통일성을 형성하는 것이다."[4]

수잔 베르나르가 『보들레르부터 현대까지의 산문시』에서 지적한 것처럼, 자동기술에 대한 엘뤼아르의 이러한 긍정적 인식은 "초현실주의가 엘뤼아르에게 기여한 몫과 엘뤼아르가 초현실주의를 떠난 이유"를 동시에 이해할 수 있게 한다.[5] 왜냐하면 엘뤼아르는 자동기술을 통해 시를 반성하면서 그의 시 세계를 넓히고 발전시킬 수 있었지만, 브르통의 자동기술 논리와 계속 충돌하자 결국 초현실주의를 떠나기로 결심했다고 이해할 수도 있기 때문이다. 사실 초현실주의자로 활동하면서도 그의 주된 관심은 어디까지나 의식적이고 의미 있는 시의 창출에 있었지, 무의식적인 자동기술에 있었던 것이 아니다. 이것은 자동기술에 대한 브르통의 초현실주의적 입장과는 분명히 대립된 태도였다. 그들은 자동기술에 대해 이처럼 의견 차이가 있었

3   P. Éluard, *Œuvres complètes*, tome I, Gallimard, coll. Bibliothèque de la Pléiade, 1968, p. 981. 이 장에서 나오는 엘뤼아르의 시들은 이 플레이아드 판본을 기초로 한 것이다.
4   같은 책, p. 980.
5   S. Bernard, *Le poème en prose de Baudelaire jusqu'à nos jours*, Nizet, 1959, p. 679.

음에도 불구하고 공동으로 자동기술 작업을 한 적이 있다. 브르통은 1919년에 수포와 함께 『자기장』이라는 자동기술의 시를 썼던 것처럼, 1930년에 엘뤼아르와 함께 같은 방법으로 「무염수태L'Immaculée Conception」[6]를 쓰면서, 정신과 의사들이 치료의 명분으로 병동에 가두는 광기와 정신착란의 언어를 실험했다. 이 실험을 통해서 그들은 인간의 정신에 잠재해 있는 광기의 존재를 인정하고, 광기의 현실을 거부할 것이 아니라 수용해야 한다는 주장을 펴려고 했다. 이러한 작업을 수행하기 위해 그들은 정신병적 증상이나 광기의 언어를 모방하는 방법을 사용하거나 광기의 증상을 흉내 내기도 하면서, 의식적으로 이성의 언어를 사용하지 않는 자동기술을 통해 좋은 시에 대한 선입견을 배제하려고 노력했다.

그러나 엘뤼아르는 「무염수태」를 쓸 때만 이런 원칙을 지켰을 뿐, 그 이후 계속 시작의 방향을 바꾸거나, 좋은 시를 쓰겠다는 생각을 포기한 것은 아니었다. 좋은 시에 대한 그의 열망과 단호한 입장은 전통적인 시를 거부하고 장르의 개념을 타파하려 한 브르통의 초현실주의와 어떻게 연결되는 것일까? 아니, 이러한 입장과 갈등 때문에 그는 결국 초현실주의 그룹을 떠난 것이 아닐까? 이 문제를 검토하기 위해서는 우선 엘뤼아르의 다다 시절로 거슬러 올라가야 할 필요가 있다.

---

6 「무염수태」는 역설적인 의미에서 남자의 임신이라는 것과 오염되지 않은 자동기술적 언어라는 의미를 동시에 암시하는 말이다.

2. 엘뤼아르와 다다

엘뤼아르의 '다다' 시절은 어땠을까? 엘뤼아르가 브르통, 아라공, 수포 등『문학』의 구성원들과 만나게 된 것은, 이 잡지의 창간호가 발간된 1919년 이후였다. 이 당시 그는 전통적인 시 형식과 크게 다르지 않은 단순하고 짧은 시들을 묶어서 『의무와 불안*Le Devoir et l'Inquiétude*』(1917),『평화를 기원하는 시들*Poèmes pour la paix*』(1918) 등 두껍지 않은 시집 두 권을 낸 시인이었다. 전쟁을 혐오하고, 순수한 사랑을 꿈꾸는 젊은이로서 불안과 희망을 담은 그의 시들은 음악적이고 세련된 시적 언어로 동시대 젊은이들이 공감할 만한 꿈과 고통을 노래했다. 특히 폐결핵 요양원에서 지내는 동안, 그는 휘트먼의 『풀잎』을 여러 번 읽으면서, 휘트먼처럼 민중의 불행에 공감하면서 민중이 공감하는 언어로 시를 써야 한다고 마음속으로 굳게 다짐하기도 했다. 인간의 삶에서 시가 사람들에게 고통과 불행을 극복하고 희망과 행복을 지향하게 만드는 데 기여해야 한다는 그의 생각은 초기 시집들에 잘 반영되어 있다. 엘뤼아르의 초기 시집들에는 친숙한 거리의 풍경, 인간이 사랑하는 동물들, 어둠을 지우는 빛과 따뜻한 행복의 주제를 담은 친근하고 인간적인 이미지들이 많이 나온다. 특히 『의무와 불안』에서, 이러한 이미지를 형상화한 시들 중 가장 뛰어난 시는 3연으로 구성된 「여기에 살기 위해서*Pour vivre ici*」이다. "하늘이 나를 버려 불을 만들었네"로 시작하는 이 시는, 2연에서 "빛이 나에게 준 것을 그 불에 던졌다"라고 함으로써 프로메테우스적인 정신으로 삶의 열정을 뜨겁게 불태우겠다는 의지를 힘차게 부각시키고 3연에서 "나는 닫혀 있는 물속에서 침몰하는 선박과 같았다"라고 하여 죽음의 위기의식을 표명하기도 한다. 하지만 그렇다고 해서 이 시가 절망적 의식으로 끝난다는 의미는 아니다. '같았다'라고 반과거로 표현되는 것에서 알 수 있듯이, 이것은 불을 만들려는 의지의 원인이 되는 상황을 나타낸 것이기 때문이다.

엘뤼아르의 초기 시집 『평화를 기원하는 시들』이 장 폴랑을 알게 만든 계기였음은 유념해야 할 점이다. 작가이자 비평가이며 『목격자 *Le Spectateur*』라는 잡지의 주간이던 장 폴랑은 엘뤼아르의 시를 좋아하는 독자로서 상당히 오랜 기간 동안 엘뤼아르에게 고전적 시의 언어를 유지하게 만드는 데 큰 역할을 했기 때문이다. 어떤 비평가는 엘뤼아르가 브르통과 아라공 등의 『문학』 편집인들과 만나 다다운동과 초현실주의 운동에 참여하면서도 자동기술의 시를 선호하지 않았던 까닭을, 장 폴랑의 영향이라고 보기도 한다. 어떤 의미에서 엘뤼아르는 폴랑과 브르통 사이의 삼각관계에 놓여 있었다고 말할 수도 있다. 그만큼 그들은 시의 언어에 대해서 상반된 이론을 갖고 있으면서 엘뤼아르에게 영향을 미친 것이다. 시에 대한 두 사람의 입장 차이를 간단히 말하자면, 브르통에게 시 쓰기는 논리적 사유의 배제와 의미의 소멸을 전제로 한 것이었고, 언어가 구원의 수단이라고 인식한 폴랑에게 시 쓰기는 언어를 올바르게 사용하듯이 올바르게 생각하는 일이었다.

또한 엘뤼아르가 브르통을 만나기 전에 폴랑을 만났고, 시적 언어의 문제에 대해 공감한 두 사람이 1920년 『격언*Proverbe*』이라는 잡지를 만들었다는 것도 주목해야 한다. 이 잡지는 "언어의 비밀, 문법의 비밀, 문자들, 모순되지 않는 반의어들, 구문, 어휘, 그것들의 무거움과 가벼움, 의미와 무의미"[7]의 문제를 실험적으로 다룸으로써 엘뤼

제2부 초현실주의 시와 소설의 다양성

아르의 언어에 대한 탐구와 관심을 반영했다. 창간호의 첫머리에 인용된 "인간은 어떤 문법학자도 말할 수 없는 새로운 언어를 추구해야 한다"[8]라는 시구는 아폴리네르의 『칼리그람 Calligrammes』에서 가져온 것으로, 두 사람에게 아폴리네르의 영향이 그만큼 컸다는 것을 확인시켜주는 증거이다. 이 잡지는 언어와 문장의 구조를 전복하는 실험뿐 아니라, 관용구와 진부한 일반적 표현들, 문어와 구어의 차이를 반성하고, 격언투의 관습적인 말들을 해체하면서 새로운 언어의 조립을 시도하는 실험을 하기도 했다. 엘뤼아르의 이 잡지와 다다의 활동 사이에 근본적인 차이점이 있다면, 전자가 실험적 유희의 규칙성을 지켰던 반면에 후자는 그러지 않았다는 점이다. 엘뤼아르는 『격언』을 창간한 이후 브르통과 아라공 등의 『문학』지 편집에 관여하고, 그들의 선언문을 공동 작성하는 일에도 동의한다. 그러나 브르통과 차라가 중심 역할을 한 다다의 과격한 활동에 참여하는 기간에 쓴 엘뤼아르의 시에서 전통적인 시 형식을 파괴하고 자동기술의 모험을 추구한 흔적은 보이지 않는다. 오히려 이 시기에 나온 그의 시집 『동물과 인간들 Les animaux et leurs hommes』의 시들은 동물에 대한 인간적 애정을 전통적인 시 형식에서 크게 벗어나지 않는 리듬으로 표현하고 있다. 이 시집의 서문에서, 시인은 시의 목적이 아름다움이 아니라 독자와의 소통에 있으며, 소통의 의미를 중시하는 일이 시인의 역할임을 강조한다. "수다스러운 사람들에게 어울리는 불쾌한 언어, 그와 비슷한 사람들의 머리에 쓰는 옛날 왕관처럼 죽은 언어, 그러한 언어

7   G. Hugnet, *Dictionnaire du dadaïsme, 1916~1922,* Jean-Claude Simoën, 1976, p. 286.
8   같은 곳.

를 매력적이고, 진실하고, 우리가 보편적으로 공유할 수 있는 언어로 바꾸면서 언어를 변화시키는 일에 앞장서자."[9] 그는 이렇게 언어를 변화시켜야 한다는 입장을 견지하면서도, 그 언어가 많은 사람들이 공유하지 못하는 언어가 되는 것에는 유보적인 태도를 갖고 있었던 것이다.

다다 시절의 엘뤼아르는 이렇게 터무니없는 언어의 실험보다 어디까지나 언어의 시적 효과와 언어를 시적으로 만드는 일에 더욱 관심을 보였다. 이런 점에서 엘뤼아르는 진정한 의미의 다다주의자는 아니었다. 그러나 다다의 활동이 어떤 식으로건 그의 시적 발전에 유익한 경험으로 작용했음은 분명하다. 이 시기에 발표된 시들을 통해 다다의 영향을 검토해보자. 다음의 시들은 순서대로 「암소Vache」의 일부와 「발Patte」의 전문이다.

> 암소를 수용하는 풀은
> 비단 실처럼 부드러워야 한다,
> 우유 실처럼 부드러운 비단 실.[10]

> L'herbe qui la reçoit
> Doit être douce comme un fil de soie,
> Un fil de soie doux comme un fil de lait.

---

9   P. Éluard, *Œuvres complètes,* tome I, p. 37.
10 같은 책, p. 40.

고양이는 어둠 속에서 울기 위해 자리를 잡는다,

어둠 속에서 고양이가 우는 소리는 널리 퍼져간다.

마치 사람처럼 슬프게 우는 소리를 사람은 듣는다.[11]

Le chat s'établit dans la nuit pour crier,

Dans l'air libre, dans la nuit, le chat crie.

Et, triste, à hauteur d'homme, l'homme entend son cri.

이 두 편의 시에서 다다적인 요소는 거의 발견되지 않는다. 그러나 이 시들은 엘뤼아르의 이전 시들과 다르게 보이는데, 그것은 화자의 일인칭 시각으로 서정적 언어의 유희를 시도했기 때문이다. 「암소」의 시구는 A→B, B→C의 시적 전개를 통해 '암소'와 '풀'의 부드러운 일치성을 불필요한 요소들의 삽입 없이 완벽하게 표현하고 있다. 또한 「발」은 고양이의 울음소리가 사람의 울음소리처럼 처연하게 들려온다는 것을 표현하면서 "울다crier"라는 동사원형을 부정법의 crier, 동사의 crie, 명사의 cri 등으로 마지막 철자를 한 개씩 떼어내는 방식을 활용해 시의 각운을 변형시키는 재치를 보인다. 이런 식으로 단순하면서도 절제된 언어로 구성된 시들 외에 다음의 「길 안내Conduire」라는 시에서는 의미를 파악하기 어려운 다다적인 파격의 요소가 발견된다.

길이 곧 나온다,

---

11 같은 책, p. 47.

길에는 말이 있다.

그에겐 까마귀보다
더 아름다운 길이 필요하다.

주인을 졸음으로 이끌어가는
날씬한 다리의 경쾌한 영웅.

길이 곧 나온다:
사람들은 그 길에서 뛰고, 걷고, 종종걸음으로 가기도 한다,
사람들은 그 길에서 멈춰 선다.[12]

La rue est bientôt là,
À la rue le cheval.

Plus beau que le corbeau
Il lui faut un chemin.

Fine jambe, léger héros
Qui suit son maître vers le repos.

La rue est bientôt là:

12 같은 책, p. 46.

제2부 초현실주의 시와 소설의 다양성

On y court, on y marche, on y trotte,

On s'y arrête.

「길 안내」라는 제목과 달리 이 시에서는 '길 안내'와 관련된 어떤 구절도 보이지 않는다. "길에는 말이 있고 말에게 길이 필요하다"라고 하면 그 뜻을 알 수 있겠지만, "아름다운 길이 필요하다"는 것은 그 뜻을 알 수 없게 만든다. 3연에서 말 위에 앉아 있는 주인의 졸음은 이해할 수 있지만, 4연에서 사람들이 걷거나 뛰어가는 모습은 3연의 진술과 모순된다. 이런 식으로 이 시의 흐름은 연결과 단절, 일치와 모순으로 전개된다. 그러니까 이 시를 통해서 시인이 무엇을 이야기하려는 것인지도 분명하지 않다. 길 위에서 사람들이 걷거나 멈춰 서 있는 모습은 흔한 풍경이고 별다른 의미도 없을 터인데, 그것을 시의 형식으로 표현하는 시인의 의도를 알 수가 없다. 그럼에도 굳이 해석하자면 이것은 순진한 어린아이의 시각으로 본 거리의 풍경이라고 할 수 있을지 모른다. 이런 점에서 시의 의미를 찾는 어른의 시각으로는 이해할 수 없는 어린아이의 관점과 말투는 어느 정도 다다적인 표현 방법을 연상시킨다. 이러한 시가 소극적인 다다의 표현이라면, 『삶의 필연과 꿈의 결과』에서는 다다적인 요소들을 보다 적극적으로 반영한 시들이 많다. 그중 하나를 예로 들어보자.

나는 산보할 것이다 + 나는 산보한다 +

나는 산보할 텐데 + 나는 산보했다

나는 산다

나는 너처럼 살았다[13]

je me promènerai + je me promène +

je me promenais + je me suis promené

Je vis

J'ai vécu comme toi

이것은 시인가, 언어 유희인가? 이것이 시라면 '산보하다se promener' 라는 대명동사의 미래형, 현재형, 조건법 현재형, 복합과거형으로 연결되거나 반복되는 일상의 삶이 인생이라는 의미를 나타낸 것 으로 볼 수 있을 것이다. 엘뤼아르의 이 시는 「몇몇의 아이들이 한 노인을 붙잡고 노인을 기쁘게 한다Plusieurs enfants font un vieillard et la satisfaction d'un vieillard」라는 시로서 아라공의 다다 시, 「덧문 Persiennes」과 「자살Suicide」의 표현법과 유사하다.

Persiennes

Persienne?

Persienne   Persienne   Persienne

Persienne persienne persienne persienne persienne

persienne persienne persienne persienne persienne

persienne persienne persienne persienne persienne

Persienne persienne persienne persienne

Persienne?

13 같은 책, p. 97.

Suicide

A b c d e f

g h i j k l

m n o p q r

s t u v w

x y z

  아라공의 전기를 쓴 피에르 데는 이러한 다다 시들을 예로 들면서 아라공이 결코 무의미한 언어 유희를 하지 않았고, 활판인쇄의 형태적 측면을 중요시하면서 시의 운율과 시니피앙의 추상적 배열로 시를 만들고자 노력했다는 것을 강조한다.[14] 다시 말해서 아라공은 단순히 다다 형태의 시를 쓰려고 했을 뿐, 다다 시를 통해 시의 본질이나 시적 특징을 완전히 파괴하지는 않았다는 것이다. 이러한 해석은 엘뤼아르에게도 그대로 적용될 수 있는 논리이다. 전통적인 시의 형태를 파괴하고 시의 의미를 거부하는 글쓰기의 모험을 다다적 글쓰기의 특징이라고 한다면, 엘뤼아르의 다다 시는 형태적 파괴와 동시에 새로운 형태의 창작을 모색했고, 전통적인 시의 의미를 거부하면서도 새로운 의미의 가능성을 탐색한 것으로 해석될 수 있기 때문이다. 다시 말해서 다다 시절에 쓴 엘뤼아르의 시는 시적 의미를 완전히 거부했다고 말하기도 어렵고, 그것을 지향하고 있다고 말할 수도 없다. 이런 점에서 엘뤼아르의 다다 시는 시인의 개성인 부정과 긍정

---

14 P. Daix, *Aragon, une vie à changer,* Éditions du Seuil, 1975, p. 109.

                    제7장 엘뤼아르와 초현실주의 시의 변모

의 균형감각을 드러내기도 한다.

한 가지 예를 더 들어보자.

시간은 지나가지 않는다. 시간은 존재하지 않는다: 오래전에 시간은
더 이상 가지 않고 있다. 내가 그리고 있는 모든 사자들은 살아 있고,
경쾌한데, 움직이지 않는다.

나는 제물이 된 양처럼 순교자로 산다.

그들은 십자형으로 된 네 개의 창문으로 들어왔다. 그들이 아는 것은
오늘의 이성이 아니다.[15]

Le temps ne passe pas. Il n'y a pas: longtemps, le temps ne passe plus.
Et tous les lions que je représente sont vivants, légers et immobiles.

Martyr, je vis à la façon des agneaux égorgés.

Ils sont entrés par les quatre fenêtres de la croix. Ce qu'ils voient, ce
n'est pas la raison d'être du jour.

「라르질라르되르L'argy l'ardeur」라는 생경한 어휘의 제목을 하고 있
는 이 산문시는 정상적인 문법 구조를 따르고 있지만, 시의 메시지는

---

15 P. Éluard, *Œuvres complètes*, tome I, p. 89.

앞에서의 다다 시처럼 분명하지 않다. 또한 이 시의 후반부에서 '그들'이라는 대명사가 무엇을 가리키는지도 불확실하다. 문법적으로 '그들'은 "내가 그리고 있는 모든 사자들"인데, 이것을 마지막 문장의 주어로 옮겨놓았을 때에도 이 문장은 자연스럽게 해석되지 않는다. 물론 사자들을 환상이나 상상 속에 떠오르는 이미지로 본다면 해석이 불가능한 것은 아니다. 또한 엘뤼아르가 페레와 함께 만든 『현대적 취향에 맞게 쓴 152개의 속담 *152 proverbes mis au goût du jour*』은 기존의 속담이나 격언들을 패러디하여 만든 것으로서 다다적인 파행과 유머는 물론, 일반적 상식을 전복한 부조리성의 표현들을 흥미롭게 보여준다. 가령 "쇠는 뜨거울 때 두드려야 한다"라는 속담을 "엄마는 젊을 때 때려야 한다"로 패러디하고, 강자가 없을 때는 약자가 왕이라는 뜻의 "고양이가 없으면 쥐가 춤춘다"라는 속담에서 '고양이'의 자리에 '이성'을 놓는 식이다.[16] 이렇게 속담을 패러디하는 다다적인 방법에는 난센스와 비논리, 상식에 어긋나는 언어 사용을 통해 관습적 속담에 담긴 기성의 윤리관이나 가치관을 전복시키려는 의도가 담겨 있다. 물론 다다 시절에 엘뤼아르의 언어실험이 다다적인 성격을 얼마나 많이 보여주었는가의 문제는 크게 중요한 것이 아닐 수 있다. 중요한 것은 시인이 전통적인 시 형식을 부정하는 작업과 동시에 새로운 글쓰기의 모험을 통해 시적으로 훨씬 더 성숙할 수 있었다는 사실이다.

엘뤼아르는 다다 이후의 초현실주의 시대를 보내면서 자동기술의 문제를 제외한다면 브르통과 특별한 갈등을 겪지는 않았다. 엘뤼아

---

16 같은 책, p. 156.

르는 문학적으로나 기질적으로 다다보다 초현실주의를 선호했다. 전
통적인 시의 현대적 계승을 중요시하고 이념을 달리하는 사람과 대
상을 공격하기보다 오히려 다른 사람의 입장을 이해하는 편이었던
엘뤼아르는 전통적인 시를 파괴하고 의미 있는 시 쓰기를 거부하려
는 다다의 문학관보다, 초현실주의를 훨씬 더 가깝게 생각한 것이다.
다시 말해서 그는 다다에 비해 건설적이고 개방적인 가치와 목표를
지향했던 초현실주의 활동들, 가령 꿈과 무의식의 탐구, 사랑과 성의
문제에 대한 관심, 문학과 삶의 문제를 연결시키려는 열정, 정치와 사
회에 대한 적극적 의식 등 초현실주의의 모든 문제에 훨씬 더 공감할
수 있었다. 그러나 당시의 이 모든 초현실주의 활동 중에서 그가 완
전히 동의하지 못했던 것은 예술을 거부하고 심미적 관심을 배제해
야 한다는 브르통의 초현실주의 이념이었다. 물론 브르통의 입장에
서도 반문학적anti-littéraire 초현실주의의 이념과 어긋나는 아름다운
시적 표현을 포기하려고 들지 않았던 엘뤼아르의 태도를 용납하기
어려웠을 것이다.

3. 엘뤼아르와 초현실주의의 갈등

　다다의 소멸 이후, 새롭게 전개된 '초현실주의 활동'에서는 요란한
공연les spectacles이나 충격적인 행사보다 사회적·정치적 문제에 대한
견해와 입장을 선언문이나 공개서한의 형식으로 밝히는 일이 주를 이
루었다. 또한 초현실주의자들의 모임에서는 문학의 문제와 철학적 주
제, 문학과 삶의 관계 등이 논의 대상이 되었다. 그들은 이성적 사고

와 논리적 언어로 이러한 문제들을 논의하지는 않았고, 놀이하듯이 그러나 진지하게 문제를 파고들었다. 특히 1922년 말부터 '잠의 시대 L'époque des sommeils'에 접어들면서, "이들은 불을 끄고 의식 없이 말하는 망각의 순간을 위해서만 사는"[17] 사람들처럼 지낸다. 그들은 잠에 빠지거나 잠드는 시늉을 하면서 반수면의 상태에서 헛소리를 하기도 했다. 브르통이 「초현실주의 선언문」에서 자동기술을 정의한 것처럼, '사고의 실재적 기능'과 꿈, 무의식에 대한 탐구도 이 시기에 집중적으로 이루어졌다. 그러나 엘뤼아르는 이러한 '잠의 회합les séances de sommeils'에서 잠자는 일도 없었고, 꿈 이야기를 하지도 않았다. 초현실주의자들 중에서 데스노스가 쉽게 잠이 들고, 반수면의 상태에서 글을 쓰거나 그림을 그리는 일에 선수 같은 사람이었다면, 엘뤼아르는 그와는 완전히 상반된 모습을 보였다. 그는 '잠의 회합'에 유보적인 입장을 갖고 있었다. 그러나 엘뤼아르는 이 모임에 한 번도 빠지지 않았고, 초현실주의의 다른 활동에도 열심히 참여했다고 한다.

1924년은 초현실주의의 역사에서 매우 중요한 해이다. 그해에 초현실주의 그룹이 공식적으로 결성되고, 브르통의 「초현실주의 선언문」이 작성되었기 때문이다. 또한 초현실주의 그룹이 결성된 이후, 첫번째 공동 작업으로 그 당시 원로 문인이었던 아나톨 프랑스가 타계하자 그의 삶과 문학을 격렬히 비난하고 성토하는 팸플릿 「시체」를 만들고, 초현실주의의 공식적인 잡지인 『초현실주의 혁명』의 창간호가 간행된 것도 이 무렵이었다. 엘뤼아르는 「시체」와 『초현실주의 혁명』 창간호에 모두 중요한 필자로 참가한다. 특히 『초현실주의

---

17 M. Nadeau, *Histoire du surréalisme*, Éditions du Seuil, 1964, p. 53.

혁명』창간호부터 이 잡지가 여러 해 계속 발간되는 동안 그는 시와 꿈의 이야기, 서평 등 여러 가지 형태의 글을 쓰면서, 독자와의 소통을 적극적으로 모색하고 문학인들의 혁명적 역할이라는 주제를 깊이 성찰하게 된다. 그는 다른 초현실주의자들보다 앞서서 사회주의 이념을 지지했고, 사회에서 소외된 사람들, 광인들, 절망에 빠진 사람들, 노동자와 빈민 들에 대한 공감을 표현하는 한편, 부르주아들이나 금리생활자들 같은 부유층에 대한 적대감과 함께 권위주의나 완고함, 경직된 사고방식과 파시즘, 모든 권위와 숨 막히는 질서를 공격했다. 그러나 그는 정치적 활동과 예술작품의 표현은 별개의 것이라고 생각했고, 그렇기에 그의 시 속에서 사회주의적 성향을 드러내지도 않았고 정치적인 메시지를 담으려 하지도 않았다.

이러한 그의 모습과는 완전히 다른 뜻밖의 시가 돌출적으로 나타난 것은, 초현실주의 시절의 지적 성과로 꼽을 수 있는 시집 『직접적인 삶La vie immédiate』에서였다. 이 시집의 주제는 친근하고 익숙한 현실의 삶을 넘어서서 정신과 세계의 일체성을 의미하는 '직접적인 삶'을 열망하는 것이었다. 또한 이러한 '직접적인 삶'은 브르통이 「초현실주의 제2선언문」에서 강조한 바 있는 모든 대립적인 것과 이원적인 것들이 소멸되는 최고의 지점 혹은 상태와 같은 것이었다. 「아름답고 변함없는Belle et ressemblante」 「사랑의 계절La saison des amours」 「까마득히à perte de vue」 「새로운 밤에Par une nuit nouvelle」 등, 아름답고 신비로운 대부분의 운문 시들과 「함께 지낸 밤들Nuits partagées」이라는 초현실주의적 주제를 담은 긴 산문시가 실려 있는 이 시집의 끝에는 「시의 비판Critique de la poésie」이라는 매우 이질적인 시가 수록되어 있다.

좋아요 난 증오해요 부르주아들의 지배를
경찰과 사제들의 지배를
그러나 내가 더욱 증오하는 건
나처럼 모든 힘을 다해서 이들의 지배를
증오하지 않는 사람이라고요.

난 침을 뱉지요 자연보다 훨씬 왜소하고
나의 모든 시보다 바로 이 「시의 비판」을 더 좋아하지 않는 그 사람
의 얼굴에.[18]

C'est entendu je hais le règne des bourgeois
Le règne des flics et des prêtres
Mais je hais plus encore l'homme qui ne le hait pas
Comme moi
De toutes ses forces.

Je crache à la face de l'homme plus petit que nature
Qui à tous mes poèmes ne préfère pas cette *Critique de la poésie*

이 시는 초현실주의 시절의 엘뤼아르가 쓴 시로 보기가 어려울 뿐
아니라, 일반적인 시의 기준에 비추어 보더라도 시적 가치는 별로 높

---

18 P. Éluard, *Œuvres complètes*, tome I, p. 404.

아 보이지 않는다. 시의 주제를 해석할 필요도 없을 만큼, 분명하고 직설적인 메시지를 담고 있는 이 시는 어떤 의미에서, 아라공이 초현실주의 그룹을 떠나기 전, 소련의 영광을 찬양하고 프랑스의 지배체제를 타도해야 한다고 쓴 선동적인 시, 「붉은 전선Front rouge」을 연상케 한다. 레옹 블룸Léon Blum 같은 정부의 지도자들과 경찰들을 살해해야 한다는 내용의 이 시 때문에 아라공은 살인교사 죄로 기소되어 5년 징역형을 받는 위기에 빠진다. 아라공은 브르통과 초현실주의자들의 구명운동으로 간신히 위기를 모면했지만, 이 사건 이후로 초현실주의 그룹을 완전히 떠난다. 물론 엘뤼아르의 시가 아라공의 시처럼 과격한 것은 아니지만, 「붉은 전선」에 노정된 아라공의 절박한 심리를 엘뤼아르가 어느 정도 공감하고 있었기 때문에 「시의 비판」 같은 참여시의 형태가 나타난 것으로 볼 수 있다. 아라공이 초현실주의를 부정하고 공산주의자가 된 시기가 1932년이라면, 엘뤼아르가 브르통과 초현실주의 그룹을 결정적으로 떠나게 된 때는 1938년이다. 아라공이 떠난 후 6년 동안 엘뤼아르는 초현실주의자로 있으면서도, 문학관 혹은 브르통의 초현실주의와는 일정한 거리를 두었고 아라공의 입장에 공감하고 있었던 것으로 생각된다. 「시의 비판」에서 '시의 비판'을 좋아하지 않는 사람의 얼굴에 침을 뱉는다고 쓴 구절에서 브르통과 초현실주의자들의 얼굴을 떠올리지 않기는 어렵다.

아라공은 조르주 사둘과 함께 1930년 말, 소련의 카르코프에서 열린 '세계혁명작가회의'에 참가한 이후, 초현실주의자가 아닌 공산주의 작가의 모습을 드러낸다. 또한 그는 '세계혁명작가연맹'에 보낸 편지에서 "이상주의, 이상주의 형식과 같은 프로이트의 정신분석, 트로츠키주의를 모두 규탄하고"[19] 공산당에 충성할 것을 선언한다. 이 무렵에 나온 엘뤼아르의 「시의 비판」은 그의 시적 전개 과정에서 하나의 전환점을 보여준 시로 해석된다. 물론 이 시 이후에도 엘뤼아르는 사랑의 시나 몽환적인 시, 미학적으로 아름다운 시를 쓰기도 하지만, 그 시들은 더 이상 초현실주의적 시의 풍성한 이미지를 담은 것이 아니었다. 그의 시들은 더 이상 신비롭고 모호한 이미지로 만들어지기보다 투명한 이미지와 메시지로 구성되고, 시의 메시지는 더욱 명확해진다. 이러한 시적 변화에 따른 그의 시론은 1936년 런던에서 초현실주의 전시회가 열렸을 때 행한 그의 강연에서 분명히 드러난다.

> 이제 모든 시인들은 다른 사람들의 삶, 우리 모두의 삶에 깊이 관여되어 있다고 주장할 권리와 의무를 갖는 시대가 도래했습니다. [……]
>
> 순수시라고요? 시의 절대적 힘은 인간들, 모든 인류를 정화시키는 것입니다. "시는 모든 사람들에 의해서 만들어져야 한다"는 로트레아몽의 말에 귀를 기울여야 합니다. 모든 상아탑은 무너지고, 모든 언어는 신성한 언어가 되어, 결국 인간이 자기의 현실과 일치된 다음에 눈을 감으면 경이로운 시계의 문이 열리는 것입니다. [……]
>
> 시인은 영감을 받는 사람이기보다 영감을 주는 사람입니다. [……] 오늘날 시인들의 고독은 사라졌습니다. 시인은 인간과 더불어 사는 인간일 뿐이고, 인간은 그들에게 형제입니다.[20]

이 인용문에서 엘뤼아르는 인간 공동체의 한 사람인 시인의 입장

19 M. Nadeau, *Histoire du surréalisme*, p. 145.
20 P. Éluard, *Œuvres complètes*, tome I, pp. 513~19.

을 여러 번 강조한다. "시인은 영감을 받는 사람이기보다 영감을 주는 사람"이라는 말은, 현대의 시인이 19세기 낭만주의 시인처럼 고독한 존재로 있어서는 안 되고, 다른 사람들과 소통하고 형제의식을 갖는 사람이 되어야 한다는 것을 역설한 것이다. 또한 엘뤼아르의 이 강연에서 주목해야 할 것은 "인간이 자기의 현실과 일치된 다음에"라는 구절이다. 물론 '인간이 자기의 현실과 일치된다'는 말의 의미는 현실에 조화롭게 적응해야 한다는 뜻이 아니라 현실의 모순에 대해 명징한 의식을 가져야 한다는 의미일 것이다. 그러니까 이것은 현상에 대한 분명한 일체감이 선행되면 꿈꾸기는 저절로 따라온다는 뜻으로 해석될 수 있다. 이렇게 그는 꿈보다 현실을 앞세우고, 시인의 고독보다 대중과의 연대의식을 중요시한다. 또한 그는 시인이 꿈꾸는 사람이 아니라 꿈에서 깨어난 사람 혹은 깨어 있는 상태로 꿈꾸는 사람 le rêveur éveillé이라고 정의하며, '초현실주의 시'라는 제목의 강연을 하는 자리에서 자신은 초현실주의 시라는 말보다 '시의 명징성l'évidence poétique'이라는 제목을 선호한다고 강조한다. 결국 그가 이 강연 이후 2년도 되지 않아서 초현실주의 그룹을 떠나게 된 것은 당연한 결과일 것이다.

4. 엘뤼아르의 산문시

이렇게 엘뤼아르가 현실과의 일체감과 대중과의 연대성을 강조하게 됨에 따라 시의 언어와 이미지는 더욱 단순하고 명료한 특징을 보이게 된다. 이러한 시적 변화를 산문시에서 운문시로의 변화와 관련지은 수잔 베르나르는 "엘뤼아르의 산문시는 그의 시적 활동 중에서 가장 초현실적인 시기와 일치한다"[21]는 사실을 통찰력 있게 지적했다. 이 말은 결국 엘뤼아르의 산문시를 검토해보면, 초현실주의 시의 특징과 서술 방식을 알 수 있다는 의미로 이해된다. 엘뤼아르의 산문시는 브르통을 포함한 대부분의 초현실주의 시인들이 자동기술로 쓴 산문시와 다르게 난해하지 않다. 그의 산문시는 산문시라는 장르의 어떤 형식적 규칙으로부터 자유롭지만, 대체로 절제된 언어 사용과 단순하고 유연한 이미지들로 구성된 특징을 보여준다. 한 예를 들어보자.

아주 어렸을 때, 나는 순수를 향해 팔을 벌렸다. 그것은 내 영원의 하늘에서 퍼덕이는 날갯짓, 사랑에 정복당한 연인들의 가슴속에서 두근거리는 마음의 파동과 같은 것이었다. 나는 이제 쓰러지지 않을 수 있었다.

사랑을 사랑하기에. 진실로 눈부신 빛이 나를 에워쌌다. 나의 내면에 가득한 빛을 갖고 나는 밤새도록, 밤마다, 밤을 바라볼 수 있었다.

모든 여자아이들은 다른 모습이었다. 나는 언제나 한 여자를 꿈꾸었다.

학교에서 그 여자아이는 까만 앞치마를 두른 모습으로 내 앞의 벤치에 앉아 있었다. 그 아이가 어떤 문제를 풀어달라고 요청할 때, 그 눈의 순수한 빛 때문에 내가 너무나 당혹스러워하자, 그 아이는 나의 혼란을 애처롭게 생각하여 자기의 팔로 내 목을 감싸고 안아주었다.

—「유리부인La dame de carreau」에서 발췌[22]

21 S. Bernard, *Le poème en prose de Baudelaire jusqu'à nos jours*, p. 687.
22 P. Éluard, *Œuvres complètes*, tome I, p. 202.

엘뤼아르가 아마 첫사랑이었을지도 모르는 어린 시절의 사랑을 기억하며 쓴 이 산문시는 시라기보다 아름다운 산문처럼 보인다. 그러나 이 산문시의 장점은 어린 시절의 순수한 감정을 꾸밈이나 과장 없이 표현하면서, 단순하고 투명한 이미지들을 자연스럽게 조립한다는 점이다. 이 시는 엘뤼아르의 시에서 핵심 주제인 '빛' '눈' '사랑' '순수'의 관계들을 명확하게 보여주고 있다는 점에서 중요하다. 『고통의 수도Capitale de la douleir』에 실린 다음의 산문시는 산문적 이야기의 수준을 훨씬 넘어서서 긴장된 시적 흐름을 담고 있다.

나는 분노로 쓰러졌다, 피로 때문에 나의 얼굴은 엉망이 되었지만, 수선스러운 여인들이여, 말 없는 별들이여, 나는 여전히 당신들을 알아볼 수 있다, 언제나 알아볼 수 있을 것이다, 당신들이 광기인 것을.
그리고 너, 별들의 피가 흐르는 너, 너는 별들의 빛으로 견디고 있다. 꽃들 위에서, 너는 꽃들과 함께, 돌과 함께, 돌 위에서, 몸을 일으킨다.
추억의 불이 꺼진 하얀, 누워 있는, 별이 총총한, 흘러내리는 눈물로 빛나는. 나는 가망이 없구나.

—「하나의Une」[23]

엘뤼아르의 첫번째 부인이자 그와 이혼한 후 달리의 부인이 된 갈라를 주제로 한 이 시에서 여성은 자연의 존재로 그려진다. 엘뤼아르가 폐결핵으로 스위스의 한 요양소에 입원했을 때 알게 된 갈라는, 결혼 생활에서 시인에게 기쁨과 행복을 주기도 했지만, 많은 갈등과

23 같은 책, p. 188.

고통을 겪게 한 사람이었다. 이런 점에서 본다면, 이 시는 부부 사이의 갈등, 혹은 여자의 광기와 치명적 유혹을 알면서도 그 유혹에 이끌릴 수밖에 없는 나약한 남편의 모습을 시적으로 승화시킨 작품으로 짐작된다. 이 시에서 여인은 '별'의 존재로 표현된 반면, '나'는 피곤 때문에 엉망이 된 얼굴을 하고 분노로 쓰러지는 지상의 한 육체일 뿐이다. 이렇게 뚜렷한 두 사람의 대비는 대립적인 모습으로 표현되지만, 전체적인 흐름은 조화롭게 전개되고 있다.

> 빛은 그러나 우리들 만남의 아름다운 음화들의 영상을 나에게 주지 않았다. 내가 너를 빛 속에서 변화시키듯이, 샘물을 물잔에 담아서 샘물을 변화시키듯이, 한 사람의 손이 다른 사람의 손을 잡게 되어 그의 손을 변화시키듯이 내가 변화시킨 그 사람들 중에서 내가 부르고 싶은 그 이름, 변함없는 이름, 너의 이름, 다양성으로만 정당화될 수 있는 그 사람들의 이름으로 나는 너를 알아볼 수 있었다. 우리들 뒤로 수정으로 된 사랑의 맹세들이 녹아버리는 고통스러운 스크린이었던 눈la neige, 그 눈조차 보이지 않았다. 지상의 동굴 속에서는 형체가 분명한 나무들이 출구의 모양이 드러난 부분을 찾고 있었다.
>
> 눈부신 혼란을 향해 긴장된 모습으로 있는 거대한 어둠이여, 나는 모르고 있었다. 너의 이름이 덧없다는 것을, 그것은 내 입 위에만 있다는 것을, 조금씩 유혹의 얼굴이 현실적이고, 완전하고 하나뿐인 모습으로 나타난다는 것을.
>
> 그때 비로소 나는 너를 향해 몸을 돌렸다.
>
> ──「함께 지낸 밤들nuits partagées」에서 발췌[24]

이 산문시는 「함께 지낸 밤들」이라는 긴 산문시의 일부인데, 다양한 시적 요소들이 단절과 긴장의 통일성을 이루면서 사랑의 열정과 기다림을 아름답게 형상화한다. 빛의 이미지가 등장하는 시의 앞부분은 대상을 포용하면서 변화시키는 여성적 빛의 특징을 그대로 보여준다. 여성적 빛은 부드러우면서 강렬한 힘으로 대상 속에 스며들어 대상과 동화를 이루고, 어떤 차가운 눈이라도 녹여버리는 뜨거운 힘으로 대상을 새롭게 태어나게 만들기도 한다. 그것은 사랑의 힘이기도 하고, 동시에 새로운 사랑의 탄생을 의미하는 것이기도 하다. 이 시의 후반부에서 '하나뿐인 모습으로 나타나는 너의 이름'은 바로 사랑의 얼굴이라고 할 수 있다.

엘뤼아르의 산문시 중에서 다음의 시는 무엇보다 초현실주의적이면서도 시적 완성도가 높은 시이다.

비로드와 자기로 된 도시 안으로 돌아오라, 대지를 떠난 꽃들은, 있는 그대로의 빛을 보여주는 꽃병이고, 그것은 창문으로 되어 있을 것이다.

침묵은 보아라, 침묵의 입술에 입맞춤을 하여라. 그러면 도시의 지붕은 초라한 날개의 예쁘고 우울한 새가 되어 있을 것이다. [······]

—『고통의 수도』에서 발췌[25]

초현실적인 환상의 세계가 펼쳐지는 이 시에서 도시의 풍경은 우리가 일상적으로 생활하면서 친숙하게 바라보는 삭막한 도시가 아니

<hr>

24 같은 책, p. 374.
25 같은 책, p. 191.

라, 꿈속에서 완전히 새롭게 태어난 도시로 묘사된다. 이러한 도시를 꿈꿀 수 있는 시인, 아니 꿈꾸듯이 바라보는 시인의 상상력은 어떤 경계나 장벽을 뛰어넘어 초현실적 세계를 그린다. 그러나 엘뤼아르의 이러한 시적 풍경은 혼자만의 독백적인 언어로 그려져 있지 않다. 풍경을 독자가 이해할 수 없는 비현실적 풍경으로 만들지 않고, 독자에게 새로운 시각으로 현실을 바라보게 하는 데 초점을 맞추고 있기 때문이다. 다시 말해서 엘뤼아르는 초현실주의의 영역에서 핵심적인 역할을 수행하던 시절에도, "시인은 영감을 갖는 사람이기보다 영감을 주는 사람이다"[26]라는 말을 실천하고자 했던 것이다. 시인은 자기가 상상한 것을 독자가 감지할 수 있도록 써야 한다고 생각한 엘뤼아르는 어떤 방식으로거건 "시가 소통의 수단"이라는 문제를 외면할 수 없었을 것이다.

5. 엘뤼아르의 초현실주의 시와 그 이후

엘뤼아르가 브르통과 초현실주의 그룹을 떠난 것은 초현실주의 역사에서뿐 아니라 엘뤼아르의 시적 전개 과정에서도 중요한 사건으로 기록된다. 그 이후부터 그는 초현실주의적 상상력과 거리가 먼, 현실참여 시인으로 대중과 소통하는 시적 언어를 사용한다. 그의 시에서 이러한 변모는 초현실주의와의 완전한 단절을 의미하는 것으로 해석된다. 그렇다면 초현실주의 시인이었을 때의 시와 참여 시인 혹은 저

---

26 같은 책, p. 270.

항 시인으로 활동할 때의 시는 어떤 차이가 있는 것일까? 한 연구자는 엘뤼아르의 시에서 똑같이 사랑을 주제로 삼더라도, 전자의 경우에는 자연스럽고 생생하고 신선한 이미지들이 풍부하게 나타나는 데 반해, 후자의 경우에는 고전적이고 균형 잡힌 형식 속에서 이미지들이 훨씬 빈약하고 경직되게 표현되어 있음을 지적한다.[27] 문학사가의 객관적인 시각에서는 흔히 초현실주의의 가장 아름답고 풍부한 시집으로 엘뤼아르의 『고통의 수도』(1926)를 꼽는다. 이 시집에 담긴 시들의 자유롭고 다양한 주제들과 단순하면서도 신비로운 언어들의 향연은 사물과 세계를 호기심의 눈으로 바라보는 시인의 경탄하는 마음에서 비롯된 것이다. 그러나 그의 후기 시에서 젊은 날처럼 새로운 가치를 추구하는 눈과 마음의 힘을 발견하기는 어렵다.

그렇다면 엘뤼아르가 브르통의 '자동기술'과 같은 글쓰기에 충실하지 않으면서도 초현실주의의 대표적 시인으로 꼽히는 모순을 어떻게 설명할 수 있을까? 우리는 앞에서 엘뤼아르가 자동기술을 시에 무익하지 않고, 시를 반성하게 만들고, 시의 영역을 풍부하게 만드는 수단이라고 말한 것에 주목했다. 그러니까 그는 자동기술의 긍정적 의미마저 부인한 것은 아니었다. 그에게 중요한 것은 어디까지나 시와 '시적 의식'이었다. 이렇게 깨어 있는 '시적 의식'을 중요시하게 되면, 의식과 절연된 무의식의 흐름에 빠져들기가 어려웠을 것이다. 또한 엘뤼아르의 입장에서는 자동기술에 몰입하면 외부 세계 혹은 현실 세계와 단절하게 된다는 위기의식도 작용했을지 모른다. 물론 처음에

---

27 A. Kittang, *D'amour de poésie: Essai sur l'univers des métamorphoses dans l'oeuvre surréaliste de Paul Éluard,* Lettres modernes Minard, 1969, pp. 116~17 참조.

제2부 초현실주의 시와 소설의 다양성

엘뤼아르를 포함한 대부분의 초현실주의자들은 인간의 내면에 담긴 언어의 자유로운 분출을 가로막는 의식의 장애를 타파하고, 예술작품을 창작한다는 의지로 만들어진 정형화된 시를 파괴하려는 자동기술의 본래적 취지에 공감했다. 그들은 언어의 유희와 자유로운 초현실적 이미지들의 혼란스러운 사용을 통해 상투적이고 관습적인 표현들을 넘어선 새롭고 전복적인 가치를 추구하는 초현실주의적 미학과 이념을 공유했으며 그것을 자기들의 작품에서 실천하려고 했다. 엘뤼아르는 초현실주의자로서 이들과 대부분 같은 생각을 갖고 보조를 취했지만 자동기술의 문제, 독자와 소통할 수 있는 시적 언어의 문제에 관한 한, 같은 입장을 갖지 못했다. 그의 아름다운 초현실주의 시가 그러한 갈등과 긴장의 소산이라면, 그에게 초현실주의 그룹과의 결별은 결국 갈등과 긴장의 소멸을 의미하는 것이기도 하다.

초현실주의 그룹을 떠난 이후, 그는 삶과 세계의 신비를 모색하고 질문하는 초현실주의자가 아니라 행동의 명분이 분명하고 도덕적으로 갈등이 없는 참여 시인으로서 그리고 공산당원으로서 행동하고 시를 쓴다. 그의 시적 메시지는 더욱 분명해지고 웅변적인 수사도 확대되지만 시의 긴장성과 이미지들의 섬세한 생동감은 그만큼 축소되어버린 것도 사실이다. 그러나 엘뤼아르의 모든 참여시를 과거의 초현실주의 시와 비교해서 시적 긴장이 떨어진 단순한 시로 낮게 평가할 수는 없다. 「자유」를 비롯한 많은 시들은 시적 이미지의 전개가 자유로우면서도 역동적이고, 다양한 해석을 독자가 이끌어낼 수 있을 만큼 시의 메시지도 풍부한 자장을 보여주기 때문이다.

제8장
엘뤼아르의 「자유」와 초현실주의 시절의 자유

1. 들어가며

엘뤼아르의 시들 중에서 가장 유명한 시 「자유」는 나치가 프랑스를 점령했을 때 쓰였다. 처음 제목이 '자유Liberté'가 아니라 '오직 하나뿐인 생각Une seule pensée'이었던 것은 그 당시 극심한 검열을 피하기 위해서였다고 한다. 이것은 1942년 6월 알제리에서 발간되는 잡지 『샘물Fontaine』에 발표되었다가, 1943년 4월 『자유세계지La Revue du monde libre』에 재수록된다. 그 후 이 시는 프랑스뿐 아니라, 직·간접적으로 전쟁의 위기를 겪는 모든 나라에 번역되어 자유를 열망하는 모든 사람들에게 깊은 감동을 주는 시가 되었다. 전쟁의 참상과 피해를 겪는 사람들의 공통된 생각, 즉 '오직 하나뿐인 생각'이 '자유'인 것은 너무나 분명한 진실이다.

「자유」가 널리 알려질 무렵에 엘뤼아르가 독일군에 체포되어 총살당한 정치인 가브리엘 페리를 추도하며 쓴 시 「가브리엘 페리Gabriel Péri」[1]에는 인간을 '살게 하는faire vivre' '순수한 말'들의 예로 '온정 chaleur' '신뢰confiance' '사랑amour' '정의justice' '자유liberté' '어린이

enfant' '친절gentillesse' '용기courage' '발견하다découvrir' '형제frère' '동지camarade' 등이 열거된다. 이 말들 중에서 삶의 가장 중요한 기본적인 가치를 하나만 말하라고 한다면, 대부분 '자유'라고 대답할 것이다. 그것이 존재론적 자유이건, 억압과 소외로부터의 해방을 뜻하는 자유이건, 자유는 인간의 조건을 규정하는 기본적 개념과 다름없다. 이 글은 「자유」를 세밀하게 분석하는 한편, '자유'가 엘뤼아르의 초현실주의 시절에는 어떻게 표현되어 있는지 또는 시인의 자유에 대한 시적 인식은 어떻게 변화했는지를 살펴보기 위한 것이다.

2. 「자유」의 미시적 분석

「자유」는 모두 85행으로 구성되어 있고, 시간적·논리적 전후관계를 알 수 없는 상태에 "~위에 너의 이름을 쓴다"가 스물한 번 반복된다. 수사학의 용어로 말하자면, 하나 또는 여러 낱말이 반복되는 '에파날렙스épanalepse'와 강조 효과를 위해서 첫머리 말이 반복되는 '아나포르anaphore'의 용법에 의거한 것이다.

> 나의 초등학생 노트 위에
> 책상과 나무 위에
> 모래 위에 눈 위에
> 나는 너의 이름을 쓴다

---

1   P. Éluard, *Œuvres complètes*, tome I, Gallimard, coll. Bibliothèque de la Pléiade, 1968, p. 262.

Sur mes cahiers d'écolier

Sur mon pupitre et les arbres

Sur le sable sur la neige

J'écris ton nom

「자유」의 첫 연은 화자가 어린 시절의 자유와 관련된 기억을 떠올리는 데서 시작한다. 초등학생 때 노트에서 대부분의 독자는 '처음'과 관련된 말들, 즉 '처음' 알게 된 진실, '처음' 좋아하게 된 사람, '처음' 배운 글자 등이 적혀 있을 것을 연상하기 쉽다. 그렇듯이 시인의 시선은 '노트'에서 시작하여 노트가 놓여 있는 책상 그리고 교실 창밖의 나무로 향한다. 그런 다음 여름방학의 해변가 모래와 겨울방학의 흰 눈으로 향한다. 노트, 책상, 나무, 모래, 눈은 글씨를 쓰거나 새길 수 있다는 공통점을 갖는다. 그리고 쓰는 것이 첫사랑의 이름이라면, 어린이는 그 이름을 잊지 않으려고 정성스럽게 쓰거나 새기려 할 것이다. 이런 점에서 자유는 초등학생 때 처음 알게 된 첫사랑의 이름처럼 기억된다고 말할 수 있다.

내가 읽은 모든 책갈피 위에

모든 백지 위에

돌과 피와 종이와 재 위에

나는 너의 이름을 쓴다

Sur toutes les pages lues

Sur toutes le pages blanches

Pierre sang papier ou cendre

J'écris ton nom

2연에서 "내가 읽은 모든 책갈피"는 1연의 '노트'와 '책상'과 연결되면서 과거를 환기시킨다. "모든 백지"는 '모래'와 '눈'과 함께 하얀색이라는 공통점을 가지면서 '백지' 위에 써야 할 글을 연상케 한다는 점에서 미래의 행위를 암시한다. 또한 '백지'는 말라르메의 시구를 연상시킨다. "흰색이 지켜주는 백지의 램프 불 아래"(「바다의 미풍」)에서 '백지'는 시인에게 희망의 글쓰기라기보다 낭패감과 무력감을 불러일으키는 대상이다. 그러니까 "내가 읽은 모든 책갈피" 위에서 시인이 자유를 배웠다면, "모든 백지 위에" 자유를 쓴다는 것, 즉 '자유'를 올바르게 실천하거나 쟁취하는 행위는 그만큼 힘들고 어렵다는 것을 의미한다고 볼 수도 있다. "돌과 피와 종이와 재"에서 독자는 무기가 없는 피지배자들의 투쟁의 무기 혹은 투쟁의 성과를 연상할 수 있다. 종이는 투쟁의 의미를 담은 선언문 같은 것일 수 있고 '재'는 방화와 연결될 수 있기 때문이다.

황금빛 형상 위에

병사들의 총칼 위에

제왕들의 왕관 위에

나는 너의 이름을 쓴다

Sur les images dorées

Sur les armes des guerriers

Sur la couronne des rois

J'écris ton nom

 3연에서 시인은 봉건 군주 시대의 역사를 돌아본다. 흔히 역사적으로 중요한 인물들은 거리에 동상으로 세워져 있기도 하고 박물관이나 미술관에 초상화로 보관되기도 한다. "황금빛 형상"은 조각작품과 관련된다. '병사들'은 '제왕들'의 명령에 복종하는 무사들을 의미한다. 2연과 연관 지어서 생각하면 그들은 "돌과 피와 종이와 재"의 민중봉기를 진압하는 '제왕들'의 병사를 떠올리게 한다.

밀림과 사막 위에

둥지 위에 금작화 위에

어린 시절 메아리 위에

나는 너의 이름을 쓴다

Sur la jungle et le désert

Sur les nids sur les genêts

Sur l'écho de mon enfance

J'écris ton nom

 3연에서 "제왕들"과 "병사들의 총칼"은 시인의 역사의식과 관련짓기보다 어린이들이 좋아하는 전쟁 이야기의 주제로 볼 수 있다. 동화책과 연관시킨다면, 4연의 이미지들은 쉽게 이해된다. 어린이는 동화

책이나 그림책 또는 지도를 통해서 '밀림'과 '사막'을 꿈꿀 수도 있고, '둥지'와 새, 아름다운 '금작화'를 좋아할 수도 있기 때문이다. "어린 시절 메아리"는 어린 시절이 메아리처럼 기억된다는 것과 어린 시절에 메아리처럼 느껴지는 사건이 있었다는 것으로 해석되기도 한다. '메아리'는 경계가 불확실한 여운과 같다. 그러니까 어린 시절 어느 해 또는 어떤 방학 때 있었던 일이 나중에도 계속 내면의 울림으로 남는다면, 그것이 바로 "어린 시절 메아리"라고 할 수 있다.

> 밤의 경이로움 위에
> 일상의 흰 빵 위에
> 약혼의 계절 위에
> 나는 너의 이름을 쓴다
>
> Sur les merveilles des nuits
> Sur le pain blanc des journées
> Sur les saisons fiancées
> J'écris ton nom

'경이로움'의 뜻을 갖는 단어로는 la merveille와 le merveilleux가 있다. 라루스La Rousse판 독일어 사전에 의하면, 전자는 'miracle'(기적), 'prodige'(초자연적인 일)과 동의어이고 후자는 'admirable'(놀라운), 'extraordinaire'(특별한, 기이한), 'magnifique'(매우 아름다운), 'superbe'(멋진, 매우 좋은) 등의 형용사와 비슷한 뜻을 갖는다. 그러니까 후자의 le merveilleux는 형용사가 명사화되어 경이로운 것이라는 의미로 쓰였다고 할 수 있다. 브르통은 초현실주의 선언문에서 "경이로운 것은 언제나 아름답고, 오직 아름다운 것은 경이로운 것뿐"[2]이라고 주장한 바 있다. 그는 일상의 진부함과 현실의 한계를 벗어날 수 있는 방법은 '경이로운 것'밖에 없다는 뜻에서 이렇게 확언한 것으로 보인다.

엘뤼아르의 이 시에서 '밤의 경이로움'이란 초자연적인 일로 해석되고, '일상의 흰 빵'은 빵을 주식으로 삼는 사람들의 평화로운 삶을 상징한다고 볼 수 있다. 전쟁의 상황에서 사람들이 가장 그리워하는 것은 평화로운 일상의 삶이라고 말할 수 있기 때문이다. 밤과 낮, 일상과 계절의 명사가 모두 복수로 표현되는 것은 시간의 흐름과 반복을 나타내기 위해서다. "약혼의 계절"은 사랑과 희망의 약속을 의미하는 계절을 떠오르게 한다.

> 나의 모든 하늘색 헌 옷 위에
> 태양이 곰팡 슨 연못 위에
> 달빛이 영롱한 호수 위에
> 나는 너의 이름을 쓴다

> Sur tous mes chiffons d'azur
> Sur l'étang soleil moisi
> Sur le lac lune vivante
> J'écris ton nom

2 A. Breton, *Manifeste du surréalisme,* Jean-Jacques Pauvert, 1972, p. 23.

이 연에서는 대립적 의미의 어휘들이 은유적으로 결합되어 있다. 우선 "나의 모든 하늘색 헌 옷"의 '하늘azur'은 말라르메의 시에서 그렇듯이 시인의 이상을 뜻하는 창공이지만, '헌 옷'으로 번역한 'chiffons'은 '넝마'나 '걸레'를 뜻하기도 한다. 한쪽이 순수한 색깔이라면, 다른 한쪽은 더러운 것이다. 그다음에 '태양'과 '연못', '달'과 '호수'는 공간적으로 대립한다. 또한 '곰팡 슨moisi'과 '영롱한vivant'도 대립적이다. 이런 점에서 이 연은 시간의 흐름과 삶의 다양성 또는 우여곡절을 암시한다고 할 수 있다.

> 들판 위에 지평선 위에
> 새들의 날개 위에
> 그리고 그늘진 풍차 위에
> 나는 너의 이름을 쓴다

> Sur les champs sur l'horizon
> Sur les ailes des oiseaux
> Et sur le moulin des ombres
> J'écris ton nom

앞의 연과 달리 이 연은 자유의 이미지로 통일되어 있다. '들판'이 넓게 펼쳐진 공간의 끝 지점이 지평선이라면, 그 지평선을 향해서 자유롭게 날아가는 "새들의 날개"는 '들판'과 함께 자연스럽게 연상되는 이미지이다. 여기서 '날개aile'는 '새의 날개'이지만, 풍차의 날개이거나 비행기의 날개로 볼 수도 있다. 또한 '그늘ombres'은 우울이나 불행을 뜻하는 어두운 그림자로 번역된다는 데 주의할 필요가 있다. 자유의 날개가 구속되는 '어두운 그림자'가 연상되기 때문이다.

새벽의 모든 입김 위에
바다 위에 배 위에
광란의 산 위에
나는 너의 이름을 쓴다

Sur chaque bouffée d'aurore
Sur la mer sur les bateaux
Sur la montagne démente
J'écris ton nom

앞의 연에서 공간의 구성요소가 '들판'과 '지평선'이라면, 이 연에서는 '바다'와 '산'이 등장한다. "새벽의 모든 입김"은 어둠이 사라지고 태양이 떠오르기 직전의 어슴푸레한 빛의 안개와 같다. "광란의 산"은 미친 듯이 분노하는 산을 가리킨다. 이것은 폭풍우가 거세게 몰아치는 풍경을 떠올리게 한다.

구름의 거품 위에
폭풍우의 땀방울 위에
거칠고 흐릿한 빗방울 위에
나는 너의 이름을 쓴다

Sur la mousse des nuages

Sur les sueurs de l'orage

Sur la pluie épaisse et fade

J'écris ton nom

앞의 연에서 표현된 사납게 비바람이 부는 풍경의 연속으로 '구름' '폭풍우' "거칠고 흐릿한 빗방울"이 표현된다. 여기서 '거칠고 흐릿한' 으로 번역한 두 개의 형용사는 '굵고 흐릿한'으로 옮길 수도 있다. 또한 "구름의 거품"과 "폭풍우의 땀방울"은 견디기 힘들 정도로 습기 찬 날씨의 분위기를 전달한다.

반짝이는 모든 것 위에

여러 색깔의 종들 위에

구체적 진실 위에

나는 너의 이름을 쓴다

Sur les formes scintillantes

Sur les cloches des couleurs

Sur la vérité physique

J'écris ton nom

엘뤼아르는 빛의 이미지를 애호한 시인이다. 그의 시에서 사랑하는 여자는 '빛'이거나 태양 또는 '빛의 광산mine de lumière'으로 표현되기도 하고, 행복과 희망 또는 정의를 뜻하는 은유로 쓰이는 경우도 많다. 이 연에서 "반짝이는 모든 것"은 구체적인 것만이 아니라 희망을 상기시키는 모든 것으로 이해될 수 있다. 또한 "여러 색깔의 종들"은 단순히 다양한 색깔의 종이 아니라, 음역 또는 소리에 따라 다른 느낌을 주는 종들을 말한 것이다. 일반적으로 종소리는 희망을 일깨워주거나 각성의 효과적 수단으로 쓰인다. "구체적 진실"은 '구체적physique'이라는 형용사의 어원을 생각해서 자연의 진실로 해석할 수 있다.

> 깨어날 오솔길 위에
> 뻗어 있는 도로 위에
> 넘치는 광장 위에
> 나는 너의 이름을 쓴다

> Sur les sentiers éveillés
> Sur les routes déployées
> Sur les places qui débordent
> J'écris ton nom

'오솔길' '도로' '광장'은 자연의 바탕 위에 만든 공간이다. 이 중에서 '오솔길'은 들판, 숲, 산에 만들어진 좁은 길을 뜻한다. 랭보의 시 「감각Sensation」의 첫 구절은 "여름날 푸르른 저녁, 나는 오솔길로 가리라"이다. 여기서 '오솔길'은 목적지에 빠르게 갈 수 있는 현실적인 직선의 길이 아니라 몽상과 사색에 적합한 구불구불한 길을 의미한다. '도로'는 한 도시에서 다른 도시로 이동할 때 편리하게 이용할 수 있

제2부 초현실주의 시와 소설의 다양성

게 만든 넓은 길이다. '광장'은 엘뤼아르의 시에서 두 가지로 나타난
다. 하나는 비어 있는, 사람이 없거나 사라진 광장이고, 다른 하나는
사람이 많고 활기를 띠고 물이 넘치듯 사람들로 가득 찬 광장이다.
첫번째 예는 「화합L'entente」에서 나타난 것처럼 "도시의 중심가에서
텅 빈 광장에 붙잡힌 머리" "부조리한 이 광장 위에 너는 하나의 나뭇
잎일 뿐 허공을 나는 한 마리 새일 뿐"[3]과 같은 부분이다. 두번째 예
는 "커다란 광장에는 커다란 웃음이 있고/황금빛 광장에는 여러 상황
의 웃음이 있다"(「모두 구제된다Tout est sauvé」)와 같은 부분이다. '광장'
이 황량한 공간일 경우 단수로 나타나고, 기쁨과 축제의 광장은 복수
로 표현된다는 것도 구별할 필요가 있다.

> 불 켜진 램프 위에
> 불 꺼진 램프 위에
> 모여 앉은 가족들 위에
> 나는 너의 이름을 쓴다

> Sur la lampe qui s'allume
> Sur la lampe qui s'éteint
> Sur mes maisons réunies
> J'écris ton nom

시인의 상상은 집 밖의 '광장'에서 집 안의 '램프'로 돌아온다. 상징

---

3   P. Éluard, *Œuvres complètes*, tome I, pp. 460~61.

어 사전에 의하면, 램프는 인간을 상징한다고 되어 있지만, 수사학으로 해석하자면 집이나 가정의 환유이다. "불 켜진 램프"는 사람이 집에 있다는 것을 의미하고, "불 꺼진 램프"는 사람이 집에 없다는 것을 뜻한다. 'maison'은 집이라는 뜻과 함께 가족이나 가정을 나타내기도 한다. 따라서 "모여 앉은 가족들"은 '모여 있는 나의 집들'이라고 해석할 수도 있다. 그러나 '모여 있는 나의 집들'이라고 하면 집을 여러 채 소유한다는 의미로 해석될 수 있기 때문에 이 번역을 피했지만, 이를 통해 동네나 마을의 모든 집이 위기 상황에서는 '모여 있는 나의 가족'과 같다는 해석을 열어놓을 수 있다. 엘뤼아르의 시에서는 단수 1인칭 'Je'가 종종 복수 1인칭 Nous를 뜻하기도 한다. 이런 점에서 "나의 집들"은 "우리의 집들"로 바꾸어 해석할 수도 있다.

둘로 쪼갠 과일 위에
거울과 내 방 위에
빈 조개껍데기 내 침대 위에
나는 너의 이름을 쓴다

Sur le fruit coupé en deux
Du miroir et de ma chambre
Sur mon lit coquille vide
J'écris ton nom

모든 집에는 거울과 방, 침대가 있기 마련이다. 가구 중에서 거울은 사람의 정체성을 깨닫게 하는 도구이자 꿈과 현실 사이의 매개로 기능한다. "둘로 쪼갠 과일"은 가족이 음식을 나누어 먹는다는 의미를 나타낸다. 또한 거울은 비치는 대상을 두 개로 확장하는 역할을 하므로 방은 두 배로 넓어진다는 넉넉한 느낌을 줄 수 있다. 내 침대가 "빈 조개껍데기"처럼 느껴진다는 것은 "빈 새집처럼 은신처의 몽상을 불러일으키기"[4] 때문이다. 바슐라르의 말을 인용하자면, 조개껍데기 속에서 산다는 "꿈은, 약한 사람이건 강한 사람이건, 인간과 운명의 부당함에 맞서 싸우면서 커다란 슬픔에 빠져 있을 때 찾아오는 것"[5]이다.

> 잘 먹고 착한 우리 집 개 위에
> 그 곤두선 양쪽 귀 위에
> 그 뒤뚱거리는 다리 위에
> 나는 너의 이름을 쓴다

> Sur mon chien gourmand et tendre
> Sur ses oreilles dressées
> Sur sa patte maladroite
> J'écris ton nom

앞의 연에서 가구가 등장한 것과는 달리, 이 연에서는 사람과 가장 친한 동물, 반려견이 "잘 먹고 착한" 개, "곤두선 양쪽 귀" "뒤뚱거리는 다리" 등으로 묘사된다. 여기서 '잘 먹는다'는 의미로 쓰인 gourmand

---

4   G. Bachelard, *La poétique de l'espace*, PUF, 1978, p. 107.
5   같은 책, p. 120.

제8장 엘뤼아르의 「자유」와 초현실주의 시절의 자유

를 gourmet라는 표현과 구별해볼 수 있는데, 둘의 차이는 "절제를 모르고 무엇이든지 잘 먹는" 대식가와 "많이 먹기보다 맛있는 음식을 골라서 먹는" 미식가의 차이와 같다. 무엇이든지 잘 먹는 반려견이 귀엽게 보이는 것은 당연하다. 개의 "곤두선 양쪽 귀"는 집을 지키는 역할에 맞게 늘 깨어 있는 모습을 암시하고, "뒤뚱거리는 다리"는 '다리가 길지 않고 땅딸막한' 개의 귀엽고 부자연스러운 걸음걸이를 연상케 한다.

> 내 문의 발판 위에
> 친숙한 물건들 위에
> 축성의 불길 위에
> 나는 너의 이름을 쓴다

> Sur le tremplin de ma porte
> Sur les objets familiers
> Sur le flot du feu béni
> J'écris ton nom

이 연은 앞의 연과 단절된 느낌을 준다. 우선 "내 문의 발판"에서 '발판tremplin'이라는 단어를 생각해보자. 이 단어는 운동 용어로서 수영장의 다이빙대나 스키 점프대를 가리킨다. '문의 발판'은 밖에서 안으로 들어오기 위한 것이 아니라 안에서 밖으로 나가기 위한 것이다. 다시 말해서 스키 점프대나 수영장 다이빙대 앞에서 운동선수가 몸을 날리려는 것처럼, 시인은 '발판'이라는 명사를 통해 집 밖을 나서려는 자신의 투쟁적인 마음가짐을 드러낸다. "친숙한 물건들"은 앞에서 표현된 모든 사물이나 풍경들이다. "축성의 불길"에서 불길은 물과 불의 결합이라는 점에서 모순어법으로 표현된다. 이 모순어법을 통해 신의 축복을 받는 인간의 용기와 헌신 또는 자기희생의 덕목이 강조될 수 있다.

> 화합한 모든 육체 위에
> 내 친구들의 이마 위에
> 건네는 모든 손길 위에
> 나는 너의 이름을 쓴다

> Sur toute chair accordée
> Sur le front de mes amis
> Sur chaque main qui se tend
> J'écris ton nom

이 연의 주제는 인간의 우정과 사랑의 아름다움이다. "화합한 모든 육체"에서 '화합한accordée'은 '일치된'으로도 번역할 수 있다. 가령 "그에게는 원칙과 삶이 일치된다Il accorde ses principes et sa vie" 같은 문장을 예로 들어볼 수 있다. 또한 "친구들의 이마"에서 '이마front'는 '얼굴'의 환유이다. 이것은 신의와 솔직함의 표시로도 쓰인다. "건네는 모든 손길"은 두 사람의 상호적인 신뢰를 나타내는 행위이다. 지금까지의 모든 이미지들은 자유로운 삶에서 누릴 수 있는 행복한 풍경과 관련된다. 그러나 점차적으로 일상의 자유가 위태로운 상황에 처한 듯하다.

놀라움의 유리창 위에
긴장된 입술 위에
침묵을 넘어서서
나는 너의 이름을 쓴다

Sur la vitre des surprises
Sur les lèvres attentives
Bien au-dessus du silence
J'écris ton nom

'유리창'은 집의 안과 밖을 연결하는 수단으로서 단단하면서도 투명하다. 유리창은 '칸막이écran'와 같지만, 엘뤼아르의 시에서 이것은 대상을 감추기 위한 것이 아니라, 대상의 존재를 드러내거나 발견하기 위한 이미지로 쓰인다.

슬픔의 파수꾼들처럼 유리창에 이마를 대고[6]
Le frongt aux vitres comme font les veilleurs de chagrin

엘뤼아르의 다른 한 시구에서 "유리창"은 슬픔 속에서도 절망하지 않고 희망을 찾으려는 기대감을 나타낸다. 그러나 「자유」에서 "놀라움의 유리창"은 자유가 위기를 맞는 뜻밖의 사건을 암시하는 듯하다.

6 P. Éluard, *Œuvres complètes*, tome I, p. 238.

이러한 돌발적 상황은 놀라움의 침묵을 불러일으킬 수도 있고, 말의 자유가 억압되는 것을 뜻하기도 한다. "긴장된 입술"은 창 안에 있는 사람과 창밖에 있는 사람 사이에, 침묵이 아닌 진정한 대화가 이뤄질 수 있기를 바라는 얼굴 모양과 같다.

> 파괴된 내 안식처 위에
> 무너진 내 등대 위에
> 권태의 벽 위에
> 나는 너의 이름을 쓴다

> Sur mes refuges détruits
> Sur mes phares écroulés
> Sur les murs de mon ennui
> J'écris ton nom

이 연과 다음 연은 개인적으로건 집단적으로건 자유를 파괴하는 전쟁의 폐해가 얼마나 극심한지를 암시하는 은유적 표현들로 점철된다. '파괴된 안식처' '무너진 등대' '권태의 벽'은 모두 복수로 나타난다. 시간적인 전후 관계를 보자면, '안식처'와 '등대'가 파괴된 '나'에게 남은 것은 '권태의 벽' 외에 아무것도 없다는 생각을 하게 된다. '벽'은 출구 없는 공간의 은유이다. '권태'는 우울spleen과 같다.

> 욕망 없는 부재 위에
> 벌거벗은 고독 위에

죽음의 계단 위에
나는 너의 이름을 쓴다

Sur l'absence sans désir
Sur la solitude nue
Sur les marches de la mort
J'écris ton nom

"욕망 없는 부재"는 극단적인 결핍 상태를 의미한다. 물론 '부재'는
사람의 부재일 수도 있고, 사물의 부재일 수도 있다. 사람의 부재일
경우, 그 사람에 대한 그리움마저 없다는 것이다. "벌거벗은 고독"은
가족도, 친구도, 사랑도 없는 고독한 개인으로서 인간의 실존적 상황
을 떠오르게 한다. 이런 상태에 남아 있는 것은 "죽음의 계단," 즉 삶
의 최후뿐이다. 그러나 자유가 말살되는 극단적인 상황에서 새로운
삶의 희망이 솟아오른다.

되찾은 건강 위에
사라진 위험 위에
추억 없는 희망 위에
나는 너의 이름을 쓴다

Sur la santé revenue
Sur le risque disparu
Sur l'espoir sans souvenir

J'écris ton nom

　앞의 연이 삶의 최후를 암시했다면, 여기서는 마치 급격한 반전의 드라마가 펼쳐지듯이 모든 불쾌한 기억들이 사라진 상태가 표현된다. "욕망 없는 부재" 대신에 "추억 없는 희망"이 나타남으로써, '추억'은 '부재'가 되고 희망은 욕망을 부활시킨다. 이렇게 낙관적인 미래의 희망으로 절망적인 과거는 사라지고, 새로운 자유의 삶이 솟아오르는 듯하다.

　　그 한마디 말의 힘으로
　　나는 삶을 다시 시작한다
　　나는 태어났다 너를 알기 위해서
　　너의 이름을 부르기 위해서

　　자유여.

　　Et par le pouvoir d'un mot
　　Je recommence ma vie
　　Je suis né pour te connaître
　　Pour te nommer

　　Liberté.

　이 마지막 연의 시작은 앞의 20연과 다르게 전치사 'sur(위에)'가 아니라 접속사 'et'(그리고)와 전치사 'par'(의해서)로 이루어진다. 이제 시인은 '자유'라는 말의 힘으로 "삶을 다시 시작한다"는 것을 선서하듯이 말한다. "나는 삶을 다시 시작한다"와 "나는 태어났다"는 것은 거의 같은 의미의 문장들이다. 시인은 기독교 신자가 하느님의 은총으로 세례를 받아 새로운 삶을 살게 된 것처럼 '자유'라는 말의 힘으로 다시 태어났다고 선언하는 듯하다. 이제는 더 이상 '너의 이름을 쓰는 것'이 중요하지 않다. 그것보다 '너를 알고, 너의 이름을 부르며' 사는 것이 중요하기 때문이다. 삶과 자유는 일치하는 것이다.

3. 초현실주의 시절의 자유

「자유」의 서두는 "나의 초등학생 노트 위에" "나는 너의 이름을 쓴다"로 구성된다. 이 구절에서 독자는 시인이 초등학교에 입학했을 때부터 자유의 의미를 배운 것처럼 해석하기 쉽다. 그러나 대부분의 어린이들에게 자유란 들판에서 마음대로 뛰어다니거나 새처럼 자유롭게 날아다니는 행위로 이해된다. 엘뤼아르 역시 마찬가지이다. 그는 어린 시절뿐 아니라, 시 쓰기를 시작한 젊은 날에도 자유를 마치 새의 비상처럼 어떤 한계나 구속 없는 상태로 생각했다. 그의 초기 시에서 자유는 구체적이고 정치적인 개념이 아니라 사랑의 주제와 관련되어 추상적이고 모호한 이미지로 나타난다.

나는 너를 모래 속에 파묻으리라
파도에 휩쓸려 갈 수 있도록

제2부 초현실주의 시와 소설의 다양성

어렴풋한 형체의 **자유**

나는 너의 머리칼을 햇볕에 말리겠노라
불사조가 덫에 걸려 쓰러진 그것을

먹이가 될 수 있는 **자유**[7]

Je t'enfouirai dans le sable
Pour que la marée te délivre

La liberté pour l'ombre

Je te ferai sécher au soleil
De tes cheveux où le phénix tombe dans une trappe

La liberté pour la proie

　사랑을 주제로 한 이 시의 제목은 「사랑의 주위에서Autour de l'amour」
이다. 이 시에는 '자유'가 두 번 등장한다. 하나는 "어렴풋한 형체의
자유"이고, 다른 하나는 "먹이가 될 수 있는 자유"이다. 자유가 이렇게
희미하게 표현되는 것은 그것의 본질이 명확하지 않고, 포식자의 먹

7　같은 책, p. 277. 강조는 필자.

이가 될 수 있을 만큼 연약하고 불안하다는 것을 알려준다. 특히 자유가 사랑과 동의어처럼 사용될 경우에 이러한 특징은 더욱 두드러진다. 사실 엘뤼아르는 아름답고 강렬한 사랑의 시를 많이 쓴 시인이지만, 사랑에 대한 고정관념을 갖고 있지 않았다. 그는 랭보처럼 "사랑은 재창조되어야 한다"라거나 사랑을 끊임없이 새롭게 정의해야 한다고 생각했다. 그러므로 「사랑의 주위에서」에 나타난 '자유'는 사르트르의 자유처럼 잉여적인 것으로 작용하며 주체의 부담이 되는 자유로 보인다. 물론 사랑은 자유의 상태에서 형체 없이 되거나 '먹이'가 될 수 있을 만큼 취약할 수 있기 때문에 사랑을 굳건히 만들어가는 노력이 필요하듯이 자유 역시 그것을 지키려는 끊임없는 의지가 뒷받침되어야 한다.

> 세계는 나의 우주와 분리되고
> 전투의 절정에서
> 피의 계절이 내 머릿속에 시들어갈 때
> 나는 구별한다 햇빛과 인간의 빛
> 나의 빛을
> 나는 구별한다 정신의 혼미와 **자유**를
> 죽음과 도취를
> 잠과 꿈을[8]

> Le monde se détache de mon univers

---

8   같은 책, p. 175. 강조는 필자.

Et, tout au sommet des batailles,

Quand la saison du sang se fane dans mon cerveau,

Je distingue le jour de cette clarté d'homme

Qui est la mienne,

Je distingue le vertige de la liberté,

La mort de l'ivresse,

Le sommeil du rêve

인용된 시구는 「더 이상 나누지 않는 것Ne plus partager」의 일부로서 그 앞에는 "모든 다리가 끊어"진 교류의 단절 상황에서 "아무것도 보이지 않는" 절망의 상태가 암시되어 있다. 절망과 고독의 상태에서 화자는 '구별'의 행위로 의식을 잠들지 않게 한다. 그는 '자연의 햇빛'과 "인간의 빛"을 "정신의 혼미와 자유"를, "죽음과 도취"를, "잠과 꿈"을 구별한다. 여기서 화자가 '인간의 빛' '자유' '도취' '꿈'의 가치를 등가적으로 이해하고, 중요시한다는 것을 알 수 있다. 다시 말해서 '자유'는 '정신의 혼미'와 죽음과 잠에 대한 대립적 개념이다. 이것은 시인에게 의식이 잠들지 않고 깨어 있기 위한 중요한 가치로 인식된다.

엘뤼아르는 1942년에 쓴 「자유」와 같은 제목의 시를 1937년에 쓴 바 있다. 두 시의 다른 점은 정관사가 있고 없고의 차이뿐이다. 이 시 「자유La liberté」는 나신의 여자가 깃발을 들고 달리는 만 레이[9]의 그

---

9   만 레이Man Ray(1890~1976)는 화가이자 사진 작가이다. 1926년 3월 26일 초현실주의 화랑에서 만 레이의 작품 전시회가 열렸다. 브르통은 화가로서의 만 레이보다 사진 작가로서의 만 레이에게 열렬한 찬사를 보냈다. 실제로 그는 사진에 대한 기존의 인식을 바꾸어 놓았다고 이야기된다.

림 옆에 배치되어 있다.

> **자유**여 오 현기증이여 조용한 맨발
> 투명한 부끄러움의 숭고한 봄보다
> 더 가볍고 더 단순한 **자유**여[10]

> Liberté ô vertige et tranquilles pieds nus
> Liberté plus légères plus simple
> Que le printemps sublime aux limpides pudeurs

시인은 자유를 단순하고 경쾌하고 조용한 모습으로 그렸다. 그러니까 엘뤼아르는 이 시를 쓸 때만 하더라도 우렁찬 함성이 들려오는 광장의 자유를 연상한 것이 아니라, 소리 없는 '자유의 여신상'을 가볍고 역동적인 형태로 변화시킨 듯하다. 또한 "투명한 부끄러움의 숭고한 봄"의 비유로 자유는 남성적이기보다 여성적으로, 야성적이기보다 정숙한 모습으로 표현되었음을 알 수 있다.

> **자유**의 감옥들은 사라진다
> 우리는 영원히 남겨놓았다
> 우리들 뒤에서 소진되는 희망을
> 본능과 재난과 폭정으로
> 뒤엉킨 도시에서[11]

---

10 같은 책, p. 616. 강조는 필자.

Les prisons de la liberté s'effacent

Nous avons à jamais

Laissé derrière nous l'espoir qui se consume

Dans une ville pétrie de chair et de misère

De tyrannie

「그해의 끝에서A la fin de l'année」라는 이 시에서 '자유'는 개인적이기보다 집단적이고, 실존적이기보다 정치적이다. "자유의 감옥들"이 사라진 세계는 영원하지 않다. 시인은 "자유의 감옥들"이 영원히 사라진 것이 아니라, "우리들 뒤에서 소진되는 희망"을 "영원히 남겨놓았다"고 진술한다. 자유는 한 번의 쟁취로 존속하는 것이 아니다. 자유를 지키려는 사람들의 끊임없는 노력과 의지가 필요하다. '자유의 감옥'은 "본능과 재난과 폭정"이 지배하는 도시에서 언제나 되살아날수 있는 것이다. 물론 도시가 그런 위험에 처해 있더라도 '희망'이 불타는 한, 그러한 부정적인 역경을 극복할 수 있다. 그것은 '자유의 감옥'을 무너뜨릴 수 있는 희망이기 때문이다. 엘뤼아르의 시에서 '자유'는 이제 개인적이고 실존적인 차원에 한정되지 않고, 사회적이고 집단적인 가치로 확산된다.

우리의 태양은 우리에게 가져다주었다

자유의 따뜻한 육체를

11 같은 책, p. 463. 강조는 필자.

우리는 입맞춘다 가장 신비로운

들판의 푸르른 입을

향기를 숨결을 빛을[12]

Notre soleil nous a livré

Sa chaude chair de liberté

Nous embrassons la bouche bleue

L'odeur le souffle la clarté

Du champ le plus mystérieux

이 시 「뒤섞이리라se confondraient」에서 태양이 "자유의 따뜻한 육체"를 가져다주었다는 것은 자유가 햇빛처럼 소중하고 일상적인 것이 되었음을 의미한다. 자유는 사랑하는 애인처럼 또는 아름다운 자연처럼 표현된다. 자유는 추상적인 개념이 아니라 "따뜻한 육체"로 구체화된 것이다. 이제 시인은 인간적으로 가장 풍요롭고 아름다운 자유를 꿈꿀 수 있다.

4. 결론을 대신하여

1938년 엘뤼아르는 브르통과 초현실주의 그룹을 떠난다. 이 결별은 초현실주의 역사에서뿐 아니라, 엘뤼아르의 시적 전개에서 전환

---

12 같은 책, p. 1078. 강조는 필자.

점이 되는 중요한 사건으로 기록된다. 그는 그때까지 그의 정신을 지배하고 그의 상상력을 풍요롭게 만든 원동력과는 상관없이 새로운 길로 들어선다. 물론 이러한 방향 전환이 급격하게 이루어진 것은 아니다. 그는 1936년 런던에서 열린 초현실주의 그림 전시회에서 이렇게 말한 바 있다. "지금은 모든 시인들이 타인의 삶, 집단의 삶에 깊숙이 연관되어 있음을 주장할 권리와 의무를 갖는 시대가 되었다. [……] 순수시? 시의 절대적 힘은 모든 인간의 정신을 순화하는 것이다. 로트레아몽의 말에 귀를 기울여보자. '시는 모든 사람들에 의해서 만들어져야 한다. 시는 한 사람이 만드는 것이 아니다.'"[13] 시인의 주관적 영감으로 시를 쓰기보다 시대적 상황과 동시대의 모든 사람들을 의식해야 한다는 이러한 선언은 그의 문학적 방향이 순수시에서 '참여시poésie engagée'로 바뀌게 되었음을 밝힌 것이다.

우리는 자유를 주제로 엘뤼아르의 초현실주의 시절의 시와 참여시의 차이와 변화를 추적해보았다. 그 결과로 초현실주의적 시에서는 자유가 아름답고 신비스럽게 표현되어 있었지만, '참여시'에서는 보다 힘차고 쉽고 명료하고 다양한 이미지로 변주됨을 알 수 있었다. 초현실주의 시절의 자유에서는 시인의 상상력이 중요시되었고, 참여시에서는 대중의 이해와 공감이 우선적으로 고려되었다고 볼 수도 있다. 또한 전자의 경우, 자유가 실존적인 것으로서 초현실주의적 이미지로 표현되어 있다면, 후자의 경우에 자유는 상황적인 것으로서 구체적 이미지로 변주되고 있다. 엘뤼아르는 자유가 위태로운 절박한 상황에서 대중이 이해하기 어려운 언어보다 대중에게 친숙하고 소통하기

13 같은 책, pp. 513~14.

쉬운 언어로 자유를 노래한 것이다. 그러나 '참여시'의 한 성과로 평가되는 「자유」가 초현실주의 시절의 자유롭고 풍요한 시 쓰기를 거치지 않고 만들어질 수는 없었을 것이다.

제9장
아라공의 『파리의 농부』, 현실성과 초현실주의

1. 들어가며

초현실주의 문학에서 아라공의 『파리의 농부Le Paysan de Paris』 (1926)는 브르통의 『나자』, 데스노스의 『자유 또는 사랑!』과 더불어 초현실주의적 소설의 성과로 손꼽히는 작품일 뿐 아니라 1920년대 초현실주의 작가의 삶과 문학의 방식 혹은 세계를 보는 시각을 독특하게 보여주는 소설로 평가된다. 또한 이 소설은 아라공의 문학적 이력 속에서 『무한의 옹호La Défense de l'infini』와 『방탕Le Libertinage』과 함께 그가 현실주의 소설의 작가로 변모하기 전, 초현실주의 그룹의 중요한 시인으로 활동하던 시기에 쓴 작품으로 널리 알려져 있다.[1] 그러나 브르통의 『나자』를 읽은 후에 이 소설을 읽게 된 독자라면 우선 이 소설과 초현실주의의 관계에 대해 의아심을 품게 되는데, 그것은 사물을 묘사하는 아라공의 특이한 방법 때문이다. 「초현실주의 선

---

1 『무한의 옹호』는 『방탕』이나 『파리의 농부』와 마찬가지로 아라공의 초현실주의적 경험에서 태어났다. P. Daix, *Aragon, une vie à changer*, Éditions du Seuil, 1975, p. 199.

언문」이나 『나자』에서 브르통이 사실주의적 묘사와 현실주의 소설에 대해 비판하고 거부한 것을 기억하는 독자의 입장에서는 『파리의 농부』를 읽으면서 아라공식의 반反사실주의적 묘사를 예상하거나 기대하기 마련이다. 그러나 그런 예상과는 달리『파리의 농부』에는 어떤 사실주의 소설보다 더 세밀한 묘사가 과도할 정도로 많아, 독자는 당혹감을 갖게 된다. 물론 사물에 대한 세밀한 묘사들이 일관되게 전개되는 것은 아니지만, 이 소설의 중심부에 있는「오페라 아케이드Le Passage de l'Opéra」의 장에서 특히 집중적으로 나타나는 극사실주의적 hyperréaliste 묘사와 서술은 독자를 당혹시키기에 충분하다.

이처럼 과도한 묘사의 부분들을 제외한다면, 『파리의 농부』는 삼인칭의 허구적 소설이 아니라 작가의 실제 체험을 일인칭으로 이야기했고, 도시에서 낯설고 경이로운 초현실적 이미지를 찾으려 했으며, 사변적인 산문의 흐름 속에서 행위의 원인과 결과를 설명하는 논리적 서술을 택하지 않고 이질적 요소들이 우연적으로 결합되거나 병치되는 전개 방식을 취했다는 점 등에서 초현실주의 소설의 특징을 공유한다고 말할 수는 있다. 한 연구자는 아라공의 후기 소설에서 초현실주의의 요소가 어떤 방식으로 남아 있는지를 탐색하면서 아라공의 초현실주의가 초현실주의 그룹에서 독창적이었음을 지적한다.[2] 다시 말해서『파리의 농부』와 같은 소설이 초현실주의 소설의 전형과 다르게 보이면 보일수록, 그렇게 보인 부분은 그만큼 초현실주의 소설의 영역을 새롭게 넓혀놓은 것으로 해석할 수 있다. 그러나 아라

---

2   J. Bernard, *Aragon: La permanence du surréalisme dans le cycle du monde réel*, José Corti, 1984, p. 16.

공의 소설이 초현실주의 소설의 외연을 확대했다고 보는 비평적 견해는 일정한 시간적 거리를 두고 초현실주의를 객관화할 때 가능한 시각이지, 이 소설이 발표되었을 때부터 그렇게 이해되었으리라고 생각되지는 않는다. 초현실주의적 글쓰기가 곧바로 '자동기술'인 것처럼 인식되는 1920년대의 상황에서, 브르통을 제외한 대부분의 초현실주의자들은 『파리의 농부』를 '스캔들처럼comme un scandale'[3] 받아들였다고 한다.

그렇다면 초현실주의에서 아라공의 역할은 무엇이고, 『파리의 농부』는 어떤 점에서 초현실주의 소설이라고 말할 수 있을까? 논란의 핵심이 되는 아라공식의 묘사가 초현실주의적 글쓰기와 대립된다고 보는 것은 과연 타당한 생각일까? 이 소설에서 초현실주의의 특징적인 이미지와 서술 방식은 무엇인가? 이 소설의 서두에 실린 「현대의 신화를 위한 서문」과 도시에서의 산책 혹은 도시 공간에 대한 산책자의 관찰은 어떤 관계를 갖는 것일까? 대략 이런 문제들을 중심으로 이 소설을 검토해보자.

2. 묘사의 문제

이 소설의 목차는 일반적인 소설과는 다르게 에세이처럼 「현대의 신화를 위한 서문」「오페라 파사주」「뷔트 쇼몽에서의 자연의 감정」「농부의 꿈」이라는 제목으로 구성되어 있다. 이질적인 제목과 상이

3　R. Garaudy, *L'itinéraire d'Aragon*, Gallimard, 1961, p. 138.

　제9장 아라공의 『파리의 농부』, 현실성과 초현실주의

한 문체로 각각 다른 시기에 쓰인 이 네 개의 부분들에서 글의 분량
이 적은 첫번째와 네번째를 각각 서론과 결론에 해당된다고 본다면,
본론은 결국 두번째와 세번째의 글이라고 할 수 있다. 그중에서 세번
째 글이 어둠이 내린 뷔트 쇼몽 공원에서 화자가 산책하면서 본 풍경
과 떠오른 생각을 사실적이고 서정적인 문체로 표현한 것이라면, 두
번째 글은 파리의 아케이드를 걸으면서 거리의 풍경과 상점의 내부
를 꼼꼼히 그리면서 자신의 생각과 상상의 세계를 보여준 것이다. 그
러니까 이 소설에서 사실주의적 묘사의 문제가 논의될 수 있는 대목
은 두번째와 세번째 장인 「오페라 파사주」와 「뷔트 쇼몽에서의 자연
의 감정」에서이다. 그러나 이런 묘사의 문제가 첫번째의 「현대의 신
화를 위한 서문」과 관련되어 있기 때문에 이 소설에서 사실주의적 성
격의 서술 방식을 이해하기 위해서는 먼저 「현대의 신화를 위한 서
문」의 내용을 살펴봐야 한다.

아라공은 이 서문에서 이성적 사고와는 다른 감각적 인식이나 환
각이 우리의 올바른 판단을 그르치게 하거나 인식의 오류에 빠지게
한다는 데카르트적 이성의 논리를 공격한다. "내가 감각의 지배를 받
고 있다는 것을 이성이 아무리 비난하려 해도 소용없는 일이다."[4] 그
는 데카르트의 논리와는 다르게, 감각적인 직관에서 생겨난 환상이
이성의 올바른 판단을 그르치게 하는 함정이 아니라, "그 무엇으로도
밝힐 수 없는 목적지에 도달할 수 있는 특이한 길"[5]이라고 말한다. 그
는 이렇게 이성보다 폄하되는 감각에 높은 의미를 부여하고 이성의

4 L. Aragon, *Le Paysan de Paris*, Gallimard, 1975, p. 11.
5 같은 책, p. 13.

오류와 같은 환각의 중요성을 강조한다. 이것은 브르통이 「초현실주의 선언문」에서 이성의 속박으로부터 상상력의 해방을 주장하고, 광기의 입장을 옹호했던 것과 일치하는 주장이다. 아라공은 또한 감각과 이성이 의식과 무의식처럼 분리될 수 없다고 말하면서, 대상에 대한 무의식의 인식이 중요하기 때문에 감각의 인식 혹은 감각의 오류가 현실의 무의식적 심층 세계, 혹은 상상의 세계에 접근할 수 있는 유일한 통로임을 강조한다.

　이런 주장과 함께 아라공은 현대사회에서 현대인은 새로운 신화를 찾아야 한다는 논리와 의지를 표명하는데, 그가 말하는 신화는 감각의 오류 혹은 오류의 진실과 동의어처럼 쓰이기도 한다. 그는 「오페라 파사주」에서 거듭 신화의 문제를 제기하고 신화의 가치와 기능, 혹은 신화의 전개에 대한 섬세한 논의를 보여주는데, 여기서 그가 말하는 신화는 허구나 우화의 의미와 크게 다르지 않다. 또한 아라공은 셸링의 『신화철학*Philosophie der Mythologie*』의 논리를 빌려 신화가 감성의 한 방식이고, 절대l'Absolu가 의식에 나타나는 과정에서의 필연적인 단계라는 점을 역설하기도 한다. 아라공은 여기서 셸링의 '절대' 대신에 무의식을 두고, 의식으로 하여금 무의식과의 심층적인 관계를 인식하게 만드는 모든 대상이나 풍경이 신화가 될 수 있다고 하면서 신화의 범위를 넓히고 있다. 그러니까 "설명할 수 없는 논리성의 의식la conscience d'une cohérence inexpliquée"[6]을 체험하게 하는 풍경이나 장소, 대상 들이 신화처럼 감각에 자극을 주고 영향을 미친다는 것이다. 풍경과 대상은 그것을 보고 특이한 감각적 전율이나 감동의

6　같은 책, p. 18.

상태에 빠진 사람의 상상력 속에서 신화의 성격이나 지위를 갖고 마술적인 신비한 힘을 발휘하는데, 그는 이것을 경이le merveilleux의 징후들이라고 부르거나, 시적인 신성la divinité poétique이라고 말한다.[7] 그러니까 시인의 역할은 당연히 구체적인 현실 세계에 산재해 있는 이러한 현대의 신화 혹은 신성을 찾는 일이다. 세계의 유한한 모습에서 '무한의 얼굴le visage de l'infini'[8]을 발견하고 일상의 현실에서 신비로운 경이를 체험하는 일이 중요한 것이다. 결국『파리의 농부』에 나타난 대상이나 장소에 대한 묘사의 문제는 이런 전제에서 이해해야 할 것으로 보인다.

이 소설에서 묘사가 과도하게 나타나는 곳은 두번째 장에서 오페라 아케이드의 상점들과 아라공이 친구들과 자주 만나던 카페 세르타Café Certa와 세번째 장에서 그가 즐겨 산책했던 뷔트 쇼몽 공원이다. 특히 카페 세르타에 대한 묘사는 마치 대상을 현미경으로 들여다보듯 세밀하고 뷔트 쇼몽 공원에 대한 묘사는 마치 축소판 지도를 보는 듯하다. 화자는 자신의 서술법을 '현미경microscope'[9]의 시각에 비유하는데, 이러한 서술법이 무엇을 위한 것이고 어떤 효과를 얻기 위한 것인지 확실하게 밝히지는 않는다. 그러나 이 장소에 대한 실증적 자료를 마련하려는 화자의 개인적 관심 때문이 아니라는 것은 분명하다. 또한 이처럼 세밀한 묘사들이 여행자에게 관광지를 안내하는 설명서의 시각도 아니고, 아름다운 풍경에 감탄하며 그 느낌을 자세히 과장하여 묘사하는 낭만주의자의 시각도 아니라는 것은 더욱 분

---

7 같은 책, p. 17.
8 같은 책, p. 18.
9 같은 책, p. 40.

명한 사실이다. 무엇보다 아라공의 이런 세밀한 묘사 방법을 누보로 망 작가 로브그리예의 주관을 배제한 카메라 앵글의 묘사와 비교한 미셸 메예르는 두 사람의 묘사 방법이 모두 현실과 대상을 편견 없이 자유롭게 바라보기 위한 목적에서는 일치하지만, 그것은 어디까지나 표면적인 일치일 뿐이라고 말한다. 그는 두 작가의 공통된 시각 속에 감춰져 있는 이념의 차이를 이렇게 설명한다.

　　누보로망은, 나중에 구조주의가 그렇듯이, 자기 자신이 주체적이고 자율적인 개인이라는 믿음이 환상이며, 주체는 언어와 현실의 지배에 종속되어 있다는 것을 보여주기 위한 시도로서 결국은 전통적인 인간 중심주의의 비판과 연결된 작업이다. 물론 초현실주의는 서구적 이성의 문화와 전통에 대한 통념을 거부하지만 인간에 대한 믿음을 갖고 인간을 관심의 중심적 위치에 놓아둔다.[10]

메예르는 누보로망의 묘사가 인간보다 언어에 비중을 둔 서술이라면 아라공의 묘사는 언어보다 인간에 대해 관심을 갖는 초현실주의에 가까운 것이고 또한 문학적 언어의 무용성을 내세우는 다다의 이념에 가까운 것임을 구분 지어 설명한다. 특히 아라공의 묘사가 다다의 이념에 가까운 서술법임을 강조하기 위해 그는 "묘사의 다다주의un dadaïsme descriptif"[11]라는 표현을 사용하면서 아라공이 다다주의로부터 영향을 받았음을 언급한다. 그가 보기에 아라공의 세밀한 묘

10　M. Meyer, *Le Paysan de Paris d'Aragon*, Gallimard, coll. Foliothèque, 2001, pp. 30~31.
11　같은 책, p. 31.

사는 문학적인 의미를 갖는 것이 아니라 무의미에 가까운 무상성la gratuité과 부조리성l'absurdité을 지니기 때문이다.

우리는 이런 점에서 아라공의 묘사가 사물에 대한 무위성의 묘사이면서 동시에 무위성을 발판으로 한 초현실적 상상력의 도약을 염두에 둔 묘사임을 강조하고자 한다. 이 책의 서문에 해당하는 부분에서도 언급했듯이, 작가에게 중요한 것은 이성의 논리를 넘어선 감각과 상상력의 문제이고, 또한 꿈과 상상력이 현실과 어떤 관계를 맺으면서 경이의 인식을 일깨울 수 있는가의 문제이다. 브르통이 사실주의 소설의 진부한 묘사를 비판하면서 일체의 묘사를 거부하자고 했던 것은 그러한 묘사가 독자의 상상력을 전혀 자극하지 않는다는 점때문이었는데, 아라공은 상상력의 문제를 중요시하면서 자기 나름의 새로운 묘사를 만들어낸 것이다. 다시 말해서 아라공은 사실주의적 묘사를 완전히 거부하는 브르통과는 다르게 극도의 사실적 묘사를 통해서 독자에게 대상에 대한 주의를 기울이게 하는 동시에 낯선 느낌을 갖게 하면서 현상의 신화적 요소를 발견하도록 한 것이다. 이런 점에서 아라공의 극사실주의적 묘사가 무의미한 것처럼 보이기도 하지만, 그것은 초현실적 이미지처럼 의외성과 우연성과 관련되어 촉발될 수 있는 독자의 상상력을 염두에 둔 포석이라고 말할 수 있다.

3. 초현실적 이미지와 콜라주의 글쓰기

『파리의 농부』에서 아라공은 꿈과 상상력의 중요성을 언급하면서 초현실적 이미지의 의미와 가치를 매우 독특한 시각으로 정의한다.

초현실주의라는 이름의 악은 마약과 같은 이미지의 착란적이고 정열적인 사용법이고, 보다 정확히 말하자면 예측할 수 없는 혼란과 변신이 재현되는 영역에서 이미지가 초래하는 결과를 얻기 위한 것으로서 이미지를 위한 이미지의 무제한적 도발의 사용법이다. 사실 모든 이미지는 저마다 그것을 받아들이는 사람으로 하여금 세계 전체를 변화시키게 만든다. 또한 인간은 누구나 세계 전체를 무화시킬 만한 이미지를 찾을 수 있다.[12]

아라공의 이러한 초현실적 이미지에 대한 정의는 「초현실주의 선언문」에서 브르통이 내린 정의와 큰 차이를 보이지 않는다. 브르통은 선언문을 통해 초현실주의에 열중한 사람에게 초현실주의는 마약처럼 작용하여 다채로운 신비 효과와 즐거움을 준다고 하면서 "여러 가지 점에서 초현실주의는 하나의 새로운 악덕으로 나타나고 있는데, 그것은 단지 몇몇 사람들에게 한정된 속성이 아니라, 신경이 아주 예민한 사람들이라면 누구나 만족할 만한 마약과 같다"[13]고 말한 바 있다. 이렇게 아라공과 브르통은 모두 초현실주의를 악덕le vice이라고 말하고, 초현실적 이미지와 관련하여 이성의 정신을 취하게 하는 마약에 비유하면서, 그것의 통제할 수 없는 비합리적 특성을 진단한다. 결국 그들이 공통적으로 인식하는 초현실적 이미지의 중요한 역할은 세계에 대한 이성적 구분을 혼란스럽게 만들면서 현실을 변화시켜

12 L. Aragon, *Le Paysan de Paris*, p. 80.
13 A. Breton, *Manifestes du surréalisme*, Jean-Jacques Pauvert, 1972, p. 45.

새로운 세계를 창조하거나, 세계에 대한 인식을 새롭게 하는 것이다.

이러한 아라공의 인식은 콜라주에 대한 태도에서도 동일하게 나타난다. 아라공은 현실에 대한 콜라주 기법의 전복적 효과를 지지하고, 역설적이고 모순된 성격을 지닌 그러한 기법을 애호한 작가로 알려져 있다. 그는 회화에서의 콜라주와 문학에서의 인용문을 구별하지 않는다고 말하면서, 자신의 글 속에 다른 사람이 쓴 것을 옮겨 넣거나 광고문이나 벽보, 신문기사처럼 일상생활에서 발견할 수 있는 내용을 그대로 텍스트에 옮겨놓는 방법을 콜라주라고 정의했다.[14] 훗날 아라공은 자신의 젊은 날을 돌아보면서, 자신이 콜라주에 대한 강박증la hantise du collage[15]에 사로잡혀 지내던 때가 있었다고 말한 바 있는데, 『파리의 농부』는 바로 그런 시절의 작품이라고 말할 수 있다. 그만큼 이 책에는 광고문이나 벽보처럼 현실 세계에서 가져온 많은 요소들이 인용문처럼 실려 있어, 독자로 하여금 화자의 시각적 이동과 글쓰기 행위가 특이하게 연결된 느낌을 준다. 다시 말해서 도시의 거리를 걸으면서 화자가 마주치는 온갖 이질적 풍경들이 텍스트 속에 문자로 서술되면서도 가능한 한 직접적으로 옮겨놓은 듯이 표현된다. 그리하여 콜라주의 모순성과 부조화 혹은 이질성의 효과는 초현실적 이미지처럼 현실을 생생하게 드러내면서도 새로운 세계로 변형시키거나 일상성의 세계에서 비일상적 기이함l'insolite을 발견할 수 있는 수단으로 쓰였음을 알 수 있다.

장 폴랑은 그림에서의 콜라주를 이렇게 설명한 바 있다. "정성을 기

---

14 L. Aragon, *Les Collages*(1965), Hermann, 1993, p. 26.
15 같은 책, p. 107.

울이지 않은 듯한 표현, 불완전한 것과 미완성적인 것의 취향, 아름다움에 대한 무관심, 매력적 형태의 거부, 익명성, 허술함, 일시적인 것, 이질적 요소들의 우연한 마주침, 관습적인 미술의 종말."[16] 넓은 의미에서 이러한 콜라주의 요소들은『파리의 농부』의 전체 구성에서부터 내용에 이르기까지, 또 주제에서 문체에 이르기까지 여러 가지 형태로 나타난다고 볼 수 있다.『파리의 농부』를 쓸 때 아라공이 '콜라주에 대한 강박증'에 사로잡혔다는 말처럼, 넓은 의미로 콜라주의 개념을 이해하면, 이 소설이야말로 콜라주의 전시장이라고 볼 수 있는 것이다. 충분히 생각한 다음에 글을 쓰기보다 펜을 들고 글을 쓰면서 생각한다고 말한 바 있는 아라공은 처음부터 한 권의 책을 계획하여 글을 쓰려 하지 않았고 무계획적으로 글을 쓰면서 우연의 흐름 속에서 정형화된 틀을 가능한 한 깨뜨리려 했던 작가이다. 특히 이 책에서 그는 이질적인 요소를 중첩시키면서 어떤 완전한 것과 아름다운 것의 전형을 전혀 의식하지 않는 것처럼 글을 썼다. 또한 그는 의도적으로 자신의 주관성을 부각시키지 않았고, 개인의 서정성과 상상력을 표현하면서도 가능한 한 익명성의 태도를 지키려 했다. 그러므로 익명성과 우연성의 흐름 속에서 여러 가지 이질적 요소들은 산문의 정형화된 흐름을 방해하듯이 나타나게 된 것이다. 때로는 다다의 실험적인 시와 같은 것이 나타나는가 하면, 때로는 광고, 벽보, 신문 기사, 카페 메뉴판, 극장의 요금표 등, 거리나 건물의 벽면에서 볼 수 있는 것들이 텍스트 속에 축소된 형태로 삽입된 느낌을 주기도 한다. 현실의 요소들이 문학 속에서 변형되지 않은 형태로 놓여 있는 이러

16 J. Paulhan, *La peinture cubiste*, Gallimard, coll. Folio Essais, 1990, pp. 159~60.

한 콜라주 방법은 뷔트 쇼몽 공원의 교차로에서 볼 수 있는 게시문이 10쪽(pp. 194~204)이나 될 만큼 길게 나열되는 식으로도 나타난다. 이 것은 분명히 현실성을 토대로 한 비현실성의 효과를 염두에 둔 작가 적 의도의 반영이지, 현실의 풍경을 거울처럼 반영하려는 사실주의 작가의 표현 방법이 아니다. 미셸 메예르의 말처럼, 콜라주의 방법에 의존함으로써 '비현실화'의 효과는 분명해진다.[17] 사실적인 자료들은 텍스트 속에서 부조리하고 낯선 느낌을 주면서 일상적인 것의 비일 상적인 효과를 자아낼 수 있는 것이다.

또한 장 폴랑의 콜라주 설명에서 "이질적 요소들의 우연한 마주침" 이 모순과 부조화를 의미한다면, 『파리의 농부』야말로 모순과 부조 화의 집합이라고 말할 수 있다. 논리적인 서술과 시적인 언어, 현실 적인 형태와 초현실적인 이미지, 구체적 사실과 현대적 신화, 진실성 의 어조와 아이러니의 시각, 객관적 시각과 개인적 서정 등, 여러 가 지 이질적 요소들은 단절과 전환의 흐름 속에서 중첩되듯이 연결된 다. 또한 "관습적인 미술의 종말"과 같은 콜라주의 요소는 초현실주 의의 성격이 그렇듯이 개인적인 의지를 떠난 우연과 유희의 흐름 속 에 자아를 맡기는 모습으로 표현된다. 우연과 유희의 흐름은 초현실 주의에서 가장 중요한 인간의 가치로 내세우는 자유의 욕망과 관련 된다. 물론 자유의 욕망은 사회의 법과 규범의 한계에 부딪칠 수밖에 없지만, 그러한 제한이 아니라면 화자는 구체적 현실 속에 감춰져 있 는 무한을 발견하고 그 무한의 세계 속에서 자아를 소멸시키려는 의 지를 보이기도 한다. 욕망의 무한대를 지향하는 화자의 자아와 정체

17 M. Meyer, *Le Paysan de Paris d'Aragon*, p. 44.

　　　　　　　　　　　　제2부 초현실주의 시와 소설의 다양성

성을 파괴하려는 의지는 절망적인 것이지만, 그만큼 새로운 자아를 모색하려는 절실한 희망의 모색으로 해석될 수 있다.

4. 도시적 삶과 초현실성의 발견

『파리의 농부』의 화자는 현실의 구체적인 세계 속에 산재해 있는 신비와 경이, 신화와 초현실의 요소를 발견하거나 그러한 체험을 위해서 산책하기를 즐긴다. 이 책의 결론과도 같은 부분, 「농부의 꿈」에서 "나는 구체적인 것을 모색한다Je cherche le concret"[18]와 같은 문장이 잘 보여주듯이 그에게 중요한 것은 무질서한 현실의 구체적인 세계이다. 구체성의 세계는 현실의 세계이면서 초현실의 세계이고 또한 시적으로 나타낼 수 있는 세계이다. "구체적인 것이야말로 시적인 것이다Il n'y a de poésie que de concret."[19] 이처럼 아라공에게 구체적인 사물과의 접촉이 강조되는 것은 구체적인 것을 통해 시적인 초월과 초현실성을 찾으려 했기 때문이다.

『파리의 농부』에서 중요한 것은 초현실주의 운동이 아니라 초현실성의 탐구일 것이다. 여기서 초현실성이란 현실 속에서 초월을 추구하고 초월적 체험을 하는 일인데, 아라공은 이러한 초월적 현존la présence을 '신화' 또는 신적인 것divin으로 명명한다. 또한 이러한 초현실성은 생리적이고 형이상학적인 반응의 전율le frisson로 정의되기

---

18 L. Aragon, *Le Paysan de Paris*, p. 248.
19 같은 책, p. 247.

도 한다. "나는 전율에 이르는 길을 제시했고, 빛바랜 요정들이 죽어가는 먼지 덮인 가지들을 흔들었다."[20] 아라공이 여기서 '전율에 이르는 길'이라고 말한 것은 논리와 이성의 길이 아니라 감각과 쾌락의 길을 의미한다. 오페라 아케이드는 그런 점에서 감각과 관능을 일깨우며 전율의 감동을 촉발시킬 수 있는 공간으로 서술된다. 화자가 아케이드의 미용실에서 미용사의 손길로부터 감지되는 각각의 즐거움을 섬세하게 표현하거나 그러한 관능적 쾌락을 누리지 못하는 산책자에 대해서 사고방식이 경직되고 답답한 사람을 보듯이 아쉬움을 표현하는 것은 모두 감각과 관능에 중요성을 부여하기 때문이다. 아라공은 현대의 도시인들이 단조롭고 규범적인 생활 속에 속박되어 있기 때문에 그러한 감각의 능력이 마비되었을 것으로 생각한다. 그런 관점에서 '전율의 감동'을 느끼지도 못하고 초현실의 욕망을 갖지도 못하는 도시인들은 불행한 사람처럼 보일 것이다. 그러나 여기서 주의해야 할 것은 아라공이 말한 감각과 관능의 즐거움이 소비사회의 향락산업에서 욕망이 소비되는 말초신경의 자극적 쾌락과는 구별되어야 한다는 것이다. 아라공이 말하는 관능의 즐거움은 신화와 초현실성과 무한에의 욕망과 연결된 것이기 때문이다. "떠나자. 무한의 세계를 찾아서!"[21]는 무한과 초현실이 같은 의미를 갖고 있다는 것을 보여주는 진술이다. 그것은 현실 세계에서 진정한 에로스를 발견하고, 에로스의 세계가 도래하기를 염원하는 의지의 표현이기도 하다.

아라공은 초현실성을 "괴이한 것le saugrenu"으로 정의하기도 한다.

20 같은 책, pp. 226~27.
21 같은 책, p. 64.

그는 『파리의 농부』를 쓰기 전, "괴이한 것은 우스꽝스러운 의외의 것 l'inattendu burlesque이며, 진정한 현대적 서정성이다. 참으로 서정적이 되기 위해서는 사람들이 경멸하는 것, 비웃는 것을 찬미해야 한다"[22] 라고 밝힌 바 있다. 이런 의미에서 '괴이한 것'의 미학이라고 부를 수 있는 관점이 아라공으로 하여금 오페라 아케이드와 뷔트 쇼몽 공원 을 산책의 공간과 관심의 대상으로 만든 원인으로 생각된다. 아케이 드의 상점들과 그곳에서 볼 수 있는 사람들은 당시 사회 통념상 주목 받을 만한 위치에 있지 않고 오히려 다른 사람들이 '경멸하는' 대상인 경우가 많았기 때문이다. 이발소나 구두닦이의 점포, 우표판매점과 같은 곳이 상세하게 그려진 것도 아라공의 독특한 미학이 반영된 것 으로 해석된다. 그는 일반적으로 심미적 관심의 대상이 되지 못했던 사소한 물건이나 도구를 새로운 시각으로 묘사하고 찬양한다. 그렇 게 함으로써 도시의 일상적이고 사소한 물건은 초현실적이 되는 것 이다.

초현실성의 또 다른 성격으로 주목해야 할 것은 '우연'이다. 이것은 브르통의 『나자』에서 잘 나타나듯이 도시에서 여러 가지 우연적 현 상을 발견하고 우연을 체험하는 일이다. 초현실주의의 대명사처럼 알려진 자동기술의 방법이 계획적인 글쓰기가 아니라 우연적인 글쓰 기이고, 초현실주의자들의 온갖 유희도 우연을 즐기는 재미라고 말 할 수 있듯이, 그들이 사는 방식도 우연의 관계를 중시한다고 말할 수 있다. 이러한 삶의 방식이나 현실에 대한 시각은 『파리의 농부』의 전체적 흐름을 지배하는 한 요소로 보인다. 특히 「뷔트 쇼몽에서의

22 L. Aragon, *Le libertinage*, Gallimard, coll. L'imaginaire, 1964, p. 21.

자연의 감정」에서 우연을 중시하는 화자의 견해는 이렇게 진술된다. "마음이 들떠 있기도 하고 음침하기도 한 요즈음 같은 때, 내 마음의 문제보다 늘 나의 관심사가 더 좋아서, 여러 신성 가운데 유일하게 자신의 위상을 지키고 있는 우연을 찾아서, 우연에 몸을 맡기고 지냈다."[23] 그는 도시의 거리에서 우연의 발견이 신화의 발견과 다름없는 것이라고 말한다. 여기서 "우연에 몸을 맡기"는 일은 자동기술적인 글쓰기처럼 도시의 거리를 계획 없이 걸으면서 도시의 무의식을 찾아 움직이는 행위로 해석된다.

5. 파리의 신비와 오페라 아케이드

『파리의 농부』에서 도시는 '신비le mystère'의 세계로 나타난다. 아라공에게 파리는 '신비'의 세계로 인식된다고 할 만큼 '신비'와 '신비스러운'이라는 표현이 자주 쓰인다. 그 도시에 "사람들이 편안하게 자신들의 신비스러운 삶에 열중하며 지내는 여타의 장소들"[24]이 있고, "오늘의 신비가 사라진 곳에 내일의 신비가 태어날 것"[25]이라는 부분이 그런 예들이다. 이것은 앞에서 현대의 신화를 창조하고 우연을 찾아 거리를 나선다고 말한 것과 관련이 있다. 도시의 풍경이 어떤 것이건, 그 도시에서 우연을 찾아 나선 사람에게 신화와 신비의 요소들은 풍부하고 새롭게 발견될 수 있다.

23 L. Aragon, *Le Paysan de Paris*, p. 137.
24 같은 책, p. 17.
25 같은 책, p. 20.

우리의 발걸음 속에서 새로운 신화가 태어난다. 인간이 사는 곳, 인간이 살아온 곳에서 전설이 시작된다. 나는 나의 생각을 보잘것없는 그러한 변형된 내용으로만 채우고 싶다. 삶에 대한 현대적 감정은 하루하루가 다르다. 신화는 만들어지다가 소멸되기도 한다.[26]

이 말은『파리의 농부』서문에 실린 핵심적인 내용의 하나이지만, 현대의 일상적인 도시 공간에서 신화를 발견하고 신화를 창조해야 한다는 초현실주의 작가의 삶의 방식을 고스란히 보여준다. 이런 시각으로 도시 공간을 바라보았을 때, 그곳은 "많은 현대적 신화를 은닉한 장소"가 되기도 하고, "환각의 풍경le paysage fantomatique"이 되기도 한다.[27]『파리의 농부』에서 그러한 현대적 신화를 찾을 수 있는 무대로 설정된 곳이 바로 오페라 아케이드와 뷔트 쇼몽 공원이다.

아라공이『파리의 농부』에서 비중 있게 다룬 오페라 아케이드의 풍경은 나중에 벤야민이『아케이드 프로젝트』를 구상하는 데 큰 영향을 미치기도 했다. 19세기 초반에 세워진 파리의 아케이드 혹은 파사주le passage는 근대적 상가 아케이드의 기원이라고 알려져 있는데, 1852년에 나온 파리 관광안내서에 소개된 바로는 다음과 같다. "아케이드는 예로부터 실내의 대로로 간주되어왔으며, 실외의 진짜 대로와 연결된다. 이들은 산업사회가 새로이 발견한 사치품으로서 유리 지붕과 대리석 벽으로 만들어진 보도이며, 블록을 이루는 건물들을

---

26 같은 책, p. 15.
27 같은 책, p. 19.

관통한다. 건물주들이 이러한 투기성 사업에 공동으로 참여했다. 조명을 받으며 보도의 양편을 장식하는 것은 가장 멋진 상점들이다. 이렇듯 아케이드는 자체로 하나의 도시이며, 세계의 축소판이다."[28] 벤야민은 이것을 읽고 "아케이드에 대한 최고의 표현"이라고 말했다고 한다.

이러한 아케이드의 공간은 길이면서 동시에 넓은 홀이다. 그곳은 외부의 빛이 들어오면서도 외부와 차단되어 있기 때문에 외부와 내부의 이중성을 갖는다. 『파리의 농부』에서 주요 무대가 되는 오페라 아케이드에는 카페, 레스토랑, 지팡이 판매점, 이발소와 미용실, 손수건 판매점, 안마시술소, 성매매 업소, 총기 판매소, 인공 보정기구 및 붕대 판매점, 서점, 공중목욕탕 등 다양한 상점들과 업소들이 있다. 앞에서 인용한 파리 관광안내서의 소개처럼 작은 도시라고 말할 수 있는 아케이드의 유흥업소에서 사람들은 도덕의 속박을 벗어나 욕망의 자유를 추구할 수 있을 것이다. 벤야민의 『아케이드 프로젝트』를 연구한 수잔 벅 모스는 아케이드의 유흥가를 이렇게 설명한다. "아케이드는 '상품 자본주의의 원조 신전'이었다. [……] 아케이드 안에 있는 불경스러운 유흥가는 요리의 완성도와, 취하게 해주는 음료와, 일하지 않고 돈을 벌게 해주는 룰렛 바퀴와, 보드빌 극장의 춤과 노래를 가지고, 그리고 멋지게 차려입은 1층 갤러리의 천사 같은 밤의 숙녀들이 판매하는 성적 쾌락의 황홀경을 가지고, 행인들을 유혹했다. [……] 나폴레옹 3세의 제2제정기에 도시의 환등상은 비좁은 아케이드에서 터져 나와 파리 전역에 퍼졌으며, 진열된 상품은 훨씬 더 화

---

28 수잔 벅 모스, 『발터 벤야민과 아케이드 프로젝트』, 김정아 옮김, 문학동네, 2004, p. 15.

려하고 훨씬 더 과시적인 형태가 되었다."[29] 아케이드 유흥가의 화려한 풍경은 동시에 자본주의적 도시의 덧없는 변화성을 보여주는 것이었다. 더욱이 20세기에 접어들어 새로운 도시계획에 의해 아케이드가 철거될 것이 확실한 상태에서 그 안에 있는 상점들의 영업은 임시적이고 한시적일 수밖에 없었다. 지난 시대의 유물로서 새로운 시대에는 사라져버릴 이 상점들은 아라공이 보기에 "어제는 이해할 수 없었고 내일의 운명은 알 수 없는 그러한 쾌락과 저주받은 직업들의 유령 같은 풍경"[30]이었다. 아라공은 이러한 아케이드의 풍경을 졸라의 소설처럼 생활의 차원에서 그리지도 않고, 낭만주의자의 과장된 시각과 회한의 감정을 담아 그리지도 않는다. 그는 마치 모든 것이 덧없이 변화하는 도시의 원형적 속성을 바라보듯이 잡다한 도시적 풍경을 그릴 뿐이다. 그러면서 초현실주의자들이 주관적인 것과 객관적인 것의 혼합을 추구했듯이, 그는 상점들의 겉과 속, 간판을 중심으로 보이는 외부와 간판과는 다른 내부의 모습, 알 수 있는 현실과 알 수 없는 세계의 상반된 양상을 혼합적으로 서술한다.

아케이드에는 '기압계 회랑la Galerie du Baromètre'과 '온도계 회랑la Galerie du Thermomètre'이라고 불리는 두 개의 통로가 있다. 아라공의 산책은 온도계 회랑의 남쪽에서 북쪽을 향해 가다가 출발점으로 다시 돌아와서 두번째 회랑을 도는 것이다. 이렇게 왕복을 하기 때문에 어떤 상점에 대한 묘사는 가는 길에 한 것인지 오는 길에 한 것인지를 분명히 알 수 없다. 화자는 미로 속을 걷는 것처럼 회랑의 분위기

---

29 같은 책, p. 117.
30 L. Aragon, *Le Paysan de Paris*, p. 19.

를 묘사하면서 상점의 진열창이 거울처럼 반사되는 풍경을 순간적으로 다채롭게 변화하는 영화의 장면처럼 그리기도 한다. 또한 카페의 많은 거울들과 지팡이 판매점의 진열창 풍경은 비현실적이고 모호한 분위기를 연출한다. 카페의 거울들은 화려한 궁전의 내부를 연상시키고, 진열창의 지팡이들은 "해조처럼 완만하게 흔들리는"[31] 느낌을 주면서 그것을 바라보는 시인의 상상력을 바다 쪽으로 이동시키는 역할을 한다. 이런 점에서 상점의 유리창들은 화자에게 안과 밖을 구별 짓거나 안과 밖을 소통시키는 도구라기보다 현실의 세계와 꿈의 세계의 경계를 모호하게 만드는 장치로 묘사된다. 손수건 판매점이나 안마시술소처럼 화자의 눈에 수상하게 보이는 상점이나 건물의 문은 현실 세계와 욕망의 세계, 성적 욕망을 금지하는 세계와 그것을 충족시켜주는 세계 사이의 경계가 사라지는 수단으로 서술되기도 한다. 화자는 그런 장소의 내부로 들어가지 않고 외부의 시각에서 그곳을 찾아온 고객들이 문을 열어주는 안내원의 안내를 받아 어두운 내부로 들어가는 뒷모습을 관찰한다. 이런 장소의 쇼윈도에 전시된 상품들은 단순히 판매를 위한 상품이 아니라 다른 의미를 갖기도 한다. 한 연구자는 손수건 판매점의 진열창을 이렇게 설명한다.

진열창은 상품의 모호한 성격을 감추면서 동시에 드러낸다. 진열창에 장식된 손수건들은 저 안쪽에서 일어나는 일을 보지 못하게 한다. 그런데 그 손수건들은 모두 유행이 지난 것들이다. 게다가 어두운 색깔과 이상한 모양으로 된 치마들이 손수건과 함께 걸려 있는데, 그 치마

---

31 같은 책, p. 29.

는 상점 안쪽의 고객에게는 비밀의 기호이다.[32]

　이것은 손수건 판매점이 손수건을 판매하면서 또한 성매매의 장소
로 이용되는 것을 지적한 것이다. 또 성매매 업소에서 일하는 여자들
은 아케이드의 거리를 산책하듯이 느리게 걸으면서 고객을 유혹한
다. 그들은 때로는 근처의 서점에서 책을 들척이며 점잖게 보이는 남
자들을 곁눈질하고 유혹의 틈을 노리기도 한다. 화자는 이들의 모습
을 관찰하듯이 바라보면서 도덕적인 비판의 시각을 전혀 보이지 않
는다. 어떤 경우에 그들은 일시적인 사랑을 주관하는 여사제처럼 묘
사되기도 한다. 화자가 직접 그 유혹에 빠질 경우에도 죄의식이 동반
되는 경우는 없다. "문이 열린다. 내가 고른 여자가 스타킹만 신은 채
애교를 부리며 다가온다. 나는 알몸이다. 그녀는 자기가 내 마음에
드는 여자라는 것을 알기 때문에 미소를 짓는다. 아가야 몸을 씻어줄
테니까 이리 오렴."[33] 성매매 여성은 이렇게 어린아이를 목욕시켜주
는 어머니의 역할로 묘사되고, 그 고객이 된 화자는 순간적으로 어린
아이로 돌아간 듯한 상태의 행복감을 느낀다. 그는 위선이나 꾸밈의
표현을 취하지 않고 성매매를 통한 순간적인 사랑이 상상 속에서 얼
마든지 신비롭게 변용될 수 있음을 보여주려 한다. 성매매 행위는 얼
마든지 '신비'와 '신화'의 차원에서 해석될 수 있는 것으로 표현된다.
이것은 도덕적이고 이성적인 판단보다 비이성적인 무의식과 상상의
논리가 훨씬 더 중요하다는 것을 보여주는 초현실주의의 가치관을

32　K. Ishikawa, *Paris dans quatre textes narratifs du surréalisme*, L'Harmattan, 2000, p. 135.
33　L. Aragon, *Le Paysan de Paris*, p. 127.

반영하는 것이기도 하다.

6. 뷔트 쇼몽 공원과 사랑의 인식

화자의 발걸음이 오페라 아케이드를 떠나서 뷔트 쇼몽 공원으로 이동하는 것은 '초현실주의자들의 파리'를 알고 있는 독자들에게는 의외의 일처럼 보일 수 있다. 세계의 어느 도시이건 크고 작은 공원을 갖기 마련이지만, 도시의 공원이 도시인의 삶을 표상하는 공간이라고 생각되지는 않기 때문이다. 더욱이 화자가 도시의 거리를 걸으면서 현대적인 신화를 만든다고 했을 때, 그의 발길이 벼룩시장 같은 곳이 아니라 자연적이면서 인공적인 공원으로 옮겨 가리라는 것을 예상하기는 어렵다. 이 공원은 도시 한복판이 아니라 변두리에 위치함으로써 화자는 이곳을 묘사할 때 "분명치 않은 넓은 교외cette grande banlieue équivoque"[34]라고 말한다. 여기서 '분명치 않은'이라는 표현은 모호하고 여러 가지 의미를 함축한다는 뜻으로서 '신비스러운' 이라는 표현과 큰 차이가 없는 것임을 알 수 있다. 아라공이 친구들과 그곳을 가게 된 것은 우연이다. 권태에 사로잡혀 있던 화자는 브르통의 제안으로 어두워질 무렵 택시를 타고 그곳으로 가게 되었으며, "도시의 무의식이 깃들어 있는 '공원'"에 "정복감과 자유로운 정신의 황홀한 도취감"을 느꼈다고 서술한다.[35]

---

34 같은 책, p. 165.
35 같은 책, p. 167.

공원은 자연을 떠난 도시인의 원초적인 꿈이 살아 있는 공간이자 "도시의 무의식이 깃들어 있는" 곳이다. 어둠이 내린 공원에는 가로등이 켜져 있고 밤안개가 내리는 가운데 빛과 어둠이 공존하는 신비스러운 분위기에서 나무들은 이상한 모습으로 서 있다. 이런 신비스러운 풍경은 화자의 상상력을 자극하고, 비이성적인 몽상에 사로잡히게 한다. 아라공은 논리적으로 설명하기 어려운 이날 밤의 산책을 몽유병적인 산책cette promenade somnambulique이라고 말한다. 이러한 산책과 도시의 신화와의 관련에 대해서는 다음과 같은 설명이 적절해 보인다. "아라공이 도시의 새로운 신화를 위해서 뷔트 쇼몽 공원을 신성화한 것은 문명의 발전이라는 이름으로 모더니즘이 억압해온 인간의 비합리성을 공원에서 찾을 수 있기 때문이다."[36] 이러한 말처럼 도시의 신화가 공원에서 재현될 수 있는 것은 그곳에서 도시인의 잃어버린 꿈과 상상력의 세계를 만날 수 있기 때문이다.

그렇다면 뷔트 쇼몽 공원에서 새로운 신화의 발견은 어떻게 실현되고 있을까? 화자는 밤의 공원에서 신비로운 체험을 하고 현대 문명을 주제로 한 사색에 잠기게 되었다고 진술하면서도, 아케이드의 거리를 걸었을 때처럼 여러 가지 사물과 풍경의 발견을 통한 상상의 전개를 보여주지 않는다. 물론 공원의 풍경이 아케이드의 거리처럼 다양하게 전개될 수는 없을 것이다. 그런데 어두운 공원의 신비스러운 풍경 속에서 밤의 힘을 찬미하던 화자는 어느 순간 아름답고 서정적인 어조로 여성의 존재를 찬양하기 시작한다. 훗날 "남자의 미래는 여자이다"[37]라는 경구적인 진술로 남성 중심적인 문명사회의 문제들

---

36 K. Ishikawa, *Paris dans quatre textes narratifs du surréalisme*, p. 141.

제9장 아라공의 『파리의 농부』, 현실성과 초현실주의

을 해결해줄 수 있는 여성의 중요한 역할을 예언적으로 말했던 아라공의 모습을 생각하면, 여기서 화자의 여성을 찬미하는 발언은 별로 놀랍지 않다. 그러나 이러한 언술이 나오기 전까지 이 책에서 여성에 대한 그와 같은 언급이 없었고, 아케이드의 성매매 여성에 대한 호의적인 시각의 묘사를 관련지어 생각해본다면 이 책의 끝부분에 이르러 돌출되듯이 나타난 여성과 사랑의 찬가는 의외의 일처럼 보인다.

> 내 옆에 있는 이 여자, 나는 온몸으로 한 여자가 있다는 것을 깨닫는다. 내가 갈피를 잡을 수 없는 모든 생각 속에 그 여자가 자리 잡고 있고, 모든 생각마다 분명히 그 여자의 존재와 같은 것이 있다는 것을 깨닫는다. [……]
> 여자여, 그대는 모든 형태를 대신하는 존재이다. [……] 하늘 위를 걷는 그대의 발걸음이 그림자를 만들며 나를 감싸준다. 밤을 향한 그대의 발걸음에 나는 낮의 기억을 완전히 잃어버린다. 매력적이고 헌신적인 여자여, 그대는 경이로운 세계, 자연 세계의 축소판이다. 그리하여 내가 눈을 감을 때마다 그대는 다시 태어난다.[38]

화자는 시적인 문체로 추상적인 여성의 존재를 신비롭고 경이롭게 느껴지는, 모성적인 자연의 세계와 동일시한다. 또한 여성의 변신과 세계의 변화를 결합시키며 이성적 세계의 한계를 넘어설 수 있는 여

---

37 L. Aragon, *Le Fou d'Elsa*, Gallimard, 1951, p. 166.
38 L. Aragon, *Le Paysan de Paris*, pp. 206~208.

성의 능력과 역할의 중요성을 강조한다. 물론 공원의 자연적 형태와 숲과 대지의 모성성이 공원을 산책하는 사람에게 유년기의 기억과 모성에 대한 그리움을 떠오르게 하는 것은 자연스러운 현상일지 모른다. 그러나 아라공이 여기에서 여성의 존재와 역할을 환기시키는 것은 그 이상의 의미를 갖는다. 분명한 것은 여성이 어떤 모습으로 연상되건, 아라공이 『파리의 농부』를 쓸 무렵에 초현실주의자들에게 여성과 성 혹은 사랑의 주제가 중요한 문제로 부각되었음을 관련지어 생각해야 한다는 점이다. 그 무렵에 쓴 『방탕』(1924)도 그러한 주제를 담고 있고, 비슷한 시기에 나온 『초현실주의 혁명』의 마지막 두 호에서도 사랑과 성에 대한 탐구를 특집으로 삼았다는 점은 모두 초현실주의에서 사랑의 주제가 갖는 중요성을 반영한다.

7. 글을 맺으며

『파리의 농부』는 제목이 암시하듯이 도시와 농촌, 도시인과 농부의 대립적 의미를 깨뜨리면서 초현실적 상상력에서의 도시와 낭만적 영혼의 농촌을 결합시키려 한 작가적 의도의 결과이다. 아라공은 이 소설을 통해 현대적 도시의 풍경을 신화화했을 뿐 아니라 도시인의 새로운 감수성과 상상력의 가능성을 보여주었다. 현대적인 문명의 도시에서 유용성이나 실용성의 의미로만 이해되던 도시적 공간과 사물은 아라공의 초현실적이고 신화적인 상상력을 통해서 신비하고 경이로운 존재로 변용되었다. 사물에 대한 독특한 묘사와 친숙한 것을 낯설게 만드는 특이한 표현 방법으로, 신화는 현실이 되고 현실이 신화로 된 것이다. 『파리의 농부』는 이런 점에서 도시에 대한 새로운 시각의 상상력을 보여준 소설일 뿐 아니라 변화하는 도시의 특징을 새로운 언어로 기술한 책으로 평가될 수 있다.

콜라주 수법을 포함한 새로운 언어의 실험에서 이 책의 지나친 사실적 묘사가 초현실주의의 시적 서술과 대립되는 것처럼 보이기도 했지만, 그러한 묘사는 전통적인 사실주의 소설의 묘사와는 다르게 현실의 차원을 넘어선 아이러니와 초현실적 상상 세계를 촉발시키기 위한 것이었다. 그것은 평범하고 친숙한 산문적 묘사가 아니라 낯설고 시적인 초현실적 묘사라고 말할 수 있다. 한 연구자는 "『파리의 농부』가 초현실주의의 입장에서건 그 어떤 문학의 입장에서건 도시에 대한 글쓰기의 새로운 차원을 열어준 소설이라고 하는 것은 과장이 아니다"[39]라고 말했다. 이에 덧붙여 아라공은 초현실주의의 현실인식과 상상 세계의 범위 안에서 자신만의 독특한 시각으로 새로운 도시 감각과 언어 감각으로 도시를 새롭게 인식하는 도시 사용법을 보여주었다고 하겠다.

---

39 K. Ishikawa, *Paris dans quatre textes narratifs du surréalisme*, p. 155.

제10장
데스노스의 『자유 또는 사랑!』과 도시의 환상성

1. 초현실주의와 파리

도시와 문학이라는 주제에서 볼 때, 초현실주의와 파리처럼 밀접한 관계를 맺고 있는 것도 없다. 이렇게 초현실주의와 파리의 연관성을 처음부터 강조하는 이유는 초현실주의가 파리에서 발생한 문화운동이라서가 아니라, 초현실적 세계의 탐구는 파리라는 대도시의 문명과 현실을 전제로 한다고 말할 수 있기 때문이다. 초현실주의자들에게 파리는 삶의 공간이었을 뿐 아니라 현실에서 초현실적 요소를 발견하고 초현실의 경험을 이끌어낼 수 있는 영감의 원천이었다. 이미 19세기의 보들레르에서부터, 도시의 풍경과 군중들 속에서 도시의 새로움을 발견하고 문학적 영감을 얻는 것이 문학과 예술의 한 전통이 되었기에, 초현실주의자들의 이러한 시도는 그 자체로 새로운 것이라고 말하기는 어렵다. 초현실주의 이전에, 아폴리네르는 『알코올*Alcools*』의 서시 「변두리zone」의 화자를 통해서 파리의 거리를 걸으며 자신의 현재와 과거, 내면의 고통과 도시의 풍경을 시적으로 기술하고, '새로운 정신esprit nouveau'의 시학을 부각시킨 바 있다. 그러나 초현실주의자들은 새로운 도시의 시학을 보여주면서 시와 삶을 단순히 결합한 차원을 넘어서서 도시에서의 시 혹은 시적인 삶을 실천하고 현실에 감춰진 실재의 모습과 초현실적 세계를 탐구한다. 브르통은 "현실의 외양 속에 감춰진 것을 보고, 드러내는 일이 중요하다"[1]라고 말한 바 있는데, 이러한 모든 탐구는 언어와 꿈의 영역에서건, 거리와 카페의 도시적 공간에서건, 초현실주의적 모험으로 이해될 수 있었다.

초현실주의 시인들은 파리의 거리와 광장, 오래된 건물과 새로운 건물, 카페와 레스토랑, 상점의 간판과 진열창에 전시된 물건들, 도시의 온갖 기호들에서 외형적이고 관습적인 차원을 떠난 새로운 어떤 감춰진 의미를 판독한다. 일상 풍경 속에서 일상을 초월하는 꿈을 꾸고, 현실을 넘어선 초현실적 요소를 찾으며, 관습적인 것에서 성스러운 것le sacré을 발견하려는 그들의 시도는 어떤 의미에서 도시의 무의식과 대면하는 일이다. 또한 그들이 파리의 번잡한 거리를 목적의식 없이 걷거나 중고품 시장을 즐겨 찾는 것은 도시의 무의식과 자신의 무의식을 발견하기 위해서이다. 그들에게 중요한 것은 도시의 화려한 외관이나 문명의 발전된 양상이 아니라 문명사회에서 감춰진 원시적 힘을 드러내는 일이다. 초현실주의의 파리와 모더니즘의 파리가 다른 것은 모더니즘이 문명화된 도시의 발전과 기술의 진보를 문학 속에서 적극적으로 수용해야 한다는 입장이기 때문이다.

초현실주의자들의 꿈과 도시적인 삶의 형태는 그들의 소설에서 다양하게 발견된다. 대체로 파리를 배경으로 한 대표적인 초현실주의

---

1 A. Breton, *Entretiens,* Gallimard, coll. Idées, 1973, p. 139.

소설을 열거하자면, 브르통의『나자』, 아라공의『파리의 농부』, 페레의『빵집 여주인이 있었다』, 수포의『파리의 마지막 밤들』, 데스노스의『자유 또는 사랑!』등이 있다. 이중에서 브르통과 아라공의 소설이 저자와 주인공이 일치하는 일인칭으로 쓰였다면, 페레, 수포, 데스노스의 소설은 저자와 주인공이 다른 삼인칭으로 쓰인 작품들이다. 물론 저자와 주인공이 일치하는 소설이라도 그 소설들에 나타난 화자의 관점, 즉 파리의 거리와 건물 혹은 상점을 묘사하는 방법은 작가에 따라 다르게 나타난다. 그러나 일인칭 시점의 이 소설들은 도시의 구체적이고 사실적인 풍경이 초현실적으로 변형되어 있지는 않다는 공통점을 보여준다. 그와 달리 삼인칭 소설들에서는 초현실적 변형이 훨씬 자유롭게 펼쳐진다는 이점을 갖는다. 가령 페레의 소설에서는 마치 초현실주의 화가 르네 마그리트의 그림에서처럼 빵이 하늘을 날아다니고, 기차가 굴뚝에서 나오기도 한다. 수포의 소설에서는 이해할 수 없는 사건들이 설명 없이 전개되는 가운데 현실과 사물의 환상적 분위기가 강조되고 도시의 여성화가 느껴진다. 물론 대부분의 초현실주의 작가들에게 도시가 여성 혹은 모성의 존재로 인식되기는 하지만, 수포의 경우 여성이 도시와 관련되는 것은 도시가 신비로운 모성의 고향으로 나타나고, 도시가 세계의 구조를 변형시키는 창조적 역할로 그려진다는 특징을 갖는다. 수포의 소설에서 도시와 여성의 일치 혹은 동일시는 다른 어느 작가의 경우보다 두드러진다.

다른 초현실주의 작가들과는 달리 데스노스의 소설에 나타난 도시는 작중인물들이 끊임없이 배회하고 이동하는 공간이면서 초현실적이고 상상적인 변형을 이루고 있다는 점에서 주목된다. 이시카와는

제10장 데스노스의『자유 또는 사랑!』과 도시의 환상성

데스노스가 다른 초현실주의 작가들과 구별되는 지점에 대해 이렇게
말한다.

> 데스노스의 파리는 또한 구체적이다. 피라미드가, 튈르리 공원, 에트
> 왈 광장, 포르트 마요, 불로뉴 숲은 이 소설의 전반부인 2장에 등장한
> 다. 일인칭 서술자의 이동 공간은 파리의 지리적 현실과 일치한다. 다
> 만 장소의 묘사가 지극히 간략하고 그 장소들은 독자에게 작중인물들
> 이 배회하는 곳을 가리키는 지표일 뿐이다. 데스노스의 소설에서 파리
> 는 전혀 묘사적으로 그려져 있지 않다. 거리, 유적, 광장, 벽보, 동상의
> 이름들은 언어의 차원과 의미의 차원에서 모두 변형되는 기호의 저장
> 소들이다. 이것이 데스노스가 다른 작가들과 구별되는 점이다.[2]

이 말처럼 『자유 또는 사랑!*La liberté ou l'amour!*』에 나타나는 파리는
현실의 지명과 일치하지만, 이야기의 흐름 속에서 언어의 차원이건
의미의 차원이건 어느새 비현실의 세계로 전환된다. 데스노스는 사
실주의적 묘사의 문법을 무시하고 사물을 직접적이고 투명하게 반영
하는 글쓰기를 거부한 작가이다. 그의 초현실적 글쓰기에서 파리는
어떻게 표현되고 변형되는지, 그리고 데스노스의 초현실적 서사의
특징은 무엇인지 검토하려는 것이 이 글의 목적이다.

---

2   K. Ishikawa, *Paris dans quatre textes narratifs du surréalisme*, L'Harmattan, 2000, p. 158.

2. 초현실적 글쓰기와 환상의 도시

데스노스의 『자유 또는 사랑!』은 권태에 사로잡힌 주인공 코르세르 상글로가 파리를 배경으로 끊임없이 절박하게 사랑의 모험을 촉구하는 이야기로 구성된다. 소설 제목에 암시되어 있듯이, 그의 모험은 진정한 자유를 찾아 헤매는 것으로 볼 수도 있고, 진정한 사랑을 찾으려는 것으로 짐작해볼 수도 있다. 데스노스는 이런 모험 이야기를 하면서 20세기의 파리를 소설의 기본 배경으로 설정하는 한편, 18세기 말의 혁명과 역사의 분위기를 환기시키거나 도시의 현실을 초월한 사막과 바다의 공간을 소설 속에 끌어들이기도 한다. 이러한 소설의 전개에서 현실의 공간과 초현실의 공간이 혼란스럽게 연결되거나 복합적으로 나타나는 현상을 목격하는 독자는 현실과 초현실, 이성과 꿈의 경계가 무너지는 데서 당혹과 충격을 경험한다. 가령, 2장 시작 부분에서 "오랫동안 루이 15세 발뒤축이, 내가 길들인 작은 동물인 사막의 도마뱀이 달려간 좁은 길의 마카담 도로를 요란하게 울렸던 그 여자의 발걸음"[3]이라는 문장과 "군중들은 입맞춤과 포옹의 추억을 짓밟았고 [……] 가끔 나는 그것을 집어 든 적이 있었는데 그것은 나를 부드럽게 포옹하며 인사하는 것이었다"[4]라는 문장을 읽고 당황하지 않을 독자는 거의 없을 것이다. 또한 튈르리 공원의 나무에서 떨어진 나뭇잎들이 장갑으로 변형되어 서로 포옹하는 형태로 나타날 때도 독자가 당혹감을 갖기는 마찬가지이다. 종래의 소설과 판이하

---

3 R. Desnos, *La liberté ou l'amour!*, Gallimard, 1962, p. 20.
4 같은 책, p. 21.

제10장 데스노스의 『자유 또는 사랑!』과 도시의 환상성

게 다른 이런 소설적 서사는 그야말로 초현실적 소설의 진수를 보여
주는 듯하다.

자동기술이 글 쓰는 사람의 감정이나 이성의 논리를 배제하고 무
의식적으로 떠오르는 말의 자유로운 흐름을 쓴 것이라면, 데스노스
의 소설은 그러한 자동기술의 방법으로 서술된 느낌을 준다. 실제로
데스노스가 초현실주의자들 중에서 자동기술의 글쓰기를 가장 잘하
는 사람이었다는 것은 브르통의 「초현실주의 선언문」에 각별히 언급
되어 있다.[5] 데스노스의 문학에 대해 상세하고 깊이 있는 책을 쓴 뒤
마에 의하면, 『자유 또는 사랑!』은 "자동기술의 충동과 상상의 무대
에 대한 매혹에 빠져"[6] 쓴 소설로서 독자가 소설의 구조와 주인공의
행위에 대해 의문을 갖지 못할 만큼 여러 가지 황당한 사건들과 이야
기들의 "끊임없는 분출un perpétuel jaillissement"[7]로 연결되는 소설이
다. 독자는 현실과 꿈의 경계가 무너진 현상을 보고 처음에는 당혹해
하다가 그런 흐름이 거침없이 펼쳐지는 상태에 익숙해지면 현실의
논리와 사실적 표현의 정당성에 더 이상 의심을 품지 않을 수 있다.
그러나 현실과 꿈의 경계가 무너진 상태의 일정한 논리가 있다면 그
것은 무엇일까. 이런 의구심 가운데 주목되는 것은 이 소설에서 사물
들이 차이와 대립의 형태로 부각되지 않고 마치 꿈속에서처럼 유사
성과 액체성으로 용해된 느낌을 준다는 것이다. 다시 말해서 그것은
자동기술의 서술처럼 논리적인 인과관계 없이 유동적으로 전개된다.
이러한 유동성은 단절과 모순의 논리를 포함하면서 연속적으로 이

5 A. Breton, *Manifestes du surréalisme,* Jean-Jacques Pauvert, 1972.
6 M.-C. Dumas, *Robert Desnos ou l'exploration des limites,* Klincksieck, 1980, p. 445.
7 같은 책, p. 443.

어지는 형태이다. 그리하여 자동기술처럼 이성적 논리를 초월한 이 소설이 의미의 차원에서건 언어의 차원에서건 연속성과 단절성, 유사성과 모순성으로 구성되어 있다는 것은 충분히 검토해볼 필요가 있다.

데스노스의 소설에서 단절과 모순의 예는 여러 가지인데, 우선 이 소설의 1장이 랭보의 이름으로 「밤샘하는 사람들」이라는 시로 쓰인 것이 주목된다. 2장의 「밤의 깊은 곳」으로부터 마지막 12장 「꿈의 소유」까지 계속 산문으로 구성된다는 점과 비교해볼 때, 단절되거나 모순된 형태라고 하겠다. 뒤마는 이 시에서 "텅 빈 하늘에 동이 트기전/헤엄쳐 나갈 때마다 빛나는 바닷속 여인이/사랑과 자유를 일치시키리라는 희망 속에"라는 마지막 절이 이 책의 주제를 암시하고, 또한 2장부터 12장까지 전개되는 사랑과 자유의 추구라는 주제와 연결된다고 추론한다.[8] 그런데 여기서 중요한 것은 이 책의 제목처럼 '자유 아니면 사랑'이라는 주제 중 어느 하나를 선택하는 게 아니라 그두 가지를 함께 추구하고 일치시켜야 한다는 주제의 등장이다. 그러니까 이 시에서처럼 두 가지를 동시에 추구하기 위해 자유와 사랑을 일치시키려는 주제는 이 소설에서 거듭되는 여러 가지 모순과 좌절의 이야기를 넘어서서 일관되게 나타난다. 또한 1장의 서시에서 그러한 희망을 갖게 하는 존재가 여자라는 점도 함께 주목해야 할 점이다. '헤엄치는 여인'은 이 소설에서 중요한 부분인 7장의 '정액 마시는 사람들의 클럽'의 입구를 지키고 있는 요정의 모습을 예시하는 존재이자, 사랑의 모든 관습과 금기를 넘어선 완전히 자유로운 사랑의 화

8 같은 곳.

신으로 나타난다.

실제로 이 소설에서는 이야기가 모순되거나 현실의 논리와 어긋나게 전개되는 경우가 무수히 많다. 가령 3장에서 주인공 코르세르 상글로가 루이즈 람과 만나는 행복한 장면과 10장에서 허밍버드 가든의 기숙사 학생들을 가학적으로 매질하는 이야기는 극도로 모순되거나 대립적이다. 또한 6장에서 루이즈 람의 시신이 관 속에 들어간 상태에서 그녀가 장의사들의 이야기를 들으며 부활하고 화자와 사랑하게 되었다는 이야기도 마찬가지이다. 어쩌면 이처럼 모순되고 비합리적인 사건의 전개는 에로스와 타나토스 혹은 에로스와 죽음의 관계처럼 일원론적인 상태에서 모든 대립이 사라지고 하나로 종합된 관계의 반영으로 해석될 수 있다. 자클린 셰니외는 이 소설이 이러한 모순과 대립의 주제로 구성되어 있음을 언급하면서 8장을 예로 든다. 「아득히À perte de vue」라는 제목의 8장은 다른 어느 장보다 대조적인 주제들이 많이 등장하는데, 가령 키리코의 형이상학적 시기 작품에 흔히 나타나는 적막한 도시처럼 아무 일도 일어나지 않는 장소들의 단조로운 풍경이 전개되다가 갑자기 혼란스러운 정념의 사연이 펼쳐지는 것이 그러한 예이다."[9] 물론 도시는 화자의 현재와 관련된 권태로운 풍경의 도시이고 정념의 사건은 주인공의 과거와 관련된 일로 짐작해볼 수 있기 때문에, 도시에서도 이질적인 사건들이 무수히 전개되듯이, 그러니까 주인공의 내면에서 현재와 과거, 권태와 정념의 이야기도 착종되어 있는 것이다. 다시 말해서 단조로운 권태의 풍경과 혼란스러운 정열의 모험과 같은 대조적인 주제의 결합은 도시를

---

9   J. Chénieux, *Le surréalisme et le roman*, L'Âge d'homme, 1983, p. 299.

제2부 초현실주의 시와 소설의 다양성

배경으로 한 이 소설의 전반적인 구성적 특징이면서 또한 데스노스의 경험적 관점에서 도시를 인식하고 표현하는 방법으로 해석할 수 있다. 이런 점에서 구체적인 현실에 바탕을 두고 있으면서 몽환적이고 환상적인 풍경으로 전개되는 데스노스의 도시에 대해서는 다음과 같은 설명이 유익하다.

> 피라미드가에서 사막이 연상되듯이 밤의 도시는 사막이 된다. 튈르리 공원의 나무에서 나뭇잎들이 떨어지고 그것들은 장갑으로 변한다. 보석가게에서 어느 여가수는 장갑을 벗어 자기의 손에 코르세르 상글로가 입을 맞추도록 하는데, 상글로는 이 소설의 화자와 동일시될 수 있는 주인공들 중의 하나이다. 여가수의 노래는 혁명 때의 함성과 단두대, 1789년 피의 집행 장면이 연상되는 콩코르드 광장에 가까운 공원을 떠오르게 한다. 폭력을 환기함으로써 장갑은 권투장갑이 된다. [……] 상글로가 줄곧 따라다니던 여자 루이즈 람은 에트왈 광장 쪽으로 걸어가는데, 그것은 마치 에트왈(별)이 배들의 방향을 인도하는 것과 같고 새로운 별이 나타나 예수 그리스도의 탄생을 예고하는 것과 같다. 사실상 상글로는 바다에 가깝고, 높은 곳에서 도시를 굽어보듯이 설치된 베베 카둠(비누 광고의 글자)은 그다음의 텍스트에서 메시아가 된다.[10]

위의 설명처럼, 도시의 풍경과 간판의 글자는 화자의 상상 속에서 변형되어 초현실의 세계가 된다. 이 세계에서 모는 대립과 모순의 주

---

10 K. Ishikawa, *Paris dans quatre textes narratifs du surréalisme*, p. 159.

제10장 데스노스의 『자유 또는 사랑!』과 도시의 환상성

제들은 용해되어 마치 몽환적인 영화에서처럼 자유롭고 유동적인 흐름 속에 놓인다. 이러한 도시의 초현실적 변화가 밤을 배경으로 삼고 있다는 것도 유념해야 할 대목이다. 밤은 낮과 달리 현실과 꿈의 경계를 사라지게 하면서 몽환적이고 환상적인 이야기의 전개에 효과적이기 때문이다. 대부분의 초현실주의자들이 밤과 꿈의 신비스러운 힘에 대한 믿음을 갖고 있었던 것은 밤과 꿈의 세계에서는 추한 것과 아름다운 것의 대립적 분류를 넘어선 보다 높은 차원의 아름다움을 추구할 수 있었기 때문이다. 그것은 미학적인 관점에서뿐 아니라 도덕적인 관점에서도 가능한 논리이다. 낮에 지켜야 할 이성적이고 도덕적인 규범의 한계는 밤의 시간 속에서 위반과 초월의 유혹으로 전환될 수 있는 것이다. 초현실주의자들의 작품에서 밤을 찬미하는 노래가 많은 것은 그런 이유에서이다.

또한 이 소설의 유동적이고 몽상적인 분위기와 관련지어 연상되는 다른 특징은 작중인물들 사이에 대화가 거의 전무하다는 점이다.[11] 그들은 대화를 나누면서도 침묵을 지키는 듯하고, 침묵을 지키면서도 대화를 교환하는 듯이 보인다. 다시 말해서 대화는 유동적이고 몽상적인 침묵의 흐름 속에 흡수되어 있다. 마치 초현실적인 무성영화의 장면들에서 작중인물들은 끊임없이 움직이고 모험을 추구하지만, 그러한 행동의 동기나 목적은 설명되지 않은 채 모험이 전개되고, 모험적 사건들 사이의 논리적 연결성은 보이지 않기 때문에 사건들 사이에 틈틈이 나타나는 그들의 대화가 합리적인 의사소통의 대화로 보이지 않는 것과 같다.

11 같은 책, p. 165.

3. 사랑, 폭력, 에로티즘

현실적인 도시의 배경 속에서 몽환적으로 전개되는 이 소설은 작가가 도시에서 꿈꾸는 정치의 혁명과 사랑 혹은 성의 혁명을 주제로 하고 있다. 데스노스는 도시의 벽이나 거리 속에 감춰져 있는 범죄, 반항, 사랑의 문제를 초현실적 변형 속에서 자유롭게 결합해 보여주기 위해서 주인공인 코르세르 상글로가 루이즈 람과 사랑을 나누게 된 방이, 배를 갈라 죽인 살인자로 유명한 자크가 살았던 방이라는 것과 벽에 붙어 있는 일력의 날짜가 파리 코뮌이 시작된 1월 12일이라고 설정했다.[12] 이러한 전쟁의 암시와 함께 사랑의 주제는 다양하게 전개된다. 어떤 의미에서 에로스와 타나토스가 분리된 것이 아니듯이, 사랑과 폭력은 동전의 안과 밖처럼 연결된 것으로 보이기도 한다.

우선 코르세르 상글로와 루이즈 람의 사랑이 매우 전투적이라는 점도 그러한 예이다. 그들의 사랑은 날카로운 이빨과 무서운 발톱을 가진 맹수의 사랑처럼 격렬하게 싸우듯이 그려진다. "침대는 야생적인 전투의 장소였다. 그는 그녀를 물어뜯었고, 그녀는 몸부림치며 소리를 질렀다."[13] 이러한 전투적인 사랑의 행위는 육체적인 관계에서만이 아니라 정신적인 관계에서도 비슷한 양상으로 표현된다.[14] 물론 그들의 생각과 감정은 평화롭게 일치되지 않고, 늘 충돌하고 대립한다. 마치 그것이 정열적이고 역동적인 사랑의 진실인 것처럼 서술

---

12 1월 12일은 파리 코뮌의 도화선이 된 빅토르 누아르의 장례식 날이다.
13 R. Desnos, *La liberté ou l'amour!*.
14 같은 책, p. 97.

되어 있다. 또한 사람들 사이의 공격적인 양상은 두 사람의 관계에만 한정되어 있지 않다. 잔 다르캉 시엘이 매우 가학적인 여성으로 그려져 있고 자유의 모습은 무서운 사자의 형태처럼 표현되거나 "프랑스 혁명당원처럼 붉은 모자를 쓴 맹렬한 여성"[15]의 모습으로 부각되는 것도 공격적인 무의식의 반영으로 보인다. 또한 정액 마시는 사람들의 클럽 회원들이 가학적인 성도착에 빠지는 사람들이라는 것도 그와 같은 맥락에서 이해될 수 있다. 루이즈 람과 요정이 피투성이가 될 정도로 싸웠다는 이야기와 기숙사 여학생들이 여사감으로부터 따귀를 맞거나 채찍질을 당했다는 이야기는 공격적이고 가학적인 인간 관계의 분위기를 표현하는 대표적인 사건이다. 이런 점에서 데스노스의 사랑은 부드럽고 관용적인 사랑이 아니라 잔혹하고 공격적인 사랑이라고 말할 수 있다. 아마도 데스노스는 두 사람이 서로를 이해하고 소통하는 것이 사랑의 본질이 아니라 미워하고 충돌하는 것이 사랑의 본성이라고 생각한 듯하다. 다시 말해서 프로이트처럼 데스노스는 사랑과 증오, 사디즘과 마조히즘이 분리된 것이 아니라 동전의 양면처럼 결합된 것으로 인식한다.

이처럼 사디즘의 면과 마조히즘의 면을 동시에 갖고 있는 에로스는 또한 동성애적이기도 하고 이성애적이기도 한 것으로 그려진다. 여기서 동성애적 관계는 로제와 정액을 마시는 남자, 루이즈 람과 요정,[16] 루이즈 람과 진주 채취하는 여자와의 관계[17]에서 볼 수 있다. 물론 이러한 동성애도 이성애 관계에서 그랬듯이 폭력과 투쟁의 기호

15 같은 책, p. 62.
16 같은 책, p. 82.
17 같은 책, p. 56.

제2부 초현실주의 시와 소설의 다양성

로 표현된다. 남성들 사이의 동성애에 사랑의 부드러움이나 감상적 경향이 없다는 점도 별로 다르지 않다. 오히려 그들의 사랑과 성은 남성적인 에너지로 충만한 느낌을 줄 만큼 전투적이고 정복적으로 나타난다.

> 정복하려는 욕망, 사랑에 늘 함축된 허무주의는 어떤 무기를 사용하
> 는가에 따라 달라진다. 로제와 나는 같은 무기를 사용했는데 여자들에
> 대해서는 그렇지 않았다.[18]

이처럼 사랑은 이해와 관용을 배제하고 투쟁과 정복의 의미로 표현된다. 그런데 여기서 주목해야 할 것은 코르세르 상글로가 전혀 동성애를 하지 않는 사람이고, 동성애를 하거나 그 밖의 성도착 행위의 가능성을 암시하는 사람들은 정액 마시는 사람들의 클럽 회원들뿐이라는 점이다. 이들은 온갖 사랑의 모험을 이야기하면서 남색, 자위, 가학적 범죄를 거침없이 토로한다. 작가는 이런 장면을 그리면서 사랑의 세계에는 모든 것이 허용되고, 어떤 성도착도 가능하다는 것을 주장하려 한다. 그가 사드를 예찬하는 것도 그런 이유에서이다. 이 소설의 11장「울려라, 상테르의 북이여」에서 사드가 언급되는 대목은 혁명기의 상황에서인데, 이런 점에서 이 장은 1923~24년에 초현실주의자들이 사드의 혁명가적 모습을 어떻게 받아들였는지 알 수 있게 해주는 자료이다. 우선 이 장은 주인공이 파리의 루아얄가의 광장을 지날 무렵, 1793년 1월 21일에 루이 16세가 처형되는 장면을 목

---

18 같은 책, p. 79.

격하는 장면으로 시작하는데, 사형집행인의 모습과 단두대가 나타나는 흐름 속에서 사드의 얼굴은 로베스피에르의 얼굴과 함께 나타난다.

> 샤랑통이여! 샤랑통이여! 포주들의 전투와 고독한 익사 상태의 고난을 겪은 평화로운 교외의 마을이여! [⋯⋯] 너의 마을에 있던 요양원이 폐쇄되어 더 이상 들리지 않는구나. 사드 후작은 더 이상 그곳에서 정신의 독립을 전파하려 하지 않겠지. 사드야말로 사랑과 용기와 자유의 영웅이고 죽음이 전혀 두렵지 않은 완벽한 영웅이다. [⋯⋯] 우리는 양식이 있고 감동을 주는 그 영웅이 떠난 것을 슬퍼한다.[19]

이렇게 사드는 "정신의 독립" "사랑과 용기와 자유의 영웅"으로 묘사된다. 데스노스뿐 아니라 다른 초현실주의자들에게도 사드는 로트레아몽과 랭보와 마찬가지로 그들의 정신과 문학에 큰 영향을 준 위대한 인물로 존중받았다.[20] 그들이 이러한 사람들 중에서도 사드를 각별히 높게 떠받든 것은 두 가지 목표 혹은 의미에서이다. 하나는 부르주아적인 사고방식과 문화를 전복시키기 위한 그의 혁명적이고 행동주의적인 측면에서이고, 다른 하나는 초현실주의의 선구자로서 그의 미학적이고 정신적인 측면에서였다. 이것은 초현실주의의 중요한 주제였던 죽음과 에로스의 관계, 그리고 한계의 경험 등과 사드의

---

19 같은 책, p. 112.
20 "사드는 초현실주의자의 하늘에 떠오른 하나의 유성이다. 그러나 '사드-현상'이란 초현실주의자들의 이념 전쟁에서 취한 하나의 무기로서 실증주의와 기독교, 부르주아, 자본주의의 정치와 독단적 합리주의에 대항하는 방법이다." S. E. Fauskevag, *Sade dans le Surréalisme,* Les éditions Privat, 1982, p. 12.

문학이 빈틈없이 접목될 수 있었기 때문으로 보인다. 이처럼 초현실
주의의 목표와 결합될 수 있는 사드의 등장은 이 소설의 끝부분에 이
르러서야 보게 되지만, 주인공이 혁명기의 파리를 연상하는 대목은
소설의 앞부분에서도 언급되어 있다. 작가는 이러한 서술을 통해 현
실과 환각의 구분이 없고, 현재와 과거의 경계도 없는 초현실의 세계
가 누구에게나 나타나는 것이 아니라 그 세계를 찾고 꿈꾸는 사람에
게 발견된다는 것을 보여주고 싶어 한다. 또한 그는 파리의 현실에서
과거를 현재화하고 싶어 하는 사람에게 과거는 자신의 정체를 드러
낸다고 자신 있게 말한다. 다음과 같은 대목은 바로 그와 같은 견해
를 보여주는 증거이다.

　　포석 제거하는 일꾼들에 의해 잊힌 광장의 포석은 광물의 특성이 그
　　때까지 보존되어 있는 장소에서 몸을 드러낸다. 포석은 말한다. 예상하
　　지 못한 현상은 포석의 언어가, 오랜 세월 동안 포석을 밟으며 지나다
　　닌 모든 사람들의 이름을 기억하고 열거하지 않는다면, 기적의 사건들
　　에 익숙한 군중들의 주의를 끌지 못하리라는 것. 처음에 역사적 이름
　　들은 환호와 함성으로 찬양된다. 그리고 이름 모를 민중들의 이름, 개
　　인의 이름들은, 멀리서 확성기로 반복되면서 청중들의 가슴속에 무겁
　　게 울려 퍼진다.[21]

코르세르 상글로는 포석의 언어에 귀를 기울이며, 루이 16세의 처
형과 공포정치 때의 단두대를 목격하고, 루이 16세와 자신을 동일시

---

21 R. Desnos, *La liberté ou l'amour!*, p. 98.

하면서 자신의 죽음에 대한 환각을 체험한다. 그의 강박관념 속에서 사랑과 폭력이 혼동되어 있는 것처럼, 피와 살인과 단두대의 이미지는 뒤섞여 있다. 사랑과 죽음은 절망적인 상태에서 결합 가능한 주제가 된다. 이처럼 데스노스의 소설에서 사랑이 행복의 환상으로 연결되지 못하고 파멸, 난파, 좌절, 죽음의 부정적 의미로 표현되는 것은 바타유의 비극적인 에로티즘 혹은 죽음의 에로티즘을 연상시킨다.

4. 초현실적 세계

『자유 또는 사랑!』에 나타난 파리는 간단히 말해서 현실의 도시이면서 동시에 초현실의 도시이다. 코르세르 상글로는 2장에서 피라미드가와 리볼리가를 지나 불로뉴 숲까지 루이즈 람을 뒤쫓아가다가 나무에서 떨어진 장갑을 줍고, 그 장갑은 바지 주머니에서 진동하듯이 흔들린다. 또한 루이즈 람은 걸어가다가 걸친 옷을 하나하나 벗어 던지기도 한다. 몽소가의 인도 위에는 옷을 하나도 입지 않은 여자의 시신이 누워 있고, 요정의 모습을 한 수위 여자는 자기의 사무실에서 비늘을 바꿔 걸치기도 한다. 이처럼 파리를 배경으로 초현실적 풍경이 전개되다가 어느 순간에 그 도시는 바다와 사막으로 변형된다. 해초들과 물고기, 요정, 해변 들이 신비스러운 존재처럼 나타나는 바다는 에로스의 낙원처럼 보인다. 그 바다는 작중인물들이 한가롭게 바라보며 풍경을 즐길 수 있는 바다가 아니라, 몸을 던져 뛰어들고, 길을 잃어버릴 위험을 두려워하지 말아야 할 모험의 바다로 나타난다. 그것은 사랑의 비밀과 신비스러운 항구를 발견할지 모른다는 희망의 바다이기도 하다.

　클럽의 회원들은 바다를 좋아한다. 바다에서 뿜어 나오는 인을 함유
한 냄새로 그들은 도취하고 모래 조각들과 난파한 선박의 유실물들, 물
고기의 뼈들, 물에 잠긴 도시의 유해들 속에서 사랑의 공기를 되찾고,
같은 시간에 우리들 귀에 어느 상상적인 것의 [……] 현실적 존재를 증
언해주는 사랑의 헐떡이는 소리를 되찾는다.[22]

　여기서 바다는 사랑의 신화적 장소이자 자유의 상징으로 해석된
다. 그 바다에서 에로스와 자유는 일체가 되고, 이곳에 이르기까지
작중인물들이 겪었던 모든 갈등과 대립은 순식간에 사라져버린다.
물론 바다가 갈등과 대립, 사랑의 추적과 모험의 종착점은 아니다.
사막이 바다와는 다르게 죽음과 단절의 의미를 내포한 공간으로 나
타나기 때문이다. 9장에서 "하얀 철모를 쓴 탐험가"[23]가 사막의 모래밭
에서 길을 잃어 죽음을 예감하게 되었다는 이야기와 화자가 친구들
과 헤어진 곳이 "우울한 사막"[24]이었다는 것이 바로 그러한 예들이다.
바다가 사랑의 공간이었다면, 사막은 죽음의 공간일 것이다. 사막이
이렇게 직접적으로 기술되는 경우가 아니더라도, 파리의 도시가 사
막의 은유로 묘사되는 경우는 쉽게 찾아볼 수 있는 대목이다. 이시카
와는 키리코의 그림에서 자주 볼 수 있는 도시의 텅 빈 광장의 풍경
이 자주 묘사되는 점을 주목하여 "데스노스의 소설에서 파리는 일상

22　같은 책, p. 69.
23　같은 책, p. 99.
24　같은 책, p. 113.

적인 활동이 배제된 사막의 도시에 가깝다"[25]는 것을 강조했다. 데스노스의 소설에 나타난 도시의 특성에 대한 그의 지적처럼, 텅 빈 광장의 적막감과 공허감은 분명 인간이 사라진 죽음의 분위기를 연상시킨다. 이것은 결국 코르세르 상글로에게 "삶의 이유"[26]라고 부를 만한 권태의 내면적 풍경을 반영하는 것이다.

파리가 현실의 도시이면서 초현실의 도시인 것처럼, 도시의 간판이나 네온사인, 동상과 조각 들은 현실적이면서도 비현실적인 풍경으로 변형된다. 이런 서술의 특징 속에서 '베베 카둠'의 간판은 파리의 밤 풍경을 빌딩 위쪽에서 내려다보고 서 있는 20세기의 예수처럼 묘사되고, 그 '베베 카둠'과 미슐랭 타이어 광고에 등장하는 인물은 마치 싸움을 하는 사람들처럼 그려진다. 화자는 이렇게 광고에 등장하는 인물들을 실제의 사람처럼 만들어 광고 밖의 현실로 걸어 나오게 만든다. 올림포스산의 신들처럼, 광고 밖의 현실 속에 나타난 인물들은 시민들의 생활에 관여하여 그들의 운명을 변화시키는 역할을 한다. 이것은 현대사회에서 광고의 위력이 얼마나 대단한지를 작가가 예견하고 있음을 보여주는 예이다. 광고의 이미지가 현대의 새로운 종교이고, 광고의 인물이 현대인의 우상이라고 말할 수 있을 만큼 현대인의 정신에 큰 영향을 미치는 것을 데스노스는 우화적으로 혹은 초현실적 시각으로 그린 셈이다. 또한 거리에서 자주 발견되는 동상과 조각품 역시 생명이 없는 사물로 제시되지 않고 움직이고 있다. 이러한 서술에서 우리는 화자가 동상에 생명을 부여하는 정도에

25 K. Ishikawa, *Paris dans quatre textes narratifs du surréalisme*, p. 179.
26 R. Desnos, *La liberté ou l'amour!*, p. 88.

머물지 않고 사물과 인간의 구별을 없애려는 대담한 시도를 했음을 확인한다. 또한 현대의 물신이라고 할 수 있는 광고의 인물도 역사적 인물처럼 동상의 주인공이 될 수 있게 만드는 그의 상상력의 전개는 놀랍고 거침이 없다.

그러나 도시의 풍경에 대한 데스노스의 시각적 상상력에서 주목할 점은 다른 어느 초현실주의 시인들의 경우보다 자유분방하게 전개되면서도 그의 도시적 풍경은 비극적이고 절망적인 느낌을 준다는 것이다. 사랑보다는 이별이, 일치의 환상보다는 고독의 인식이 많은 부분을 차지하기 때문일까? 그의 소설에서 고독과 이별의 이야기는 대체로 어떤 미화나 과장 없이 슬프고 고통스럽게 서술된다. 현실적이건 상상적이건 파리의 풍경은 샤갈의 환상적인 그림처럼 아름답게 나타나기는커녕, 어둡고 쓸쓸하고 삭막한 도시로 표현된다. 이런 점에서 데스노스는 도시의 삶과 생활 조건을 비관적이고 절망적으로 인식하고 있는 것처럼 보인다. 코르세르 상글로가 이발소 앞을 지나가다가 진열창에 있는 밀랍으로 된 사람의 머리를 보고 절단과 죽음의 이미지를 떠올리는 것도 그렇고 사랑의 공허함과 우정의 거짓됨을 진술하는 장면도 그렇다. 작가의 이러한 부정적인 도시 인식과 그 도시에 사는 사람들의 비관적 삶의 인식은 소설의 도처에서 발견된다.

데스노스의 파리는 이렇게 도시를 끊임없이 배회하는 우울한 도시인의 환각과 어두운 내면세계를 반영한다. 이 도시에서 사랑은 만남과 화해의 순간보다 갈등과 이별의 관계로 나타난다. 그는 이러한 사랑의 주제를 부각시키기 위해 파리의 광장과 거리의 미로와 같은 도시 공간을 통해서 결국 사랑하는 사람들 사이의 끊임없는 만남과 헤

제10장 데스노스의 『자유 또는 사랑!』과 도시의 환상성

어짐, 뒤쫓기와 달아나기의 역학 관계를 집중적으로 그리면서 그 도시에서 진정한 사랑은 불가능하다는 믿음을 암시적으로 표현한다. 도시는 현실의 풍경이건 환각적인 풍경이건, 빛과 희망의 도시가 아니라 어둠과 고통의 도시로, 삶과 사랑의 도시가 아니라 죽음과 폭력의 도시로 나타날 뿐이다.

제2부 초현실주의 시와 소설의 다양성

제11장
레몽 루셀의『아프리카의 인상』, 글쓰기와 신화

1. 루셀 소설 읽기의 어려움

　시인이자 소설가이고 희곡작가인 레몽 루셀Raymond Roussel(1877~
1933)은 초현실주의 활동에 참가하지 않았지만 초현실주의 작가로
알려져 있다. 그가 초현실주의 작가로 혹은 초현실주의의 선구자로
알려진 것은 그의 난해하고 신비스러운 작품 때문이라기보다「초현
실주의 선언문」에서 초현실주의의 정신과 연결될 수 있는 과거와 현
재의 작가들을 열거하는 중에 브르통이 "루셀은 일화에서 초현실주
의자이다"라고 말했기 때문이다. 왜 루셀은 일화에서 초현실주의자
인 것일까? 여기서 우리는 일화라는 게 광기에 시달려 자살했다는 작
가의 일화를 말하는 것인지, 그저 소설 속 일화를 뜻하는 것인지 몰
라서 잠시 혼란에 빠지게 된다. 그러나 루셀이 언급되는「초현실주의
선언문」의 문맥에서 "사드는 사디즘에서 초현실주의자이다"라거나
"보들레르는 도덕성에서 초현실주의자이다"라는 정의가 그들의 삶에
관한 것이 아니라 그들의 작품에 관한 것임을 염두에 두면, 루셀의
일화는 그가 보여주는 이야기들의 성격을 가리키는 것으로 해석할

수 있다. 브르통은 나중에 쓴 『블랙 유머 선집』에서 루셀의 독창성을 이렇게 설명한다. "루셀의 작품이 보여주는 뛰어난 독창성은, 그가 스스로 사회주의자라고 자칭하건 아니건 간에 시대에 뒤떨어진 유치한 사실주의를 옹호하는 사람들에 맞서서 매우 의미 있고 중요한 반대 논리를 제시하여 그들에게 치명타를 가한 점이다."[1] 이 말은 「초현실주의 선언문」에서 사실주의 소설의 허구성과 상투성을 공격한 구절의 의미와 일치하는 것이기도 하다.

해당 글에서 브르통은 초현실주의의 대명사처럼 알려진 자동기술은 인간이 의식의 상태를 잃어버릴 수 있는 한계 상태에서의 글쓰기라고 하면서 루셀의 글쓰기는 이성에 의한 어떤 통제도 받지 않는 극단의 글쓰기라고 주장한다. 또한 피에르 마슈레는 브르통의 자동기술과 루셀의 글쓰기가 보여주는 연관성을 이렇게 설명한다. "초현실주의 역사의 초기에 브르통은 프로이트의 이론을 근거로 삼아서 자신의 방법에 이론적 토대를 만들었다. 이러한 이론적 근거의 암시를 받아서 루셀의 작품이 브르통의 관심을 일깨웠을 때, 아니 그의 말처럼 그를 '경탄케' 했을 때, 그는 해방의 도식과 아주 유사한 방식으로 루셀의 작품을 해석했다. 의식적인 이성이 부과하는 통제를 벗어나서, 자동기술과 같은 언어의 새로운 사용을 통해서 상상력과 꿈의 세계, 경이적이고 신비로운 세계에 이르는 길이 열릴 수 있으리라고 생각한 것이다. 초현실주의의 창시자 브르통의 눈에 루셀은 선구자 내지 안내자였다."[2] 마슈레의 말처럼 브르통이 루셀의 글쓰기를 초현실

1 A. Breton, *Anthologie de l'humour noir,* Jean-Jacques Pauvert, 1972, p. 274.
2 P. Macherey, *A quoi pense la littérature? Exercices de philosophie littéraire,* PUF, 1990, p. 185.

주의의 자동기술처럼 이성의 유한한 세계를 벗어나 비이성의 초현실적 세계로 갈 수 있는 수단으로 이해한 것은 사실이다. 이런 점에서 루셀의 글쓰기는 이성과 광기의 경계 위에서 줄타기 곡예처럼 전개되는 정신적 모험의 글쓰기라고 말할 수 있는데, 그의 극단적인 언어 실험에서는 소설적 언어가 혼란스러운 정신분열증적 담론으로 떨어질 것 같은 위기가 느껴지기도 한다.

브르통이 「초현실주의 선언문」에서 레몽 루셀을 초현실주의자라고 명명하긴 했지만, 사실 그는 동시대의 어떤 문학 유파에도 참여한 적이 없고 문학의 중심부가 아닌 주변부에서 외롭게 글을 쓰다가 타계한 작가이다. 그에 관한 일화로는, 글쓰기에 몰두하다가 지치면 술과 마약을 복용했고, 정신과 치료를 받을 만큼 광기의 증세를 보이기도 했다는 것이다. 그는 현실에 흥미를 잃고 상상 세계와 환각 상태에 빠져 지내면서 말을 사물처럼 생각하거나 언어를 사물화하고, 기호에 물체성을 부여하는 상상의 놀이를 즐기면서 현실과 환상의 경계를 넘나드는 착란의 상태에 빠진 적도 많았다고 한다. 이러한 작가가 어떻게 이성의 상태에서 완성된 소설들을 쓸 수 있었을까? 루셀의 소설은 언어에서 출발한 소설이지 의미에서 출발한 소설이 아니다. 또한 그에게 중요한 것은 세계 안에서 진리와 의미를 찾는 것이 아니라 자신만의 독특한 글쓰기 기법을 만들어내는 일이었다.

그의 사후에 간행된 『나는 어떤 방식으로 책을 썼을까』는 그의 글쓰기 방식을 밝힌 '계시적' 책이라고 말할 수 있지만, 제목에서처럼 상상력의 전개 과정과 관념의 연상작용을 자세히 설명해준 것은 아니기 때문에, 우리가 그것을 읽는다고 해서 그의 소설을 쉽게 이해할 방법을 알게 되는 것은 아니다. 다만 이 책은 작가가 어떤 동기와 근거로 자신의 상상력을 펼치게 된 것인지를 보여준다는 점에서 독자에게 일종의 독서 규범을 알려주는 사용설명서mode d'emploi 역할을 한다. 루셀의 전기를 쓴 카라데크는, 『나는 어떤 방식으로 책을 썼을까』는 일종의 자서전으로서 그의 글쓰기를 이해하는 데 매우 유익하다고 말한다. "많은 독자들은 레몽 루셀이 모든 것을 말하지 않았다는 것, 오직 그가 말하고 싶은 것만을 말했다는 것, 의도적으로 그의 뒤를 헛밟게 만드는 방법으로 독자를 이끌어간 것이라고 생각했다. 독자들이 그렇게 오해할 만큼 『나는 어떤 방식으로 책을 썼을까』는 사람들이 잘 알 수 없게 만들어지긴 했지만, 암암리에 루셀의 글쓰기 방식을 이해하는 데 도움이 된다는 것을 인정해야 한다."[3] 이렇게 그 책이 유익하다고 말할 수 있는 첫번째 근거는 작가가 말과 사물의 관계를 전복하고, 언어와 논리를 해체하여 새로운 논리를 창조하려고 소설을 썼다고 직접 밝혔다는 점이다. 사실 루셀은 기존의 관습적 언어의 메커니즘을 해체하고 새로운 언어의 자율적 세계를 창조하려고 했다. 이러한 목적으로 소설을 썼기 때문에, 소설에서 말과 사물이 일치하지 않고, 하나의 말은 하나의 의미가 아니라 복합적인 많은 의미를 갖게 된 것이 당연하다. 루셀의 작품에서 현실 세계의 반영이나 현실에서 만날 수 있을 것 같은 보통 사람들의 등장을 기대하기는 어려운 일이다.

푸코에 의하면, 루셀은 동일한 말을 여러 가지 다른 용법으로 사용함으로써, 말이 본래의 의미로부터 일탈하여 새로운 의미를 갖게 한다. 이 말의 새로운 의미는 전의법轉義法, le trope의 표현으로 해석된

---

3 F. Caradec, "Vide Raymond Roussel," *Mélusine*, N°6, L'Âge d'Homme, 1984, p. 31.

다. 푸코는 이러한 루셀의 독특한 글쓰기를 '전의법의 공간' 속에서 이루어진 글쓰기라고 설명한다.

> 전복된 문체로 쓰인 루셀의 모든 언어는 같은 말로 두 가지 사물을 표현하려고 한다. 전의법의 이동에 의하여 움직이다가 곧 완전한 자유를 누릴 수 있도록 루셀은 말의 가벼운 우회나 뒤틀림으로 시작하다가 어느새 멀리 간 말이 있으면 그것을 법의 강제력으로 다시 출발점에 돌아오게 하는 냉혹한 원형의 구도를 만들고 있다. 그리하여 문체의 굴절은 문체의 원형적인 부정의 모양이 된다.[4]

푸코에 의하면, 루셀은 전의법의 수사학을 통해 말의 의미를 굴절시켜 말과 의미 사이를 최대한으로 벌어지게 함으로써, 말의 의미를 소멸시키다가 어느 순간이 되면 다시 말과 의미의 원점으로 돌아오게 하는 방법론을 엄격하게 사용하고 있다는 것이다. 이것은 독자가 대부분의 소설에서 그렇듯이 말과 의미가 당연히 일치할 것으로 생각하고 그의 소설을 읽을 경우, 반드시 낭패를 보기 마련이라는 경고문처럼 들린다. 어떤 의미에서 그의 소설에는 의미의 과잉과 의미의 결핍이 공존한다고 말할 수 있다. 그러나 의미의 과잉이 있다고 해서 넘쳐나는 의미가 쉽게 발견되는 것도 아니고, 의미가 부족해 보인다고 해서 의미의 발견이 어렵게 되는 것도 아니다. 중요한 것은 독자가 말과 의미가 어긋난다는 것을 알고 하나의 의미를 찾으려는 의지를 포기한 다음, 복합적이고 다양한 의미가 가득한 소설이라는 인식

---

4   M. Foucault, *Raymond Roussel,* Gallimard, 1963, p. 25.

제11장 레몽 루셀의 『아프리카의 인상』, 글쓰기와 신화

에서 선입관을 배제하고 소설의 흐름을 따라가는 일이다. 우페르망이 쓴 『레몽 루셀, 글쓰기와 욕망』의 서문에는 이러한 의미의 복합성에 대한 다음과 같은 명쾌한 설명이 있다.

글쓰기의 모험과 다름없는 루셀의 모험은 단 하나의 의미를 찾으려는 의지와 의미의 증식을 지향하는 억제할 수 없는 욕망 사이의 끊임없는 긴장이다. 텍스트는 언제나 그 두 가지를 동시에 말해야 하는 것처럼 구성되어 있다. 다만, 한쪽에서 의미의 통일성을 추구하는 성향이 나타나면, 다른 쪽은 그 모습을 감추고 있는 것이다.[5]

이처럼 의미의 두 가지 측면이 공존하는 현상은 사물에 대한 언어의 사실적 재현과 언어의 완전한 자율성이 뒤섞여 있는 것과 동일하다. 다시 말하자면 루셀의 소설에는 사실주의적 서술과 무의식의 언어가 혼합되어 있다. 이러한 양면성이 공존하기 때문에 얼핏 보아서 그의 소설은 의식의 검열로부터 자유로운 자동기술적 글쓰기의 흐름이 표면화된 인상을 주지만, 동시에 의식적이고 이성적인 조작으로 서술된 느낌도 주는 것이다.

루셀은 언어의 공간을 상상적 자유의 공간으로 생각했지만, 그의 소설에서 상상적 자유는 모든 규칙으로부터 해방된 것이 아니라 신화의 구조와 같은 규칙을 바탕으로 한 것이다. 물론 그는 신화를 믿는 작가는 아니지만, 신화적 자료를 토대로 이야기를 만드는 것을 좋아했다. 신화가 역사적이면서 초역사적인 시간을, 현실적이면서 비

5   S. Houppermans, *Raymond Roussel: Écriture et deésir,* José Corti, 1985, p. 12.

현실적인 공간을 배경으로 삼아 선과 악의 대립에서 선이 승리하는 이야기로 구성된다는 논리는 그의 소설에서 그대로 확인된다. 이런 점에 주목하여 아미오는 루셀의『아프리카의 인상』을 신화적 구조와 연관시켜 들여다보는 주제의 책을 쓴 바 있다. 우리는 루셀에 관한 이러한 자료들을 참고하면서,『아프리카의 인상』을 중심으로 루셀의 글쓰기와 상상 세계의 특징을 검토해보려 한다. 이 작업을 시작하기 전에 먼저 밝혀둘 것은 왜 소설 제목이 '아프리카의 인상'인가 하는 점이다. 아미오는 루셀의 아프리카는 무엇보다 신화적인 세계임을 주장하는데, 그 근거는 "세계의 역사가 펼쳐지고, 서로 다른 두 민족이 만나고, 서로 다른 두 문명이 통합되고, 오래전부터 계속된 선과 악의 투쟁이 전개되는 장소"[6]이기 때문이라고 설명한다. 또한 여기서 '인상'이란 여행자의 인상이 아니라 아프리카를 배경으로 한 이야기에서 인간이 경험할 수 있는 모든 기쁨과 놀라움 같은 감정을 포괄적으로 표현한 것임을 지적한다. 이제『아프리카의 인상』의 내용 속으로 들어가보자.

2.『아프리카의 인상』의 형태적 특징

『아프리카의 인상』은 1부와 2부로 구성되어 있다. 1부는 1장부터 9장까지이고 2부는 10장부터 26장까지이다. 1장은 6월 25일 오후 4

---

6   A.-M. Amiot, *Un mythe moderne: Impressions d'Afrique de Raymond Roussel*, Lettres Modernes Minard, 1977, p. 31.

시경 모든 일행이 포뉘켈레 황제 대관식에 참석할 준비를 한다는 내용으로 시작하고, 10장은 화자가 3월 15일 마르세유에서 남미로 출발하는 배를 타고 가는 장면이 중점적으로 묘사된다. 그러니까 1부와 2부는 시간적으로 전후관계가 뒤바뀐 순서로 구성되어 있는 것이다. 이런 점에서 2부의 내용부터 말하자면, 화자는 배 안에서 예술가, 가수, 곡예사, 최면술사 등의 여행자들과 친분을 맺고 지내다가 갑자기 몰아친 폭풍우에 떠밀려 아프리카 어느 해안에 간신히 상륙하게 되었다고 이야기한다. 그곳에 상륙한 조난자들은 세일코르라는 이지적인 흑인 청년을 만나, 그를 통해 탈루 왕국의 역사를 알게 되고, 이 흑인 청년은 그들을 탈루 7세에게 데리고 갔으며, 왕은 그들이 몸값을 치를 수 있을 때까지 억류하도록 지시한다. 그렇게 억류된 기간에 탈루 7세의 대관식이 예정되어 있었기 때문에 그들은 행사 때 그들의 재주를 발휘할 수 있는 축제의 구경거리를 준비해야만 했다. 그리고 그 향연이 끝난 후 그들의 나라에서 보내온 몸값을 치른 후, 그들은 프랑스로 돌아가는 배를 타고 7월 19일에 마르세유에 도착한다는 것이 이 소설의 중심 줄거리이다.

그런데 작가는 이러한 이야기를 전개하면서 일관성과 논리성의 의도를 갖고 있기는커녕, 앞과 뒤의 연결이 맞지 않고, 상호 연관성이 보이지 않게끔 비논리적인 서술법을 취하고 있다. 가령 1장에서 여행자 일행이 대관식을 기다리는 장면에서 의미를 알 수 없는 그림들, 조각들, 비문들, 상형문자들이 서술되는 것을 읽고, 독자는 그것들의 전체적인 의미를 이해하지 못해 의아심과 궁금증만 품게 된다. 또한 백인들이 흑인들의 행사에서 규모가 큰 공연을 할 예정이라는 대목에서도 독자는 그들이 왜 그런 공연을 하는지를 이해하지 못한다. 또

　　　　　제2부 초현실주의 시와 소설의 다양성

한 2장에서 탈루 왕이 콘서트 카페의 여가수로 변장한다거나 세 사람이 끔찍한 고문을 받으며 사형당하는 장면을 보면서 독자는 혼란에 빠질 수밖에 없다. 그다음 3장에서 여행자들의 이름이 주식을 가리키는 말과 같다고 해서 그들이 주식 투기를 하는 장면도 이해할 수 없기는 마찬가지이다. 그 밖에도 기억상실증에 걸린 세일코르가 최면술사 다리앙의 치료를 받는다거나, 탈루 왕의 자녀들이 셰익스피어의 〈로미오와 줄리엣〉을 공연한다는 것도 엉뚱하고 황당하기 짝이 없다. 이러한 1부의 이야기들에 비해 2부의 이야기들은 오히려 이해하기가 쉬운 편이다. 시간적으로 1부의 사건들보다 이전에 발생한 것이 2부의 서사로 구성되어 있기 때문일까? 배가 조난당했을 때를 화자가 회상하는 장면이나 기억을 되찾은 세일코르가 자신의 모험담과 탈루 왕국의 역사를 이야기하는 대목에 이르러 독자는 1부에서 이해할 수 없었던 장면의 궁금증이 어느 정도 풀리는 느낌을 받는다. 예를 들면, 사람들이 왜 사형을 당했고, 탈루 왕의 자녀들이 어떻게 〈로미오와 줄리엣〉을 공연할 수 있었는가 같은 일들을 알게 되는 것이다.

그러나 이러한 줄거리 요약은 어디까지나 이 소설을 본격적으로 이해하기 전의 초보적인 단계에서 필요한 정보일 뿐이다. 이 소설의 중요한 의미는 이러한 표면적 이야기 속에 있지 않기 때문이다. 루셀은 이야기의 순서를 혼란스럽게 뒤바꾸거나, 여러 사건들의 인과관계를 설명하지 않는 단계에 머물기 위해 소설을 쓴 것이 아니다. 앞에서 말한 것처럼 그는 말과 사물의 관계를 전복하여 말이 사물처럼 되게 했고, 인간의 욕망을 충실히 반영하는 기호가 아니라 오히려 욕망을 배반하는 기호로 말을 사용했다. 이러한 언어 사용법 때문에 그의 소설적 언어는 인간의 의지에 좌우되는 것이 아니라 언어의 논리 속에서 자율적이고 연쇄적으로 이어지는 것 같다. 이처럼 『아프리카의 인상』은 화자가 누구인지 알 수 없는 상태로 서사가 진행될 뿐 아니라, 서사의 주체가 자율적 언어인 것 같은 착각이 생겨나기도 한다. 1부에서의 모호한 이야기가 상당 부분 2부를 읽으면서 해명되기도 하지만, 1부에서의 화자가 누구였는지는 밝혀지지 않는다. 1부의 화자는 누구일까? 그는 어떤 자리에서, 어떤 관점에서 서술하는 것인가? 독자는 이러한 의문을 품은 채로, 소설을 읽어가다가 화자의 설명과는 상관없이 어느 순간 이 소설의 배경이 적도 지역의 아프리카 어느 나라라는 것만을 알게 될 뿐이다. 그러다가 독자는 화자가 2부에서 세일코르라는 흑인 청년에게 화자의 역할과 같은 이야기할 권리를 넘겨주고 있다고 생각하게 된다. 세일코르는 먼저 자기가 중요한 역할을 하게 된 개인적인 이야기부터 하고 난 다음에, 자연스럽게 그 나라의 황제에 관한 이야기로 옮겨 가는 것이다. 독자는 화자가 분명하게 누구인지를 모르다가 소설의 끝부분에 이르러서야 비로소 조금씩 밝혀지는 느낌을 받는다. 그러나 결국 끝까지 알 수 없는 것은 언어의 문제이다. 그 이유는 언어가 한 사회의 정신적이고 이념적인 합의를 토대로 한 것이 아니라 사회적 합의와는 상관없이 시니피앙의 잠재적 요소들로 계속 유희를 하는 것처럼 보이기 때문이다.

루셀은 『나는 어떤 방식으로 책을 썼을까』에서 비슷한 두 단어, billard(당구대)와 pillard(약탈자)의 예를 들면서 두 개의 문장을 제시한다.

1. Les lettres du blanc sur les bandes du vieux billard.

제2부 초현실주의 시와 소설의 다양성

2. Les lettres du blanc sur les bandes du vieux pillard.[7]

　위의 두 문장은 billard와 pillard의 첫 철자만 다를 뿐 그 밖의 모든 단어가 동일한 형태로 되어 있다. 하지만 첫번째 문장은 "오래된 당구대 쿠션 위에 적힌 백색의 글자들"이라는 뜻이고, 두번째 문장은 "늙은 약탈자의 무리들에 대한 백인의 편지들"의 의미로 완전히 다르게 해석된다. 루셀은 이 두 문장을 예로 들면서 첫번째 문장으로 시작하여 두번째 문장으로 끝날 수 있는 이야기를 쓰는 일이 중요하다고 말한다. 이러한 그의 의도는 같은 시니피앙 속에 담겨 있는 여러 가지 의미들의 변화를 작동시켜, 시니피앙과 시니피에가 서로의 사이로 미끄러져 들어가는 언어의 유희로 소설을 구성하려 한 것이다. 이러한 언어의 유희는 얼핏 보아 초현실주의자들의 말장난이나 자동기술처럼 보이지만, 루셀의 의도는, 언어가 사물을 말하기 위한 것이 아니고, 언어가 말하는 사물은 일반적으로 우리가 생각하는 것과 일치하지 않는다는 것을 폭로하려는 데 있었다. 이것은 초현실주의자들의 자유로운 언어의 유희나 모험과는 완전히 구별되는 극단적으로 엄정한 원칙의 글쓰기라고 할 수 있다. 루셀의 소설에 대한 브르통과 초현실주의자들의 공감이 오해에서 비롯된 것임을 밝힌 푸코의 『레몽 루셀』에 의존하여, 마슈레는 이렇게 설명한다. "초현실주의에서 뛰어난 시적 행위는, 언어의 표현을 짓누르는 모든 형식의 규칙들로부터 언어를 해방하려는 것이었다. 이것은 말하자면 야생적인 상태의 원

7　R. Roussel, *Comment j'ai écrit certains de mes livres*, Société Nouvelle des Éditions Pauvert, 1979, p. 11.

천에서 포착된 독창적이고 진정성이 있는 내용을 이끌어내기 위한 것인데, 루셀은 초현실주의와는 정반대로 언어의 기능을 이끌어가는 속박을 강화하려고 했고, 이러한 목적으로 내용이나 의미와의 관계를 생략하는 작업을 통해 새로운 규칙을 완성했다."[8] 이 말은 모든 규칙으로부터 자유로운 언어를 추구하려는 초현실주의자들과 "언어의 기능을 이끌어가는 속박을 강화"하고 "새로운 규칙을 완성"하려 한 루셀의 차이를 분명하게 설명해준다. 초현실주의 연구자인 앙리 베아르가 발표한 논문 「행복한 오해: 레몽 루셀과 초현실주의자들」에서도 루셀에 대한 그들의 공감과 거리감의 원인들이 자세히 논의되어 있다.[9]

3. 『아프리카의 인상』과 신화

루셀의 소설이 "말라르메의 시보다 더 접근하기가 어렵다"[10]는 말이 있을 만큼 난해한 그의 소설 속으로 우리는 어떻게 들어갈 수 있을까? 루셀의 독특한 언어 사용법에 주목한다는 점에서 우리는 텍스트의 시니피앙적 측면에서 작품을 분석해보는 방법도 생각할 수 있고, 이 소설이 종래의 모험소설과는 어떤 유사성과 차이를 보이는지를 검토해볼 수도 있다. 그러나 여기서는 이 소설이 신화적 구조와

---

8 P. Macherey, *A quoi pense la littérature?*, p. 186.
9 H. Béhar, "Heureuse méprise: Raymond Roussel et les surréalistes," *Mélusine*, N°6, L'Âge d'Homme, 1984, pp. 41~57.
10 P. Soupault, "Raymond Roussel," *Littérature*, N°2, avril 1922, p. 19.

어떤 공통점을 갖는지를 살펴보는 정도에서 논의를 마무리하려고 한다.

『아프리카의 인상』은 현재의 시간을 초월한 먼 과거의 이야기이다. 이 소설의 2부에서 세일코르는 조난당한 유럽인들에게 포뉘켈레 왕국의 역사와 문화와 정신을 이야기하는 화자의 역할을 한다. 그의 설명에 의하면, 처음에 왕국을 세운 사람은 수안이다. 수안이 왕위에 오른 지 몇 주 후, 우연히 폭풍우로 조난당한 배에서 살아남은 열다섯 살의 쌍둥이인 두 백인 여자가 왕의 부인이 되었고, 나중에 왕과 그 여자들 사이에서 태어난 두 아들이 탈루와 야우르라는 것이다. 왕은 후계자를 정하는 방법으로, 어느 날 '전승 기념비 광장'에 종려나무 씨앗과 고무나무 씨앗을 뿌려서, 두 나무 중에서 먼저 땅 위로 솟아오르는 쪽을 후계자로 정하기로 했는데, 그 결과 종려나무 쪽의 탈루가 결정되었다고 한다. 왕은 자신의 왕국을 탈루에게 상속하기로 했지만, 다른 아들인 야우르가 그러한 결정을 받아들이지 않고 분쟁을 일으킬지 모른다는 염려 때문에, 그를 배려하여 새로운 왕국을 정복해서 야우르를 그곳의 왕좌에 앉히기로 결정했다. 물론 이 왕국은 이웃의 왕국과 비교해서 영지가 아주 보잘것없어 보였지만, 수안은 이러한 보상으로 상속을 받지 못한 아들의 시기심이 가라앉기를 원했던 것이다. 그러나 이러한 부왕의 배려에도 불구하고, 야우르는 전투적이고 호전적이어서 결국 포뉘켈레 왕국을 무너뜨리고 탈루를 제거하고, 광장에 높이 자란 종려나무를 불태운다. 이처럼 선과 악의 대립을 상징하는 역사의 전개는 신화의 기본 주제와 너무나 유사하다. 탈루가 선을 상징한다면 야우르는 악의 상징이라고 할 수 있는데, 신화의 결말이 그렇듯이 악의 지배가 절정에 이른 다음에, 악은 몰락하기 시작한다. 야우르 5세가 30년간 통치한 후에 즉위한 야우르 6세는 비열하고 무능할 뿐 아니라 잔혹한 성격과 계속되는 실정으로 인기가 없었다. 이 무렵에 "탈루 4세는 오래전부터 애타게 때를 기다려온, 먼 유배지 생활을 마치고 불만에 찬 민중을 봉기시켜 반란을 획책하던 중, 많은 지지자들에 둘러싸여서 입성할 수 있었다."[11] 결국 악의 존재는 몰락하고 선의 상징인 탈루 4세는 악의 세력을 물리치고 왕권을 되찾게 된다.

루셀은 이러한 왕국의 역사를 이야기하면서 "영원한 회귀의 신앙을 토대로 한, 세계의 기원과 역사에 대한 신화적 전망"[12]을 보여준 셈인데, 여기서 우리는 동일한 사건의 주기적인 반복이라는 신화적 진실을 읽을 수 있다. 또한 이러한 이야기에서 선과 악의 이원론적 세계관의 논리가 그렇듯이, 악의 지배에 따르는 숱한 시련 끝에 결국 승리한다는 것뿐 아니라 모든 분열과 대립은 결국 통합을 이룬다는 메시지를 이끌어낼 수도 있다. 물론 이러한 통합의 논리는 흑인과 백인의 결합, 아프리카와 유럽의 공존, 전통문화와 산업문명의 화해라는 주제로 확대될 수 있는 주제이기도 하다. 특히 흑인 남자와 백인 여자의 결합은 수안 왕의 경우뿐 아니라 세일코르와 니나의 관계를 포함하여, 이 소설에서 중요한 주제 중의 하나인데, 그 이유는 과거에는 흑인과 백인의 결합이 금기시되거나 비극적인 결과로 끝나는 일이 많았기 때문이다.

이 소설에서는 바다, 숲, 강 등의 자연적 공간과 왕국의 중심지인

---

11 R. Roussel, *Impressions d'Afrique,* Jean-Jacques Pauvert, 1963, p. 188.
12 A.-M. Amiot, *Un mythe moderne,* p. 22.

광장과 고원 등의 지리적 공간들이 이야기 구성과 의미의 형성에서 중요한 역할을 한다. 우선 아미오에 따르면, 이 소설의 중심 배경인 아프리카는 "무엇보다 세계의 역사가 전개되고, 이질적인 두 민족이 만나고, 두 문명이 혼합되는 이상의 땅이자, 선과 악의 오랜 투쟁이 남아 있는 신화적 장소"[13]이다. 흔히 신화에서 해변이 교환과 교류의 상징적 장소인 것처럼, 해변에서 멀지 않은 포뉘켈레 왕국의 위치는 조난당한 유럽인 여행자들을 맞이하기에 적절한 장소이다. 이 왕국의 중심지에 있는 '전승 기념비 광장'은 축제가 펼쳐지는 공간이기도 하고, 왕국의 운명이 결정되는 장소이기도 하다. 왕국의 운명이 결정된다는 것은 수안 왕이 이 광장에서 두 개의 나무 씨앗을 뿌려 먼저 자라는 나무의 존재로 후계자를 결정했기 때문이다. 또한 베윌리프뤼앙이라는 거대한 숲에는 에덴동산처럼 낙원과 같은 정원이 있고 반대쪽에는 어둡고 불길한 느낌의 숲이 있다. 그 정원에서 탈루와 뤨은 아담과 이브처럼 평화롭게 산책하고 지내다가 죄를 짓고 벌을 받는다는 신화적 이야기가 그들에게 그대로 재현된다. 반면에 악령이 깃들어 있다는 어둠의 숲은 인간이 살고 있지 않을 뿐 아니라 아무도 그 안에 들어가려고 하지 않는 금기의 공간으로 나타난다. 그러므로 숲으로 들어가는 일은, 동기가 무엇이든 간에 금기를 위반하고 생명의 위험을 감수해야 하는 행위가 된다. 세일코르나 루이즈 같은 지식인들과 시르다 왕의 공주는 결국 숲에 침범했다가 기억을 상실하거나 극심한 육체적 시련을 겪으면서 눈이 멀기도 한다. 물론 이러한 시련과 불행이 그들이 경험하는 모험의 끝은 아니다. 그러나 시련과

13 같은 책, p. 31.

불행을 각오하고 신비의 진실을 깨달음으로써 사람들은 행복을 되찾는 법이다. 흑인과 백인인 두 남녀의 행복한 결합이 이루어지는 것도 그와 같은 과정을 거치면서이다. 이럴 때, 방황과 폭력의 숲은 행복과 휴식, 그리고 피신처의 숲이 된다. 그 숲에서 빠져나오기 위해 강을 건너야 한다는 지리적 공간의 설정은 매우 의미심장하다. 이런 점에서 강은 매우 신화적이고 상징적인 공간으로 나타난다. 강은 선과 악의 왕국을 구분하는 경계선이면서 선과 악이 충돌하는 장소이자, 죄와 고통을 씻어주는 정화의 역할을 하는 곳으로서, 인간을 새롭게 탄생하게 해주기 때문이다.

선과 악의 대립이라는 신화적 주제와 병행해서 이 소설에서는 서로 대비되는 인물들이 많이 등장하는데, 그중에서 뢸과 시르다의 관계는 특별히 주목할 필요가 있다. 뢸은 금지된 행위를 강행하려는 열정 때문에 파멸의 위기를 초래한 반면, 시르다는 정글에서의 오랜 유배생활 끝에 새로운 삶을 되찾는 운명을 갖게 됨으로써 두 사람의 모습이 극명한 대조를 이루기 때문이다. 특히 '이마 위의 별l'étoile au front'로 표상되는 시르다는 고난을 감수하면서 결국 아름다움과 시력과 잊었던 언어를 되찾음으로써 그 힘으로 다른 사람을 도와주는 천사의 행동을 하여, "예수와 마리아를 결합한"[14] 존재로 부각된다. 처음에 그녀는 야우르와 결혼하기를 거부함으로써 악의 세력에 저항하는 고난의 삶을 선택했지만, 나중에 야우르가 몰락함으로써 모든 고난이 끝나는 빛의 삶을 영위할 수 있게 된 것이다. 이런 점에서 시르다의 삶은 "모든 인간의 상황을 압축해서 재현한 상징적 거울이자 소우

14 같은 책, p. 51.

주"15의 삶이라고 말할 수 있다. 그녀는 탈루에게 영향력을 행사하여 그가 현명한 결정을 내릴 수 있도록 도와주기도 한다. 시르다의 이야기가 우주 생성 이론의 차원에서 새로운 출발점으로 돌아오는 것이라면, 루이즈는 전통적인 지식이 아닌 새로운 앎의 욕망으로 포가르와 함께 자연과 창조의 비밀을 캐려는 절대적 인식의 길을 모색한다는 점에서 파우스트의 신화를 떠올리게 한다.

시르다와 루이즈의 이야기는 모두 신화적이다. 시르다가 어머니 때문에 눈이 멀고, 신비의 숲에서 방황과 고난의 시간을 보내다가 숲 가장자리의 강가에서 아버지가 주술사의 힘으로 눈을 뜨게 해주었다는 이야기도 신화적이고, 루이즈가 인식의 과정에서 필연적으로 따르는 불행에 종지부를 찍고 깨달음을 얻게 된다는 이야기도 신화적이다. 루이즈는 파우스트의 신화뿐 아니라 반항적인 프로메테우스의 신화 또한 환기시킨다. 이처럼 신화적 에피소드들로 가득 찬『아프리카의 인상』은 그 자체로 현대의 신화를 보여주는 소설이라고 할 수 있다. 아미오는 자신이 쓴 책의 결론 부분에서 이렇게 말한다.

> 『아프리카의 인상』은 19세기 말의 살아 있는 두 개의 신화, 즉 반항
> 과 복종을 의미하는 인간의 두 가지 태도인 신화의 기로에 있다.16

이처럼 루셀은 이 작품을 통해서 운명에 복종하는 인간과 반항하는 인간을 골고루 보여준다. 운명에 반항하는 인간의 모습도 처음부

---

15 같은 곳.
16 같은 책, p. 124.

터 투쟁적으로 그려지지 않고, 불행을 묵묵히 감내하면서 결국 고난을 이겨내는 이야기로 서술된다. 이런 점 때문에 어떤 인물에 대해 그가 시시포스적 인간인지 프로메테우스적 인간인지를 단정 짓기가 어렵다. 이것은 어떤 의미에서 루셀이 현대인의 복잡하고 모순된 상황을 정확히 파악하고 있기 때문에 초래된 결과로 해석된다. 현대인은 거대한 조직 사회에서 너무나 미약한 존재이기 때문에 19세기 사회에서처럼 프로메테우스적인 의지로 살아가기가 어렵다. 그렇다고 해서 운명에 체념하고 순응적인 삶을 살아갈 수도 없을 것이다. 이럴 때 최선의 선택은 결국 프로메테우스적인 정신을 갖고 시시포스적인 삶을 사는 길이 아닐까? 어떤 의미에서 이것은 예술가의 삶과 같다. 예술가는 현실에 복종하지 않고, 현실을 파괴하려는 의지로 새로운 세계의 질서를 창조하는 사람이기 때문이다. 물론 그의 창조적 의지는 성취의 만족감보다 실패의 좌절감을 동반하는 경우가 많을 것이다. 그러나 끊임없는 시시포스적 의지를 갖고, 마치 말라르메의 '주사위 던지기'처럼 우연의 행위에 투신하는 열정이 살아 있는 한, 예술가의 고행은 끊임없는 열정 자체로 보상을 얻은 것과 다름없다고 말할 수 있지 않을까?

제12장
쥘리앵 그라크의 『아르골성에서』와
새로운 초현실주의 소설

1. 브르통과 그라크

1938년 『아르골성에서*Au château d'Argol*』가 발간되자, 앙드레 브르통은 이 소설의 저자인 쥘리앵 그라크에게 뜨거운 찬사가 담긴 편지를 보낸다. 「초현실주의 선언문」에서 소설을 "열등한 장르"[1]라고 비판하면서 소설에 대한 공격을 서슴지 않았던 브르통의 이러한 반응은 퍽 예외적인 것이지만, 그라크의 소설이 현실주의 소설의 상투성을 완전히 벗어난 소설이라는 점에서 브르통의 찬사는 당연한 것처럼 보이기도 한다. 브르통은 뜻밖에 발견한 그라크의 소설이 기존의 소설들과 다를 뿐 아니라 모든 모순과 대립을 종합하려는 초현실주의의 이상을 탁월하게 구현했다고 보았다. 사실 그라크는 초현실주의와 무관한 입장에서 우연히 그런 소설을 쓴 것이 아니었다. 그는 이 소설을 쓰기 4년 전인 1934년에 브르통의 『나자』를 읽고 크게 감동했다고 하는데, 꼭 그런 독서 체험이 아니더라도 이미 초현실주의의 이

---

1   A. Breton, *Manifestes du surréalisme*, Gallimard, coll. Idées, 1970, p. 24.

넘과 주장에 크게 공감하고 있었다. 그러니까 그는 초현실주의 운동에 직접적으로 가담하지는 않았다 하더라도, 초현실주의에 공감하거나 그 영향을 받은 상태에서 초현실주의적 영감과 상상력을, 그의 첫번째 소설을 통해 자연스럽게 내보일 수 있었을지 모른다. 실제로 이 소설의 서문에 해당되는 「독자에게 보내는 글」에는 초현실주의가 "전후의 시대에 개혁의 희망과는 다른 새로운 것을 가져오고, 탐험자들의 순수한 낙원에서 고갈된 행복을 되살린 [……] 유일한 문학 유파"[2]라는 호의와 경의의 목소리가 실려 있다.

그의 다른 여러 글에서도 확인되는 것처럼 초현실주의가 그의 정신적 성장 과정에 미친 영향은 거의 절대적이었던 것으로 보인다. 이런 영향 때문에 한 연구자의 표현대로, 그의 소설이야말로 "초현실주의의 가장 완벽하고 가장 자유로운 소설적 개화"[3]의 성과를 이루었다고 볼 수 있다. 브르통 역시 초현실주의 운동의 의미를 설명하는 한 강연에서 그라크의 소설과 초현실주의와의 관계를 이렇게 밝힌다.

초현실주의는 양차 세계대전 사이의 거리를 메우는 데 유일하게 성공한 조직적이고 지성적인 운동이다. 이 운동은 1919년 『문학』지에서 필리프 수포와 내가 자동기술이라는 방법을 동원하여 공동으로 작성한 작품인 『자기장』의 첫 부분을 발표함으로써 시작되었는데, 이러한 기술 방법은 자유롭게 전개되어 20년이 경과한 후 드디어 쥘리앵 그라

---

2   J. Gracq, *Au Château d'Argol*, José Corti, 1938, p. 7. 앞으로 이 장에서 나오는 『아르골성에서』의 인용문은 모두 이 판본을 기초로 한 것이며, 괄호 안에 쪽수만을 밝히기로 한다.
3   M. Guiomar, "Le roman moderne et le surréalisme," in Ferdinand Alquié(ed.), *Entretiens sur le Surréalisme*, De Gruyter Mouton, 1968, p. 77.

크의『아르골성에서』가 출현하여 그 결실을 보게 되었다. 이 작품을 통해 아마도 초현실주의는 비로소 자기 자신으로 자유롭게 돌아와 과거를 감지할 수 있는 위대한 경험과 만나게 되고 감성의 차원에서건 명석한 지성의 차원에서건 그 정복의 범위가 어느 정도였는지를 평가할 수 있게 되었다.[4]

  브르통의 이러한 발언은 그라크의 소설이 초현실주의의 이념과 정신에 얼마나 일치하는 것이었는지를 명백히 밝혀준다. 그렇다면 그의 소설의 어떤 요소가 초현실주의적 이념과 목표에 그처럼 완벽히 근접한 성과를 보여주게 한 것일까? 그의 소설은 어떤 점에서 전통적인 사실주의 소설과 구별되는 것일까? 이 글에서는『아르골성에서』를 면밀히 들여다봄으로써 이러한 문제를 검토해보고자 한다. 이 작품을 선정한 이유는 초현실주의의 영향을 받은 작가의 첫번째 작품이라는 점 이외에도, 이 작품이 그 후에 발표된 그의 여러 소설의 원형이라고 할 수 있을 만큼 주제나 표현 방식에 있어서 그라크의 초현실주의적 소설의 본질적인 요소를 내포하고 있기 때문이다.
  그라크는 40여 년간 시, 소설, 평론 등 다양한 형태로 작품 활동을 해온 작가이지만, 그의 글쓰기를 관통하는 집요한 관심을 단순화해 말한다면, 초현실주의의 행동지침이라고 할 수 있는 잃어버린 낙원 추구, 혹은 성배 추구La quête du Graal라고 할 수 있을 것이다. 실존주의의 절망과는 달리, 인간과 세계 사이의 조화와 전체성을 회복하려

---

4 A. Breton, "Situation du surréalisme entre les deux guerres," in *La Clé des Champs*, Jean-Jacques Pauvert, 1967, pp. 72~73.

는 그러한 노력은 초현실주의의 주된 관심사이자 그라크의 관심사였다. 초현실주의자들이 시적인 수단을 동원하여 그러한 노력을 기울였다면, 그라크는 시적인 이상을 소설이라는 장르를 통해 실현했다. 이런 점이 그의 소설을 시적 소설이라고 부르는 이유이기도 한데, 이러한 시적 이상과 분위기가 특징적인 그의 소설은 인간과 자연과 사물의 내면적 상호소통interpénétration을 자유롭고 훌륭하게 표현하고 있다. 그러므로 브르통은 『아르골성에서』를 읽고 그전까지 일반적인 소설에 대하여 선입견처럼 갖고 있었던 거부와 적대감을 지우게 된다. 그뿐 아니라 그라크의 소설은 브르통의 소설관을 부정하는 도전적인 반론의 형태로 등장하여, 소설이야말로 무한히 새롭게 열려 있는 가능성의 공간 혹은 시의 확대된 형태라는 인식을 일깨워주었다. 그러므로 그의 소설은 브르통의 『나자』와 아라공의 『파리의 농부』와는 다른 방향에서 초현실주의 소설의 새로운 한 전형을 이룰 수 있었다.

2. 작중인물의 의미

『아르골성에서』에는 일반적인 리얼리즘 소설과는 달리, 우리의 일상적인 현실의 풍경이 전혀 그려져 있지 않다. 그것은 발자크의 소설처럼 이익과 권력을 추구하면서 가해자이건 피해자이건 생존경쟁의 소용돌이 속에 빠져드는 불행한 인간들을 보여주지도 않고, 자본주의 사회의 현실을 떠올리게 하지도 않는다. 그라크는 현대사회의 소외된 개인과 불행한 인간 조건을 소설의 주제로 삼으려고 하지 않는다. 소설가로서 그가 관심을 갖는 것은 일상적인 현실에 감춰져 있는, 혹은 보이지 않는 비합리적 세계 또는 무의식적 삶la vie inconsciente이다. 그는 앙드레 브르통이 「초현실주의 선언문」에서 이원적인 대립을 이루는 모든 것들의 종합을 강조했듯이, 상상적인 것과 현실적인 것을 대립적인 것으로 보지 않았고 의식의 세계와 무의식의 세계를 분리된 것으로 보지도 않았다. 이런 세계관 때문에 그의 작품에서 물질적인 것과 정신적인 것의 대립도 무화되는 분위기에서 세계는 꿈이고 꿈은 세계로 표현된다. 현실과 비현실의 구분이 없는 그의 작품 세계는 이런 점에서 시적인 분위기로 용해된 세계이고, 그의 작중인물들 역시 그런 분위기에 어울리는 모습으로 등장한다. 그들의 의식과 무의식은 구별되지 않는 상태로 묘사될 뿐 아니라 어떤 심리분석도 부연되지 않기 때문에 그들의 모습은 뚜렷한 개성으로 부각되지 않고, 개성을 초월한 상태에서 모호하게 그려진다. 기존의 소설에서 작중인물들은 성격과 행동이 분명하게 결정되어 있고 인위적으로 움직이기 때문에 오히려 존재하지 않는 인물처럼 보인다고 작가는 생각한 듯하다.

실제로 그라크는 인물에 대해 분석하고 설명하는 작가적 입장을 완전히 포기하고 있다. 그는 인물을 묘사하는 대신에 독자가 인물에 대해 추측하게끔 여러 가지 기호들의 장치를 사용한다. 이런 점에서 그의 소설은 기호로 가득 찬 소설이라고 할 수 있다. 그의 소설에서 표현된 모든 기호들 중에 무의미하게 쓰인 것은 하나도 없다고 생각될 정도이다. 그 기호들은 상위의 다른 현실, 다른 세계를 가리키면서 끊임없이 무엇인가를 암시하는 것처럼 상호관련성 속에 존재한다. 그러나 어떤 기호도 무엇을 가리키는 것인지 단정적으로 말하기 어려울 만큼 쉽게 판독되지 않기 때문에, 독자는 그 기호가 무엇을 지시하고 있는가의 문제보다 무엇을 암시하고 있는가의 문제에 사로잡혀 끊임없이 의문을 갖게 된다. 그런 기호들을 통해서 독자로 하여금 어떤 사건을 짐작하고 예감하게 만드는 것이 작가의 독특한 기법이다. 그의 작중인물들은 이러한 작가적 의도에 따라 여러 가지 불투명한 기호들의 관계 속에서 신비스럽게 나타나고, 움직인다. 그라크는 작중인물들의 모습과 그들이 경험하는 사건을 합리적인 논리로 분석하지 않고 독자에게 다만 몇 가지 의미 있는 이해의 디딤돌을 제시하는 것만으로 만족하는 듯하다. 이렇게 해석을 독자에게 맡기는 작가의 서술법은 브르통의 『나자』를 연상시킨다.

성과 숲과 바다라는 신화적 배경 속에서 등장하는 그라크의 작중인물들은 대체로 비현실적인, 그러나 현실과 동떨어진 문제가 아니라 현실에서 은폐된 삶의 본질적인 문제의식에 사로잡혀 있다. 그들은 삶의 욕망과 죽음의 공포라는 본질적인 문제로 고통스러워하지만, 그러한 고민이 어떤 동기에서 출발한 것인지는 분명히 말하기 어렵다. 이런 점에서 성급한 독자라면 소설의 불투명한 양상과 인물의 모호성을 무척 거북하게 느끼고, 작중인물의 인식론적인 고민에도 낯선 느낌과 거리감을 표명할지도 모른다.

이 소설의 서두는 알베르라는, 어느 전설적인 이야기의 주인공과 비슷한 인물이 미지의 성을 향해 걸어가는 모습의 묘사로 시작된다. "들판은 오후의 태양으로 여전히 뜨거웠지만, 알베르는 아르골을 향한 먼 여행길에 들어섰다. 그는 산사나무 꽃의 넓은 그늘에서 쉬다가 출발했다"(p. 15). 이러한 서술에 뒤이어 독자는 아르골성이 외딴, 야생적 풍경 속에 있으며, 그 성을 알베르가 어떤 과정으로 매입하게 되었는지에 관한 화자의 짧은 설명을 만나게 된다. 그러나 서두에서 무엇보다도 주목해야 할 구절은 이 소설의 주인공이 유럽의 여러 대학에서 철학을 공부한 사람이며, 그가 성을 찾아가는 목적도 철학적 사색을 심화하기 위해서라는 것과 그가 몰두한 철학자가 헤겔이라는 사실이다. 이런 점에서 독자는 이 소설이 삶의 근원적 문제나 존재론에 관한 철학적 탐구의 소설이 아닐까 하는 생각을 갖게 된다. 사실 알베르의 목적이면서 또한 이 소설의 주제는 결국 "세계의 수수께끼les énigmes du monde"(p. 18)를 풀려는 형이상학적 문제이다. 다시 말해서 이 소설에서 중요한 문제는 바로 인식의 문제인 것이다. 그러나 인식의 문제는 이 소설이 진행되는 흐름 속에서 어떤 깨달음과 같은 명확한 해답을 향해 가지 않고 혼란스럽고 애매모호한 이야기에 파묻혀버린다. 작가는 결국 독자를 출구가 없는 불투명한 세계로 몰아감으로써 오히려 의문과 혼란을 자극하고 확대시키려 하는 것처럼 보인다.

삶의 모순을 해결하려는 그러한 정신적 모험에 관여하고 있는 작중인물들은 알베르를 포함하여 모두 세 사람이다.[5] 그들의 나이가 몇인지, 직업이 무엇인지, 성격은 어떤지는 전혀 알 수 없다. 그들은 개성적인 삶을 살고 있는 존재로 부각되지 않고, 다만 이 소설이 보여주는 모험의 세계 속에서 그들이 수행해야 할 역할로서의 가치만을 갖고 움직이는 존재로 그려진다. 에르미니앙은 알베르의 가장 가까

---

5   쥘리앵 그라크의 세계를 특징짓는 것 중의 하나는 3이라는 숫자의 등장이다. 가령 작중인물의 숫자가 셋일 뿐 아니라 소설의 배경도 숲과 성과 바다의 셋이며 중요한 사건의 전개도 익사noyade, 강간viol, 자살suicide의 세 단계로 요약될 수 있다. 이러한 숫자는 의심의 여지 없이 변증법적 리듬과 일치하여 대립, 종합, 발전의 흐름 속에서 끊임없이 열려 있는 진행을 연상시킨다.

운 친구이고, 에드는 에르미니앙이 알베르를 찾아 성을 방문했을 때 동행한 아름다운 미지의 여성이다. 알베르와 에르미니앙의 관계는 대립적인 관계가 전혀 아니다. 그들은 지성적으로건 도덕적으로건 어떤 차이도 보이지 않는다. "취미가 분명히 일치된 면이 있고, 완곡한 언어의 표현 방법도 유사"(p. 44)하다. 무의식적인 동성애 관계를 반영한다고 볼 수도 있는 이 두 사람의 정신적 결합은 그러나 종종 불안의 빛을 보이는데, 그 이유는 그들의 우정이 사랑이나 연대감이 아니라 증오와 대립을 바탕으로 하기 때문이다. "그들은 적이었지만 서로 그것을 감히 말하려 하지 않았다"(p. 45)라는 문장에서 알 수 있듯이, 그들의 친화 관계는 긴장과 적의를 동반한다. 한 인간의 내면에 두 개의 대립된 자아가 공존하는 것처럼, 알베르와 에르미니앙의 관계는 "파우스트 박사"(p. 42)와 메피스토펠레스의 관계처럼 보인다.

에르미니앙은 이 소설에서 가장 중요한 인물이다. 그는 에드를 아르골성으로 데려왔을 뿐 아니라, 그녀를 강간하고 또한 알베르로 하여금 그녀를 강간하도록 유혹하기도 한다. 그는 "인간적인 음모의 천재le génie des intrigues humaines"(p. 41)이며, 그 음모가 아무리 복잡하게 얽힌 것이라 할지라도 냉정히 꿰뚫어 보며 사건의 해결을 악마적인 방법으로 모색하는 사람이다. 그와 알베르는 일치되면서 대립되는 관계로 묶여 있다. 그들의 관계는 이런 점에서 헤겔의 변증법을 이상적으로 반영한다. "헤겔이 살아 있었다면 그들의 옆에 어둡고 영광스러운 천사처럼 일치되고 대립되는 유령이 걸어가는 것을 보고 웃음을 지었을지도 모른다"(p. 46). 이러한 시각으로 알베르는 에르미니앙을 바라본다. "타락한 검은 천사이며 위험한 전령사"(pp. 132~33)인 에드를 강간한 후, 작가는 인간의 타락과 인식 사이의 관계를 언

제2부 초현실주의 시와 소설의 다양성

급하면서 다시 헤겔을 소환한다. "헤겔은 [······] 인간의 타락에 관한 신화를 설명하려고 노력했다. 그의 논리에 의하면 인간의 타락에 관한 역사를 면밀히 검토해보면, 결국 타락은 정신생활에 대한 인식의 보편적인 성향을 반영한다는 것이다"(p. 40). 아담과 이브의 이야기를 염두에 둔 이러한 설명은 인간에게 중요한 인식은 바로 죽음의 인식인데, 그러한 인식은 타락 속에 있다는 것이다. 그러므로 인식하려는 욕망이야말로 "타락의 원인"(pp. 40~41)이고, 죽음의 기다림은 "강렬하고 생동적인 인식의 희망"(p. 32)과 결부된다. 이러한 기다림에 사로잡혀 있는 작중인물로서 에르미니앙은 검은 천사이며 알베르는 "천사 같은 모습"(p. 18)의 소유자이다. 『아르골성에서』는 헤겔적인 의미에서 대립된 상징적인 인물들로서의 주인과 노예의 변증법이며, 한쪽이 다른 쪽에 의해서 인식되기를 바라는 격렬한 투쟁의 이야기이기도 하다. 이처럼 긴장된 갈등이 계속되는 상태에서 결국 갈등이 소멸되는 만족스러운 해결이란 죽음밖에 없을 것이다. 이 작품을 마감하는 에르미니앙의 죽음은 그런 의미로 해석되며, 그 죽음은 또한 알베르의 죽음을 암시하는 것이 된다.

에르미니앙이 알베르의 이중적 모습이라면, 또 다른 의미에서의 이중적 태도를 보이는 사람은 에드이다. 그라크의 대부분의 소설에서 여성은 남자 주인공의 분신처럼 등장하는데 이 소설의 에드 역시 주인공들과의 공범의식 속에 살아 있는 존재이다. 그녀의 내면에는 언제부터인가 죽음의 불안한 그림자가 잠복하고 있어서, 그녀가 알베르를 만났을 때 그러한 불안감을 표출하는 것이 자연스럽게 생각될 정도이다.

그녀는 야릇한 불안감이 피어오르는 것을 느꼈다. 그녀의 핏줄은 단 한 번 알베르의 팔이 닿았을 때 격렬히 솟구치는 피의 흐름을 더 이상 억누를 수 없는 듯했고, 그 피는, 솟구쳐서 뜨거운 화전火箭처럼 나무에 불꽃을 튀길 것 같았다. 그러면 죽음의 싸늘함이 그녀를 사로잡아 [……] (p. 74)

이러한 묘사는 에드의 내면에서 삶의 충동과 죽음의 충동이 동시에 솟아오르고 있다는 것을 보여준다. 이렇게 삶의 충동과 죽음의 충동이 공존하는 그녀의 모습은 끊임없는 죽음과 부활의 이미지로 부각되어 다른 인물들의 삶과 죽음에 영향을 준다. 그녀는 다른 인물의 기대를 충족시켜주는 대상으로서 매개자의 역할을 한다. 보다 정확히 말한다면, 그녀는 알베르를 살게 하고, 알베르의 기대감을 강렬히 느끼게 만들고, 죽음의 인식을 체험하게 하는 촉매자로 작용한다. 알베르는 그녀를 통해 삶에 접근할 수 있고, 가능성의 세계를 탐색할 수 있다. 그러므로 에르미니앙과 알베르의 관계에서 에드의 존재는 하나의 변화를 이룩하게 만드는 계기가 되고, 그들의 동질적인 이원성을 충돌하게 만드는 점화의 구실을 한다.

무언가 달라진 것이 있었다. 환상적인 속도라고 말할 수 있을 만큼 [……] 가속화된 그들의 대화의 야릇함, 네 배의 속도로 수월하게 이루어진 것처럼 보이는 그들의 정신적 메커니즘의 탄력성, [……] 그들은 이러한 것들을 불안한 경악을 느끼면서 의식하고 그것들의 원인이 무엇인지를 관련지어 생각했다. 그러자 에드의 모습이 문명의 손가락이 가리킬 수 있었던 것보다도 더 분명히 떠오르는 것이었다. 그것은 마치

물리학자들이 촉매 작용이라는 이름으로 가리킨 현상에 의해서만 유
추적으로 포착될 수 있는 관계를 야릇하게 변화시킨 원동력과 같았다.
(pp. 61~62)

에드의 존재는 알베르와 에르미니앙의 관계를 변화시키는 촉매의
역할로 나타날 뿐 아니라 알베르 자신을 혹은 에르미니앙 자신을 변
모시키는 계기가 된다. 그라크의 다른 소설에서도 빈번히 확인되는
사실이지만, 에드는 남자 주인공에게 신비스럽고 비현실적인 모습으
로 부각되는 여자이다. 그녀는 아무리 붙잡으려 해도 잡히지 않는 무
지개와 같아서 에르미니앙이 집요하게 그녀의 신비를 꿰뚫어 보려고
해도 늘 실패하고 만다. 그녀는 아름답고 빛나는 육체를 소유하고 있
지만 또한 신비스러운 정신의 세계 속에 살면서 정체성이 쉽게 노출
되지 않는다. 어떤 의미로 그녀는 모순의 종합이며 꿈과 현실을 연결
짓는 다리를 상징하는 존재라고 말할 수 있다.

『아르골성에서』를 구성하고 있는 세 사람의 작중인물들이 이처럼
서로 구별되면서 서로 동화되어 있는 관계는, 마치 삼각형을 이루는
세 개의 각과 같아서 그들 중 누구 하나라도 빠지게 되면 다른 두 사
람의 온전한 관계가 성립되지 않는 것 같다. 에드의 죽음 이후에 전
개되는 이 소설의 결미에서 알베르와 에르미니앙의 관계가 극도로
불안정한 긴장 상태를 보여주는 것은 그러한 까닭에서이다. 그들은
서로 떨어져서 살 수가 없다는 것을 잘 알고 있으며 에드를 떠나서
그들의 결합이 완전하게 가능하리라는 것을 믿지도 않는다. 삼각형
이나 삼단논법에서 3이라는 숫자가 안정된 것이라면, 2라는 숫자는
불안하고 미완성적이기 때문일까? 결국 그라크의 작중인물들은 고

립된 상태에서 존재할 수 없고 또한 의미를 갖지도 못한다.

　이 소설의 서두에서 성城에 홀로 도착한 알베르는 에르미니앙과 에드가 자기를 찾아오리라는 것을 미리부터 알고 기다린 듯하다. 그런데 독자가 그런 느낌을 갖게 되는 것은 소설을 어느 정도 읽고 난 다음이다. 에르미니앙과 에드가 실종된 날, 알베르는 그들을 찾아 헤매고, 에드를 발견하고 강간을 당하고 기절한 그녀를 치료한 후에는 다시 에르미니앙을 찾고 기다리기 때문이다. 세 사람의 공동체적인 관계가 형성된 이후에 그들은 그처럼 한 사람 혹은 두 사람이 사라질 경우에 공허와 불안을 깊이 느끼는데, 그들 누구도 혼자서는 존재할 수 없다는 것을 알고 있기 때문이다. 그들은 타인과의 관계 속에 살아 있고 또한 그러한 관계 속에서 그들의 역할을 수행하게 된다. 그 관계는 헤겔의 변증법적 논리처럼 둘보다는 셋에 의해서 만족스러운 결합을 이룬다. 앞에서 말했듯이, 그의 작품이 기호와 상징으로 가득 차 있다 하더라도 그 기호와 상징의 의미는 개별적으로 독립하여 존재할 수 없고 상호적인 관계망 속에서 존재하는 것이다. 그러므로 에드를 "본능l'instinct"의 존재로, 에르미니앙을 "정신le spirituel"의 존재로 간주하고 알베르를 그 사이에 위치시키는 이해 방법이 가능하더라도 그것은 어디까지나 그들 사이의 유기적인 역동관계가 작용하는 한에서만 가능한 논리이다.

　헤겔의 세계인식이라는 철학적 태도에 심취한 알베르는 결국 에드의 본능적 요소와 에르미니앙의 정신적 요소를 모두 동시에 필요로 하게 된다. 보다 높은 인식을 향하여 나아갈 때, 그러한 관계는 결코 분리되거나 정체된 상태에서 인식될 수 있는 문제가 아닐 것이다. 헤겔의 논리가 그렇듯이 존재의 존재성은 정지하는 것이 아니라 무한을 향해

　　　　　　　　제2부 초현실주의 시와 소설의 다양성

끊임없이 움직이는 운동성에 있다. 그러므로 그라크의 작중인물들은 바로 그러한 존재의 운동성과 역동적 흐름 속에서 살아 있고, 작중인물들의 신비스러운 모습은 결국 정체되거나 결정되는 것이 아닌 삶의 본질적인 의미를 상징적으로 떠올리는 데 기여하는 역할을 한다.

3. 공간과 시적 이미지

   그라크의 작중인물들이 영웅적이거나 평범한 인물과는 다른 예외적인 존재이듯이, 그의 소설 공간도 대체로 현실의 풍경을 배경으로 삼지 않아 특이하고 비현실적이다. 『아르골성에서』는 숲과 성과 바다가 전체적인 배경을 이루고 있는데, 이러한 배경이 무엇보다 빈 공간이라는 점에서 주목을 요한다. 마치 작중인물의 등장과 사건의 전개를 기다리는 비어 있는 연극 무대처럼, 에드와 알베르가 숲속에서 발견한 빈터는 "비어 있는 극장의 무대처럼 넓고 꾸밈없이 노출되어"(p. 142) 있었다. 그러한 공간은 대체로 어떤 사건을 예감하는 작중인물의 내면적인 움직임과 밀접한 관련을 맺고 있다. 알베르는 "무거운 졸음 속에" 빠져 있는 "성의 빈 방"(p. 55)에서 자기 자신과의 일체감을 느끼고, 전설적인 성의 고요한 분위기를 그대로 간직한 "빈 성 château vide"(p. 64)에서는 비현실적이며 몽상적인 느낌을 받는다. 숲과 바다 역시 거대한 빈 공간으로 나타나고, 때로는 매혹을 때로는 불안을 함축하면서 어떤 불길한 사건을 예감케 한다. 그뿐 아니라, 비어 있는 상태로 움직이지 않는 그러한 공간은 삶의 정체된 흐름과 관련되어 있다. 그처럼 시간이 진행하지 않는 부재의 세계에서는 막

연한 권태가 작중인물을 사로잡는다. 비어 있는 공간은 작중인물의
내면적 공허와 일치되어 있는 것이다.

작중인물과 풍경의 완전한 일치를 볼 수 있는 이 소설에서 중요한
주제의 하나가 기다림l'attente이라면, 풍경 자체가 인물의 내면적 기
다림을 암시하는 표현이라고 말할 수 있다. 가령 풍경의 한 요소를
구성하는 길은 그러한 기다림을 표현하는 공간이다. "영혼을 향하여
열려 있는 이 길route의 암시력"(p. 142)이라는 묘사나 "엄청난 기대감"
을 표징하는 "거대한 길une allée gigantesque"(p. 146)이라는 말은 단순
한 지리적 공간을 가리키는 것이 아니라 작중인물의 정신적 모험과
관련되어 있는 "비현실적irréelle"(p. 145) 길을 가리킨다. 그 길은 때로
는 모험의 세계로의 출발을 암시하기도 하며, 때로는 잿빛 구름이 뒤
덮인 "악몽의 풍경paysage de cauchemar"처럼 작중인물들의 "불안"(p.
146)을 나타내기도 한다. 작중인물들은 그 길에서 그들이 지향하는
미지의 세계를 탐색하고 그 세계의 의미를 깨달을 수 있는 가능성을
기대한다. 그 길은 그들에게 "운명의 길을 펼쳐가는"(p. 144) 공간으로
서 죽음을 일깨우기도 하고, "완전한 미지의 풍경을 향해 열린 문의
이미지"(p. 141)를 제시하기도 한다. 그것은 다른 세계l'ailleurs로의 가
능성을 열어준다는 점에서 당연히 '기다림'과 '불안'의 주제와 연결된
다. 다시 말해 자연은 그라크의 작중인물들의 이야기를 암시하고, 그
들의 모험을 기술하며, 기다림의 의미를 부여하는 데 있어서 중요한
역할을 하고 있는 것이다.

『쥘리앵 그라크의 작품에서 기다림의 형태와 의미』를 쓴 마리 프
랑시스Marie Francis는 기다림의 주제와 형식에 대해서 깊이 있는 연
구를 보여준다. "쥘리앵 그라크는 '기다림'에 아주 독특한 색조를 부

여하여 그것이 세계에 존재하는 한 방식을 나타내려고 했다. 그의 작품에서 기다림이라는 주제는, 새로운 기다림의 개념과 매혹적인 글쓰기를 통해서 인간의 현실에 대한 깊은 성찰을 하게 만든다."[6] 그의 말처럼 『아르골성에서』에서도 기다림이라는 주제가 작중인물의 인식론적 모험에서 매우 중요한 동인으로 작용한다. 숲과 성과 바다가 기다림이라는 주제의 측면에서 의미 있게 묘사되고 있는데, 특히 빛의 이미지가 부각되어 있음을 알 수 있다. 그라크의 소설 세계에서 모든 이미지가 그것과 상반되는 대립적 이미지를 전제로 하고 있는 것처럼, 빛은 어둠과 함께 혹은 어둠과 교차되면서 나타난다. 빛과 어둠은 작중인물의 상반된 욕망의 방향과 일치하고 평행을 이루기도 한다. '아르골성'과 관련되어 나타나는 모든 인물들도 빛과 어둠의 이미지로 가장 잘 규정될 수 있는 인물들이다. 가령 알베르는 빛과 어둠이 공존해 있는 인물로 나타나는 반면에 에드는 빛의 이미지로, 에르미니앙은 어둠의 이미지로 뚜렷이 부각되어, 기대라는 주제에 따라서 섬세한 변화와 편차를 드러낸다. 그들의 모습은 풍경 속에 동화되어 하늘의 빛과 숲의 어둠이 이루는 대립 속에서 포착되기도 한다.

> 강렬한 대기, 가까운 바다의 반사로 은빛처럼 빛나는 하늘은 주위 산들의 뚜렷한 윤곽에 웅장한 느낌을 자아냈다. 왼편에는 어둡고 쓸쓸한 숲이 솟아 있었다. 그곳에는 떡갈나무들이 굽어보듯이 서 있었고 수많은 검은 소나무들이 모습을 드러내고 있었다. (p. 20)

---

6 M. Francis, *Forme et signification de l'attente dans l'oeuvre romanesque de Julien Gracq*, A. G. Nizet, 1979, p. 7.

빛과 어둠의 대조적 표현이 잘 나타나 있는 이러한 묘사는 알베르의 내면적 풍경을 암시하는 것이기도 하다. 성에 이르는 구불구불한 길을 걸어가는 그에게 숲은 불안하게 압박하는 느낌을 주고 고요한 침묵은 중압감으로 작용한다. 그는 마치 성에 도달하기 위하여 숲의 위험을 겪어야만 하는 어느 중세의 방랑기사 같다. 영혼의 성을 찾아 정신의 모험을 감행한 그가 성에 도착한 후 어느 날 폭풍우가 몰아치는데, 이는 숲의 무서운 힘을 예감케 한다. 숲은 뚜렷한 형체도 없이 끊임없이 움직이는 비인간적 공간으로서 은연중에 성과 적대관계에 놓인 것처럼 보인다(p. 140). "그것은(숲은) 무거운 몸으로 움직이지 않는 뱀의 또아리처럼 성을 에워쌌다"(p. 30). 숲을 뱀에 비유한 것은 참으로 의미심장하다. 그것은 운명적인 유혹과 계략을 의미하면서 결국 에드의 강간과 에르미니앙의 암살을 가능하게 만든 어두운 악마적 공간으로 이해될 수 있기 때문이다.

숲이 수평적이라면, 성은 수직적인 것으로서 어떤 구원의 가능성을 환기시킨다. 그것은 하늘을 향해 솟아 있다는 점에서 빛의 세계에 위치해 있지만, 지하실의 공간이나 어두운 방을 내포하고 있다는 점에서 어둠의 이미지를 완전히 배제하고 있지도 않다. 지하의 어둠으로부터 발코니의 빛에 이르기까지 여러 가지 단층을 모두 갖고 있는 성은 무의식과 의식을 내포한 인간적 영혼의 풍경을 표상한다. 그런 점에서 성은 빛과 어둠, 기쁨과 고통, 구원과 좌절을 동시에 지닌 "전체성의 장소le Lieu de la totalité"[7]이자 알베르의 내면적 풍경을 가리키

7 A. C. Dobbs, *Dramaturgie et liturgie dans l'oeuvre de Julien Gracq,* José Corti, 1972, p. 24.

제2부 초현실주의 시와 소설의 다양성

는 것이기도 하다.

알베르의 이중적 내면에서 맑고 순수한 천사와 같은 면모는 빛의 세계 속에 살고 있는 에드에게서 강렬한 매력을 일깨운다. 그녀와 함께 있으면서 알베르는 "빛의 한 쌍"이 조화를 이루는 듯한 충만감을 느끼고 그녀의 후광 속에 떠오르는 순수한 모습에 매혹된다. 그녀의 육체는 빛을 흡수하고 동시에 빛을 발산하는 것처럼 보인다. "그녀의 얼굴은 시시각각 변화했고 여러 층의 찬란한 결합은 그곳에 닿은 빛줄기가 부드러운 빛과 생생한 빛의 결정 상태에 갇혀 빛을 뿜는 프리즘처럼 이루어졌다"(pp. 56~57). 낮의 태양은 그녀를 뒤쫓아 움직이는 존재처럼 묘사되는데, 아르골성에서 저녁이 되면, 그녀는 금발의 머리를 후광처럼 장식하고, 해변에서 옷을 벗었을 때는 그녀의 몸이 빛의 무리로 에워싸인다. 그녀는 태양을 두려워하지 않으며 순수의 빛으로 나타난다. 에르미니앙에게 처음으로 강간을 당한 후, 그녀는 성 안에 갇혀 태양 보기를 두려워하는 존재가 된다. 그 후 두번째로 알베르에 의해 강간을 당하자 그녀는 어두운 죽음의 심연을 택해 자살한다. "그녀는 별도 없고 내일도 없는 강물 속에서 고통의 망각을 찾았다"(p. 178). 그녀에게 죽음이란 어둡고 부정적인 밤이며, 망각과 무의 세계로의 추락인 것이다.

빛과 어둠이 교차되는 이중적 내면 속에서 갈등하는 알베르에게 빛의 측면은 에드에 가까운 반면, 어둠의 측면은 에르미니앙에 가깝다. 알베르의 모습이 "검은 천사" "검은 날개" "갈색의 얼굴" "심연" 등으로 어둡게 묘사되는 것은 에르미니앙에 관련된 장면에서 공통적으로 발견되는 요소들이다. 어둡고 검은 색조는 이 악마적인 작중인물의 내면적 정황과 일치한다. 그라크가 브르통의 작품을 설명하는 글에서 존재의 심연을 보여준다고 밝힌 바 있는 그러한 검은 색깔은 초현실주의적인 취향을 반영하는 것으로서 그 의미는『아르골성에서』에서도 그대로 이어진다.[8] 그러므로 에르미니앙의 불길한 검은빛의 불안스러운 의식은 어두운 욕망의 존재와 표리를 이룬다. 그것은 마치 삶과 죽음이 동시에 문제되는 어떤 불안의 세계를 표현하고 있는 듯하다.

밤은 이처럼 부정적인 의미를 지니지만, 초현실주의에서 밤의 이미지가 대체로 그렇듯이 생명을 잉태하는 평화로운 어둠이 되기도 한다. 어떤 의미에서 밤은 투명한 빛의 세계일 수 있다. 달이 떠오른 밤의 묘사가 그렇다.

> 달은 황홀한 부드러움으로 온 풍경을 적셔놓았다. 하늘에서 별들은 저마다 항성의 지도에서 표기된 것과 똑같이 자기 자리를 차지했고 우리가 늘 알고 있는 그러한 밤의 몹시도 깨끗한 이미지를 보여주었다. (p. 63)

어둠을 밝히는 달은 혼란스럽고 무질서한 어둠 속의 것들에 질서를 부여한다. 그러므로 질서와 평화가 깃드는 빛의 세계에 도달하기 위하여 어둠의 혼돈이 필요했듯이 밤의 빛은 새로운 체험을 일깨워준다. 그러한 밤은 빛과 어둠이 이상적으로 종합된 세계로서 작중 인물의 기대감을 활발하게 자극하면서 완성시킨다. 알베르와 에드가 어둠 속에서 세계의 지붕에 도달해 있다는 생각을 하며 인식의 정

8　J. Gracq, *André Breton*, José Corti, 1970, p. 40.

점에 이르는 체험을 하는 것은 그런 과정을 거쳐서이다. 밤이 현란한 비밀을 내보이며 인간과 세계가 일치되는 그 세계에서 그들은 인식에 도달하는 길이 투명하게 솟아오르는 것을 느낀다. "별의 침묵과 구별하기 어려운 그 숲의 침묵에 에워싸여 그들은 별들의 꾸밈없는 모습에서 세계의 밤을 체험했다. 별의 혁명, 그것의 열정적인 궤도, 이것은 그들의 가장 꾸밈없는 몸짓의 조화를 지휘하는 것처럼 보였다"(p. 145). 이러한 아름답고 황홀한 밤을 보내는 사람들에게 세계와 자아의 모순과 대립은 소멸되고, 세계를 뒤덮은 가면은 제거되고, 존재의 투명성이 드러난다. 빛이 모든 사물의 질서를 새롭게 부여한 때에 사물과 존재, 혹은 존재자들 사이의 장벽은 허물어지고 존재의 충만성은 완전하게 표현된다.

4. 그라크의 글쓰기 기술과 표현의 특징

『아르골성에서』는 전통적인 소설과 달리 뚜렷한 사건과 이야기가 많지 않고 시적인 분위기의 묘사가 풍부하게 펼쳐진다. 이러한 특징은 작품을 통해서 분명한 메시지를 전달하거나 삶의 도덕적 교훈을 담아내는 것을 거부하는 그라크의 작가적 태도와 관련된다. 그라크의 대부분의 소설에서 작가는 사건을 이야기할 뿐, 의미를 설명하지 않고 다만 암시할 뿐이다. 그의 문장의 문체론적 특징이 머뭇거리면서 어떤 단정적인 발언을 지연시킨다는 점도 검토해볼 만하다. 가령 서두에서 주인공 알베르가 어떤 과정으로 아르골성을 구입했는지를 독자에게 알려주는 서술의 대목에서 주인공이 언제, 어떻게 그 성을 구입했는지를 확실히 밝히는 대신, 더듬거리듯이 기억에 떠오르는 대로 말하는 화법을 사용한다. 이러한 그라크의 독특한 서술법은 정보 전달을 신속히 하기보다, 지극히 완만한 흐름으로 전개시킴으로써 마치 어떤 오류를 수정하듯이 제자리걸음으로 돌아오면서 느리게 나아가는 화법이다. 속독법에 익숙한 독자라면 그의 이러한 문장의 특징을 불만스럽게 생각하겠지만, 그의 느린 문장이 독자의 시선을 다른 곳으로 돌리게 하기보다는 오히려 독자의 주의력을 긴장시킨다는 것은 분명하다. 그라크가 앙드레 브르통의 문체를, 독자의 관심을 긴장되게 이끄는 방법이라고 말했듯이,[9] 그라크의 기술 방법 역시 독자의 관심을 끌기 위해 어떤 특별한 인상에 대해 강조하면서 그것을 돋보이게 하고 사물을 새롭게 바라보게 한다. 따라서 그의 작품 속에 실제의 세계가 보이지 않는 비현실적 세계가 동반하듯이, 명확한 것과 모호한 것의 공존은 합리적인 현실의 세계에서 신비롭고 비합리적인 세계의 짧은 노출을 암시하고 주목하게 만드는 작가의 의도적인 기술 방법이라고 할 수 있다.

그라크의 소설에서는 종종 단어의 의미를 강조하기 위해 이탤릭체로 쓴 단어가 발견된다. 그것은 "밖에서 안을 들여다보기 위하여 만들어진"(p. 11) 창처럼, 텍스트의 심층 세계를 보여주고, 그곳으로 안내하는 역할을 한다. 그러한 창을 통해 또 다른 차원의 글쓰기가 암시되고, 탐색될 수 있는 것이다. 다음의 한 예를 보자.

---

9 마리 프랑시스는 그라크의 『앙드레 브르통』의 한 구절을 인용하면서, 그의 지적은 그 자신에게도 해당되는 문체의 특징이라고 말한다. M. Francis, *Forme et signification de l'attente dans l'oeuvre romanesque de Julien Gracq*, p. 31.

램프 불빛에 적셔 있듯이, 나무들의 둥근 우듬지는, 어둠 속에서 모여 음모를 획책하는 사람들이 저택의 탑 위에서 *종소리가 세 번 울리기*를 기다리듯이, 성 주변을 에워싸고 있는 깊은 침묵의 심연에서 떠오른다. (p. 63)

아르골 숲의 나무들은 사람들처럼 저택의 탑 위에 있는 시계에서 세 번 종소리가 울리기를 기다린다. 세 번 울리는 소리가 이탤릭체로 표기된 것은 청각적인 느낌을 주면서 이 작품의 연극성을 돋보이게 만드는 효과를 갖는다. 또한 이 작품에서 첫번째 장의 마지막 페이지에는 불길한 예감의 분위기를 암시하는 "어쩌면 결국 무슨 일이 일어났을지 모른다*Peut-être en effet s'est-il passé* quelque chose"(p. 35)라는 문장이 있는데, 여기서 *일어났을지*는 고요한 성의 침묵 속에서 청각적인 울림으로 들리고 결국 불안의 느낌을 효과적으로 연출한다. 이처럼 이탤릭체는 연극적인 미묘한 변화를 섬세하고 정확하게 전달해주는 역할을 하고 있다.

이 소설에서 이탤릭체 표현이 처음 등장한 것은 알베르의 눈을 묘사하는 부분인데, "(알베르의) 눈은 검사한 것 *뒤에*derrière 있는 것을 바라보는 것 같았다"(p. 17). 이 문장에서 derrière라는 전치사는 대상의 감춰진 면을 꿰뚫어 보는 알베르의 인식론적 시각을 단적으로 표현한다. 이처럼 이탤릭체 사용은 문장의 단위를 넘어 문맥의 의미를 깊이 생각하게 만들고 텍스트의 비밀을 시각적으로 표현하는 데 기여하는 요소들이다. 그것들은 이탤릭체와 이탤릭체가 아닌 것의 두 가지 언어 층 사이에 있는 언어의 긴장 상태를 나타내면서, 소설의 구성에서 말한 것과 말하지 않은 것 사이의 경계를 표현한다. 이러한 글쓰기는 같은 속도로 진행되는 일회적 독서의 리듬을 중단시키면서 그 문장의 반성적 장치로서 작용한다. 이러한 글쓰기의 효과를 통해 작가는 독자로 하여금 텍스트의 표현이나 말의 표면 밑에 감춰진 의미를 신중히 읽고 생각하도록 유도할 수 있는 것이다.

쥘리앵 그라크는 작품 속에서 사실주의 작가처럼 작가의 세계관을 드러내지 않고 다만 세계를 제시할 뿐이다. 그는 또한 세계의 형태를 명확하게 사실적으로 묘사하기보다 시적인 분위기로 그린다. 시적인 분위기에 어울리는 문장에서는 단정적인 어조의 동사보다 "~처럼 보인다"는 sembler, paraître라는 조동사의 사용이 적절할 것이다. 마치 화자가 생각하는 대상에 걸맞은 정확한 표현이 없다는 듯이 조심스럽고 신중하게 말하려는 그러한 태도의 반영은 작품의 분위기 혹은 주제와 일치하는 요소만을 포착하여 제시하려는 의도의 소산이다. 그것은 이야기를 서술하는 데 급급한 표현이 아니라 사색적인 표현이고 또한 말하려는 것의 풍부한 의미를 많이 함축하기 위한 것이다. 사물의 핵심과 보는 사람의 감정을 연결시키면서 상투적인 시각을 벗어나 있는 작가는 문장의 흐름에서도 짧고 간결한 정보 전달식의 문체보다는 둔중하고 복합적이며 시적인 문체를 애호한다. 직설법 동사를 사용할 듯한 문맥에서 접속법 동사를 사용하는 것도 그러한 이유 때문이다.

이러한 문체의 특징은 시각적 현실을 초월한 초현실성의 세계를 암시하기 위해서일 것이다. 변질되지 않은 세계의 순수성을 포착하려는 듯한 그러한 표현 방법은 꿈과 현실이 구별되지 않는 상태를 표현하는 데 적합하다. 한 연구자가 그라크의 소설에 나타나는 묘사의 특성을 설명한 바에 의하면 다음과 같다. "묘사는 시처럼 끊임없

제2부 초현실주의 시와 소설의 다양성

는 몽상에 이르고 현실의 경이로운 출현에 이르게 된다. 독일 낭만주의자들의 소설처럼 그라크의 소설들은 세계 위에서의 영원한 몽상이고 영원한 산보와 같은 것인데, 그러한 산보에서 신비롭고 심원한 감정이 생겨난다. 거기에 신비롭고 이상한, 이상하고 비현실적인 현상만이 존재하는데 묘사된 것은 결국 현실적인 것일 뿐이다."[10] 이처럼 그라크는 초현실주의적 세계관에 충실하여 지각과 표현이 분리되지 않고 현실과 몽상이 조화롭게 연결되는 통일된 세계를 지향하고 있다. 그러나 초현실성의 출현은 지속적이지 않다. 그것은 짧은 한 줄기 빛처럼 드러나는 것이어서 마치 키리코나 탕기와 같은 초현실주의 화가들의 회화적 이미지의 스냅사진을 연상시킨다. 그런 점에서 그의 묘사를 회화적 표현에 비유할 수 있겠지만, 주의할 것은 그것이 구상화의 표현이 아니라 파스롱이 말하는 "인식으로서 회화pico-connaissance"[11]와 시적인 회화의 성격에 가깝다는 점이다. 즉 그의 언어적 묘사는 회화적 특징을 지니고 있으면서 풍부한 암시력을 보여 준다고 하겠다.

5. 그라크의 소설과 초현실주의 정신

쥘리앵 그라크는 초현실주의에 동조한 사람이었을 뿐 완전한 초현

---

10 A. Denis, "La description romanesque dans l'oeuvre de Gracq," in *Revue d'Esthétique*, tome 22, 1969, p. 165.
11 R. Passeron, "Le surréalisme des peintres," in *Entretiens sur le surréalisme*, De Gruyter Mouton, 1968, p. 247.

실주의자는 아니었다. 초현실주의자들의 선언문이나 공개적인 활동에서 그의 이름은 발견되지 않는다. 그의 자유롭고 독립적인 정신은 그로 하여금 어떤 속박을 의미하는 단체 가입을 하게 내버려두지 않았을 것이다. 또한 그는 초현실주의의 모든 이념과 행동에 대해서도 절대적인 지지자의 모습을 보이지 않았다. 그는 앙드레 브르통이 트로츠키의 『레닌』을 읽고 정치적 문제를 거론하고 정치적 관심을 보이자, 그것에 반대하는 입장을 분명히 밝히기도 했다. "어떤 의미로 보면 초현실주의 그룹의 정치적 측면이 나에게 거리감을 준 것이다. 나는 이상적 정치라거나 현실과 거리가 먼 그러한 정치적 입장의 효과를 별로 믿지 않았다. [……] 정치와의 계속적인 관계가 작가에게 별로 바람직한 것이라고 생각하지 않는다."[12] 이렇게 문학의 정치 참여를 부정적으로 생각한 그의 태도는 초현실주의의 정치적 입장과 이상이 현실적으로 실패하리라고 예측했기 때문이 아니라 정치와 문학을 분리시켜야 한다는 원칙적 입장 때문이었다. 그는 문학작품의 정치적 성향이 문학적 가치를 저하시키는 원인임을 주장하고 엘뤼아르의 시를 예로 들면서 그가 공산당에 가입한 이후의 시를 이전의 시와 비교할 때 후자의 경우가 문학적 가치가 풍부한 것임을 역설한 것은 그의 분명한 문학관을 보여주는 증거이다. 이런 점에서 문학이 자율적인 독립체로서 순수성을 지켜야 한다는 그의 원칙은 문학적 가치에 의해 문학의 힘이 존재한다는 것을 굳건히 믿는 사람의 강직한 태도로 볼 수 있을 것이다.[13]

12 "Entretien de Julien Gracq avec Guy Dumur," *Le Nouvel observateur,* 29 mars 1967.
13 그의 문학적 이념이 분명하게 표현된 어느 글에서 그는 문학적인 것과 비문학적인 것을 철저히 구별하면서 비문학적인 것이 문학 속에 팽배된 현상을 비판한다. 실존주의를 공격하

이러한 문학관을 바탕으로 삼아 그 어떤 이데올로기에도 예속되지 않고, 그야말로 자유로운 반항적 태도에서 인간을 속박하는 모든 현상을 거부하는 그의 문학은 비합리적이고 신비스러운 세계의 비의를 탐색하는 방향으로 나아간다. 그것은 실존주의자들의 절망적 비관주의와는 달리 진정한 삶의 가치를 모색하려는 희망의 모험이다. 이러한 정신적 모험의 한 성과인『아르골성에서』는 직접적이고 안일한 것을 거부하며 다른 세계ailleurs를 추구한 것이지만, 그 다른 세계는 우리의 현실에 내재해 있는 세계이기도 하다.

그라크의 소설은 주제와 기술의 측면에서 브르통이「초현실주의 선언문」에서 비판한 전통적 소설의 상투적인 인물 묘사와 심리분석, 표면적인 현실의 논리를 넘어 모든 이율배반을 초월하고, 현실에 가려진 초현실적 세계의 진실을 추구하려는 초현실주의적 문학의 모험을 실천한 것이다. 그의 작중인물들은 욕망의 대상 쪽으로 순수하게 이끌리는 모호한 자성화磁性化, aimantation의 공범의식으로 결합되어 있으면서 차이를 보이기도 했다. 이러한 관계에서 그들의 모험은 한 연구자가 말한 것처럼, "중세적인 (성배의) 추구와 초현실성의 탐구를 새롭게 종합하기 위한"[14] 것이라고 할 수 있다. 이것은 결국 진리를 추구하는 순수한 정신의 모험과 다름없다. 이것을 초현실주의적 모험의 정신이라고 한다면, 그라크의 소설은 의식과 무의식이 완전히 통합된 초현실주의의 정신적 모험을 추구한다고 할 수 있다. 이 과정에서 세계는 꿈이고, 꿈은 세계인 초현실의 세계는 시적으로 용해된

는 그의 논지도 그런 흐름에서이다. J. Gracq, "La littérature à l'estomac," in *Préférences*, José Corti, 1961, p. 38.

14 S. Grossman, *Julien Gracq et le surréalisme*, José Corti, 1980, p. 176.

세계이다. 그러므로 그라크의 소설에서 인간과 세계와의 일치 혹은 인간의 해방이라는 초현실주의적 명제는 그 어느 초현실주의자의 작업에서보다 훨씬 진전된 논리로 형상화된 것이 분명하다.

제3부
초현실주의의 안과 밖

제13장
살바도르 달리, 르네 마그리트,
자크 에롤드와 초현실주의

1. 초현실주의와 화가들

초현실주의의 공식적인 출범을 알리는 브르통의 「초현실주의 선언문」(1924)에는 초현실주의의 대명사와 같은 자동기술의 시와 그 의미에 대해 자세히 설명되어 있는 반면, 그림에서의 자동기술은 특별히 논의하고 있지 않다. 또한 「초현실주의 선언문」의 본문에서는 과거와 현재의 많은 작가들과 시인들의 이름이 초현실주의와 관련하여 언급되어 있지만, 화가들의 이름은 본문이 아닌 각주에서만 발견된다. 그렇다면 선언문을 쓸 무렵에 브르통은 그림이나 화가의 중요성을 외면하고 있었던 것일까?

잘 알려져 있듯이, 초현실주의는 문학에서뿐 아니라 미술에서도 매우 중요하게 평가되는 운동이다. 브르통은 장르를 초월해 내면적 모험이나 정신의 해방을 실천하는 점에서 시와 미술의 차이는 존재하지 않는다고 강조했고, 그의 이론을 중심으로 형성된 초현실주의 그룹에는 일찍부터 시인들과 화가들이 공존해 있었다. 또한 브르통은 '다다' 이전부터 아라공 등과 만든 잡지 『문학』에서 미술에 대한 관심을 적극적으로 표현했으며, '다다'의 정신은 입체주의나 미래주의 같은 전위적인 예술운동의 정신과 전통과의 단절이라는 점에서 일치한다고 주장했다. 사실 그림을 보는 그의 안목이 일반적인 전문가의 수준을 뛰어넘는다거나, 초현실주의의 목표인 세계와 인간에 대한 시선을 변화시키는 데 있어서 화가의 역할이 중요하다는 것을 보여주는 증거는 많다. 이처럼 화가와 그림의 중요성을 브로통이 강조한 것은 초현실주의라는 용어를 처음으로 사용한 시인이자 브르통에게 많은 영향을 미쳤다고 알려져 있는 아폴리네르가 그에게 시인은 미지의 세계를 탐구하는 데 있어서 화가와 동반자가 되어야 한다고 자주 역설했다는 사실과 무관하지 않다. 그렇다면 「선언문」에서 화가와 그림이 언급되지 않은 까닭은 무엇일까? 「선언문」에 실려 있는 초현실주의에 대한 정의를 다시 읽어보자.

> 초현실주의──남성명사. 정신의 순수한 자연현상으로서 사람이 입으로 말하건 붓으로 쓰건 또는 다른 어떤 방법에 의해서든지 간에 사고의 실제적 기능을 표현하는 것. 이성에 의한 어떤 통제도 받지 않고 심미적이거나 윤리적인 관심을 떠나서 이뤄지는 사고의 기술.[1]

브르통의 이러한 정의에 따르면 언어를 통해서건 붓에 의존해서건 이성의 통제를 받지 않고 진정한 사고의 움직임을 표현하기만 한다면 그것은 모두 초현실주의의 정신과 일치한다는 것을 확인할 수 있다. 그럼에도 불구하고 화가들의 이름이 구체적으로 언급되지 않은

---

1   A. Breton, *Manifestes du surréalisme,* Jean-Jacques Pauvert, 1972, p. 35.

것은 그들을 화가이기 이전에 시인의 정신을 지닌 사람들로 간주했고, 그들의 시각적 모험은 언어에 의존하는 시인의 모험과 같은 것으로 생각했기 때문으로 이해된다.

　초창기에 초현실주의 정신과 일치하는 작업을 중점적으로 실천한 화가들의 이름을 열거하자면, 키리코, 뒤샹, 막스 에른스트, 마송, 호안 미로 등을 들 수 있다. 그중에서 키리코와 뒤샹은 초현실주의자들이 발굴한 19세기 시인 로트레아몽의 시에서 보이는 착종된 시각과 상상력을 작품 속에서 실현하려고 한 화가들이다. 특히 키리코는 1910년에서 1918년에 이르는 기간 동안, 우수에 찬 이미지들을 통해서 희망과 열망을 예감할 수 있는 그림들을 그렸고, "만약 예술작품이 정말 비도덕적인 것이라면, 어떤 상식적인 것이나 논리성을 떠나 인간 세계의 한계를 초월할 수 있어야 한다"[2]는 생각으로 꿈의 세계나 내면세계를 깊이 있게 드러냈다. 그는 시적인 천재성과 신랄한 유머, 모호성의 신비감과 날카로운 통찰력으로 대담한 상상력을 보여준 화가였다. 또한 뒤샹은 언어와 오브제에 대한 유희의 작업을 통해 회화나 조각에 대한 전통적 관념을 파괴함으로써 초기의 초현실주의에 많은 영감을 불러일으켰다. 평범한 오브제에 개성적인 세부묘사를 부여하여 그것을 희귀한 것으로 만들어, 훗날 팝아트의 원천이 된 '레디메이드ready made' 방법을 창출했으며, 특히 1917년 뉴욕에서 개최된 전시회에 변기를 뒤집어놓은 작품에다가 '샘물'이라는 제목을 붙여 출품한 일화로 잘 알려져 있다. 막스 에른스트는 날카롭고 유머러스하고 생생한 상상력으로, 르베르디의 이미지론처럼 전혀 관계없

2　S. 알렉산드리안, 『초현실주의 미술』, 이대일 옮김, 열화당, 1984, p. 64.

는 두 가지 현실체를 부조리한 평면 위에서 우연적으로 결합시키는 '콜라주Collage' 기법을 개발했고, 나뭇조각, 돌, 헝겊 등 울퉁불퉁한 물건 위에 종이를 놓고, 연필이나 숯으로 문질러서 독특한 형태를 만들어내는 '프로타주Frottage' 기법을 만들기도 했다. 앙드레 마송과 호안 미로는 「초현실주의 선언문」이 발표되기 전에 자동기술적 작품을 실험적으로 만든 화가들이다. 특히 미로는 자동기술적 방법으로 물방울이 튄 것 같은 채색된 얼룩들을 화폭에 채운다거나 회색이나 청색의 단조로운 배경 위에 기호들을 분산시키는 방법의 작업을 선보였는데, 이를 두고 브르통이 가장 먼저 초현실주의자의 모습을 보여준 화가라고 말했을 정도였다.

그렇다면 자동기술적 그림이란 무엇일까? 「초현실주의 선언문」에서 브르통은 "사고의 실제적 기능을 표현하는 것"이 초현실주의라고 정의하면서 그림에서 자동기술적 표현이 가능하다고 말했지만, 이성에 의한 통제나 심미적 관심이 완전히 제거된 상태에서 무의식적으로 사고의 움직임을 옮겨놓을 수 있는 그림이 과연 가능한 것일까? 펜과 종이만 갖고 쓸 수 있는 글과 달리, 그림은 캔버스, 붓, 물감 등의 물질적인 매체가 필요한 장르이기 때문에, 결국 '사고의 실제적 움직임'을 표출하는 데 어려움이 있을 수 있다. 또한 사고의 실제적 기능이 시간적이고 연속적인 것이라면, 그림은 한눈으로 볼 수 있는 전체적인 지각의 대상이므로 화가가 사고의 '시간적이고 연속적인' 움직임을 그림 속에 그대로 옮겨놓기란 거의 불가능한 일에 가깝다. 그렇기 때문에 그림에서의 자동기술적 시도는 곧 한계에 부딪힐 수밖에 없을 것이다. 훗날 달리의 모험적 체험이 보여준 바 있듯이, 그림의 이미지들이 몽환적이거나 초현실적으로 보일 수는 있어도, 그것

제3부 초현실주의의 안과 밖

들의 표현 방법이 완벽하게 초현실적이거나 자동기술적인 것이 될 수는 없었다. 이런 점에서 피에르 나빌Pierre Naville은 『초현실주의 혁명』 3호(1925년 4월)에서 "초현실주의 회화는 존재하지 않는다. 손의 움직임에 따라 연필로 그려지는 표현도, 꿈의 그림을 그대로 옮겨놓은 이미지도, 상상력이 풍부한 독창성도, 그 어느 것에도 초현실주의 회화라는 명칭을 부여할 수 없기 때문이다"라는 주장으로 초현실주의 회화의 존재를 부인했다.

1928년 브르통이 『초현실주의와 미술』을 쓸 때, 그는 나빌처럼 초현실주의 회화의 존재에 대해 회의적인 생각을 갖고 있는 사람들에게 결정적인 해답을 제시하기 위해서 이런 견해를 밝힌다.

> 나는 회화를 하나의 유리창이 아닌 다른 어떤 것으로 생각할 수 없는데, 그 이유는 나의 일차적 관심이 "유리창을 통해 밖에 무엇이 보이는가"를 알고, 달리 말하자면 나의 관점에서, 그 풍경이 과연 아름다운지를 알려는 것이기 때문이다. 나는 내 앞에서 끊임없이 펼쳐지는 어떤 것을 무엇보다 좋아한다.[3]

브르통이 여기서 말한 '풍경la vue'은 외부의 객관적인 세계가 아니라 바라보는 사람의 내면에서 떠오르는 상상력의 세계이다. 이처럼 회화는 외부 세계를 재현하거나 모방하는 것이 아니라 내면적 상상력의 풍경을 그려야 한다고 강조하는 그의 주장은 매우 단호하다. 그는 이러한 관점에서 현실로부터 얻은 영감을, 심지어는 변형된 현실

---

3 A. Breton, *Le surréalisme et la peinture*, Gallimard, 1965, pp. 2~3.

로부터 얻은 영감일지라도 그리지 말 것을 화가들에게 요구했고, 외부적인 것에서 그림의 모델을 찾는다는 기존의 편견을 불식하도록 했다.

예술의 목적으로 제시된 '모방'의 협소한 개념은 오늘날까지 계속되는 심각한 오해에서 비롯된 것이다. 인간이 자신과 관련된 영상을 성공적으로 재현할 수 있다는 믿음 때문에, 화가들은 모델을 선택하는 데 있어서 지나치게 타협적인 태도를 보였다. 이로 인해 생긴 오류는 모델이란 외부 세계에서만 얻을 수 있다고 생각하는 것, 아니 전적으로 외부 세계에서만 모델을 얻을 수 있다고 생각하는 것이었다. 물론 인간의 감성은 겉으로 보아 아주 평범한 오브제에도 완전히 새로운 변별적 특성을 부여할 수 있다. [……] 여하간 외부 세계라는 것이 시간이 지날수록 더욱 의심스럽게 보이는 현재의 인식 상황에서 그와 같은 희생에 동의할 수는 없는 일이다. 오늘날 모든 사람들이 따르고 있는 현실적 가치들에 대한 전면적인 개편의 필요성에 대응하기 위해서, 조형작업은 순수하게 내부적인 모델에 의존해야 하고, 그렇지 않으면 이루어질 수 없을 것이다.[4]

'초현실주의 회화의 선언문'처럼 보이는 이 글에서 브르통은 이처럼 분명하게 '내부적 모델'의 개념을 정립하여 발표한다. 이러한 개념의 토대 위에서 회화의 존재 이유를 찾은 화가들이 바로 초현실주의 미술의 대표적인 사람들이라고 할 수 있을 것이다. 위의 글에서 브르

4 같은 책, p. 4.

통은 피카소, 키리코, 에른스트, 탕기, 피카비아 그리고 만 레이 같은 화가들을 예시하면서, 결론 부분에서는 "내가 좋아하는 모든 것, 내가 생각하고 느끼는 모든 것은, 초현실성이 현실을 초월한 자리에 있는 것도 아니고, 현실 밖에 있는 것도 아니며 오직 현실 속에 내재한다고 보는 어떤 특이한 내재성의 철학에 가까운 것"[5]임을 천명한다.

　브르통이 위의 『초현실주의와 미술』의 초판에서 살바도르 달리의 그림을 논의하지 않은 것은, 이 글을 쓸 무렵에는 그를 알지 못했기 때문이다. 그가 달리의 그림에 대해서 처음으로 글을 쓴 것은, 1929년 11월 파리에서 열린 달리의 첫번째 전시회 카탈로그의 해설을 쓰면서였다. 그는 "아마도 달리의 그림을 통해서 처음으로 정신의 창문이 활짝 열리는 체험을 할 수 있을 것"[6]이라는 찬사와 함께 "달리의 그림은 지금까지 인간이 알 수 있는 가장 환각적인"[7] 작품으로서 인간의 이성에 강력한 위협이 될 수 있다는 확신을 표명한다. 그렇다면 파리에서 열린 첫 전시회의 그림들만으로 브르통의 전폭적인 신뢰를 받은 달리가 1930년 초현실주의의 위기 상황에서, 어떻게 위기를 극복할 주역의 한 사람으로 부각될 수 있었을까?

2. 살바도르 달리와 편집증적 비평 방식

　모리스 나도는 『초현실주의의 역사』에서, 아라공과 아르토가 초현

5　같은 책, p. 46.
6　A. Breton, "Première exposition Dali," in *Point du jour*, Gallimard, coll. Idées, 1970, p. 69.
7　같은 책, p. 70.

실주의 그룹을 떠나게 된 1930년과 1931년을 전후하여 초현실주의가 심각한 분열의 위기에 놓인 상황을 이렇게 서술한다.

　이제, 초현실주의는 평행선으로 뻗어 있는 두 길 위를 계속 달려가야 했는데, 하나의 길은 정치 혁명의 길이고, 다른 하나의 길은 인간의 내면에 있는 미지의 힘을 보다 깊이 있게 탐구하는 길이었다. 전자의 대표 주자가 사둘과 함께 카르코프에서 열린 제2차 세계혁명작가회의에 참가한 아라공이라면, 후자의 대표 주자는 편집증적 비평의 의견을 발표하고 그것을 '초현실주의적' 오브제들의 제작에 적용한 달리이다.[8]

　모리스 나도는 이 두 개의 평행선을 종합하는 역할을 해야 할 사람은 브르통밖에 없다는 것을 뒤에 덧붙여 말하기는 하지만, 다다 시절을 포함하여 이미 10년 이상의 연륜 속에서 성장한 초현실주의의 역사적 상황을 고려할 때, 이 그룹에 참가한 지 1년 정도밖에 안 되는 달리의 존재를 그룹의 창립 멤버인 아라공과 동일한 위상에서 언급한 것은 매우 놀랍다. 달리는 어떤 점에서 1930년대 초 초현실주의의 방향을 결정하는 데 이처럼 핵심적 역할을 수행하게 된 것일까?

　달리는 초현실주의 그룹에 합류하기 직전, 부뉴엘과 함께 초현실주의 영화 〈안달루시아의 개〉를 만들었을 뿐 아니라, 앞에서 말한 것처럼 괴망의 갤러리에서 전시회를 열었기 때문에 브르통을 포함한 초현실주의자들은 어느 정도 그의 재능을 알고 있었다. 달리가 잡지나 책을 통해 초현실주의를 알게 된 시기는 1927년 무렵이었다. 그

<hr>

8　M. Nadeau, *Histoire du surréalisme*, Éditions du Seuil, 1964, p. 143.

당시 달리는 고전적인 기법에도 능숙했을 뿐 아니라, 미래주의에서 입체주의에 이르는 모더니즘 기법에도 정통한 화가였으며 시적 재능도 겸비하고 있었다. 달리의 전기에서 빠뜨릴 수 없이 중요하게 언급되는 사실 중에는 1923년 그가 마드리드의 대학 기숙사에서 시인 로르카를 만났다는 것이다. 그로부터 5~6년 계속된 두 사람의 동성애적 관계는 서로의 예술적인 발전에 많은 영향을 주고받는 것으로 발전했다고 한다. 그의 전기를 쓴 로버트 래드퍼드는 "두 사람 사이에 오간 남아 있는 편지를 보면, 그들이 개인적으로 서로에게 강한 영향을 주면서 동시에 예술에 대한 논쟁에 상당한 기쁨을 느끼고 있었다"[9]라고 전한다. 더욱이 달리는 그림을 그리면서도 시 쓰는 일을 함께 했고, 로르카는 시를 쓰면서도 구체적이고 민속적인 성격의 그림 그리기를 좋아하는 시인이었다는 점은 두 사람을 결합시킨 결정적 요인이었을 것이다. 달리는 로르카를 만남으로써 언어와 이미지의 상호교환이라는 강렬한 체험을 할 수 있었고, 환상적 이미지들의 자유로운 결합 능력을 더욱 발전시킬 수 있었다. 로르카의 영향을 받은 달리는 그가 한때 머물러 있었던 입체주의와 고전주의로부터 빠져나올 새로운 출구를 발견하게 되었다. 이런 상황에서 그에게 새로운 출구로 등장한 것이 바로 초현실주의였음은 의미심장하다. 그는 많은 회화와 오브제를 통해 '반反예술적' 충동을 표현했다. 그의 상징처럼 되어 있는 '늘어진 시계'가 나오는 〈기억의 끈덕짐〉(1931), 〈유동적인 욕망의 탄생〉(1932), 〈의인화된 빵〉(1932) 등의 회화작품들은 그가 초현실주의 화가들의 작품을 꼼꼼히 살펴보면서 그들의 방법에 공감하

---

9 로버트 래드퍼드, 『달리』, 김남주 옮김, 한길아트, 2001, p. 50.

고 그들로부터 영향을 받게 되었음을 보여주는 예들이다. 로버트 래드퍼드는 달리에게 초현실주의란 "우리의 시각을 구속하는 족쇄를 부수기 위해 마련된 '혼돈의 체계화'"[10]의 인식이었다고 주장한다.

1929년 초 달리는 대학 친구인 루이 부뉴엘과 영화를 만드는 일로 파리에 가게 된다. 달리와 부뉴엘이 영화에 열광한 이유는 다른 표현 매체들과는 달리 영화는 '부패'하지 않은 장르였기 때문이다. 두 사람은, 브르통이 수포와 함께 자동기술의 시 『자기장』을 쓴 것처럼, 작업에 몰두한 지 일주일도 안 되어 한 편의 대본을 만들었다. 부뉴엘의 자서전에 의하면, 그 대본을 만들 때 그들이 지켜야 할 규칙으로는 "어떤 종류의 것이든 합리적인 설명이 가능한 생각이나 심상을 받아들이지 않는다는 것,"[11] 그리고 "불합리에 대해 문을 활짝 열어놓고 이유를 설명하려고 애쓸 필요 없이 우리를 경악시킨 심상만을 포착해야 한다는 것"[12]이었다. 이런 목적으로 만든 〈안달루시아의 개〉는 영화사에서 가장 인습에 얽매이지 않은 영화로 평가되는데, 독립적이고 구체적인 이미지들이 연관성 없이 이어지면서 빠르게 전환되는 충격적인 꿈의 세계를 보여주는 작품으로서 무엇보다 초현실주의의 정신과 기법을 잘 표현하고 있다. 특히 이질적인 이미지들이 무성영화의 기법으로 표현되는 장면들을 예로 들자면, 여자가 립스틱을 바르는 순간 남자의 사라진 입이 한 무더기의 털로 대체되는 장면이나 여자의 겨드랑이 털을 클로즈업한 화면이 가시로 뒤덮인 성게의 모습으로 전환되는 장면 등이 있다. 또한 관객에게 분노와 혐오감을 주

10 같은 책, p. 88.
11 같은 책, p. 90.
12 같은 책, p. 91.

제3부 초현실주의의 안과 밖

기 위해 만들어진 면도날로 안구를 깊이 베는 충격적인 장면이나 신체의 부분들이 절단된 장면, 죽은 동물의 시체, 손 위에서 우글거리는 개미들처럼 섬뜩한 장면들이 일일이 열거할 수 없을 정도로 많이 나온다. 또한 이 영화에서 사랑은 마조히즘적인 것이면서 동시에 사디즘적인 행위로 표현됨으로써 정신분석적 의미의 상징들을 풍부하게 발견할 수 있게 한다.

달리가 초현실주의 그룹에 합류하게 된 것은 그의 그림과 영화에서 보여준 것 같은 초현실주의적 상상력뿐 아니라 폴 엘뤼아르의 부인인 갈라와의 운명적인 만남을 통해서이다. 달리는 갈라를 처음 보았을 때만 해도 히스테리에 가까운 발작 증세를 보여 분별 있는 의사소통조차 불가능할 정도였다는데, 그녀는 마치 능력 있는 정신과 의사처럼 그를 안심시키고 그의 광기와 성적 불안의 신경쇠약을 치료해주는 역할을 하게 된다. 갈라는 달리가 최악의 환각 상태에 빠져 타락하지 않도록 했을 뿐 아니라, 그에게 필요한 자료를 정리해주면서 글을 쓰게 했고, 그것이 바로 초현실주의에 결정적으로 기여하게 만든 달리의 '편집증적 비평 방법'의 바탕이 된다. 갈라와 함께 파리로 돌아온 달리는 초현실주의 그룹의 따뜻한 환영을 받고 정열적으로 초현실주의 운동에 참여하게 되었고, 브르통은 당연히 달리의 활약에 큰 기대를 걸 수밖에 없었다. 또한 달리가 초현실주의 운동에 새로운 활력을 부여하는 역할을 하게 된 과정에서 특기할 점은, 그의 그림이 보여주는 특이한 이미지의 환각적인 성격만이 아니라, 사실적으로 치밀하게 그린 일상적 사물을 바탕으로 의외의 환상적 해석을 덧붙여 잠재의식의 세계를 표출시키는 '편집증적 비평 방법'이다. 그는 자신의 에세이 「악취 나는 엉덩이」에서 이 방식을 이렇게 설명한다.

나는 편집증적이고 적극적인 정신을 촉구함으로써 (그와 동시에 자동기술과 다른 수동적인 정신 상태를 동원해서) 혼란을 체계화하고, 그리하여 현실을 전적으로 불신할 수 있는 때가 임박했다고 생각한다.[13]

달리는 이 방식을 생각하기 전에 자동기술의 시처럼, 자동기술적 그림dessin automatique을 시도해보았다고 한다. 그러나 손으로 그리는 자동기술에 몰입할 수가 없어서, 주관적이고 시각적인 이미지를 떠오르게 하다 보니까, 일종의 꿈과 같은 이미지, 혹은 절반의 환각 같은 이미지가 보여 그것을 고정시키는 작업에 착수하게 되었다는 것이다. 그는, 브르통이 「초현실주의 선언문」에서 잠에서 깨어날 때 떠오른 문장을 그대로 옮겨 쓴 것처럼, 「은밀한 삶」에서 자신의 체험을 이렇게 이야기한다.

해가 떠오를 무렵, 나는 잠에서 깨어나, 세면도 하지 않고 옷도 입지 않은 채, 내 방 침대 앞에 놓인 작업대에 앉았다. 아침에 떠오른 첫번째 이미지는 내가 잠들기 전에 본 마지막 이미지로서, 내가 그리려는 것이었다. [……] 작업대 앞에 앉아서 하루 종일 나 자신의 상상력을 채우고 있는 것들이 떠오르는 것을 보기 위해 캔버스를 매개체로 삼았다. 그 이미지들이 그림 속에 정확히 자리 잡게 되었을 때, 나는 지체하지 않고 즉시 그리기 시작했다. 그러나 이미지가 떠오르지 않을 때는 때때

---

13 같은 책, p. 139에서 재인용.

제3부 초현실주의의 안과 밖

로 여러 시간 동안 손에 붓을 든 채 그대로 가만히 있어야만 했다.[14]

   달리의 이 말은 브르통이 잠에서 깨어나자마자 떠오른 문장을 그 대로 옮길 수 있었던 것과는 다르게, 꿈의 이미지를 그리는 작업은 그리 간단치 않은 것임을 보여준다. 꿈의 이미지를 그대로 그림으 로 옮길 경우 그만큼 시간이 필요하기 때문이기도 하지만, 그림 그리 는 작업을 하는 동안 첫번째 이미지의 기억이 온전한 상태로 기억 속 에 남아 있지 못하기 때문이기도 하다. 여하간 달리는 미술작품이 외 부적 대상을 그릴 것이 아니라 내면과 꿈의 이미지로 만들어져야 한 다는 점에서 브르통과 의견의 일치를 보인다. 그렇게 하기 위해서 화 가는 무엇보다 자신의 내면과 본능, 순수한 영감에 귀를 기울여야 할 것이다. 달리는 자신의 그림 그리는 방식이 초현실주의 이론이 요구 하는 자동기술과 일치한다고 생각했고, 자동기술적 행위를 통해 내 면의 본능에 도달하려고 했다. 어떤 의미에서 달리의 이러한 시도는 자동기술의 원리를 따르면서 이 방법을 새롭게 갱신할 수 있는 수단 으로 평가될 수 있었다. 정상적인 의식을 상실하고 완전히 정신착란 의 상태에 빠진 사람이 어떤 의미 있는 일을 할 수 없다고 한다면, 편 집증 환자는 신체적으로 건강하고 어떤 장애 요인도 없으면서 다만 낯선 세계에 살고 있듯이 행동할 수 있다는 점에서, 달리는 편집증 적 비평을 고안한다. 편집증 환자는 현실 세계에 순응해 사는 대부분 의 사람들과는 달리 세계를 자신의 의식 속에 통제하면서 자기의 욕

---

14 R. Passeron, "Le surréalisme des peintres," in *Entretiens sur le surréalisme*, De Gruyter Mouton, 1968, pp. 250~51에서 재인용.

망에 따라 세계를 만들어갈 수 있기 때문이다. 그러니까 편집증적 비평은 "정신착란적인 해석과 연상의 비판적이고 체계적인 객관화에 기반을 둔 비합리적 인식의 무의식적인 방법"[15]이다. 달리는 편집증의 상태에서 가질 수 있는 기민한 정신과 창조적인 상상력을 예찬하고 이런 방법이 다중적이고 복합적인 해석을 담은 이미지들을 창출하는 데 효과적이라고 말한다. 엄격한 자동기술적 작업이 불가능하다면, 편집증적 비평 방식이야말로 자동기술의 개선된 대안일 수 있다는 논리에서이다. 초현실주의자였던 라캉은 편집증을 가진 주체의 착란적 경험이 민담과 신화의 창조적인 내용과 유사할 뿐 아니라, 위대한 예술가의 상상력도 그러한 편집증의 착란적 경험과 비슷한 것임을 지적했다.[16]

그렇다면 달리의 편집증적 비평의 해석과 프로이트의 정신분석은 어떤 차이를 보이는 것일까? 달리는 1922년 스페인어로 번역된 프로이트의 『꿈의 해석』을 탐독했고, 그 책이 담고 있는 핵심적 논리, 즉 꿈은 결코 무익하거나 무의미한 것이 아니라 인간의 잠재된 욕망 혹은 억압된 욕망을 왜곡되거나 치환된 형태로 재현하는 것이라는 논리에 큰 감동을 받았다. 프로이트의 『꿈의 해석』뿐 아니라 『레오나르도 다빈치의 유년 시절의 기억』도 나중에 밀레의 〈삼종기도l'Angélus〉에 대한 달리의 편집증적 비평 해석에 영향을 미쳤다. 달리는 특별히 과학적인 방법에 의존하지 않으면서 밀레의 〈삼종기도〉에 담긴 전원

---

15 M. Nadeau, *Histoire du surréalisme*, p. 151.
16 달리의 영향을 받아 잡지 『미노토르*Minotaure*』(1933~39)에 쓴 글에서 라캉은 이렇게 말한다. "편집증을 가진 주체의 착란적 경험이 민담과 신화의 창조적인 내용과 아주 흡사하며 그들의 상상력의 범위와 복잡성은 종종 가장 위대한 예술가의 그것과 동일시될 수 있다." 로버트 래드퍼드, 『달리』, p. 142.

의 음울한 분위기와 경건하게 기도하는 두 사람의 모습을 편집증적 비평으로 해석했다. 그의 해석에 의하면, 기도하는 두 사람은 성적 욕망을 감추고 있으며, 어머니의 모습은 남자와 동침한 후 남자를 잡아먹는다는 식인주의의 악녀와 같다는 것이다. 그는 밀레의 작품이 많은 사람들로부터 인기가 있는 이유를 남편의 거세와 아들의 살해 모습 때문이라고 생각했으며, 그의 추론을 강변하기 위해 그 작품에 엑스선을 투사하여 그림의 아래쪽을 자세히 보면, 지금은 바구니가 놓여 있는 곳에 원래는 어린아이의 관을 재현한 것이 있었고 그 위에 어두운 색깔을 칠해 수정해놓은 흔적을 볼 수 있다는 주장까지 했다. 그의 해석이 옳건 그르건 간에, 프로이트가 레오나르도 다빈치의 분석에서 작품과 작가 분석을 병행하면서 예술을 통해 극복된 작가의 강박적 신경증을 보았다면, 달리는 작품에 감춰진 성적 욕망의 표현을 읽는 방법에서 과학적인 근거가 결여된 직관적 해석을 편집증적 비평의 논리로 포장했다. 그는 로트레아몽의 『말도로르의 노래』를 주제로 한 전시회의 서문을 쓰면서 "해부대 위에서 재봉틀과 우산의 우연한 만남처럼 아름다운 밀레의 〈삼종기도〉"[17]라는 비유적 표현을 사용하기도 했는데, 그림을 통해서건 시를 통해서건 그의 초현실주의적 이미지 구사 능력은 매우 뛰어난 것이었다.

달리의 편집증적 비평이 무의식과 비합리성의 세계, 광기의 시적 잠재성을 표출할 수 있는 방법이자 위기에 처한 초현실주의의 새로운 미학을 확립할 계기라고 판단한 브르통은 이 방법을 긍정적으로 평가했다. 그림에서 달리의 편집증적 비평의 창작 방식은 대체로 이

---

17 S. Dalí, *Préface à l'exposition*, Galerie des 4 chemins, 1934.

중적 혹은 다중적 이미지들로 구성된다. 가령 그의 그림에서 말의 이미지가 사자의 이미지와 여자의 이미지로 동시에 나타나고, 노예시장에서 느닷없이 볼테르의 흉상이 떠오르게 만드는 것, 신체의 팔다리와 같은 부분을 기형적으로 확대하고 단단한 물체를 부드럽게 늘어진 형태로 변형시키면서 하나의 이미지가 이중적 혹은 다중적 기능을 하게끔 시각적인 유머의 형태를 거침없이 구사한 것은 모두 그의 편집증적 비평에 의한 독창적인 표현 방법이다. 그러나 무의식적으로 혹은 무계획적으로 그린 듯한 그의 그림이 엄격하고 치밀한 계획에 의해서 만들어진 것임을 알게 된 브르통은 달리와 충돌하게 된다. 정신착란의 상태에서도 이성적이고 미학적인 판단력으로 빈틈없이 일을 수행하는 편집증 환자의 능동적인 의지와 반수면 상태에서 자동기술의 받아쓰기를 해야 하는 초현실주의 시인의 수동적 의지가 동일할 수는 없었던 것이다. 브르통은 달리의 의도적이고 논리적인 방법의 한계를 비판한다. 더욱이 달리와의 이론적 대립뿐 아니라, 그의 그림이 세속적인 성공을 거두게 되면서 브르통과 초현실주의 그룹의 구성원들이 그를 배제하게 된 것은 당연한 결과였다. 달리는 대중문화의 방식을 그의 그림에 접목시키는 방법을 통해 미국의 관람객들로부터 숭배에 가까운 인기를 끌었다. 그리하여 초현실주의 그룹과 달리의 관계가 결정적으로 단절된 것은 제2차 세계대전 직전이었다.

3. 르네 마그리트와 현실을 새롭게 보는 창문의 회화

벨기에 출신의 초현실주의 화가인 르네 마그리트는 "우리 시대의

　　　　　　　제3부 초현실주의의 안과 밖

가장 놀랄 만한 시각적 변증법을 창조한"[18] 작가이지만, 살아 있는 동안 그는 내내 우울증의 고통에서 벗어나지 못한 불행한 사람이었다. 그의 우울증이 무엇에 기인하는지는 알 수 없지만, 그가 열네 살밖에 되지 않았을 때 그의 어머니가 강물 속에 뛰어들어 자살한 사건이 어느 정도 연관성이 있지 않을까 추측해볼 수는 있다. 그러나 『르네 마그리트』의 작품 세계를 주제별로 자세히 설명한 수지 개블릭에 의하면, 어머니의 자살이라는 충격적인 사건은 그에게 일종의 자부심을 갖게 한 계기가 되었다고 한다.

> 어머니의 죽음은 그에게 그 자신이 중요하다는 생각의 새로운 정체성을 갖게 했다. 즉 그는 '죽은 여자'의 아들이 된 것이다. 그러나 어머니의 죽음의 원인은 여전히 의문이 풀리지 않은 채 남아 있었다.[19]

이렇게 죽음의 원인이 밝혀지지 않은 어머니의 자살이라는 사건이 마그리트의 우울증의 직접적인 원인은 아니더라도, 자살한 어머니의 성격과 가족적인 환경을 간접적인 원인이라고 생각해볼 수는 있을 것이다. 여하간 그는 "고통과 모든 불행의 근본 원인인 '우울증'으로 몹시 괴로워"하면서도, "이성적 의도에서뿐만 아니라 그의 모든 행동, 인생과 작업에서 이 우울증을 형이상학적으로 활용"[20]하는 화가가 되었다. 그의 그림이 낭만적인 공상가의 그림이 아니라 의식 있는 몽상

---

18 S. 알렉산드리안, 『초현실주의 미술』, p. 130.
19 수지 개블릭, 『르네 마그리트』, 천수원 옮김, 시공아트, 2000, p. 21. 번역은 일부 수정했다.
20 같은 책, p. 9.

가의 그림이라는 인상을 주는 것은 그런 이유 때문일 것이다. 상식적이고 관습적인 것을 철저히 혐오하는 그는 그림을 통해서 평범함과 사물에 대한 상투적 선입견을 철저히 파괴하려는 반란의 의지를 보였다. 이런 점에서 그의 그림은 '보는' 그림이라기보다 '읽는' 그림이며, 보는 사람으로 하여금 상상의 세계에 빠지게 만드는 그림이 아니라 의문을 갖고 생각하게 만드는 그림이라고 말할 수 있다. 실제로 그는 화가로 불리는 것을 좋아하지 않았고, 자신은 그저 사물을 깊게 생각하는 사람일 뿐이며, 다른 사람들이 음악이나 글로 생각을 표현하듯이 자신은 회화를 통해 생각을 교류하는 것이라고 말하기를 좋아했다.

많은 사람들이 말하듯이, 르네 마그리트의 그림은 쉽게 설명되지 않는다. 그의 그림은 상식적인 의미의 해석을 가능하게 만드는 요소들로 구성되어 있지 않기 때문이다. 그는 그의 작품을 해석하려는 사람들이 의문의 해답을 제시하거나 만족스러운 논리적 설명을 하지 못할 때 오히려 자신의 작품이 잘된 것이라고 생각했다. 우리는 일반적으로 화가의 그림에서 설명할 수 없는 불가사의한 이미지를 보게 될 때 당혹감과 두려움을 경험하는데, 마그리트는 이를 중요시했다. 관객이 그의 그림을 통해서 연상되는 어떤 고정관념을 깨뜨리고 당연시하던 것에 의문을 갖게 된다면, 그의 작가적 의도는 일단 성공한 것이다. 그는 관객의 그러한 경험이 감각적인 것이건 정신적인 것이건 새로운 앎과 깨달음을 갖게 한다고 믿었다. 보는 사람에게 당혹스러운 충격을 주기 위한 의도를 중시하는 마그리트에게 그림은 결코 목적이 아니라 일상의 현실을 신비의 새로운 영역으로 전환시키기 위한 수단이었고, 바로 이러한 그림의 개념이 초현실주의자들의 그룹에 가까이 갈 수 있게 한 근본적인 동기였다.

　마그리트가 브뤼셀을 떠나 초현실주의자들과 합류한 것은 1927년 8월이었다. 그 당시 많은 초현실주의자들은 세계를 개혁하기 위해서는 공산당과 같은 정당에 가입해야 한다고 생각했지만, 정치적인 문제에 관심이 없거나 정치를 초월해야 한다고 생각하는 사람들은 그러한 행동파들과 의견 대립을 보였다. 마그리트는 초현실주의의 다른 주제에는 공감을 표하면서도 정치적인 문제에 관심을 갖고 정당에 가입하는 일은 거부했다. 또한 정치적인 문제 외에도 자동기술적 그림 그리기의 실행에 동조하지 않았다. 그러나 초현실주의 그룹 안에 있는 동안, 그는 대체로 무엇을 그려야 하는지에 대해서는 의문을 갖지 않았고, 표현의 방법에서도 문제가 될 것이 없었다고 한다. 그가 초현실주의자들의 기법 중에서 특히 선호한 것은, 기존에 확립된 개념을 배제하고 의외의 새로운 사실을 만들어내기 위한 '우연'의 기법이었다. 가령 로트레아몽의 『말도로르의 노래』에 나오는 유명한 구절 "해부대 위에서 재봉틀과 우산의 우연한 만남처럼 아름다운"과 같은 것에서 보이는, 서로 아무런 관련도 없는 오브제들을 우연적으로 결합한 듯한 표현은 그가 매우 좋아하는 방법이었다. 그러나 그는 자발성과 무의식적 사고를 혼동하고 있는 자동기술적 방법에는 별로 관심을 보이지 않았고, 마찬가지 이유로 깨어 있는 삶의 현실을 몽환적으로 해석하는 태도에 대해서도 비판적인 입장을 보였다. 오브제를 극적으로 연출하는 마그리트의 그림이 꿈이나 자동기술적 이미지를 그대로 모사하지 않은 것은 그런 이유 때문이다. 그는 그림을 그리면서 현실 세계의 이미지들을 전복하는 문제에 관심을 집중했고, 예술적 반항과 상상력의 자유를 표현하는 데만 몰두했던 화가이다.

사실 그가 초현실주의에 공감한 것은 무엇보다 부르주아 사회질서를
예술적으로 전복하려는 그들의 반항정신 때문이었다.

우리는 부르주아 사회에 대한 혐오를 거칠게 표현하는 초현실주의
자들을 알게 되었다.[21]

여기서 '알게 되었다'라는 말은 '좋아하게 되었다'는 말과 같은 의미
이다. 이렇게 하여 그는 초현실주의의 반항정신에 매료되어 초현실
주의 그룹에 합류했지만, 그들의 이념에 맹목적으로 따르기보다 자
신의 이론을 지키며 독자적인 길을 모색했다. 초현실주의 화가들 중
에서 자동기술적 그림의 논리를 거부하고 자신만의 개성적인 시적
이미지 이론을 명확히 설명할 수 있는 사람은 마그리트뿐이었다. 결
국 앙드레 브르통도 그러한 마그리트의 작품이 초현실주의에 도움
을 줄 수 있음을 인정했다. 마그리트의 초현실주의는 자동기술 방식
과 거리가 멀지만, 비논리적이고 모순된 요소들을 병치시키는 독특
한 이미지들을 통해 낯설고 기이한 세계 혹은 초현실적 세계를 독창
적으로 보여주기 때문이다. 그렇다면 마그리트의 이러한 이미지 이
론은 르베르디의 이미지론과 어떤 차이가 있을까? 「초현실주의 선언
문」에서 브르통은 피에르 르베르디의 이미지 이론을 인용한다.

두 개의 연결된 현실체의 관계가 보다 거리가 멀고 적절한 것이 될
수록 이미지는 더 강렬해지고 감동의 힘과 시적 현실성을 보다 많이

---

21 R. Magritte, *Ecrits complets*, André Blavier(ed.), Flammarion, 1979, p. 107.

갖게 될 것이다.[22]

　브르통은 이 말의 의미를 오랫동안 성찰한 결과 르베르디의 이미지 미학은 귀납적인 것이지만 자기는 오히려 결과를 원인으로 간주하게 되었다고 말한다. 다시 말해서 강렬하고 감동의 힘이 있는 이미지가 원인이라고 브르통은 주장한 것인데, 그렇다고 해서 "두 개의 연결된 현실체의 관계가 보다 거리가 멀고 적절한 것이 될수록" 강렬하고 감동적인 이미지라는 논리를 부정하려 했던 것은 아니다. 그러나 마그리트는 그 전제를 수정하여 고기와 나무처럼 거리가 먼 오브제들의 무한한 혼합을 시도했다. 마그리트의 이러한 이미지론은 르베르디와 브르통의 생각을 발전시킨 것으로 해석된다. 그는 이러한 논리에서 현실의 오브제들을, 그것들이 본래 놓여 있던 배경과는 거리가 먼 낯선 공간 속에 옮겨놓으면서, 혹은 이질적인 그것들을 대담하게 연결시키면서 보는 사람에게 충격을 주는 효과를 노린 것이다. 그리하여 맑은 날씨의 바닷가 풍경을 아래쪽에 두고 푸른 하늘이 펼쳐진 그림의 중앙 부분에 여성의 토르소와 트롬본 그리고 의자가 흰색으로 떠 있는 기이한 장면을 보여주는 〈불안한 날씨〉 같은 그림은 보는 사람에게 '왜'라는 문제보다 '왜 안 되는가'의 물음을 일깨운다.

　그러나 르네 마그리트의 그림 앞에서 우리는 일단 생각에 잠기게 되고, 대상과 물체에 대한 화가의 독특한 표현 방식에서 끊임없이 '왜'라는 의문을 품게 된다. 결국 의문이 만족스럽게 풀리지 않을 때, 우리는 곤경에서 벗어나기 위해 그림에 상징적 의미를 부여하거나 작

22　A. Breton, *Manifestes du surréalisme*, p. 31.

가의 의도를 결정지으려 하는데, 화가는 끝까지 단정적인 해석을 유보하도록 요청하는 듯하다. 작품에 대한 합리적인 설명에 적합한 그림, 즉 상징적 의미로 환원될 수 있는 그림은 르네 마그리트가 의도하는 그림과 거리가 먼 것이기 때문이다. 확실한 것은, 그가 "나는 마치 나 이전에 그 어느 누구도 생각하지 않았던 방식으로 생각한다"고 말할 만큼 새롭고 독창적인 생각을 그림으로 실천한 화가이며, 현실과 초현실의 세계를 결합하여 현실의 논리를 전복시키는 방식으로 삶의 '신비'를 그린 화가라는 점이다.

이런 점에서 마그리트의 그림은 무엇보다 초현실적이다. 그렇게 말할 수 있는 것은, 낯설고 이질적인 오브제들 사이의 우연한 만남 혹은 결합을 통해 새로운 현실을 만들어내고, 친숙한 세계의 사물과 현실을 독특하게 결합시켜 사물을 낯설게 바라보게 하고 현실을 새롭게 발견하도록 하기 때문이다. 가령 〈붉은 모델〉이라는 제목의 그림은 나무로 만든 벽 앞쪽에 놓인 구두 한 켤레를 보여주는데, 특이하게도 구두의 앞부분이 사람의 발로 되어 있다. 이것은 사람의 발과 가죽 구두를 결합시켜 새로운 형태의 이미지를 창안한 것인데, 이러한 이미지를 바라보면 기이한 느낌과 함께 왠지 고달픈 삶의 아픔이 연상된다. 발과 구두의 구별이 지워질 만큼 끊임없이 걸어 다녀야 했던 어떤 사람의 불행한 운명을 보여주려는 화가의 의도가 떠오르기 때문이다. 또한 〈강간〉은 여성의 얼굴 중에 눈에는 젖가슴을, 코에는 배꼽을, 입에는 성기를 대체시켜놓음으로써 아름다운 얼굴의 이미지와는 완전히 다른 괴이한 모습을 보여주고 있다. 그런데 이 그림의 제목이 왜 강간인가 하는 의문은 영 풀리지 않는다. 화가는 정작 강간을 주제로 한 그림에는 '거인의 시대'라는 의외의 제목을 붙여놓고 있다. 〈거인의 시대〉는 강간하는 남자에게 저항하는 여자의 고통스럽고 절망적인 모습을 콜라주 기법으로 표현한 작품인데, 특이한 것은 남자가 여자의 실루엣을 가리지 않게 결합시켜놓은 이미지의 형태이다. 또한 〈올마이어의 성〉은 주홍색 바탕 위에 폐허의 원형적인 성을 거대한 나무뿌리와 결합시켰는데, 여기서 뿌리들은 사실적으로 정교하게 그려짐으로써 역사적 현실 속에 감춰진 어떤 환상의 세계를 보여주는 듯하다. 마그리트의 대작 중 하나인 〈보이지 않는 선수〉도 수수께끼 같은 작품이다. 한밤의 정원에서 야구방망이를 들고 거북이처럼 보이는 거대한 물체를 치고 있는 듯한 두 남자, 가로수처럼 늘어서 있는 높은 난간 기둥, 오른쪽 작은 헛간의 열린 문틈으로 보이는 마스크 형태의 도구를 쓴 젊은 여성의 모습 등, 그림 속의 개별적인 요소들은 정체를 짐작할 수 있지만, 연관성 없이 병합되어 있는 그것들의 형체에서 어떤 사건이 전개되는지 알 수 없는, 수수께끼 같은 느낌은 더욱 증폭될 뿐이다. 이처럼 마그리트의 그림들은 이질적인 요소들을 하나로 결합하거나 병치함으로써 낯설고 불안한 느낌을 주고, 어떤 사건의 가능성이 예감되는 알 수 없는 비의적 세계를 연상케 한다.

그러나 주목해야 할 것은 그의 그림이 에른스트나 달리의 초현실주의적 회화에서 보이는 것 같은 인간의 내면적이고 비이성적인 꿈과 충동의 세계를 담고 있지는 않다는 점이다. 브르통이나 초현실주의자들이 자동기술의 방법으로 꿈의 세계를 탐구했던 것과는 달리, 르네 마그리트는 꿈과 무의식의 세계를 별로 그리지 않았고, 오히려 의식적인 성찰의 작업을 선호했다. 그래서 그의 그림에는 정체를 알수 없는 환상적 요소가 많지 않고 몽환적 세계에 어울리는 기이한 괴물도 등장하지 않는다. 그는 오직 우리의 현실에서 볼 수 있는 친숙한 대상들을 새롭고 다른 시각으로 보면서 관습적인 세계 속에 감춰져 있는 의문과 신비를 추구했다.

1927년부터 파리의 초현실주의 운동에 참여했던 르네 마그리트는 1930년에 파리를 떠나 브뤼셀로 돌아간 이후, 대체로 평범한 부르주아 생활을 했다고 한다. 당시 그의 그림에 나타나는 중산모를 쓴 정체 모를 남자의 모습은 바로 유별난 특징이 하나도 없는 그 자신의 모습이면서 동시에 평범한 존재의 모든 것들과 싸우는 고독한 댄디의 모습이라고 해석할 수도 있다. 어떤 의미에서 '고독한 댄디'는 초현실주의 그룹에 있었을 때나 떠났을 때도 변함이 없는 그의 내면적 모습이 아니었을까? 이런 점에서 수지 개블릭의 다음과 같은 글은 마그리트의 개성적인 삶과 태도를 이해하는 데 매우 유용해 보인다.

그는 전 생애 동안 성공의 주류에서 어느 정도 벗어나 있었다. 작품으로 인한 성공이나 그에 대한 반감은 아주 잠시 동안만 그의 관심을 끌 따름이었고, 항상 터무니없는 계획을 갖고 부조리한 개념에 젖어드는 일상에 빠져들곤 했다. 마그리트는 스스로를 즐겼던 진정한 보들레르식의 영웅이었다. 즉 그는 어떻게 고독 속에서 살며 군중 속에서 혼자가 될 수 있는지 알고 있었던 것이다.[23]

이렇듯 마그리트가 군중 속의 고독을 즐기는 시인 보들레르와 같다면, 중절모를 쓴 남자의 모습에서 보들레르식의 댄디와 같은 마그

23 수지 개블릭, 『르네 마그리트』, p. 9.

리트를 연상하는 일은 자연스럽다. 이러한 모습을 주제로 삼은 그림들 중에서 〈중산모를 쓴 남자〉는 얼굴 앞에 날아가는 비둘기를 그림으로써 얼굴을 의도적으로 가리고 있다. 여기서 비둘기는 기독교의 상징으로 해석될 수도 있겠지만, 그렇게 해석하는 일은 곧 그림의 요소들에 상징적 의미를 부여하지 않기를 원했던 화가의 의도가 떠올라 조심스럽다. 차라리 그냥 새처럼 자유와 비상을 꿈꾸는 그의 내면에 스친 순간적인 생각이라고 보는 편이 낫지 않을까? 또한 〈신뢰〉는 중산모를 쓴 남자의 얼굴 앞에 파이프를 놓아둔 그림인데, 파이프의 크기가 작아 얼굴의 모습은 대부분 노출되어 있다. 이렇게 화가는 중산모를 쓴 사람의 모습을 여러 가지로 변형시키는 실험을 하는 한편 파이프를 오브제로 삼아 다양한 변화를 시도해보았다. 파이프를 주제로 한 그림 중에는, 미셸 푸코의 「이것은 파이프가 아니다」를 통해 유명해진, 파이프를 그려놓고 그 밑에 '이것은 파이프가 아니다'라는 문장을 쓴 것이 있다. 이 문장이 말하고 있듯이 그림 속의 파이프는 실제의 파이프가 아니다. 그러나 관습에 따르면 파이프를 재현한 그림 속의 파이프는 파이프인데, 르네 마그리트는 우리의 관습적 사고방식을 깨기 위해 의도적으로 '이것은 파이프가 아니다'라는 문장을 덧붙여놓은 것이다. 그러므로 시각적인 것과 언어적인 것은 서로의 의미를 무효화하면서 말과 대상 사이의 새로운 관계를 수립했다고 볼 수 있다. 그는 이런 식으로 일상생활의 낯익은 사물과 그 사물에 대한 관습적 명칭과 이미지를 의심하게 만들면서 사물을 다시 보게 만든다. 그리하여 그는 일상생활의 낯익은 사물들을 완전히 생소한 어떤 이질적 요소로 만드는 데 뛰어난 능력을 발휘한다. 사물을 다시 보게 될 때, 우리는 "평범한 달력 속에도 여기저기 다이너마이트가 들어 있는 것"[24]을 알게 된다.

마그리트의 그림은 이렇게 끊임없이 수수께끼와 같은 의문의 세계를 펼쳐 보여주면서 보는 사람으로 하여금 의문의 실마리를 풀도록 하지만, 그의 그림 앞에서 우리의 생각과 해석은 명확한 해답을 찾고 만족스럽게 종결되는 법이 없다. 결국 어떤 해석으로도 환원되지 않는 불확정성의 '신비'를 끈질기게 보여준 점이 바로 르네 마그리트의 매력일 것이다.

4. 자크 에롤드와 새로운 오브제의 결정화結晶化[25]

초현실주의 시의 자유분방한 흐름처럼, 그림에서 시각적 이미지를 자유롭고 개성적으로 표현한 초현실주의 화가들은 수없이 많다. 그중에서 루마니아 출신의 화가 자크 에롤드는 초현실주의의 성좌에서 찬연히 빛나는 하나의 별, 뒤늦게 떠오른 별이라고 말할 수 있다. 그가 초현실주의자들과 관계를 맺고 공동 작업을 하기 시작한 시기는

---

24 호세 피에르, 『초현실주의』, 박순철 옮김, 열화당, 1979, p. 26.
25 제목을 이렇게 붙인 것은 다음의 글에 근거해서이다. "루마니아 출신의 화가 에롤드는 1934년 파리에 도착하자마자 존경하던 탕기의 권유에 따라 이 운동에 가담했다. [……] 그의 초기 그림들은 껍질을 벗겨버린 동물들을 보여주고 있는데, 그의 말을 따르면 그것은 '인격뿐만 아니라 오브제나 풍경, 그리고 환경에 이르기까지 모든 것을 체계적으로 껍질을 벗겨버릴 결심' 때문이었다. 그 후 그는 결정結晶에 매혹되면서 형상들은 결정체의 면과 날카로운 모서리가 있는 투명한 성층形成層型으로 나타났다. 결정화結晶化라는 형태와 재료가 합성된 결과이기 때문에 회화는 오브제의 결정화를 위해 노력해야 한다. 특히 인체는 성좌처럼 결정체를 발하는 광점光點들이 집결하여 이루어진다"라고 그는 쓰고 있다. S. 알렉산드리안, 『초현실주의 미술』, p. 224.

1934년경이다. 이때는 이미 키리코, 막스 에른스트, 미로, 살바도르 달리, 이브 탕기 등 초현실주의 화가들의 표현 방법이 그 나름대로 자리를 굳힌 다음이었다. 에롤드는 이러한 초현실주의 선배 화가들의 실험적 표현 방법과 그것의 의미에 대하여 공감을 하고, 이브 탕기의 소개로 초현실주의자들의 대열에 합류한다. 그는 세계의 내면을 꿰뚫어 보려는 관심으로 대상에 대한 선입견을 배제했고, 어떤 예정된 계획에 맞추어 작품을 만들려고 하지도 않았다. 그에게 중요한 것은 오브제의 사실적인 재현이 아니라 생성이며, 그러한 생성의 흐름에서 오브제가 용해되어 보이지 않는 어떤 지속적 줄기를 자연스럽게 포착하는 일이었다.

자크 에롤드는 루마니아 태생이다. 푸른 다뉴브강이 흐르는 루마니아의 어느 작은 강변도시에서 태어난 그는 어린 시절을 목가적인 분위기의 한적한 시골에서 보낸 후, 대도시 부쿠레슈티에서 중학교를 다녔다. 강과 숲에서 놀고 시골집에서 지내던 소년에게 대도시의 소란과 혼잡은 낯설고 이질적으로 느껴졌을 것이다. 그의 작품을 이해하는 데 중요한 열쇠가 될 수 있는 그의 책,『천대받은 화가*Maltraité de Peinture*』의 서두에서 고백한 바에 의하면, 어린 시절 잊히지 않는 세 가지 충격적인 사건의 기억이 있다고 한다. 그의 글을 그대로 옮겨보면 다음과 같다.

사람들의 왕래가 많은 길에서 오토바이 한 대가 전속력으로 질주하여 대로를 향해 빠져나간다. 오토바이를 타고 가는 사람은 가죽으로 된 바지와 상의를 입었다. 사거리에서 그는 택시와 충돌하게 된다. 충돌이 있은 후에, 그는 겉으로 보아 멀쩡한 몸으로 일어나더니 그의 상태를 물어보는 주위의 행인을 안심시킨다. 이 사고는 어떤 상처도 남기지 않았던 것처럼 보인다. 바로 그런 느낌을 갖는 순간에, 여러 개의 작은 구멍으로 찢겨서 뚫린 그의 옷에서 피가 솟구쳐 오른다. 차량 통행이 계속되는 그 큰길의 한복판에 서 있는 오토바이 운전자는 무수한 핏물 줄기를 터뜨리는 분수대처럼 보였다. [……]

대도시의 큰길에서 전차 한 대가 레일을 탈선하여 어느 집 벽에 충돌한다. 그 차량의 부서진 조각들을 제거하고 난 다음에 발견한 것은 빵집에서 일하는 소년이 그의 살 속에 빵들이 박혀 짓이겨진 채 마치 건물 벽면에 붙어 있는 벽보처럼 납작하게 붙어 있는 모습이었다. [……]

상점의 한 여종업원이 사다리 위에 올라가 유리창을 닦는다. 그녀의 얼굴은 눈에 띄게 아름답다. 보도 위로 사다리가 미끄러져 기울고, 그녀는 떨어진다. 다시 몸을 일으키자 그녀의 얼굴 피부는 벗겨져서 톱밥처럼 나선형 모양으로 둘둘 말려 있고, 안면 근육은 피 한 방울도 없이 완전히 노출된 상태였다.

끔찍한 사건의 현장을 객관적으로 냉정하게 묘사한 이 글들에서 에롤드가 말하려는 것은 인간의 육체가 얼마나 연약한 것인가라는 탄식이 아니라, 역동적인 충돌의 사건에서 보인 한순간의 숨 막힐 듯한 정지 현상, 혹은 육체의 외부와 내부의 이질적인 표출이 그의 무의식 속에 새겨놓은 인상이다. 어린 시절의 기억 중에서 특히 이런 사건들의 잔혹한 이미지가 그의 상상력에 강렬한 충격을 줌으로써 살가죽이 벗겨진 사람들의 모습이 강박관념처럼 남아 있게 되었다는 것이다.

제3부 초현실주의의 안과 밖

그다음에 나의 관심은 오브제와 인물들, 주위 배경의 동적인 표현에 이끌리게 되었다. 구체적으로 내 관심을 표현하기 위하여 나는 모든 사물에 대하여 눈앞에 움직임을 나타낼 수 있는 근육의 구조를 반드시 부여해야만 했다. 그러다 보니 인물들뿐 아니라 오브제, 풍경, 분위기 등 모든 것의 살가죽을 조직적으로 벗겨내는 작업을 하게 되었다. 하늘의 살을 벗겨낼 정도로.

에롤드가 어린 시절에 겪은 이러한 충격적 체험은 오브제와 육체의 내면은 무엇이고, 그것의 내부 구조를 파괴하지 않으면서 온전히 드러내어 표현하는 방법은 무엇일까 하는 문제의식과 상상력으로 발전한다. 우리는 상처의 출혈이 시작되기 전에 시간의 흐름이 정지된 듯한 상태를 그림에서 표현한다면 마치 외과의사가 심장을 들여다보기 위하여 가슴을 절개하는 행위와 같을 것으로 생각해본다. 그러나 에롤드의 관심은 대상물의 외부를 파괴하지 않고 내부를 꿰뚫어 보며 그 내부의 유기적 조직과 구조, 각 부분들을 연결시키는 관계의 힘을 생생하게 표현하는 데 있다. 그가 사물의 표현이나 껍질에 관심을 갖는 것은 어디까지나 표면과 껍질이 내용의 흔적을 간직하고 있을 경우에 한해서이다. 그런 까닭에 그는 사물의 내용을 표출하는 다양한 실험에 몰두하고, 이러한 실험적 작업을 통해 사물의 시인 프랑시스 퐁주처럼 사물의 내면에 도달하는 꿈을 꾸고, 사물의 생성과 정지를 관찰하고, 사물과 대화를 나눈다. 그리하여 사물이나 존재의 내부와 외부 사이에 이루어지는 균형과 극한의 긴장 혹은 그것들의 친화 관계를 화가는 시인의 눈으로 경탄하면서 바라보고 그것을 수정의 형태로 발전시킨다. 결국 존재하는 모든 것들이 화가에게는 수정처럼 결정화된 형태로 나타나게 된 것이다. 그가 자신의 그림에 대해서 설명한 글을 인용해보자. "세계를 사유하는 사람들의 눈에는 수정이 구체적 현실의 완전한 표현처럼, 혹은 그 현실의 가장 순수하며 동시에 가장 정확한 드높은 형태로 나타난다는 것이다. 그래서 그는 모든 사물 속에 수정의 경이로운 구조가 있다는 믿음을 갖게 되고, 그 구조를 꿰뚫어 보기 위해서 랭보가 말하는 '견자見者, voyant'가 되어야 한다고 말한다. '견자'는 존재하는 것들이 열기와 압력과 시간의 영향으로 결정화된 것을 알 뿐만 아니라 떠나는 기차의 창가에 기대앉은 어느 노파의 주름살 많은 얼굴이 고뇌와 슬픔의 결정이라는 것을 안다"(『천대받은 화가』). 그는 이렇게 수정의 형체로 세계와 인간의 내면세계를 즐겨 표현하는 작가이다.

　'수정' 테마에 대한 에롤드의 이러한 태도는 브르통이 『열애』에서 예술작품의 가치를 수정에 비유한 것과 일치한다. "수정이야말로 유일하게 가장 드높은 예술적 교훈을 줄 수 있다고 생각된다. 예술작품이, 더할 나위 없이 초라한 의미로 이해된 인간적 삶의 파편 조각과 같은 차원에 놓여 있으면서도, 외면과 내면으로 빛나는 저 수정의 광채나 견고성, 지속성과 정형성을 보여주지 못한다면 아무런 가치도 없는 것처럼 보인다."[26] 브르통이 이렇게 감탄하고 꿈꾸는 수정의 공간이야말로 에롤드의 예술을 이해하는 데 중요한 이미지일 것이다. 백설처럼 차갑고 기하학적인 선과 정제된 단면으로 구성된 수정은 형태와 물질의 생성이 정지된 결과이며 죽음의 상징인데 여기서 주

---

26 A. Breton, *L'amour fou*, Gallimard, 1937, p. 14.

목되는 것은, 그 수정에 불꽃이 보인다는 점이다. 수정의 불꽃을 보는 사람은 오브제에 생명과 활기를 불어넣는 사람이다. 모든 오브제의 결정화 단계를 포착해야 하는 예술가는 결국 "인간의 육체가 무엇보다도 수정들이 빛을 발하는 발화점들의 성좌"임을 발견한다. 그는 『천대받은 화가』에서 자신의 그림에 대해 이렇게 말한다. "수정들은 오브제의 실체를 구성하고 오브제의 분위기는 인력 현상의 영향으로 소멸되기 마련이다. 그러므로 그려진 오브제가 진정한 것이 되기 위해서는 해체되어야 한다. 바람이 오브제를 관통해 지나가고 오브제를 아프게 때리며 그것이 찢겨져 해체되도록 하므로 바람을 그려야 한다." 수정과 불꽃과 바람으로 이어지는 상상력의 전개는 결국 에롤드의 초현실주의적 세계를 특징짓는 주제가 된다.

차가운 수정과 불처럼 뜨거운 태양과 경쾌한 바람이 경이롭게 조화를 이루는 초현실적 세계가 펼쳐지는 에롤드의 작품 세계를 구성하는 두 가지 기본 개념은 무지개와 수정이다. 하늘 위에 시적인 경이로 떠오르는 무지개가 순간적으로나마 권태로운 일상의 중압감을 벗어나게 하는 빛의 다발이라면, 수정은 견고하고 진실한 정신의 상징으로서 대지의 꿈을 반영한다. 무지개와 수정의 대화와 결합은 마치 하늘과 땅의 만물이 상호 침투하여 상응하고 변화하는 가운데 현실과 꿈, 합리적인 것과 비합리적인 것, 움직이는 것과 정지된 것 등의 이분법적 대립이 사라진 신비로운 세계를 구현하는 것처럼 보인다. 바로 그런 점에서 그의 작품 세계가 담고 있는 시적 분위기는 초현실주의 정신의 성숙한 단계를 보여준다. 브르통이 말했듯이, 그는 '이슬방울'과 '불타오르는 수정'의 이미지를 찾아 모으며 숲속을 헤매는 나무꾼과 같은 화가인 것이다.

초현실주의자들이 도시의 거리를 배회하고 산보하면서 심층적인 무의식의 욕망과 외부의 대상 혹은 사건 사이에 이루어지는 신비스러운 만남을 기대했듯이, 에롤드 역시 회색빛 도시를 걸으며 두리번거리기를 좋아했다. 1931년, 그가 루마니아를 떠나 파리에 온 가난한 예술가로 힘들게 지내면서도, 도시의 카페들이 은은히 불을 켜기 시작하고 하늘의 태양은 꺼져가는 불빛으로 저물어 어둠이 내릴 때면, 그는 길에서 노는 아이들처럼 아틀리에를 빠져나와 자유롭고 즐거운 해방감 속에서 어떤 구원과 사랑의 눈빛을 갈망하면서 밤거리를 산책했다. 그에게 도시는 모든 가능성이 열려 있는 공간이며, 일상적인 것에서 경이롭고 시적인 이미지를 포착할 수 있는 무대였다. 그는 생애의 적지 않은 시간을 이렇게 거리를 배회하면서 보낸 셈인데, 거리에서 전개되는 사물과 인간의 끊임없는 역동적인 변화와 결합, 뜻밖의 마주침 등은 그의 작품에 중요한 영감을 제공해주었다. 그는 대상을 분석하지 않고 꿰뚫어 본다. 아니, 대상을 읽는다고 말하는 것이 더 정확할지 모른다. 책을 펴듯이, 대상을 열고 그것의 속을 읽는 사람의 상상력은 자유롭다. 그러한 상상력의 표현은 힘없이 늘어져 있는 것, 물렁물렁한 것, 무기력한 모든 형태를 거의 본능적으로 혐오하는 그의 기질 때문에 수정의 단면처럼 단단하고 선명한 형태를 선호하는 양상을 보였다.

2차 대전을 겪으면서 많은 초현실주의 화가들이 미국으로 망명을 떠나던 시절, 에롤드는 마르세유 근처에 거처를 두고, 때로는 피신하고 때로는 저항하면서 물질적 궁핍과 정신적 황폐함을 견뎌낸다. 독일군의 비인간적인 횡포로부터 해방된 후 그의 모습을 관찰한 어떤 사람의 증언에 의하면, 그의 정신은 전쟁을 겪으면서도 전혀 각박해

지지 않았고 원한과 분노를 전혀 모르는 어린아이처럼 장난기가 여전한 순진성을 그대로 간직하고 있었다고 한다. 그러나 그의 작품은 서서히 변모하여 수정과 같은 광물질의 견고성을 떠나서 불꽃의 작열과 바람의 비상을 암시하는 유동성의 세계에 도달한다. 오브제의 내부 구조보다는 그것의 무한한 생명력과 역동적인 활기에 관심의 초점이 옮겨졌기 때문일까? 바람결에 흔들리는 풀잎의 모양처럼 부드럽게 집결되면서 동시에 퍼져 나가는 듯한 형태는 마치 불꽃놀이의 다채로운 변화처럼 표현된다. 그것은 또한 오브제의 내부로부터 혹은 오브제들 주위의 배경과 다른 오브제와의 관계로부터 근원적으로 솟아오르는 빛이 생명력을 갖고 자유롭게 표류하며 이동하는 것처럼 보이기도 한다.

에롤드는 이처럼 자유로운 시인의 상상력으로 사물의 한계와 인습적인 세계의 지평을 넘어서서 사물과 세계의 내부와 외부를 거침없이 왕래하는 시선의 모험을 끊임없이 감행한다. 그가 『천대받은 화가』에서 "대지는 끊임없이 터지는 과일"이라고 말했듯이, 이성의 기하학적인 형태를 벗어나 소용돌이치는 세계에서는 남자건 여자건 모든 존재자의 외형적인 형태와 마스크가 파열된 모습이 보인다. 더욱이 빛의 파장에 의존하여 화사하고 강렬하게 펼쳐진 색채는 독특한 열기를 뿜어내면서 우리의 모순된 사고와 욕망, 충동이 뒤엉켜 있는 내면적 공간을 암시하고 있다. 그러한 그림은 바라보는 사람의 내면에서 잠자는 욕망의 힘을 솟아오르게 하는 힘이 있다. 알랭 주프루아가 "자크 에롤드의 그림은 에너지의 집합소이며, 존재의 심층에 도달하려고 집요하게 압박해오는 모든 것의 역동적인 전체성이 확연히 드러나는 육체적·정신적 파장의 조절기"라고 말한 것은 그런 점 때문일 것이다.

〈발화점들Les points-feu〉(1956), 〈때때로Quelquefois〉(1958), 〈거주지 Habitation〉(1959) 등의 작품들이 보여주는 구성은 어둡고 흐린 회색 과 갈색의 짙은 색조를 주선율로 삼으면서 마그네슘의 불꽃이 일구 는 광채로 떠오른다. 보석의 광채와 폭풍우의 격정적인 바람이 뒤섞 여 어우러진 그 이미지는 그야말로 오브제의 내면과 외면의 양극적 인 충돌에서 빚어지는 형태의 다양한 변화이다. 미셸 뷔토르의 해석 에 따르면, 〈때때로〉라는 작품은 바람이 불어 토막 난 조각들이 낙엽 처럼 뒹굴고 휘날리다가 사라지면서, 새로운 생명의 꽃과 새로운 인 간의 출현을 예고하는 듯하고, 〈거주지〉 역시 어두운 풍경 속에서 바 람이 일고, 그것이 발전하여 거대한 새처럼 날개를 펼치고 비상하는 느낌을 준다는 것이다. 하나의 화폭 속에서 이처럼 폭발과 해체, 파 괴와 생성, 죽음과 삶이라는 존재의 극적인 변화를 전체적으로 조감 할 수 있도록 형상화하는 작업은 분명히 쉬운 일이 아니다. 그것은 덧없는 현실에 예속되지 않고 현실 속에 은폐된 진정한 세계와 직접 적으로 부딪치려는 화가의 순수한 정신과 용기 있는 모험으로 가능 한 작업일 것이다.

화가에게 보고 그린다는 행위는 인생에서 행동하고 실천하는 행위 와 다름없다. 자크 에롤드는 상투적인 현실 너머 존재하는 세계의 율 동과 질서를 타오르는 욕망의 시선으로 바라보는 오르페우스와 같 다. 그는 오르페우스처럼 보고 시인처럼 그린다. 그는 어둠 속에서 영원히 생성되는 빛의 줄기를 찾고 그것을 찬미하는 사람이다. 브르 통이 합리주의적 세계의 중압감과 권태로운 시간의 무기력에서 벗어 날 수 있는 구원의 빛은 오직 꿈과 욕망을 추구하는 일에서 나온다고

제3부 초현실주의의 안과 밖

강조했듯이 에롤드는 사물의 순수한 모습을 꿈꾸고 오브제가 담고 있는 진정한 내면을 그린다. 브르통의 말처럼, "자크 에롤드, 이슬방울 속의 나무꾼Jacques Hérold, bûcheron dans chaque goutte de rosée"[27]은 끊임없이 사물과 내면 속에 있는 모든 '불꽃의 씨le grain de phosphore'를 찾는 작업을 한다.

빛과 수정, 불과 바람, 견고한 형태와 유연한 선으로 구성된 그의 작품 세계에는 풍요로운 꿈이 깃들어 있다. 그러한 꿈의 세계에서 모든 오브제들은 자유롭게 결합하여 불꽃을 피우다가 소진되고 해체되는 것 같다. 자연의 생성과 소멸이 그렇듯이 에롤드는 창조자의 손길로 해체된 상태에서 예리한 시각으로 사물의 질서를 새롭게 재구성하며 창조하는 작업을 계속해왔다. 그는 결코 세계를 초월하는 관조자의 시선을 갖지 않고, 세계의 맥박을 자기의 몸으로 느끼려 했던 화가이다. 삶과 세계의 본질을 포착하려는 그의 변함없이 모험적인 태도는 초현실주의의 자유의 정신을 바탕으로 수정의 정신과 불꽃의 정열을 종합시킬 수 있는 성숙한 의지로 발전한다.

---

27 A. Breton, *Le surréalisme et la peinture*, p. 206.

제14장
호안 미로와 초현실주의

1. 호안 미로의 어린 시절

스페인 카탈루냐 지방에서 태어난 호안 미로는 자연과의 깊은 유대감을 갖고 성장한 화가이다. 자연과 교감하려는 지속적인 욕구는 그의 삶과 정신의 구심점이었다. 그는 어린 시절 부모가 농가를 소유하고 있던 타라고나 지역의 몬트 로이그와 어머니의 고향인 마요르카에서 많은 시간을 보냈기 때문에 평생 자연과 친화감을 갖고 지냈고 그에게 친숙한 땅과 산, 하늘과 자연의 빛은 그의 예술에 많은 영향을 미쳤다. 몬트 로이그는 미로에게 대지의 강한 힘을 느끼게 했고, 마요르카는 바다의 푸른색과 하늘의 푸른빛으로 기억되었다.

미로는 론자 미술학교(1907~10)에서 두 명의 스승을 만난다. 한 사람은 "사이프러스 나무와 공동묘지가 보이는 황량한 풍경"을 대상으로 삼거나 "지평선 위의 하늘이 만들어내는 여백을 즐겨 그리는" 우르헬이라는 화가이다. 다른 사람은 원근법이 주는 효과를 통해 형태를 재현하는 환영적 기법을 사용하는 데 있어 최대한의 자유를 주는 작업 방식과 더불어, 그림과 현실의 경계를 모호하게 하는 공간적 깊이를 미로에게 가르쳐주었다."[1] 두 사람 외에 미로에게 큰 영향을 미친 스승은 화가 갈리Francesc Gali이다. 바르셀로나의 아카데미에서 미술을 지도하던 갈리는 토요일이면 늘 교외나 숲으로 학생들을 인솔하여 자유롭게 산책하도록 했고 저녁에는 시나 음악을 즐기도록 했다. 장-폴 클레베르의 『초현실주의 사전』에는 갈리의 독특한 교육 방법이 이렇게 기술되어 있다. "그는 독창적인 교육 방식으로 학생들을 지도했다. 학생들의 눈을 가린 다음에 무엇인지 알 수 없는 사물을 손에 쥐여주고 그것의 촉감을 그리도록 했다. 선생의 목적은 학생에게 형태를 느끼는 방법을 가르치는 데 있다. 미로는 이 훈련에서 또 다른 교훈을 얻는다. 사물을 보지 않은 시선은 내면의 눈을 통과한다는 것이다."[2]

2. 미로와 초현실주의의 만남

1918년 초 미로는 바르셀로나에서 처음으로 전시회를 열었으나 성공을 거두지는 못했다. 그 무렵 그는 『391』 『시크』 『남북』지 등 많은 전위적인 잡지들을 읽으면서 화가 피카비아와 시인 아폴리네르의 그림과 시 혹은 색채와 언어를 결합한 새로운 시도에 공감한다.

1917년 피카비아와 다른 예술가들이 나에게 충격을 준 것은 그들이

---

1   "꿈을 그린 화가 호안 미로 특별전"(2016년 6월 26일~9월 24일)의 전시회 도록 『마요르카의 미로, 야생의 정신』에 실린 필라르 바오스Pilar Baos의 소개글.
2   J.-P. Clébert, *Dictionnaire du Surréalisme*, Éditions du Seuil, 1996, p. 385.

미술의 조형적 문제에 갇혀 있기를 거부하거나 조롱했기 때문이다.[3]

피카비아는 미로에게 미술의 장르를 초월하여 모든 경계로부터의 자유와 위반의 중요성을 일깨워준다. 미로는 그 무렵 아폴리네르의 시를 포함하여 프랑스 시인들의 시를 많이 읽곤 했다. 프랑스 현대시에서 가장 깊은 인상을 남겼던 것은 문예 잡지 『391』에 실린 아폴리네르의 시각적인 시 「내일의 시계L'Horloge de demain」였다고 한다. 그는 이 시를 통해 미술의 새로운 조형적 가능성을 발견한다. 그 당시 현대예술의 흐름은 모방예술로부터 개념과 창조의 예술로 변화하고 있었다. 이러한 시대 상황에서 미로는 예술 장르의 경계를 넘어선 모든 실험의 가능성을 열어두고 다양한 기법을 사용한다. 콜라주, 아상블라즈, 레디메이드 등의 방법을 포함하여 어떤 소재이건 오브제를 해체하듯이 흩트려놓는 방법 등 모든 이질적 요소들을 연결하거나 조합하고 해체함으로써 기존의 미술 작업의 고정관념을 벗어나려고 한 것이다. 그는 시인의 영혼을 가진 예술가였다고 할 수 있다. "화가는 시인처럼 작업한다. 먼저 단어가 떠오른다. 생각하는 것은 그 다음이다. 우리는 인류의 행복에 대해 글을 쓰겠다고 결심하지 않는다. 이와 정반대로 작업함으로써 우리는 늘 정처를 잃고 헤매고 있다."[4] 그는 이런 식으로 시와 그림, 시인과 화가의 긴밀한 관계를 연결하면서 장르의 경계를 부수고 최대한의 표현적 자유를 모색했다.

1919년 미로는 자신의 예술적 성장을 위해 파리로 간다. 처음에는

3   J. Miró, "Ceci est la couleur de mes rêves"(이것은 내 꿈의 색깔이다), *Entretiens avec Georges Raillard,* Éditions du Seuil, 1977, p. 19.
4   J. Miro, *María Dolores Borrás Talavera,* Palma, 2006, p. 179.

몽마르트르에 거주했다가 곧 블로메가 45번지로 이사한다. 그곳에는 앙드레 마송의 작업실이 있었다. 같은 아파트의 이웃이 된 미로와 마송은 곧 친밀한 관계를 맺는다. 파리 근교의 시골 마을에서 태어난 마송이나 스페인의 농촌 지역 출신인 미로는 모두 바슐라르의 상상력 논리에 의하면 대지와 모성의 상상력을 공유한 화가들이었다. 그들은 모두 순박한 '시골 사람terrien'의 기질을 갖고 있었고, 농부처럼 부지런하고 성실하게 일을 했다. 미로는 마송을 통해서 미셸 레리스, 조르주 랭부르, 자크 프레베르, 이브 탕기, 앙토냉 아르토, 로베르 데스노스 등 화가, 시인, 극작가 들을 알게 된다. 이들은 훗날 대부분 초현실주의 그룹에 합류했지만, 미로는 초현실주의의 이념에 공감하고 『초현실주의 혁명』에 그림을 실으면서도 초현실주의자가 되지는 않았다. 그는 초현실주의의 자동기술이나 '객관적 우연,' 꿈의 탐구 혹은 꿈과 현실의 결합 같은 모험적 시도에는 많은 관심을 갖고 동참하기도 했지만, 무엇보다 그의 독립적인 기질이 초현실주의 그룹에 가입하기를 주저하게 만들었다.

그럼에도 미로는 초현실주의자들, 특히 문인들에게서 영감을 많이 받았다. 그는 1924년 8월 10일에 레리스에게 보낸 편지에서 이렇게 쓴다.

나는 열심히 작업하고 있네. 자네 같은 문학 하는 친구들 덕분에 많은 도움을 받아 여러 문제들을 쉽게 풀어갈 수 있었네. 우리가 한담을 나누던 때 자네가 어떤 단어를 말하면 나는 자네에게 그 단어에서 무엇을 연상하는지를 물었지. [……] 자네 같은 시인들은 별 의미도 없는 모음이나 자음의 발음만 들어도 멋진 형이상학적 형태를 만들어낼 수

있다니 놀랍기만 하네.[5]

미로는 이 편지에서 모든 회화적 관습으로부터 벗어나려 한다는 것과 회화적 의미가 없는 소재라도 작품에 도입해보는 실험을 계속하겠다는 의지를 밝힌다. 이때부터 1920년대 말까지 미로의 그림에서 나타난 이미지들은 대부분 환각적 형태로 표현된다.

제 그림에 대해 이야기하는 것이 저한테는 어려운 일입니다. 항상 환각 상태에서 작품을 만들기 때문입니다. 이 환각은 객관적이거나 주관적인 충격으로 만들어져서 제가 어떻게 할 수 있는 것이 아닙니다. 표현 방식에 있어서는 늘 최대한의 명확성과 과감함, 힘을 나타내려 노력하고 있습니다.[6]

1920~30년대에 제작된 미로의 모든 작품은 이렇게 환각적 상태에서 내면으로의 여행을 표현한다. 그는 묘사적 색깔을 제거하고, 원근법을 무시한다. 몽환적 이미지와 기하학적 형태가 혼합되고 직선과 곡선, 삼각형과 원형이 부조화를 이루며 배열된다. 1920년대의 그림들 중에서 〈농가La Ferme〉(1921), 〈경작된 땅La terre labourée〉(1923), 〈나의 금발머리 애인의 미소Sourire de ma blonde〉(1924), 〈나의 금발머리 애인의 육체Le corps de ma blonde〉(1925)를 예로 들어보자. 〈농가〉는 미로가 블로메가로 이사 온 직후에 완성한 작품으로서 이전의 그림과는

5 J. Miró, *Selected Writings and Interviews*, Margit Rowell(ed.), G. K. Hall, 1986, p. 182.
6 『마요르카의 미로, 야생의 정신』, p. 51.

다른 변화를 보여준다. 입체파의 형태와 초현실적 풍경을 동시에 연상시키는 이 그림에서 위쪽에는 밤하늘의 푸른색이, 아래쪽에는 땅의 황토색이 칠해져 있다. 집과 나무, 가금 사육장과 동물, 그리고 뒤쪽으로 여자의 모습이 보인다. 화가는 이 그림에서 익숙한 농촌의 풍경을 신비롭고 낯선 몽환적 세계로 변형시켜 보여준다. 〈경작된 땅〉은 미로의 급격한 변화를 한눈에 알아볼 수 있게 한다. 〈농가〉와 마찬가지로 아폴리네르의 시에서 영감을 얻은 〈경작된 땅〉은 중세의 마법사 혹은 마술적 분위기를 연출한다. 이 그림에 등장하는 동물들은 뱀, 독수리, 곰, 사슴, 두꺼비, 개미 등이다. 이 그림은 〈농가〉보다 훨씬 더 초현실주의적이다. 여기서 시간과 공간은 정지된 듯하다. 공간적인 깊이가 보이지 않는 이 그림은 마치 자동기술의 방법으로 그려진 듯하다. 이 그림을 보면, 브르통이 "연결할 수 없는 것을 연결하고, 무너뜨리고 싶은 어떤 것을 무심하게 또는 수월하게 무너뜨리는"[7] 미로의 탁월한 재능을 평가한 글이 자연스럽게 떠오른다.

또한 〈나의 금발머리 애인의 미소〉와 〈나의 금발머리 애인의 육체〉는 모두 얼굴은 보이지 않고 가느다란 선으로 암시될 뿐이다. 첫번째 그림은 노란색 바탕 위에 가느다란 선으로 웃음을 나타내는 듯하고, 두번째 그림은 육체의 부분들이 분리된 상태에서 글과 그림이 뒤섞인 모양을 보여준다. 1924년부터 1925년 사이에 미로의 그림은 보다 우주적인 형태로 발전한다. 그것은 추상화와는 다른 이차원적 우주 생성 이론을 담아낸 듯하다. 우주적인 풍경은 단색의 바탕 위에 여기저기 흩어져 있는 기호들로 구성된다. 미로는 이런 시도를 통해서 우

---

7 A. Breton, *Le surréalisme et la peinture*, Gallimard, 1965, p. 40.

주 공간의 파멸과 의미 없는 공허함을 나타내려 했는지 모른다. 이러한 우주적 풍경 연작 중에서 예외적인 것이 〈모성maternité〉(1924)이다. 푸른 공간 속에 '그림 문자'가 떠 있는 이 그림은 모성의 물리적 속성을 암시한다. 그가 초현실주의 시학에 매료된 이유를 설명한 것처럼 훌륭한 그림을 선호하는 심미안의 반대 입장에서 그림을 파괴하고자 하는 의도와 상상적 창조를 자극하기 위한 의도에 걸맞게 모든 기법을 자유롭게 추구한다는 점이 그의 초현실주의적 그림의 특징이다. 그림 속에 나타난 거칠고 자유분방한 유희는 초현실주의의 그것과 같다. 그는 자연스럽게 마치 무의식의 내용을 그리듯이 하면서 거침없이 모든 예술적 기법을 동원했다.

3. 브르통과 미로

브르통은 초현실주의 그룹에 가담하지 않은 미로를 어떻게 알고 평가했을까? 1924년 어느 날 마송은 브르통에게 미로의 작업실을 방문해보라고 권한다. 그 자리에서 브르통은 미로의 그림에 나타난 "완전히 자유로운 표현법" "순진성과 자유"에 경탄한다. "1924년 미로의 요란한 등장은 초현실주의 예술의 발전 과정에서 중요한 단계로 기록된다. 아직 미숙한 점도 있지만, 뛰어난 조형 기법의 장점을 입증하는 한 예술가의 작품을 보여준 미로는 완전히 자유로운 표현법에 가닿기 위한 마지막 난관을 일거에 뛰어넘었다."[8] 또한 브르통은 "미

8   같은 책, p. 70.

로는 어쩌면 우리들 중에서 가장 뛰어난 초현실주의자"라고 쓰기도
한다.

> 호안 미로에게는 오직 하나의 욕망이 있을 뿐이다. 그것은 오직 그림
> 그리는 일에만 열중하려는 욕망이다. (우리는 그가 충분히 다양한 표현
> 방법을 갖고 있다고 확신하지만, 그는 자신이 추구하던 주제의 영역을 벗
> 어나지 않으려고 했다.) 나는 그에게 끊임없이 자동기술의 시도를 해보
> 라고 요청했지만, 미로는 그것의 깊은 가치와 이유를 너무 단순하게 받
> 아들이지 않았을까 생각한다. 사실을 말하자면 그는 어쩌면 우리들 중
> 에서 가장 뛰어난 초현실주의자일 것이다.[9]

브르통은 미로가 초현실주의 그룹에 합류해서 자동기술의 그림을
본격적으로 추구하기를 원했지만, 미로는 끝내 초현실주의자의 길로
들어서지 않았다. 미로가 조형적 자동기술의 실험을 하지 않은 것은
아니다. 그러나 그는 자동기술의 방법에 대한 이해도 부족했을 뿐 아
니라, 새로운 재료를 사용해서 형태를 구성 혹은 파괴하는 실험의 성
과에 대한 확신이 없었다. 그렇다고 해서 그가 초현실주의의 영향을
부인했던 것은 아니다.

> 초현실주의는 나의 고민을 정당화하고 또한 진정시켜주는 세계를
> 보여주었다. 초현실주의는 무엇보다 조형적 탐구를 극복할 수 있게 했
> 고, 나를 시의 중심으로, 기쁨의 중심으로 이끌어주었다. 그 기쁨은 내

---

9 같은 책, p. 36.

가 무슨 일을 하는지를 모르다가 문득 일을 끝낸 후에 알게 되는 것 같은 느낌이다. 이건 다시 말해서 내가 그림을 그리는 동안 나의 내면에서 부풀어 오르는 그림의 의미와 제목을 발견하는 기쁨이기도 했다.[10]

화가에게 그림의 적합한 의미와 제목을 발견하는 것보다 더 중요한 것이 있을까? 미로는 이렇게 초현실주의가 그의 예술적 변화와 발전에 큰 역할을 했다는 것을 인정한다. 1930년대 초에 미로는 오브제, 파스텔, 콜라주 등의 작업을 하면서 모든 미학적 관습으로부터 등을 돌리는 실험을 했다. 조잡하고 비예술적인 재료들(사슬, 용수철 받침대, 금속 조각, 조약돌, 깨진 유리, 나무토막, 파손된 널빤지)을 오브제로 사용하거나 에로틱한 장면을 연상시키는 인물들을 파스텔로 그리기도 했다. 인류학적인 주제들을 해체되거나 변형된 형태의 콜라주로 만들기도 했다. 1930년대 중반에는 원시적 마법이나 자연 세계의 신화를 암시하는 그림을 그렸다.

1940년 1월부터 1941년 9월까지 미로는 23점의 과슈화gouache로 구성된 연작 〈성좌Constellations〉를 그렸다. 이 연작은 하늘과 땅 사이를 오가는 미로의 상상적 여행을 나타낸다. 미로는 흐릿한 선으로 시와 음악의 경계선을 표현하고 환상과 절망을 화폭에 담아낸 것이다.[11] 미로가 자신의 그림들 중에서 "가장 중요한 작품"이라고 확언했을 만

---

10 J. Miró, *Écrits et entretiens*, Margit Rowell(ed.), Daniel Lelong, 1995, p. 296.
11 미로는 1937년 스페인 내전이 한창일 때, 부인과 딸을 데리고 마요르카를 떠나 프랑스로 피신했는데 고국에 대한 그리움과 상실감을 떨치지 못한 상태였다. 1939년 4월 1일 스페인 내전이 끝났지만, 그는 귀국을 서두르지 않았다. 그러나 같은 해 9월 1일 히틀러가 폴란드를 침공하며 전쟁을 일으키자 미로는 1940년 6월 스페인으로 귀국하게 된다. 그러니까 〈성좌〉는 프랑스에서 시작하여 마요르카에서 완성된 연작이라 하겠다.

큼 중요한 이 연작은 별과 달이 촘촘히 떠 있는 밤하늘의 풍경이 우
주 전체를 반영하는 듯하다. 브르통은 이 그림들을 뒤늦게 발견했다.
피에르 마티스가 뉴욕에서 1959년에 편집 출간한 책에서 〈성좌〉의
그림들을 보고 나서 브르통은 모든 그림에 그의 산문을 붙이겠다는
결정을 내린다. 브르통은 오래전부터 기대해왔던 자동기술의 그림이
드디어 만들어졌다는 생각을 했을지 모른다. 여하간 22점의 그림에
붙인 22개의 '병행적 산문proses parallèles'은 이렇게 탄생했다.[12] 브르통
이 20여 년 전에 미로의 그림을 보고 장단점을 말했던 것과 달리 이
번에는 미로의 방법과 이미지, 신화와 자연의 주제에 대해 완전히 감
동을 받고 찬사를 표현하는 데 주저함이 없었다.

4. 글을 맺으며

　미로는 왜 추상적이고 형이상학적인 기호에 의존하지 않고 자연에
서 영감을 얻어 이러한 성좌의 세계를 만들었을까? 그의 작품에서 밤
하늘이 지속적인 탐구의 대상이 된 까닭은 무엇일까? 미로는 〈성좌〉
연작이 "물 위에 비친 풍경reflets sur l'eau"에서 영감을 얻은 것이라고
진술한다.[13] '물 위에 비친 풍경'의 대상은 밤하늘의 성좌일 수도 있고
주변의 현실 세계일 수도 있다. 물론 미로는 물활론자이거나 정령 숭
배자의 철학을 갖고 있었다. 이런 점에서 우주의 신비가 자연의 유기

12　23점의 그림 중에서 왜 또는 어떤 과정을 거쳐 1점이 빠지고 22점의 그림으로 되었는
지는 분명치 않다.
13　J. Miró, *Selected Writings and Interviews*, p. 210.

적 메커니즘과 결합하여 미로의 그림 속에서 '성좌'로 변형된 것일지 모른다는 추측을 해볼 수 있다. 미로의 팔레트에 나타난 모든 원소들(물, 불, 공기, 흙)은 흙이나 불의 색깔을 바탕으로 삼을 수도 있고, 아니면 물이나 공기를 토대로 변형될 수도 있을 것이다. 〈성좌〉의 모든 주제는 현실적이면서 상상적이고 또한 초현실적이다.

극도로 고통스러운 시간 속에서 가장 순수하고 한결같은 반사적 긴장감을 견지하면서 미로는 모든 유혹의 바람이 불어오는 길에서 충만한 자기만의 목소리를 보여주려고 했다. 이 세계의 바깥이건 시간의 바깥이건 상관없다. 다만 언제 어디서나 그의 목소리가 보다 우렁차게 아주 멀리까지도 뚜렷한 음색으로 울려 퍼지고 그 목소리에서 영감을 받은 보다 큰 소리들이 함성으로 솟아오르기만 한다면.[14]

미로는 테러와 폭력이 일상화된 세계에 대항하는 방법으로 빛과 색채와 음악이 있는 새로운 우주생성의 세계를 창조했다. 그는 그림의 형태를 빌려 폭력과 전쟁의 세계에 대한 분노와 비판을 표현한 것이다. 어쩌면 그는 〈성좌〉 연작에서 자유롭고 리듬이 있고 일관성이 있는 자동기술의 성과와 함께 자유로운 상상력의 풍요로운 세계를 발견했을지 모른다. 그러니까 1958년 〈성좌〉 화보집 서문에서 그가 밝혔듯이 연작의 작품들은 작은 미세화의 크기일지라도 엄청나게 강한 영감을 불러일으킬 것임을 자신 있게 확언한 것이다.

14 호안 미로의 〈성좌〉 도록에는 앙드레 브르통이 쓴 서문과 함께 22점의 과슈화에 붙인 산문들이 수록되었다. 이 도록에는 쪽수가 매겨져 있지 않다.

제15장
자코메티와 브르통

1. 자코메티의 어린 시절

알베르토 자코메티는 1901년 이탈리아 국경선에서 가까운 스위스 남동부의 보르고노보에서 태어났다. 그의 집은 "훗날 자코메티의 조각처럼 가늘고 높다란 잣나무들des pins élancés et fins comme ses futurs sculptures"[1]이 울창한 숲속에 있었다. 그의 아버지 조반니 자코메티는 스위스의 예술가들과 그림 수집가들 사이에서 명성이 높은 후기 인상파 화가였다. 또한 어머니 아네타 스탐파는 능력 있고 비범하며 원칙을 철저히 지키는 사람이었다. 어린 시절 자코메티에게 가장 가까운 친구들은 바위와 나무들이었다. 그는 집에서 가까운 바위 밑의 동굴을 가장 좋아했다. "그에게 그곳은 형제나 친구와 공유할 수 없는 의미와 중요성을 가진 곳"[2]이었다.

어린 자코메티는 아버지의 화실에서 모델로 혹은 화가 견습생으로

---

1   J.-P. Clébert, *Dictionnaire du Surréalisme*, Éditions du Seuil, 1996, p. 287.
2   제임스 로드, 『자코메티: 영혼을 빚어낸 손길』, 신길수 옮김, 을유문화사, 2006, p. 20.

지내면서 아버지로부터 많은 미술 교육을 받았다고 한다. 아버지는 햇빛을 몹시 사랑한 인상파 화가로서 선명한 색채와 강렬한 빛깔의 그림을 그리기를 좋아했다. 아버지는 아들에게 화가란 제대로 볼 줄 아는 사람이라는 것을 강조하고, 미술을 공부한다는 것은 결국 보는 법을 배우는 것임을 잊지 않도록 당부했다. 자코메티의 나이가 20세쯤 되었을 때 그는 아버지의 화실에서 탁자 위에 놓인 과일을 데생하던 기억을 이렇게 회상한다.

> 아버지는 아들에게 과일을 '눈에 보이는 대로' 다시 말해서 실물 크기 그대로 그리라고 가르쳤다. 그러나 아들은 어느 정도 떨어진 거리에서 보았기 때문에, 캔버스 위의 과일을 계속 축소해서 그렸다. 그때의 교훈이 자코메티의 기억 속에 새겨져서 평생 동안 그는 자신이 지각한 크기를 작품 속에 재현하고자 끊임없이 애쓰게 된다.[3]

이 인용문에서 "눈에 보이는 대로"와 "실물 크기 그대로"는 일치하는 말처럼 보인다. 아들은 아버지로부터 있는 그대로, 즉 자기가 본 그대로 그려야 한다는 것을 배운다. 그러나 어린 자코메티는 처음부터 대상을 아주 작게 그렸다. 그는 대상에 초점을 맞추어 대상을 재현하기보다 종이의 가장자리와 시야의 범위에 맞춰 대상을 그리는 문제에 더 주의를 기울였다. 제임스 로드는 자코메티의 "이런 본능적인 현상학적 관찰은, 알려진 실재는 지각된 실재와 동일하다는 전통적 미학에 의존하던" 아버지의 미술관과 충돌할 수밖에 없었다고 하

---

3   베로니크 와이싱어, 『자코메티: 도전적인 조각상』, 김주경 옮김, 시공사, 2010, p. 12.

면서 "아들의 생기 있는 작품에 아버지가 끼친 영향은 거의 없었다"[4]고 주장한다. 그러나 베로니크 와이싱어는 자코메티가 "아버지와는 예술과 작품에 관한 생각을 끊임없이 나누었"고, 두 사람 모두 "르네상스식 공간 원근법"을 버린 세잔의 기법을 따르면서, 아들의 "초상화 기법에서는 자연스럽게 아버지의 영향이 드러"[5]났다고 확언한다. 이런 점에서 자코메티는 부분적으로는 아버지의 미술에 대한 견해와는 다른 생각을 가졌더라도 넓은 의미에서 아버지의 영향을 많이 받았을 것으로 추측해볼 수 있다.

자코메티가 처음으로 조각을 시도한 것은 1914년이었다. 그는 아버지의 화실에서 정사각형의 조각대 위에 놓인 복제한 작은 조각작품 몇 점을 보자마자 조각을 하고 싶다고 생각했다. 그리하여 그는 1919년에 제네바 미술공예학교에 입학했고, 1920년에는 베네치아로 떠난다. 그리고 그해 말 로마로 가는 길에 피렌체에 들러 이집트 박물관을 방문한다. "강렬한 역동성을 나타내면서도 단순하고 밀도 높은 형태를 보여주는 이집트 조각들, 그리고 생명력으로 가득한 이집트의 부조는 그에게 하나의 계시처럼 다가왔다."[6] 제임스 로드에 따르면, 자코메티가 조각에 전념하기로 결심한 것은 "가장 이해하지 못한 영역이 조각"이었고, "이해할 수 없다는 것이 참을 수 없었기"[7] 때문이라고 한다.

4 제임스 로드, 『자코메티: 영혼을 빚어낸 손길』, p. 51.
5 베로니크 와이싱어, 『자코메티: 도전적인 조각상』, p. 14.
6 같은 책, p. 16.
7 제임스 로드, 『자코메티: 영혼을 빚어낸 손길』, p. 84.

2. 파리 생활과 초현실주의 시절

자코메티가 처음 파리에 도착한 것은 1922년이다. 그는 처음에 몇
년간은 스스로를 직업적인 예술가라고 생각하지 않았기 때문에 '보는
일'에 열중했다. 시간이 날 때마다, 입장료가 없는 일요일에는 빠짐없
이 루브르 미술관을 찾았다. 그곳에서 그는 이집트 고대왕국의 조각
들과 선사시대의 대리석상, 특히 꼿꼿이 서 있는 여인상 앞에서 오랜
시간을 보냈다. "여인의 발은 대체로 앞으로 구부러져 아래를 향하고
있는 힘든 자세여서, 결과적으로 그 발이 과도한 관심을 불러일으키
는 동시에 미학적으로 효과적이다. 다리는 쭉 뻗어 브이(V) 자로 여
성을 나타내며, 몸통은 직사각형이고 가슴 바로 아래에 팔짱을 끼고
있다. 머리는 높이 들고 있고, 양식화된 코를 제외하면 특징이 없다.
모든 인물이 정면을 향하고 있으며, 측면에서는 가늘고 약하게 보인
다. 이런 조각상은 풍요의 상징으로, 대지의 여신이나 위대한 어머니
를 나타낸다."[8] 이처럼 자코메티가 풍요로운 창조와 '위대한 어머니'
를 나타내는 조각상을 좋아한 것은 그의 초현실주의 시절이 끝날 무
렵에 만든 〈보이지 않는 사물L'objet invisible〉에 영감을 주었을 것으로
생각된다.

1925년에서 1930년 사이에 자코메티가 만든 가장 중요한 작품은
바로 〈숟가락 여인La femme cuillère〉과 〈한 쌍의 남녀Le couple〉이다.
〈숟가락 여인〉은 윗부분이 볼록하고 아랫부분은 오목한 형태로 되
어 있으며, 평범한 모양의 가슴 위에는 작은 머리가 놓여 있다. 이 조

---

8 같은 책, p. 105.

제3부 초현실주의의 안과 밖

각에는 인간의 팔과 다리가 전혀 표현되어 있지 않다. 이러한 여자의 모습은 당당하면서도 신비로운 느낌을 준다. 또한 〈한 쌍의 남녀〉는 남자가 원통형으로 서 있고, 여자는 곡선으로 만들어진 형태이다. 이 작품에서 남녀의 형상은 신비롭고 모호한 것이 아니라 육체적이고 성적인 분위기를 보여준다. 자유롭게 양식화된 남자와 여자의 형상에서, 남자의 중심부에는 여자의 방향으로 길쭉한 도구가 튀어나와 있고, 여자는 그 앞에서 쓰러질 듯하다. 자코메티는 동굴 암벽 그림에서 몇 가지 모티프를 빌려 이 작품을 만들었다고 한다.

자코메티는 이 무렵의 많은 젊은 조각가들이 그렇듯이, 추상적인 조각품을 입체파적인 양식으로 만드는 작업에 열중했다. 그의 입체파 작품들은 대략 10점 내지 12점 정도였다. 이 작품들은 볼록 면과 오목 면, 각과 선, 생기 없는 덩어리와 활기찬 공간의 병치를 통해 긴장감을 보여준다. 그러나 그 작품들은 입체파적인 표현 방식을 능숙하게 구사했다고는 하지만, 창의성은 부족했던 것으로 평가된다. 뛰어난 예술가들이 그랬던 것처럼, 자코메티 역시 "자신의 능력을 의심하고 괴로워하면서, 마음에 드는 작품이 나올 때까지 만든 것을 부숴버리곤 했다. 그의 이런 태도는 평생 계속되었다."[9] 그는 조각품을 만드는 자신의 습관에 대해 이렇게 말한다.

수년 전부터 나는 조각품을 모두 머릿속에서 미리 완성한 뒤에 만들었다. 머릿속에서 완성한 것을 조금도 바꾸지 않은 채 그대로 공간 안에서 재현해내는 작업만 한 것이다. [……] 머릿속의 작품들이 그림의

9   베로니크 와이싱어,『자코메티: 도전적인 조각상』, p. 17.

형태로 나타난 것은 하나도 없고, 아주 가끔씩 데생의 형태로 보인 적
은 있었다. 나는 이따금씩 그림이나 조각을 내 의지대로 만들어보려 했
지만, 그런 시도는 매번 실패하고 말았다.

　　　　　　　　　　　—알베르트 자코메티, 『미노토르』, 1933년 12월호[10]

　자코메티는 1929년 초에 앙드레 마송과 가깝게 지내면서 자연스럽
게 브르통을 중심으로 한 초현실주의자들과 만나게 되었다. 그런데
브르통을 만나기 전에 그와 가깝게 지냈던 친구들은 공교롭게도 브
르통이 「초현실주의 제2선언문」이 나오기 직전에 초현실주의 그룹
에서 제명한 사람들이었다. 이들은 자코메티에게 브르통의 권위주의
를 비판하고, 그와 가깝게 지내지 말라는 충고를 했다고 한다.

　자코메티가 초현실주의에 가입한 시기는 1930년일 수도 있고,
1931년일 수도 있다. 1930년 봄, 자코메티가 미로, 아르프와 함께 작
품 전시회를 열었을 때, 브르통은 자코메티의 조각이 초현실주의의
원리를 구현한다는 점에서 높이 평가했다. 자코메티의 작품들은 외
적인 실체보다 내면에 떠오른 이미지를 조각으로 형상화했기 때문
이다. 그 당시 그는 자신의 작품이 무엇을 의미하는지 고려하지 않고
작품을 만들었다. "외적인 것이 갑자기 내적으로 만들어진 호소에 반
응하는 것처럼 보이는 그런 순간, 외부 세계 그 자체와 우리의 마음
사이에 갑작스러운 의사소통을 위해 열리는 순간, 그는 이 위기의 순
간을 돌처럼 굳건한 것으로 만드는 작업에 열중했다."[11] 자코메티의

10　같은 책, p. 29에서 재인용.
11　제임스 로드, 『자코메티: 영혼을 빚어낸 손길』, p. 148에서 재인용.

이러한 작업 습관을 통해 브르통이 기대하는 초현실주의적 조각들이 만들어졌을 것이다. 자코메티는 브르통과 초현실주의자들로부터 작품을 인정받았다는 사실에 기뻐서 친구들의 경고를 잊고 초현실주의 그룹에 합류한다.

브르통이 초현실주의의 원리를 보았다고 감탄한 자코메티의 작품은 〈매달린 공Boule suspendue〉이다. 이것은 나중에 〈흔적의 시간 L'heure des traces〉이라는 이름으로 바뀌고, 자코메티의 조각 중에서 특별히 초현실주의적 작품이라는 평가를 받는다. 브르통은 〈매달린 공〉을 보는 순간, 초현실주의 운동에서 그동안 빈자리로 남아 있던 조각 분야의 예술가를 마침내 발견했음을 깨달았다. 이 작품은 열린 새장 같은 금속 틀 속에 큰 사과만 한 크기의 구체가 전선에 매달려 있고, 그 아랫부분은 커다란 쐐기 모양으로 베어져 있다. 그리고 베어진 부분 아래에는 뾰족한 초승달 형태가 위쪽으로 솟아오르듯이 놓여 있다. 브르통은 이 형태를 "비스듬히 놓인 초승달 형태 위의 불가능한 균형en impossible équilibre sur un croissant incliné"[12]의 구조라고 해석하며 호의적인 평가를 나타낸다. 브르통의 말처럼, '불가능한 균형'은 불안정한 긴장관계를 자아내면서, 어떤 사건이 발생하려는 순간의 위기감을 느끼게 한다. 또한 이것은 성적인 장면을 연상케 한다는 해석이 지배적이다.

1931년에 석고로 만든 〈새장La cage〉은 남근을 상징하는 두 개의 형상, 서로 직각을 이루는 두 개의 말대, 세 개의 오목한 형태, 다섯 갈래의 발톱이 혼란스럽고 공격적으로 뒤엉켜 있는 작품이다. 여기

---

12 J.-P. Clébert, *Dictionnaire du Surréalisme*, p. 287.

에는 거칠고 폭력적인 본능의 상태와 맹목적인 에로티즘의 야수성
이 적나라하게 표현되어 있다. 〈새벽 4시의 궁전Le palais à 4 heures du
matin〉은 나무와 철사와 실로 만든 작품이다. 이 작품 중간에는 작은
직사각형 유리가 매달려 있어, 마치 어떤 극적인 사건을 보여주는 무
대장치처럼 보인다. 뒤쪽에는 사각형 모서리의 골조만 세워놓은 형
태에서 중앙에는 널빤지가 걸려 있고, 그 위에는 발기한 남근 모양의
그림이 그려져 있다. 오른쪽 상단에는 창문 틀 속에 커다란 새가 앙
상한 뼈만 드러낸 채 날아가는 모양이 보이고, 왼쪽에는 여성을 형상
화한 조각이 세 개의 널빤지 앞에 세워져 있다. 어떤 성적인 환상의
세계를 제작한 듯한 이 작품의 분위기는 모두가 잠들어 있는 새벽 4
시에 여전히 잠 못 이루는 사람의 불안한 내면과 억압된 욕망을 반
영한 것처럼 보인다. 이브 본푸아는 "이 내면의 드라마는 혼란스러운
시니피앙의 유희에서 궁지에 몰린 에로스의 풍경이 아니라, '현실계le
réel'에 대한 총체적 의심이거나 '현존le présence'에 대한 갈망"[13]이라고
해석한다.

〈우리는 이제 더 이상 놀지 않는다On ne joue plus〉는 도박판처럼 보
이는 바닥에 동그란 구멍처럼 움푹 파인 부분들이 여러 개 있고, 전
경에는 뚜껑이 덮여 있는 것 하나와 반쯤 열려 있는 세 개의 지하묘
소들이 보인다. 죽음을 주제로 한 이 작품에서 조각된 표면은 세 개
의 직사각형 모양의 영역으로 나뉘어 있다. 부분적으로 지하묘소를
덮고 있는 석판 밑에는 에덴동산의 나무와 뱀이 영원한 휴식 상태에

---

13 Y. Bonnefoy, "André Breton et Alberto Giacometti," *Lire le regard: André Breton & la
peinture*, Lachenal & Ritter, 1993, p. 104.

놓여 있고, 다른 대리석 판에는 체스판의 왕과 왕비 형상이 있다. 왼쪽에 있는 왕은 항복의 표시처럼 두 팔을 쳐들고 있고, 오른쪽의 왕비는 팔이 없는 형태로 부동의 자세를 취하고 있다. 죽음의 주제를 암시하는 이 작품은 1933년에 타계한 아버지의 죽음을 애도한 것으로 알려져 있다. 이브 본푸아는 이 작품을 자코메티가 12년 전 피렌체의 수도원에서 본 안젤리코의 〈최후의 심판〉의 그리스도의 무덤에서 영감을 얻은 것이라고 설명한다.[14]

위의 작품들에서 알 수 있듯이 초현실주의 시절에 자코메티는 외부의 모델 없이 내면에 떠오르는 꿈과 환각의 세계를 형상화했다. 그는 작품의 모델을 상상 속에서 이끌어냈고, 일단 형상이 결정된 후에는 조금도 망설이지 않고 때로는 하루 만에 작품을 완성하기도 했다.

3. 〈보이지 않는 사물〉과 초현실주의

자코메티의 초현실주의 시절이 끝날 무렵인 1934년에 만든 〈보이지 않는 사물〉은 그의 삶의 두 시기를 가르는 야누스적 형상을 보여준다. 이 작품의 또 다른 제목은 〈공허를 쥐고 있는 손Mains tenant le vide〉이다. 이 작품 이후 얼마 지나지 않아서 그는 초현실주의 그룹을 떠난다. 그러나 자코메티가 초현실주의와 결별하기 전, 이 작품을 완성시키는 과정에서 브르통이 보인 지대한 관심은 브르통의 세 번째 서사인 『열애』에 벼룩시장의 에피소드와 함께 자세히 서술되어

---

14 같은 책, pp. 95~96 참조.

있다.

그 당시 브르통은 다른 초현실주의자들과 마찬가지로 꿈의 문제에 관심을 갖고 있었다. 그는 프로이트의 『꿈의 해석』과는 다르게, 꿈이 행동의 원동력이 되고 삶에 변화와 도움을 가져다줄 수 있는 것으로 이해한다. 그의 논리에 의하면 꿈은 과거 지향적인 것이 아니라, 현실의 문제를 해결해줄 수 있고 꿈의 주체를 자유롭게 한다는 것이다. 이런 논리에서 꿈의 이미지는 희망을 줄 수 있다. 이것은 '객관적 우연'의 논리와 같다. '객관적 우연'이란 우리의 삶에서 간절히 찾고 싶었던 대상이 우연히 나타났을 때의 체험을 가리킨다. 그 당시 브르통은 사랑에 대한 욕망의 문제에서 열애의 대상이 나타나기를 기다렸고, 자코메티는 〈보이지 않는 사물〉을 완성시키는 단계에서 벽에 부딪혀 있었다. 브르통은 자코메티의 이러한 상황을 정신적 갈등이 조형의 모순으로 나타난 것이라고 분석한다. 그러나 자코메티의 정신적 갈등이 무엇인지는 알 수 없다. 브르통이 자코메티에게 벼룩시장에 가자고 한 것은 사물과의 우연적 만남 혹은 우연적 발견이 작품 제작에서 난관에 봉착한 자코메티에게 꿈의 계시와 같은 도움을 줄 수 있으리라고 생각한 것이다. 또한 브르통은 자신의 내면적 문제 혹은 사랑에 대한 기다림과 일치하는 어떤 사건을 기대했을 수 있다.

브르통에 의하면 그 당시 자코메티가 조각하고 있던 여성상은 "몇 주 전만 해도 형태가 뚜렷하게 보여서 몇 시간이면 석고로 구체화되리라고" 생각했는데, "막상 형상화하려고 하자 어느 정도 변화를 시켜야"[15] 한다는 생각 때문에 작업이 진척되지 않아 고통스러운 나날

15 A. Breton, *L'amour fou*, Gallimard, 1937, p. 34.

을 보내게 되었다.

　　손의 모양과 작은 판자 위에 다리를 받치는 것은 분명히 조금도 주
저할 것 없이 그대로 만들면 되었고, 오른쪽 눈은 완전한 바퀴 형태로,
왼쪽 눈은 망가진 바퀴 형태로 조각하는 작업은 형상의 연속적인 상태
에 따라 변함없이 그대로 실행했다. 하지만 자코메티는 가슴과 손의 관
계에 따라 달라질 수 있는 팔의 길이나 얼굴의 윤곽은 그대로 고정시
킬 수 없었다.[16]

　그렇게 두 사람이 벼룩시장에서 산책을 하던 중, 자코메티가 먼
저 가장무도회에서 착용할 법한 '금속 가면'을 발견하고, 브르통은 손
잡이의 끝에 여성의 하이힐 같은 형태의 받침대가 달린 나무 숟가락
을 구입한다. 브르통은 나중에 자신의 나무 숟가락과 신데렐라의 신
발을 연결시켜서, 나무 숟가락의 발견은 자신의 고독감과 사랑에 대
한 기다림이 반영된 결과라고 해석한다. 다시 말해서 그는 무의식적
으로 자신을 왕자와 동일시하여, 무도회에서 사라진 신데렐라를 찾
고 싶은 욕망이 숟가락으로 나타났다는 것이다. 숟가락의 형태가 신
데렐라의 신발을 연상시키기 때문이다. 브르통은 이러한 해석에 덧
붙여서 나무 숟가락은 신데렐라를 기다리는 욕망일 뿐 아니라 어린
시절부터 내면 속에 자리 잡은 어떤 예술작품에 대한 창조적 욕망과
도 관련된다고 설명한다. 그는 얼마 전에 자코메티에게 '신데렐라 재
떨이'를 만들어 달라고 요청했는데 이것이 바로 작품에 대한 욕망과

16　같은 책, p. 33.

1935년 벼룩시장에서 자코메티가 발견한 '철가면'(위)과 브르통이 발견한 숟가락 신발(아래).

출처: A. Breton, *L'amour Fou,* Gallimard, 1971.

사진 © MAN RAY 2015 TRUST/ADAGP, Paris & SACK, Seoul, 2024

일치한다는 것이다. 그러나 자코메티는 브르통의 요청을 받아들이지 않았다. 자코메티가 브르통이 요구한 '신데렐라 재떨이'를 만들어주지 않은 이유가 무엇인지는 알 수 없다. 브르통은 자신에게 절실했던 '신데렐라 재떨이'의 이미지를 떠올리면서 그것이 자기에게 자동기술의 문장처럼 반수면의 상태에서 나타났다고 말하고 "신발=숟가락=남자 성기=남자 성기의 완전한 거푸집"[17]이라는 정신분석적 해석을 시도한다. 그의 정신분석적 논리에 의하면, 신데렐라의 신발은 '삶의 본능' 또는 사랑의 욕망과 연결되고, 자코메티가 발견한 금속 가면은 죽음의 본능이 지배한다. 또한 섬뜩한 불안감을 자아내는 검은색 철 가면을 구입한 자코메티의 내면에는 죽음의 본능이 우세했다는 것이다. 자코메티의 이러한 죽음의 본능은 작품을 완성시키지 못한 상태에서의 불안감과 관련된다. 브르통의 이러한 해석이 얼마나 정확한 것인지는 알 수 없다.

4. 〈보이지 않는 사물〉 깊이 읽기

〈보이지 않는 사물〉은 옷을 입지 않은 한 여성의 전체 모습을 재현한 것이지만, 사실적 이미지로서의 형상은 아니다. 이 여인상은 다리와 몸통은 홀쭉하게 만들어져 있고, 팔은 무척추동물의 다리처럼 매끄럽고 단단하면서 가늘고, 양다리는 모은 채 가지런히 놓여져 있고 그 위로 두 손이 가슴 앞에 위치하고 있다. 여자는 마치 두 손으로 보

---

17 같은 책, p. 44.

알베르토 자코메티, <보이지 않는 사물>(공허를 쥐고 있는 손, 1934)

이지 않는 어떤 투명한 물건을 들고 있는 것 같다. 뻣뻣하게 쳐든 머리는 정면을 응시한 채 입을 벌리고 있고, 얼굴의 중심부에서 왼쪽과 오른쪽의 두 면이 모서리에서 접합되어 있는 것처럼 보인다. 그것은 가면처럼 보인다. 두 눈은 바퀴 모양인데, 한쪽은 완전하고 다른 쪽은 깨진 형태이다. 이 조각의 높이는 사람의 키만 하지만, 어떤 생명체의 느낌을 주지는 않는다. 이 신비롭고 환각적인 형상은 등받이가 없고 앞으로 약간 기울어진 높은 의자 위에 앉아 있다. 의자는 '고딕식 의자'이다. 또한 그녀의 옆에는 주둥이가 긴 새의 머리가 놓여 있고, 무릎 밑으로는 발 위에 놓인 널빤지로 가려져 있다. 그녀의 배는 둥그렇고 부드러운 느낌을 주지 않으며, 사각형의 경직된 형태로 보인다.

　이 작품을 어떻게 해석해야 할까? 이브 본푸아는 이 작품이 내면의 환각을 구체화한 것이지만, 자코메티가 이탈리아의 화가 조반니 치마부에Giovanni Cimabue(1240~1302)의 그림 〈천사들에 둘러싸인 성모 마리아〉에서 영감을 얻었다고 분석한다. 자코메티는 루브르 미술관에 갈 때마다 이 그림을 보면서 "내가 가장 좋아하는 그림일 뿐 아니라, 내가 가장 진실하다고 생각하는 그림"이라고 말했다고 한다.[18] 그는 이 그림에서 특히 "손가락이 가느다란 손Les mains aux doigts effilée"을 보고 거듭 감탄하기도 했다. 이 손은 〈보이지 않는 사물〉의 손과 닮은꼴이다. 또한 그림에서의 의자와 조각에서의 의자도 거의 일치한다. 받침대도 같고, 밑바닥의 움푹 파인 모양과 인물의 불편한 자세도 같다. 그러나 둘의 가장 큰 차이는 그림에서는 성모 마리아가

18　Y. Bonnefoy, "André Breton et Alberto Giacometti," *Lire le regard: André Breton & la peinture*, p. 100.

어린아이를 안고 있고 조각상은 '허공'을 붙잡고 있다는 점이다. 이브 본푸아는 자코메티가 성모 마리아와 예수 그리스도의 관계를 생각하면서 성모 마리아에게 그리스도의 존재는 '현존présence'이면서 동시에 '부재absence'라는 것, 또한 성모 마리아는 그리스도라는 생명체의 근원이지만, 그리스도는 어머니를 떠나서 세계와 인류를 구원하는 존재로 추상화했을 것이라고 해석한다.

이브 본푸아는 자코메티의 조각에서 여자가 두 손으로 붙잡고 있는 대상이 무엇인지를 분석한 다음, 아틀리에에서 축축한 흙덩어리 또는 석고 반죽을 주무르면서 인물의 형상에 생명을 주입하려는 조각가의 손을 연상한다. 실제로 자코메티는 작품이 만족스러울 때까지 고통스럽게 형상을 조립하고 해체하는 일을 반복했다. 본푸아는 자코메티가 손의 반복적 행위를 통해서 삶과 예술이 결국은 '공허'임을 의식했으리라고 추측한다.

자신의 삶이 공허가 아니라면 무엇이란 말인가? 그는 이것을 확인할 수 있었다. 그러나 자신에게 많은 신뢰감을 갖고 있었을 사람 앞에서 삶의 허무를 부정하려는 욕구, 결핍의 충만성을 증명하고 보통 사람의 생활을 통해서는 갈 수 없는 길을 개척하고 그것을 추구하려는 욕구가 아니라면 예술이란 과연 무엇이란 말인가? 그는 자신의 역할이 의미 있는 일을 추구한다는 것을 알면서도 끊임없이 실패를 경험했다. 어쩌면 끝없는 실패로 그는 어디에도 도달하지 못할 수 있다. 하지만 그렇다고 해서 예술이 쓸모없는 기획일 뿐일까?

이브 본푸아는 제목의 '공허를 쥐고 있는 손mains tenant le vide'을 '지금 공허maintenant le vide'의 뜻으로 해석하며 '쥐고 있는 손'의 철자를 연결시킨다. 그러므로 지금 조각가의 손의 작업은 공허한 것이지만, 그것은 미래의 시간과 관련시킬 때 의미 있는 행위가 될 수 있다는 것이다. 자코메티에게 예술은 '결핍의 일체성'과 '해체된 세계의 현존'을 확인시켜주는 작업이다. 그러니까 예술은 이상과 절대의 세계를 추구하는 행위이지만, 결핍과 분열로 이루어진 현실 세계에서 실패와 좌절을 경험할 수밖에 없다는 것이다. 바타유식으로 말하자면, 예술가는 가능한 세계에서 불가능을 추구하는 사람이다. 삶은 공허하고, 인간의 육체는 허약하다. 인간에게 죽음은 멀리 있지 않다. 이러한 인식의 바탕에서 예술가는 의미 있는 작업을 수행한다고 하지만, 그는 만족과 성공보다 실패와 좌절을 더 많이 경험한다. 특히 조각은 처음의 계획과는 다르게 결과를 알 수 없는 작업이다.

> 자코메티가 아무리 모든 방법을 동원해서 작품을 완성시키려 해도 조각은 결과를 전혀 알 수 없는 투쟁의 장소이다.[19]

그의 작품의 성과는 구체화될 수 없고 추상화될 수밖에 없다. 불가능의 성과는 가능한 것으로 나타나지 않는다. 끝을 알 수 없는 투쟁의 결과인 〈보이지 않는 사물〉에서 여인이 두 손으로 안고 있는 '보이지 않는 것'은 "환영幻影 속의 어린아이(혹은 예술가)가 아니라 예술가가 만들어내는 도달할 수 없는, 그러나 실재하는 작품"[20]인 것이다.

---

19 같은 책, p. 109.
20 같은 책, p. 106.

5. 자코메티와 초현실주의의 결별

자코메티는 〈보이지 않는 사물〉 이전에 초현실주의적 작품으로 볼 수 없는 실물 크기의 인물상 두 개를 제작했다. 하나는 머리도 팔도 없는 가냘픈 여성의 몸을 정면에 묘사한 조각상이고, 다른 하나는 가슴 바로 아랫부분에 하트 모양의 홈이 파여 있는 조각상이다. 두 인물의 다리는 매우 길고 왼쪽 다리를 오른쪽 앞에 살짝 디딘 채로 서 있는 모양이다. 이 두 작품은 모두 초현실주의의 정신과 목적에는 어긋나지만, 그의 후기 작품 중에서 대표작이라고 할 수 있는 〈걷는 사람〉과의 연결성을 보여준다. 실제로 작가는 그 작품에 〈걷는 여자〉라는 제목을 붙이기도 했다. 물론 브르통과 다른 초현실주의자들은 〈걷는 여자〉에 대해 불만스러운 감정을 드러냈다. 하지만 자코메티는 그런 비판을 중요시하지 않았을 뿐 아니라, 오히려 무시하는 듯한 태도를 보였다.

브르통은 『초현실주의와 회화』에서 예술의 목적이 모방이라는 것은 심각한 오해에서 비롯되었음을 이렇게 설명한다.

> 인간은 자기와 관련된 이미지를 거의 동일하게 재현할 수 있어야 한다는 믿음의 바탕에서, 화가들은 모델을 선택하는 데 있어서 지나치게 타협적인 태도를 보였다. 그들의 오류는 모델이 외부 세계에서만 취할 수 있다고 믿는 것, 아니 전적으로 그렇게 할 수 있어야만 한다고 생각하는 것이었다.[21]

---

21 A. Breton, *Le surréalisme et la peinture*, Gallimard, 1965, p. 4.

이런 의미에서 브르통은 단호한 어조로 화가들에게 현실로부터 얻은 영감을 그리지 말 것을 요구했다. 또한 그는 앞으로 조형미술은 순수하게 내면의 모델을 추구해야 한다고 주장하기도 했다. 그가 '내면의 모델' 개념을 정립하기 위해 내세운 화가들은 피카소, 에른스트, 아르프, 피카비아, 그리고 만 레이 등의 선구자들이었다. 마찬가지로 브르통이 자코메티의 작품을 보고 감탄한 것은 내면의 세계Le modèle intérieur를 모델로 만드는 조각가를 처음 보았기 때문이다.

자코메티가 브르통과 결별한 것은 1934년 12월 어느 날이다. 브르통은 자코메티와 벼룩시장을 같이 갈 만큼 가까웠고, 벼룩시장에 다녀온 후 우연히 만난 여자와 열애에 빠져 결혼하게 되었을 때, 결혼식에 엘뤼아르와 함께 자코메티를 증인으로 부를 만큼 그를 신뢰했다. 그러나 그는 자코메티가 초현실주의의 원칙에 맞지 않는 작품을 만드는 것을 알고, 그를 초현실주의 그룹에서 제명하는 결정을 내린 것이다. 12월의 어느 날 그들은 저녁 식사를 하면서 그 당시 자코메티가 실물과 똑같은 형태로 두상을 만드는 것에 관한 이야기를 나누었다. 브르통은 자코메티의 작업을 폄하하면서 그런 일은 역사적으로 볼 때 너무 많이 시도된 것이라고 불만을 토로했다. 또한 그는 자코메티가 상류층의 부르주아들이 요구하는 실용적 작품과 장식용의 작품을 만드는 일을 비판했다. "브르통은 프랑크(실내 디자이너)를 위해 만드는 그의 작품들이 초현실주의 정신에 위배되며, 진정한 예술가는 실용적인 물건 제작에 헌신하느라 자신의 창조적인 힘을 낭비하지 않는다고 몰아붙였다."[22] 두 사람의 언쟁은 돌이킬 수 없이 격화되고 말았다. 이날 밤의 논쟁은 결국 두 사람의 결별을 만든 원인으로 작용했다.

  앙드레 브르통은 이런 식으로 초현실주의의 원칙을 지켜야 한다는 명분으로 많은 친구들을 초현실주의 그룹에서 제명했다. 제명된 사람들은 당연히 초현실주의와 결별하면서 그의 권위주의를 비판했지만, 그의 초현실주의 원칙을 비난하는 사람은 없었다. 시간의 횡포에 맞서서, 자신이 부닥칠 무수한 공격과 비판을 무릅쓰면서 이처럼 한결같이 초현실주의의 원칙을 지키려는 그의 노력은 가히 초인적이라고 할 수 있다. 그러한 극단적인 철저함 때문에 오늘날 '초현실주의적'이라는 말은 꿈과 상상력의 힘을 빌려 끊임없이 현실의 한계를 뛰어넘으려는 모든 예술가들의 진지한 작업과 결부되는 용어가 되었을지 모른다.

22 제임스 로드, 『자코메티: 영혼을 빚어낸 손길』, p. 192.

제16장
바타유의 위반의 시학과 프레베르의 초현실주의[1]

1. 들어가며

초현실주의의 역사에서 1929년은 위기의 해로 기록된다. 그해 가을, 브르통은 초현실주의의 원칙과 일치하지 않는 활동을 했다는 이유로 이 그룹의 주요 구성원이었던 데스노스, 아르토, 수포, 비트라크, 마송, 프레베르 등을 축출한다. 동시에 그는 이들의 제명을 정당화하고 남은 구성원들의 사기를 진작하고 초현실주의 정신을 쇄신하기 위해 「초현실주의 제2선언문Second manifeste du surréalisme」을 작성한다. 모리스 나도의 『초현실주의의 역사』에는 '1929년의 위기'라는 제목 아래 이 사건이 기술된다. 축출된 동료들은 당연히 브르통의 처사를 비판하고 그를 공격한다. 「시체」는 브르통의 예술적·사상적 죽음을 선언하기 위한 그들의 비판적 목소리를 담은 팸플릿이다. 필자들은 대부분 축출된 사람들이었는데, 예외적인 사람이 있었으니 바

---

1 이 논문은 2022년 9월 24일 서울대학교 사범대학에서 열린 한국프랑스어문교육학회 정기학술대회 기조강연에서 "조르주 바타유와 위반의 시학"이라는 제목으로 발표한 내용을 수정, 보완한 결과물이다.

로 바타유였다. 그는 초현실주의자들과 가깝게 지내면서도 브르통에 대해서는 적대심을 갖고 초현실주의 이론에 불만을 자주 토로한 바 있다. 바타유는 이 팸플릿에서 "늙은 탐미주의자, 그리스도의 얼굴을 한 가짜 혁명가, 황소 브르통 여기 잠들다"[2]라고 야유하는 묘비명을 작성한다. 또한 프레베르는 「어떤 부르주아의 죽음Mort d'un monsieur」 이라는 제목 아래 브르통은 "어느 날은 성직자를 욕하며 소리치다가, 다음 날은 자기가 주교이거나 아비뇽의 교황이라도 된다고 생각하 는"[3] 모순된 위선자라고 맹렬히 비난했다. 사실 프레베르는 초현실주 의자로 활동하던 5년 동안은 한 줄의 글도 쓰지 않았다. 시인이 되려 는 야심도 없었다고 한다.

> 초현실주의자들과 어울려 지내면서도 나는 문인이라기보다 불한당 에 가까웠다. [⋯⋯] 그 당시 나는 글을 쓰지 않았다. [⋯⋯] 나는 그들 과의 논쟁에 참여하곤 했다. 그것이 전부다.[4]

프레베르는 대학을 다니지 않았음은 물론 중고등학교 과정도 완 전히 이수하지는 않았다. 그러니까 학력이 부족한 그에게 초현실주 의자들과의 활동은 많은 것을 배우는 시간이었다고 할 수 있다. 그러 나 그는 문학에 대한 관심보다 연극과 영화에 더 많은 열정을 가졌 다. 초현실주의 그룹에서 나온 후, 그는 연극과 영화의 대본을 쓰면 서 본격적으로 이 분야의 활동에 뛰어든다. 그러다가 10여 년이 지난

2   G. Bataille, *Œuvres complètes*, tome VIII, Gallimard, 1976, p. 135.
3   M. Nadeau, *Histoire du surréalisme*, Éditions du Seuil, 1964, p. 302.
4   P. Ajame, "Entretien avec Jacques Prévert," *Les Nouvelles littéraires*, 23 février 1967.

어느 날 시집『말』을 펴내며 시인으로 등장했다. 바타유는『비평』지 3~4호(1946년 8~9월)에 「석기시대에서 자크 프레베르까지De l'âge de pierre à Jaques Prévert」라는 서평을 발표한다.

바타유의 이 글은『말』에 한정된 서평이라기보다 시와 노래의 본질은 무엇이고, 어떻게 발생했으며, 그것이 프레베르에 이르기까지 어떤 경로로 전개되었는지를 서술한 글이다.『말』에 수록된 시들은 프레베르가 시인으로 데뷔하기 위해서 쓴 것이 아니다. 프레베르는 문단이나 독자를 의식하고 시를 쓰지 않았다. 바타유는 시의 규범과 관습을 따르지 않는 프레베르의 시가 어떤 의미에서 진정한 시인지를 설명하는 한편, 그의 시가 인간의 경직된 정신을 해방시키고 깊은 감정을 표현한 노래의 시라고 평가한다. "자크 프레베르의 시는 정확히 말해서 시의 이름만으로 정신을 경직시키는 것에 대한 생생한 거부이자 조롱이라고 할 수 있다."[5]

바타유에 의하면 시적 관습을 따르지 않는 프레베르의 시는 존재하는 것만으로도 기존의 시를 거부하고 야유하는 의미를 갖는다. 그것은 진정한 감정에서 태어나는 외침le cri의 시이다. 바타유는 이전에 '시에 대한 증오La haine de la poésie'를 말한 바 있다. 이것은 시가 문학의 전위에서 '위반의 글쓰기l'écriture de la transgression'를 실천하는 역할을 하지 못하는 데 대한 거부감을 표현한 것이다. 그렇다면 위반의 글쓰기 혹은 위반의 시학은 무엇인가? 프레베르의『말』은 어떤 점에서 위반의 시학을 보여주는가? 그것과 초현실주의는 어떻게 다른가? 초현실주의는 프레베르의 시에 어떤 영향을 주었는가? 이 글은

5   G. Bataille, *Œuvres completes,* tome XI, Gallimard, 1988, p. 91.

대체로 이러한 의문에서 시작되었다.

2. 예술과 위반

소설가, 비평가, 철학자, 사회학자 등으로 다양하게 불릴 만큼 여러 분야에서 글쓰기를 시도한 작가, 조르주 바타유에게 '위반la transgression'의 개념처럼 중요한 것은 없어 보인다. 모든 위반은 '금기 l'interdit'를 전제로 한다. 동물의 세계에 금기가 적다면, 인간 사회에는 금기가 많다고 할 수 있다. 인간의 관점에서 금기는 인간과 동물의 차이를 정의하는 근거가 된다. 인간은 금기 속에서 성장한다. 금기가 많은 사회가 인간적인 사회라고 말할 수는 없지만, 인간은 성장하면서 금기를 지키며 살아가는 방법을 배운다. 그렇다면 금기는 인간의 바깥le dehors에서 인간에게 부여된 한계일 뿐인가? 인간의 내부 le dedans에는 금기에 대한 욕구가 없는 것일까? 사실 인간에게는 금기를 원하는 본성과 금기로부터 해방된 삶을 꿈꾸려는 욕구가 공존한다고 할 수 있다. 이것은 인간의 본성에 호모 파베르와 호모 루덴스가 뒤섞여 있다는 논리와 같다.

바타유는 인간에게 모순된 두 가지 욕구가 있다는 것을 에로티즘으로 논증한다. 그의 에로티즘은 동물의 성적 본능과는 달리, 금기와 관련된 것이면서 동시에 금기의 위반에 해당되는 것이다. 금기는 인간의 내면 속에 잠재한 성적 행위의 폭력성을 없애지 못하고, 오히려 성의 규범에 대한 위반의 욕망을 자극한다는 것이 에로티즘에 대한 그의 견해이다. 그러므로 에로티즘은 성의 해방이라거나 성에 대한

　　　　　제3부 초현실주의의 안과 밖

금기의 철폐를 주장하는 논리의 근거가 될 수 없다. 바타유에게 위반이 중요한 것은 금기와의 관계 때문이다. 그것은 한쪽이 옳고 다른 한쪽은 그르다는 주장이 아니라, 문제를 양쪽의 관계 속에서 보는 시각에 가깝다. 그것은 금기의 질서와 위반의 무질서를 대립적으로 보는 단순 논리가 아니기 때문이다. 이런 점에서 푸코는「위반에 대한 서문Préface à la transgression」(1963)에서 한계와 위반의 관계를 '존재의 밀도la densité de leur être'에서 상호관련성이 있는 것으로 보고, 결국 위반이 금기의 한계를 극복하는 행위라고 해석한다.[6]

바타유는 『라스코 혹은 예술의 탄생Lascaux, ou la naissance de l'art』 (1955)에서 인간에게 공존해 있는 호모 파베르와 호모 루덴스의 본성이 금기와 노동, 위반과 예술의 관계로 나타났음을 세계의 발전 과정에서의 두 가지 결정적 사건이라고 말한다. "하나는 도구(혹은 노동)의 탄생이고, 다른 하나는 예술(혹은 놀이)의 탄생이다."[7] 도구가 호모 파베르의 산물이라면, 예술은 호모 루덴스의 본성으로 만들어졌다는 것이다. 인간의 삶에서 도구가 유용한 것이라면, 예술은 유용성과는 반대되는 가치의 작업이다. 많은 비평가들이 예술은 무용한 것이지만, 예술의 무용성이 인간의 삶과 정신에 유익한 것임을 주장했다. 바타유 역시 예술은 무용하지만, 무용한 예술이 호모 파베르의 삶, 다시 말해서 오직 생존에 목적을 둔 삶에 대한 항의이자 이의제기라는 점에서 가치 있는 행위임을 역설한다. 인간에게는 '도구'도 필요하고, '예술'도 필요한 것이다. 그러므로 인간의 삶은 금기와 위반의 조건

---

6 M. Foucault, *Dits et écrits I*, Gallimard, 1994, p. 237 참조.
7 조르주 바타유, 『라스코 혹은 예술의 탄생/마네』, 차지연 옮김, 워크룸프레스, 2017, p. 47.

위에서 전개된다고 할 수 있다. 물론 바타유가 말하는 위반은 어떤 범죄 행위로서의 위반이 아니라, 종교적 위반, 황홀경의 원천이자 종교의 핵심으로서의 희열과 기쁨의 감각과 관련되는 위반이다. 바타유는 이러한 위반을 제의와 예술에 연결시킨다. 그는 희생제의에서 제물을 바치는 사제가 예술가와 같고, 오직 예술만이 이러한 종교적 위반의 순간을 표현할 수 있다고 본다. 바타유에 의하면, 시나 음악, 춤, 비극, 그림 등 예술적 형태들의 기원은 모두 축제를 발생시킨 동력과 같다. 위반은 예술이 스스로를 발현시킨 순간부터만 존재하는 것이며, 예술의 탄생은 순록을 동굴벽화로 남겼던 시대의 놀이와 축제의 소란과 연결되어 있다. "동굴 깊숙한 곳의 형상들에서 삶은 빛나며, 삶이란 늘 죽음과 탄생의 놀이 속에서 스스로를 극복하고 완성시킨다."[8]

하나의 예술작품, 하나의 희생제의는 모두 축제의 정신과 일치한다. 축제의 정신이 노동 세계의 보호를 위해 만든 금기들의 굴레에서 해방되는 느낌을 갖게 하듯이, 예술작품은 세속적 시간을 초월하는 종교적 위반처럼 엄숙하면서도 황홀하게 표현될 수 있다. 바타유는 이렇게 예술작품을 금기의 위반으로 해석한다. 마네의 그림에 대한 해석도 마찬가지이다. 많은 사람들이 알고 있듯이, 마네의 〈올랭피아〉와 〈풀밭 위의 점심식사〉는 당시의 관객들에게 충격과 분노를 불러일으켰다. 대중은 규범과 관습에 따라 부드럽고 조화롭게 또는 아름답게 그려진 그림을 요구하는 법이다. 마네의 파격적인 그림은 스캔들 대상이 되었고 대중의 분노와 혐오감을 절정에 이르게 했다. 바타

---

8   같은 책, p. 73.

유는 마네가 동시대의 화가들과는 다르게 모든 예술적 규범과 관습을 위반했을 뿐 아니라, 예술가의 어떤 고정관념이나 완고한 자아에 사로잡히지 않았다는 점을 주목한다. 결국 마네의 그림은 현대 회화의 탄생을 보여준 것이었다. 바타유의 이러한 미술 비평은 시 비평과 동일한 관점에서 쓰였다. 시와 그림은 모두 관습의 부정과 한계의 위반을 보여주어야 한다는 것이다.

바타유는 1947년, 『시에 대한 증오La haine de la poésie』를 펴내면서, 이런 제목을 붙인 이유를 '아름다운 시la belle poésie'에 대한 혐오감과 '서정시의 싱거운 표현들les fadeurs du lyrisme'에 대한 거부감을 드러내기 위해서였다고 말한다.[9] 그러나 "시에 대한 증오"는 '시에 대한 사랑'의 역설적 표현일 것이다. 우리는 아무에게나 증오심을 갖지 않는다. 사랑하는 사람이 배신했을 때, 그를 증오할 수 있는 것이다. 실제로 바타유의 「니체에 관해서Sur Nietzsche」(1994)에서 "나는 거짓말(시의 바보 같은 말la niaiserie poétique)을 증오한다"라는 문장에 이어서, 사랑하는 사람에 대한 생각과 그 사람의 실제 모습과의 차이를 심연이라고 표현하고, 그 심연을 보게 하는 "욕망은 절대로 거짓말을 하지 않는다"라는 문장이 연결되어 있는 것을 보면,[10] 증오와 사랑이 무관하지 않다는 것을 알 수 있다. 이렇게 바타유는 시에 대한 실망감을 표현하면서, 보들레르와 랭보의 시는 예외라는 단서를 붙인다. 『문학과 악La littérature et le Mal』에서 보들레르를 적극적으로 옹호한 것과 『내면의 경험L'expérience intérieure』에서 랭보를 자주 언급하면서 모든 시인

---

9   G. Bataille, Œuvres complètes, tome III, Gallimard, 1971, p. 513.
10 G. Bataille, Œuvres complètes, tome VI, Gallimard, 1973, p. 84.

은 랭보의 경험을 존중해야 한다고 발언한 것은 그만큼 두 시인에 대한 바타유의 애정을 반영한다고 할 수 있다. 바타유가 증오의 대상에서 제외한 시인들은 두 시인 외에 블레이크, 프레베르, 르네 샤르 정도이다. 르네 샤르에 대한 평론은 보이지 않지만, 프레베르의 『말』에 대한 서평은 그의 시론을 이해할 수 있는 중요한 자료이다.

그렇다면 바타유는 동시대의 초현실주의 시인들을 어떻게 평가했을까? 제17장에서 다루겠지만 바타유와 브르통 사이에 격렬한 논쟁이 벌어졌다는 사실을 상기한다면 바타유가 초현실주의 시나 자동기술의 시를 당연히 비판했을 것으로 짐작할 수 있다. 사실 바타유는 시를 완전히 부정하고 해체하려는 다다운동보다 관습적인 시의 형태를 파괴하고 새로운 언어의 시를 창조하려는 초현실주의에 관심을 가졌다. 그러나 그는 곧 자동기술처럼 주제도 없고 주체도 없는 시쓰기를 비판하고, 현실에 눈을 감고 꿈의 세계를 탐구하거나 꿈과 현실을 종합한다는 이상주의에 거부감을 갖게 되었다. 그의 입장에서는 현실의 한계를 초월하기보다 그것을 직시하면서 극복하는 태도가 중요했기 때문이다. 초현실주의 시인들이 시인에 대한 자부심을 갖고 유명한 시인이 되려고 했던 반면, 바타유는 시인이 되기를 거부했다. 바타유의 이런 태도는 초현실주의 그룹에 속해 있던 시절의 프레베르가 시인이 되려는 야심을 보이지 않았고, 어떤 습작 시도 쓰지 않았다는 사실과 일맥상통한다. 그렇지만 바타유는 누구보다도 시의 중요성을 아는 사람이었다. 시는 관습적인 언어를 파괴하고, 사물과 언어 혹은 세계와 언어의 관계를 전복할 수 있는 효과적인 수단이었기 때문이다. 그러나 그는 시의 이런 역할이 성공적으로 수행될 수 있다고는 믿지 않았다. 오히려 그는 시의 성공보다 시의 실패를 알고,

제3부 초현실주의의 안과 밖

그것의 의미를 잘 이해하는 사람이었다.

이런 전제에서 우리는 바타유의 시론은 무엇이고 그것은 랭보와 어떤 관련이 있는지 살펴본 뒤, 바타유의 프레베르 비평을 검토하고, 위반의 개념으로 프레베르의 시 한 편을 분석해보려고 한다.

3. 시와 위반의 글쓰기

바타유에 의하면, 시인은 말les mots을 희생물로 삼는 희생제의의 사제이다. 그는 그 이유를 이렇게 설명한다.

> 나는 '시'야말로 말을 희생물로 삼는 희생제의라고 말하고자 한다. 우리는 말을 이용하고 살아가면서 말을 유익한 행동의 도구로 삼는다. 언어가 완전히 노예처럼 쓰여야 한다면 우리의 인간다움은 하나도 남아 있지 않을 것이다. 우리는 인간과 사물 사이에서 말에 의해 만들어진 효율적 관계를 떠나서 살 수 없다. 그러나 이런 '터무니없는 말le délire'의 관계에서 말을 해방시켜야 한다.[11]

바타유는 인간 사회에서 언어가 의사소통의 수단으로만 이용된다면, "우리의 인간다움은 하나도 남아 있지 않을 것"이라고 말한다. 그렇다면 인간성을 회복하기 위해서 어떻게 언어를 바꿀 수 있는가? 시가 바로 그러한 역할을 할 수 있다는 것이다. 바타유는 말(馬)과 버

---

11 G. Bataille, "L'Expérience intérieure," *Œuvres complètes*, tome V, Gallimard, 1973, p. 156.

터를 예로 든다. 가령 말이 마구간에 있건 경마장에 있건 말은 가축이나 동물일 뿐이고, 버터 역시 식탁 위에 놓인 식품을 가리킬 뿐이다. 그러나 시에서 그 단어들이 '말의 버터'라거나 '버터의 말'로 결합되면, 그것은 알 수 없는 시적 이미지로 변화한다. 그러므로 "시는 앎의 세계에서 알 수 없는 세계로 이르게 한다La poésie mène du connu à l'inconnu"[12]는 것이다. '알 수 없는 세계'의 문을 여는 시의 작업은, 우리가 일상세계에서 도구처럼 사용하는 언어를 희생물로 삼는 희생제의와 같다.

여러 가지 희생제의 중에서, 시는 우리가 불길을 꺼뜨리지 않고 늘 새롭게 불을 지필 수 있는 유일한 것이다. 중요한 것은 시의 희망이 우리의 비참함을 참을 수 없는 것으로 만든다는 점이다. 어떤 희생제의들은 우리를 참으로 해방시키는 일에 무력감을 갖게 하는 상태에서도, 종종 주체의 희생이 가능할 때까지 더 멀리 가야 할 필요를 느끼게 만든다.[13]

여기서 "주체의 희생이 가능할 때까지 더 멀리 가야" 한다는 것은 랭보의 경험을 환기시킨다. 랭보가 희생한 것은 대상물로서의 시뿐 아니라, 시인으로서의 주체[14]를 포함한 것이기 때문이다. 많은 사람들이 알고 있듯이, 주체를 희생한 랭보의 삶은 혐오스럽고 비참한 모습으로 끝난 삶이다. 그러나 진정한 시인은 현실과 타협하면서 어떤 명예의 삶에 안주하지 않고, 언어와의 힘든 싸움에서 파멸을 각오하며

12 같은 책, p. 157.
13 같은 책, p. 172.
14 같은 책, p. 454.

시적 모험을 계속 추구해야 한다는 것이 바타유의 주장이다. 위반의 개념으로 말한다면, 시적 모험은 '가능한 것le possible'과 '불가능한 것 l'impossible'의 한계를 넘어서는 행위이다. 철학의 이성적 언어(담론)가 '가능한 것'에 대한 사유라면, 시의 언어는 '가능한 것'을 넘어서서 한계의 밖에 있는 '불가능한 것들'에 대한 추구이다. 다시 말해서 시는 이성적 언어로 포착되지 않는 광기, 죽음, 에로티즘, 웃음, 눈물, 황홀 등을 대상으로 한 언어의 실험이다. 이런 점에서 시와 '가능한 것'은 대립적이다.

바타유는 『시에 대한 증오』라는 제목을 『불가능한 것L'impossible』으로 바꾸게 된다. 그리고 이와 관련해서, '불가능한 것'은 죽음과 관련되며, '가능한 것'의 중요한 문제는 '사는 일vivre'이라고 설명한다. "이성적 성찰은 언제나 가능한 것을 대상으로 한다. 반대로 불가능한 것은 무질서이고 일탈이다. 오직 절망과 정념만이 무질서를 이끌어오는 것이다…… 과도한 무질서에 어쩔 수 없이 빠져드는 광기! 그러한 무질서만이 죽음을 동경한다."[15] 또 다른 글에서는 시가 "앎의 세계에서 미지의 세계에 이르는 것"이라고 정의한 후, 이러한 "시의 변화가 끝나면 광기가 다가오고, 후퇴가 시작된다"라고 말한다. "시는 어쨌든 자기 자신의 부정이다. 시가 자기 자신을 극복하는 자리에서의 부정은 후퇴보다 더 많은 결과를 초래한다."[16] 바타유의 용어로 '앎의 세계'는 '가능한 것'을 가리키고, '미지의 세계'는 '불가능한 것'을 의미한다. 시의 변화 또는 시를 향한 변화는 극단적인 모험을 중단하고 '가능한

15 G. Bataille, *Œuvres complètes*, tome III, p. 512.
16 G. Bataille, "La volonté de l'impossible," *Œuvres complètes*, tome XI, p. 21.

것의 한계les limites du possible'에 남아 있으려고 한다. 그렇게 하는 편이 안전하기 때문이다. 그 한계를 넘어서면 광기의 위험 혹은 죽음의 공포와 만날 수 있다. 물론 시인과 광인이 일치하는 것은 한순간일 뿐이다. 또한 시인과 광인의 일치된 순간은 사람에 따라서 다를 수 있다. 그러나 아무리 정신력이 강한 시인이라도, 광기를 오래 견디면서 시적 모험을 할 수는 없다.

> 나의 광기는 밖의 세계에 충격을 주어서, 시의 힘으로 세계가 변화하기를 바라는 것이다. 이러한 바람이 내면세계로 방향을 바꾸게 될 경우에도, 시의 환기력에 대한 기대는 여전하다.[17]

바타유의 이러한 고백은 시적 모험이 한계에 부딪쳐 좌절하거나, 시가 세계를 바꾸지도 못하고 개인의 내면을 변화시키지 못할 경우에도 시의 환기력, 혹은 시적 상상력에 대한 희망을 잃지 않겠다는 의지의 표현으로 이해된다. '불가능한 것'에 대한 시적 모험을 거쳐서 만들어진 시는 파괴된 언어이거나 해체된 언어의 형태를 갖기 마련이다. "파괴되거나 해체된 언어는 사유의 힘든 측면과 일치하지만, 그러한 언어는 어디까지나 시에서만 나타나는 모습일 뿐이다." "시를 극복하는 경험에 참여하지 못한 시는 시의 변화가 아니라, 혼란이 있은 후 남겨진 잔재"[18]일 뿐이다. 그러므로 시는 기존의 시의 관습이나 한계에 머물지 말고, 끊임없이 한계를 넘는 위반의 시로 나아

17 같은 책, p. 22.
18 G. Bataille, *Œuvres complètes*, tome V, p. 350.

가야 한다는 것이다. 그것은 결코 운율에 맞추고 관습에 종속되어 만들어지는 '아름다운 시'가 아니라 폭력과 해체의 의지로 만든 시로서 결국 "가장 많은 피가 소모될 수 있는 시la poésie où se perdrait le plus de sang"[19]가 가장 강력한 시라고 할 수 있다.

그러므로 시의 글쓰기는 투쟁이다. 그것은 언어와의 끊임없는 싸움이기도 하다. 그러나 적은 외부에도 있고, 내부에도 있다. 언어의 안과 밖의 경계가 분명치 않은 상황에서 언어의 한계를 극복하려는 시의 부정과 위반은 쉽지 않다. 시는 인간의 정신을 경직되게 만든 모든 것에 대한 위반이자 금기의 극복이어야 한다. 사르트르식으로 말하면, 그것은 싸움에서 "지는 사람이 이기는 사람이 되는" 논리와 같다. 그것은 세계를 변화시키지는 못하지만, 인간이 생각하는 방식을 바꾸고, 세계를 새롭게 보는 눈을 갖게 한다. 그것이 바로 시의 '주권성'을 회복하는 방법일 것이다.

4. 시와 '불가능한 것'의 경험

앞에서 말한 것처럼 바타유는 『시에 대한 증오』라는 제목으로 책을 펴냈지만, 15년 후인 1962년 1월, 이 책을 재판본으로 발간했을 때는 제목을 『불가능한 것』으로 바꾼다. 재판본 서문에서 그는 제목을 바꾼 이유를 이렇게 설명한다.

---

19 같은 책, p. 422.

15년 전에 이 책의 초판본을 발간했을 때, 나는 『시에 대한 증오』라는 모호한 제목을 붙였다. 그때는 오직 증오심만이 진정한 시에 이를 수 있다고 생각했기 때문이다. 시는 반항의 폭력에서만 강력한 의미를 갖는다. 그러나 시가 그러한 폭력에 이를 수 있는 것은 오직 '불가능한 것'을 환기시킴으로써이다.[20]

또한 바타유는 설명이 부족하다고 생각했는지, 이 책이 수록된 전집 3권 각주에서 제목을 바꾼 이유에 대해 다음과 같은 설명을 덧붙인다.

초판의 제목은 오직 '가능한 것'의 취향과 관련된 것으로 알려진 시에 대한 증오만을 강조하기 위해서였지만, 이 제목의 뜻이 분명치 않았다. '불가능한 것'은 여전히, 무엇보다도 완전한 폭력이고 견딜 수 없는 비극이다. 그것은 문학적 시의 관습의 한계를 넘어서는 일이다.[21]

시인이 "문학적 시의 관습의 한계를 넘어서"서 '불가능한 것'을 추구하는 것은 삶을 희생하고 어떤 비극적 운명을 각오함으로써이다. 앞에서 보았듯이, 중요한 것은 사는 일이다. 바타유는 '가능한 것'과 '불가능한 것'을 삶과 죽음의 주제와 관련짓는다. 이성적 사고가 '가능한 것'을 대상으로 삼는다면, '불가능한 것'은 절망과 정념의 상태에서 맹목적으로 추구해야 하는 대상이다. 그것은 죽음의 상태와 가깝다.

20 G. Bataille, *Œuvres complètes*, tome III, p. 101.
21 같은 책, p. 512.

제3부 초현실주의의 안과 밖

그러나 살아 있는 사람은 죽음을 모른다. 바타유는 이성의 언어로 죽음을 정의할 수 없다고 단언한다. 죽음의 세계에 가까이 갈 수 있는 것은 시적 언어일 뿐이다. 그러나 죽음을 포착하기 전에 시인은 광기와 만날 수 있다. "시인의 한계는 광인의 한계와 일치"하는 것이기 때문이다. 바타유는 이러한 논의를 전개하는 글에서 랭보의 견자見者, Voyant 이론을 예로 들고, '불가능한 것'을 추구하는 시의 작업은 실패하기 마련이라는 것을 이렇게 말한다.

> "첫번째 작업……" (1871년 5월 13일에 랭보가 이장바르 교수에게 보낸 편지)
> 실패는 그러한 목표에 따른 당연한 결과이다. 정신적 혼란은 우울증의 징조이다. 시는 방향 전환에 의해서 부정된다. 시인은 이제 더 이상 와해된 문체의 수단으로 가짜 세계를 재구성하는 파괴된 언어가 아니라, 유희에 지쳐서도 광기의 왕국으로 실재적 정복의 대상을 만들려고 하는 인간일 뿐이다. 지레짐작으로 무너진 견자(예시자)가 볼 수 없는 것은 자신의 어쩔 수 없는, 좌절과 좌절 너머에 있는 '가능한 것들'과 '불가능한 것들'의 차이이다. [……]
> 랭보의 위대함은 시를 시의 실패로 이끌어갔다는 것이다.[22]

시에 대한 바타유의 주장을 정리하면 "시는 자기 자신의 인식이 아니고, 자기 자신의 부정"이며 "시는 자기를 유지하면서 부정하고, 자기를 극복하면서 부정한다"는 것, "시인의 한계는 광인의 한계와 만

22 같은 책, p. 533.

나거나 일치한다는 것" "시인은 파괴된 언어로 가짜 세계를 재구성할 것이 아니라, 광기의 힘으로 현실 너머에 있는 실재적 세계를 정복해야 하고, 그러한 작업이 실패로 끝나더라도 그러한 모험을 지속해야 한다"는 것이다.

바타유의 이러한 시론은 랭보의 '견자' 이론과 크게 다르지 않다. 랭보는 1871년 5월 13일, 이장바르 교수에게 보낸 편지에서 '주관적 시'와 '객관적 시'를 구별한다. '주관적 시'는 낭만주의 시인들의 자기중심적 시이고, '객관적 시'는 개인의 자아를 초월한 보편적 자아 혹은 비개성적 자아의 시로서 '보는 능력le voyance'을 보여주는 것이다. '보는 능력'은 "오랜 시간을 거쳐서 모든 감각의 거대한 이성적 착란un long, immense et raisonné dérèglement de tous les sens"[23]의 고행으로 획득될 수 있다. 그는 "위대한 병자, 위대한 범죄자, 위대한 저주받은 자"로서 세속적이고 합리적인 사회의 가치관을 초월하고 진정한 실재의 세계를 볼 수 있는 사람이다. 그러나 과거의 그 어떤 시인도 이러한 능력을 보여주는 시를 쓰지 못했다는 것이다. 랭보의 이러한 시론은 바타유의 '불가능한 것' 혹은 '미지의 세계'를 추구하기 위해서 모든 한계를 넘어서야 한다는 위반의 시학과 일치한다.

우리에게 알려진 랭보의 마지막 시는 극단적인 것이 아니다. 랭보가 극단적인 것에 도달했다 하더라도, 그는 절망의 수단으로만 소통에 도달했을 뿐이다. 그는 가능한 소통을 하지 않았고, 더 이상 시를 쓰지 않았다.[24]

---

23 A. Rimbaud, *Œuvres complètes*, Gallimard, coll. bibliothèque de la pléiade, 2009, p. 248.

바타유의 이 말에서 소통은 시적 소통이다. 소통의 거부는 더 이상 시를 쓰지 않았다는 말과 일치한다. 소통의 거부를 가장 강력한 소통의 메시지로 해석할 수도 있다. 랭보가 추구한 극단적인 것이 정확히 무엇인지는 알 수 없지만, 바타유는 극단적인 것이 "무질서나 풍요 désordre ou luxuriance"[25]는 아니라고 말한다. 물론 랭보의 시적 모험이 극단적인 것에 도달하지 못했다고 할 수도 있다. 분명한 것은 시인이 더 이상 '극단적인 것'을 추구하지 못하거나 그것을 추구할 의지가 없을 때, 시인이기를 포기해야 한다는 것이다. 그렇지 않다면, 그는 자기 자신과 타협하고 모든 관습에 안주하는 나약한 시인일 뿐이다. 바타유는 시가 나를 변화시킬 수 없다는 판단이 생기면, 시를 포기해야 한다고 말한다. 이것은 "랭보의 위대함은 시를 시의 실패로 이끌어 갔다"는 역설의 근거이기도 하다. 바타유는 랭보의 실패처럼, 자신의 시적 모험도 실패로 끝나고 광인이 되었음을 다음과 같이 말한다.

> 시는 욕망의 과도함으로 밤을 여는 것이다. [……] 시는 또한 이 세계의 한계를 넘어서는 것이었지만, 나를 변화시킬 수는 없었다. [……] 나는 세계의 한계에 만족해하는 상태의 비참함을 보면서, 세계의 한계를 계속 문제시했다. 나는 허구의 안일함을 더 이상 참을 수 없었다. 나는 허구가 아닌 실재를 요구하다가 광인이 되었다.[26]

24 G. Bataille, *Œuvres complètes*, tome V, p. 64.
25 같은 곳.
26 G. Bataille, *Œuvres complètes*, tome III, pp. 221~22.

랭보의 모험이 실패로 끝난 것처럼, 세계의 한계를 넘어서려는 바타유의 시적 모험도 실패로 끝난다. 그러나 시의 운명은 그 실패를 끊임없이 다양한 방법으로 보여주는 일이다. 결국 바타유는 도달할 수 없는 가능성의 세계를 언어로 환기시키는 시적 작업을 하면서 "허구가 아닌 실재를 요구하다가 광인이 되었다"고 고백한다. '가능성의 세계' 바깥에는 언어가 표현할 수 없는 부재와 침묵의 세계 혹은 '불가능한 것'의 세계가 있을 것이다.

5. 프레베르와 위반의 시 「고래잡이」

바타유는 미술에서의 마네처럼 한 시인을 대상으로 책을 펴내지 않았다. '시에 대한 증오'를 말할 만큼 '아름다운 시'에 대한 극도의 혐오감을 나타낸 그에게 랭보의 위대한 실패의 경험을 계승한 시인이 보이지 않았기 때문일까? 그는 랭보 이후의 시인들을 두 그룹으로 나눈다. 한 그룹은 양심의 가책을 느끼면서도 시를 즐기거나 시 쓰기를 계속하는 시인들이고, 다른 그룹은 자기만족에 빠져 있거나 되는 대로 처신하면서 성급히 어떤 단호한 주장을 하거나 모순의 혼란을 벗어날 줄 모르는 시인들이다. 그는 이렇게 기성 시인들을 포함해서 랭보를 우상화하는 초현실주의 시인들까지도 부정적으로 평가한다. 그가 『시에 대한 증오』를 출간한 때는 1947년 9월이다. 프레베르의 시집 『말』에 대한 서평으로 쓴 글 『석기시대에서 자크 프레베르까지』가 발표된 것은 1946년 여름이다. 『말』은 1945년 12월에 인쇄되었고, 1946년 5월에 판매되기 시작하여 선풍적인 인기를 끌게 된다. 그러나 『말』이 특별히 문학비평가들의 주목을 받지 못했을 무렵에, 바타유는 프레베르의 시를 높이 평가하는 글을 발표한 것이다. 글의 분량도 비교적 장문의 글이라고 할 수 있다. 그는 프레베르의 시가 대중들의 감동을 노래로 표현했다고 하면서, 시는 한 시대의 대중들이 표현하고자 하는 감동을 마음의 소리 혹은 외침le cri으로 노래하는 것이라고 주장한다. "어느 시대나 모든 강렬한 감동은 시적으로 표현되었다."[27] 바꿔 말하면 시 혹은 노래로 표현되지 않은 것은 그 시대 사람들의 진정한 감동이 아니라는 것이다.

바타유는 프레베르가 문학의 관습을 위반하고, 상투화된 '문학적'이라는 의미를 무시하거나 그것을 벗어난 시를 쓴다는 것에 찬사를 보낸다. 프레베르가 이러한 위반의 시 혹은 사건의 시를 쓸 수 있는 것은, 그가 유명한 시인이 되려는 야심도 없었고, 문학적으로 성공한 시를 쓰려는 생각을 갖지도 않았기 때문일 수 있다. 그는 초현실주의 그룹에서 활동하던 기간에도 문학보다 영화에 더 관심이 많았다. 나중에 그는 『말』에 실린 시의 상당 부분은 영화에 삽입하기 위해서 만들었다고 밝힌다. 이런 점 때문인지는 모르겠지만, 그의 시는 영화의 장면을 연상케 하거나, 영상처럼 유동적이고 변화하는 느낌을 준다. 바타유는 프레베르 시의 변화성을 이렇게 말한다. "그의 시는 변화한다. 그것은 모든 것을 변하게 하고, 모든 것은 그의 시를 변하게 한다."[28]

이처럼 변화의 특성을 갖는 프레베르의 시에는 당연히 고정된 시적 화자가 없다. 시에 1인칭 화자가 등장하더라도 그것이 시인의 자

---

27 G. Bataille, *Œuvres complètes*, tome XI, p. 88.
28 같은 책, p. 91.

아를 반영하는 것으로 보이지 않는다. 바타유가 시의 천재성이라는 것을 부정했듯이, 프레베르는 자신의 시가 천재성의 표현이기는커녕, 모든 사람들의 목소리와 외침으로 이루어졌음을 그의 시 「마음의 외침le cri du coeur」에서 노래한다. 이것은 바타유가 "모든 사람들은 시적 재능이라는 면에서 평등하다"(블레이크)라거나, "시는 모든 사람들에 의해서 만들어지는 것이지, 한 사람에 의해서 만들어지는 것이 아니다"(로트레아몽)와 같은 시론을 좋아한 것과 일치한다.[29] 어떤 비평가는 프레베르의 시가 드물게 1인칭의 관점에서 쓰였다 하더라도, 시인의 자아를 의미하는 1인칭이 아니라 집단의 목소리로 자유롭게 변형된다고 말하며, 이를 프레베르가 영화인이기 때문으로 설명하기도 했다. 시나리오 작가이건 영화감독이건, 영화인은 개인적 글쓰기를 하는 시인과 달리, 집단 작업을 하는 만큼 관계된 모든 사람들의 역할을 존중해야 한다는 점에서이다. 프레베르의 시집 제목에 소유형용사가 없는 것도 그와 관련이 있다. 이 시집에 들어 있는 작품들은 어떤 유명한 혹은 권위 있는 시인의 시가 아니라, 보통 사람들이 누구나 할 수 있는 말을 모은 것이라는 의미에서이다. 그렇다고 해서 프레베르의 시가 보통 사람들의 일상적인 말과 같다는 것은 아니다. 바타유가 말한 것처럼, 그 말 속에는 인간의 내면에서 솟구쳐 오르는 진실의 '외침'이 담겨 있다.

이러한 전제에서 우선 그의 시 「고래잡이La pêche à la baleine」를 읽어보자.

---

29 G. Bataille, *Œuvres complètes*, tome V, p. 172.

고래 잡으러 가자, 고래 잡으러 가자,

아버지는 분노의 목소리로

장롱 속에 누워 있는 아들 프로스페에게 말했네

고래 잡으러 가자, 고래 잡으러 가자,

넌 가고 싶지 않냐

도대체 무슨 이유 때문이냐?

왜 내가 동물을 잡으러 가야 해요

내게 아무 짓도 하지 않았는데요 아빠,

가세요 아빠, 아빠 혼자 잡으러 가세요

아빠는 고래잡이를 좋아하시니까요

난 불쌍한 엄마와 사촌 가스통과 함께

집에 있는 게 좋겠어요

그러자 아버지는 혼자서 고래잡이배를 타고

풍랑이 심한 바다로 떠났다네……

아버지는 바다에 있고

아들은 집에 있고

고래는 화가 났다네

그리고 사촌 가스통은 수프 그릇을

수프 그릇을 엎질렀다네

바다는 나빴고

수프는 좋았네

오 저런 프로스페는 의자 위에 앉아 슬픔에 잠겨 있네.

난 고래 잡으러 가지 않았어,

왜 내가 가지 않았을까?

아마도 누군가 고래를 잡았을 테지.

그러면 난 고래 고기를 먹을 수 있겠지

그런데 문이 열리더니 아버지가 물에 흠뻑 젖은 채

숨을 헐떡이며

고래를 등에 짊어지고 나타났네

아버지는 식탁 위에 고래를 던져 놓았네 푸른 눈의 예쁜 고래를

좀처럼 보기 드문 그 동물을

그리고 아버지는 애처로운 목소리로 말했네

빨리 서둘러서 고기를 썰어주렴

난 배고프고, 목마르고, 먹고 싶구나.

그러나 프로스페는 벌떡 일어나

아버지를 똑바로 쳐다보았지 아버지의 푸른 눈의 흰자위를

푸른 눈의 고래 눈처럼 푸른 두 눈을 똑바로 쳐다보았지

왜 내가 불쌍한 동물의 고기를 썰어야 하나요? 나에게 아무짓도 안

했는데요

할 수 없어요. 난 그 일을 못 해요.

그런 후 그는 칼을 땅에 던져버렸네,

하지만 고래가 칼을 집어 들고 아버지에게 달려들어서 찔렀네

칼은 앞쪽에서 뒤쪽으로 관통했지.

아, 아, 사촌 가스통이 말했네

사냥했던 일이 생각나는군, 나비 사냥했던 일이.

오, 저런

프로스페가 벌써 부고장을 만들고 있네

불쌍한 남편을 잃은 어머니

고래는 가장을 잃은 가정을 돌아보고 눈물 흘리며

소리쳤네

왜 내가 이 불쌍한 얼간이를 죽였단 말인가

지금 다른 사람들이 모터보트를 타고 날 잡으러 오겠지

그리고 우리 식구 모두를 죽이려 하겠지.

그러면서 고래는 무서운 웃음을 터뜨리더니

문 쪽으로 가다가 도중에 문득

미망인에게 말했다네

부인, 누군가 나를 찾으러 오면 이렇게

친절히 대답해주세요

고래는 떠났어요

앉으세요,

여기서 기다리세요,

고래는 한 15년 후에나 돌아올지 모른다고요……

À la pêche à la baleine, à la pêche à la baleine,

Disait le père d'une voix courroucée

À son fils Prosper, sous l'armoire allongé,

À la pêche à la baleine, à la pêche à la baleine,

Tu ne veux pas aller,

Et pourquoi donc?

Et pourquoi donc que j'irais pêcher une bête

Qui ne m'a rien fait, papa,

Va la pêpé, va la pêcher toi-même,

Puisque ça te plaît,

J'aime mieux rester à la maison avec ma pauvre mère

Et le cousin Gaston.

Alors dans sa baleinière le père tout seul s'en est allé

Sur la mer démontée...

Voilà le père sur la mer,

Voilà le fils à la maison,

Voilà la baleine en colère,

Et voilà le cousin Gaston qui renverse la soupière,

La soupière au bouillon.

La mer était mauvaise,

La soupe était bonne.

Et voilà sur sa chaise Prosper qui se désole :

À la pêche à la baleine, je ne suis pas allé,

Et pourquoi donc que j'y ai pas été ?

Peut-être qu'on l'aurait attrapée,

Alors j'aurais pu en manger.

Mais voilà la porte qui s'ouvre, et ruisselant d'eau

Le père apparaît hors d'haleine,

Tenant la baleine sur son dos.

Il jette l'animal sur la table, une belle baleine aux yeux bleus,

Une bête comme on en voit peu,

Et dit d'une voix lamentable :

Dépêchez-vous de la dépecer,

J'ai faim, j'ai soif, je veux manger.

Mais voilà Prosper qui se lève,

Regardant son père dans le blanc des yeux,

Dans le blanc des yeux bleus de son père,

Bleus comme ceux de la baleine aux yeux bleus:

Et pourquoi donc je dépècerais une pauvre bête qui m'a rien fait?

Tant pis, j'abandonne ma part.

Puis il jette le couteau par terre,

Mais la baleine s'en empare, et se précipitant sur le père

Elle le transperce de père en part.

Ah, ah, dit le cousin Gaston,

On me rappelle la chasse, la chasse aux papillons.

Et voilà

Voilà Prosper qui prépare les faire-part,

La mère qui prend le deuil de son pauvre mari

Et la baleine, la larme à l'oeil contemplant le foyer détruit.

Soudain elle s'écrie:

Et pourquoi donc j'ai tué ce pauvre imbécile,

Maintenant les autres vont me pourchasser en moto-godille

Et puis ils vont exterminer toute ma petite famille.

Alors éclatant d'un rire inquiétant,

Elle se dirige vers la porte et dit

À la veuve en passant:

Madame, si quelqu'un vient me demander,

Soyez aimable et répondez:

La baleine est sortie,

Asseyez-vous,

Attendez là,

Dans une quinzaine d'années, sans doute elle reviendra...

어떤 단편영화를 연상케 하는 이 시에서 화자가 누구인지는 알 수 없다. 등장인물들은 아버지와 어머니, 아들 그리고 사촌 가스통과 고래이다. 특이한 것은 사촌의 이름은 프랑스인을 연상케 하지만, 아들의 이름이 프로스페라는 점이다. 영어로 '번영하다' '성공하다'라는 뜻의 Prosper라는 아들의 이름은 아버지가 아들의 출세와 성공을 위해 지어준 이름일 것이다. 그러나 아들은 아버지가 "고래 잡으러 가자"고 하면 "좋아요"라고 대답하면서 따라가려고 하기는커녕 "왜 내가 동물을 잡으러 가야 해요," 동물이 "내게 아무 짓도 하지 않았는데요"라고 하면서, 아버지를 기분 나쁘게 한다. 그러나 아버지가 화난 것은 아들이 자신의 뜻에 거역해서가 아니라, 아들이 "장롱 속에 누워" 있기 때문인 것 같다. 아들이 책상 앞에 앉아서 공부한다거나 동물 사냥 같은 일을 좋아할 만큼 남성적인 모습을 보여야 나중에 사회에서 성공할 수 있을 터인데, "장롱 속에 누워" 있기를 좋아한다는 것은 아버지의 기대를 저버리는 일이다. 그러나 프레베르의 시에 자주 등장하는 어린이는 진실을 말함으로써 어른들의 위선이나 편견을 일깨우는 역할을 한다. 이것은 부르주아 가정의 풍습과 다른 점이다.

이 시의 중간쯤에서 "아버지는 혼자서 고래잡이배를 타고" 가서, "물에 흠뻑 젖은 채 숨을 헐떡이며 고래를 등에 짊어지고" 나타난다.

여기서 "숨을 헐떡이며"라는 표현은 'hors d'haleine'이다. 'haleine'은 '숨'
이나 '호흡'을 뜻하는 명사이고, 'hors de'는 '~의 밖에서'나 '~을 벗어난'
이라는 의미이다. 화자가 haleine이라는 명사를 쓴 것은 baleine(고래)
과 운을 맞추기 위해서였을 것이다. 그러니까 'hors d'haleine'은 "숨을
헐떡이며"이기도 하지만, 숨을 벗어난'이라는 의미에서 죽음이거나
죽음 직전의 상태를 암시한다고 할 수도 있다. 또한 "빨리 서둘러서
고기를 썰어주렴"은 "Dépêchez-vous de la dépecer"이다. 이 말에서도
'Dépêchez'와 'dépecer'는 발음이 비슷하다는 점에서만이 아니라, "서
둘러서 고래가 완전히 죽을 수 있도록 고래 고기를 잘게 썰라"는 전
복의 말장난을 표현하고 있다는 해석이 가능할 것이다.

이 시에 등장하는 사람과 동물 중에서 유일하게 아무 말도 하지 않
는 인물은 어머니이다. 푸코가 권력은 도처에 있다고 말하기도 했지
만, 말은 권력의 표현일 수 있다. 아무 말도 하지 않는 것으로 묘사된
어머니는 말할 권리가 없는 사람처럼 보인다. 사람은 가정에서건, 사
회에서건, 누구나 자기 의견을 말하고 살 수 있어야 한다. 어머니는
발언권이 없는 사람처럼 지냈기 때문에, "불쌍한 엄마"일 것이다.

이 시에서 고래는 사람으로 변하여, 자기를 죽이려는 아버지를 정
당방위로 살해한다. 그리고 고래는 가장의 죽음으로 "파괴된 가정을
돌아보고contemplant le foyer détruit 눈물 흘리며" 왜 내가 이 "불쌍한
얼간이ce pauvre imbécile를 죽였단 말인가"라고 외친다. 여기서 우리
가 "돌아본다"로 번역한 동사가 contempler라는 점도 주목할 점이다.
라루스 동의어 사전에 의하면, '바라본다'라는 뜻을 지닌 동사들 중
에서 contempler는 '바라보는' 주체의 입장보다 대상의 관점에서 대
상을 곰곰이 생각한다는 뜻이다. 다시 말해서 이 동사는 타자의 입장

을 존중하고 생각한다는 뜻에 가깝다. 고래는 이렇게 자기중심적인 인간과는 달리, 대상을 배려하는 존재로 비친다. 또한 고래는 눈물을 흘리다가 갑자기 "무서운 웃음"을 터뜨린다. 작중인물들 중에서 눈물을 흘리는 것도 고래이고, 웃음을 터뜨리는 것도 고래이다. 아리스토텔레스는 인간이 웃을 수 있다는 점이 동물과 다른 점이라고 말했는데, 이 시에서는 사람이 웃지 않고 동물이 웃는다. 바타유는 웃음이 예속을 거부하는 태도이거나 개인의 협소한 자아를 사라지게 한다는 점에서 '주권적'이라고 말한다. '주권성souveraineté'은 이익에 집착하는 태도에 대한 거부이자 종속의 거부이고, 모든 권위에 대한 거부인 것이다. 프레베르는 이 시에서 자기중심적인 인간의 불쌍하고 비참한 모습을 희화하기 위해, 오히려 고래를 인간화함으로써 인간에게 부족한 주권성을 보여주었다고 할 수 있다.

아버지와 고래의 대비되는 표현을 비교해보자.

	아버지	고래
감정 표현	(시의 도입부에서 "고래 잡으러 가자"고 말하는 목소리) "분노의 목소리로" (고래를 잡아 온 아버지의 목소리) "애처로운 목소리로"	(바다에서 아버지를 본 고래의 반응) "고래는 화가 났다네"
눈의 묘사	푸른 눈의 흰자위	푸른 눈의 예쁜 고래
말의 내용	난 배고프고, 목마르고, 먹고 싶구나	왜 내가 이 불쌍한 얼간이를 죽였단 말인가 [……] 우리 식구 모두를 죽이려 하겠지

제3부 초현실주의의 안과 밖

아버지는 "분노의 목소리"로 "고래 잡으러 가자"고 말한다. 앞에서 아버지의 분노를 아들이 장롱 속에 누워 있기 때문으로 해석했지만, 그 분노의 이유는 사실 확실치 않다. 집안에서 군림하는 아버지의 말투가 언제나 화가 난 듯한 목소리였을지도 모른다. 또한 고래를 잡아 온 아버지의 피곤하고 힘이 없는 목소리를 애처롭다고 표현한 것은 폭군처럼 분노의 목소리로 말하는 아버지의 모습과는 어울리지 않는다. 이것은 겉으로는 강자처럼 보이지만 내면이 허약한 사람임을 알려준다. 아버지의 '분노'가 이유 없이 화를 내는 허세라면, 고래의 '화'는 원인이 분명한 분노이다. 눈에 대한 묘사에서도 아버지의 눈은 평범치 못한 정신 상태를 암시하는 반면, 고래의 눈은 아름다운 모습으로 표현되어 있다. 말의 내용을 들여다보면 아버지의 말은 자기 본위에, 즉물적이고 본능적인 표현인 데 반해 고래는 자기 가족이나 종족의 위험을 생각하거나 성찰하는 태도를 보인다. 특히 "우리 식구 모두"라고 번역한 부분에서 "ma petite famille"가 "나의 사랑하는 가족"임을 환기할 때, 가족에 대한 책임과 사랑의 마음을 읽을 수 있다.

　또한 아버지의 죽음을 목격한 아들이 아무런 감정표현 없이 부고장faire-part을 만드는 모습은 바타유가 말하는 시의 부도덕한 면을 떠올리게 한다. 그러나 아들이 슬퍼했는지 아닌지는 독자가 알 수 없다. "벌써 부고장을 준비한다"는 문장을 보고 성급한 독자가 아들이 애도하지 않는다고 짐작할지 모르지만 아들의 입장에서는 감정과 상관없이 또는 감상에 빠지지 않고 자식의 의무를 다하는 것이 중요할 뿐이다.

　고래는 무서운 웃음을 터뜨린 후, 문밖으로 나가려고 하다가 "부인,

누군가 나를 찾으러 오면" "고래는 한 15년 후에나 돌아올지 모른다
고" 대답해줄 것을 부탁한다. 물론 고래의 이 말은 유머다. 이것은 웃
음과 유머를 절망과 죽음의 상황 속에 엉뚱하게 혹은 부조리하게 삽
입시키는 프레베르의 특징을 보여준다. 다른 시에서도 알 수 있듯이,
그는 비극과 유머, 눈물과 웃음, 악몽과 환상 등 대립적인 것들을 연
결하는 초현실주의적 표현 방법을 능숙히 구사한다. 프레베르의 유
머는 단순히 재미있는 표현이 아니라, 진실의 칼날을 감추고 있다.
이 시의 마지막 행, "고래는 한 15년 후에나 돌아올" 것이라는 구절은
고래가 복수하러 돌아오겠다는 뼈 있는 말인 것이다.

6. 프레베르와 초현실주의 시 「행렬」

다음으로 프레베르의 또 다른 시 「행렬Cortège」을 읽어보자.

　　　상복 차림의 시계와 함께 있는 순금 노인
　　　영국 사람과 함께 있는 노동하는 왕비
　　　그리고 바다를 지키는 사람들과 함께 있는 평화의 일꾼들
　　　주검의 칠면조와 함께 있는 웃음거리 경기병
　　　안경 쓴 그라인더와 함께 있는 커피 뱀
　　　머리 곡예사와 함께 있는 외줄 사냥꾼
　　　은퇴한 파이프와 함께 있는 거품 사령관
　　　배내옷의 신사와 함께 있는 검은색 예복의 어린애
　　　음악 사냥감과 함께 있는 교수대의 작곡가

담배꽁초 책임자와 함께 있는 양심 줍는 사람
가위 제독과 함께 있는 콜러니의 다림질하는 사람
생뱅상드폴의 호랑이와 함께 있는 벵골의 수녀
철학 수선공과 함께 있는 도자기 교수
파리 가스회사 기사와 함께 있는 원탁의 관리자
오렌지를 쥔 나폴레옹과 함께 있는 세인트헬레나섬의 오리
묘지의 승려와 함께 있는 사모트라케섬의 관리인
먼바다의 아버지와 함께 있는 대가족의 예인선
프랑스 한림원 비대증과 함께 있는 전립선 회원
서커스단의 대사제와 함께 있는 직책이 없는 큰 말
버스의 합창단 소년과 함께 있는 나무 십자가 검표원
치과의사 같은 어린애와 함께 있는 무서운 외과의사
그리고 예수회 여는 사람과 함께 있는 얼간이 회장

Un vieillard en or avec montre en deuil

Une reine de peine avec un homme d'Angleterre

Et des travailleurs de la paix avec des gardiens de la mer

Un hussard de la farce avec un dindon de la mort

Un serpent à café avec un moulin à lunettes

Un chasseur de corde avec un danseur de têtes

Un maréchal d'écume avec une pipe en retraite

Un chiard en habit noir avec un gentleman au maillot

Un compositeur de potence avec un gibier de musique

Un ramasseur de conscience avec un directeur de mégots

Un repasseur de Coligny avec un amiral de ciseaux

Une petite soeur de Bengale avec un tigre de Saint-Vincent-de-Paul

Un professeur de porcelaine avec un raccommodeur de philosophie

Un contrôleur de la Table Ronde avec des chevaliers de la Compagnie
du Gaz de Paris

Un canard à Sainte-Hélène avec un Napoléon à l'orange

Un conservateur de Samothrace avec une Victoire de cimetière

Un remorqueur de famille nombreuse avec un père de haute mer

Un membre de la prostate avec une hypertrophie de l'Académie
française

Un gros cheval in partibus avec un grand évêque de cirque

Un contrôleur à la croix de bois avec un petit chanteur d'autobus

Un chirurgien terrible avec un enfant dentiste

Et le général des huîtres avec un ouvreur de Jésuites

이 시는 누구에게나 웃음을 터뜨리게 한다. 바타유는 이 시가 단순
히 웃음을 자아내는 매력을 넘어서서 "정신을 뒤흔드는 기쁨"을 선사
한다고 말한다.

이 시의 시적 방법은 간단하다. 초현실주의 기법, 즉 자동기술의 형
태에 의존한 것이다. 이 시의 구성요소는 의도적인 계산과 제작을 배제
한 상호적 접근과 우연적 발견의 소산이다.[30]

30 G. Bataille, *Œuvres complètes*, tome XI, p. 98.

바타유는 이 시를 자동기술의 방법으로 만든 것이라고 설명한다. 그러나 「초현실주의 선언문」에 의하면, "자동기술은 심미적이건 도덕적이건 모든 고정관념을 떠나서 이성에 의한 어떤 통제도 없는 상태에서 하는 사유의 받아쓰기이다."[31] 그러니까 이것은 순수한 자동기술이 아니라 초현실주의자들이 즐겨 하던 재치 있는 말장난이거나 유머에 바탕을 둔 풍자적 표현에 가깝다.

이 시는 처음부터 끝까지 상이한 문맥 속에서 관용구처럼 자리 잡은 단어들을 교체하여 뜻밖의 새로운 표현을 만들어내는 방법으로 구성되었다. 가령 첫 행을 예로 들자면, '금시계를 찬 상복 차림의 노인un vieillard en deuil avec une montre en or'이라는 본래의 구절에서 '금'과 '상복 차림'을 교체함으로써 "상복 차림의 시계"와 "순금 노인"이 된 것이다. 이러한 변형된 표현을 일구어내는 시인의 유머와 풍자는 사회의 모든 위선과 허위를 조롱의 대상으로 삼아 인간의 권위와 사회적 가치들을 새로운 시각으로 바라보게 한다. 또한 "은퇴한 파이프와 함께 있는 거품 사령관" "배내옷의 신사" "철학 수선공" "프랑스 한림원 비대증과 함께 있는 전립선 회원" 등의 표현은 권위적인 노인이나 관습적인 옷차림의 신사, 근엄한 철학 교수나 엄숙한 프랑스 한림원 회원의 모습을 희화한다. 또한 이 시의 끝부분에 나오는 "예수회 여는 사람과 함께 있는 얼간이 회장"은 본래 '예수회 회장'과 '굴을 까는 (여는) 사람'에서 '회장'과 '까는 사람'을 바꾼 것이다. 그러니까 "예수회 여는 사람," 굴을 까듯 폐쇄적인 예수회를 개방적으로 열려고 하

---

31 A. Breton, *Manifestes du surréalisme*, Jean-Jacques Pauvert, 1972, p. 35.

는 사람은 '얼간이'와 다름없다는 뜻이 된다. 여기서 '얼간이'라고 번역한 것은 'huître'가 굴을 뜻하는 동시에 바보, 멍텅구리라는 뜻도 지니기 때문이다. 그러므로 이 시는 사회의 모든 가치나 규범, 허위를 부정할 뿐 아니라, 시의 전통적 개념도 무시하고, 시인의 관습적 지위도 거부한다. 바타유는 프레베르의 시를 전통적인 의미에서가 아니라 현대적인 의미에서 '시적인' 시라고 말한다. "프레베르의 시는 기존의 시를 신랄하게 파괴하기 때문에 시적이다."[32]

바타유가 프레베르의 시를 시적이라고 말하는 것은 역설이다. 그는 프레베르의 시가 모든 세속적 가치를 부정하고, 고상한 것을 비천한 것으로 만든다는 점에서, 다시 말해 반反시적인 작업을 통해 거짓과 위선을 폭로하는 시의 본래적 역할에 충실함으로써 진정한 시가 되었다고 말하기 때문이다. 「고래잡이」가 바타유의 '위반의 시학'에 가깝다면 「행렬」은 초현실극의 시학과 일치한다. 물론 「고래잡이」를 「초현실주의 제2선언문」에서 정의된 '초현실성'으로 해석할 수도 있다. "모든 것으로 보아 삶과 죽음, 현실과 상상, 과거와 미래, 소통할 수 있는 것과 소통할 수 없는 것, 높은 것과 낮은 것, 이 모든 것이 모순되게 인식되지 않는 정신의 어떤 지점이 존재한다고 믿게 된다."[33] 브르통의 '초현실성'에 대한 이 정의에서 "모든 것이 모순되게 인식되지 않는 정신의 어떤 지점"은 「고래잡이」의 시적 전개에서 확인된다. 이 시에서 사람과 고래, 땅과 바다, 현실과 상상, 시간과 공간, 말할 수 있는 것과 말할 수 없는 것, 시적인 것과 비非시적인 것, 비극

---

32 G. Bataille, *Œuvres complètes*, tome XI, p. 106.
33 A. Breton, *Manifestes du surréalisme*, p. 133.

과 희극, 웃음과 눈물, 도덕과 부도덕 등 모든 대립이 소멸되어 있기 때문이다.

또한 「고래잡이」와 「행렬」의 공통점은 유머라고 볼 수 있다. 프레베르는 유머 감각이 뛰어난 시인이었다.[34] 유머는 초현실주의의 중요한 주제이기도 했다. 브르통은 『블랙 유머 선집』에 프레베르의 「파리-프랑스에서 사람들의 만찬 장면을 기록해보려는 시도Tentative de description d'un dîner de têtes à Paris-France」를 수록하고, 어린아이의 시선과 상상력으로 "무한히 풍부한 반항의 저수지를 마련해pourvoir indéfiniment le réservoir de la révolte"[35]주었다고 평가한다. 브르통의 '블랙 유머' 개념은 프로이트의 용어를 빌리자면 현실 원칙에 대한 쾌락 원칙의 승리이다. 그것은 현실 앞에서 굴복하거나 체념하지 않고 반항과 도전의 정신으로 세계의 모든 세속적 가치를 부정하는 태도로 정의될 수 있다. 이런 점에서 프레베르의 유머 혹은 유머의식은 자신을 초월한 반항 의지를 반영한 것이다.

7. 글을 맺으며

브르통은 초현실주의 원칙에서 유머의 개념을 정립하려 했지만, 그 스스로 블랙 유머의 시를 쓰지는 않았다. 그러나 프레베르는 일상적인 말에 의존해서 반항적인 유머의 시를 쓴 시인이다. 유머는 경직

---

34 D. Gasiglia-Laster, *Paroles de Jacques Prévert*, Gallimard, 1993, p. 20.
35 A. Breton, *Anthologie de l'humour noir*, Jean-Jacques Pauvert, 1972, p. 372.

된 세계의 표상을 조롱하는 우월한 정신의 표현이다. 바타유의 말처럼 프레베르의 시는 "시의 이름으로 정신을 경직시키는 현상"[36]을 강력히 부정하는 시이다. 어떤 의미에서 이것은 유머의 본질이기도 하다. 유머의 시는 모든 권위와 관습의 벽을 허무는 힘을 갖는다. 그것은 기존의 엄숙하고 감상적인 웅변조의 시나 상투적인 의미 전달의 시를 웃음거리로 만든다. 또한 초현실주의의 작시법에 가까운 유머의 시는 모든 수사학적 기법을 조롱하는 듯하다.

결론적으로 말하면, 프레베르의 시는 위반과 부정과 전복의 시라고 할 수 있다. 바타유는 시가 이러한 정신을 잃어버리는 것을 시의 빈곤이라고 표현한다. "시의 빈곤은 박물관의 가면의 얼굴 속에서 현존하는 감동의 외침을 질식시킨다."[37] 문학의 전위에 있는 시인으로서 시의 빈곤을 극복하려면 무엇보다 언어의 시니피앙을 자유롭게 하는 시적 모험 속에서 주권성을 지켜야 했을 것이다. 바타유는 프레베르 시의 바탕을 이루는 유머와 웃음에서 "감동의 외침"을 발견했다. 그와 대척점에 있었던 브르통 역시 프레베르에게서 '블랙 유머'의 요소를 찾았다. 그러니까 초현실주의 역사의 일정한 기간 동안 주로 공격과 비판을 거듭했던 브르통과 바타유는 프레베르의 시에서 모처럼 의견 일치를 보았던 것이다.

---

36 G. Bataille, *Œuvres complètes*, tome XI, p. 91.
37 같은 책, p. 99.

제17장
브르통과 바타유의 논쟁과 쟁점

1. 브르통과 바타유의 논쟁

초현실주의의 역사에서 브르통과 바타유의 논쟁은 특별히 주목할 만한 사건으로 평가되지는 않는다. 모리스 나도가 쓴 『초현실주의의 역사』에서도 두 사람의 논쟁은 별도의 사건으로 기록되어 있지 않으며, 논쟁의 내용도 전혀 소개되지 않았다. 다만, 「1929년의 위기」라는 장에서 브르통이 초현실주의 그룹에서 축출한 사람들의 이름이 나열되는 가운데, "『도큐망Documents』(1929~31)이라는 잡지를 창간한 바타유"[1]가 포함되어 있을 뿐이다. 이처럼 두 사람의 논쟁이 특별한 사건으로 기록되어 있지 않음에도 불구하고, 이 논쟁이 일어났던 때로부터 30~40년이 지난 후에 이 사건의 쟁점은 중요하게 부각되었다. 이 문제에 관심을 보인 비평가들 중 한 사람인 피에르 마슈레는 「조르주 바타유와 유물론의 전복」이라는 글에서 바타유가 『도큐망』의 편집인으로 활동하던 시절에 그의 이론을 본격적으로 구축할 수 있

---

[1] M. Nadeau, *Histoire du surréalisme,* Éditions du Seuil, 1964, p. 123.

었던 것은, 그와 브르통 사이에 벌어졌던 논쟁을 통해서였다고 주장
한다.[2] 다시 말해서 바타유는 브르통과의 갈등을 겪으면서, 브르통의
초현실주의와는 다른, 자신만의 독창적인 유물론의 논리를 발전시킬
수 있었다는 것이다. 물론 바타유의 독창성이 유물론에 한정된 것은
아니겠지만, 그가 현대의 중요한 사상가 혹은 철학자로 인식되고, 그
의 독창적인 사상을 새롭게 조명하는 흐름 속에서 그와 브르통의 논
쟁이 중요하게 평가되기 시작했다고 볼 수 있을 것이다. 불문학자 정
명환은 바타유가 "현대의 서양사상사에서 가장 중요한 지위를 차지"
한다는 견해는 인정하지만, 데리다나 푸코가 강조하듯이, 그가 그렇
게 철두철미한 혁명적 사상가가 아니며, "그의 질서 파괴적인 언어의
밑바닥에는 보수적인 사회관이 깔려" 있음을 지적한다.[3]

　그럼에도 불구하고 바타유와 그의 사상은 왜 이토록 새롭게 주목
받고 있는 것일까? 잘 알려져 있듯이, 바타유는 기성 가치의 전복, 금
지의 위반, 규범의 일탈이라는 문제를 극단적으로 추구한 사상가이
다. 그는 브르통과의 논쟁에서 자신의 독자적 생존을 위해서라도 과
거의 유물론과는 다른 '하류 유물론le bas matérialisme'의 논리를 새롭
게 강화시켰다. 또한 '죽음에 이르기까지 삶을 긍정하는 것'이라는 새
로운 에로티즘의 논리를 정립했으며, 신의 존재를 부정하고 전통적
신비주의를 거부한, 독특한 신비주의인 '내적 체험'의 논리를 펴기도
했다. 그뿐 아니라 마르크스의 생산의 경제학과 달리 소비 개념을 중

2　P. Macherey, *A quoi pense la littérature? Exercices de philosophie littéraire*, PUF, 1990, p. 90 참조.

3　정명환, 「사르트르의 낮의 철학과 바타유의 밤의 사상」, 『현대의 위기와 인간』, 민음사, 2006, pp. 67~68.

심으로 한 소비의 경제학을 주장하기도 했고, 문학에서 소홀하게 취급되었던 악의 문제를 신성의 주제와 연관시켜 보들레르와 블레이크 등의 시를 통해서 천착하기도 했다. 정치, 경제, 철학, 종교, 인류학, 문학, 미학 등 광범위한 학문 세계에 걸쳐서 전개된 그의 전복적 사상은 시간적으로 그와 가까운 세대인 레리스, 클로솝스키, 블랑쇼로부터 다음 세대인 바르트, 데리다, 푸코, 들뢰즈, 라캉에 이르기까지 큰 영향을 미친 것으로 평가된다.[4] 20세기 후반기에 프랑스 지성계에서 가장 뛰어난 업적을 보인 문학자와 철학자 들이 모두 그의 영향권 안에서 학문적 성과를 이룩했다고 해도 과언이 아니다. 초현실주의 그룹과 가까이 지내면서도 아웃사이더로서 소외된 삶을 살았던 바타유는 살아 있을 때보다 오히려 사후에 영광을 누리게 된 작가의 반열에서, 계속 주목받고 새롭게 평가되고 있다.

2. 바타유의 '하류 유물론'과 브르통의 비판

우리는 바타유의 사상과 초현실주의의 이념이 어떻게 연결되고, 어떤 차이가 있는지를 살펴보기 위해 브르통과 바타유의 논쟁을 검토하는 작업부터 시작하려 한다. 우선 두 사람의 본격적인 논쟁은 브르통이 「초현실주의 제2선언문」에서 바타유를 공격하면서 시작되었음을 밝혀두고자 한다. 브르통은 이 선언문의 끝부분에서, 1929년과 1930년에 걸쳐 바타유가 편집 책임자로 관여한 『도큐망』에 발표한

---

4 B. Sichère, *Pour Bataille: Être, chance, souveraineté*, Gallimard, 2006, p. 12.

글들, 즉 「꽃들의 언어Le langage des fleurs」 「유물론」 「하류 유물론과 그노시스Le bas matérialisme et la gnose」에서 초현실주의의 이념과 철학을 직간접적으로 비판한 내용을 읽고, 흥분한 상태에서 바타유를 원색적인 용어로 신랄하게 비판했다. 바타유는 「꽃들의 언어」에서 아름다운 꽃들과 관련된 순수한 아름다움은 식물들의 감각적 현실과 모순되는 것이므로 꽃의 입장에서 아름다움을 이상화하려는 정신의 상승운동을 거부하고 대지와의 본래적 관계가 나타날 수 있는, 상반된 하강운동에서 그 매력을 찾아야 한다고 주장했다. 그는 이 글에서 꽃에 결부된 순수성의 환상을 깨뜨리려면, "땅속에서 벌레처럼 구역질 나고 헐벗은 모양으로 우글거리는 뿌리들의 환상적이고 불가능한 환영"[5]을 떠올리면 된다는 방법까지 제시한다. 또한 「유물론」에서는 고대로부터 헤겔에 이르는 철학 담론을 통해 나타난 고전적 유물론이 역설적으로 순수 이상론의 공범으로 머물고 있음을 비판하면서 유물론의 중심이 되는 물질이 제대로 인식되지 않고, 오직 '이상'과 대립되는 개념으로만 이해되어온 것이 문제라고 지적하기도 한다.

　　대부분의 유물론자들은 아무리 모든 정신적 본질을 제거하고 싶다 하더라도 서열화된 관계에 의해 특별히 이상적으로 규정되는 것들을 그대로 기술해오게 되었다. 그들은 다양한 부류의 사실들을 관습적으로 서열화한 것에서 죽은 물질을 최정상에 올려놓고는, 물질의 이상적 형태, 즉 물질이 당위적으로 그렇게 되어야 한다는 강박증에 빠져 있으면서 그러한 자기 모습을 모르고 있었다.[6]

5　G. Bataille, *Œuvres complètes*, tome I, Gallimard, 1970, p. 176.

바타유는 이렇게 물질과 이상이라는 상투적인 대립의 논리를 벗어나기 위해서 물질을 선입견 없이 정면에서 응시해야 한다고 주장한다. 그의 논리에 의하면, 인류는 하늘과 땅의 관계를 염두에 두고 상부의 것과 하부의 것, 고상한 것과 더러운 것의 대립적인 가치 체계에 사로잡혀 있었지만, 이제는 그러한 가치관을 전복시켜 그동안 부정적으로 인식되어온 모든 하류의 것과 더러운 것을 존중해야 할 때가 되었다는 것이다. 마찬가지로 높은 자리에 올려두었던 이상과 선과 사랑을 낮은 곳에 내려놓고 그동안 폄하되었던 물질과 악과 죽음의 의미를 중요시하면서 새로운 가치 체계를 세워야 한다는 것이 그의 '하류 유물론'의 중심 개념이다.

또한 '하류 유물론'과 함께 나중에 정립된 개념이 '이질론l'hétèrologie'인데, 이것은 동질적인 것으로 구성되는 사회의 금기와 한계를 극복하기 위해서 고안된 개념이다. 그러나 바타유의 '이질론'을 이해할 때 주의해야 할 것은, 금기와 위반이 분리되어 있지 않듯이, 이질적인 것은 동질적인 것과의 연결 속에서 동질적인 것의 질서를 전복함으로써 그것을 완성시킨다는 논리이다. 여기서 이질적인 것은 비천한 것 l'abject이고, 타자적인 하류의 것이기도 하다. 동질성이 생산적이고 건설적인 리비도와 관련된 것이라면, 이질성은 배설의 충동과 관련된 소비적이고 파괴적인 것으로서, 비생산적 소비, 폭력, 과잉, 착란, 광기 등이 해당된다. 이러한 이질적인 것들은, 관습적인 철학이 자신의 균형과 안정된 질서 유지를 위해 '하류의 것'들을 예속하려는 모든 규범적 표상 체계를 위기에 빠뜨리려는 목적을 갖는다. 바타유의 이

---

6 같은 책, p. 179.

질론은 인간을 규범의 틀에 묶어두어서 일탈을 허용하지 않으려는 부르주아 권력의 음모에 대항하여 모든 체계에 대한 전복을 시도할 수 있는 방법으로 채택된 것이다.

또한 「하류 유물론과 그노시스」에서 바타유는 헤겔주의가 신화적 인 그노시스gnosis 개념으로부터 발전된 것이며, 유물론의 정신은 그 노시스의 이원론과 분리될 수 없다고 주장한다. 그는 헤겔이 "하나는 둘로 나뉜다"는 본래의 이원론을 "둘은 하나로 화해한다"는, 축소되 고 거세된 상태의 새로운 일원론의 틀에서 재구성함으로써, "이러한 억압의 뒤안에 모든 현상을 분리하고 분할하는 분열, 즉 '이상론'이 분명하게 부정의 입장을 구성할 수 있는, 분열의 원초적 운동이 존속 하게"[7] 되었음을 지적한다. 이 논리에서 바타유는 원초적인 분열의 책임을 그노시스에 돌림으로써 인간이 왜 성聖과 속俗을 대립시키면 서 태어날 때부터 극복하기 어려운 그러한 분열의 논리 속에 갇히게 되었는지를 설명한다. 그리하여 '속'에 해당되는 '낮은 물질la matière basse'이 인간의 '이상적 열망l'aspiration idéal'의 외부적이고 이질적인 것이 되어온 것은 당연하다.[8] 그의 입장에서 분열의 논리를 거부하고 가치를 전복시켜 하류의 것을 고양된 것으로 만드는 '하류 유물론'이 야말로 진정한 유물론이다. 바타유의 주장은 초현실주의의 관념론과 이상주의를 공격하려는 의도에서 비롯된 듯 보였다. 이러한 유물론 적 입장은 기본적으로 '낮고 비천한' 것들을 외면하는 브르통의 '승화 sublimation'[9] 개념에 토대를 둔 초현실주의와 대립하게 되었다.

---

7 P. Macherey, *A quoi pense la littérature?*, p. 109.
8 G. Bataille, *Œuvres complètes*, tome I, p. 225.
9 G. Bataille, "La Vieille taupe et le préfixe sur dans les mots surhomme et surréaliste,"

그러나 바타유가 브르통과 초현실주의를 직접적으로 거명하면서 공격한 것이 아님에도, 브르통이 그에 대해서 지나칠 정도로 격렬하게 반응한 까닭은 무엇일까? 바타유의 비판이 초현실주의의 정통성을 근본적으로 부정한다고 생각했기 때문일까? 아니면 글에 옮길 수 없는 어떤 인간적 거부감이 작용했기 때문일까? 사실 바타유는 초현실주의 그룹에 합류했으면서도 브르통이 자부심을 갖는 「초현실주의 선언문」과 자동기술에 대해서 공감을 표명하기는커녕 전자에 대해서는 읽을 수 없는 지루한 글illisible이고, 후자에 대해서는 별로 흥미 없는 작업이라고 폄하했다. 그렇다면 이러한 생각이 직접적으로건 간접적으로건 브르통에게 전달됨으로써 그의 분노가 촉발된 것일까? 아니면 바타유의 『눈 이야기Historie de l'oeil』(1928)를 읽고, 그것이 금기의 위반을 시도한 글쓰기의 모험이기는커녕, "가장 저열하고 가장 실망스럽고 가장 타락한 것만을 생각하는" 일종의 포르노 작가의 소설 같은 것이라고 판단했기 때문일까? 여하간 「초현실주의 제2선언문」에서 바타유를 비난하는 대목을 중점적으로 검토해보자.

마법사들은 어느 경우에나 늘 그들의 의상과 영혼의 지극히 청결한 상태에 신경을 쓰기 마련이다. 이런 점에서 정신의 연금술을 실행하는 일에서도 기대할 만한 성과를 바란다면, 우리가 마법사들만큼도 엄격하지 못한 것처럼 인식되는 것은 받아들일 수 없다. 그러나 바로 우리의 이런 측면이 아주 가혹한 비판을 받고 있는데, 현재 『도큐망』지에서 우리를 겨냥하여 "철저히 완전성을 추구하는 저급한 욕망"이라는 말로

Œuvres complètes, tome II, Gallimard, 1970, p. 106 참조.

우스꽝스러운 캠페인을 벌이고 있는 바타유 씨가 우리를 조용히 내버려둘 뜻이 없는 듯 행동하는 것도 그런 점 때문이다. [……]

바타유 씨는 이 세상에서 가장 저열하고 가장 실망스럽고 가장 타락한 것만을 추구하겠다고 공공연히 주장하고 있다. 파리 떼보다 더 불결하고, 이발소보다 더 지저분하고 악취가 풍겨서 유령이라도 나올 것 같은 외딴 시골집을 향해——두 눈이 갑자기 침침해진 표정을 지으며 어떤 고백할 수 없는 사연 때문에 눈물을 글썽거리는 채로——어떤 결정이 나건 간에 그 일이 유익한 것이 되지 않도록 인간이 그런 집을 향해서 무모하게 달려가도록 선동하는 것이다. 내가 여기서 이런 말을 하게 된 것은 이러한 진술이 바타유 씨에게만 관련되는 일처럼 보여서가 아니라 어디에서건 자신의 위험을 무릅쓰고서라도 행동의 자유를 추구하려 했던 지난날의 초현실주의자들에게도 해당되는 일이라고 생각했기 때문이다. 어쩌면 바타유 씨는 그들을 결집시킬 능력이 있는 사람일지 모르고, 만약 그런 일을 성공적으로 해낸다면 그것은 내 생각으로도 흥미 있는 일이 될 것이다. 우리가 이미 알 수 있었던 것처럼, 바타유 씨는 이들의 모임을 주동하고 있다.[10]

브르통은 바타유가 초현실주의 그룹에서 축출된 데스노스, 레리스, 랭부르, 마송, 비트라크 등을 이끌고 초현실주의를 공격하는 데 앞장서고 있는 모습을 이처럼 야유하듯이 비판한다. 이 문맥에서 브르통은 바타유의 지향점을 "파리 떼보다 더 불결하고, 이발소보다 더 지저분하고 악취가 풍겨서 유령이라도 나올 것 같은 외딴 시골집"이라

---

10 A. Breton, *Manifestes du surréalisme,* Jean-Jacques Pauvert, 1972, pp. 184~85.

는 공간에 비유하는데, 그의 관점에서 바타유의 이런 편향은 순수성을 옹호하고 수정의 투명한 이미지를 좋아하는 브르통의 성향과 근본적으로 대립되는 것이다. 실제로 브르통은 '더러운 것'을 참지 못하고 순수한 것과 이상적인 것을 추구하는 사람이다. 그는 이성을 비판하고 광기를 옹호해야 한다고 말하면서도, 비이성적 광기를 수용하지 못하고 이성의 메커니즘에서 벗어나지 못하는 모습을 보이기도 한다. 다음의 비판은 브르통의 이상주의자 혹은 이성주의자의 면모를 드러내는 대목으로 보인다.

> 그는 자기 내부에서 아직 완전히 고장 나지 않은 미세한 메커니즘의 힘을 빌려 그의 강박관념을 타인과 공유하고자 애쓰고 있다. 그렇기 때문에 무슨 말을 하든지 간에 마치 야만인처럼, 일체의 체계와 대립하고 나선다는 주장을 하지도 못하는 것이다. 바타유 씨는 정말로 모순된 면을 보이는 사람이다. 사실 이상에 대한 그의 병적인 공포심은, 그가 이상을 의사소통의 대상으로 생각하는 그 순간부터 곧바로 이념적인 방향 전환을 할 수밖에 없는데, 이것은 바타유 씨 그 자신을 위해서도 불행한 일이다.[11]

브르통은 이렇게 바타유를 '이상에 대한 병적인 공포심'을 지닌 환자처럼 취급하고, 의사의 진단을 받을 필요가 있다는 냉소적인 말까지 거침없이 토로한다. 물론 바타유에 대한 브르통의 격렬한 비난은 어떤 의미에서 자신과 다른 타자를 관대하게 수용하지 못하는 편협

---

11 같은 책, p. 186.

성의 극단으로 보일 수도 있다. 그러나 이러한 격렬한 반응은 무엇보다 브르통이 바타유로부터 그만큼 깊은 상처를 받았음을 반증해준다.

브르통은 바타유를 맹렬히 비난하는 문맥에서 그가 국립도서관 사서임을 환기시키면서 "낮에는 이상한 원고를 매만지다가" "밤에는 쓰레기로 배를 불리고"[12] 있다고 조롱하기까지 한다. 이렇게 거침없는 야유를 퍼붓는 브르통과는 다르게, 바타유는 매우 냉정하게 반격의 논리를 준비한다. 그는 우선 초현실주의 그룹에서 축출된 사람들과 함께 1930년 1월 15일 브르통의 예술적·사상적 죽음을 선언하는「시체Un cadavre」라는 팸플릿을 제작한다. 이들이「시체」라는 제목의 팸플릿을 만든 것은, 브르통이 다다 시절에 기성 작가의 대명사인 아나톨 프랑스가 타계했을 때 만든, 동명의「시체」(1924)와 같은 형식을 취함으로써 '브르통 죽이기'를 철저히 하려는 의도에서였다. 바타유는 이 팸플릿에서 "늙은 탐미주의자, 그리스도의 얼굴을 한 가짜 혁명가, 황소 브르통 여기 잠들다"라는 문장으로 직격탄을 날렸는데, 그 표지에서 감은 눈가에 피눈물이 맺혀 있고 이마에는 가시관을 두르고 있는 사진 위에 "이 사람은 죽어서 먼지를 일으키지 말아야 한다"[13]라는 구절이 쓰여 있다. 이것은 브르통에 대한 그들의 적의와 공격이 어느 정도였는지를 충분히 짐작하게 한다.「시체」이후에 바타유는 브르통과 초현실주의를 공격하기 위해, 무엇보다 사드에 대한 해석을 핵심 주제로 삼는다. 그 이유는 초현실주의자들에게 사드 혹

---

12 같은 책, p. 187.
13 M. Nadeau, *Histoire du surréalisme*, p. 136.

은 사디즘은 초현실주의의 대명사처럼 중요하게 여겨진 주제였기 때문이다.

브르통과 초현실주의자들에게 사드의 이름이 신화처럼 언급되기 시작한 것은 1920년대 초부터였다. 모리스 엔Maurice Heine이 1920년대부터 사드의 작품들을 국립도서관에서 발굴하여 펴내기 시작한 시기는 공교롭게도 미래의 초현실주의자들이 『문학』을 중심으로 다다 운동을 시작할 때였다. 그들은 사드의 소설을 열광적으로 읽었고, 사드의 소설이 보여주는 성도착의 주제들과 18세기의 혁명 정신을 연관 지어 사유함으로써 사드의 정신 혹은 사디즘이야말로 자신들의 초현실주의 활동의 이념적 목표가 될 수 있다고 확신했다. 18세기 문학과 철학의 계몽적 담론과는 판이한 형태인 사드 문학이 겉으로는 성도착 이야기 같지만, 그 시대의 상식과 윤리를 완전히 전복하려는 혁명과 자유의 정신을 바탕에 두고 있다는 것은 그들에게 충격적인 발견이었다. 당시 그들은 기성 문인들을 야유하고, 전통적인 시의 형식을 파괴하고, 집단적인 스캔들의 행위로 소란을 피우거나, 말장난의 시 쓰기와 자유로운 정신을 표현하기를 즐겼다. 그러다가 사드를 발견함으로써 그 혁명과 자유의 정신이야말로 자신들의 아나키즘을 정당화할 수 있는 행동의 지표라고 생각하게 된 것이다. 사드의 이름은 그들에게 자유와 욕망, 반항과 혁명의 대명사로 인식되었다. 이것은 1920년대 초의 『문학』에서 미래의 초현실주의자들이 사드를 인용하며 쓴 글에 나타난 공통된 인식이자, 「초현실주의 선언문」에서 "사드는 사디즘에서 초현실주의자"라고 말한 브르통의 견해이기도 하다. 그러므로 사디즘은, 기존의 문학적 취향이나 심미적 판단, 전통적 비평의 가치관을 전복하려는 정신의 혁명을 가리키는 말과 다름없었다. 물론 사디즘과 사드의 혁명성은 정치적 실천의 혁명이 아니라 인식의 차원에서 아나키스트적 자유를 고취시킨다는 의미로 보아야 한다. 그러나 기성의 질서를 무너뜨리려는 아나키스트적 반항인으로서 초현실주의자들은 사드식의 성도착이나 1789년 이후의 혁명적 행보를 모방적으로 재현할 수는 없었을 것이다. 그들은 사드의 정신을 추구하고 사회를 전복해야 한다는 막연한 혁명의 열정은 갖고 있었지만, 그들의 시대에 사드식의 행동을 어떻게 체계적으로 표현해야 할지에 대해서는 공통된 인식을 갖고 있지 않았다. 이런 점에서 그 당시 초현실주의자들은 사드를 18세기의 역사적 맥락에서 정확히 인식했다기보다, 시인의 관점에서 그를 신화적으로 만들고 신비화하는 경향을 보였다고 말할 수 있다. 바로 이런 점 때문에 바타유가 사드에 대한 그들의 이상주의적 인식의 한계를 비판한 것으로 보인다.

브르통의 「초현실주의 제2선언문」에서 사드는 '도덕적이고 사회적인 해방의 의지'로 인간의 정신을 억압으로부터 해방시키려 했던 사람으로 나타나고, 그 이후에 나온 『블랙 유머 선집』에서는 "블랙 유머라고 부를 수 있는 정신을 탁월하게 구현한 사람"[14]으로 표현되어 있다. 브르통에게 사드는 초현실주의자에서 인간 정신의 해방자로, 그리고 블랙 유머의 정신을 탁월하게 구현한 사람으로 변화한 것이다. 이런 변화는 브르통뿐 아니라 다른 초현실주의자들에게서도 비슷하게 발견되는 현상이다. 1930년대의 초현실주의자들은 1920년대와는 다르게 사드의 혁명성에 대한 역사적, 철학적 연구를 심화하기보다 그를 시적인 혁명의 신화로 만드는 일에 더 적극성을 보였다. 그들의

---

14 A. Breton, *Anthologie de l'humour noir*, Jean-Jacques Pauvert, 1972.

글에서 사드의 이름에 '신성한divin'이라는 형용사가 동반되는 경우가 많은 것은 그런 이유와 무관하지 않다. 더불어 초현실주의자들은 어디까지나 아나키스트적 혁명과 시적 혁명을 추구했지 마르크스적 혁명에 봉사하려는 것이 아니었음을 환기할 필요가 있다. 『초현실주의의 역사』에서 알 수 있듯이, 공산당에 가입했다가 당의 노선을 따를 수 없었던 브르통과 초현실주의자들이 결국 마르크스적 혁명에 대한 매력을 잃어버리면서 신화의 세계로 기우는 경향을 보인 것은 당연한 결과였다. 그들의 유물론은 인간의 물질적·사회적 욕구를 중시하기보다 역사에 대한 미학적·윤리적 시각과 일치하는 유물론이었다. 이러한 유물론의 인식 때문에 사드에 대한 인식도 신화적으로 변화하게 된 것이다. 다시 말해서 1920년대만 하더라도 그들은 사드에게서 기성의 질서를 전복하려는 혁명가의 모습을 연상하다가 나중에는 서서히 문학적이고 초역사적인 신성한 존재로서만 사드를 부각시키게 된 것이다.

브르통은 「초현실주의 제2선언문」의 앞부분에서 "삶과 죽음, 현실과 상상, 과거와 미래, 소통할 수 있는 것과 소통할 수 없는 것, 높은 것과 낮은 것, 이 모든 것이 모순되게 인식되지 않는 정신의 어떤 지점이 존재한다"[15]는 믿음을 표현하고, 이어서 초현실주의가 삶에 뿌리를 내리고 있으며, "아름다움과 추함, 진실과 허위, 선과 악의 불충분하고 부조리한 구별을 무시해버리고 싶은 욕망이 태어나 자라고 있음"[16]을 강조했다. 그는 분명 이원론적 대립의 논리가 불충분하거

---

15 A. Breton, *Manifestes du surréalisme*, p. 133.
16 같은 책, p. 135.

제17장 브르통과 바타유의 논쟁과 쟁점

나 부조리하다고 보았고, 그러한 대립을 초월하는 정신의 지점을 열
망했다. 그렇다면 그는 바타유가 주장하는 '하류의 것'의 가치, 즉 추
함과 허위와 악의 논리들에 대해서 좀더 귀를 기울이고 포용하는 태
도를 보일 수는 없었던 것일까? 물론 엄정한 정신으로 초현실주의를
지켜오면서 타협보다는 원칙을 앞세운 브르통에게는 이러한 가정 자
체가 불가능했을 것으로 보인다. 또한 추측해본다면 그가 사드의 성
도착이나 음란한 이야기 속에 담긴 반역과 혁명 정신을 읽으면서도
바타유의 『눈 이야기』를 포함한 '하류 유물론'의 이야기를 배척한 것
에는, 사드가 감옥에서 무수히 많은 고통스러운 시간을 보낸 데 반해
바타유는 도서관 사서로 편하게 지냈다는 사실이 작용하지 않았을까
싶다.

> 만약 "광인들과 함께 유폐된 사드 후작이 아주 예쁜 장미꽃을 갖고
> 오도록 하고는 그 꽃잎을 따서 더러운 웅덩이에 뿌리곤 했던 그 어리
> 둥절하게 만드는 행동"을 예로 들어 누군가 나에게 항의를 한다면, 나
> 는 그와 같은 행위가 자기의 사상을 위해서 27년간을 감옥에서 보낸
> 그런 사람의 행위가 아니라, 도서관에서 '안정된 자리에 앉아 있는 사
> 람'의 행위임을 지적하면서 그러한 항의는 곧 특별한 효력을 상실해버
> 릴 것이라는 말로 답변하겠다.[17]

브르통은 사드의 혁명적 행동과 인간 해방의 정신을 찬양한 반면,
감옥이 아닌 국립도서관의 사서로 편하게 지내는 바타유가 사드를

---

17 같은 책, p. 188.

제3부 초현실주의의 안과 밖

흉내 내는 것은 윤리적이고 사회적인 해방의 의지와는 거리가 먼 것이라고 단언한다. 위의 인용문 다음에 "사드의 사상과 삶의 완전한 순수성"이라는 표현과 새로운 세계를 창조하려는 "영웅적 욕망"이라는 찬사가 나오는데, 그만큼 바타유의 존재를 평가절하고 사드를 약간의 결함도 없는 완전한 인간으로 이상화하려는 의도를 반영한 것이다. 결국 브르통과 바타유 사이에서 사디즘과 사드의 유물론에 대한 해석의 싸움이 벌어진 것은 필연적인 결과였다.

3. 바타유의 사디즘 해석

여하간 「초현실주의 제2선언문」에서 개진된 브르통의 바타유 비판은 바타유로 하여금 초현실주의자들의 사디즘 해석과는 다른, 사드의 올바른 사용가치를 질문하고 탐구하게 만든 본격적인 계기가 되었다. 우선 바타유는 초현실주의자들의 사디즘에 대해 사드를 제대로 이해하지 못한 사람들의 수사학에 불과하다고 단정하면서, 초현실주의자들이 사드를 중요시하기는 했지만 사드를 배설물처럼 빠른 시간에 처리해버리고 싶어 했을 뿐이라고 공격한다. 이렇게 초현실주의자들이 사드를 배설물처럼 다루고 있다는 바타유의 비판은 분명히 지나친 언사이지만, 그는 의도적으로 그들이 더러운 것으로 혐오하는 배설물이라는 표현을 사용함으로써 그들의 언어와 다른 자신의 언어의 차별성을 보이려 했고, 사드의 이해에 대한 그들의 한계를 지적하려 한 것이다. 바타유가 보는 사디즘은 "지적인 분뇨담 scatologie의 실천"[18]이며, 고상한 정신적 가치를 존중하는 부르주아 기독교 사회에서 감히 언급하기 어려운 배변과 같은 말의 차원에서 극도로 타락한 반反지성주의의 표현이었다. '지적인 분뇨담'은 바타유가 내세운 '이질론'의 개념과 같다. '지적인 분뇨담'이 서구의 인간 중심주의 철학과 근본적으로 양립할 수 없는 것은 그것이 부르주아 사회의 가치관을 완전히 무시하고 파괴하는 것이기 때문이다.

이러한 분뇨담의 이질론을 이해하기 위해서 바타유의 소비 개념과 금기와 위반, 문학과 주권성la souveraineté의 글쓰기를 검토할 필요가 있다. 바타유는 사회생활이 정상적으로 유지되려면 우선 유용하고 합리적인 노동으로 획득 가능한 에너지의 생산이 선행되어야 하고 그것에 상응하는 축적된 에너지의 소비가 뒤따라야 하는데, 늘 과잉 에너지가 적절하게 소비되지 않음으로써 문제가 발생한다고 주장한다. 그의 이론에 의하면, 인간이 어떤 명분으로 생산과 저축의 미덕을 찬양하고 낭비가 악덕인 것처럼 비난하더라도 과잉 에너지를 사치스럽게 소비할 수 있어야 한다는 것이다. 이런 논리에서 바타유는 비생산적 소비를 '저주의 몫'이라고 명명하고, 인간만이 사치스러운 소비를 하는 존재가 아니라 자연도 잉여의 문제를 사치의 형태로 해결한다는 논리를 편다. 자연의 해결 방법은 '생명체들 사이의 잡아먹기, 성행위와 생식 기관의 배설, 생명체끼리 죽고 죽이는 현상이나 인간의 죽음' 등도 모두 인간 사회에 필요한 과잉 에너지의 소비라는 관점에서 이해될 수 있는 것이다. 이러한 비생산적 소비 없이 모든 에너지가 축적될 경우 그 사회가 얼마나 끔찍한 과잉의 사회가 될지는 분명하다.

18 G. Bataille, *Œuvres complètes*, tome I, p. 64.

바타유는 고대사회에서 신에게 제물을 바치는 의식도 축적된 부를 소비하는 방식 중의 하나라고 설명한다. 제사와 같은 성스러운 활동의 중요성이 감소되는 현대사회에서, 비생산적 소비의 기회가 줄어들면 축적에 대한 소비의 위험성은 당연히 증가할 수밖에 없다. 물론 전쟁을 통한 대량학살과 같은 비생산적 소비는 없어야 하겠지만, 과잉 에너지가 적절히 소비되지 않을 때, 인간이 이를 외면하거나 모른 체함으로써 과연 전쟁을 피할 수 있는 것일까? 바타유는 이런 의문에 부정적으로 대답한다. 그러니까 바타유는 전쟁을 피할 수 없다는 것이 아니라, 전쟁의 비극을 막기 위해서라도 과잉 에너지를 적절하고 합리적으로 소비해야 한다는 것이다.

모든 사회는 자기 보존의 목적을 갖고, 그 목적과 상반되는 행위를 하지 않도록, 다시 말해서 사회를 안전하게 유지하기 위해서 금기를 설정하고 온갖 금기 체계를 만들기 마련이다. 이러한 금기 체계의 원칙에서 가치의 척도는 이성과 등가적인 효용성의 원칙일 터인데, 문제는 효용성으로만 이루어진 삶이 개인적으로나 사회적인 발전을 위해서 필요한 주권적 자율성을 갖지 못한다는 점이다. 그러므로 주체로서의 인간은 효용성에 의존하지 않는 주권적 태도를 가져야 하고, 주권성의 미덕은 처벌을 두려워하지 않는 금기의 위반 행위를 통해서 획득된다는 논리가 성립된다. 바타유는 사회에서 윤리적 악惡으로 간주되는 금기의 위반을 실천하는 모험의 행위 속에 문학의 진정성 혹은 주권성이 담겨 있다고 본다. 물론 문학은 언어의 지배를 받고 있고 작가의 이성에 의해 좌우되는 것이지만, 언어에 의해서 소외된 존재의 모습을 일깨우기 위해 문학의 도구적 성격을 위반할 수 있다는 것이 바타유의 생각이다. 그는 문학과 예술이야말로 인간이 모

든 규범을 위반하는 자유의 욕망을 실천할 수 있는 영역이자 언어를
주권적으로 사용할 수 있는 세계라고 확신한다.

> 문학작품을 만드는 일은 모든 적당주의 차원과 노예성에 대해 단호
> 히 등을 돌리는 일이고, 인간의 주권적 입장에서 주권적인 인류에 호소
> 하는 주권적 언어로 말하는 것이다.[19]

언어의 주권적 사용은 바타유가 강조하는 주권성의 중요한 표현이
다. 이런 논리에서 보자면 사드는 선과 이성, 악과 폭력을 동일시하
는 전통적인 윤리를 전복하고, 금기의 위반을 실천한 주권적 자의식
과 주권적 언어의 작가이다. 사드는 사회에서 금기시하는 성의 이야
기를 통해 인간의 극단적인 잔인성과 폭력성을 기술함으로써 이성
을 기반으로 한 문명사회의 금기와 규범을 위반한 주권적 작가의 모
습을 실천했다. 그는 언어의 터부를 깨뜨리고 성도착이나 폭력에 대
해 절대적인 고독의 상태에서 주권적인 언어를 표현했다. 문학작품
을 통해서 표현되는 사드의 주권적 언어는 결국 위반의 행위이고, 이
러한 위반은 단순히 윤리적 규범을 문제시하는 행위가 아니라, 악이
인간의 내부에 있는 인간적인 것임을 강조하는 메시지의 표현이다.
바타유는 사드의 우회적인 성도착의 이야기들을 통해 개인의 해방과
관련된 잔혹성과 폭력성의 진정한 인간적 의미를 이끌어낸 것이다.
그렇다면 바타유가 생각하는 사드의 작품과 프랑스혁명의 관계는

---

19 G. Bataille, "La littérature et le mal," *Œuvres complètes*, tome IX, Gallimard, 1979, p.
304.

어떤 것일까? 앞에서 바타유의 과잉 에너지 소비에 대해 언급한 것처럼, 그에게 혁명은 축적된 부를 소비할 수 있는 성스러운 시간이자 거대한 축제이고 비생산적 소비의 시간이었다. 물론 사람들 사이에서 절제를 모르는 열정이 분출되기 시작하여 혁명이 멈추지 않을 때 그것은 위험하지만, 그렇다고 해서 혁명의 소용돌이 속에서 이성적 논리와 절제를 요구할 수는 없다. 혁명의 열기에는 전염성이 있고, 그 전염성은 사람과 사람 사이에만 있는 것이 아니라 사물과 이념 사이에도 존재하는 것이다. 이런 점에서 바타유는, 프랑스혁명과 사드의 작품 사이에 특별한 인과관계는 없지만, 혁명의 전염성이 다양한 차원의 혁명적 현상들을 가깝게 함으로써, 상호적으로 영향을 주고받게 되었다고 주장한다. 물론 정치와 문학의 차이를 설명할 때, 혁명의 열기가 사람의 의식을 무화하는 것이라면 문학은 이성의 눈으로는 볼 수 없는 요소들을 포착하려 함으로써 의식을 더욱 투명하게 만든다고 바타유는 말한다. 그에 따르면, 사드의 문학은 본능의 음란성을 자극하는 것이 아니라 명철한 의식을 일깨우는 것이며, 맹목적인 폭력과 이성적 명증성의 대립과 모순을 초월하여 주체와 대상의 통일성을 추구하는 것이다. 사드야말로 도착적이고 범죄적인 성의 이야기를 통해서 이성보다 중요한, 명징한 의식을 일깨운 최초의 작가인 것이다. 사드는 용기 있는 위반 행위를 감행함으로써 성적 흥분이나 스캔들의 차원을 넘어 진정한 반항 의식과 혁명적 변화를 기대한 것이다.

제17장 브르통과 바타유의 논쟁과 쟁점

4. 시적 초현실주의와 산문적 유물론

우리는 또한 이러한 브르통과 바타유 논쟁의 중심에서 헤겔 철학에 대한 해석의 차이를 발견하게 된다. 브르통은 모든 대립되는 것들이 모순되지 않게 인식되는 정신의 지점이 있다고 생각한 반면에, 바타유는 그의 '하류 유물론'의 논리에서와 마찬가지로 물질적이고 비천한 것들, 도착적인 성욕과 무의식의 요소들에 가치를 부여했다. 브르통이 주관성과 객관성의 통일처럼 대립된 것들의 융합 혹은 일치를 시적으로 추구했다면, 바타유는 주체와 객체의 내재적 일치보다 그 이질성을 강조했고, 모든 타자와의 소통 속에서 금기의 위반과 가치 체계의 전복을 목표로 삼았다.

앞에서 말했듯이, 바타유는 초현실주의의 자동기술이나 「초현실주의 선언문」에 대하여 공감하지 않는 태도를 보였다. 그렇다면 그는 왜 초현실주의 그룹에 가담했던 것일까? 그는 『문학과 악』의 서문에서 자기의 세대가 초현실주의의 열정과 반항에 공감했던 것은 제1차 세계대전 이후에 계속된 폭발 직전의 감정 상태 때문이라고 말한 바 있다. 그는 초현실주의를 회고하는 글에서, 브르통과 초현실주의에 매혹된 레리스의 권유로 초현실주의 운동에 참여하게 되었지만, 처음부터 "초현실주의의 답답한 분위기에 온몸이 경직되는 느낌이었고 질식할 것 같았다"[20]라고 토로한다. 아마 그는 기질적으로 혹은 감정적으로 브르통과 아라공 같은 초현실주의자들과 어울리는 사람이

---

20 G. Bataille, "Le surréalisme au jour le jour," *Œuvres complètes*, tome VIII, Gallimard, 1976, p. 171.

　　　　　　　　　　제3부 초현실주의의 안과 밖

아니었을 것이다. 이런 측면에서 바타유를 인정하지 않는 듯한 브르통의 거만한 태도에 바타유가 상처를 받았다는 사실에서 두 사람의 논쟁의 동기를 추측하는 사람도 있다. 그러나 두 사람의 인간적 관계가 어떤 것이었든 간에, 바타유는 시인들이 중심 역할을 하는 초현실주의 그룹과 동화되지 못했고 그의 '하류 유물론'이 초현실주의의 이상론과 극명하게 대립하게 된 것이 사실이다. 그러니까 바타유와 초현실주의자들 사이의 갈등과 논쟁은 필연적이었을 것이다. 브르통과 초현실주의자들이 사드의 작품을 관념적이고 시적인 차원에서 해석했다면, 바타유는 사드의 문학을 하류 유물론과 혁명적 사디즘으로 설명했다. 바타유의 혁명적 사디즘에 대한 이해는 '하류 유물론'의 논리를 정당화하는 것이며, 이상주의의 서열화된 가치들을 전복하는 '이질론'에 토대를 둔 것이라고 말할 수 있다. 이러한 이질론의 사디즘은 초현실주의의 모든 시적 행위와 이상주의적 가치관을 거부하는 산문적 유물론의 입장으로 해석된다.

초현실주의자들의 사드와 바타유의 사드는 이렇게 분명한 차이를 보인다. 그러나 이것은 어디까지나 관점과 해석의 차이일 뿐, 어느 쪽의 논리가 우세했다고 말할 수는 없다. 확실한 것은 이 논쟁에서 브르통은 얻은 것이 별로 없고 오히려 잃은 것이 많았던 반면에, 바타유는 자신의 논리와 사상을 구축하는 과정에서 얻은 것이 많았다는 점이다. 논쟁에서 먼저 흥분하는 사람이 지기 마련이기 때문인지는 모르지만, 브르통은 「초현실주의 제2선언문」에서 자신의 한계를 너무 솔직하게 드러냈다. 한편, 바타유의 비판에서 아쉬운 점을 말한다면, 초현실주의자들이 기존의 문학사적 평가와는 다른 관점에서 사드를 혁명적 작가로 부각시켰고, 사드의 소설이 일반적인 언어의 소통 논리와는 다른 욕망의 명령과 자유로운 상상력에 의존해 만들어진 작품이라고 해석하여 사드를 재평가하게 만든 공로를 바타유가 전혀 인정하지 않았다는 점이다. 분명한 것은 초현실주의자들의 그러한 노력이 없었다면 사드의 이름은 그 당시 문학사에서 중요하게 논의할 필요도 없이 단순히 성도착의 이야기들을 쓴 작가라는 대중적 인식에서 크게 벗어나지 못했을 것이라는 사실이다.

　　　　　　　　　　　제3부 초현실주의의 안과 밖

제18장
사드와 초현실주의

1. 사드와 사디즘의 역사

'사디즘sadisme'이라는 용어의 원천인 사드 후작(1740~1814)은 평생 두 번의 사형선고와 15년의 감옥 생활, 14년의 정신병원 수감 등 그야말로 파란만장한 삶을 살았다. 그는 초기에는 방탕함과 스캔들로, 중기와 후기에는 상식 파괴적 글쓰기로, 마지막으로 프랑스혁명 기간에는 공화주의적 정치 활동으로 유명세를 떨쳤고, 그러한 이유들로 40년 가까이 감금 생활을 해야만 했다. 사드 문학 연구자인 디디에는 '욕망의 글쓰기'라는 부제를 붙인 책에서 이렇게 진술한다. "사드는 자신의 중요한 저서를 출판할 권리를 박탈당한 채, 어떤 책의 원고들은 강제로 소멸되는 현장을 보면서 40년의 감금 생활을 했고, 자신의 시대로부터 조명을 받기는커녕 재갈을 물린 삶을 살았다. 하지만 그는 '계몽주의 시대의 가장 뜨겁게 불타오르고 어둠을 밝히는 등불'이 되었다."[1] 사드가 사후에 이런 찬사를 듣기까지는 한 세기 이

---

1   B. Didier, *Sade: Une écriture du désir,* Denoël-Gonthier, 1976, p. 185.

상의 시간이 지나야 했다. 물론 생전에 그에 대한 부정적 평가는 끊임없이 이어졌다. 1792년 9월 27일 『주르날 제네랄 드 프랑스Journal Générale de France』에서는 사드의 『쥐스틴Justine』을 "역겹고 지겨운 책이라고 혹평"한다."[2]

19세기에 사드의 작품은 지하에서만 유통되었고 읽히기보다는 가십의 대상으로 더 많이 언급되었다. 19세기 부르주아들과 보수주의자들은 풍속의 이름으로 사드에게 야유를 퍼붓고, 공화주의자들은 도덕적 명목으로 그를 단죄했다. 사드의 후손들은 악의 상징으로 인식되는 사드의 성을 계승하려고 하지 않았고, 그의 문학적 영향을 받은 작가들도 그것을 감추거나 부인했다. "샤토브리앙, 라마르틴, 보들레르, 플로베르는 사드에게 문학적으로 진 빚이 많았지만, 공개적으로 밝히려 하지 않았다."[3] 또한 "19세기 프랑스 역사가인 미슐레가 볼 때 사드는 죄악의 명예교수였고 타락한 구체제의 전형적인 인물이었다."[4] 사드는 이렇게 잔혹한 괴물이거나 미치광이 포르노그래피 작가로 취급되었다.

그렇다면 흔히 도덕의 이름으로 비난을 받았던 『악의 꽃』의 시인 보들레르는 사드를 어떻게 평가했을까? 『보들레르의 사디즘』을 쓴 조르주 블랭은 "보들레르가 사드 후작의 영향을 많이 받은 것은 분명하다"라고 그 책의 서두에서 밝힌다.[5] 『불멸의 에로티스트 사드』의 저자 장 폴 브리겔리는 "보들레르는 조르주 상드에 관한 단상 속

---

2   존 필립스, 『How to read 사드』, 김병화 옮김, 웅진지식하우스, 2008, p. 8.
3   B. Didier, *Sade*, p. 185.
4   존 필립스, 『How to read 사드』, p. 9.
5   G. Blin, *Le Sadisme de Baudelaire*, José Corti, 1948, p. 13.

에 은근슬쩍 사드를 끌어들이고, 자기를 아는 악은 자기를 모르는 악보다 덜 무섭고 훨씬 더 치유의 가능성이 많은데, 이런 점에서 상드는 사드에 훨씬 못 미친다"라는 구절을 인용하고 있다.[6] 또한 브리겔리는 보들레르의 이러한 표현법이 악을 자연이라고 부르면서 악을 치유하려고 하지 않았던 사드에게는 어울리지 않는 발상이라고 지적한다. 그는 이에 덧붙여서 보들레르가 사드를 떠올리며 "사랑의 유일한 최고의 쾌락은 악을 행하는 확실성 속에 있다"고 말했는데, 이것은 사드의 진실과는 거리가 멀다고 주장한다. 그러나 브리겔리의 이런 지적은 사실과 다르다. 보들레르는 「불화살Fusées」 3장의 끝에서 이렇게 썼을 뿐이다.

나는 말하겠다. "사랑의 유일한 최고의 쾌락은 악을 행하는 확실성 속에 있다. 남자와 여자는 태어날 때부터 악 속에 모든 쾌락이 존재한다는 것을 안다."[7]

보들레르가 사드를 염두에 두고 이런 발상을 했을지도 모르지만, 이 단상 앞에서건 뒤에서건 어디에도 사드는 언급되어 있지 않다. 물론 보들레르의 글과 작품에서는 '악'이라는 단어가 자주 등장한다. 사르트르의 보들레르에 대한 비평에서도 논의되어 있듯이, 보들레르는 악을 위해서 악을 행한다고 말할 수 있을 만큼, 사람들이 선이라고 긍정하는 것과 반대로 행동한다. 그에게 악은 의지로 결정한 악이

6   장 폴 브리겔리, 『불멸의 에로티스트 사드』, 성귀수 옮김, 해냄, 2006, p. 360.
7   Ch. Baudelaire, *Œuvres Complètes*, tome I, Gallimard, 1966, p. 652.

다. "보들레르의 진정한 악, 그의 작품 속에서 수없이 등장하는 악마적 악은 그의 확고한 의지로 만들어진 것이다."[8] 보들레르는 악에 대한 생각에 관해서 자신을 사드와 동일시했을지도 모른다.

악을 설명하기 위해서는 언제나 사드 후작, 말하자면 자연인으로 돌아가야 한다.[9]

보들레르의 관점에서 사드는 자연인이다. 악과 자연은 분리될 수 없다. 사드는 악의 문제를 소설적 탐구의 대상으로 삼았지만, 그렇다고 해서 악을 정당화하지는 않았다. 다시 말해서 보들레르에게 악은 중심적 위치를 차지하고 있지만, 사드에게는 악이라는 단어가 거의 발견되지 않는다. 사드를 매혹시킨 것은 오히려 악보다는 범죄 행위 그 자체였다. 사드에게는 선과 악의 문제가 모호했기 때문이다. 브리겔리는 "악을 설명하기 위해서는 언제나 사드 후작으로 돌아가야 한다"라는 보들레르의 해석은 잘못된 것이라고 말하면서도 "사드에 대한 재평가 작업이 완만하게나마 이루어진 것은 보들레르부터"[10]라고 온당한 평가를 내린다.

19세기 말 이후 사드의 이름은 작가로서가 아니라, 성도착 증상의 사디즘과 결부되어서 나타난다. '사디즘'이라는 용어가 사전에 처음 등장한 것은 1841년 『부아스트 사전Dictionnaire Boiste』에서인데 여기서 이 용어는 "과도하게 방종을 일삼는 탈선 행위, 자연에 반하는 과

8   J.-P. Sartre, *Baudelaire*, Gallimard, 1947, p. 127.
9   같은 책, p. 595.
10 장 폴 브리겔리, 『불멸의 에로티스트 사드』, p. 362.

격하고 반사회적인 교설"[11]로 설명되어 있다. 그 이후 19세기 후반부터 정신의학자들의 관점에 따라 약간의 편차가 있지만 대체로 이 용어는 "타인의 정신적, 육체적 고통에 근거해서 관능적 쾌락을 추구하는 성적 본능의 도착 증세"로 정의된다. 사드라는 이름은 단순히 어원적으로만 언급될 뿐, 사드와 사디즘의 관계는 분리되기 시작했고 심지어 사디즘이라는 용어가 우세하기에 이르렀다. 사드는 정신의학이나 정신분석학에서 점점 더 독자적인 개념이 되어가는 사디즘에 비해 극히 부분적으로 때로는 매우 불필요하게 언급될 뿐이다. 그러니까 사디즘은 그 유래가 된 한 고유명사와의 연결점을 상실했고 사드의 글과 작품들은 정신의학자들에게 이론의 본원적 근거로서 여겨졌다. 그들은 오직 정신의학적 자료로서만 사드의 소설을 읽은 것이다. 그럼에도 불구하고 20세기에 접어들어 사드의 저작물을 새롭게 발굴하고 사드의 중요성을 재평가하려는 노력이 나타나기 시작했다.

사드는 생전에 자신의 작품이 문학으로 이해되기를 원했고, 자기의 이름이 작가로 기억되기를 바랐다. 그의 희망처럼 그의 작품은 이제 프랑스 문학의 정전으로 인정받고, 19세기의 찬란한 등불로 평가되기에 이르렀다. 이 글에서는 아폴리네르를 비롯한 초현실주의자들이 어떤 관점에서 사드를 읽고 이해했는지를 검토해보고자 한다.

11 같은 책, p. 416.

제18장 사드와 초현실주의

2. 사드와 아폴리네르

시인이자 예술비평가인 아폴리네르는 20세기 초의 프랑스 문화를 특징지을 수 있는 아방가르드 정신 또는 '새로운 정신esprit nouveau'의 주창자이다. 그의 '새로운 정신'은 간단히 말해서 완전한 자유의 정신이다. 시를 예로 들자면, 기존의 형식이나 규범을 따르지 않을 뿐 아니라 모든 시적인 주제나 표현에 있어서도 자유를 촉구하는 것이다. 가장 무의미하고 하찮은 주제나 대상이라도 인간의 정신에 놀라움과 충격을 줄 수 있는 것이라면, '새로운 정신'에 부합된다. 아폴리네르의 '새로운 정신'에서 사드는 가장 자유로운 정신을 대표하는 인물로 부각된다.

과거의 역사적 인물 중에서 가장 자유로운 정신을 지닌 사드 후작은 여성에 대해서도 특별한 생각을 갖고 있었다. 사드는 여자도 남자처럼 자유롭기를 원했다. 보통 사람이라면 며칠 걸려서도 이끌어내기 어려운 이런 생각으로 그는 양면성의 인물, 즉 쥐스틴과 쥘리에트를 만들어 냈다. 사드 후작이 주인공을 남자가 아닌 여자로 결정한 것은 우연이 아니다. 쥐스틴은 구식 여성으로서 순종적이고 불쌍하고 인간적인 대우를 받지 못한다. 반면에 쥘리에트는 작가의 의도대로 새로운 여성상을 나타낸다. 그녀는 지금까지 인류가 생각하지 못한 존재로서 날개를 달고 날아올라 세계를 새롭게 만들 것이다.[12]

---

12 G. Apollinaire, *Œuvres Complètes*, tome II, Gallimard, 1966, p. 231.

제3부 초현실주의의 안과 밖

아폴리네르의 관점에서는 쥘리에트처럼 모든 관습의 경계를 파괴하는 새로운 인간을 만들어낸 사드야말로 20세기의 '새로운 정신'에 부합하는 작가이다. 쥘리에트는 자유와 현대성이 등가적인 것임을 구현한 인물이다. 또한 사드는 그의 작품을 읽고 경악하는 사람들과 자신을 구별하는 명확한 의식과 자부심을 이렇게 표현했다고 한다. "나는 내 작품을 이해할 수 있는 사람들을 향해서만 글을 쓴다. 그 사람들은 내 작품을 별다른 위험 없이 읽을 수 있을 것이다."[13]

아폴리네르의 '새로운 정신' 개념은 '아름다움le beau'의 기준을 변화시켰다. 기존의 아름다움이 대체로 인식의 대상과 인식의 형태 사이의 '닮음ressemblance'을 권장하는 것이었다면, 새롭고 현대적인 아름다움의 기준은 그것들 사이의 '다름'과 '단절'에 비중을 둔다. '현대적'이라는 표현은 현실을 모방할 것이 아니라 현실을 재창조하는 것이다. 문학이 '다름'을 표현하거나 언어가 극단적인 것의 체험을 표현할 때, 문학은 새로운 현실을 만들어낸다. 따라서 '현대성'은 전통적인 '아름다움'의 미학과 대립된다. '현대적'이라는 표현이 현실과 관련되지 않고 현실을 반영하지도 않을 때, '아름다움'은 현실에 대한 진실되고 실존적인 체험을 구현한다. 역설적으로 말하자면, '아름다움'은 끔찍한 것 또는 '혐오스러운 것l'horrible'을 가리킬 수도 있다.

'현대성'이라는 용어는 '새로움'을 표현하는 상상력의 힘을 의미한다. '현대적' 창조는 소통의 수단이 아니라 '진실의 궁극적인 표출 또는 부적절한 표출'이다.[14] 아폴리네르는 상상력이 언어를 이용해서 세

13 같은 책, p. 265.
14 같은 책, p. 906.

계를 재창조할 때, 이러한 표출을 '시'라고 명명한다. 시인은 현실의 단편적 경험 속에서 상상력의 가능성과 일치하는 무한한 현실 혹은 초현실을 드러낼 때 진실을 만들어내는 창조자가 된다는 것이다.

아폴리네르에 의하면, 사드는 '아름다운 것' '진실한 것' '새로운 것'이 동일하다는 것을 가르쳐준 작가이다.[15] 이런 관점에서 미학과 인식론과 존재론 사이의 모든 경계는 사라진다. 이것은 아폴리네르가 『티레지아의 유방Les mamelles de Tirésias』의 서문에서 '초현실적'이라고 부른 것과 일치한다. 그는 '초현실적'이라는 표현을 통해서 현대적인 시가 '현실주의'와 '상징주의' 같은 전통적 미학의 분류법에서 벗어날 수 있음을 강조한다. 그러니까 '초현실주의'는 '현실주의'와 '상징주의'와 다를 뿐 아니라, '현실주의'와 '상징주의'를 포함하면서, 그것들을 넘어서는 인식의 확장을 가리킨다. 참고로 브르통은 아폴리네르의 이러한 조언을 듣고 '초현실주의'라는 이름으로 전위적 문화운동을 시작한 것이다.

1907년 아폴리네르는 『1만 1천 개의 음경Les onze mille verges』[16]이라는 제목의 에로틱한 소설을 비밀리에 출간한다. 이 소설은 생물학적 성생활의 관찰을 문학적 사디즘으로 형상화한 것이다. 이것은 허구와 현실 사이의 긴장관계 속에 만들어졌다기보다 처음부터 양쪽의 구별 없이 혼합하여 만든 느낌을 준다. 작중인물들은 환각 상태에서 성도착과 성적 이상 행위의 욕망을 약간의 절제도 없이 만족시키려 한다. 어떤 점에서는 사드의 소설보다 더 포르노 소설에 가깝다고 할

---

15 같은 책, p. 907.
16 G. Apollinaire, *Les onze mille verges*, Jean-Jacques Pauvert, 1973.

수 있다. 왜냐하면 아폴리네르에게서는 성행위의 내밀함에 대한 신성 모독의 정도가 더 극단적으로 또는 부정적 유머의 형태로 표현되어 있기 때문이다. 물론 아폴리네르가 독자의 관능을 자극하기 위해 포르노 소설을 쓴 것은 아니다. 그는 소설을 통해서 글쓰기와 욕망의 문제를 추구한 것이다. 초현실주의의 핵심적인 주제인 욕망은 아폴리네르의 소설에서 상상력의 문제와 함께 중요한 주제이다. 글쓰기는 성적 욕망을 승화시킨 것이라는 프로이트의 견해를 빌리지 않더라도, 글쓰기의 욕망과 성적 욕망, 상상력의 추구는 일치될 정도로 연결 관계를 갖는다고 할 수 있다.

아폴리네르의 문학적 사디즘은 초현실주의적 의미에서 위반적이다. 그것은 규범과 도덕과 금기와의 단절을 나타내고 기분 나쁜 블랙 유머로 특징지을 수 있는 음란한 도착증의 행위를 구성한다. 또한 그것은 가장 격렬하고 가장 극단적인 형태로 욕망의 다양한 모습을 명명하고 보여준다. 욕망은 리비도의 명명과 함께 태어난다고 할 수 있다. 신체기관들의 도착 상태에 따라 에로틱한 가능성들이 새롭게 발견되기도 한다. 물론 욕망의 극단적인 표현은 텍스트를 구성하는 언어의 차원에서 이루어진다. 이 소설에서 문학적 사디즘은 생물학적 차원에서의 경험이 텍스트의 글쓰기로 구현된다고 할 수 있다. 사드에 대한 아폴리네르의 관심은 현대적 사디즘을 새롭게 재창조하는 데 있는 것이다. 결국 그의 현대적 사디즘은 기존의 모든 경계를 따르지 않는 '전복subversion'과 '도착perversion'의 주제와 일치한다. 아폴리네르와 초현실주의자들에게 현대적 문학은 모델이 되는 대상과 얼마나 비슷한가에 따라 평가되지 않는다. '현대성la modernité'은 기존의 모든 것, 모든 가치평가와 모든 도덕적 기준에 대한 위반이다. 이런 점에서 『1만 1천 개의 음경』은 성적 욕망과 욕망의 충족을 구현한 소설적 서사를 통해 '현대성'을 정의한 것이라고 할 수 있다.

3. 사드와 초현실주의

브르통의 「초현실주의 선언문」(1924)에는 "사드는 사디즘에서 초현실주의자이다Sade est surréaliste dans le sadisme"[17]라는 구절이 있다. 브르통은 초현실주의의 계보를 거슬러 올라가본다는 취지로 과거의 여러 작가들을 거론하며 초현실주의자로 명명한다. "사드는 사디즘에서 초현실주의자"라는 말은 단순한 동어반복이 아니다. 브르통은 단테로부터 시작해서 셰익스피어, 스위프트 다음에 사드를 언급하고, 그 뒤를 이어 샤토브리앙, 위고, 보들레르, 랭보, 루셀 등을 열거한다. "스위프트는 '냉혹함méchanceté'에서 초현실주의자"이고, "샤토브리앙은 '이국 취향exotisme'에서 초현실주의자"라고 하는 식이다. 그러니까 사드를 "사디즘에서 초현실주의자"로 부른 것은 초현실주의의 의미망 속에 사디즘을 포함시키려 한 것임을 알 수 있다. 이 선언문이 나올 무렵에 브르통은 사드의 개인적인 반항정신과 새로운 문학정신을 높이 평가하고 있었다. 또한 사드는 문학과 삶이 일치되는 작가였다는 점에서 브르통과 초현실주의자들에게 깊은 영향을 주었다. 1920년대 초에 『문학』이라는 잡지에 관여했던 이들에게 사드는 랭보나 로트레아몽과 함께 시와 삶 또는 시와 현실이 일치하는 모범적인 작

---

17 A. Breton, *Manifestes du surréalisme*, Jean-Jacques Pauvert, 1972, p. 36.

가로 인식되었다. 사드에게서 중요시되는 욕망의 문제도 그들의 관심을 끄는 중심 주제였다. 그러나 그 당시 브르통과 그의 친구들이 갖고 있던 리비도나 욕망의 개념은 사드적인 성적 일탈과 도착증의 개념과는 다르다. 사드는 욕망을 물질적이고 철학적인 배경에서 생각했지만, 브르통은 무의식과 '자동기술'과의 관련 속에서 욕망을 이해했다.

아폴리네르의 영향인지 모르겠지만, 브르통과 초현실주의자들에게 사드는 18세기 계몽주의적 세계관과의 단절을 보여준 혁명적 작가로 인식된다. 그들은 사드에게서 무엇보다 전복과 혁명의 정신을 중요시한다. 여기서 브르통은 자유의 욕망을 혁명의 열망과 일치시킨다. 물론 이러한 생각이 정치적 기획으로 연결된 것은 아니지만, 적어도 문학의 영역에서 전통적인 규범과 기존의 질서를 거부하는 아방가르드 문학의 실천으로 발전한 것은 사실이다. 사드 연구자인 프랑수아즈 로가-트로에 의하면, 1920년대에 초현실주의자들의 '사드' 사용법은 다음과 같은 두 가지로 정리된다. 첫째는 문학, 그림, 영화의 전통적 구조를 파괴하려는 목적의 이념적 투쟁을 위하여 사드의 이름을 무기로 이용하는 것이고, 둘째는 '사디즘'의 초현실주의 이론을 체계적으로 구성하기 위한 시도가 그것이다.[18]

브르통은 이렇게 사드와 사디즘을 초현실주의 이론을 구축하는 수단으로 삼았을 뿐 아니라 초현실주의의 원칙과 나아갈 방향을 가르쳐주는 지표로 삼기를 원했다. 그러나 1925년 이후에 초현실주의의 역사에서 '사드'의 역할은 새롭게 부각된다. 초현실주의자들의 새로

---

18 F. Laugaa-Traut, *Lectures de Sade*, Armand Colin, 1973, p. 183.

운 잡지 『초현실주의 혁명』이 간행되기 시작한 것은 1924년 12월이다. 이 잡지 제명에서 알 수 있듯이, 이들은 '혁명'이라는 용어를 빈번히 사용했고, 모든 분야에서 혁명을 일으켜야 한다는 신념을 보였다. 이러한 혁명의 개념을 간단히 정리하면, 하나는 정신의 혁명이고 다른 하나는 사회의 혁명이다. 다시 말해서 문학에서의 시적 혁명과 프로이트가 발견한 무의식의 세계를 탐구하거나 랭보처럼 삶을 변화시켜야 한다는 명제도 혁명이고, 마르크스주의자들의 계급투쟁도 혁명이다. 그러니까 '초현실주의 혁명'은 이 모순된 혁명을 동시에 실천하겠다는 브르통과 초현실주의자들의 의지를 반영한 것이다.

초현실주의자들이 공산당에 가입했을 무렵에 그들의 자동기술에 의한 시적 활동은 뜸해지고 시적 참여와 정치적 참여를 결합하는 문제가 중요한 이슈로 부각되었다. 그들에게 시적 참여와 정치적 참여를 결합하는 일은 마치 프로이트와 마르크스 혹은 사드와 마르크스를 종합하는 일처럼 어렵고 불가능한 작업이었을지 모른다. '초현실주의 혁명'이 초현실주의 문학과 사회혁명을 동시에 추구한다는 의미로 사용된 것이라면, 이러한 혁명은 처음부터 모순된 혁명이자 불가능한 혁명일 수밖에 없었다. 그렇기 때문에 '초현실주의 혁명'이라는 잡지 이름은 몇 년 후 '혁명에 봉사하는 초현실주의'로 바뀌게 된다. 하지만 두 갈래 혁명의 길 앞에서 사드는 여전히 존재감을 갖는다. 왜냐하면 「초현실주의 선언문」 속에 초현실주의 정신을 공유한다고 천명하며 언급된 작가들 중에서 사드가 유일하게 정신적 혁명과 사회적 혁명에 모두 관여한 작가였기 때문이다. 또한 사드의 이름은 인간의 본능과 욕망 혹은 성 문제에서 프로이트의 정신분석과 연결되어 등장할 뿐 아니라 1789년 프랑스혁명 이후에 모든 광신주의와 독재주의를 비판하며 민주적인 근대 세계의 발전을 옹호한 대변자로서의 위상을 계속 지켰기 때문이다. 브르통은 이러한 사드를 염두에 두고, 두 갈래의 모순된 혁명을 동시에 추구하자는 입장을 보인다. 그는 사디즘과 마르크스주의를 결합하려는 야심을 실천하려 한 것이다. 결국 그의 이러한 의지와 열정은 사드의 정신과 시적 정신의 통합적 관계를 넓은 시야에서 성찰할 수 있는 계기를 마련한다.

「초현실주의 제2선언문」은 초현실주의의 원칙을 재확인한다는 명분으로 쓰인 것이지만, 이 선언문에 담긴 바타유에 대한 원색적인 공격과 비난으로 더 많이 알려져 있다. 이 선언문의 끝에서 사드는 이렇게 언급된다.

> 사드의 삶과 사상의 완전한 일치 그리고 그 이전에 있었던 어떤 과거의 사실과 상관없이 완전히 새로운 세계를 창조하려 했던 그의 영웅적 욕구를 조금도 약화시킬 수 없다는 것이 사실이라는 견해를 분명히 밝혀야겠다.[19]

브르통은 사드의 반항과 혁명 정신이 "인간의 정신을 묶는 쇠사슬부터 인간을 해방시키려는 투쟁"과 "그 이전에 있었던 어떤 과거의 사실과 상관없이 완전히 새로운 세계를 창조하려 했던 영웅적 욕구"와 일치한다고 주장한 것이다. 한편, 이 인용문의 앞에서 브르통은 사드와 바타유를 비교하고, 사드가 자신의 이념을 위해서 27년간 감옥 생활을 보내는 고난을 겪었다면, 바타유는 파리 국립도서관 사서

---

19 같은 책, p. 188.

제18장 사드와 초현실주의

로 '앉아 있는 사람un assis'이었다고 말한다. 여기서 '앉아 있는 사람'은 사실적인 진술이면서 동시에 비유적인 표현이다. 랭보의 시 「앉아 있는 사람들Les assis」은 랭보가 드나들었던 샤를빌 도서관의 사서들을 가리키지만, 동시에 제도와 관습에 얽매어 안주하는 사람들을 풍자한 시이다. 그러니까 브르통은 랭보의 시 제목을 통해서 바타유를 야유한 것이다.

브르통의 『블랙 유머 선집』에서 사드는 "기욤 아폴리네르의 증언에 의하면 지금까지 인류사에서 가장 자유로운 정신"[20]으로 표현되고 "우리가 블랙 유머라고 부르는 것을 탁월하게 구현한 작가"[21]로 평가된다. 여기서 '블랙 유머'는 냉소적인 아이러니도 아니고 가벼운 농담도 아니다. 이것은 '지고의 정신력suprême puissance de l'esprit' '최상의 정신적 반항révolte supérieure de l'esprit'을 나타낸다. 브르통은 헤겔과 프로이트의 이론을 종합해서 고통에 의한 감정의 노출을 피할 수 있는 사유의 방식, 즉 '숭고하고 고결한 어떤 정신quelque chose de sublime et d'élevé'을 '블랙 유머'로 정의한 것이다. 브르통은 이 용어를 통해 결합이 불가능한 것처럼 보이는 사드, 헤겔, 프로이트를 연결해보려고 시도한다.

브르통과 초현실주의의 역사에서 사드의 영향력은 결코 과소평가될 수 없다. 초현실주의자들의 글에서 사드가 인용되지 않더라도, 그의 전복적 사고와 '위반'의 글쓰기가 남긴 흔적은 도처에서 발견된다. 브르통이 「초현실주의 선언문」의 서두에서 상상력과 "가장 위대한

---

20 A. Breton, *Anthologie de l'humour noir*, Jean-Jacques Pauvert, 1972, p. 39.
21 같은 책, p. 40.

정신의 자유la plus grande liberté d'esprit"[22]를 등가적으로 표현한 대목
에서도 사드의 그림자가 어른거린다. 이런 점에서 브리겔리의 다음
과 같은 지적은 초현실주의자들의 사드에 대한 이해가 깊이 있는 것
임을 알려준다.

> 사드에 대한 초현실주의적 독법이 이전까지의 다른 모든 독법과 근
> 본적으로 다른 점은, 바로 사드의 글쓰기 중심에 이런저런 방탕의 추억
> 만이 아닌 어엿한 상상력이 존재한다는 사실을 발견했다는 데 있다.[23]

4. 사드와 푸코

필리프 솔레르스는 『지고의 존재에 대항하는 사드Sade contre l'être
suprême』의 서두를 이렇게 시작한다. "18세기의 자유의 파도가 사드
를 태어나게 했다. 19세기는 그를 무시하거나 검열하는 일로 분주했
다. 20세기는 요란스럽게 그를 부정적으로 드러내는 데 열심이었다.
이제 21세기는 그를 명확한 모습으로 고찰해야 할 것이다."[24] 필리프
솔레르스의 이러한 진단은 앞으로 계속 명징한 논리로 사드 연구가
이루어져야 한다는 취지에서 나온 발언이겠지만, "20세기가 요란스
럽게 그를 부정적으로 드러냈다"는 지적은 다소 성급한 견해로 보인
다. 에리크 마티는 『왜 20세기는 사드를 중요시했는가?』라는 책의 머

---

22 같은 책, p. 16.
23 장 폴 브리겔리, 『불멸의 에로티스트 사드』, p. 384.
24 P. Sollers, *Sade contre l'être suprême*, Gallimard, 1996, p. 11.

리말에서 "20세기가 사드를 중요시한 것은 '사실'"[25]이라고 확언한다. 에리크 마티의 관점에서는 사드에 관해 침묵을 지켰거나 부정적으로 보았던 시대는 19세기이다. "19세기는 사드에 대한 관심보다 그의 사디즘, 그의 '기이한 악행Le mal singuilier'에 더 많은 관심을 기울였다."[26] 필리프 솔레르스의 견해와는 다르게 디디에는 20세기에 접어들어 사드에 대한 중요한 재평가 작업이 이루어졌다고 진술한다.

> 20세기는 양면적인 신격화의 시대이다. 초현실주의는 사드의 명예를 회복시켰다. 박식한 연구의 성과로 사드의 삶 또는 작품의 다양한 측면들이 밝혀지기도 했다. 연구서와 논문 들이 끊임없이 발표되었다. 롤랑 바르트의 저서 『사드, 푸리에, 로욜라』는 이러한 열정의 한 징표이다. [……] 혁명가들의 사드가 있는가 하면, 보수주의자들의 사드, 문학사가들의 사드, 구조주의자들의 사드, 철학자들의 사드, 포르노 영화의 사드도 있다. 사드는 여전히 모순의 기호로 남아 있는 것이다.[27]

이처럼 20세기에는 사드에 대한 많은 연구와 논문 들이 다양한 관점에서 발표되었다. 푸코 역시 사드를 새롭게 평가했는데, 특히 『광기의 역사』에서 사드는 가장 중요한 작가로 논의된다. 이 책의 끝부분에서 논의되는 사드 소설의 중요성은 세 가지로 정리해볼 수 있다. 첫째, 광기와 자연과의 관계이다. 푸코는 사드의 주인공이 갇혀 있는 성과 그의 희생자들이 고통을 겪는 수도원 같은 곳에서 인간의 욕망

---

25 É. Marty, *Pourquoi le XXe siècle a-t-il pris Sade au sérieux?*, Éditions du Seuil, 2011, p. 7.
26 같은 책, p. 9.
27 B. Didier, *Sade*, pp. 185~86.

은 자연과 일치한다고 말한다. "욕망의 광기, 가장 비이성적인 정념들은 자연의 질서에 속해 있는 것이므로 지혜와 이성이 될 수 있다. 도덕과 종교 그리고 잘못된 사회가 인간에게서 질식하게 만들었던 그 모든 것이 사드의 소설에서 되살아난다. 거기에서 인간은 마침내 자신의 본성과 일치된다."[28] 푸코는 '광기'와 '무분별' '비이성'이 자연의 질서에 속하는 것이기 때문에 지혜와 이성이라고 해석할 만큼 자연을 넓은 의미로 해석한다. 그러니까 사드의 소설은 인간의 본성과 욕망을 나타냄으로써 억압적인 사회에 저항하는 의미를 표현한다는 것이다. 둘째, 사드의 자연과 본성에 대해 옹호하는 입장과 '자연 속에서 우리는 모두 평등하게 태어났다'는 담론은 루소를 모방해서 쓴 것이지만, 사드는 루소를 모방하면서 전복한다는 것이다. 왜냐하면 사드에게서 중요한 것은 욕망의 논리에 따라 욕망을 끝까지 밀고 나가는 주권성la souveraineté이기 때문이다. 주권성의 행사에서 자연은 의존할 수도 있고, 대립할 수도 있는 것이다. 셋째, 사드의 소설『쥘리에트』에서 알 수 있듯이, 광기에 휩싸인 자연의 폭력과 인간의 죽음은 이성적 이해를 넘어서는 파괴적 힘을 보여주는데, 이것을 통해서 작가는 서양 세계가 폭력 속에서 이성을 극복할 가능성과 변증의 미래를 넘어서 비극적 파탄으로 끝날 수 있다는 비관적 통찰을 모두 보여주었다는 것이다. 결국 푸코는 사드에게서 무엇이 구질서와의 단절을 유발했고 무엇이 그의 새로운 발상과 상상력을 가능케 했는지를 적절하게 통찰한다. 사디즘은 18세기 말에 나타난 문화적 현상임을 역사적 맥락 속에서 이해해야 한다. 그에 따르면 정신착란은 정신

---

28 M. Foucault, *Histoire de la folie*, Gallimard, 1962, p. 552.

제18장 사드와 초현실주의

병이 아니라 억압적인 사회가 만들어낸 개인의 반항적 광기이자 전복적 정신의 표현인 것이다.

또한 『말과 사물』에서 푸코는 고전주의가 쇠퇴하고 근대문화가 탄생하는 시대에 나타난 사드의 『쥐스틴』과 『쥘리에트』를 르네상스 시대와 고전주의 시대 사이에서 갈등하는 세르반테스의 『돈키호테』와 비교한다. 돈키호테는 세계와 언어의 관계를 '닮음'으로 이해하면서 고전주의 시대의 에피스테메인 재현의 방식에 갇혀 있었다. 그러니까 그에게 재현은 우스꽝스러운 망상의 형태로 나타날 수밖에 없었다.[29] 마찬가지로 사드의 인물들은 '재현'의 고전주의가 몰락하고 새로운 에피스테메의 근대문화가 출현하는 시대에 "재현의 한계를 무너뜨리는 욕망의 모호한 반복적 폭력"을 보여준다. 새로운 시대에 인간의 욕망과 성, 폭력, 삶과 죽음의 거대한 어둠의 충동은 어떤 인간적 노력에 의해서도 쉽게 포착되지 않는다. "우리의 사유는 매우 옹색하고, 우리의 자유는 매우 예속적이고, 우리의 담론은 매우 관습적이어서 재현의 하부에 있는 어둠에 대한 고찰"[30]은 힘든 작업일 수밖에 없다. 인간의 사유와 지식의 담론은 아무리 발전해도 결국은 한계에 부딪치기 마련이다. 그렇기 때문에 한계를 넘어서려는 노력 또는 한계에 대한 위반 행위의 작업은 의미 있는 것이다. 사드는 바로 이러한 한계 등을 넘어서기 위해 끊임없이 위반과 전복의 모험을 시도한 작가이다.

2013년에 뒤늦게 발표된 푸코의 『위대한 타자의 문학』에는 「사드

---

29 M. Foucault, *Les mots et les choses*, Gallimard, 1966, p. 223.
30 같은 책, p. 224.

에 대한 강의Conférences sur Sade」가 수록되어 있다. 발표문에서 푸코
는 사드의 문학을 상상력의 완전한 자유와 쾌락의 글쓰기로 이해하
고 그것의 특징을 세 가지로 설명한다.[31] 첫째, 사드의 글쓰기는 보편
적 합리성의 도구나 의사소통의 수단이 아니라, 에로틱한 꿈을 성적
행위의 실천과 연결 짓는 특정한 방식이다. 둘째, 이러한 몽환적이고
에로틱한 글쓰기는 고독한 광기의 글쓰기이다. 셋째, 사드가 『소설
에 대한 생각Idée sur les romans』에서 밝혔듯이, 좋은 소설가는 마치 어
머니의 연인인 것처럼, 어머니의 품속과 같은 자연 속에 몸을 맡기듯
하면서, 자신의 관심을 끝까지 밀고 나가야 한다. 사드는 이러한 생
각으로 모든 한계를 넘어서려는 광기의 모험을 감행한 작가라는 것
이다.

　「사드에 대한 강의」의 끝부분에서 푸코는 사드를 제대로 이해하려
면 프로이트와 마르쿠제의 책과는 다른 방식으로 읽어야 한다고 진
술하면서 두 사람의 이론을 비판한다. 그 이유는 우선 프로이트적 담
론의 기능과 역할이 욕망에 대한 진리를 합리적 언어로 정의하는 것
이라면, 사드의 욕망은 비이성적 언어로 표현되기 때문이다. 또한 마
르쿠제가 욕망을 제한하고 소외시키는 모든 구속으로부터 또는 모든
죄책감으로부터 인간은 해방되어야 한다고 주장하는 데 반해서, 사
드는 결코 그런 식의 절충적인 존재 방식을 주장하지 않기 때문이다.
결론적으로 푸코는 "프로이트의 모델이나 마르쿠제의 모델을 사드의
텍스트에 적용하기보다 사드의 사유를 토대로 혹은 사드의 사유로부

---

31 M. Foucault, *La grande étrangère: À propos de littérature*, éditions EHESS, 2013, pp.
159~61.

터 출발해야" 한다는 것을 강조한다. "사드는 서구 문명에서 욕망이 종속된 진리로부터 욕망을 실제로 해방시킨" 작가이기 때문이다.[32]

32 같은 책, p. 218.

제3부 초현실주의의 안과 밖

제19장
에메 세제르의 『귀향 수첩』과 앙드레 브르통

1. 세제르와 브르통의 만남

『초현실주의와 그 주변에 대한 일반사전』에 의하면, 에메 세제르 Aimé Césaire는 "20세기의 가장 위대한 초현실주의 시인들 중 한 사람"[1]이다. 이 사전의 설명을 따르면, 세제르가 '초현실주의 시인'인 것은 "의문의 여지가 없는sans nul doute" 사실이다. 그렇다면 다음과 같은 의문이 이어진다. 그는 과연 초현실주의 시인인 것일까? 그는 초현실주의 시인이라는 명명에 동의한 것일까? 그의 시는 자동기술의 시인가 아니면 단순히 초현실주의적 이미지들이 풍부한 시인가?

브르통이 세제르를 처음 만난 것은 1941년 4월 그가 비시 정권을 피해 미국으로 가던 중, 피난민을 실은 배가 정박하게 된 서인도제도의 마르티니크에서였다. 그때 세제르는 파리에서의 유학 생활을 마치고 고향에 돌아와서 아내와 함께 『열대지방*Tropiques*』이라는 문예지

---

1 A. Biro & R. Passeron, *Dictionnaire général du surréalisme et de ses environs*, PUF, 1982, p. 82.

를 발간하고 있었다. 그의 『귀향 수첩』²은 1939년에 발표되었으나 문단의 주목을 받지는 못한 상태였다. 브르통은 우연히 상점에 들렀다가 그곳에 진열된 『열대지방』 창간호를 발견하고 그 잡지에 실린 초현실주의적 시들을 읽으며 감동하여 곧 세제르 부부에게 연락을 취했다고 한다. 훗날 『귀향 수첩』이 한 권의 책으로 발간되었을 때, 브르통이 쓴 서문 「위대한 흑인 시인Un grand poète noir」은 이러한 만남의 과정과 세제르 시에 대한 최고의 찬사를 밝힌 글이다. 이 서문에서 브르통은 세제르를 지식과 경이로운 재능이 가장 높은 차원에서 결합된 시인으로 표현한다.

그를 만나던 날 나의 눈앞에 나타난 그의 모습에서 '시대의 표상un signe des temps' 같은 가치가 느껴졌음을 말하고 싶다. 그뿐 아니라 모든 사람들이 정신을 포기하고 망연자실하게 현실을 바라보기만 하는 시대, 죽음의 승리가 완성되는 것밖에는 새로 만들어지는 것이 하나도 없는 시대, 예술이 과거의 낡은 소재에 매몰되는 위기에 처한 이 시대에 혼자서 모든 절망과 맞서 싸우며 모든 사람들의 자신감을 다시 북돋아줄 수 있는 최초의 새로운 숨결의 탄생이 세제르라는 한 사람의 흑인이 기여한 것임을 말하고 싶다.³

브르통은 이렇게 모든 사람들이 정신을 포기하고 "죽음의 승리가 완성되는" 절망의 시대에 세제르의 시가 유일하게 희망을 보여주었

2   A. Césaire, *Cahier d'un retour au Pays Natal*, Présence africaine, 1971.
3   같은 책, pp. 13~15.

다고 말한다. 또한 그는 세제르가 흑인임을 대명사로 표기하면서, '모든 질문'과 '모든 불안' '모든 희망'과 '모든 황홀감'을 표현하는 완전한 인간tout l'homme임을 역설한다. 덧붙여서 세제르의 『귀향 수첩』을 읽은 소감에 대해 "이 시대의 가장 위대한 기념비적 서정시"이고, '가짜 시la fausse poésie'와 구별되는 '진정한 시la poésie authentique'임을 강조한다. 브르통은 이 대목에서 '노래하는 시'와 '노래하지 않는 시'를 구별한다. '노래하지 않는 시'에서는 구원이 있을 수 없는데, "에메 세제르는 무엇보다도 노래하는 시인"[4]이라는 것이다. 어쩌면 브르통은 세제르에게서 초현실주의의 대변자와 같은 시인을 발견했다고 말하고 싶었을지 모른다. 그러나 브르통은 그를 위대한 시인으로 높이 평가했을 뿐, 위대한 초현실주의 시인이라고 말하지는 않았다.

그렇다면 세제르는 초현실주의를 어떻게 받아들였을까? 그는 한 인터뷰에서 초현실주의에 대한 자신의 입장을 이렇게 밝힌다. "나는 전에 초현실주의 선언문들을 읽어보긴 했습니다. 그런데 집중해서 읽지는 못했어요. 그러니까 내용이 어떤 것인지를 알았을 뿐이지요. [……] 그리고 또 초현실주의의 아버지 같은 시인들을 많이 읽기는 했습니다. 실제로 나는 초현실주의자가 아니라고 해도 뿌리는 같았던 것이지요. 랭보는 물론이고, 말라르메, 상징주의 시인들, 클로델, 로트레아몽이 그렇습니다. 따라서 내 시는 브르통의 '초현실주의 선언문들'에서 태어난 것은 아니지만, 초현실주의를 발생하게 한 시적 흐름에서 태어났다고 할 수는 있겠습니다. [……] 브르통은 『열대지방』을 1호부터 3호까지 읽은 다음에 나를 초현실주의자라고 생각했

---

4 같은 책, p. 14.

습니다. 이 말은 완전히 맞는 것도 아니고, 완전히 틀린 것도 아닙니다."[5] 세제르는 자신이 초현실주의자로 불리는 것에 그다지 동의하지 않았다고 할 수 있다.

그러나 세제르와 함께 1930년대의 파리에서 '네그리튀드négritude'[6] 운동을 주도했던 세네갈 출신의 레오폴 세다르 상고르는 "초현실주의 혁명이야말로 우리 시인들에게 '네그리튀드' 정신을 프랑스어로 표현할 수 있게 한"[7] 문화운동이었다고 진술함으로써 네그리튀드에 대한 초현실주의의 영향을 인정했다. 또한 사르트르는 "세제르에게서 '위대한 초현실주의의 전통' 또는 '유럽인의 초현실주의 운동'은 끝났어도, 유럽인들의 초현실주의를 도용한 한 흑인이 그것을 방향 전환하여 유럽인들에게 사용함으로써 초현실주의에 완전히 결정적인 역할을 부여한" 것으로 평가한다. 사르트르는 세제르의 초현실주의적 시를 "이성에 대한 파괴적 시la poésie destructrice de la raison"로 명명한다. 그의 논지를 따르면 유럽의 초현실주의는 혁명의 정신을 상실함으로써 활력을 잃고 쇠퇴했지만, 서인도제도에서 그것은 보편적인 혁명의 가지에 접목되어 새롭게 꽃을 피우게 되었다는 것이다.

세제르의 독창성은 흑인이자 피억압자이고 투사로서 자신의 시야가 좁으면서도 강력한 관심을 가장 파괴적이면서 가장 자유롭고 가장 형이상학적인 시의 세계로 형상화했다는 것이다.[8]

5 "Entretien avec J. Leiner," *Tropiques*, N°6~7(1943), rééd par J.-M. Place, 1978, p. 6.
6 유럽 국가의 식민주의를 거부하고 문학을 통해 식민지의 폐해를 밝히고 아프리카 흑인들의 문화와 정체성을 찾기 위한 문화운동.
7 B. Lecherbonnier, *Surréalisme et francophonie*, Ed. Publisud, 1992, p. 105.
8 J.-P. Sartre, *Situations, IV*, Gallimard, 1976, p. 260.

초현실주의에 대해 비판적 시각을 가졌던 사르트르는 세제르 시의 초현실주의적 이미지를 발견하면서도 그것의 시적 성과를 브르통의 초현실주의 이론에서 찾지 않고 세제르의 개인적 능력과 그의 사회적 조건의 결과로 해석한다. 그는 브르통의 초현실주의 논리와 자동기술의 목적은 "언어의 자기파괴auto-destruction de langage"와 "말의 비인간화déshumanisation des mots"[9]를 반복하는 것일 뿐이어서 초현실주의 시는 자멸할 수밖에 없다고 진단한다. 그러나 세제르의 네그리튀드는 다르다는 것이다.

　　화산에서 분출한 돌멩이처럼 공중에 내던진 말들의 밀도는 유럽과 식민지화에 대항하는 것으로 정의될 수 있는 네그리튀드이다. 세제르가 파괴하는 것은 모든 문화가 아니라, 백인 문화이다. 그가 밝히려는 것은 모든 것에 대한 욕망이 아니라 피억압자 흑인의 혁명적 열망이다. 그가 자신의 내면 깊은 곳에서 붙잡으려는 것은 정신이 아니라 구체적이고 결정적인 어떤 인간의 형태이다.[10]

사르트르의 세제르 시에 대한 찬사는 그의 초현실주의 시에 대한 비판과 일치한다. 그에게 초현실주의 시는 "화산에서 분출한 돌멩이처럼" 단단하지 못하고 반항과 파괴의 대상이 특정한 문화가 아니라 '모든 문화'이며, "자신의 내면 깊은 곳에서 붙잡으려는 것은 정신"일

9　같은 책, p. 247.
10　같은 책, p. 253.

뿐이다. 여기서 '정신'은 초현실주의 선언문에 자주 등장하는 단어로서 사르트르는 이 말을 초현실주의 혁명이란 기껏해야 정신의 혁명일 뿐임을 강조하기 위해서 사용한 것으로 보인다.

그렇다면 "화산에서 분출한 돌멩이처럼" 힘찬 언어를 구사하는 세제르의 시는 어떤 것일까? 브르통이 "이 시대의 가장 위대한 기념비적 서정시"이자 "진정한 시"라는 최고의 찬사를 보낸『귀향 수첩』의 시적 이미지는 어떻게 표현되는가? 이 글의 목적은 세제르의 시가 초현실주의 시인가 아닌가를 밝히려는 것이 아니라, 세제르의 시의 독창성과 뛰어난 시적 가치를 선입견 없이 이해하고 분석해보는 일이다.

2. 세제르의『귀향 수첩』분석

세제르의『귀향 수첩』을 읽기 전에 떠오르는 의문은 왜 제목이 '시'가 아니라 '수첩cahier'일까 하는 점이다. 수첩은 메모장이나 내면 일기를 뜻할 수도 있다. 이것은 남들에게 보여주기 위한 것이 아니라 자기가 해야 할 일 또는 자신의 생각을 적어두는 노트와 같다. 그렇기 때문에 수첩에 쓰인 글은 지식인의 고답적인 언어일 필요가 없다. 옷에 비유하자면, '수첩'의 언어는 사회생활을 위해서 외출복을 입는 것이 아니라, 사회의 규범을 따르지 않고 자기의 개성을 거칠게 드러내는 옷과 같다. 그러므로 수첩의 언어는 규범과 형식을 존중하는 모범적 언어가 아니라, 모든 관습을 무시하고 형식의 굴레를 파괴하는 초현실적 언어가 될 수 있는 것이다.

또한 『귀향 수첩』이라는 제목에서 고향의 의미를 생각해보자. 세제르는 마르티니크에서 태어난 사람이다. 그러니까 그는 마르티니크를 고향으로 생각해서 『귀향 수첩』이라는 제목을 붙였을 것이다. 우리가 고향이라고 말할 때 떠올리는 곳은 우리의 조상들이 대대로 살아온 땅이다. 그러나 마르티니크의 원주민들은 이미 3세기 전부터 소멸되었고, 유럽의 백인 식민자들은 이 지역에 아프리카 피식민자들을 노예와 노동자로 끌어들였다. 마르티니크에 거주하는 사람들은 소수의 백인 후손과 아프리카 출신의 조상을 둔 흑인들과 혼혈인들이 대부분이다. 마르티니크의 이러한 현실을 돌아보며 시인은 한동안 자기의 뿌리가 무엇이며, 누구와 동일시해야 하는지를 고민하면서 정체성의 혼란을 겪었을 것이다. 그러나 세제르는 이러한 상황이 자기의 나라 혹은 자기의 동포에 대한 자유로운 선택을 할 수 있게 만들어주었다고 생각하며 그대로 받아들인다. 그는 자기를 노예들의 후손이자 모든 아프리카 원주민들의 후손으로서 받아들이고, 나아가 인종의 구별 없이 모든 피억압자들과의 동포애와 연대의식을 갖게 된다. 다시 말해서 그의 고향은 마르티니크이면서 동시에 아프리카일 수 있는 것이다.

새벽의 끝에서 허약한 내장에 싹트듯이 생겨난 배고픈 서인도제도, 천연두로 곰보가 된 서인도제도, 알코올로 폭파된 서인도제도는 이 작은 만灣에서, 이 침울하게 좌초한 도시의 먼지에서 좌초해 있는데.

새벽의 끝에서 바닷물의 상처 위에 거짓되고 황폐하고 지독한 모양으로 붙어 있는 껍질, 진실을 증언하지 않는 순교자들, 재잘거리는 앵

무새들의 소리처럼, 쓸모없는 바람 속에서 생기를 잃고 흩어져 있는 피의 꽃들, 거짓의 웃음을 짓는 진부한 삶, 지상에서 말없이 썩어가는 진부한 불행, 미지근한 농포膿疱로 터진 진부한 침묵, 우리의 부질없는 끔찍한 존재 이유.

새벽의 끝에서 웅대한 미래가 치욕스럽게 튀어나온 이 땅의 허약한 두께 위에—화산들이 폭발할 것이고, 헐벗은 바닷물이 태양의 무르익은 얼룩을 쓸어갈 것이고, 바닷새들이 모이를 쪼아 먹는 미지근한 거품의 부글거림만 남아 있을 뿐인데—꿈의 해변과 미친 깨어남.

새벽의 끝에서, 이 보잘것없는 도시—누워 있고, 자신의 상식으로 비틀거리고, 무기력하고, 영원히 다시 시작하는 십자가의 빈틈없이 무거운 짐을 짊어지며 헐떡거리고, 자신의 운명에 순응하지 않아도 말을 못 하고, 어쨌든 난처한 처지에 놓여 이 땅의 수액으로 성장하지도 못하고, 당황해하며, 축소되고, 작아지고, 동물들과 식물들로부터 단절된 도시.

새벽의 끝에서, 이 보잘것없는 도시 —누워 있고……

그리고 이 무기력한 도시에서 걱정도 하지 않고 자신의 변화와 자신의 가치를 모르고 지나가며 놀랍게도 자신의 고함을 깨닫지도 못하고 시끄러운 소리만 내는 군중, 고함이야말로 사람들이 그의 소리라고 느낄 수 있는 것이어서 그들이 들을 수 있도록 소리쳐야 하는데, 그들과 자존심이 깊은 어떤 피난처에서 고함이 군중 속에 거주한다고 생각하

제3부 초현실주의의 안과 밖

기 때문에, 이 무기력한 도시에서 배고픔과 불행과 반항과 증오의 고함을 비껴가는 이 군중, 기이할 정도로 떠들기만 하고 말을 하지 못하는 이 군중.

[……]

이 무기력한 도시에서, 황량한 세상에 사는 이 군중, 대낮에 자기의 땅에서 자기의 생각을 나타내고, 자신의 존재를 드러내고, 자신을 해방시키는 일에 전혀 참여하지 않는 이 군중. 이 군중의 관심은 흑인 신분보다 높은 위치에서 아주 높이 오르기를 꿈꾸는, 프랑스인들의 조제핀 황후가 아니다. 하얗게 칠한 돌의 정복자도 아니다. 이러한 경멸도 아니고, 이러한 자유도 아니고, 이러한 대담성도 아니다.

새벽의 끝에서, 무기력한 이 도시와 도시의 문둥병과 폐결핵, 굶주림, 골짜기에 숨어 있는 공포, 나무에 앉아 있는 공포, 땅속을 파고 들어가는 공포, 하늘에 떠도는 공포, 쌓아 올린 공포와 불안의 분출. [……][11]

Au bout du petit matin bourgeonnant d'anses frêles les Antilles qui ont faim, les Antilles grêlées de petite vérole, les Antilles dynamitées d'alcool, échouées dans la boue de cette baie, dans la poussière de cette ville sinistrement échouées.

---

11 A. Césaire, *Cahier d'un retour au Pays Natal*, pp. 31~35.

Au bout du petit matin, l'extrême, trompeuse désolée eschare sur la blessure des eaux ; les martyrs qui ne témoignent pas ; les fleurs du sang qui se fanent et s'éparpillent dans le vent inutile comme des cris de perroquets babillards ; une vieille vie menteusement souriante, ses lèvres ouvertes d'angoisses désaffectées ; une vieille misère pourrissant sous le soleil, silencieusement ; un vieux silence crevant de pustules tièdes — l'affreuse inanité de notre raison d'être.

Au bout du petit matin, sur cette plus fragile épaisseur de terre que dépasse de façon humiliante son grandiose avenir — les volcans éclateront, l'eau nue emportera les taches mûres du soleil et il ne restera plus qu'un bouillonnement tiède picoré d'oiseaux marins — la plage des songes et l'insensé réveil.

Au bout du petit matin, cette ville plate — étalée, trébuchée de son bon sens, inerte, essoufflée sous son fardeau géométrique de croix éternellement recommençante, indocile à son sort, muette, contrariée de toutes façons, incapable de croître selon le suc de cette terre, embarrassée, rognée, réduite, en rupture de faune et de flore.

Au bout du petit matin, cette ville plate — étalée...

Et dans cette ville inerte, cette foule criarde si étonnamment passée à côté de son cri comme cette ville à côté de son mouvement, de son sens, sans inquiétude, à côté de son vrai cri, le seul qu'on eût voulu l'entendre crier parce qu'on le sent sien lui seul ; parce qu'on le sent habiter en elle dans quelque refuge profond d'ombre et d'orgueil, dans cette ville inerte, cette foule à côté de son cri de faim, de misère, de révolte, de haine, cette foule si étrangement bavarde et muette.

(…)

Dans cette ville inerte, cette foule désolée sous le soleil, ne participant à rien de ce qui s'exprime, s'affirme, se libère au grand jour de cette terre sienne. Ni à l'Impératrice Joséphine des Français rêvant très haut au-dessus de la négraille. Ni au libérateur figé dans sa libération de pierre blanchie. Ni au conquistador. Ni à ce mépris, ni à cette liberté ni à cette audace.

Au bout du petit matin, cette ville inerte et ses au-delà de lèpres, de consomption, de famines, de peurs tapies dans les ravins, de peurs juchées dans les arbres, de peurs creusées dans le sol, de peurs en dérive dans le ciel, de peurs amoncelées et ses fumerolles d'angoisse. (…)

이 시는 "새벽의 끝에서"라는 구절이, 문단이 시작하는 부분에서 마치 주제가 바뀌는 것을 알려주는 후렴처럼 사용된다. '새벽의 끝'은 하루가 시작되는 시간을 의미하고, 빛과 어둠이 교차하는 시간을 지나서 의식이 완전히 깨어난 때를 암시한다. 위의 인용문이 나오기 전, 『귀향 수첩』의 서두는 "새벽의 끝에서……" "나는 그에게 말했다, 가

거라 경찰의 아가리, 헌병의 아가리야Va-t'en, lui disais-je, gueule de flic, gueule de vache"로 시작한다. 여기서 '그'는 새벽이다. 또한 경찰이나 헌병은 모두 식민지 체제를 공고하게 만드는 치안과 질서의 수호자들이다. 그러니까 시인은 '아가리'라는 속어를 사용하면서 그들의 존재를 부정함은 물론이고, 그들의 입에서 나오는 말을 인간의 언어로 보지 않는 것이다. 식민지 체제에서 태양은 발레리의 「해변의 묘지」에 나오는 '올바른 자 정오Midi le juste'의 태양이 아니라 '성병에 걸린 태양le soleil vénérien'이다. 시인은 식민지 사회의 불행을 위의 인용문에서처럼 "배고픈" "천연두로 곰보가 된" "알코올로 폭파된" 서인도제도의 상황으로 묘사한다. 이러한 사회 상황에서 '순교자들'의 죽음은 무의미하고 삶은 "거짓의 웃음을 짓는 진부한 삶"이다. "진부한 불행vieille misère"과 "진부한 침묵vieux silence"도 마찬가지이다. 불행은 행복에 대한 희망을 잃은 지 오래되고, 침묵은 반항의 외침을 기대할 수 없게 되었기 때문이다.

그다음에 시인이 문제시하는 것은 "무기력한 도시"의 군중이다. '무기력한inerte'이라는 형용사는 '도시'보다 '군중'의 모습을 표현한 것으로 볼 수 있다. 군중은 단결하지 못하고, 반항의 목소리와 같은 고함을 외치지도 못한다. 그들은 자신의 삶에 대한 책임의식이 없다. 그들의 생각은 '농부 아낙네처럼' 비합리적이다. 그들은 "자신의 생각을 나타내"지 못하고, "자기의 존재를 드러내"지도 못하고 "자신을 해방시키는 일에"도 관심이 없다. 이러한 시구 다음에 나오는 '조제핀 황후'와 '해방자'와 '정복자'는 마르티니크 역사에 등장하는 역사적 인물들이다. '조제핀 황후'는 마르티니크에서 태어난 백인 여성으로서 나폴레옹 2세의 황후가 되었고, '해방자'는 노예제도를 폐지한 쉘셰르

Victor Scheolcher이며, '정복자'는 마르티니크에 1635년 프랑스 국왕의 이름으로 깃발을 꽂은 사람이다. 이들에 대한 관심이 없다는 것은 역사에 대한 의식이 없는 것과 마찬가지이다. 군중에게는 오직 공포와 불안만 있을 뿐이다.

나는 위대한 소통과 위대한 혼란의 비밀을 찾아내리라. 나는 폭풍우를 말하리라. 나는 강을 말하리라. 나는 돌풍을 말하리라. 나는 나뭇잎을 말하리라. 나는 나무를 말하리라. 나는 모든 비를 맞고, 모든 이슬에 축축히 젖으리라. 나는 눈의 느린 흐름 위에 강렬한 피로 언어를 굴리리라. 광부들을 절망케 할 만큼 아주 멀리 미친 듯이 달리는 말과 생기발랄한 아이 핏덩이로 혁명의 상황으로 사건의 유적으로 귀금속으로 변화시키리라. 누가 이제 이해하지 못할 것인가. 누가 이제 이해하지 못할 것인가 나의 호랑이처럼 포효하는 소리를.

그리고 그대 유령들이여 화학적 변화의 푸른빛으로 올라오시라. 비틀어진 기계장치로 쫓기는 동물의 숲에서 피부가 썩어가는 대추나무에서 눈알이 튀어나온 굴 상자에서 예쁜 용설란 모양으로 재단한 가죽끈의 그물로부터 사람의 몸으로부터 나에게는 그대들을 수용할 만큼 광활한 언어가 있으리라. 그대 긴장된 땅이여 되찾은 땅이여
　태양을 향해 우뚝 선 위대한 성기의 땅이여
　신神의 팔루스의 위대한 망상의 땅이여
　입속에 울창한 세크로피아 나무들을 물고
　바다의 창고에서 올라온 야생의 땅이여
　거친 물결의 얼굴을 순결하고 열정적인

숲의 모양으로만 비교할 수 있는 땅이여

나는 그 숲을 인간의 눈으로는 알아보기 어려운 대지의 얼굴이라고

보여주고 싶은데

나로서는 그대의 독성이 있는 유액 한 모금이면 그대 안에서 신기루

가 보이는 간격의 거리를 두고 발견할 수 있겠지―그 어떤 프리즘으로

도 보지 못하는 태양의 고유한 황금빛보다 더 찬란한 것―모든 것이 자

유롭고 우애 있는 땅, 나의 대지여.[12]

Je retrouverais le secret des grandes communications et des grandes combustions. Je dirais orage. Je dirais fleuve. Je dirais tornade. Je dirais feuille. Je dirais arbre. Je serais mouillé de toutes les pluies, humecté de toutes les rosées. Je roulerais comme du sang frénétique sur le courant lent de l'oeil des mots en chevaux fous en enfants frais en caillots en couvre-feu en vestiges de temple en pierres précieuses assez loin pour décourager les mineurs. Qui ne me comprendrait pas ne comprendrait pas davantage le rugissement du tigre.

Et vous fantômes montez bleus de chimie d'une forêt de bêtes traquées de machines tordues d'un jujubier de chairs pourries d'un panier d'huîtres d'yeux d'un lacis de lanières découpées dans le beau sisal d'une peau d'homme j'aurais des mots assez vastes pour vous contenir et toi terre tendue terre saoule

12 같은 책, pp. 59~61.

terre grand sexe levé vers le soleil

terre grand délire de la mentule de Dieu

terre sauvage montée des resserres de la mer avec

dans la bouche une touffe de cécropies

terre dont je ne puis comparer la face houleuse qu'à

la forêt vierge et folle que je souhaiterais pouvoir en

guise de visage montrer aux yeux indéchiffreurs des

hommes

il me suffirait d'une gorgée de ton lait jiculli pour qu'en toi je découvre

toujours à même distance de mirage— mille fois plus natale et dorée d'un

soleil que n'entame nul prisme—la terre où tout est libre et fraternel, ma

terre.

위의 인용문은 "위대한 소통"과 "위대한 혼란"을 강조하는 부분에
서 시작한다. 이 인용문 앞에서 "작은 집" "작은 스캔들" "작은 증오"
등의 작은 것으로 표현된 마르티니크의 모든 것과 매우 대조적이다.
시인은 이제 자기를 변화시키고 세계를 변혁해야 한다는 결심을 굳
힌다. 이 과정에서 "위대한 소통"과 "위대한 혼란"은 당연한 것으로
받아들인다. 이러한 내면의 움직임은 '나는 찾아내리라' '나는 말하리
라' '나는 굴리리라'에서 볼 수 있듯이 1인칭 '나'와 조건법 동사의 구
문으로 나타난다. 여기서 1인칭은 주체의 주도권이나 결정권을 부각
시키기 위해서 사용된 것이고 조건법 동사는 비현실적인 가정이 아
니라 실현의 의지를 드러내기 위해 사용되었다. 시인은 말의 힘을 믿
고, 말이 세계를 변화시키는 수단이라고 생각하는 사람이다. 그는 세

계를 창조하는 신처럼 '폭풍우'와 '강'과 '나뭇잎'과 '나무'를 말하면서 동시에 폭풍우가 몰아치는 강과 숲처럼 언어를 굴리겠다는 의지를 표명한다. 그것은 바람과 거센 강물의 흐름으로 모든 부정적인 것들을 버리고 새로운 세계를 탄생시키려는 욕망의 표현이다. 여기서 '폭풍우' '비' '이슬'이 자연의 요소라면, '피'는 인간의 것이다. 시인은 언어를 재생하는 피가 되어, 언어의 느린 흐름을 빠른 속도로 전환시키려 한다. 다시 말하자면 "나는 눈의 느린 흐름 위에 강렬한 피로 언어를 굴리리라"라는 구절에서 "눈의 느린 흐름"은 '언어의 눈의 느린 흐름'과 같다. 언어는 대상을 '나타내고' 보여준다는 시각적 의미로 이해할 수 있다. 시인의 의지는 언어의 그 흐름을 빠르게 전환시키려는 것이다. 이 문단의 끝에서 시인은 자신의 언어, 즉 자신의 시를 호랑이의 포효에 비유한다.

인용문의 두번째 문단에서 시인은 어린 시절의 혹은 지난날의 어두운 기억 속에 남아 있는 모든 대상을 '유령'이라고 부르며 떠올린다. 그것들이 내포한 의미는 '쫓기는 동물=노예' '비틀어진 기계장치=산업화' '피부가 썩어가는 대추나무=부패와 타락' '눈알이 튀어나온 굴상자=고문으로 죽어가는 사람 또는 인간의 고통스러운 모습' '가죽끈의 그물=노예사냥' 등이다. 시인은 이처럼 고통스럽고 비극적인 장면들을 정면에서 바라보려 한다. 그다음에 나오는 '땅'은 여성적이고 모성적인 대지이다. 땅은 식물 세계의 상징이기도 하다. 대부분의 신화에서 땅은 여성이고 하늘은 남성임을 상기해도 좋을 것이다. "긴장된 땅" "도취한 땅" "위대한 성기의 땅"은 하늘을 받아들이는 여성적 대지의 관능적 움직임을 표현한다. 또한 "입속에 울창한 세크로피아 나무들을 물고 바다의 창고에서 올라온 야생의 땅"은 지구의 역사에서

제3부 초현실주의의 안과 밖

마르티니크 지역이 바다였다가 육지로 변한 사실에 근거한 표현이다. 그 땅은 "순결하고 열정적인" 대지로 인식된다. 땅이야말로 재창조의 희망을 갖게 하는 자연의 요소이기 때문이다. 또한 그것은 "신기루가 보이는 간격의 거리"에서 "태양의 고유한 황금빛보다 더 찬란한" 빛을 보여줄 수 있기 때문이다. "모든 것이 자유롭고 우애 있는 땅, 나의 대지"는 자유와 평등과 우정이 실현될 수 있는 '나의 대지'이자 나의 고향, 나의 나라일 것이다.

새벽의 끝에서 추모비가 없는 이 나라, 기억이 없는 이 길, 작은 탁자도 없는 이 바람,

무슨 상관인가?

우리는 말하리라. 노래하리라. 울부짖으리라.

충만한 목소리, 대범한 목소리, 그대는 우리의 행복, 우리의 첨단.

말은?

그렇지, 말이지!

이성이여, 나는 그대를 저녁 바람이라고 축성하리라.

질서의 입이 그대의 이름인가?

그건 나에게 채찍의 화관.

아름다움이여 나는 그대를 돌의 청원이라고 부르리라.

하지만 하! 내 웃음의 황량한 밀수품

아! 나의 초산염 보물이여!

우리는 당신들과 이성 모두를 증오하기 때문에 우리는 집요한 식인 풍습의 타오르는 광기의 조기 치매를 표방하겠네

보물이여, 하나씩 생각해보자

기억하는 광기

울부짖는 광기

바라보는 광기

폭발하는 광기

그러면 당신들은 나머지를 알겠지

2 더하기 2는 5가 되고

숲은 고양이 소리를 내고

나무는 불에서 밤을 끌어내고

하늘은 수염을 매끈하게 가다듬고

그리고 기타 등등……

우리는 누구이며 어떤 사람인가? 이 얼마나 놀라운 물음인가!

나무를 오래 바라보자 나는 나무가 되었고 나의 긴 나무다리는 고지

대의 해골들이 쌓인 도시의 커다란 독액 자루의 땅속으로 파고들었네

콩고를 오래 생각하자

나는 큰 숲과 큰 강의 소리가 울려 퍼지는 콩고가 되었고

그곳에서 채찍은 거대한 깃발처럼

예언자의 깃발을 흔드는 소리를 내고

그곳에서 강물은

리쿠알라-리쿠알라 소리를 내고

그곳에서 분노의 번개는 푸르스름한 도끼를 던져서 콧구멍의 격렬

한 가장자리에서 악취가 풍기는 멧돼지들을 쓰러뜨렸지.[13]

Au bout du petit matin ces pays sans stèle, ces chemins sans mémoire, ces vents sans tablette.

Qu'importe?

Nous dirions. Chanterions. Hurlerions.

Voix pleine, voix large, tu serais notre bien, notre pointe en avant.

Des mots?

Ah oui, des mots!

Raison, je te sacre vent du soir.

Bouche de l'ordre ton nom?

Il m'est corolle du fouet.

Beauté je t'appelle pétition de la pierre.

Mais ah! la rauque contrebande de mon rire

Ah! mon trésor de salpêtre!

Parce que nous vous haïssons vous et votre raison, nous nous réclamons de la démence précoce de la folie flambante du cannibalisme tenace

Trésor, comptons:

la folie que se souvient

la folie qui hurle

---

13 같은 책, pp. 71~75.

la folie qui voit

la folie qui se déchaîne

Et vous savez le reste

Que 2 et 2 font 5

que la forêt miaule

que l'arbre tire les marrons du feu

que le ciel se lisse la barbe

et caetera et caetera...

Qui et quels nous sommes? Admirable question!

A force de regarder les arbres je suis devenu un arbre et mes longs
pieds d'arbre ont creusé dans le sol de larges sacs à venin de hautes villes
d'ossements

à force de penser au Congo

je suis devenu un Congo bruissant de forêts et de fleuves

où le fouet claque comme un grand étendard

l'étendard du prophète

où l'eau fait

likouala-likouala

où l'éclair de la colère lance sa hache verdâtre et force les sangliers de
la putréfaction dans la belle orée violente des narines.

510   제3부 초현실주의의 안과 밖

"추모비가 없는 이 나라"와 "기억이 없는 이 길"은 역사를 중요시하지 않는 마르티니크의 현실을 폭로한다. 그러나 "작은 탁자도 없는 이 바람"은 무엇일까? '작은 탁자'는 책을 보거나 글을 쓸 수 있는 탁자를 가리킨다는 점에서 문화를 의미한다고 볼 수 있다. 그러니까 "작은 탁자도 없는 이 바람"은 문화는 없고 자연의 바람만 있다는 것이다. 시인은 이러한 현실에 절망하기보다 "무슨 상관인가"라고 하면서 의연하고 태연한 목소리로 "우리는 말하리라. 노래하리라. 울부짖으리라"라고 우렁차게 외치는 듯하다. 이것은 비참한 현실을 외면하는 것이 아니라, 현실을 인정하면서 부정적인 현상을 개혁하고 새로운 세계를 창조하겠다는 시인의 의지와 희망을 반영한다. 말과 노래와 울부짖음은 모두 시인의 입에서 나올 수 있는 언어이자 소리이고 외침이다. 그것은 또한 "충만한 목소리"이고 "대범한 목소리"이다.

그런데 시인은 왜 "이성"을 "저녁 바람"이라고 "축성"하겠다는 것인가? '축성하다sacrer'는 종교권력이 국왕을 축성할 때 공인한다는 의미로 쓰이는 말이다. '이성'을 신선한 느낌의 '아침 바람'이라고 하지 않고, '저녁 바람'이라고 부르겠다는 것은 도구적 이성 혹은 서구인의 이성처럼 한계를 지적한 것이나 다름없다. 이것은 슈펭글러의 '서구의 몰락'을 연상시킨다. '저녁 바람'은 몰락하는 이성에 다름 아니다. "질서의 입"은『귀향 수첩』의 서두에서 경찰을 "경찰의 아가리gueule de flic" "질서의 종복les larbins de l'ordre"이라고 표현한 것과 관련이 있다. 다시 말해서 '질서의 종복'은 질서의 의미를 생각하지 않고 윗사람이 시키는 대로 질서를 위해서 언어 폭력이건 신체 폭력이건 폭력을 행사하는 사람들을 가리킨다고 할 수 있다. "채찍의 화관corolle du fouet"은 '화관'과 '끈, 벨트courroie'의 발음이 비슷하다는 점과 꽃과 채찍의 모순된 의미를 통해서 폭력의 의미를 나타내는 모순어법일 수 있다. "아름다움"은 왜 "돌의 청원pétition de la pierre"인가? 'pétition'은 청원의 뜻뿐 아니라 논점 선취라는 의미를 갖기도 한다. 이런 점에서 'pétition de la pierre'일 경우, '차가운 논점 선취,' 즉 논증해야 할 것은 논증하지 않고 냉정하게 논점을 선취하는 오류로 해석할 수 있을 것이다. '아름다움'의 기준은 나라마다 혹은 지역마다 다를 수 있는데 유럽의 백인들은 자신들의 '아름다움'에 대한 기준을 보편적인 것이라고 내세운다. 그렇다면 이것은 '차가운 논점 선취'의 입장과 다름없다. 그러므로 시인은 '이성' '질서' '아름다움'을 서양인의 자기중심적 가치관의 반영으로 보고, 이것을 피식민인들의 머리에 주입시키려 했음을 비판하는 것이다.

이러한 반항과 부정 정신은 "내 웃음의 황량한 밀수품"과 "나의 초산염 보물"이라는 표현에도 계속된다. 밀수품은 식민지 질서를 따르지 않는 품목이라는 점에서, '내 웃음의 밀수품'이라는 것은 식민지 질서를 비웃는 블랙 유머를 나타낸다. 브르통은 『블랙 유머 선집』을 간행하고, 시의 본질이 블랙 유머와 같은 것임을 논증한 바 있다. 시인은 이제 블랙 유머 정신으로 식민지 세계를 폭파하려는 야심을 드러낸다. 이와 함께 식민지 체제에 대한 반항의 무기로 시의 광기를 사용한다. 광기는 "타오르는 광기"이기도 하고, "조기 치매"이기도 하다. "집요한 식인 풍습"이란 유럽의 백인들이 아프리카 흑인들을 지배하기 위해서 집요하게 만들어낸 허위의식과 같다. 시인은 그것을 부정하기보다 그것 역시 광기의 무기처럼 사용할 수 있다고 받아들인다. 이것은 마치 백인들이 흑인을 경멸적으로 '네그로'(검둥이)라고

제3부 초현실주의의 안과 밖

부르는 것을 그대로 받아들여 '네그리튀드' 운동이라고 명명한 것과 같다. 그러므로 유럽인의 이성에 대한 반항을 광기로 표현할 수 있다고 의식한 시인은 식민자들을 당신들이라고 부르며 광기의 바보짓을 나열한다. "2 더하기 2는 5"라고 말하거나 "숲이 고양이 소리를 낸다"는 것, 라퐁텐 우화에서는 고양이가 불에서 밤을 끌어내고 수염을 매끈하게 가다듬는데, 이것을 각기 나무와 하늘이 그리했다고 말하는 것 등은 모두 광기의 바보짓들이다.

　인용문 끝의 문단에서 시인은 우선 나무와 동일시한다. 나무는 모든 악조건을 견디면서 세찬 바람에도 굴복하지 않고 태양을 바라보며 서 있는 존재이기 때문이다. 시인의 상상력은 나무의 뿌리가 땅속으로 퍼지면서 땅속에 파묻힌 조상들의 뼈와 연결되어 연대의식을 가질 수 있다는 것으로 확장된다. "커다란 독액 자루"는 무고하게 죽은 흑인들의 원한이 쌓여 그것이 살아 있는 백인들에게 치명적인 것으로 변화할 수 있다고 생각했기 때문이다. 그다음에 시인은 콩고와 동일시한다. 아프리카 대륙의 중앙부에 위치한 콩고는 울창한 숲과 악어들이 많은 위험한 강, 풍부한 자원 등으로 식민지 국가들의 비인간적 약탈의 피해가 극심했던 나라이다. 물론 강대국의 이러한 착취는 지금도 계속되고 있다. 시인은 식민지 국가의 폭력적 지배를 '채찍'이라고 부르면서 그것에 대한 반응이 저항과 투쟁의 '깃발'로 또는 예언자의 깃발로 변화하기를 기원한다. 강물이 "리쿠알라-리쿠알라 소리"를 낸다는 것은 거센 물살이 두려움을 준다는 의미의 의성어로 이해된다. 또한 "분노의 번개"는 피식민자들의 분노이고 멧돼지들은 백인 약탈자들을 뜻한다.

3.『귀향 수첩』의 분석을 마치며

『귀향 수첩』은 모두 세 부분으로 나눌 수 있다. 첫째는 시인이 자신의 고향과 민중을 재발견하는 과정이고, 둘째는 과거에서 현재에 이르기까지 마르티니크의 흑인들이 겪어온 고통과 치욕의 역사를 돌아보고 그들과 동일시하는 과정이다. 셋째는 이러한 동일시에서 시인은 무엇을 의식하고 반항의 출발점을 어디에서 찾을지를 모색하는 내용이다.

『귀향 수첩』의 전문을 분석하지는 않았지만, 중요한 부분들을 발췌해서 읽는 과정을 통해 세제르의 시적 이미지가 매우 탁월하며 시인의 현실인식과 모든 흑인들(노예, 피식민자, 피착취자)과 관련한 현대적 의식이 인간의 보편적인 차원에서 이루어진 것을 알 수 있었다. 실제로 그는 뛰어난 재능을 소유한 지식인이었지만, 한순간도 자기중심적인 편협한 시각을 드러내지 않았다.

앞에서 말한 것처럼, 브르통은 『귀향 수첩』을 읽고, "이 시대의 가장 위대한 기념비적 서정시"이자 '진정한 시'이고 '노래하는 시'라는 찬사를 보냈다. 브르통은 왜 세제르의 시를 '노래하는 시'라고 말했을까?

> '노래하는가 노래하지 않는가'의 문제는 매우 중요하다. 시인에게 비록 노래하는 것 이상을 요구해야 할지라도, 노래하지 않는 시에는 구원이 있을 수 없다. [……] 에메 세제르의 시는 무엇보다도 노래하는 시이다.[14]

브르통이 '노래하는 시'라고 말한 것은 운율과 리듬에 맞춰 노래할 수 있는 시라는 의미가 아니다. 브르통의 '노래하는 시'는 바타유의 시론과 일치한다. 바타유는 시의 탄생과 노래의 욕망을 일치하는 것으로 보았기 때문이다. "어느 시대이건 모든 강렬한 감동은 시적으로 혹은 시의 형식으로 표현될 수밖에 없고, 그것은 곧 노래로 부를 수 있는 것이 되었다. [……] 순전히 문학적인 시는 훼손된 노래이다."[15] 이러한 시론에 덧붙여서 그는 인간의 억누를 수 없이 솟구쳐오르는 '외침le cri'이 진정한 시이자 노래와 같은 것임을 천명한다.

> 시는 말의 질서를 전복하면서 말을 새롭게 사용한다. 시는 우리의 내면에서 더 이상 환원될 수 없는 것, 우리의 내면에서 우리보다 더 강렬한 것에 대한 외침이다.[16]

바타유의 시에 대한 정의에 의하면 우리의 내면에서 본질적인 것, 우리를 넘어서는 강렬한 소리, 언제라도 언어화될 수 있는 기회가 오면 우리의 내면 밖으로 뛰쳐나오려는 외침의 노래이다. 그러나 대부분의 시인들은 이런 노래를 부르지 않는다. 그들은 문학적인 시에 매몰되어 노래하는 시를 잊어버렸기 때문이다. 그들은 더 이상 내면의 깊은 곳에서 솟아오르는 본질적인 감동의 외침을 노래하지 않는다. 이러한 문학적 상황에서 바타유는 프레베르의 시에서 그러한 외침

---

14 같은 책, p. 17.
15 G. Bataille, "De l'âge de pierre à Jacques Prévert," *Œuvres completes*, tome XI, Gallimard, 1988, p. 88.
16 같은 책, p. 89.

의 노래를 보았고, 브르통은 세제르를 노래하는 시인으로 발견한 것
이다. 결론적으로 말해서 세제르의 시는 격렬한 감동의 외침으로서
모든 진실을 첨예한 감각과 깊은 감정으로 노래한다. 그 노래는 마치
깊은 무의식에서 솟아오른 진실의 외침으로 들린다. 사르트르의 표
현을 빌린다면 "화산에서 분출된 돌멩이들처럼 공중에 내던진 그 말
들의 밀도"는 강력한 감동의 노래로 울려 퍼지는 듯하다.

제20장
사르트르의 초현실주의 비판

1. 사르트르와 초현실주의

　초현실주의는 공감과 찬사의 대상이었던 것만이 아니라 동시대의 지식인들 사이에서 적지 않은 비판과 공격의 표적이기도 했다. 사르트르는 초현실주의와 직접적 관련을 맺은 적은 없지만, 초현실주의의 이념을 맹렬히 비난하고, 그것의 가치를 부정적으로 이해한 사람들 중 하나였다. 그는 「1947년의 작가 상황Situation de l'écrivain en 1947」이라는 글에서 앞 세대 작가들을 비판하는 가운데 특히 초현실주의 시와 시인들을 문제의 대상으로 삼아, 그들의 반항적 태도와 혁명적 신념, 정신적 모험, 자동기술과 꿈 등 모든 요소들을 부정적인 시각에서 평가했다. 이러한 평가가 정당한 논리에 기반을 둔 것이건 아니건 간에, 그것은 대상에 대해 일정한 거리를 둔 냉철한 비평이라기보다, 어떤 의미에서는 자신의 모습이 투영된 대상에 대해 더 격렬히 반응한 것은 아닐까 하는 심리적 추리의 여지를 남겨놓기도 했다. 실제로 젊은 날의 사르트르와 초현실주의의 관계는 긴밀한 유대 관계는 아니었다 하더라도 충분한 공감의 관계였던 것이 시몬 드 보부

아르의 증언에 의해서도 확인된 바 있다. 보부아르는 사르트르가 『구
토』를 쓰던 바로 그 무렵, 그와 자기가 사실상 초현실주의의 영향을
받았으며 초현실주의자들의 반항적 열정에 깊이 공감하고 있었음을
이렇게 고백했다.

> 나는 기존의 미술과 문학을 무참히 죽여버리는 초현실주의자들의
> 작품들을 좋아했다. 마르크스의 형제들인 그들에 의해 영화의 살육이
> 이루어지는 것을 보고 즐거워했다. 그들은 사회적 인습, 기존의 사유
> 체계, 언어 등을 격렬히 파괴했을 뿐 아니라 대상의 의미를 파괴하기
> 도 했다. [……] 이러한 부정의 행위는 아브르의 거리에서 앙투안 로캉
> 탱의 눈으로 멜빵끈이나 전차의 긴 의자가 불안스럽게 변형되는 모양
> 을 관찰하던 사르트르에게는 무척 즐거운 일이었다. [……] 과도한 인
> 간적 의미 부여의 틀에서 벗어나게 된 세계는 본래의 황홀한 무질서를
> 되찾을 수 있었다.[1]

보부아르와 사르트르가 이런 식으로 초현실주의자들의 반항과 파
괴적 태도에 공감했던 시기가 과연 얼마나 지속적이었는지는 분명
하지 않다. 그러나 제1차 세계대전을 겪은 젊은 세대의 부정과 반항
이 10년쯤 아래인 그다음 세대의 사르트르와 같은 젊은이들에게 영
향을 주었거나 공감의 울림을 주었으리라는 사실은 어렵지 않게 짐
작할 수 있다. 초현실주의의 영향이라고 단정할 수는 없겠지만, 사
실 『구토』에서 초현실주의적 서술이 여러 군데에서 발견되기도 했

---

1   S. de Beauvoir, *La force de l'âge*, Gallimard, 1960, p. 127.

고,[2] 초현실주의적 세계라고 말할 수 있는 이질적인 것의 혼융, 즉 합리적 현실 세계가 우연에 의해 전도되어 나타남으로써 인간과 동물, 식물과 광물 등의 구분이 사라진 초현실주의적 세계의 특징[3]을 보이기도 했다. 또한 사르트르의 초기 단편 작품들에서는 「초현실주의 선언문」에서 권고된 자동기술의 방법으로 쓴 시를 읽어보라고 하는 인물이 등장하는가 하면(「어느 지도자의 유년 시절」), "가장 단순한 초현실주의적 행위는 손에 권총을 들고 길거리에 내려와 닥치는 대로 마음껏 군중을 향해 총을 쏘는 것이다"[4]라는 「초현실주의 제2선언문」에서 많은 논란이 되었던 한 구절을 규범으로 삼아 초현실주의적 행동을 실행할 뿐 아니라 꿈의 방법과 환각의 탐구를 망상의 상태까지 시도해보는 인물도 등장한다(「에로스트라트」). 물론 이러한 인물들이 초현실주의자들의 모습과 유사하더라도, 그들을 긍정적으로 그렸다고 말하기는 어렵다. 그러나 설사 그들이 비판적 희화화의 대상으로 묘사되었다 하더라도, 그러한 인물의 존재는 초현실주의의 이념이나 행동에 대한 관심이 그만큼 높았다는 사실을 입증하는 근거가 된다.

이처럼 존재의 자유를 중심으로 한 실존적인 문제와 더불어 초현실주의와의 친화적 관련성을 찾아볼 수 있었던 초기 사르트르의 모습과는 달리, 제2차 세계대전 이후에 간행된 『문학이란 무엇인가』에서는 산문문학의 정치적·사회적 참여의 당위성을 강력히 표명하고 있다는 것은 잘 알려진 사실이다. 그러한 참여문학론의 논리적 연결선상에서 초현실주의에 대한 거부와 공격은 특히 「1947년의 작

2   G. Idt, *La Nausée de Sartre*, Hatier, 1971, pp. 22~23.
3   같은 책, p. 44.
4   A. Breton, *Manifestes du surréalisme*, Jean-Jacques Pauvert, 1972, p. 135.

가 상황」을 통해 집중적으로 전개된다. 1947년에 초현실주의 시인들
은 이미 50대 중반의 나이에 접어들었고, 초현실주의 운동의 열기도
1920~30년대에 비해 많은 변화를 겪고 쇠퇴한 사실을 감안한다면,
사르트르가 어떤 심리적 동기에 의해 새삼스럽게 초현실주의를 공격
의 목표로 삼았는지는 의문이다. 물론 문학이 사회적 변화에 기여하
고 인간 해방이라는 목표에 충실해야 한다는 그의 참여문학론의 논
리를 도입해보면 초현실주의 비판의 의미는 어렵지 않게 이해될 수
도 있다. 사르트르의 관점에서는 사회와 인간성의 완전한 변화를 문
학운동의 과제로 삼았으면서도 불철저한 관념의 범주에 머무는 한계
를 노정한 초현실주의자들의 문학과 삶의 태도를 분명하게 검토해야
할 필연적 요구가 있었을 것이다. 그것은 글쓰기의 상황 구속성을 인
식한 부르주아 지식인으로서 당연히 감당하고 문제를 제기해야 한다
고 사르트르가 자신에게 부과한 과제였는지도 모른다. 중요한 것은
초현실주의 문학과 삶의 태도에 대한 사르트르의 공격과 비판이 어
떤 정당성을 지니건 간에 그러한 비판적 성찰은 초현실주의를 이해
하는 데 유익할 뿐 아니라 사르트르의 시에 대한 인식을 아울러 검토
해볼 계기가 될 수 있다는 점이다. 그러므로 초현실주의에 대한 사르
트르의 논지를 정리하면서 그 논의의 근거와 전개, 혹은 사르트르 자
신의 문학관과 관련되어 어떤 모순이 드러났는지를 살펴보는 것은
사르트르의 문학 이론의 한 단계를 규명하는 작업으로서도 의미를
지닐 것으로 보인다.

제3부 초현실주의의 안과 밖

2. 초현실주의의 부정정신에 대한 비판

「1947년의 작가 상황」에서 사르트르는 우선 동시대의 부르주아 작가들을 3세대로 분류하면서 그의 선배 작가들인 1세대와 2세대의 작가적 태도를 검토한다. 일차적인 비판의 대상이 되었던 1세대는 대략 1868년에서 1885년 사이에 태어나 1947년쯤에는 60대나 70대의 원로 작가가 된 앙드레 지드, 프랑수아 모리아크, 앙드레 모루아, 폴 클로델 등이다. 사르트르에 의하면 이들은 자기들이 속한 부르주아 계급에 대한 근본적 비판과 부정의 태도를 보이지 않았다. 그들은 계급의 굴레에서 벗어나려는 치열한 반항의식을 드러내지 않았고, 자신들의 계급을 비판하면서도 동시에 그 계급의 장점과 매력을 강화하는 것을 특징으로 했다. 그들은 작가로서 글쓰기 이전에 이미 넓은 토지를 소유한 대지주의 아들이었거나(지드, 모리아크), 번창한 사업가의 아들이었고(모루아), 아니면 외교관 같은 직업을 갖고 있었던 사람들(지로두, 클로델)이었다. 요컨대 그들은 작가로서의 인세 수입에 의존하지 않고도 생활의 근거를 갖고 있었다는 것이다. "그들은 부르주아 정신의 우아한 온실 안에서 편안한 마음으로 작업하기 위해 필요한 모든 정신성과 모든 무상성을 발견하게 된다."[5] 사르트르는 그들이 자기 계급 속에 안주하면서도 부르주아의 실리 추구적 태도를 공격하는 모순을 비판한다. 그들의 작품 속에서 일상생활의 구체적 삶과 인간이 아닌 추상적인 정신과 내면의 세계가 문제시된 것도 그러한 비판적 시각에서 당연히 논의될 수 있는 현상이다. 사르트르는

---

5   J.-P. Sartre, *Qu'est-ce que la littérature?*, Gallimard, coll. Folio Essais, 1985, p. 213.

그것이 그들의 계급적 한계에서 비롯된 작가적 한계로 바라본 것이다. 그리하여 지드의 불안이나 모리아크의 인물들이 보여주는 원죄의식은 모두 그러한 계급적 한계에서 나타날 수 있는 불편한 의식일 뿐이었다.

그다음의 2세대가 앙드레 브르통을 중심으로 한 초현실주의자들로서 1895년을 전후하여 태어나 성년이 되어 제1차 세계대전 때 징집된 세대이다. 사르트르의 초현실주의 비판의 대상이 된 이 세대, 즉 '소비자-작가의 파괴적 전통'을 이어받은 이 세대를 결집한 두 가지 원동력은 결국 '부정정신l'esprit de Négativité'과 '부권에 대한 반항 la révolte contre le père'[6]이라는 것이다. 부정정신은 오래전부터 부르주아 문학의 특징이 되어온 것으로서, 그 전통적 뿌리는 군주 권력에 항거하면서 부르주아 독자들을 위해 글을 썼던 18세기 작가들로부터 비롯되었다. 사르트르에 따르면, 이러한 작가들의 부정정신은 19세기에 접어들어 정작 부르주아지가 권력을 장악한 이후에는 변증법적 발전을 이룩하지 못하고 자기 파멸적인 부정으로 이어져 초현실주의의 극단적인 파괴적 태도로 나타나게 되었다는 것이다. 그와 같은 해석에 덧붙여서 정신분석적 시각에서 문제의 핵심을 단순화한다면, 초현실주의자들의 반항은 부권에 대한 젊은이의 반항이며, 그들의 분노와 폭력은 오이디푸스 콤플렉스를 해결하려는 한 방법이었을 뿐이다. 그리하여 아버지의 세계를 형성하던 가치 체계들, 애국심·민족주의·군대, 부르주아적 주체성의 모럴 등 모든 것은 그들에게서 무너뜨려야 할 공격 목표가 되었다는 것이다.

6 같은 책, p. 219.

아버지의 세계에 대한 반역은 두 가지 형태로 나타난다. 하나는 의식의 세계와 무의식의 세계 사이의 구별을 제거함으로써 데카르트적 주관성의 전통을 뿌리 뽑으려는 시도이고, 다른 하나는 이성적 이해의 토대를 침식하기 위한 작업으로서 객관성의 세계를 파괴하려는 노력이다. 첫번째 시도는 초현실주의자들로 하여금 당연히 프로이트의 정신분석 논리에 경도하게 만든다. 사르트르의 입장에서 볼 때, 초현실주의자들의 그러한 태도는 프로이트의 정신분석에 대한 깊이 있는 인식의 결과로서 도출된 것이 아니라, 정신분석이 "인간의 의식이란 그 근원이 다른 곳에 있는 종속적 요소들로 가득 차 있다는 논리"[7]를 내세우면서, 무의식의 존재 가치를 말했기 때문에 가능해진 것이다. 의식적 자아는 근거를 알 수 없는 요소들로 구성되어 있다는 견해는 인격체의 책임이나 독립성 혹은 명료한 자아 인식의 기반을 위태롭게 만든다. 그러므로 초현실주의자들은 주관성과 의식을 부정하면서 꿈과 무의식을 애호하거나, 주관성의 글쓰기가 아닌 자동기술을 선호하게 되었으며, 그들의 자동기술은 의식적 주관성을 무의식적 주관성으로 대체하려는 목적을 위해서라기보다 단지 주관성을 제거하기 위한 목적만을 위해서 이용되었다는 것이다. 두번째 관점에서 사르트르가 설명하는 초현실주의의 또 다른 시도는 객관성의 파괴이다. 세계를 철저히 파괴하기 위해서는 주관성뿐 아니라 객관성도 파괴해야 하기 때문이다. 그러나 완전한 파괴와 부정은 불가능한 꿈이기에 초현실주의자들은 전체적인 세계의 파괴가 아닌 개별적이고 단편적인 대상물들을 해체하고자 한다는 것이다. 그 해체의 의

7 같은 책, p. 221.

제20장 사르트르의 초현실주의 비판

지는 어디까지나 상상적인 대상물들에 한정되어 있는 것이지 현실 세계의 전체 구조와 연결된 요소들을 대상화한 것이 아니다. 그렇기 때문에 그들이 세계를 개혁해야 한다는 마르크스의 명제를 말하면서 파괴적 의지를 보인다 해도 세계의 현상 구조는 변함이 없다. 사르트르의 관점에서 보면 초현실주의의 해체 작업은 결코 혁명적이 아니었다. "초현실주의 회화나 조각은 모든 세계가 그 구멍으로 빠져 사라질 수챗구멍과 같은 국부적이고 상상적인 파괴의 형체들을 쌓아가는 목적 이외의 다른 목적을 갖지 않는다."[8] 그들의 파괴는 그림이나 시를 통한 형태 파괴적인 작업이기 때문에 상징적일 수밖에 없다.

> 잠과 자동기술에 의한 자아의 상징적 무화에 의해, 소멸되어가는 객
> 관성들의 창조를 통한 대상물의 상징적 무화에 의해, 비상식적인 의미
> 의 창조를 통한 언어의 상징적 무화에 의해, 회화에 의한 회화의 파괴
> 또는 문학에 의한 문학의 파괴에 의해, 초현실주의는 존재의 과도한 충
> 만성으로 허무를 실현하려는 저 기이한 시도를 되풀이한다.[9]

사르트르의 이러한 주장은 초현실주의자들이 시인이나 예술가이며, 그들의 파괴적 작업은 어쩔 수 없이 상징적일 수밖에 없다는 논리를 전혀 고려하지 않은 시각에서 제시된 비판이다. 이 비판에 관해서는 나중에 다시 검토하겠지만, 우선 주목해야 할 사실은 사르트르의 관점에서 상징적인 파괴나 상상력의 작용은 현실을 변화시키는

8 같은 책, p. 222.
9 같은 책, p. 223.

혁명에 기여할 수 없다는 것, 따라서 초현실주의가 내세우는 거창한 혁명적 이데올로기와 초현실주의자들의 문학이나 예술에 의거한 상징적 파괴는 모순될 수밖에 없다는 논리이다. 사르트르는 여기서 현실적인 변혁에 유용한 어떤 혁명적 문학을 염두에 두고 있는데, 그러한 문학이 가능하다 하더라도 그것이 혁명적 기능을 수행했는가 여부에 대한 판단의 기준은 상대적일 수밖에 없을 것이다.

3. 초현실주의의 종합에 대한 비판

사르트르의 초현실주의 비판에서 중요한 검토 대상이 될 수 있는 문제의 하나는 종합la synthèse이나 전체성la totalité 같은 헤겔적 개념들을 둘러싼 해석이다. 사실상 초현실주의는 그 어느 문학 운동보다 더 힘차게 종합과 전체성의 가치를 강조하고 그것을 행동의 지표로 삼기도 했다. 브르통은 인간의 전체성을 회복해야 한다거나 모든 대립이 소멸된 종합의 세계가 초현실주의의 목표임을 누누이 역설한 바 있다. 가령 그는 자연 속에 잠재된 생명력과 인간의 욕망을 일치된 흐름으로 파악하여 그것들이 어우러진 세계의 근원성과 해방의 힘을 말했다. 그는 분리보다 종합을 선호했으며, 그와 같은 논리에서 당연히 고전주의보다는 낭만주의에 더 공감적인 태도를 보였다. 이러한 세계관과 관련하여 사르트르는 초현실주의가 인간 해방의 운동이며 인간의 전체성을 회복하고, 모든 이원적인 분리를 타파하려는 종합의 운동이라는 점은 인정한다. 그러나 그는 전체성이나 종합의 의지와 같은 헤겔의 용어가 초현실주의의 경우 얼마나 잘못 쓰였는가를 헤겔 철학에 근거하여 이렇게 비판한다.

요컨대 인간의 전체성은 필연적으로 종합이고 모든 이차적 구조들의 유기적이고 조직적인 통일성이다. 해방이 전체적인 것이 되기 위해서는 우선 인간 스스로 자기 자신에 대한 전체적 인식에서 출발해야 한다. 이는 우리가 인간 현실의 모든 인간학적 내용을 알아야만 하고 또한 알 수 있었다는 의미가 아니라, 무엇보다도 우리가 우리의 행동과 감정, 우리의 꿈이 완전히 일체를 이루는 심층적이며 동시에 표면적인 통일성의 단계에 도달할 수 있다는 것을 의미한다. 한 시대의 산물인 초현실주의는 처음부터 반反종합적인 유물들에 지나치게 신경을 쓴다. 무엇보다도 일상적 현실에서 이루어지는 분석적 부정이 그렇다.[10]

사르트르는 뒤샹의 작품을 예로 들면서 그에 대해 부르주아적 분석이며 세계에 대한 관념적 파괴일 뿐이라고 말한다. 가령 해부대 위의 우산과 재봉틀이라는 로트레아몽의 충격적 이미지들처럼 전시장에 놓인 늑대-책상이라는 오브제 앞에서 생물체와 무생물체를 결합시킨 초현실주의적 표현을 보았을 때, 사르트르는 그것이 동일한 운동의 통일성 안에서 두 가지 양상이 병치되어 있는 것일 뿐, 종합의 통일성은 결여되어 있다고 보았다. 많이 인용되는 「초현실주의 제2선언문」에서의 "삶과 죽음, 현실과 상상, 과거와 미래, 소통할 수 있는 것과 소통할 수 없는 것, 높은 것과 낮은 것, 이 모든 것이 모순되게 인식되지 않는 정신의 어떤 지점"[11]에 대한 초현실주의적 추구는 사

10 같은 책, p. 363.

르트르의 관점에서 변증법적 긴장의 종합이 아니라 무기력한 혼돈의
지향인 것이다.

> 『연통관들』을 읽어보라. 이 책의 내용이나 제목은 모두 유감스럽게
> 도 매개항이 부재해 있음을 보여준다. 꿈과 깨어 있음은 연통관들이다.
> 이것은 혼합이 있고, 밀물과 썰물의 흐름이 있을 뿐이지 종합적인 통
> 일성이 결여되어 있음을 말해준다. 그러면 누군가 이렇게 말할 것이다.
> 종합적인 통일성, 그것이야말로 만들어야 하는 것이고, 초현실주의가
> 목표로 삼는 것이라고. 아르파드 메체이가 이렇게 말한 것도 나는 알
> 고 있다. "초현실주의는 의식과 무의식이라는 상이한 현실에서 출발하
> 여 그러한 요소들의 종합을 지향해가는 것이다." 그러나 무엇으로 초
> 현실주의는 종합을 하는가? 매개의 도구는 무엇인가? 호박을 굴리면서
> 묘기를 부리는 요정들의 곡예를 보는 일은 (그런 일이 어떻게 가능할지
> 의심스럽지만) 꿈과 현실을 혼합하는 것이지, 그것들이 그 자체 안에서
> 꿈의 요소들과 현실의 요소들이 변형되고 극복되어 나타날 어느 새로
> 운 형태 안에서 그것들을 통합하는 것은 아니다.[12]

사르트르의 말처럼 브르통의 종합에의 의지는 헤겔식으로 모든 모
순이 극복되고 모든 대립이 지양되어 인간과 자연의 공통된 근원을
인식할 수 있는 절대적 앎의 추구와는 방법론적인 문제에서 구별될
수밖에 없다. 그러나 초현실주의가 강조한 인간의 전체성과 종합에

11 A. Breton, *Manifestes du surréalisme*, p. 133.
12 J.-P. Sartre, *Qu'est-ce que la littérature?*, pp. 365~66.

의 의지가 전면적인 부정의 대상이 될 수 있을까? 초현실주의의 방법은 그것이 시적 방법이라는 점에서 변증법적 논리의 회로와 일치되지 않는다. 그러므로 브르통의 종합과 헤겔의 종합이 같은 개념이라 하더라도 그것에 이르는 방법은 다를 수 있는데, 초현실주의가 헤겔의 종합을 이루지 못하여 실패할 수밖에 없었다는 결론은 시적 종합의 의미를 전혀 고려하지 않은 것이다.

사르트르는 초현실주의의 시적 활동 및 시적 파괴의 힘과 가치를 긍정적인 방향에서 수용하지 않는다. 그는 「초현실주의 선언문」에서 상상적인 것의 현실적 힘을 강조한 브르통의 논리를 비판한다. 사르트르는 상상력의 작업이라고 할 수 있는 회화나 음악, 시와 같은 언어예술의 비현실적 존재성은 현실화될 수 없다고 생각했기 때문이다. 『문학이란 무엇인가』에서 시가 사회참여의 성격을 갖지 못한다고 주장한 그의 의도는 그런 입장과 관련된다. 그러므로 초현실주의자들이 상상력의 가치를 강조하고 언어의 중요성을 역설하면서 실천적 혁명에는 봉사하지 않는 사실을 보고, 그는 그들이 불충분하고 무능한 혁명가들이라고 지적한다. 시나 그림이 아무리 파괴와 무화의 의지를 보인다고 해도 그것이 지배계급에 대한 치열한 충격이 될 수 없으며, 그들의 상징적 파괴 행위는 결국 무용한 몸짓이 된다는 것이다. 브르통이 말한 '시는 혁명'이라는 등식의 논리는 사르트르의 눈에는 실천적 혁명에 가담하지 않으려는 무책임한 시인의 논리로 비칠 뿐이다. 사르트르는 초현실주의자들의 혁명적 이데올로기와 그들의 상징적 파괴는 모순된 것임을 천명한다. 그러나 초현실주의의 예술과 문학이 아무것도 파괴하지 못한다고 주장했을 때, 그것은 분명히 『문학이란 무엇인가』에서의 다음과 같은 논리와 모순된다.

말한다는 것은 행동하는 것이다. 사람들이 명명하는 모든 사물은 이미 그전의 것과 똑같은 사물이 아니다. 그것은 명명됨으로써 벌써 순수성을 잃어버린다. 만일 당신이 어느 개인의 행위에 뭐라고 이름을 붙인다면, 당신은 그 사람에게 자기 행위를 드러내 보이는 셈이다. [……]

그리하여 내가 말하는 한마디 한마디의 말로 상황을 처리하고, 좀더 세계 속에 나를 구속한다. 그리고 동시에 미래를 향해서 세계를 뛰어넘음으로써 나는 그만큼 더 세계로부터 떠오르게 되는 것이다. 이와 같이 산문가란 이를테면 폭로에 의한 행동이라고 부를 수 있을 어떤 이차적인 행동양식을 선택한 사람이다. 그러므로 그에게 다음과 같은 두번째 질문을 던지는 것은 당연한 일이다. "세계의 어떤 모습을 폭로하는가? 그 폭로의 행위는 세계에 어떤 변화를 가져오는가?"

참여 작가의 말이 행동을 의미한다는 것은 분명하다. 그는 폭로하는 행위가 바로 변화를 가져오는 일이며, 변화시키려고 함으로써만 폭로할 수 있다는 것을 안다.[13]

사르트르 자신이 강조한 것처럼, 작가에게는 말이 바로 행동이고, 화가에게는 그림이 바로 행동일 것이다. 초현실주의 작가나 화가는 그들의 작품을 통해서 세계를 폭로하고 세계 변혁의 의지를 드러낸다. 그것이 상징적이라고 해서 현실을 변화시키지 못한다는 것은 상징적인 문학 행위를 실천하는 사르트르 자신의 모순에 빠지는 논리이다. 또한 그가 비판한 자동기술이란 주체성의 포기가 아니라, 주체

---

13 같은 책, p. 29.

성의 진정한 자유를 추구하려는 노력이다. 초현실주의 시인은 자동 기술을 통해 말을 해방시키려 하는데, 그것은 바로 말의 자유가 인간의 자유를 의미하기 때문이다. 합리적 논리라거나 의사소통의 도구라는 차원에 말이 갇혀 있을 때 인간의 정신은 자유롭지 못하다. 언어의 문제가 중요한 것은 그런 이유에서이다. 사르트르는 초현실주의가 지향하는 종합에서 매개가 결여되어 있다고 비판했지만, 그는 초현실주의에서 언어가 바로 매개의 수단임을 잊고 있었다. 초현실주의의 종합은 헤겔식의 변증법적 종합이 아니라 시적 통합이라는 것을 사르트르는 왜 인정하지 않는 것일까? 시적 통합은 데카르트식의 명징한 논리나 헤겔식 철학의 기준에서 볼 때 이해하기 어려운 모호성의 시학일 수 있다. 이런 이유에서 초현실주의 시학이나 미학에서 자주 논의되는 시적 경이로움le merveilleux이라는 개념도 사르트르의 관점에서 받아들일 수 없는 개념이 되는 것은 당연할지 모른다. "이 세계, 나무와 지붕, 여자들과 조개껍데기와 꽃들이 있는 일상의 세계, 그러나 불가능성과 허무가 깃들어 있는 세계, 바로 그것이 초현실주의적 경이로움이라고 부르는 세계이다."[14] 사르트르는 순간적이며 직관적으로 포착될 수 있는 경이로움은 혼란일 뿐 종합은 아니며, 그러한 미의 개념은 해결 없는 대립이거나 모순의 역설이라고 이해한다. 그러나 자동기술이 합리적 세계의 구조를 파괴하고 정신의 해방을 추구하는 방법이었듯이, 초현실주의적 경이로움은 인간의 상상력을 구속하는 합리주의와 현실주의에 대항하는 시인의 무기였다. 그것은 단순히 재치 있는 말장난이 아니라 인간의 감정 전체를 담는

14 같은 책, p. 225.

생명의 운동성과 연결된다. 그것은 세계의 현실을 진동시키고, 인간으로 하여금 현실 세계와 초현실 세계, 의식과 무의식이 일치하는 지점과 대면하게 함으로써 이성적이고 논리적인 언어에 의해서 포착되지 않는 세계의 진실을 보여준다.

그런 점에서 우리는 브르통이 시인의 입장을 천명한 다음과 같은 말을 기억할 필요가 있다. "그 용어의 일반적인 의미에서, 우리는 시인임을 자처해야 한다. 왜냐하면 우리가 무엇보다도 먼저 공격해야 할 것은 가장 나쁜 인습인 언어이기 때문이다."[15] 브르통은 도구화되고 관습화된 말의 때를 벗기고 말을 해방하는 것이 바로 정신의 해방에 이르는 길임을 인식한 시인이었다. 이러한 브르통의 입장은 헤겔의 언어 인식과 구별되는 것이 사실이다. 헤겔은 직관적인 명징성보다 이성적인 언어를 선호하며 개인적인 확신보다 보편적인 진실에 가치를 부여하는데, 그것은 이성적 언어가 보편적인 일치의 원칙이기 때문이다. 『초현실주의의 철학』을 쓴 알키에는 브르통과 헤겔의 차이에 대해서 "헤겔에게 역사는 언어의 장소이며 보편성의 수단"인 반면에, 브르통에게 인간이 기대할 수 있는 것은 역사가 아니라, "꿈과 경이로운 희망"[16]임을 적절히 설명한 바 있다. 시는 논리적인 언어의 기반을 떠났을 때 세계에 새로운 의미를 부여하는 역할을 하고, 그것의 의미는 역사의 변증법적 전개에 희망을 걸기보다는 순간적인 것에서 영원한 것이, 직접적인 것에서 보편적인 것이 포착되는 진실을 추구하는 것이다. 그것은 결국 헤겔의 종합이나 전체성의 개념과

---

15 A. Breton, *Les pas perdus*, Gallimard, coll. Idées, 1974, p. 66.
16 F. Alquié, *Philosophie du surréalisme*, Flammarion, 1955, p. 59.

제20장 사르트르의 초현실주의 비판

구별될 수밖에 없다.

4. 초현실주의와 독자와의 관계

사르트르의 초현실주의 비판에서 제기되어야 할 또 다른 문제는 초현실주의와 독자 혹은 프롤레타리아 대중과의 관계이다. 그는 한 편으로는 초현실주의자들의 인간 해방의 의지 혹은 세계 변혁의 활동이 프롤레타리아 계급과 판이하게 다르다는 사실을 지적하고, 다른 한편으로는 초현실주의자들이 프롤레타리아 계급의 독자를 위해 쓰지 않는다는 것을 비난했다. 이 두 가지 논지에서 전자의 경우는 결국 초현실주의자들의 인간 해방이 실천적이지 않고 정신의 해방이라는 차원에 안일하게 머문다는 지적이고, 후자의 경우는 초현실주의 문학이 상징주의로부터 유래되는 자기 파멸적 부르주아 문학의 전통을 철저히 계승한다는 논리의 소산이다.

전자의 경우와 관련된 사르트르의 견해에서 초현실주의자들의 실체는 프롤레타리아의 혁명의식을 공유하지 못한 형이상학적 혁명가들이다. 그들은 요란스러운 구호를 내세우면서 노동계급의 승리를 위한 역사적 전환을 희망하지만, 그들의 정신 속에서 노동계급과의 연대의식은 혼란스러운 추상과 관념의 형태를 벗어나지 못한 상태이다. "초현실주의는 프롤레타리아의 독재에 별 관심이 없으며, 공산주의의 권력 장악을 목표로 삼고 그 목적을 위해 피를 흘려야 한다는 것을 정당화하기는커녕, 혁명에서의 목적 없는 폭력만을 목표로 볼 뿐이다."[17] 그들은 무책임한 부르주아 지식인들이기 때문에 그렇다는 것이 사르트르의 생각이다. 따라서 "세계를 개혁해야 한다"는 마르크스의 명제와 "삶을 변화시켜야 한다"는 랭보의 명제를 동시에 추구해야 한다는 명분 아래 그 두 명제 사이의 엄청난 간극을 외면하고 있는 점 역시, 사르트르의 관점에서는 초현실주의자들의 추상적 부르주아의 이상주의를 반영하는 단적인 예가 된다. 사회적 차원에서 사회 개혁을 추구하는 혁명가의 의지와 사회적 해방이 이루어지지 않았음에도 불구하고 정신의 해방이 가능하다고 믿는 시인의 의지는 완전히 다르기 때문에 "브르통이 혁명적 활동의 테두리 밖에서 그리고 그 혁명과 병행하여 내면적 경험을 추구할 수 있다고 생각한다면, 그는 처음부터 길을 잘못 들어선 것이다."[18] 이러한 '내면적 경험'의 존중과 프로이트적 인간 해석의 절대적 필요성을 강조한 초현실주의의 입장은 초현실주의 시인과 혁명가는 구별될 수밖에 없다는 논리를 되풀이하게 만들었으며, 초현실주의와 공산당 간의 불화와 결별의 근본 원인이 되기도 했다.

사실상 브르통이 「초현실주의 제2선언문」에서 말한, 모든 대립적인 것들이 모순되게 인식되지 않는 정신의 지점을 추구한다는 입장과 프롤레타리아의 계급의식이나 역사의식이 동일하지 않다는 것은 수긍이 가는 논리이다. 프롤레타리아는 현실적인 것과 상상적인 것을 구별함으로써 자기 계급의 위상을 분명히 의식할 수 있고, 과거와 미래를 구별함으로써 과거의 모순을 청산하고 도달해야 할 미래의 목표를 설정할 수 있을 것이다. 또한 초현실주의 시인이 정신의 세계

---

17 J.-P. Sartre, *Qu'est-ce que la littérature?*, p. 231.
18 같은 책, p. 227.

속에 살면서 행동의 다양한 범주들을 하나로 일치시키려 하는 반면, 프롤레타리아는 그것들을 혼동하지 않고 분명히 구별하면서 조직적인 투쟁을 감행해야 한다. 이러한 구별에서 사르트르는 행동하지 않는 초현실주의의 정적주의un quiétisme surréaliste라는 표현을 쓴다. 그리고 그것은 초현실주의자들보다 앞 세대인 지드의 무상성의 행위 l'acte gratuit를 연상시킨다고 말한다. 그러나 자신의 행복과 안락을 추구한 지드의 세대와, 랭보의 반항을 존중하고 체념과 복종을 거부한 브르통의 세대는 현저한 차이가 있다. 또한 '정적주의'라는 용어의 사전적 의미가 "외부적 활동을 배제하고 마음의 평온을 통해 신과의 합일을 추구한 교리"이며 그것과 초현실주의의 모럴이 극단적으로 대립되는 것임에도 불구하고, 사르트르가 그러한 표현을 사용한 것은 행동하지 않는 부르주아 문학인의 한계를 질타하고 싶었기 때문일 것이다. 그러나 랭보가 파리 코뮌 때 노동자들의 편에 섰다고 해도 그가 노동자들과 똑같은 의식으로 똑같이 행동할 수 없었듯이, 초현실주의자들과 노동계급과의 관계도 그런 위상에서 이해되어야 할 것이다.

나아가 초현실주의와 대중 독자와의 관계에 있어서, 초현실주의자들이 프롤레타리아 혁명을 지지한다면 그들의 글쓰기는 노동계급의 독자를 염두에 둔 글쓰기여야 하는데 실제로 그들은 노동계급 안에 한 명의 독자도 확보하지 못하고 있다는 것이 사르트르의 주장이다. 이 주장이 사실에 부합하는지는 논외로 삼는다 하더라도, 작가와 독자의 공감과 일치 혹은 불일치는 간단히 규정하기 어려운 문제이다. 그럼에도 불구하고 사르트르는 이렇게 단정 짓는다.

초현실주의와 프롤레타리아의 관계는 간접적이고 추상적이다. 작가의 힘은 그의 글이 초래하는 분노와 열정과 사색의 행위를 통해 대중에게 미치는 직접적인 영향력에 달려 있다. 디드로, 루소, 볼테르는 부르주아 계급과 계속적인 연대 관계를 맺고 있었다. 왜냐하면 그 계급이 그들의 독자였기 때문이다. 그러나 초현실주의자들은 프롤레타리아 안에 한 명의 독자도 두고 있지 않다.[19]

작가는 모든 시대의 추상적인 인간에 관해서 쓰는 것이 아니라 자기 시대의 인간 전체에 관해서 자기의 동시대인을 위해서 써야 한다는 사르트르의 유명한 독자관을 떠올리지 않더라도, 초현실주의자들의 글은 동시대의 노동계급 독자들을 상대로 한 글쓰기는 아니었다. 브르통은 결코 독자의 존재를 외면한 문학이 가능하다고 생각해본 적이 없었지만, 그렇다고 해서 노동계급의 독자들이 자신의 독자들이라고 한정 지은 적도 없었다. 다만 그는 노동계급의 희망을 표현하는 문학의 존재가 그 당시의 현실적 상황에서 불가능하다고 인식하고 있었다.

나는 노동계급의 희망을 표현하는 문학과 예술의 존재 가능성을 믿지 않는다. 내가 그것을 믿으려 하지 않는 것은 혁명기에 어쩔 수 없이 부르주아 교육을 받고 자란 작가나 예술가가 그들의 희망을 분명히 표현할 수 없기 때문이다.[20]

19 같은 책, p. 232.
20 A. Breton, *Les pas perdus*, p. 161.

브르통은 부르주아 작가가 혁명의 도래를 원한다고 해서 프롤레타리아 계급의 대변자가 될 수 없음을 절실히 인식하고 있었다. 아무리 변신의 노력을 기울인다고 해도 가능하지 않다는 것도 잘 알고 있었다. 어쩌면 그 한계는 부르주아 작가의 입장에서 솔직히 받아들여야 할 현실적인 한계였을 것이다. 사실상 19세기 이후에 많은 부르주아 작가들이 자기 계급을 비판했더라도, 그들의 현실적 독자는 대부분 부르주아 독자들이었다. 당연한 말이겠지만, 작가가 자신의 문학적 진실이 욕구를 배반하면서 문학을 어떤 이데올로기나 독자의 수준에 맞춰서 창작할 수는 없을 것이다. 사르트르가 극도의 찬사를 표현했던 에메 세제르의 시만 하더라도 그것이 흑인 민중들에 의해 애송되고 이해될 수 있는 차원의 시라고 말할 사람은 없다. 18세기 작가들이 부르주아 계급과 연대의식을 갖고 그 계급의 독자들에 의해 향수되었던 행복한 일치가 어느 시대에서나 가능한 것은 아닐 텐데, 작가와 독자 사이의 많은 모순과 불일치가 얽혀 있는 이 시대의 글쓰기를 현실적인 독자와 관련해서 비난한다면, 비단 초현실주의가 아니라 하더라도 그 비난에 살아남을 수 있는 문학은 참으로 드물 것이다.

5. 초현실주의 비판과 사르트르의 모순

사르트르와 초현실주의 비판을 이해하려는 문제는 『문학이란 무엇인가』의 테두리 안에서만 논의될 수 있는 것이 아니다. 『상황 3』에 실린 「흑인 오르페」는 네그리튀드와 초현실주의와의 관련성을 언급하고 있을 뿐 아니라 네그리튀드의 시가 흑인들의 인간 해방과 혁명

제3부 초현실주의의 안과 밖

의 의지를 표현한다는 사실을 강조하며 혁명 시의 존재를 역설한다는 점에서 주목해볼 수 있다. 이 글에서 사르트르는 "시는 참여할 수 없다"는 참여문학론의 명제와 반대되는 주장을 하며 시의 혁명적 가치를 역설함은 물론 초현실주의의 의미와 역할을 앞에서의 공격과는 다른 어조로 비교적 온당한 비판적 관점에서 수용하고 있다. 물론 그러면서도 유럽의 초현실주의와 네그리튀드의 초현실주의 사이의 공통점보다 차이점을 많이 부각하고 있으며 전자가 후자에 미친 영향력을 높이 평가하지 않고 있다.

사르트르는 여기서 유럽의 식민주의에 의해 억압받고 착취당한 흑인들의 분노와 고통의 외침을 표현한 네그리튀드의 시에 대해 우선 그 자신이 유럽 백인의 한 사람이라는 가해자적 입장에서 자괴감과 양심의 가책을 표명한다. 그러나 그러한 부끄러움이란 흑인 시인들이 백인 독자를 향해 시를 썼기 때문에 생긴 결과가 아니다. 사르트르의 견해로는 흑인들은 흑인들에 관하여 그들 스스로 이야기하고 있을 뿐이다.

그들의 시편들은 무엇을 풍자하거나 저주하는 것이 아니다. 그것은 인간의 의식을 일깨우는 시이다. [……] 나는 이 시편들이 기본적으로는 인종적인 시편들이지만 실제로는 인간 전체를 위해 인간 전체에 의해 쓰인 노래임을 밝히고자 한다. 한마디로 말해 나는 이미 흑인들이 알고 있던 것을 백인들을 상대로 설명하고자 하는 것이다. 다시 말하자면 그것은 흑인들이 현재의 상황에서 그들 자신에 대한 깨우침이 왜 시적인 체험을 통해서 일어나는가 하는 점이다. 역으로 말하자면, 그것은 프랑스어로 쓰인 흑인의 시가 왜 오늘날 유일의 위대한 혁명적 시

　　　　　　　제20장 사르트르의 초현실주의 비판

인가 하는 점이다.[21]

    사르트르는 이처럼 시가 의식화와 밀접히 연결되어 있으며, 혁명적 가치를 표현하고 있다고 말한다. 그 시가 흑인들의 시라는 단서가 붙어 있다 하더라도, 시에 대한 이러한 찬사는 『문학이란 무엇인가』에서 시인은 패배할 수밖에 없다거나 시는 바로 패배함으로써 승리하는 것이며 진정한 시인은 승리하기 위해서 죽도록 패배하기를 선택한 사람이라는 논리에 비교해볼 때 놀라운 인식의 변화이다. 그것이 인식의 변화가 아니라면, 유럽 백인들의 시는 여전히 패배적이거나 자기 파멸적인 전통에서 벗어나지 못하고 있는 반면, 흑인들의 시는 투쟁의 내용과 힘찬 목소리에 의해 혁명적임을 부각시킨 것으로 볼 수 있다. 초현실주의의 경우와 비교해본다면, 초현실주의 시는 부르주아적이고 프롤레타리아의 투쟁적 의식을 반영하지 못하는데, 네그리튀드의 시는 피압박 민중인 흑인들의 의식을 그대로 표현한다는 것이 그의 논리이다. 이러한 논리의 근거는 흑인 민중과 유럽의 프롤레타리아가 모두 자본주의 사회 구조의 희생자들이며, 공통의 연대의식을 지닐 수 있는 사람들이라는 이해와 직결되어 있다. 네그리튀드의 시를 통해서 흑인 민중들은 그들의 주관적 입장과 객관적·사회적 의식이 일치되는 시적 성취를 이룩했는데, 백인 프롤레타리아는 "사회적인 그만큼 주관적인 시, 애매한 혹은 확실한 언어로 쓰이되, 그럼에도 불구하고 감정을 고양시켜주며, 소련의 관공서 문서 같은 데 쓰인 '전 세계 노동자여 단결하자!'와 같은 문장처럼, 또는 가장

---

21 J.-P. Sartre, *Situation III*, Gallimard, 1949, p. 233.

정확한 암호처럼 쉽게 이해되는 시를 아직 찾아내지 못했다"[22]는 것이다. 네그리튀드의 시가 과연 "가장 정확한 암호처럼 이해되는 시"라고 볼 수 있는지는 단정할 수 없겠지만, 그 시가 '사회적인 만큼 주관적'이며, 개인적인 주체의 분노와 비판과 증오가 상처 입은 흑인 민중들의 그것들과 일치할 수 있는 이례적 행운을 만난 것은 사실이다. "간단히 말해서 흑인 시인은 가장 서정적이 됨으로써 가장 확실하게 위대한 공동체의 시적 성취에 이르고, 자기 자신에 대해서만 이야기하면서도 모든 흑인들을 대변하는 것이 된다."[23] 이러한 네그리튀드의 시가 초현실주의의 방법을 원용하고 있다는 점에서 사르트르의 초현실주의에 대한 견해는 미묘한 변화를 보인다.

　　우리는 이미 낡은 것이 된 초현실주의적 방법을 인정하고 있다. (왜냐하면 신비주의가 그렇듯이 자동기술은 하나의 방법이기 때문이다. 그것은 배우고, 연습하고, 실행하는 것을 전제로 한다.) 우리는 영혼의 밑바닥에 이르고 기억할 수 없이 깊은 욕망의 힘을 일깨우기 위해서 현실의 피상적 껍질 속으로, 상식과 논리적 이성의 피상적 껍질 속으로 잠입해 들어가야 한다. 그 욕망은 우리로 하여금 모든 것을 거부하게 하며 동시에 모든 것을 사랑하게 만드는 것이며, 그 욕망은 자연계의 법칙과 가능성을 극단적으로 거부하고 기적을 부르는 것이다. 또한 그 욕망은 미친 듯한 우주의 에너지에 의해 우리로 하여금 원초적 자연의 소용돌이치는 가슴으로 뛰어들게 만들고 동시에 결코 만족될 수 없는 권리를

22　같은 책, p. 236.
23　같은 책, pp. 242~43.

주장함으로써 우리로 하여금 자연의 차원을 넘어서게 하는 것이다. 세제르가 이 길에 뛰어든 최초의 흑인은 아니다. 그보다 이전에 에티엔 레로가 『정당방위』를 창간한 바 있다.[24]

사르트르는 이처럼 초현실주의의 중요한 가치 개념인 욕망의 의미를 적절하게 설명하면서, 초현실주의의 이념에 영향을 받은 흑인 시인들로서 레로와 세제르가 어떻게 다른지를 혹은 그들과 관련된 문화운동으로서 『정당방위』와 '네그리튀드'가 어떻게 구별되는지를 논증한다. 그 논증에 의하면 레로는 유럽의 초현실주의를 단순히 모방하려는 차원에서 상상력의 절대적인 해방을 주장했을 뿐이지, 흑인 해방을 요구한 것도 아니고 백인 문화에 대한 투쟁적 의지를 표현하지도 않는다. 그러나 세제르는 초현실주의의 정신과 방법을 받아들이면서도 자신과 자신의 동족이 처한 상황 의식 속에서 그것을 변용시켰기에 새로운 초현실주의의 면모를 부각시킨다는 것이다. 그의 시는 불꽃의 파괴적 힘으로 피압박 흑인의 혁명적 의지와 열망을 일깨우고 자신의 내부에서 확실하고도 구체적인 인간성의 목소리로 표현되어 공감의 폭을 넓힌다. 또한 그가 이용하는 자동기술은 '상황 구속적이며 지향적'이고, 그런 점에서 유럽 백인의 무지향적이고 상황 의식이 결여된 자동기술과는 구별된다는 것이다. 사르트르 자신이 이렇게 명시적인 구별을 한 것은 아니지만, 그가 세제르의 자동기술을 그렇게 명명했을 때, 그것은 이와 같은 구별을 전제로 삼은 것이다. 다음의 주장은 엘뤼아르나 아라공의 초현실주의와 세제르의 그

24 같은 책, p. 225.

것이 어떻게 다른지를 분명히 설명한 글이다.

　　세제르의 시에는 초현실주의자의 위대한 전통이 실현되어 있다. 그의
　시는 초현실주의의 결정적인 의미를 취하고는 파괴된다. 유럽의 시 운
　동인 초현실주의는 유럽인들에 반대하는 한 흑인에 의해 탈취되어 초현
　실주의에 엄격히 규정된 한 기능을 부여했다. 나는 다른 글에서 프롤레
　타리아 계급이 어떻게 이성을 파괴하는 초현실주의 시와 차단되어 있었
　는지를 밝힌 바 있다. 유럽에서의 초현실주의는 그것에 수혈해줄 수 있
　었던 사람들에게 거부된 채 무기력해지고 시들해졌다. 그러나 초현실
　주의가 혁명과의 관련을 잃어버린 바로 그 무렵 그것은 서인도제도에
　서 세계적인 혁명의 또 다른 가지와 접목된 것이다. [……] 세제르의
　독창성은 엘뤼아르와 아라공이 그들의 시에 정치적 내용을 부여하는
　데 실패했을 때, 흑인으로서 또는 압박받는 인간으로서, 전투적인 개인
　으로서 그의 강력하고도 집중적인 열망을 이 가장 파멸적이고 자유로
　우며 형이상학적인 문학의 세계 속에 흘러 들어가게 했다는 데 있다.[25]

　세제르의 독창성이 초현실주의의 시적 영역을 넓히고 또한 풍요
롭게 만드는 데 기여한 것은 사실이다. 엘뤼아르나 아라공이 "그들의
시에 정치적 내용을 부여하는 데 실패했을 때" 세제르는 시와 정치
를 힘차게 결합하는 놀라운 능력을 보였다. 그런데 초현실주의가 무
기력해졌다거나 쇠퇴했다는 것은 무슨 의미일까? 그것은 문학운동
의 차원에서인가 아니면 시의 차원에서인가? 시의 차원에서라면 그

25　같은 책, pp. 259~60.

것이 그렇게 쇠퇴하기 이전의 문학적 힘과 가치를 인정한다는 뜻인가? 사르트르는 가능한 한 네그리튀드에 대한 초현실주의의 공적을 인정하지 않으려 하거나 세제르의 초현실주의를 높이 평가하기 위해 유럽 백인의 초현실주의를 과소평가하려 한다. 그러나 유럽인의 초현실주의와 흑인의 네그리튀드는 대립적인 것이 아니라 동질적이다. 어떤 의미에서 그것들의 관계는 상호보완적이기도 하다. 그럼에도 불구하고 사르트르는 초현실주의뿐 아니라 모든 서구의 문화적 의미와 시적 성취의 가치를 일거에 무시해버리는 발언을 서슴지 않는다.

> 세제르는 바다·하늘·돌 등을 식물화하거나 동물화하고 있다. 보다 정확히 말해 그의 시는 남자와 여자가 동물·식물·돌 등으로 변형되고 돌·식물·동물이 인간으로 변형되는 영속적인 배합이다. 그러므로 흑인은 자연의 에로스에 대한 증인이다. 그는 그 에로스를 외적으로 표현하고 구체화한다. 이 같은 점과 비교되는 시를 유럽 문학에서 찾자면 우리는 로마가 아직 거대한 농업시장만 한 도시였을 때 모든 여신의 어머니인 비너스를 찬양했던 농부 시인 루크레티우스까지 거슬러 올라가야만 한다. 우리 시대에 우주적 관능의 감정을 지닌 문학인은 D. H. 로런스 정도이다. 그러나 로런스에게서도 그와 같은 감정은 문학적인 차원에 머물고 있다.[26]

세제르의 세계에서 인간은 자연화되고 자연은 인간화되어 "변형되는 영속적인 배합"을 이루는 데 반해, 유럽 문학에서 이와 같은 시

---

26 같은 책, p. 269.

적 성취가 보이지 않는다는 것은 다분히 편파적인 논리로 보인다. 인간과 자연의 구별 없이 그것들의 생생한 일치와 변화를 추구함으로써 이성적 인간의 한계를 뛰어넘으려는 것이 바로 초현실주의의 일관된 목표였음에도 불구하고, 사르트르는 그것을 무시하며 일반적으로 유럽 문학 전체의 유산을 예로 들면서 그 요소들의 존재를 부정한다. 식물의 상징과 성적 상징의 결합, 풍요롭고도 위대한 신비주의의 에너지, 고통과 에로스의 통합, 이러한 것들은 흑인 시인이 농사꾼의 시인이기 때문에 가능한데, 산업화와 문명화의 환경 속에서 오염된 서구의 시인들에게는 그러한 요소들의 표현이 불가능하다는 것이다. 사르트르는 자신의 문화적 기반의 가치를 전혀 긍정적인 시각에서 옹호하지 않는다. 그러므로 네그리튀드의 시에 대한 사르트르의 예찬은 프랑스나 유럽의 문학에서 그와 비슷한 시적 노력이 있었다 하더라도 의식적으로 양자 간의 유사성이나 동질성을 보려고 하지 않은 소산이라 할 수 있다.

우리의 시인들이 민중적인 전통과 결합한다는 것은 거의 불가능하다. 지난 1천 년에 걸친 현학적인 시가 그러한 분리를 만들어놓았고 게다가 민속적인 영감은 고갈되었다. 기껏해야 우리는 거리를 두고 그러한 전통의 소박함을 흉내 낼 수 있을 뿐이다. 반대로 아프리카의 흑인은 신화적인 풍요로움의 절정에 있으며 프랑스어 사용권의 흑인들은 우리가 상송에 대해서 그렇게 하듯이 그 신화를 즐기지 않는다. 즉 그들은 신화에 의해 주술에 걸리도록 함으로써 결국 그 주술의 끝에서 장엄하게 일깨워진 네그리튀드가 솟구쳐 오르도록 하고 있다. 이 때문에 나는 이러한 '객관적 시'의 방법을 마력적이라거나 매력적이라고 부른다.[27]

제20장 사르트르의 초현실주의 비판

미셸 보주르도 이 부분을 인용하며 문제 제기를 한 바 있지만,[28] 사르트르는 세제르가 사용한 신화, 주술, 마력 등의 다분히 초현실주의적 방법들을 언급하면서 그것들의 긍정적 가치를 인정하는 데 반해서 유럽의 초현실주의적 방법에 대해서는 그와 같은 언급을 하지 않는다. 더욱이 그것들은 사르트르가 강조하는 혁명의 개념들과는 분명히 반대되는 초시간적이며 신비주의적인 것들임에도 그는 그것들의 가치를 높이 평가하고 있다. 이러한 모순 혹은 편견은 유럽의 초현실주의가 무상성의 유희이며 무목적적인 데 반해서 네그리튀드의 초현실주의는 흑인 해방이라는 절실한 목표에 연결되어 있다는 인식에서 비롯된 것으로 보인다. 그러나 네그리튀드의 신비주의적 요소들이 정치적 의도에서 이해될 수 있듯이 초현실주의자들의 노동 거부나 비합리적 요소들에 대한 편향은 부르주아지의 이데올로기에 대한 정치적 의사 표현이었다. 많은 사람들이 알고 있듯이, 시나 예술이 혁명적인 것은 그것의 내용 때문이 아니며, 또한 그것이 단순히 혁명에 봉사하고 있다는 점 때문도 아니다. 영웅의식을 고취하고 혁명에 봉사하는 프로파간다 문학이 바로 혁명적인 문학일 수는 없다. 기존의 인식을 뛰어넘고 모든 터부를 깨뜨리는 정신의 힘이 표현되는 문학이 혁명적일 수 있다면, 초현실주의의 자유분방한 상상력의 표현과 비합리적인 것의 추구, 새로운 언어 구조와 이미지의 창조도 그런 관점에서 이해될 수 있는 것이다. 사르트르의 「흑인 오르페」는 세제르

27 같은 책, p. 254.
28 M. Beaujour, "Sartre and Surrealism," *Yale French Studies*, 1963 참조.

의 네그리튀드를 찬양하면서 세제르의 시와 유럽의 초현실주의를 대조시켜 통찰한 글이지만, 초현실주의의 의미를 긍정적으로 이해할 수 있게 만드는 역설적인 결과에 이른다. 이렇게 결론지을 수 있는 이유는 유럽의 초현실주의와 네그리튀드의 초현실주의가 표현과 내용의 차이에도 불구하고 본질적으로 대립된 것이 아니기 때문이다.

사르트르의 초현실주의 비판은, 그의 예리한 시각과 열정적인 논리에도 불구하고, 참여문학론에서 나타난 것과 같은 문학 이해의 한계와 모순을 노정한다. 물론 그의 문학적 인식은 그 모순을 포함한 혹은 극복한 넓이와 깊이를 확대·심화하면서 말라르메의 문학적 참여를 긍정하는 방향으로 나아간 것으로 볼 수도 있다. 이 과정의 한 단계에서 그가 격렬히 초현실주의를 비판했던 것은 초현실주의 문학이야말로 시와 시인의 사회적·정치적 참여 문제를 첨예하게 다룰 수 있는 적절한 대상으로 간주되었기 때문이다. 이러한 사르트르의 관점은 시에 대한 논리가 그렇듯이 모순된 논리를 보인다. 어쩌면 사르트르의 입장에서 초현실주의 비판이란, 사르트르 자신의 문학이 인간 해방에 기여할 수 있고 프롤레타리아 독자를 확보할 수 있다는 자신감의 토대 위에서 이루어진 것이라기보다, 그 자신의 문학적 한계를 포함한 부르주아 문학의 한계를 정면에서 인식하고 그것을 뛰어넘으려는 자기부정적 정신의 표현으로 이해될 수 있다. 이런 점에서 사르트르가 초현실주의를 대상으로 한 공격을 그 자신에게 되돌려놓고, 사르트르의 문학에 동일한 비판을 가할 수 있다는 결론을 이끌어내는 일은 신중하지 못한 방법이다. 오히려 사르트르의 관점에서 제시된 초현실주의의 삶의 태도와 한계에 대한 비판을 수용하면서, 동시에 초현실주의의 진정한 정신과 시적 성취를 올바르게 평가하는 일이 더 중요한 문제일 것이다.

제20장 사르트르의 초현실주의 비판

제1부 앙드레 브르통과 초현실주의

제1장 브르통과 초현실주의 혁명의 의미

Alquié, F., *Entretiens sur le surréalisme*, Mouton, 1968.

———, *EPhilosophie du surréalisme*, Flammarion, 1977.

Aragon, L., "Le Manifeste est-il mort?," in *Littérature*, N°10, 1 mai 1923.

Artaud, A., *Œuvres complètes*, Gallimard, 1970.

Breton, A., *Les vases communicants*, Gallimard, coll, Idées, 1932.

———, *L'amour fou*, Gallimard, 1937.

———, *Arcane 17*, Sagittaire, 1947.

———, *Nadja*, Gallimard, 1963.

———, *La Clé des Champs*, Jean-Jacques Pauvert, 1967.

———, *Position politique du surréalisme*, Denoël/Gonthier, 1972.

———, *Entretiens*, Gallimard, coll. Idées, 1973.

Brochier, J.-J., *L'Aventure des surréalistes*, Stock, 1977.

Gauthier, X., *Surréalisme et sexualité*, Gallimard, coll. Idées, 1971.

Nadeau, M., *Histoire du Surréalisme*, Éditions du Seuil, 1964.

Sartre, J.-P., *Qu'est-ce que la littérature?*, Gallimard, coll. Idées, 1985.

La Révolution surréaliste, N°3, 15 avril 1925.

제2장 브르통과 다다

Abastado, C., *Introduction au Surréalisme*, Bordas, 1971.

Alexandrian, S., *André Breton par lui-même*, Éditions du Seuil, 1971.

Bonnet, M., *André Breton: Naissance de l'aventure surréaliste*, José Corti, 1975.

Breton, A., *Entretiens*, Gallimard, coll. Idées, 1973.

───── , *Les pas perdus*, Gallimard, coll, Idées, 1974.

Fauchereau, S., *Expressionnisme, dada, surréalisme et autre ismes*, Denoël, 1976.

Lampisteries, *Sept manifestes Dada*, Jean-Jacques Pauvert, 1963.

Nadeau, M., *Histoire du Surréalisme*, Éditions du Seuil, 1964.

Sanouillet, M., *Dada à Paris,* Jean-Jacques Pauvert, 1965.

Soupault, P., *Profils Perdus*, Mercure de France, 1963.

Tzara, T., *Le surréalisme et l'après-guerre*, Nagel, 1947.

레몽, 마르셀, 『프랑스 현대시사: 보들레르에서 초현실주의까지』, 김화영 옮김, 문학과지성사, 1989.

제3장 『나자』와 초현실주의적 글쓰기의 전략

Albouy, P., "Signe et signal dans Nadja," in M. Bonnet(ed.), *Les critiques de notre temps et Breton*, Garnier, 1974.

Beaujour, M., "Qu'est-ce que Nadja?," in *N.R.F.*, N°172, 1 avril 1967.

Bréchon, R., *Le surréalisme*, Armand colin, 1971.

Breton, A., *Nadja*, Gallimard, coll. Folio, 1964.

───── , *Point du jour*, Gallimard, coll, Idées, 1970.

───── , *Manifestes du Surréalisme*, Jean-Jacques Pauvert, 1972.

Butor, M., *Essai sur le roman*, Gallimard, 1969.

Prince, G., "Remarques sur les signes métanarratifs," in *Degrés,* N°11~12, 1977, p. e2.

제4장 『열애』와 자동기술의 시 그리고 객관적 우연

Breton, A., *L'amour fou*, Gallimard, 1937.

————, *Manifestes du Surréalisme*, Jean-Jacques Pauvert, 1962.

Carrouges, M., *André Breton et les donnés fondamentales du surréalisme*, Gallimard, 1950.

Durozoi, G. & B. Lecherbonnier, *André Breton: L'écriture surréalisme*, Larousse, 1974.

Gaulmier, J., "Remarques sur le thème de Paris chez André Breton," in M. Bonnet(ed.), *Les critiques de notre temps et Breton*, Garnier, 1974.

Steinmetz, J.-L., *André Breton et les surprises de l'amour fou*, PUF, 1994.

브르통, 앙드레, 『나자』, 오생근 옮김, 민음사, 2008.

제5장 자동기술과 초현실주의적 이미지

Abastado, C., "Ecriture automatique et instance du sujet," in *Revue des sciences humaines*, N°184, 1981.

Alexandrian, S., *Le surréalisme et le rêve*, Gallimard, 1974.

Aragon, L., *Le Paysan de Paris*, 1926(rééd. Gallimard, coll. Le livre de poche, 1966).

————, *Traité du style*, Gallimard, 1928.

Bernard, S., *Le poème en prose de Baudelaire jusqu'à nos jours*, Nizet, 1959.

Blanchot, M., "Réflexions sur le surréalisme," in *La part du feu*, Gallimard, 1949.

Breton, A., *L'amour fou*, Gallimard, 1937.

————, *Point du jour*, Gallimard, coll, Idées, 1970.

————, *Manifestes du Surréalisme*, Jean-Jacques Pauvert, 1972.

————, *Les pas perdus*, Gallimard, coll, Idées, 1974.

Breton, A. & P. Soupault, *Les champs magnétiques*, Gallimard, 1968.

Caminade, P., *Image et métaphore*, Bordas, 1970.

Durozoi, G. & B. Lecherbonnier, *Le surréalisme: théories, thèmes, techniques,* Larousse, 1972.

Éluard, P., *Les Dessous d'une vie*, Gallimard, 1926.

Reverdy, P., *Nord-Sud, Self defence et autres écrits sur l'art et la poésie(1917-1926)*, Flammarion, 1975.

제6장 「자유로운 결합」과 초현실주의 이미지의 사용법

Aragon, L., *Le Paysan de Paris*, Gallimard, 1926.

Bonnet, M., *André Breton: Naissance de l'aventure surréaliste*, José Corti, 1975.

Breton, A., *Clair de terre*, Gallimard, 1923.

——— , *L'amour fou*, Gallimard, 1937.

Plouvier, P., *Poétique de l'amour chez André Breton*, José Corti, 1983.

제2부 초현실주의 시와 소설의 다양성

제7장 엘뤼아르와 초현실주의 시의 변모

Bernard, S., *Le poème en prose de Baudelaire jusqu'à nos jours*, Nizet, 1959.

Blanchot, M., *La part du feu*, Gallimard, 1949.

Breton, A., *Entretiens*, Gallimard, coll. Idées, 1973.

Daix, P., *Aragon, une vie à changer*, Éditions du Seuil, 1975.

Éluard, P., "Donner à voir," in *Œuvres complètes*, tome I, Gallimard, coll. Bibliothèque de la Pléiade, 1968.

——— , "L'évidence poétique," in *Œuvres complètes*, tome I, Gallimard, coll. Bibliothèque de la Pléiade, 1968.

Hugnet, G., *Dictionnaire du dadaïsme, 1916~1922,* Jean-Claude Simoën, 1976.

Kittang, A., *D'amour de poésie: Essai sur l'univers des métamorphoses dans l'oeuvre surréaliste de Paul Éluard,* Lettres modernes Minard, 1969.

Nadeau, M., *Histoire du Surréalisme,* Éditions du Seuil, 1964.

제8장 엘뤼아르의 「자유」와 초현실주의 시절의 자유

Bachelard, G., *La poétique de l'espace,* PUF, 1978.

Breton, A., *Manifeste du surréalisme,* Jean-Jacques Pauvert, 1972.

Éluard, P., *Œuvres complètes,* tome I, Gallimard, coll. Bibliothèque de la Pléiade, 1968.

Decaunes, L., *Paul Eluard: L'amour, la révolte, le rêve,* Balland, 1982.

Gateau, J.-Ch., *Paul Eluard ou Le frère voyant,* Robert Laffont, 1988.

Jean, R., *Paul Eluard par lui-même,* Éditions du Seuil, 1968.

제9장 아라공의 『파리의 농부』, 현실성과 초현실주의

Aragon, L., *Le Fou d'Elsa,* Gallimard, 1951.

————— , *Le Libertinage,* Gallimard, coll. L'imaginaire, 1964.

————— , *Le Paysan de Paris,* Gallimard, 1975.

————— , *Les Collages*(1965), Hermann, 1993.

Bernard, J., *Aragon: La permanence du surréalisme dans le cycle du monde réel,* José Corti, 1984.

Daix, P., *Aragon, une vie à changer,* Éditions du Seuil, 1975.

Garaudy, R., *L'itinéraire d'Aragon,* Gallimard, 1961.

Ishikawa, K., *Paris dans quatre textes narratifs du surréalisme,* L'Harmattan, 2000.

Meyer, M., *Le Paysan de Paris d'Aragon,* Gallimard, coll. Foliothèque, 2001.

Paulhan, J., *La peinture cubiste,* Gallimard, coll. Folio Essais, 1990.

벅 모스, 수잔, 『발터 벤야민과 아케이드 프로젝트』, 김정아 옮김, 문학동네, 2004.

제10장 데스노스의 『자유 또는 사랑!』과 도시의 환상성

Breton, A., *Manifestes du Surréalisme*, Jean-Jacques Pauvert, 1972.

─────── , *Entretiens*, Gallimard, coll. Idées, 1973.

Chénieux, J., *Le surréalisme et le roman*, L'Âge d'homme, 1983.

Desnos, R., *La liberté ou l'amour!*, Gallimard, 1962.

Dumas, M.-C., *Robert Desnos ou l'exploration des limites*, Klincksieck, 1980.

Fauskevag, S. E., *Sade dans le Surréalisme*, Les éditions Privat, 1982.

Ishikawa, K., *Paris dans quatre textes narratifs du surréalisme*, L'Harmattan, 2000.

제11장 레몽 루셀의 『아프리카의 인상』, 글쓰기와 신화

Amiot, A.-M., *Un mythe moderne: Impressions d'Afrique de Raymond Roussel*, Lettres Modernes Minard, 1977.

Béhar, H., "Heureuse méprise: Raymond Roussel et les surréalistes," *Mélusine*, N°6, L'Âge d'Homme, 1984.

Breton, A., *Anthologie de l'humour noir*, Jean-Jacques Pauvert, 1972.

Caradec, F., "Vide Raymond Roussel," *Mélusine*, N°6, L'Âge d'Homme, 1984.

Foucault, M., *Raymond Roussel*, Gallimard, 1963.

Houppermans, S., *Raymond Roussel: Écriture et deésir*, José Corti, 1985.

Macherey, P., *A quoi pense la littérature? Exercices de philosophie littéraire*, PUF, 1990.

Roussel, R., *Impressions d'Afrique*, Jean-Jacques Pauvert, 1963.

─────── , *Comment j'ai écrit certains de mes livres*, Société Nouvelle des Éditions Pauvert, 1979.

Soupault, P., "Raymond Roussel," *Littérature*, N°2, avril 1922.

Breton, A., "Situation du surréalisme entre les deux guerres," in *La Clé des Champs*, Jean-Jacques Pauvert, 1967.

―――――, *Manifestes du Surréalisme*, Jean-Jacques Pauvert, 1972.

Denis, A., "La description romanesque dans l'oeuvre de Gracq," in *Revue d'Esthétique*, tome 22, 1969.

Dobbs, A. C., *Dramaturgie et liturgie dans l'oeuvre de Julien Gracg*, José Corti, 1972.

Francis, M., *Forme et signification de l'attente dans l'oeuvre romanesque de Julien Gracq*, A. G. Nizet, 1979.

Gracq, J., *Au Château d'Argol*, José Corti, 1938.

―――――, "La littérature à l'estomac," in *Préférences*, José Corti, 1961.

―――――, *André Breton*, José Corti, 1970.

Grossman, S., *Julien Gracq et le surréalisme*, José Corti, 1980.

Guiomar, M., "Le roman moderne et le surréalisme," in Ferdinand Alquié(ed.), *Entretiens sur le Surréalisme*, De Gruyter Mouton, 1968.

Passeron, R., "Le surréalisme des peintres," in *Entretiens sur le surréalisme*, De Gruyter Mouton, 1968.

"Entretien de Julien Gracq avec Guy Dumur," *Le Nouvel observateur*, 29 mars 1967.

제3부 초현실주의의 안과 밖

제13장 살바도르 달리, 르네 마그리트, 자크 에롤드와 초현실주의

Breton, A., *Le surréalisme et la peinture*, Gallimard, 1965.

―――――, *Point du jour*, Gallimard, coll. Idées, 1970.

―――――, *Manifestes du Surréalisme*, Jean-Jacques Pauvert, 1972.

Dalí, S., *Préface à l'exposition*, Galerie des 4 chemins, 1934.

Magritte, R., *Ecrits complets*, André Blavier(ed.), Flammarion, 1979.

M. Nadeau, *Histoire du Surréalisme*, Éditions du Seuil, 1964.

Passeron, R., "Le surréalisme des peintres," in *Entretiens sur le surréalisme*, De Gruyter Mouton, 1968.

개블릭, 수지, 『르네 마그리트』, 천수원 옮김, 시공아트, 2000.

래드퍼드, 로버트, 『달리』, 김남주 옮김, 한길아트, 2001.

알렉산드리안, S., 『초현실주의 미술』, 이대일 옮김, 열화당, 1984.

피에르, 호세, 『초현실주의』, 박순철 옮김, 열화당, 1979.

제14장 호안 미로와 초현실주의

Breton, A., *Le surréalisme et la peinture*, Gallimard, 1965.

Clébert, J.-P., *Dictionnaire du Surréalisme*, Éditions du Seuil, 1996.

Miró, J., *Selected Writings and Interviews*, Margit Rowell(ed.), G. K. Hall, 1986.

—————, *Écrits et entretiens*, Margit Rowell(ed.), Daniel Lelong, 1995.

'꿈을 그린 화가 호안 미로 특별전'(2016년 6월 26일~9월 24일)의 전시회 도록 『마요르카의 미로, 야생의 정신』.

*그림

Miró, J., "Ceci est la couleur de mes rêves," *Entretiens avec Georges Raillard*, Éditions du Seuil, 1977.

제15장 자코메티와 브르통

Bonnefoy, Y., "André Breton et Alberto Giacometti," *Lire le regard: André Breton & la peinture*, Lachenal & Ritter, 1993.

Breton, A., *L'amour fou*, Gallimard, 1937.

Clébert, J.-P., *Dictionnaire du Surréalisme*, Éditions du Seuil, 1996.

로드, 제임스, 『자코메티: 영혼을 빚어낸 손길』, 신길수 옮김, 을유문화사, 2006.

제16장 바타유의 위반의 시학과 프레베르의 초현실주의

Ajame, P., "Entretien avec Jacques Prévert," *Les Nouvelles littéraires*, 23 février 1967.

Bataille, G., *Œuvres complètes*, tome III, Gallimard, 1971.

————— , "L'Expérience intérieure," *Œuvres complètes*, tome V, Gallimard, 1973.

————— , *Œuvres complètes*, tome VI, Gallimard, 1973.

————— , *Œuvres complètes*, tome VIII, Gallimard, 1976.

————— , *Œuvres complètes*, tome XI, Gallimard, 1976.

Breton, A., *Anthologie de l'humour noir*, Jean-Jacques Pauvert, 1972.

————— , *Manifestes du surréalisme*, Jean-Jacques Pauvert, 1972.

Foucault, M., *Dits et écrits I*, Gallimard, 1994.

Gasiglia-Laster, D., *Paroles de Jacques Prévert*, Gallimard, 1993.

Nadeau, M., *Histoire du surréalisme*, Éditions du Seuil, 1964.

Rimbaud, A., *Œuvres complètes*, coll. bibliothèque de la pléiade, Gallimard, 2009.

바타유, 조르주, 『라스코 혹은 예술의 탄생/마네』, 차지연 옮김, 워크룸프레스, 2017.

제17장 브르통과 바타유의 논쟁과 쟁점

Bataille, G., *Œuvres complètes*, tome I, Gallimard, 1970.

——————, "La Vieille taupe et le préfixe sur dans les mots surhomme et surréaliste," *Œuvres complètes*, tome II, Gallimard, 1970.

——————, "Le surréalisme au jour le jour," *Œuvres complètes*, tome VIII, Gallimard, 1976.

——————, "La littérature et le mal," *Œuvres complètes*, tome IX, Gallimard, 1979.

Macherey, P., *A quoi pense la littérature? Exercices de philosophie littéraire*, PUF, 1990.

Nadeau, M., *Histoire du surréalisme*, Éditions du Seuil, 1964.

Sichère, B., *Pour Bataille: Être, chance, souveraineté*, Gallimard, 2006.

정명환, 「사르트르의 낮의 철학과 바타유의 밤의 사상」, 『현대의 위기와 인간』, 민음사, 2006.

제18장 사드와 초현실주의

Apollinaire, G., *Œuvres Complètes*, tome II, Gallimard, 1966.

——————, *Les onze mille verges*, Jean-Jacques Pauvert, 1973.

Baudelaire, Ch., *Œuvres Complètes*, tome I, Gallimard, 1966.

Blin, G., *Le sadisme de Baudelaire*, José Corti, 1948.

Breton, A., *Manifestes du surréalisme*, Jean-Jacques Pauvert, 1972.

——————, *Anthologie de l'humour noir*, Jean-Jacques Pauvert, 1972.

Dideir, B., *Sade*, Denoël-Gonthier, 1976.

Foucault, M., *Histoire de la folie*, Gallimard, 1962.

——————, *Les mots et les choses*, Gallimard, 1966.

——————, *La grande étrangère: À propos de littérature*, éditions EHESS, 2013.

Laugaa-Traut, F., *Lectures de Sade*, Armand Colin, 1973.

Marty, É., *Pourquoi le XXe siècle a-t-il pris Sade au sérieux?*, Éditions du Seuil, 2011.

Sollers, P., *Sade contre l'être suprême*, Gallimard, 1996.

필립스, 존, 『How to read 사드』, 김병화 옮김, 웅진지식하우스, 2008.
브리겔리, 장 폴, 『불멸의 에로티스트 사드』, 성귀수 옮김, 해냄, 2006.

제19장 에메 세제르의 『귀향 수첩』과 앙드레 브레통

Biro, A. & R. Passeron, *Dictionnaire général du surréalisme et de ses environs*, PUF, 1982.

Césaire, A., *Cahier d'un retour au Pays Natal*, Présence africaine, 1971.

Lecherbonnier, B., *Surréalisme et francophonie*, Ed. Publisud, 1992.

Sartre, J.-P., *Situations*, IV, Gallimard, 1976.

"Entretien avec J. Leiner," *Tropiques*, N°6~7(1943), rééd par J.-M. Place, 1978.

제20장 사르트르의 초현실주의 비판

Alquié, F., *Philosophie du surréalisme*, Flammarion, 1955.

Beaujour, M., "Sartre and Surrealism," *Yale French Studies*, 1963.

Beauvoir, S. de, *La force de l'âge*, Gallimard, 1960.

Breton, A., *Manifestes du surréalisme*, Jean-Jacques Pauvert, 1962.

————, *Les pas perdus*, Gallimard, coll. Idées, 1974.

Idt, G., *La Nausée de Sartre*, Hatier, 1971.

Sartre, J.-P., *Situation III*, Gallimard, 1949.

————, *Qu'est-ce que la littérature?*, Gallimard, coll. Folio Essais, 1985.

찾아보기

562